BASTEI
LÜBBE
TASCHENBUCH

Weitere Titel des Autors:

Die Oger
Der Rubin der Oger
Blutiger Winter
Dämonengold
Dämonenzeit

Titel in der Regel auch als E-Book erhältlich

Über den Autor:

Stephan Russbült wurde 1966 in Rendsburg geboren. Er absolvierte eine Lehre als Großhandelskaufmann, studierte BWL und arbeitet heute als leitender Angestellter. Aus seiner Begeisterung für Fantasy-Rollenspiele erwuchs auch seine Leidenschaft, Geschichten zu schreiben. Russbült lebt mit seiner Frau und seinen zwei Kindern in Husum, wo die Sonne niemals scheint.

STEPHAN RUSSBÜLT

DER DÜSTERKRALLEN-WALD

ROMAN

BASTEI LÜBBE TASCHENBUCH

BASTEI LÜBBE TASCHENBUCH
Band 20743

1. Auflage: Dezember 2013

Dieser Titel ist auch als E-Book erschienen

MIX
Papier aus verantwortungsvollen Quellen
FSC® C006701

Originalausgabe

Dieses Werk wurde vermittelt durch die Literaturagentur Schmidt & Abrahams

Textredaktion: Julia Abrahams, Speyer
Lektorat: Ruggero Leò
Kartenillustration: Markus Weber / Agentur Guter Punkt, München
Titelillustration: © Arndt Drechsler, Bad Abbach
Umschlaggestaltung: Guter Punkt, München
Satz: two-up, Düsseldorf
Gesetzt aus der Garamond
Druck und Verarbeitung: CPI – Ebner & Spiegel, Ulm
Printed in Germany
ISBN 978-3-404-20743-5

Sie finden uns im Internet unter
www.luebbe.de
Bitte beachten Sie auch: www.lesejury.de

»Wenn die Göttin Cephei aus ihren heiligen Hallen
auf die Welt hinunterblickt und
einen Halbling in seinem Vorgarten sitzen sieht,
wie er gemütlich Pfeife raucht und dabei zuschaut,
wie die Ernte wächst und gedeiht,
dann weiß sie, es ist alles in bester Ordnung.«

Sinnspruch über dem Eingang des Tempels der Cephei in Eichenblattstadt

1. VIER SCHICKSALE

Am Tag der Sommersonnenwende
irgendwo in Graumark

Milo Blaubeers hockte inmitten des Blättergewirrs der alten Esche in schwindelerregender Höhe auf einem Ast, von dem er sich sicher sein konnte, dass er sein Gewicht tragen würde. Mit einer Hand hielt er sich an einem dünnen kahlen Zweig fest, und mit der anderen versuchte er, die Blätter vor seinem Gesicht zu teilen, um einen Blick nach unten werfen zu können. Die dichte Baumkrone ließ nur eine spärliche Aussicht auf die Welt unter ihm zu, worüber er auch ganz froh war. Von Zeit zu Zeit tauchte sein Bruder Bonne als kleiner bunter Punkt zwischen all dem Grün fünfzig Fuß unter ihm auf.

»Vergiss nicht, Halblinge kennen keine Angst!«, rief Bonne zu ihm hoch.

»Halblinge stürzen sich auch nicht mit gebastelten Fledermausflügeln von Bäumen, um zu sehen, ob sie fliegen können. Jedenfalls keine, die bei Verstand sind«, murmelte Milo leise und versuchte den Heuwagen, den sie in der Nähe der Esche platziert hatten, auszumachen.

»Nur für den Fall, dass Halblinge doch nicht fliegen können«, hatte sein Bruder gemeint und den Karren aus der Scheune des Bürgermeisters gezogen.

Schräg über Milo saß ein Blattpfeifermännchen in den Ästen und trillerte sein fröhliches Lied. Aufmerksam drehte es den Kopf hin und her, um den Halbling zu beobachten. Es hatte anscheinend die Suche nach Käfern und Larven für einen Moment unterbrochen, um zu sehen, was sein übergroßer Kontrahent vorhatte. Mit brauner Hose und grüner Jacke war Milo in den Gefiederfarben des kleinen Singvogels unterwegs. Nun sollte sich gleich herausstellen, ob er eines Vogels würdig war.

»Willst du wissen, was Meister Othman in deiner Situation tun würde?«, rief Bonne.

Herunterklettern und dir für die Idee eine Tracht Prügel verpassen, wurde Milo erschreckend bewusst.

Die Witzelei über den alten Magier war zu einer neuen Passion für Bonne geworden, und Milo musste zugeben, dass sie einen gewissen Unterhaltungswert besaß. Nur der Moment war für einen solchen Scherz nicht sonderlich passend, befand er. Andererseits – falls dies seine letzte Mutprobe sein sollte, konnte es nicht schaden, ihr mit einem Lächeln auf den Lippen entgegenzutreten.

»Keine Ahnung, sag schon!«, brüllte er hinunter.

»Meister Othman fällt nirgends herunter, er schwebt höchstens, und seine unermessliche Macht zieht dabei die Welt zu sich heran.«

Milo fand es immer wieder erstaunlich, wie sehr seinen Bruder die eigenen Witze belustigten. Aber genau dieses bisschen Frohsinn war es, dass ihn nun dazu veranlasste, die Arme auszubreiten, das dünne Ziegenleder, das sich von den Handgelenken über die Achseln bis hinunter zur Hüfte in einem Dreieck spannte, als bedenkenlos flugtauglich anzusehen und vom Ast zu springen. Milo stürzte wie ein Stein in die Tiefe und auf den kleinen Heuwagen unter sich zu.

Oda, Nelf und Tislo Kesselstolz waren schon zu weit gekommen, um jetzt wieder kehrtzumachen. Die drei Halblinge hatten sich vorbei an etlichen Wachen, einem Trupp Zwerge, der unerwartet einem der Aufzüge entsprungen war, und an der Unterkunft des Stollenmeisters geschlichen. So kurz vor dem Ziel gaben Halblinge nicht auf. Der Reichtum, den Nelf ihnen versprochen hatte, war zum Greifen nah. Das süße unbeschwerte Leben lachte ihnen regelrecht ins Gesicht – momentan allerdings noch als zwergische Steinmetzarbeit in Form einer Tür.

»Bist du dir sicher, dass sie dahinter ihre Edelsteinfunde aus dem Stollen lagern?«, fragte Tislo verunsichert.

»Entweder das, oder die gesamten Biervorräte des Landes sind hinter dieser Tür. Was denkst du, warum sie so aussieht, wie sie aussieht? Drei Tonnen pures Gestein und die eigenhändige Arbeit des Zwergenmeisters von mindestens einem Jahr werden sicher nicht als Tür zum Abort dienen.«

»Wer weiß«, gab Oda zu bedenken und hielt sich die Nase schon einmal sicherheitshalber zu, »vielleicht gerade deshalb.«

Nelf tastete, kein bisschen verunsichert durch den Einwand seiner Schwester, weiter die Tür ab, während Tislo ihm mit der Fackel leuchtete. Zoll um Zoll tastete er jede erdenkliche Erhöhung und Vertiefung ab. Die von der Vorderseite fast poliert wirkende Oberfläche zeigte einige eingelassene zwergische Runen sowie die aufgesetzte Darstellung eines Breitschwertes.«

»Das verdammte Ding sieht aus, wie aus einem einzigen riesigen Block gehauen«, stöhnte Nelf. »Aber das ist unmöglich. Irgendwie müssen sie die Tür ja aufbekommen.«

Plötzlich kamen Nelfs Finger auf der kugelförmigen Ausbuchtung am Ende der rechten Parierstange des in Stein gearbeiteten Schwertes zum Ruhen.

»Die Stelle hier ist rauer als der Rest«, verkündete er.

»Vielleicht hatte er die Schnauze voll, immer nur Türen für Aborte zu bauen, und hat angefangen zu pfuschen«, grunzte Tislo.

»Vielleicht ist es aber auch ein Geheimmechanismus, den zu finden, du zu blöd bist«, wandte Nelf ein.

Als er begann, die kleine Halbkugel zu drehen, knirschte es kaum hörbar. Nelf tastete sich hinüber zur anderen Seite der Parierstange.

»Hier auch!«, verkündete er stolz.

Nachdem er die andere Halbkugel ebenfalls gedreht hatte, legte er ein Ohr an die Tür. Als nichts passierte, trat er achselzuckend einen Schritt zurück.

»Irgendetwas fehlt noch«, stöhnte er enttäuscht.

»Ein lustiger Zwergenreim vielleicht«, schlug Oda kichernd vor.

Nelf zeigte zielsicher auf den Schwertknauf. Er trat wieder vor, aber sein Arm reichte nicht bis dorthin. Sein Bruder war sofort zur Stelle. Er faltete die Hände und machte eine Räuberleiter. Nelf brauchte nur einen Moment, um das Reliefstück zu drehen. Erschrocken sprang er zurück, als die Tür sich mit einem schwergängigen Knirschen langsam öffnete.

Tislo leuchtet mit der Fackel in das Innere der langen schmalen Kammer. Das Licht schien sich fast darin zu verlieren, doch weiter hinten funkelte ein rötlicher Glanz wie ein blutender Stern am Nachthimmel.

»Wir sind reich, Geschwister«, jubelte Nelf.

»Sieh nicht ständig zu ihm hin«, ermahnte Dorn die junge schwarzhaarige Frau an seiner Seite. »Sie werden uns schon nicht vergessen haben.«

»Das wäre mir aber lieber«, gab Senetha flüsternd zurück. »Was denkst du, was er von uns will.«

Dorn setzte den Becher an und nahm einen großen Schluck.

»Das, was er immer will«, sagte er. »Er erzählt uns, wie schwer die Zeiten sind, wie schlecht es ihm geht und was für eine miserable Investition wir für ihn waren.«

Senetha sah ihn mit großen, traurigen Augen an.

»Du meinst, was für eine schlechte Investition ich war.«

»Quatsch! Er ist ganz vernarrt in dich. Alles, was ihn daran hindert, sich dir zu Füßen zu werfen, bin ich. Er hat Angst, dass ich auf ihn drauftrete.«

Senetha nippte nur an ihrem Glas Wein, und trotzdem hätte sie sich beinahe vor Lachen verschluckt.

»Er würde mich nur in sein Hurenhaus verfrachten«, sagte sie heiter.

Dorn leerte den Rest Bier aus seinem Krug in einem Zug. Dann wischte er sich mit dem Handrücken über den Dreitagebart.

»Du hast keine Ahnung von Männern«, grunzte er. »Er ist hässlich und reich, er braucht dich nicht, um noch reicher zu werden. Er braucht eine wunderschöne Frau an seiner Seite.«

»Aber ich will nur dich«, flüsterte sie dem Söldner verlockend ins Ohr.

»Hey, ihr Turteltäubchen«, grölte der finster aussehende Kerl, der das Hinterzimmer der verwaisten Kneipe bewachte. »Kommt schon her, Sliff wartet nicht ewig auf euch.«

Dorn und Senetha erhoben sich von ihren Hockern am Tresen und folgten dem Aufruf.

Der Diebesgildenmeister saß an dem schweren Eichentisch bei Wein und Brot und hatte vor sich einige Stapel Goldmünzen aufgetürmt.

»Ihr braucht euch nicht zu setzen«, sagte er mit fistelnder Stimme, als Dorn einen der Stühle zu sich heranzog. »Ich erzähle euch nichts Neues, wenn ich euch sage, dass ihr beide mich nur Geld kostet. All eure Versuche, sich in der Gilde zu etablieren, sind gescheitert. Ihr seid so gut wie wertlos für mich.«

Dorn spürte den Atem des Leibwächters hinter sich in seinem Nacken.

»Ich mache euch noch einen Vorschlag zur Güte. Ansonsten setzte ich Kelf auf euch an«, fuhr Sliff fort. »Senetha geht ins Engelshaar, und dir, Dorn, verschaffe ich einen Platz bei der Stadtwache. Wir brauchen gute Leute dort, um alles unter Kontrolle zu behalten, wenn du verstehst, was ich meine.«

Dorn verstand, aber Gefallen fand er daran nicht. Er griff nach hinten, bekam den Mann in seinem Rücken zu fassen und zerrte ihn zwischen sich und Sliff. Er packte sein Opfer im Nacken und schlug dessen Stirn mit Wucht auf die Tischplatte, sodass die Türmchen aus Goldstücken umfielen und die Münzen über den Tisch rollten. Er ließ den Handlanger los, und dieser brach vor seinen Füßen stöhnend zusammen. Senetha und Sliff schienen beide gleich geschockt zu sein und blieben wie erstarrt.

»Ich hoffe, das war nicht Kelf«, brummte Dorn. »Ich habe auch einen Vorschlag zur Güte. Du lässt Senetha und mir freie Hand in dem, was wir tun, und wir zahlen dir wöchentlich einen Anteil zurück. Ansonsten werden wir keine Freunde mehr sein.«

Sliff nickte stumm, aber Dorn wusste, dass er irgendwann seine Fassung wiedererlangen würde, und dann würde er sich daran erinnern, was passiert war.

Rubinias zaghaftes Klopfen an der Tür verursachte kaum einen Ton. So würde sie noch heute Abend hier stehen, doch dann wäre der Gimswurztee kalt, der Käse am Rand ausgetrocknet und das Brot steinhart. Sie glaubte zwar nicht, dass Meister Othman einen Unterschied feststellen würde, doch ihrem Stolz als Bewirtschafterin des Krähenturms würde es erheblichen Schaden zufügen. Sie stellte das Tablett auf den Boden und klopfte erneut gegen die robuste Eichentür. Niemand antwortete.

Die Halblingsfrau versuchte es noch einmal. Diesmal etwas forscher. Das Klopfen hallte durch das enge Treppenhaus des Turmes. Im selben Moment gab es einen dumpfen Knall hinter der Tür. Rubinia zuckte zusammen.

»Schnell, mach das aus«, hörte sie Othman hektisch sagen. »Da brennt es auch noch. Ja, so ist gut. Pass auf, dass nichts davon auf meine Aufzeichnungen kommt. Vorsichtig damit.«

Es klang, als würde jemand mit einem Tuch oder Lappen auf dem Tisch herumschlagen, und kurz drauf zischte es, als wenn Wasser über glühende Kohlen gegossen wurde.

»Sie nach, wer an der Tür ist.«

Träge, schlurfende Schritte näherten sich. Jemand drehte den Schlüssel im Schloss und zog die Tür ein Stück auf.

Rubinia starrte in ein kleines haarloses Gesicht mit spitzen Ohren und gelben Augen. Das Wesen war noch gut einen Kopf kleiner als sie.

»Ist alles in Ordnung bei euch, Aschgrau?«, fragte sie.

»Wir haben keine Zeit zum Ordnungmachen, der Meister und ich. Wir sind mitten in einem Experiment.«

»Ich bringe das Frühstück für Meister Othman. Er sollte etwas essen.«

»Der Meister braucht das Frühstück nicht. Es ist noch genügend vom Abendbrot übrig«, erklärte Aschgrau. »Und jetzt, nach dem Brand, ist auch der Tee wieder warm.«

Es war schwierig, den Gnomen des Meisters klarzumachen, welche Bedürfnisse Menschen hatten. Und es war noch schwieriger, ihnen zu erklären, dass eine Halblingsfrau im Krähenturm das Sagen hatte, wenn es um das leibliche Wohl der Bewohner ging. Aber Rubinia hatte sich an diesen ewigen Krieg gewöhnt.

Sie nahm das Tablett auf und zwängte sich an dem Gnom vorbei in das Arbeitszimmer des Magiers.

»Das könnt ihr nicht tun. Das dürft ihr nicht. Das sage ich dem Meister. Ihr seht doch, dass wir keine Zeit haben«, stammelt Aschgrau und hetzte hinter Rubinia her.

Der Raum war erfüllt von einem beißenden, gelben Rauch. Meister Othman saß an seinem Labortisch und tupfte mit einem Lappen auf seinen handschriftlichen Unterlagen herum.

»Oh, Rubinia, Ihr seid es. Ich habe noch gar nicht alles aufgegessen«, sagte er, als er die Halblingsfrau durch den Qualm hindurch erkannte. »Die Steinpilzpastete ist vorzüglich.«

»Es ist Morchelpastete und bereits später Vormittag«, sagte Rubinia energisch. »Ihr habt wieder nichts gegessen. So könnt ihr nicht bei Kräften bleiben. Wenn ihr in Eure Experimente vertieft seid, vergesst Ihr alles um Euch herum. So kann das nicht weitergehen.«

»Der Meister will nirgends hingehen«, mischte sich Aschgrau erneut ein. »Wir haben ein wichtiges Experiment zu vollenden.«

»Lass gut sein, Aschgrau«, sagte Meister Othman. »Rubinia hat Recht. Ich muss etwas essen.«

»Dann hätten wir das ja geklärt«, sagte Rubinia.

Sie schob einige der Schälchen, Glaskolben und aus Metall gebogenen Ständer beiseite. Meister Othmans Augen wurden groß.

»Irgendetwas Wichtiges?«, fragte sie, als sie seinen Blick bemerkte.

Der Magier holte tief Luft und hielt den Atem einen Moment an. Rubinia zog vorsichtig die Hände vom Tisch zurück.

»Nein, nein«, säuselte Othman. »Es ist nur, weil das die Ergebnisse der letzten zwei Wochen sind, die Ihr dort wie Schmutz zusammenfegt.«

»Oh, das wollte ich nicht«, sagte Rubinia etwas verschämt. »Was ist es denn?«

Othman starrte auf die Überreste auf seinem Tisch.

»Schmutz«, sagte er. »Aber wenn mir das Experiment gelungen wäre, hätten wir eine Substanz gehabt, die Licht speichern kann und sie langsam wieder abgibt.«

Rubinia legte die Stirn in Falten.

»Es leuchtet im Dunkeln«, erklärte Othman ihr.

»Ihr hättet denselben Effekt, wenn ihr die Fenster öffnen, das Licht herein- und den Qualm herauslassen würdet«, erwiderte Rubinia. »Und dafür müsstet Ihr keine zwei Wochen Tag und Nacht arbeiten. Jetzt esst bitte Euer Frühstück. Vielleicht legt Ihr Euch dann noch etwas hin. Ich wecke Euch zum Mittagessen wieder. In der Zwischenzeit kann Aschgrau hier etwas aufräumen.«

Der Gnom verzog verärgert das Gesicht.

»Wahrscheinlich habt Ihr wie immer Recht«, gestand der Magier. »Mein Talent liegt auch eher darin, Unordnung zu machen, und es ist wesentlich effektiver, wenn man ausgeruht an einem sauberen Arbeitsplatz sitzt, als zu versuchen, das Chaos noch zu vergrößern.«

Othman lächelte Rubinia verschmitzt zu.

2. DER WANDERER

»Eichenblattstadt? Nie gehört. Wo soll das sein?«, lallte der schmierig aussehende Tagelöhner von seinem Tisch hinüber zum Tresen, ohne seinen Gesprächspartner dabei auch nur eines einzigen Blickes zu würdigen.

Dem Reisenden war dieses ungebührliche Verhalten wie auch die wenig brauchbare Antwort mehr als recht. Genauer gesagt, war gerade dieses »keine Ahnung« der Grund dafür, hier zu sein und die drittklassige Herberge, die wegen ihrer an Armut grenzenden Rustikalität bekannt war, zu ertragen. Zudem lockten ein feist grinsender Wirt, eine in die Jahre gekommene Schankmaid und ein übler Gestank aus der Küche. Wer sich hierher verirrte, wollte nur hastig etwas trinken, ein paar Neuigkeiten erfahren oder sie unters Volk bringen und so schnell wie möglich wieder verschwinden. Was jemand war, was er wollte, wie er aussah oder gar wie er hieß, interessierte hier niemanden. Ein perfektes Plätzchen, um nicht aufzufallen.

Der Mann am Tresen lächelte zufrieden im Schatten seiner Kapuze und wandte sich wieder dem Becher Rotwein vor sich zu. Jemand wie er konnte einem halbwegs guten Tropfen nicht widerstehen. Jederzeit hätte er den interessantesten Gesprächspartner gegen einen Krug Roten aus den tardisischen Hochlanden eingetauscht. Wein sprach immer die Wahrheit, wohingegen Menschen meist logen oder ihre vor Dummheit strotzenden geistigen Ergüsse von sich gaben.

»Eichenblattstadt? Die Reise könnt Ihr Euch ersparen«, stammelte ein anderer Gast vom Nebentisch.

Der Reisende drehte den Kopf zur Seite und beäugte den Fremden aus der Tiefe seiner Kapuze heraus. Anscheinend handelte es sich bei dem Mann um einen fahrenden Händler. Auf dem

Tisch vor ihm lag ein ausgerolltes Pergament, auf dem er in großer Schönschrift einige Waren verzeichnete und diese mit Preisen versah. Vom Tresen aus waren nur die ersten zwei Zeilen zu erkennen: Seidenstoff dunkelblau – 1 Spann: 2 Taler, Lederriemen – 1 Schritt Länge: 1 Taler.

Der Händler hielt für einen Moment inne. Als er sich der Aufmerksamkeit seines Gesprächspartners gewiss war, schob er fordernd einen leeren Bierkrug über den Tisch.

Der Reisende wandte sich kurz dem Wirt zu und signalisierte mit einem Nicken sein Einverständnis, eine Runde zu spendieren.

Erst als der Krug randvoll war, redete der Händler weiter.

»Es gibt Orte, die weder Schutz noch gute Geschäfte, geschweige denn Reichtum versprechen«, verkündetet er allwissend. »Die meisten von ihnen lassen meinen Magen krampfen, bevor ich sie überhaupt betreten habe, und wenn ich sie wieder verlasse, bleibt ein fahler Geschmack im Mund zurück.«

Der Reisende nickte zögerlich. Mit diesem einen Satz hatte der Händler seine ganze Aufmerksamkeit errungen. Auch sein Magen zog sich zusammen. Ob ein fahler Geschmack im Mund zurückbleiben würde, lag am weiteren Verlauf des Gespräches.

»Aus Eichenblattstadt kommt nichts Gutes«, erklärte der Händler und leerte den halben Krug mit einem Schluck. Ohne sich die Reste der Bierkrone aus seinem Oberlippenbart zu wischen, fuhr er fort: »Wenn Ihr Geschäfte machen wollt, macht sie mit euresgleichen, sag ich immer. Alle anderen versuchen nur, einen aufs Kreuz zu legen.«

Der Reisende fühlte, wie sich seine Finger verkrampften. Schnell zog er sie in den Schutz der weit ausladenden Ärmel.

»Na ja, Ihr wisst ja, was man über die Bürger von Eichenblattstadt sagt«, druckste der Händler herum.

Vielleicht lag es an dem starren, auf ihn gerichteten Blick seines Zuhörers oder unter Umständen an dessen wortkargen Art, aber anscheinend befürchtete er plötzlich, an den Falschen geraten zu sein.

»Nein«, brummte der Reisende, »sagt mir, was man sich über sie erzählt.«

Der Händler blickte sich nervös in der Schankstube um. Er schien nach Unterstützung zu suchen, die in dieser Art Etablissement genauso häufig vorzufinden war wie gutes Essen oder eine freundliche Bedienung.

»Na, sagt schon«, drängte der Reisende.

»Man kann den Elfen nicht trauen, weil sie die Menschen als minderwertig ansehen«, platzte es aus dem angetrunkenen Händler heraus, als ob er es schnell hinter sich bringen wollte.

Der Reisende schnaubte verächtlich, lachte kurz auf und wandte sich wieder seinem Becher Rotwein auf dem Tresen zu. Die Antwort war eine Erleichterung für ihn. Zum einen zeigte sie, dass der Händler keine Ahnung hatte, worüber er sprach, zum anderen bewies sie, dass die Elfen richtig lagen mit dem, was sie über Menschen dachten. Der Händler redete über Eichenstadt, die Heimat der Elfen im Westen des Landes Nurok, die hoch über dem Boden zwischen den Ästen von gewaltigen Bäumen erbaut worden war – nicht Eichen*blatt*stadt. Ersteres war ein Ort der Mystik, der Schönheit und Reinheit. Ein Ort, der frei von allen Makeln inmitten einer Welt aus Gier und Neid geschaffen war, und der, wie die Krone vom Haupt eines Königs, alles andere um sich herum verblassen ließ. Ein Ort, zu dem weder die Sterblichen noch die Götter etwas beitragen konnten, um ihn besser oder vollkommener zu machen. Er hingegen suchte nach einem anderen Ort …

Dreißig Jahre hörte sich der Reisende jetzt schon an den unterschiedlichsten Orten der Welt nach Eichenblattstadt um, und seit dreißig Jahren verliefen die Gespräche so oder ähnlich. Einige gaben zu, nichts zu wissen, andere, wie auch der Händler, glaubten, etwas zu wissen, und wiederum andere erfanden die haarsträubendsten Geschichten, nur um etwas erzählen zu können. Eines jedoch war allen gemeinsam: Sie alle hatten keine blassen Schimmer, wo oder was Eichenblattstadt war. Solange dies so blieb, war alles gut.

Es war wichtig, dass Eichenblattstadt für die meisten Menschen nur ein Name blieb, dem allein ihre eigene Phantasie ein Aussehen verlieh. Große Dinge würden dort geschehen, doch diese würden nur eintreten können, wenn sie ohne Vorwarnung passierten. Die Aufgabe des Reisenden war es, dafür zu sorgen, dass alles so blieb, wie es war. Er selbst würde bestimmen, wann es an der Zeit war, der Welt die Augen zu öffnen. Von diesem Zeitpunkt an würde Eichenblattstadt nicht mehr nur ein Name sein. Ihm war natürlich bewusst, dass seine Fragen ein Interesse an diesem Ort auch auflodern lassen konnten, doch dieses Risiko war er bereit einzugehen, denn es war verschwindend gering.

Wer sich also die Mühe machen wollte, herauszufinden, warum der Reisende jede zufällige Bekanntschaft zwischen Feuerberg und Trebstein nach diesem geheimnisvollen Ort ausfragte, mutete sich viel zu. Er wäre gezwungen, im Laden eines gut sortierten Kartographen nach einer möglichst detailgetreuen Karte des nordöstlichen Gebietes des Kontinents Trumbadin zu suchen – ein langwieriges, aber nicht hoffnungsloses Unterfangen. Wäre dieses Martyrium von Erfolg gekrönt, erschiene das Ziel zum Greifen nahe. Nun hieße es nur noch, sich durch ein Gewirr aus Strichen, Symbolen und winzigen Betitelungen hindurchzuarbeiten. Irgendwann würde man dann vielleicht durch Zufall auf den Namen Graumark stoßen, einen kleinen, freien und wirtschaftlich recht unbedeutenden Landstrich. Graumark ähnelte von der Form her einem Küstenstreifen ohne Küste. Es lag eingeklemmt von dem Königreich Lonnas auf der einen Seite und den weitestgehend unerforschten Barbarenlanden auf der anderen Seite. Genau an dieser Grenze lag ein riesiges Waldgebiet mit dem heimeligen Namen Düsterkrallenwald. Im Norden grenzte er an den Graurücken, einen Gebirgsmassiv, das sich über hundert Meilen von Ost nach West quer durch Graumark erstreckte. Im Osten und Westen lag eine wenig markante Graslandschaft und im Süden ein Hochmoor.

Im Zentrum des Waldes wäre auf der Karte des nordöstlichen Trumbadins vermutlich ein kleiner Punkt verzeichnet. Auf den meisten Exemplaren blieb dieser unbetitelt, doch auf einigen würde man in winzigen Buchstaben den Namen Eichenblattstadt lesen können. Fand man den gesuchten Eintrag, zählte man zu den wenigen, die es geschafft hatten, und blickte voller Enttäuschung auf den winzigen unbedeutenden Fleck am oberen Rand einer ausgefransten und verblichenen Karte.

Wer sich bis zu diesem Punkt immer noch nicht von der Bedeutungslosigkeit dieses Ortes hatte abschrecken lassen und seinen Wissensdurst nicht mit tristen Aufzeichnungen stillen wollte, dem blieb nichts anderes übrig, als zu reisen. Doch diese Reise würde einen nicht nur von einem Ort zu einem anderen bringen, sondern auch in der Zeit zurück in das Zeitalter der Verblendung.

Für die wenigen Reisenden, die es nach Eichenblattstadt verschlug, schien der Ort nicht mehr als ein ganz normales Dorf zu sein, das kaum mehr als dreihundert Seelen zählte. Wer hierher fand, war sicherlich nur auf der Durchreise, was daran lag, dass es in dem kleinen Ort kaum etwas zu sehen, zu kaufen oder zu stehlen gab, und wenn doch, dann musste man sich dafür bücken. Eichenblattstadt war nämlich ein Halblingsdorf und die vorzufindende Architektur der Größe der Bewohner angepasst. Dieses Dorf war eine der vier Gründungssiedlungen in Graumark und eine Art letzte Bastion. Frei von monarchischen Einflüssen, lag das Land als Bollwerk zwischen Lonnas und den Barbarenlanden. Ein längst vergessener Krieg und ein Pakt zwischen den Völkern hatten es zu einer Art Schlichterfels werden lassen. Jedes Volk hatte vor rund dreihundert Jahren seine offiziellen Vertreter in das Gebiet geschickt, um es zu besiedeln und sicherzustellen, dass niemals jemand Anspruch auf Graumark erhob. In den Geschichtsbüchern war nachzulesen, dass dieser Landstrich viele Hundert Jahre eine Brutstätte für Übergriffe auf Nachbarländer gewesen war. Derlei Kampfhandlungen selbst waren nicht ungewöhnlich, aber lagen in diesem Fall keine normalen Grenzrivalitäten vor. Thyrus der

Erste, damaliger König von Graumark, versuchte immer wieder, sich Teile der Barbarenlande einzuverleiben, da sie reich an Edelsteinen und Erzen waren. Doch anstatt dass die hünenhaften Krieger sich ihr Land zurückeroberten und Thyrus Einhalt geboten, schlugen sie an wahllos anderen Stellen zu und tobten ihre Wut an unbeteiligten Königreichen aus. So führten diese Grenzrivalitäten zu ständigen Auseinandersetzungen mit befreundeten Herrschern. Trotz mehrfacher Audienzen und intensiver Gespräche mit dem König, zeigte sich Thyrus uneinsichtig. Man rang sich sogar dazu durch, ihm wirtschaftliche Hilfe anzubieten, wenn er auf seine Eroberungszüge verzichtete, doch der König lehnte ab. Irgendwann zerbrach das Bündnis zwischen Graumark und den umliegenden Königreichen, und es kam zum Krieg. Graumark wurde fast vollständig vernichtet, König Thyrus fiel in der letzten Schlacht am Nordlandpass, und die überlebenden Bewohner wurden vertrieben oder versklavt. Nach unendlichem Hin und Her, wer das Sagen haben oder ob das Land unter eine Schutzherrschaft gestellt werden sollte, einigte man sich darauf, es gemeinschaftlich zu regieren. Jedes der vier Völker entsandte eine Abordnung, die sich in Graumark niederlassen und den Grundstock einer neuen Gesellschaft bilden sollte.

Die Elfen waren die Ersten, die der Aufforderung nachkamen. Fast tausend Männer, Frauen und Kinder zogen in einer Art Prozession quer durch vier Königreiche, um in Graumark ein neues Leben zu beginnen. Wie immer im Leben: Wer zuerst kam, mahlte zuerst. Doch entgegen der allgemeinen Vermutung, dass die Elfen sich in dem großen Waldgebiet im Norden des Landes niederlassen würden, bezogen sie das Hochmoor im Süden. Als Grund gaben sie an, nicht in die Nähe der Berge zu wollen, weil sie vermuteten, dass die Zwerge dort einziehen würden.

So und nicht anders geschah es. Die Zwerge schlossen alle wenig ertragreichen Minen in den umliegenden Königreichen und besiedelten mit Sack und Pack den Graurücken. Ihre Anzahl ließ sich nur schätzen, doch nach den ersten Gerüchten, dass sie auf eine Silberader gestoßen seien, wuchs die Zahl, und man vermutete, dass es wenigstens dreitausend waren, die sich in Graumark niederließen.

Wenig später folgten auch die Menschen und halfen König Samet damit aus einer brenzligen Lage. Sein Zweitgeborener gierte wenn schon nicht nach dem Thron, dann wenigstens nach einem eigenen Reich. Um das eigene Land nicht teilen oder einen Krieg beginnen zu müssen, kam dem König Graumark gerade recht. Was die Anzahl derer betraf, die seinen Sohn begleiteten, ließ König Samet keinen Zweifel daran, welcher Herkunft sein Sohn war. Mit einem Heer von zweitausend Mann und einem ebenso starken Gefolge begannen sie, sich an der östlichen Grenze im Flachland niederzulassen.

Zu guter Letzt erreichten auch die Halblinge ihr neues Zuhause. Zuerst schien es so, als ob keine der Halblingssiedlungen in den umliegenden Reichen bereit wäre, überhaupt jemanden zu schicken. Halblinge waren dafür bekannt, nicht gern zu reisen, und böse Zungen behaupteten, sie seien sesshafter als Baumflechten und schwerer loszuwerden als Bandwürmer. Halblingen stand eben nicht der Sinn nach Abenteuern, und so lehnte eine Großfamilie nach der anderen dankend ab. Als Grund dafür gaben sie die unterschiedlichsten Dinge an: Man warte noch darauf, dass eine Kuh kalbte, dann war es ein Schaf und danach irgendein anderes Tier. Mal war es der Bau eines neuen Ofens, den man nicht zurücklassen wolle, mal die ausstehende Ernte, die noch eingebracht werden musste. Für Halblinge gab es immer einen Grund, ihre Heimat nicht zu verlassen, und war er noch so nichtig. Erst auf Drängen der anderen Völker entschied man sich, aus jeder der sechs großen Siedlungen eine Familie zu entsenden. Dass die Wahl auf die Familien mit dem wenigsten Ansehen traf oder auf diejenigen, derer man sich gern entledigen wollte, lag auf der Hand.

Somit zogen die Butterblums, die Bollwerks, die Furtfußens, die Blaubeers, die Grünblatts und die Findlings nach Graumark in das riesige Waldgebiet namens Düsterkrallenwald. Insgesamt waren es zweihundertzweiundzwanzig Halblinge, die auszogen, ein neues Leben zu beginnen. Als sie Graumark nach wenigen Wochen erreichten, zählten sie bereits zweihundertsechsunddreißig. Halblinge liebten große Familien.

So entstand das Dorf Eichenblattstadt, und im Laufe der Zeit schwand das Wissen um die Hintergründe und die Anfänge. Ein Schleier von Bedeutungslosigkeit und Desinteresse legte sich über alles. Graumark verschwand im Schatten seiner Herkunft.

»Was ist, passen Euch meine Ratschläge nicht?«, lallte der Händler im Rücken des Reisenden. »Ihr könntet ruhig ein wenig freundlicher sein, wenn ich schon auf Eure Fragen Rede und Antwort stehe.«

Der Reisende hatte den Händler schon fast wieder vergessen. Für ihn war der Mann nur so etwas wie ein Stein am Wegesrand – war er besonders, oder funkelte er, lohnte es sich, einen zweiten Blick zu wagen, ansonsten schritt man an ihm vorüber, ohne überhaupt zu bemerken, dass er dort lag.

»Was wollt Ihr? Ihr habt ein Bier bekommen, das sollte genügen für die verschrobenen Ansichten eines verbitterten Mannes, aus dem der Neid spricht. Ich schlage vor, ich lasse Euren Becher noch einmal füllen, und Ihr versucht, den Groll in Euch darin zu ertränken. Darin scheint Ihr besser zu sein denn als Ratgeber.«

Für einen Moment herrschte Schweigen. Selbst der Wirt hatte aufgehört, seine Gläser zu polieren, und wischte stattdessen konzentriert auf dem Tresen herum, um der Unterhaltung folgen zu können.

»Ach, darin besteht das Problem«, schnaubte der Händler aufgebracht.

»Ich habe kein Problem, weder mit Euch noch mit Euren Ansichten. Probleme pflege ich zu lösen. An Euch gehe ich einfach nur vorbei und habe Euch bereits vergessen, wenn ich mich noch einmal umsehe«, fuhr der Reisende ihn an, ohne sich jedoch von seinem Becher Rotwein abzuwenden und den Mann anzublicken.

»Bitte nehmt es mir nicht übel, wenn ich mir meine eigene Meinung bilde.«

Dem Wirt war die Anspannung in dem Gespräch nicht entgangen. Zu oft schon hatte sich aus solch einem Wortgefecht eine handfeste Auseinandersetzung entwickelt. Auch wenn es häufig nicht so aussah, betrieben die meisten der Gastwirte ihre Geschäfte, um sich ihren Lebensunterhalt zu sichern und für sich und ihre Familie am Ende des Tages ein paar Münzen übrig zu haben. Eine Schlägerei mit allerhand zu Bruch gegangenem Mobiliar und zerschlagenen Fenstern, Krügen und Flaschen konnte schnell den Verlust aller Einnahmen eines Monats bedeuten. Im Falle dieser Schenke vielleicht eines Wochenlohns, was nicht an den hohen Einnahmen lag …

Zielsicher steuerte der Wirt hinter seinem Tresen hervor, auf den Tisch des Händlers zu und füllte den Bierkrug erneut. Er schien zu hoffen, dass er sich wie die meisten Menschen lieber betankt, als einem anderen Gast Stuhlbeine über den Schädel zu ziehen. Diese gewagte These stand jedoch auf umso wackligeren Beinen, je mehr Essen, Trinken und das Aussehen der Schankmaid zu wünschen übrig ließen. Der Wirt nickte dem angetrunkenen Händler freundlich animierend zu und deutete auf das schale, trübe Gebräu.

Der aufgebrachte Gast beachtete ihn kaum.

»Ah, jetzt verstehe ich, Ihr denkt, Ihr habt es hier mit ein paar Hinterwäldlern zu tun, die nicht verstehen, was um sie herum vorgeht. Ich kann Euch versichern, dass es nicht so ist. Ich habe schon fast alle Ecken dieser Welt bereist, und mein Gefühl, was Menschen, Elfen und Zwerge betrifft, hat mich noch selten getäuscht. Ihr würdet Euch wundern, was ich über Euch alles so berichten könnte, obwohl wir uns nur seit wenigen Augenblicken kennen.«

Jetzt wandte sich der Reisende doch vom Tresen ab und blickte den Händler gebannt an.

»Dann lasst mal hören«, sagte er mit tiefer, grollender Stimme.

Der Händler wirkte im ersten Moment verdutzt, doch einen

Augenblick später erlangte er seine Fassung zurück und setzte ein herausforderndes Lächeln auf.

»Ihr denkt, Ihr könnt mit Eurer Maskerade die Leute hinters Licht führen, doch ich habe Euch durchschaut«, protzte er. »Die Kleidung, die Ihr tragt, wie Ihr Euch bewegt und auch diese merkwürdige Vorliebe für roten Wein verraten Euch.«

»Nur weiter so, mein Freund«, spornte der Reisende ihn an.

Der Händler ließ es sich nicht nehmen, der Aufforderung nachzukommen. Zu weit war er schon gegangen, um jetzt noch einen Rückzieher zu machen und sich der Lächerlichkeit preiszugeben.

»Wo soll ich nur anfangen, es ist alles so offensichtlich?«, höhnte er. »Schon allein die Schuhe, die Ihr tragt. Das Leder: Es ist feinstes Ziegenleder, und trotzdem hat sich jemand die Mühe gemacht, es in Salzlake einzulegen und so lange zu kneten, bis es weich wie Samt ist. Dann die Sohlen, die sich an der Hacke noch nicht einmal ansatzweise abgelaufen haben. Ich würde behaupten, Ihr seid jemand, der nicht viel läuft, der es sich aber dennoch leisten kann, gutes Gold für gutes Schuhwerk hinzulegen. Diese Art Spitzschuh ist im Westen des Landes sehr verbreitet. Als Nächstes ist mir Euer Ring an der rechten Hand aufgefallen, den Ihr so bemüht seid, in Euren Ärmeln zu verstecken. Ich glaube, ich liege nicht ganz falsch, wenn ich behaupte, es ist ein Gilden- oder Kleruszeichen. Da ich es nicht kenne, kommt es nicht von hier und auch nicht aus dem Süden des Landes oder aus der Nähe von Ackertal. Ihr scheint vorgeben zu wollen, jemand zu sein, der Ihr nicht seid.«

Der Reisende machte eine kreisende Bewegung mit der Hand, um den Händler zum Fortfahren zu bewegen. Mittlerweile wurde das Gespräch auch von den anderen Gästen verfolgt.

»Ihr habt es so gewollt, aber beschwert Euch im Nachhinein nicht, wenn ich Dinge preisgebe, die Ihr von Euch selbst noch nicht einmal wusstet«, lachte der Händler, und einige der Gäste stimmten mit ein. Nicht so der Reisende. »Euer trister Umhang dient allein dazu, das zu verbergen, was ihr darunter tragt. Ein winziges Stück dunkelblauer Saum mit silbernen Stickereien schaut darunter hervor. Ihr solltet besser auf Eure Tarnung achten. Auch dieses winzige Detail deutet auf einen Kleriker des Regor hin. Was Eure Vorliebe für Rotwein betrifft, ist sie ein weiteres Zeichen. An dem zögerlichen Nippen und den winzigen Schlucken erkenne ich, dass ihr eine süße Rebe bevorzugt. Etwas aus dem Süden des Landes oder vielleicht einen süffigen Messwein. Na, wie schlage ich mich?«

»Bislang ganz ordentlich«, lobte der Reisende seinen Gesprächspartner.

»Nun aber zu dem, was Euch wirklich verraten hat«, fuhr der Händler fort. »Es ist die Art, wie Ihr sprecht. Dieses rollende ›R‹ und die Betonung auf den Zischlauten. Eure Aussprache ist überaus betont, fast wie die eines Mimen oder von jemandem, der eine Menge anderer Sprachen beherrscht und sie auch oft anwendet.«

Der Händler wartete eine Reaktion ab, doch diese blieb aus.

»Und, was sagt Euch das alles?«, forderte der Reisende den Händler zu einem abschließenden Ergebnis auf. »Was denkt Ihr, wer ich bin und woher ich komme?«

»Wenn ich richtig liege, gebt Ihr eine Lokalrunde aus. Die meisten Kehlen hier sind trocken geworden vom langen Zuhören.«

Der Reisende nickte zustimmend.

Der Händler tippte sich nachdenklich mit dem Zeigefinger an die Unterlippe. Dann hatte er sich entschlossen: »Ihr seid ein Kleriker aus Lonnas oder von noch weiter östlich. Ihr habt wenigstens den Rang eines Bischofs, wenn nicht gar den eines Erzbischofs, und Ihr habt etwas zu verbergen. Ihr seid …«

Der Händler machte eine kurze Pause, um das letzte bisschen Spannung hervorzukitzeln, und wippte dabei mit dem Zeigefinger aufgeregt in Richtung des Reisenden.

»Ihr seid der Kellermeister des Kardinals in Lonnas, und Ihr seid auf der Suche nach neuen Weinhändlern, die Eure Vorräte im Tempel der Gunst wieder auffüllen, bevor der Winter hereinbricht.«

Das Publikum hielt gebannt den Atem an.

Der Reisende wirkte verblüfft und musterte seinen Gesprächspartner erneut. Der Mann war noch nicht einmal dicht dran an der Wahrheit, aber seine Vermutung beruhte auf mehr als reinem Raten, und genau das beunruhigte ihn. Ein gewisses Interesse, etwas Aufmerksamkeit und ein Quäntchen Wahrheit waren eine Mischung, die sich der Reisende nicht leisten konnte.

»Ihr seht mich beeindruckt«, gestand er. »Euren Sinnen scheint aber auch wirklich nicht das kleinste Detail entgangen zu sein. Ich fühle mich entlarvt und bitte Euch, meine groben Worte zu entschuldigen. Lasst es mich wiedergutmachen, indem ich Eure Zeche übernehme und dem Rest dieser illustren Gesellschaft noch eine Runde spendiere.«

Er drehte sich zurück zum Tresen und bat den Wirt, jedem einzuschenken, wonach ihm gerade der Sinn stand. Dem feisten Betreiber stand die Erleichterung ins Gesicht geschrieben. Seine Augen glänzten wie die eines Mannes, der seinen Stammhalter das erste Mal im Arm hielt.

Die Rechnung des Reisenden schien aufzugehen. Mit der Bekanntgabe der großzügigen Offerte stieg der Geräuschpegel um ein Vielfaches. Die ersten Bestellungen wurden quer durch den Schankraum gerufen, Lobpreisungen auf den Händler ertönten, und das allgemeine Getratsche und Lamentieren setzte wieder ein. Niemand achtete mehr auf den Reisenden, und erst recht nicht auf das mürrische Gemurmel, das unter seiner Kapuze hervordrang.

Der Wirt hatte im Nu alle Hände voll zu tun. Er stellte die ersten Krüge unter das kleine Fass Bier und füllte zwei Karaffen mit Rotwein. Ansonsten blickte er nervös von Gast zu Gast und nahm freundlich lächelnd die Bestellungen auf. Nachdem er damit fertig war, trat er vor den Reisenden.

»Äußerst großzügig von Euch«, bemerkte er beiläufig. »Ihr versteht es, Euch Freunde zu machen. Darf ich Euch nachschenken. Der geht natürlich aufs Haus.«

Der Reisende beachtete ihn nicht, sondern murmelte weiterhin einen Schwall unverständlicher Worte; seine Hände umklammerten den fast leeren Becher.

»Noch einmal dasselbe für Euch?«, wiederholte der Wirt und griff nach dem Becher.

Ruckartig riss der Reisende ihn zurück und vergoss dabei den kläglichen Rest. Düster und unheilbringend starrte er den Schankwirt an.

»Ich suche weder Freunde, noch steht mir der Sinn nach einem weiteren Schluck dieses essigsauren Gesöffs, das ihr Rotwein nennt«, fauchte er.

Im selben Moment gab es ein metallisch schnappendes Geräusch, das von überall herzukommen und dennoch keinen Ursprung zu haben schien.

Nervös blickte sich der Wirt um und eilte wortlos zur Tür der Schenke. Mit ein paar Rucken am Knauf stellte er verwundert fest, dass die Tür verschlossen war. Auch die Läden der Fenster zu beiden Seiten ließen sich nicht öffnen. Verstört blickte er im Schankraum von Gast zu Gast, und in seinem Gesicht war zu erkennen, dass er damit haderte, in Panik auszubrechen.

»Sententiosus dispergo«, hörte man den Reisenden flüstern.

Im Gegensatz zu vielen anderen seiner Zunft war er der Meinung, dass zwei Zauber völlig ausreichten, um ihn zu schützen. Schließlich war er keiner von diesen alten Tattergreisen, die sich nicht mehr zu wehren wussten und schon Angst bekamen, wenn sie allein über den Markt laufen mussten, ohne sich vorher mit Stärkungstränken und Schutzzaubern zu bewaffnen.

Es war so weit, das Verwischen seiner unbeabsichtigten Spuren und das Aufräumen konnten beginnen. Er erhob sich von seinem Platz und drehte sich zu den Gästen um.

»Orbis per incendium!«

Die Luft im Schankraum begann zu flimmern, und es bildeten sich Schlieren, die sich wie ein Sog um den Reisenden herumbewegten und ihn einhüllten. Er trat einen weiteren Schritt vom Tresen zurück und beobachtete aufmerksam die nervösen Blicke der anderen Gäste. Wie gebannt saßen sie auf ihren Plätzen und schienen zu hoffen, dass der Spuk ein schnelles Ende finden würde.

Der flimmernde Sog verengte sich abermals um den Reisenden und ließ nur das Bild einer verzerrten Silhouette von ihm übrig. Plötzlich packte ihn eine unsichtbare Kraft und hob ihn eine Hand breit vom Boden hoch. Er schwebte einen Augenblick im Raum und breitete dabei langsam die Arme aus. Dann gab es einen dumpfen Knall, und er wurde wie ein Pfeil zurück auf den Boden geschleudert. Seine Füße brachen durch die Dielenbretter, das Holz splitterte sternförmig um ihn herum, sodass er wie in einem Krater stand.

Alle Augen waren jetzt auf ihn gerichtet, doch in keinem zeigte sich so etwas wie Entschlossenheit. Die Menschen taten das, was sie immer taten, wenn sie etwas nicht verstanden – sie fürchteten sich und waren wie gelähmt vor Angst.

Grüne Flammen krochen aus dem Boden, wo die Bretter geborsten waren, und breiteten sich kreisförmig um den Reisenden herum aus. Erst waren sie klein und dunkelgrün, doch je mehr Nahrung sie fanden, desto heller erstrahlten sie, wurden größer und liefen in orangenen, roten und gelben Spitzen aus. Ein weiterer Feuerkranz löste sich aus dem Krater, und gleich darauf noch einer. Sie breiteten sich aus wie Wellen auf einem Teich, in den man einen Stein geworfen hatte.

Als der Ring aus Feuer die ersten Tische erreichte, begannen die meisten Gäste von ihren Plätzen aufzuspringen und schreiend zurückzuweichen. Nur der Händler blieb wie gelähmt sitzen, scheinbar hoffend, sich vor den Flammen retten zu können, indem er die Beine anzog. Das magische Feuer entzündete jedoch sofort Stuhl und Tischbeine und kroch an ihnen empor. Als die Hosenbeine des Händlers in Flammen aufgingen, stieß er sich von der Tischkante ab, kam ins Wanken und stürzte rückwärts mit seinem Stuhl um. Unaufhaltsam fraßen sich die Flammen unter ihm hindurch und verzehrten Stoff, Haare und Haut gleichermaßen. Der Mann schaffte es nicht wieder zurück auf die Beine, sondern krümmte sich wie ein Wurm vor dem Sonnenlicht auf dem Boden, bis er lichterloh in Flammen stand und seine Schreie den Raum erfüllten.

Die Menschen im Schankraum hämmerten gegen die geschlossenen Fensterläden, kreischten, brüllten und versuchten, sich auf Stühle und Tische zu retten. Doch auch sie ereilte nach und nach das gleiche Schicksal wie den Händler. Qualm und Flammen erfüllten den Raum und machten das Atmen unmöglich. Lichterloh brannte das Mobiliar, und selbst die Wände fielen nach und nach den Flammen zum Opfer.

Die Schankstube glich einem Glutofen – nur der Platz, an dem der Reisende stand, blieb vollkommen von der Hitze verschont.

3. MILO

Aus der Luft betrachtet, glich Eichenblattstadt den großen Köhlerplätzen im Unkenwald. Wie vergessene Kohlenmeiler, die vom Gras überwuchert waren, die aber dennoch dünne Rauchfäden aus etlichen Schloten aus ihrem Inneren nach oben sandten, standen die kreisrunden oder ovalen Behausungen der Halblinge breit verteilt auf der einzigen großen Lichtung des Düsterkrallenwaldes.

Die mit viel Liebe angelegten Vorgärten, die akkurat ausgesäten Gemüsebeete und die mit zu beiden Seiten von Steinen begrenzten Wege ließen jedoch darauf schließen, dass sich im Inneren der Erdhügel etwas anderes befand als verkohlte Holzscheite.

Die Halblinge von Eichenblattstadt lebten ein idyllisches, aber wenig luxuriöses Leben. Es herrschte zwar keine Armut, aber Verschwendung und Überfluss fand man hier genauso wenig wie jemanden über vier Fuß Größe.

Abgesehen von persönlichen Besitztümern und Gegenständen des alltäglichen Gebrauchs existierte in Eichenblattstadt alles nur ein Mal. Es gab eine Herberge, einen Schmied, einen Tempel, einmalig schlechtes Wetter und für Fremde einfach keinen Anreiz, hier leben zu wollen. Seit Jahren hatte kein Halbling von außerhalb mehr den geistigen Freitod gewählt und war hierhergezogen. Am Haus von Bürgermeister Butterblums war der offizielle Ort für Bekanntmachungen. Dort vermerkte man unter anderem auch die Einwohnerzahl von Eichenblattstadt. Das leicht vergilbte Stück Pergament verkündet mit traurigem Stolz die Zahl dreihundertdreiundzwanzig.

Diese Stadt wäre für viele deprimierend langweilig gewesen. Fernab von allen Handelsstraßen und großen Städten hätte man vermuten können, der gesamte Sprachschatz der Bürger würde innerhalb von hundert Zyklen auf das alltägliche »Auf Gottes

Wegen« als Begrüßung und Abschiedsformel zusammenschrumpfen, da man sich nichts mehr zu erzählen hatte. Doch es waren Halblinge, die hier lebten, und wo sie waren, gab es auch immer Gesprächsstoff. Sie machten sich nicht viel aus den Gerüchten von Königshöfen, und auch die Erschließung neuer Handelsrouten interessierte sie herzlich wenig. Stattdessen konnten sie sich stundenlang über den richtigen Platz für Tomaten unterhalten, ob sie nun an der Süd- oder Westseite des Hauses günstiger standen. Sie debattierten darüber, ob es besser war, die abgesammelten Kartoffelkäfer von ihrer Ernte den Hühnern zum Fraß vorzuwerfen oder sie in einem Kohlebecken zu verbrennen.

Dieses kaum drei Fuß große, äußerst quirlige und zumeist gut gelaunte Völkchen schien nahezu jeden Ort der Welt mit seiner Freundlichkeit und Offenherzigkeit zu erhellen – so auch den Düsterkrallenwald.

Halblinge waren dafür bekannt, mit sich selbst wie auch jedem anderen gut zurechtzukommen. Es gab immer etwas zu reden, zu lachen oder einen Grund, ein Liedchen anzustimmen. Und wer gerade einmal nichts zu sagen hatte, saß einfach nur in seinem Vorgarten, rauchte ein Pfeifchen und sah den Pflanzen beim Wachsen zu. Es gab jedoch auch einiges, dass Halblinge gar nicht schätzten. Eines davon waren Abenteuer und Leute, die sich gern mit Geschichten über eben solche wichtig machten. Ein Sprichwort des kleinen Volkes lautete: Warum soll man nach Wundern in weit entfernten Ländern suchen, wenn sie bei einem im Vorgarten wachsen.

Eichenblattstadt schien jedenfalls wie der letzte glühende Funken Frohsinn inmitten eines düsteren Landstriches voller dunkler Geheimnisse und mit einer finsteren Vergangenheit, wenn es nicht diesen Eklat um den Bau eines Brunnens gegeben hätte. Es war vor nicht ganz einem halben Zyklus, als die Streitereien ihren Anfang nahmen. Mit Beginn des einsetzenden Frühlings kam neue Kraft in die Pflanzen; die Wurzeln förderten wieder Feuchtigkeit in die neuen Triebe der Bäume, und zarte Blattsprossen entwickelten sich.

Nur bei der großen Eiche im Zentrum des Marktplatzes tat sich nichts. Zuerst wunderte man sich nur, dann rätselte man herum. Schon bald wurden die ersten Theorien geäußert und wenig später die ersten Pläne zur Rettung des Baumes geschmiedet. Einige sagten, der nahe gelegene Brunnen sei schuld am Kränkeln des Wahrzeichens, andere behaupteten, das Wasser sei verseucht, und wiederum andere meinten, Bäume stürben eben einfach irgendwann, und da machte der Lauf aller Dinge auch nicht vor Wahrzeichen halt. Die verschiedenen Pläne zur Gesundung der Eiche sowie dem Erhalt des Brunnens sorgten ebenfalls für einen allgemeinen Disput, der sich zu einer handfesten Fehde entwickelte. Manche wollten die Erde um den Baum austauschen und mit Ponydung anreichern, andere wollten die Elfen zu Rate ziehen, da sie das meiste Wissen über Bäume besaßen, und wiederum andere schlugen vor, die alte Eiche zurückzuschneiden, damit sie neu austreiben konnte. Die Gemeinschaft von Eichenblattstadt spaltete sich in verschiedene Lager auf. Erst langsam und schleichend, dann kam es zu den ersten Handgreiflichkeiten, bis vor drei Umläufen Frau Bollwerks, die Frau des Schmiedes und Verfechterin der Gift-im-Brunnen-Theorie, hinter dem Haus schwer verletzt aufgefunden wurde. Sie war bis dato immer noch nicht ansprechbar und hatte deshalb die Identität ihres Angreifers nicht preisgeben können.

Die Streitigkeiten waren spätestens ab diesem Zeitpunkt zu einem echten Problem und zu einer Zerreißprobe für die gesamte Dorfgemeinschaft geworden. Und das alles zu einem denkbar ungünstigen Zeitpunkt, denn die Vorbereitungen zum alljährlichen Kürbisfest standen bevor, und eigentlich hätte jeder alle Hände voll zu tun gehabt.

Nur zwei junge Halblinge profitierten von all dem Durcheinander, weil es von dem ablenkte, was sie den ganzen Tag so ausfraßen. Einer der meist zitierten Sätze in Eichenblattstadt war nämlich: »Habt ihr schon gehört, was Bonne und Milo wieder angestellt haben?« Vor einigen Monaten hatten sie zum Beispiel versucht, mit selbst gebauten Flügeln zu fliegen.

Bonne und Milo Blaubeers waren die zwei ältesten Sprösslinge von Gunder Blaubeers und seiner verstorbenen Frau Roswita. Neben den beiden Brüdern gab es noch neun weitere Geschwister im Abstand von einem bis zwei Jahren, fünf Jungs und vier Mädchen.

Die beiden Brüder hatten wegen ihrer ständigen Wettstreite miteinander eine zweifelhafte Berühmtheit in Eichenblattstadt erlangt. Jeden Tag aufs Neue forderten sie den jeweils anderen zu waghalsigen Mutproben heraus und brachten dabei nicht nur sich, sondern auch Außenstehende in Gefahr.

Ihr letzter Wettkampf war zugegebenermaßen etwas außer Kontrolle geraten. Bonne hatte damit geprahlt, wie ein Artist auf einem Seil vom Dach des Bürgermeisters bis zum Tempel balancieren zu können. Die Strecke betrug immerhin gute vierzig Schritt, und dazwischen lag das Grundstück von Nubert Furtfuß, einem unangenehmen Eigenbrötler mit einem Wachhund, der seinem Herrchen in nichts nachstand.

Bonne schaffte gerade einmal zwanzig Fuß, und das auch nur, weil er ohne Rücksicht auf Verluste mit Anlauf auf das Seil gesprungen war. Sein Sturz wurde von einem Gespinst aus Wäscheleinen und einem voll besetzten Hühnerhaus gebremst. Dummerweise befand sich beides auf dem Grundstück von Nubert Furtfuß.

Der entstandene Schaden wäre noch zu überblicken und sicherlich mit ein paar Entschuldigungen und zwei Tagen Arbeitsaufwand zu richten gewesen, hätte es nicht diese innige Feindschaft zwischen Bonne und dem Haushund gegeben. Der Köter schien regelrecht darauf gewartet zu haben, dass der junge Halbling über seinem Revier scheiterte. Kaum war Bonne in einer Wolke aus Federn, Staub und Holzsplittern versunken, kam das Vieh bellend und Geifer spritzend um die Ecke geprescht. Bei dem Versuch, sich in Sicherheit zu bringen, verhedderte Bonne sich in der Wäscheleine. Ungeachtet dieses tückischen Gespinstes, rannte er quer durch die Rabatten und Blumenbeete, dicht gefolgt von dem Vierbeiner. Immer wieder schnitt ihm der Hund den Weg zum rettenden Zaun ab, und so legte Bonne zwei ganze Runden um das Haus zurück, bis ihm endlich der finale Sprung über die Gartenpforte gelang. In der Wut, seine Beute nicht erwischt zu haben, ließ der Hund seinen Frust an dem wild umherflatternden Federvieh aus. Wie die zwei letzten Überlebenden einer großen Schlacht standen Bonne und Milo wie gelähmt vor dem Feld der Ehre und richteten ihren Blick auf geköpfte Blumen, zertrampelte Aussaaten, eine Hühnerburgruine und dahingeschlachtetes Federvieh, während ein vierbeiniger Dämon versuchte, seinen Blutrausch zu stillen.

Die beiden ließen sich noch vor Ort von Nubert Furtfuß zur Rede stellen. Leugnen hätte wenig Zweck gehabt, denn das Chaos trug eindeutig ihre Handschrift. Herr Furtfuß ließ es sich natürlich nicht nehmen, die beiden an den Ohren quer durchs Dorf zu ihrem Vater zu zerren. Gunder Blaubeers wiederum ließ es sich ebenfalls nicht nehmen, ein Exempel an ihnen zu statuieren – besser gesagt, an einem von ihnen.

Milo und sein Vater waren in letzter Zeit oft aneinandergeraten. Wann immer es passte, oder eben auch nicht, wies Gunder seinen Sohn darauf hin, dass er mittlerweile ein Boggar war. Boggars, so nannte man die herangereiften Halblinge, die ins heiratsfähige Alter gekommen waren, und von denen man jetzt erwartete, dass sie sich einem Broterwerb widmeten und den Rest der Zeit damit verbrachten, nach einer passenden Braut Ausschau zu halten. Wie es dann weiterzugehen hatte, lag auf der Hand: Man heiratete, baute ein eigenes Haus, versuchte nach und nach, die leer stehenden Zimmer mit Nachwuchs zu füllen, und wartete gemächlich auf den Zeitpunkt, an dem man seine Zöglinge endlich dazu auffordern konnte, auszuziehen und auf eigenen Beinen zu stehen.

Milo konnte dem Ganzen, zum Leidwesen seines Vaters, so rein gar nichts abgewinnen. Er genoss lieber seine Freiheit und versuchte, die Schlinge eines Familienlebens so lange wie möglich von seinem Hals fernzuhalten. Er träumte von großen Abenteuern in fernen Ländern, sagenumwobenen Schätzen in den Tiefen der Erde und einem Heldendasein. Solange er das alles nicht haben konnte, war er unter Umständen auch bereit, sich mit dem Zerlegen eines Hühnerstalls, dem Zertrampeln von Beeten und dem Ärgern von Nubert Furtfuß' Hofhund zufriedenzugeben. Leider winkten hierbei keine Truhen voller Gold, sondern lediglich eine Standpauke seines Vaters und ein Adeptenplatz bei Meister Gindawell, dem Dorfkleriker.

»Milo, wach auf, du träumst schon wieder!«

Die energische Stimme riss den jungen Halblingsadepten aus seinen Gedanken. Er ertappte sich dabei, wie in Trance mit dem Finger die Umrisse der alten Eiche durch das beschlagene Fenster nachzuzeichnen. Milo antwortete nicht sofort, sondern sah erst einmal zu, wie sich das Kondenswasser in den Biegungen seiner Zeichnung sammelte und sich dann verselbstständigte. Die Tropfen sahen aus wie Blätter, die im Herbst zu Boden fielen.

»Ein lebendiges Bild«, flüsterte er.

»Milo?«

»Ja, Meister Gindawell, ich bin da. Ich habe nicht geträumt. Ich habe nachgedacht«, rechtfertigte er sich.

Mit einer übertrieben beeindruckten Miene nickte der alte Halblingskleriker seinem neuen Schüler zu.

»Das ist fantastisch. Du solltest diese Gabe auf jeden Fall weiter verfeinern. Irgendwann wirst du so weit sein und die Probleme der Welt gelöst haben, wenn du morgens aufwachst.«

Milo wusste, wie er mit solchen Anmerkungen seines Lehrmeisters umzugehen hatte: Er durfte auf keinen Fall versuchen, zu antworten. Der letzte zurechtweisende Redeschwall des Meisters in caryndischer Sprache war ihm in guter Erinnerung geblieben. Er hatte Tage gebraucht, um all die Worte, die er nicht kannte, nachzuschlagen und ihre möglichen Bedeutungen so zu ordnen, dass sie einen Sinn ergaben. Übrig blieben zwei Varianten. Die eine besagte, dass Schüler aufgrund ihrer Stellung und ihrem verminderten Wissensstand dem Lehrer nicht zu widersprechen hatten. Die andere verwies auf das Sprichwort: Wenn der Kopf dir keine Antwort liefert und der Bauch dir kein Gefühl vermittelt, nimm dir ein Herz und halte den Mund, sonst sieht dein Gegenüber die Dummheit in deinen Augen. Milo gefiel die erste Variante besser, Meister Gindawell nicht.

Heute war ein besonderer Tag. Keiner, der in die Geschichte eingehen würde, aber einer, der Milos Leben ein Stück vorantreiben würde – auch wenn es ein Leben war, das er nicht wollte. Er, Milo, durfte heute das erste Mal einer Ratsversammlung beiwohnen.

Die Auflagen, die er von Meister Gindawell in Bezug auf seine Verhaltensweise während der Sitzung bekommen hatte, schmälerte seine Vorfreude allerdings.

Er empfand es als nicht besonders elegant, während der ganzen Sitzung neben dem schweren Eichenportal zu stehen und sich nicht setzen zu können. Weiterhin raubte ihm das Gebot, nur als stiller Beobachter beizuwohnen, jegliches Gefühl von eigener Autorität. Zusammen mit noch einem weiteren Dutzend beschneidender Auflagen und dem Zwang, ein Mützchen in Form eines Papierschiffes zu tragen, kam Milo zu dem Schluss, dass zwischen ihm und dem Mobiliar nur ein einziger Unterschied bestand: Er durfte nach der Sitzung den Saal wieder verlassen. Dennoch würde er dabei sein, und die Ratsmitglieder würden ihn sehen. Das allein war Ehre genug … redete er sich ein.

Jeder in Eichenblattstadt kannte die Mitglieder, und jeder hatte mit ihnen schon zu tun gehabt. Es waren nicht die einzelnen Personen, die aus dem Bevorstehenden etwas Besonderes machten. Es war vielmehr die Tatsache, dass sie alle aufeinandertrafen und hinter geschlossenen Türen über das Schicksal der Stadt beratschlagten. Vielleicht war Schicksal auch etwas zu viel gesagt, schließlich ging es nur um Dinge wie die Laternen in den Wintermonaten länger brennen zu lassen als im Sommer, den Dachstuhl der Bibliothek erneuern zu lassen oder zu beratschlagen, ob es sinnvoll wäre, im Gasthaus das Starkbier der Zwerge auszuschenken. All das hatte unter Umständen etwas mit Schicksal zu tun, es war eben nur schwer zu erkennen.

Für den heutigen Tag hatte Meister Gindawell die Sitzung zusammengerufen. Er machte ein regelrechtes Geheimnis daraus, was der Anlass dafür war. Nur wenige Andeutungen waren bisher über seine Lippen gekommen, die Milo aber nicht genügend Aufschluss darüber gegeben hatten, um was es wirklich ging.

»Willst du nicht dein blaues Gewand überziehen, es regnet?«, fragte der Meister ihn rhetorisch, als ob Milo wirklich die Wahl hätte, sich in Bezug auf seine Garderobe frei zu entscheiden.

»Das blaue ist gut«, antwortete er wenig euphorisch.

Gindawell zupfte an seinem eigenen dunkelblauen Ornat herum. Er probierte verschiedene Versionen der Knüpfung, von halb offen bis dreiviertel geschlossen, von ganz offen bis zugeknöpft und wieder zurück. Das größte Augenmerk legte er dabei auf sein heiliges Symbol, das er an einer Kette um den Hals trug. Es war das Zeichen der Gottheit der Halblinge, der Göttin Cephei.

Es bestand aus einem Kreis, der von einem gegabelten Blitz durchzogen wurde. Die Gabelung stand für die Macht der Göttin Cephei, jemanden oder etwas zu erleuchten oder zu bestrafen. Blitze am Himmel waren ein Zeichen für ihre Anwesenheit, so wie der Donner der Hall ihrer Stimme war. Ein Halbling, der vom Blitz getroffen wurde und überlebte, galt als von Cephei persönlich heiliggesprochen. Im anderen Fall war es wohl eher als Bestrafung anzusehen.

Ab und zu kamen heilige Pilger nach Eichenblattstadt. Voller Stolz präsentierten sie die Narben, wo der Blitz sie getroffen hatte. Mit viel Theatralik erzählten sie von der Begegnung mit der Göttin, aber keiner von ihnen verkündete etwas, das als direkte Anweisung Cepheis verstanden werden konnte. Meister Gindawell hatte Milo erklärt, dass die Göttin jedem nur Fragmente ihres Willens preisgab, weil es den Verstand eines Sterblichen übersteigen würde, die komplette Botschaft entgegenzunehmen. Mit umso mehr Heiligen man gesprochen hatte, desto tiefer wurde der Einblick in den Willen Cepheis. Gindawell hatte allerhand solche geistreichen Erklärungen, und wann immer Milos Wissensdurst ihn plagte, hatte sein Meister eine Antwort parat – auf jeden Fall bis vor fünf Umläufen. Seitdem hatte ihn etwas verändert. Milo spürte, dass ihn etwas plagte. Er war oft geistesabwesend und verstrickte sich in Widersprüche. Alte Bücher lagen zuhauf auf seinem Schreibtisch, und ständig kritzelte er irgendwelche Notizen in ein abgegriffenes Buch.

Milo ertappte ihn, als er eine Reihe von heidnischen Symbolen auf ein Blatt Papier zeichnete. Meister Gindawell erklärte ihm daraufhin, dass es wichtig sei, sich mit den Göttern der vergangenen Tage zu beschäftigen, um die Fehlinterpretation ihrer Existenz zu verstehen. Dies war einer dieser Widersprüche, denn er sprach von Göttern und nicht von Trugbildern und Fanatismen wie sonst.

»Komm schon, Milo. Trödel nicht so lange herum, wir haben es eilig.«

»Bin schon fertig, Meister«, antwortete Milo. »Schon länger als eine halbe Ewigkeit«, fügte er murmelnd hinzu, ohne dass Gindawell ihn hören konnte.

In gebückter Haltung eilte Milo quer über den Marktplatz hinter seinem Meister her. Regen peitschte ihm ins Gesicht, und der Matsch des aufgeweichten Bodens quoll bei jedem Schritt zwischen seinen Zehen hindurch. Es schien fast so, als ob der Guss darauf gewartete hätte, dass sie das Haus verließen, um dann über sie herzufallen. Starke Böen rissen an den Umhängen der beiden Halblinge und verwirbelten das hochspritzende Wasser ihrer eiligen Schritte. Schnell suchten Meister und sein Adept Sicherheit im Sitzungssaal des Rathauses. Das sogenannte Rathaus war nichts weiter als ein zusätzlicher Anbau an das Haus von Bürgermeister Butterblums. Nach viel Gezeter hatte Frau Butterblums zugestimmt, auf ein Teil ihres Gartens zu verzichten, um Platz zu schaffen für einen offiziellen Raum, in dem die Mitglieder tagen konnten.

Milo und Gindawell waren die Ersten, die den Raum betraten. Wie besprochen, postierte sich Milo am Eingang, während Gindawell sich am Ende der großen ovalen Tafel einen Platz suchte.

Einige feuchte Haarsträhnen fielen dem alten Mann ins Gesicht und täuschten einen Ausdruck von Verwegenheit vor. Der sonst so gemütlich wirkende Mann mit den gütigen Augen verwandelte sich plötzlich in das Schattenbild seiner selbst. Seine Züge waren finster und starr. Seine Augen durchdringend, die Haltung verkrampft, aber dennoch war es immer noch Meister Gindawell.

Milo hörte, wie die Tür im Vorraum vom Wind aufgerissen wurde, dann traten mehrere Personen ein und schlossen die Tür wieder hinter sich. Füße wurden auf den Boden gestampft, um von Nässe und Matsch befreit zu werden, und irgendjemand klopfte seinen Mantel unter einem Schwall von unverständlichen Verwünschungen ab.

Milo starrte gebannt zur Tür.

»Nach Ihnen, Gnädigste«, hörte er Bürgermeister Butterblums übermäßig freundlich sagen.

Vanilla Grünblatt trat ein, ohne den jungen Adepten auch nur eines Blickes zu würdigen. Ihr stark blumig riechendes Parfum eilte ihr voraus, genauso wie das unbehagliche Gefühl ihrer Nähe.

»Ich hoffe, es ist wichtig, Gindawell, sonst werde ich dich für den entgangenen Umsatz in meinem Laden haftbar machen«, keifte sie.

Milo war es schleierhaft, von welchem Umsatz sie sprach. Frau Grünblatt besaß einen Tuchladen. Eigentlich war sie ein Fräulein, aber ab einem gewissen Alter verlangte es die Höflichkeit, sie zu behandeln, als ob sie verheiratet oder zumindest verwitwet wäre.

Wobei das Zweite in Milos Augen wahrscheinlicher klang, denn hätte es einen Mann gegeben, der masochistisch genug gewesen wäre, sie zu heiraten, wäre er sicherlich bereits ihrem Charme erlegen – und das im wahrsten Sinne des Wortes. Selbst ihre acht Brüder mieden sie wie die Pest, und keiner im Dorf sah es ihnen nach. Vanilla Grünblatt war um die fünfzig, ihre Haare waren schlecht geschnitten und außerdem schrecklich strohig. Die Kleidung, die sie trug, spannte sich um ihren fülligen Körper und erweckte den Eindruck eines kunterbunten Querschnittes ihrer

Schaufensterauslage. Zur Unterstützung ihres aufdringlichen Erscheinungsbildes hatte sie wie immer nicht an Rouge, Lippenstift und Parfum gespart. Doch die eigentliche Herausforderung, sie zu ertragen, lag nicht in ihrer Erscheinung, sondern in der immer fortwährenden Art des keifenden Nörgelns. Sie hatte den Laden und eine beträchtliche Summe Goldes von ihrem Vater geerbt und verbrachte nun die Zeit damit, das Geschäft durch Inkompetenz und Unfreundlichkeit zu verstümmeln.

»Na, die anderen sind sich wohl zu fein, um durch den Regen zu laufen«, höhnte sie nach einem Blick aus dem Fenster. »Stehen unter dem Vordach beim Eichenkrug wie frisch getretene Hühner.«

Bürgermeister Butterblums trat ein. Er gab Milo die Hand, sah aber dabei interessiert aus dem Fenster und murmelte beiläufig: »Da spricht der reine Neid. Na, mein Junge, wie geht es dir?«

Butterblums wartete die Antwort nicht ab, die Milo auch nicht gewollt war, jemandem zu geben, der durch ihn hindurchsah. In gekrümmter Haltung, durch die beschlagenen Butzenscheibe spekulierend, schlich er zu seinem Platz. Erst als er sich gesetzt hatte, begrüßte er Gindawell mit einem übermäßig würdevollen Kopfnicken.

»Was soll man von den Männern in Eichenblattstadt auch schon anderes erwarten«, spottete Frau Grünblatt. »Erst saufen sie sich Mut an und prahlen mit ihren Heldentaten, den zukünftigen und den vergangenen, doch dann können sie nicht loslegen, weil es draußen regnet.«

»So etwas aus deinem Munde zu hören schmerzt mich«, gestand Butterblums. »Schließlich bin ich auch ein Mann.«

Überrascht sah Vanilla Grünblatt den Bürgermeister an und musterte ihn. »Gewagte Behauptung«, stöhnte sie, verdrehte die Augen und rang sich ein mitleidiges Lächeln ab.

Als ob die Verhöhnung durch die Fenster, quer über die Straße und bis zum Eichenkrug gelangt war, sah Milo die zwei Männer im strömenden Regen die Straße überqueren. Er empfand die Art ihrer Bewegungen, die sie an den Tag legten, wenn sie durch die Stadt stolzierten, schon als äußerst belustigend, aber das war nichts gegen das Schauspiel, das sich ihm gerade bot. Die zwei Männer hatten sich ihre Umhänge über den Kopf geworfen, mit den Händen hielten sie ihre Hosenbeine fest in den Schritt gezogen. So tänzelten sie in gebückter Haltung über das nasse Pflaster der Straße und den morastigen Weg zum Ratssaal. Der Wind zerrte an ihrer Kleidung und verwirbelte die Stoffe so miteinander, dass es unmöglich war, zu erkennen, wer sich darunter verbarg.

Laut pustend und schnaubend, betraten die beiden Neuankömmlinge den Sitzungssaal. Jeroll Butterblums, der Zwillingsbruder des Bürgermeisters und Wirt des Eichenkruges, glich seinem Bruder wie ein Haar dem anderen. Beide waren um die sechzig. Ihr graues Haar hätte ihnen etwas von Würde und Weisheit verleihen können, wenn es nicht so zerzaust in alle Richtungen abgestanden hätte. Ihre Haut war leicht fettig und ihr Händedruck feucht. Aber das unverkennbare Markenzeichen aller Butterblums, die die Ahnengalerie im Ratsgebäude zierten, war ihre übergroße Knollnase.

Hinter Jeroll trottete Tilmo Rindenstolz her. Er war ein Mann, der allein durch Geld und Einfluss in den Stadtrat gekommen war. Niemand wusste genau, woher er sein Vermögen hatte und woher er gekommen war, als er sich vor zehn Jahren ein Haus in Eichenblattstadt kaufte. Aber zwei Dinge standen fest: Er hatte seine besten Jahre schon hinter sich, und früher musste er wesentlich schlanker gewesen sein. Er war einer von diesen Halblingen, denen man ansah, dass Vermögen und Einfluss nicht nur ihr Ego aufgeblasen hatte, sondern auch ihren Körper. Wenn man genau hinsah, konnte man immer noch seine einst hageren Züge erkennen.

»Na, dann warten wir nur noch auf Meister Funkenregen«, sagte Bürgermeister Butterblums.

Funkenregen war natürlich nicht sein richtiger Name. Er hieß Joos Findlings und war der Dorfmagier. Ein Mann, dessen Alter niemand zu schätzen wagte. Er war selbst für einen Halbling klein und ausgesprochen hager. Wie es sich für einen Magier gehörte, trug er eine lange Robe und hatte schulterlanges, weißes Haar und einen Spitzbart.

»Niemand muss auf mich warten«, sagte Joos, der in diesem Moment wie aus dem Nichts neben Milo auftauchte.

»Ich hasse es nur, zu früh zu sein und meine Zeit mit freundlichen Phrasen und dem Ersinnen von respektlosen Spitznamen totzuschlagen.«

Das war natürlich nicht die ganze Wahrheit, denn eigentlich liebe er es, einen großen Auftritt hinzulegen, und dies war ihm wieder einmal gelungen. Sein Haar fiel ihm glatt auf den Rücken, die Robe schimmerte in dunklem Blau, und seine Füße waren blitzblank. Egal, wo er herkam, er hatte nicht einen Schritt durch den Sturm oder den Regen gemacht.

»Das ist gut«, sagte Meister Gindawell erleichtert, »dann können wir auch gleich zum Thema kommen.«

Er erhob sich feierlich und schaute in die Runde. Niemand der anderen schien ein besonderes Interesse daran zu haben, was Gindawell sagen wollte. Sie kramten in ihren Manteltaschen und holten einer nach dem anderen ein kleines Bündel zum Vorschein, das sie vor sich auf den Tisch legten. Abschätzend spähten sie zu den Plätzen ihrer Nachbarn. Tilmo Rindenstolz war der Erste, der sein Bündel öffnete. Zum Vorschein kamen ein gutes Dutzend saftige Kirschen.

Beeindruckt verzogen die anderen das Gesicht, nur Vanilla Grünblatt kam mal wieder nicht umher, etwas Gift zu verspritzen.

»Ich habe den Baum in deinem Vorgarten gesehen«, zischte sie. »Er scheint mir ein bisschen jung, um solche Früchte zu tragen. Könnte es sein, dass du die Kirschen von Nuberts Baum hast, und zwar von den Ästen, die hinüberragen auf dein Grundstück? Ich meine dort, wo der Kompost steht.«

Tilmo schaute Vanilla empört an.

»Was über meinem Grundstück wächst, gehört mir«, rechtfertigte er sich. Was kann ich dafür, wenn Nubert sich nicht darum kümmert. Allein mein glückliches Händchen für Kirschen haben sie so werden lassen. Das hat mit Nuberts Baum rein gar nichts zu tun.«

Die anderen waren schon am Kichern, nur Meister Gindawell nicht.

Dann gaben alle außer dem Kleriker nacheinander preis, welche Ausbeute sie in ihren Gärten gemacht hatten. Bürgermeister Butterblums präsentierte stolz fünf kerzengerade Mohrrüben, sein Bruder Jeroll eine Handvoll Radieschen. Joos Findlings und Vanilla Grünblatts Beutel waren beide gefüllt mit akribisch ausgewählten und dann handpolierten Johannisbeeren.

Vanillas Blick zeigte, dass sie Joos' Ausbeute gern madig gemacht hätte, doch das war schwierig, ohne einen Schatten auf ihr eigenes Bündel zu werfen. So schluckte sie ihren Neid herunter.

Als das Kräftemessen vorüber war, konzentrierten sich die Anwesenden wieder auf Gindawell.

Ihre Blicke versprachen dennoch wenig Interesse. Jedes der sechs Ratsmitglieder war zwar kompetent genug, eine Entscheidung für das Gemeinwohl der Stadt zu treffen, aber um sich wirklich für ein Problem zu ereifern, war es nahezu unumgänglich für sie, sich selbst sprechen zu hören.

Meister Gindawell nahm einen Schluck Wasser und räusperte sich. Milo erkannte die Anspannung in ihm. Eine Anspannung, die nicht zu seiner Art passte. Gindawell war nachdenklich, eigenbrötlerisch und manchmal auch euphorisch, aber sein momentaner Zustand war eine ganz neue und für seinen Lehrling beunruhigende Seite an ihm.

»So, ich will als Erstes darauf hinweisen …«

»Das Protokoll verlangt einen Anwesenheitsabgleich«, unterbrach ihn Bürgermeister Butterblums.

Tilmo Rindenstolz schnipste eine Papierkugel, die er zuvor auf dem Tisch geduldig zusammengerollt hatte, in Richtung Bürgermeister und traf ihn, eher ungewollt, unter dem rechten Auge.

»Was sollen die Kindereien?«, blaffte ihn Bons an.

»Das frage ich mich auch«, konterte Tilmo. »Du bist sicher nicht Bürgermeister geworden, weil du so gut zählen kannst. Es gibt sechs Ratsmitglieder, und sechs Personen sitzen am Tisch. Welche Anwesenheit willst du bitte schön abgleichen?«

Vanilla kicherte hinter vorgehaltener Hand. Sicherlich fand sie weniger Belustigung an dem Gesagten. Vielmehr erfreute sie die würdelose Bloßstellung des Bürgermeisters.

»Nun reicht es aber«, fauchte Meister Gindawell und schlug mit der Faust auf den Tisch. »Was ich euch vorzutragen habe …«

»Ich wollte ja nur die offizielle Satzung einhalten«, unterbrach ihn Bürgermeister Butterblums abermals.

Milo sah, wie schwer es seinem Meister fiel, die neuerliche Unterbrechung mit gelassener Souveränität hinzunehmen. Seine Faust drückte noch immer auf die Tischplatte, und die Anspannung, die darin lag, spiegelte sich in seinen weißen Knöcheln wider.

»Ich habe die Versammlung einberufen«, begann er erneut mit bebender Stimme, »weil die jüngsten Ereignisse in Eichenblattstadt, wenn man sie genau betrachtet, ein bestimmtes Muster aufweisen. Und ich spreche damit nicht nur auf den Verlust unseres Wahrzeichens oder die jüngsten Vorfälle am Brunnen an.«

Tilmo Rindenstolz legte unvermittelt ein weiteres verknotetes Bündel aus blaugrün kariertem Stoff auf den Tisch, betrachtete es erwartungsvoll und zog damit alle Aufmerksamkeit auf sich. Mit breitem Grinsen öffnete er das verknotete Ende, klappte die vier Ecken zurück und strich jede einzeln mit dem Handrücken glatt. Zum Vorschein kamen drei herrliche Steinpilze, die man nicht schöner hätte malen können.

»Möchte jemand schnuppern?«, fragte Tilmo verlockend in die Runde. »Die Pilzsaison hat bereist begonnen, meine Lieben.« Im selben Moment erhellten sich die Gesichter der Ratsmitglieder, und das Bündel machte seine Runde. Nur Meister Gindawell wirkte irgendwie deprimiert, als er sich eine von Tilmos Kirschen in den Mund steckte und den Kern in die hohle Hand spuckte.

»Könnten wir jetzt bitte wieder auf das eigentliche Thema zurückkommen«, bat er. »Wie eben schon erwähnt, sind mir einige Dinge aufgefallen, die zu erklären ich mich außer Stande fühle. Ich habe ein wenig in der Dorfchronik und den Sitzungsprotokollen dieses Rates herumgestöbert. Ich hatte gehofft, etwas über den Brunnenbau zu finden und die mögliche Ursache des Sterbens der Eiche auf dem Dorfplatz. Leider wurde ich nicht fündig, aber dafür bin ich über etwas anderes gestolpert.«

Feierlich erhob sich Joos Findlings und schaute mit finsterer Miene von Gesicht zu Gesicht.

»Meine Untersuchungen haben etwas hervorgebracht«, beteuerte er stolz. »Ich habe die Ursache für das Kränkeln unseres Wahrzeichens gefunden.«

»Die alte Laubschleuder ist tot, du Vorstadtgaukler«, rief Vanilla Grünblatt eine Nuance zu laut und zwei Oktaven zu hoch dazwischen. »Gerade du solltest in deinem Alter besser wissen als jeder andere, dass nichts ewig lebt.«

Joos war niemand, der sich von ein paar Beleidigungen beeindrucken ließ, schon gar nicht von einer streitsüchtigen Tuchhändlerin. Er fuhr unbeeindruckt fort: »Das Rätsel um die verdorrte Eiche ist gelöst. Die Antwort ist Kupfer!«

»Was soll der Schwachsinn schon wieder«, entfuhr es Bürgermeister Butterblums. »Was hat Kupfer bitte schön mit einem Baum zu tun?«

»Kupfer ist eines der Elemente, die der Baum durch seine Wurzeln zusammen mit dem Wasser aufnimmt«, erklärte Joos. »Ich glaube, dass durch den Erzabbau der Zwerge im Norden Sedimente aus einer Kupferader herausgespült wurden und ins Grundwasser gelangt sind.«

»Es geht doch gar nicht um diesen dämlichen Baum«, schrie Meister Gindawell dazwischen und sprang auf. »Es geht um unsere kleingeistigen Zankereien hier am Tisch. Wen interessiert es denn, warum ein Baum eingeht, ob Kupfer im Grundwasser ist, warum Bons nicht einmal bis sechs zählen kann oder ob Vanillas

Bluse heute noch geschmackloser ist als bei der letzten Ratssitzung? Die eigentliche Frage ist doch: Warum muss ich jede Woche aufs Neue mit solch einer Horde Schwachköpfe am Tisch sitzen?«

Erschrocken über sich und seine eigenen Worte, stand Gindawell am Tisch und starrte bedrückt auf das Glas Wasser vor sich. Ihm schien der Mut zu fehlen, sich den anderen von Angesicht zu Angesicht zu stellen. So eine kränkende Taktlosigkeit hätte man vielleicht von einem ungebildeten Tölpel oder der frustrierten, männerhassenden Besitzerin eines Tuchladens erwartet, aber auf keinen Fall von Humi Gindawell, einem Kleriker und Tempelmeister. Man konnte erkennen, wie er an dem Kloß in seinem Hals zu schlucken hatte. Es war beängstigend, mit anzusehen, wie er, ein Mann des Zuspruches und des Glaubens, an seinen eigenen Worten zu ersticken drohte. Wie vom Blitz getroffen, ließ er sich zurück auf seinen Stuhl fallen.

»Genau das ist es, was ich meinte«, stammelte er. »Seht ihr es nicht auch? Es macht vor keinem von uns Halt.«

Einen Moment lang herrschte bedrücktes Schweigen. Jeder versuchte sich selbst, natürlich im Rahmen seiner Möglichkeiten, einen Reim aus dem Geschehenen zu machen.

»Jetzt wird mir einiges klar«, schrie Vanilla Grünblatt urplötzlich, sprang von ihrem Stuhl auf, der nach hinten umkippte und eine halbhohe Bodenvase mit sich riss. »Das ist wieder einmal so ein Versuch, uns davon zu überzeugen, dass das Wasser im Brunnen auch uns schaden könnte. Ich kann diese ›Trink bloß kein Wasser aus dem Brunnen‹ nicht mehr ertragen. Durch deinen mahnenden Finger und diese Glaubensschwüre wirst du es nicht schaffen, uns auf deine Seite zu ziehen.«

Mit hochrotem Gesicht stand sie da wie eine Furie und zeigte mit zitternder Hand auf Meister Gindawell. Bons Butterblums, der neben ihr saß, verschwand fast gänzlich hinter den wallenden Stoffen ihrer weit ausladenden, geschmacklos gemusterten Bluse. Milo konnte nicht genau erkennen, ob er versuchte, Vanilla zu beruhigen, oder ob er lediglich daran interessiert war, freie Sicht auf die anderen Ratsmitglieder zu bekommen. Auf jeden Fall griff er nach dem Stoff und zupfte zaghaft daran herum.

»Nein, nein, das seht ihr verkehrt. So habe ich das nicht gemeint«, stammelte Gindawell mehr zu sich selbst.

»Na, worum geht es bitte schön dann?«, kreischte Vanilla quer über den Tisch, während Bons immer noch versuchte, sich ein freies Blickfeld zu verschaffen.

»Es geht darum, dass irgendjemand oder irgendetwas in dieser Stadt es schafft, dass wir uns wegen Nichtigkeiten an die Gurgel gehen.«

»Dann schau in den Spiegel, du Taufbeckenbader, dann weißt du, nach wem du suchen musst«, kreischte Frau Vanilla.

In diesem Moment wurde Bürgermeister Butterblums von einem Kirschkern im Gesicht getroffen. Instinktiv krallte er sich an die Bluse seiner Tischnachbarin, um Halt zu finden.

Mit der Eleganz eines Tanzbärs und der Energie einer Rachegöttin wirbelte Vanilla Grünblatt herum und schrie den Bürgermeister an: »Du fettes Schwein, hör endlich auf, mich zu begrapschen.«

Bons Butterblums sank eingeschüchtert zurück auf seinen Stuhl.

Als Vanilla sich wieder den anderen Ratsmitgliedern zudrehte, erwartete sie die schallende Ohrfeige von Meister Gindawell. Noch bevor die roten Fingerabdrücke auf ihrer Wange die endgültige Färbung angenommen hatten, zog Vanilla Grünblatt eine silberne Haarforke aus ihrer Tasche und rammte sie in den Tisch. Mit wutentbranntem Gesicht blickte sie in die Runde und stellte fest, dass die Augen nicht auf ihr ruhten. Zögerlich folgte sie den Blicken der Anwesenden über die hölzerne Tischplatte. Ihre Haarforke hatte sich durch Meister Gindawells Handrücken gebohrt und nagelte ihn an dem Tisch fest. Als sich ihre Blicke trafen, packte der Kleriker mit seiner freien Hand, ohne einen Klagelaut oder sonst etwas von sich zu geben, Vanilla an der Kehle und drückte zu. Joos Findlings war der Erste, der seine Fassung wiedererlangte und unverzüglich zu murmeln begann. Noch bevor der Zauberspruch eine Wirkung zeigen konnte, zog Tilmo Rindenstolz einen silbernen Dolch mit Ebenholzgriff aus seinem Gürtel und rammte ihn dem Zauberer in den Bauch. Mit vor Entsetzen starren Augen sackte Joos auf seinem Stuhl zusammen.

Bons Butterblums zog sich am Kleid von Frau Grünblatt hoch, um sich in Sicherheit zu bringen, als er von der wild um sich schlagenden Tuchverkäuferin, die versuchte, dem Würgegriff ihres Gegenüber zu entkommen, mit dem Ellenbogen im Gesicht getroffen wurde. Vom Schlag betäubt, kippte der Bürgermeister nach hinten über. Sein Gewicht ließ den Stuhl unter ihm zusammenbrechen, und sein Genick schlug mit einem knackenden Geräusch auf die Rückenlehne.

Im selben Moment stürzte sich Jeroll Butterblums auf Tilmo Rindenstolz und nahm ihn in den Schwitzkasten. Mit aller Kraft drückte er den Kopf von Tilmo auf die Tischplatte und schlug ihn in gleichmäßigem Rhythmus immer wieder auf die Kante. Der blitzende Dolch tauchte in Jerolls Rücken auf und fuhr kurz hintereinander mehrfach zwischen seine Rippen. Butterblums drosch ungeachtet der Stiche weiter auf Tilmo ein, bis dessen Arm kraftlos zur Seite fiel und der Dolch sich aus seinen Fingern löste. Dann brach auch Jeroll zusammen und blieb regungslos über den Tisch gebeugt auf seinem Peiniger liegen. Joos Findlings versuchte, sich ein letztes Mal aufzubäumen, doch seine Kraft reichte nur aus, seinen Arm durchzustrecken, als sich aus seinen Fingerspitzen ein gleißender Blitzstrahl löste und seine Gabelungen gleichmäßig über die Ratsmitglieder verteilte.

Es dauerte einige Zeit, bis Milos Augen sich von dem gleißenden Licht erholt hatten. Doch trotz seiner Gebete, dass es sich bei dem Geschehenen um einen Tagtraum handeln mochte, starrte er abermals fassungslos auf den verwüsteten Tisch mit den regungslos daliegenden Ratsmitgliedern.

Seine Augen zeichneten noch hier und da kleine schwarze Flecken in die Szenerie, die sich fast wie beabsichtigt auf die Gesichter der Toten legten. Sein Mund stand nach wie vor offen, und seine Lippen fühlten sich spröde an. Die hechelnde Atmung ließ seinen Rachen austrocknen, und sein Herz raste. Milos Finger waren taub und seine Füße eiskalt.

Langsam und mit kleinen schlurfenden Schritten, die niemals den Kontakt zum Boden verloren, ging er auf seinen Meister zu. Gindawell kauerte zusammengesackt auf den Knien vor seinem Stuhl, eine Hand am Tisch festgenagelt, die andere noch immer an der Kehle von Vanilla Grünblatt.

Vorsichtig zog Milo am Ornat seines Meisters. Gindawell kippte zur Seite weg und riss dabei einen Stuhl um, doch die Haarforke in seiner Hand verhinderte, dass er vollends zu Boden stürzte. Leblos hing sein Körper an der Seite des Ratstisches. Auf der Höhe seines Herzens prangte ein schwarz verkohltes Loch in seinem weißen Hemd.

Milo versuchte, Gindawells Körper wieder aufzurichten, um ihm diese demütigende Position zu ersparen, doch plötzlich packte ihn die Hand seines Meisters am Arm und drückte zu. In Panik versuchte Milo, dem Griff zu entkommen, doch die Umklammerung wurde nur noch stärker. Überwältigende Furcht lähmte ihn für einen Moment, doch dann kroch er auf Gindawell zu. Mit zwei Fingern fühlte er den Puls am Hals des Meisters, doch er war nicht zu erspüren. Dann bewegten sich die Lippen des scheinbar Toten. Milo kroch weiter an ihn heran und lauschte dem Flüsterton.

»Ceeth müe fammamè, such in Zargenfels.«

Dann hauchte Meister Gindawell seinen letzten Atem aus, und sein Körper erschlaffte.

Wie versteinert hockte Milo auf dem blank polierten Fußboden des Ratssaals und starrte auf einen kleinen Kirschkern vor sich. Seine Augen füllten sich mit Tränen, doch er konnte weder schreien noch laut weinen.

Keines der Mitglieder des Rates war mehr am Leben, und keiner von ihnen würde je herausfinden, warum. Für Milo war das alles wie ein schrecklicher Alptraum. Es schien, als hätte sich ein dunkler Schatten aus dem Nichts gebildet, hätte alles um sich herum verschlungen und war genauso schnell wieder verschwunden, wie er gekommen war.

Milo wartete darauf, aufzuwachen, doch stattdessen schreckte er plötzlich hoch, weil eine der unteren Türen im Schrank der großen Kommode, die an der gegenüberliegenden Wand stand, mit Wucht aufschlug. Kurz darauf wurden ein paar schmutziger Halblingsfüße aus dem Schrank hervorgestreckt – Füße, die Milo nur zu gut kannte, weil sie schon oft auf seinen Schultern geruht hatten, in sein Gesicht gestreckt wurden oder in seinen Hintern getreten hatten.

»Bonne, was hast du hier zu suchen, du Idiot?«, entfuhr es Milo, bevor sich sein Bruder überhaupt aus seinem Versteck befreit oder etwas gesagt hatte.

Bonne schien ihn nicht zu hören und antwortet auch nicht. Tränenüberströmt und mit leerem Blick schlurfte er hinten um den Ratstisch herum. Milo beobachtet ihn, wie er einen Geist beobachtet hätte.

Kurz vor seinem Bruder kam Bonne zum Stehen. Er bückte sich, hob etwas vom Boden auf und präsentierte Milo den Kirschkern in der hohlen Hand.

»Ich wollte ihn nur in den Ausschnitt von Frau Grünblatt schnippen«, wimmerte er. »Er flog schon, als sie sich zur Seite drehte. Der Kern traf Bürgermeister Butterblums am Auge, und dann ...« Bonne brach den Satz ab und begann erneut zu weinen.

»Es ist nicht deine Schuld«, versuchte Milo, ihn zu trösten. »Irgendetwas anderes geht hier vor, und Meister Gindawell wusste davon. Nun ist er tot.«

»Was sollen wir jetzt tun? Was sollen wir Vater erzählen?«

Milo machte ein ernstes Gesicht. Etwas, dass einem Halbling nicht gerade in de Wiege gelegt wurde.

»Wir werden gar nichts sagen«, verkündete er. »Man würde uns ohnehin nicht glauben.«

»Was willst du dann tun?«

»Wir werden von hier verschwinden«, erklärte Milo. »Wir gehen zum Krähenturm und bitten Tante Rubinia um Hilfe. Lauf los und hol unsere Sachen und Proviant für zwei bis drei Tage. Beeile dich! Solange es regnet und stürmt, wird keiner herkommen und sehen, was passiert ist.«

»Und was machst du in der Zwischenzeit?«, fragte Bonne, noch immer den Tränen nahe. »Was soll ich sagen, wenn Vater mich fragt, wofür ich all die Sachen brauche. Er wird wissen wollen, wo ich bei dem Sturm hin will.«

»Du sagst gar nichts. Lass dir einfach nichts anmerken. Du wirst das schon schaffen. Stell dir einfach vor, es ist eine Mutprobe. Wenn du fertig bist, komm zum Tempel. Ich muss noch einmal ins Haus von Meister Gindawell. Wir brauchen seine Unterlagen. Bevor der Sturm aufgehört hat, müssen wir weg sein.«

4. DORN

»Das ist alles meine Schuld«, stöhnte der große grobschlächtig aussehende Mann seiner ebenso grazil wirkenden wie auch bildhübschen Begleiterin zu. »Ohne mich wärst du bestimmt besser dran, Senetha.«

Die junge Frau schien ihm gar nicht zugehört zu haben. Sie stand vor dem alten schmiedeeisernen Tor und tastete um das Schloss herum, als wenn es sich in einer Glaskugel befände und sie den Zugang dazu suchte. Nach einer Weile zuckte sie zurück, riss die Arme in die Höhe und ballte die Fäuste.

»Wenn du mich noch öfter in meiner Konzentration störst, wenn ich einen Zauber anwende, wäre ich vielleicht bald gewillt, dir zu glauben. Dennoch, nein! Es ist nicht deine Schuld, Dorn.«

Der Mann schob sich schluchzend an ihr vorbei und umklammerte die Gitterstäbe zum Tor, das zu einem der städtischen Friedhöfe von Zargenfels führte. Er brachte seine Füße parallel zum Eingang, atmete tief ein, und mit einem Ruck riss er die zwei Flügelhälften auseinander. Unbeeindruckt von seiner eigenen Leistung, trat er beiseite und ließ der jungen Frau den Vortritt.

»Das sagst du nur, um mir nicht wehzutun«, knüpfte er an das Gespräch erneut an.

»Dorn, das glaubst du nicht wirklich«, seufzte die Frau, während sie ihren drei Fuß langen Wurzelholzstab nahm, der an der Friedhofsmauer lehnte, durch das Tor ging und es dabei betrachtete, als wäre es ein Wunder.

»Senetha?«

»Was denn noch?«, fragte die Frau ärgerlich und fuhr zu ihrem Begleiter herum.

»Hast du?«

»Habe ich was?«

»Mich angelogen?«

Senetha machte einen Schritt auf Dorn zu, blieb direkt vor ihm stehen und musterte seine Größe und Kraft. Dann lächelte sie ihn an.

»Nein, habe ich nicht«, sagte sie sanft. »Die Mitglieder der Diebesgilde wären sicherlich froh gewesen, wenn du dich ihnen angeschlossen hättest. Jemanden wie dich können sie jederzeit gebrauchen, wenn ihre Fingerfertigkeiten mal nicht ausreichen, ein Schloss zu öffnen.«

Sie zeigte auf das aufgebrochene Tor. »Wer ihnen nicht zugesagt hat, das war ich. Eine untalentierte Magierin, und eine Frau noch dazu, waren wohl selbst für die Langfinger zu viel. Du hast es ja gehört, als Bettlerin hätten sie sich mich vorstellen können. Ein paar Illusionen, zerrissene Kleidung und etwas Schmutz, damit hätte ich sie glücklich machen können.«

»Du bist keine Bettlerin. Du bist eine Zauberin.«

Senetha brachte ein gequältes Lachen hervor und streichelte Dorns Oberarm.

»Eine Zauberin, die noch nicht mal ein Jahr in der Akademie durchgehalten hat, bevor man sie wegen Unfähigkeit vor die Tür setzen musste. In ein Gauklervarieté würde ich passen, waren sie der Meinung. Gauklerin, Bettlerin, Prostituierte, so sehen mich die Leute.«

Dorn schloss die zerbrechlich wirkende Frau in seine Arme und drückte sie fest an sich.

»Du bist ein guter Freund«, schluchzte sie. »Der beste.«

Als sie sich wieder gefangen hatte, löste sie sich aus der Umarmung und wischte die Tränen aus dem Gesicht.

»Komm jetzt, wir sind nicht hergekommen, um Trübsal zu blasen. Bei meinem Glück werden uns die Stadtwachen verhaften und in den Kerker werfen, bevor wir das erste Grab geöffnet haben.«

Sie wandte sich dem vor ihr liegenden Friedhof zu und versuchte, Dorn hinter sich herzuziehen. Der stämmige Mann bewegte sich jedoch keinen Zoll und zog sie stattdessen wieder zu sich heran.

»Niemand wird dich verhaften, solange ich bei dir bin«, sagte er. »Vorher werde ich sie alle töten.«

»Ich glaube, das wird nicht nötig sein. Wenn sie uns jetzt erwischten, würden sie denken, dass wir lediglich ein ungestörtes Plätzchen suchen. Der Prinz und die Magd«, lachte Senetha und tat die Offerte als Albernheit ab.

Tief ihn ihr drin wusste sie aber, dass Dorn keinen Scherz gemacht hatte.

Hand in Hand schlenderten sie im fahlen Mondlicht auf die flachen Steingebäude zu. Eines sah aus wie das andere, und fast erinnerten sie an die Gebäude nahe der Stadtmauer, wo die einfachen Leute wohnten, die es nicht zu Eigentum gebracht hatten. Lediglich das Fehlen von Fenstern wies auf den eigentlichen Sinn der Bauwerke hin: Ruhestätten für die, die es hinter sich hatten.

»Die hier sieht gut aus«, entschied Senetha.

Dorn zuckte mit den Achseln.

»Sieh nicht immer alles so schwarz«, sagte sie, als sie seinen zweifelnden Blick bemerkte.

»Wir hätten gleich zum Nordfriedhof gehen sollen«, gab Dorn zu bedenken.

»Wir sind noch Anfänger im Grabräubergewerbe. Der Nordfriedhof wird gut bewacht, und die Gruften sind gut gesichert.«

»Ich würde sie alle …«

»… erschlagen, ich weiß«, beendete Senetha den Satz. »Grabräuber leben aber davon, Dinge aus Gräbern herauszuholen und nicht welche hineinzulegen.«

Ungeachtet Dorns Knurrlauten, wandte sich Senetha dem Eingang der Grabstätte zu.

»Diese hier scheint schon vor langer Zeit versiegelt worden zu sein. Mit etwas Glück finden wir noch ein paar alte Schmuckstücke, an die sich niemand mehr erinnert, wenn wir versuchen, sie zu Geld zu machen. Hast du die Eisenstange?«

Dorn zog ein zwei Fuß langes Brecheisen unter seinem zerlumpten Umhang hervor und drehte es in seinen Händen wie einen Tambourstab.

»Willst du es nicht zuerst mit einem Zauber versuchen?«, fragte er unsicher. »Dieses Ding wird ordentlich Krach machen.«

»Würde ich ja gern, aber hier ist kein Schloss, und durch Wände gehen gehört nicht zu meinem Zauberrepertoire«, erwiderte Senetha und fügte halblaut hinzu: »Ebenso wenig wie Blitze hervorrufen, unsichtbar machen, Gedanken lesen und so weiter.«

Dorn trat vor, schob Senetha beiseite und positionierte sich vor dem Eingang, der keiner mehr war. Nachdem er Maß genommen und tief Luft geholt hatte, ramme er die Spitze des Brecheisens mit ganzer Kraft in den schmalen Spalt getrockneten Lehms zwischen den Steinwänden. Dieses Prozedere wiederholte er einige Male, bis sich ein ansehnlicher Riss gebildet hatte. Dann steckte er das Eisen hinein, setzte den Fuß gegen die Wand und begann zu hebeln. Knirschend bewegten sich die massiven Steinwände auseinander. Mit jedem Ruck wurde der Spalt einen Finger breiter.

Senetha schaute sich währenddessen auf dem Friedhof um, ob ihre wenig professionelle Vorgehensweise vielleicht doch neugierige Stadtwachen anlockte.

Dorn hatte es nach wenigen Minuten geschafft, den Eingang so weit freizulegen, dass man sich hindurchzwängen konnte.

»Und jetzt?«, grunzte er, nachdem er einen Blick in das finstere Gewölbe riskiert hatte.

Senetha zwängte sich an ihm vorbei. »Jetzt ist meine große Stunde. Sieh zu und staune. Lucere durabilis.«

Im Zentrum der Gruft formte sich ein kleiner glühender Punkt, der stetig zu wachsen begann, und der genau wie die Miniaturnachbildung eines Sonnenaufganges wirkte. Innerhalb weniger Herzschläge hatte er das ganze Gewölbe erhellt.

»Eine Laterne hätte es auch getan«, brummte Dorn.

»Hast du eine? Nein! Also hör auf, rumzujammern«, zische Senetha.

Sie strich ihm liebevoll über den kahl geschorenen Kopf und zeichnete mit dem Finger die ornamentartige Tätowierung nach, die über seine Stirn und um das Auge herum verlief.

Das Innere des Gewölbes war so, wie man sich eine Gruft vorstellte – jedenfalls die von weniger wohlhabenden Bürgern. Der schmale Mittelgang wurde zu beiden Seiten von je drei übereinanderliegenden Reihen Ruhestätten mit jeweils sechs Gruftnischen gesäumt. Jede von ihnen war fein säuberlich mit behauenen Quadern und Lehm verschlossen.

»Das ist die richtige Gruft«, sagte Senetha. »Siehst du, wie sie die einzelnen Nischen geschlossen haben? Heutzutage machen sie es einfach mit gebrannten Ziegeln oder sogar mit Holz. Diese hier sind alt, sehr alt.«

»Reicht es nicht vollkommen, wenn sie tot sind, müssen sie auch noch lange tot sein?«

»Ich habe meinen Vater und meine Mutter in solchen Grabkammern beerdigen lassen«, erklärte Senetha. »Glaube mir, wir waren keine armen Leute. Mein Vater hatte einen gut gehenden Krämerladen, und meine Mutter kam aus reichem Hause. Soll ich dir sagen, was wir ihnen als Grabbeilagen mit auf den Weg gegeben haben? Ich werde es dir sagen. Nichts, nichts außer einem weißen Totenhemd.«

Senetha wartete auf irgendeine Reaktion ihres Begleiters. Sie wusste, dass Dorn nicht der Schnellste war, wenn es um Logik ging. Doch Dorn schien über etwas nachzugrübeln.

»Was ist los?«, fragte sie, als sich der Ausdruck auf dem Gesicht des Kriegers nach einer Weile immer noch nicht geändert hatte.

»Deine Eltern mussten sich ein Hemd teilen?«

»Nein, natürlich hat jeder eines bekommen«, antwortete sie gereizt. »Ich wollte damit nur sagen, dass der Totenkult schon lange nicht mehr die Bedeutung hat wie früher einmal.«

»Woher weißt du, dass es früher anders war?«, fragte Dorn.

»Kennst du den Begriff ›Grabräuber‹?«, stellte Senetha gelangweilt die Gegenfrage.

Dorn nickte.

»Glaube mir, du würdest ihn nicht kennen, wenn sie früher nichts in die Grabstätten gelegt hätten. Keine Grabbeigaben, keine Grabräuber.«

Dorn ließ es auf sich beruhen. Es war schon zu spät, um sich solche tiefschürfenden Gedanken zu machen.

»Soll ich sie aufmachen?«, fragte er, um sich aus der Situation zu retten.

Senetha nickte. »Fang an!«

Dorn machte sich sofort ans Werk. Mit der Brechstange in einer Hand schlug er auf den ersten Gruftdeckel ein. Die dünne Marmorplatte gab nach wie die Hülle eines leeren Kokons und stürzte in sich zusammen.

Dorn stutzte einen Augenblick, wie einfach es war, die Totenstätte zu öffnen, doch dann fuhr er fort, die übrigen Deckel einzuschlagen. Eine Kammer nach der anderen fiel der Grabschändung zum Opfer, und innerhalb weniger Minuten waren alle geöffnet.

Senetha stützte sich auf ihren Wurzelholzstab und wartete, bis Dorn mit seiner Arbeit fertig war. Erst dann widmete sie sich den Grabstätten und ihren Insassen.

Dorn schielte unterdessen angewidert zu Boden. Sicherlich hatte er keine Probleme damit, Tote zu sehen, doch sie in ihrer Ruhe zu stören war etwas anderes und verstieß gegen die Prinzipien eines Kriegers.

Senetha inspizierte zuerst die untenliegenden Grabstätten, schien aber wenig angetan von dem, was sich darin verbarg. In der mittleren Reihe stieß sie dann endlich auf etwas Vielversprechendes.

»Dieser hier«, sagte sie und wartete auf irgendeine Reaktion von Dorn, die aber ausblieb.

»Dieser hier«, wiederholte sie energisch. »Zieh ihn schon raus.«

Dorns Gesichtsausdruck zeigte wenig Vorfreude. Widerwillig riskierte er einen Blick in die Grabstätte. Nach ein paar zögerlichen Handgriffen packte er die skelettierten Füße des Leichnams und zog vorsichtig.

»Er hält sich fest«, sagte Dorn nach einem Moment.

»Er hält sich nicht fest«, versicherte Senetha ihm. »Er ist tot, also gib dir etwas mehr Mühe.«

Dorn versuchte es erneut, diesmal energischer. Es gab ein Geräusch wie brechendes Reisig, als der Krieger plötzlich zurücktaumelte und beinahe über die am Boden verstreuten Marmorbruchstücke stolperte. Mit eisigem Blick starrte er einen Moment auf die zwei Skelettfüße in seinen Händen, dann ließ er sie fallen.

»In dem Grab ist nichts. Lass uns ein anderes nehmen«, schlug er vor.

Senetha wollte den Krieger nicht auf eine Probe stellen, die er nicht gewinnen konnte, und machte sich daran, ein anderes lohnenswert scheinendes Grab zu finden. Schnell hatte sie eines in der oberen Reihe entdeckt und zeigte zielsicher in die düstere Nische.

Dorn, der mehr als einen Kopf größer war als die Zauberin, schaute missmutig hinein.

»Der liegt anders herum und auf dem Bauch«, stellte er mürrisch fest. »Will ich jedenfalls hoffen«, fügte er murmelnd hinzu.

Seine Hände umklammerten den völlig kahlen Schädel. Mit äußerster Vorsicht begann Dorn, die sterblichen Überreste herauszuziehen. Zoll für Zoll befreite er den Leichnam aus seiner letzten Ruhestätte. Als er ihn bis zum Oberkörper herausgezogen hatte, rutschte plötzlich ein silbernes Amulett unter dem Toten heraus. Frei baumelnd hing es an einer rostigen Kette, die um den Hals des Skelettes geschlungen war.

»Wusste ich es doch«, zischte Senetha. »Das wird uns ein gutes Sümmchen einbringen.«

»Oder ein Jahr im Kerker von Zargenfels bei Wasser und Brot«, brummte Dorn und schob die sterblichen Überreste hastig zurück in das Grab. »Still! Da kommt jemand.«

Senetha zog schon zu lange mit Dorn umher, um seine fast beiläufigen Warnungen zu ignorieren. Der Krieger hatte ein unglaubliches Gespür für drohende Gefahren. Es war nicht das erste Mal, dass seine Sinne sie beide retteten. Mit einer kurzen Handbewegung wies sie ihn an, sich neben dem Eingang zu postieren. Sie selbst riss das Medaillon vom Hals des Toten, und ließ es in ihrem Ausschnitt verschwinden. Dann riss sie sich ein Stück ihres dunkelblauen Unterrockes heraus, legte es wie einen Schleier über den Kopf und begann, leise zu wehklagen.

Einen Herzschlag später reckte sich ein ungepflegtes, aber offiziell aussehendes Gesicht durch den Eingang zur Gruft.

»Was in Regors Namen geht hier vor?«, schnauzte er mit der altbewährten Unfreundlichkeit einer Stadtwache.

Senetha spielte weiter die trauernde Ururenkelin und hoffte, ihr Plan würde aufgehen. Dorn stand mit gezogenem Kurzschwert dicht an die Wand gedrückt neben dem Eingang und hoffte ebenfalls auf das schauspielerische Talent seiner Gefährtin. Sein Vertrauen war jedoch nicht groß genug, um den Schwertarm sinken zu lassen und einen Schritt zurückzutreten.

»Das solltest du dir ansehen, Jorge«, grunzte der Mann von der Stadtwache. »Wir haben eine trauernde Witwe, die ihrem Mann die letzte Ruhe nicht gönnt. Was sagst du dazu?«

»Genau wie meine Alte, die kann es auch nicht ertragen, wenn ich irgendwo faul herumliege«, rief sein Kollege von draußen. »Mach nicht so ein Gewese darum und hol die Alte da raus.«

Senetha sah nur das schmutzige Grinsen auf dem Gesicht des Mannes und wusste, dass es nicht so laufen würde, wie sie es sich vorgestellt hatte.

»Das ist es ja eben, Jorge. Es ist keine alte Schnepfe, sondern eher eine junge Wachtel. Wie fändest du es, wenn wir ihr gleich hier eine Lektion verpassen? Wäre doch schade drum, sie einfach nur in den Kerker zu schmeißen. Wenn sie dort wieder rauskommt, wird sie übersät sein mit Narben und blauen Flecken, dann will sie bestimmt keiner mehr. Ich finde, wir sollten den Apfel kosten, bevor er vom Baum gefallen ist.«

»Dann lass deine Wachtel mal sehen«, schnaubte die zweite Wache. Er schien jetzt direkt hinter seinem Kameraden zu stehen: »Ist sie blond oder dunkel?«

Entweder waren es Dorns Sinne oder sein Gespür dafür, wann ein Plan gescheitert war, der ihn aus seinem Versteck hervorspringen ließ. Er landete direkt vor dem Eingang, packte die vorn stehende Wache am ledernen Brustharnisch und zog sie zu sich heran. Der Mann war einen halben Kopf kleiner als der Krieger und hatte seiner Kraft nichts entgegenzusetzen. Mit dem Schwertknauf in der Hand schlug Dorn zweimal kurz hintereinander auf ihn ein, dann ließ er ihn fallen. Mit einem Satz war er über sein erstes Opfer hinweg und stürmte auf den anderen Mann zu, der immer noch vor dem Eingang stand und versuchte, einen Blick in die Gruft zu werfen.

Als er Dorn vor sich auftauchen sah, wollte er fliehen, was angesichts schlechter Bezahlung, miserabler Ausbildung und einer mangelhaften Bewaffnung auch sinnvoll schien. Eines konnte man den Stadtwachen in Zargenfels jedenfalls nicht nachsagen, nämlich dass sie schlechte Läufer waren. Wann immer es brenzlig wurde, versuchten sie, Reißaus zu nehmen und mit einer Übermacht zurückzukehren.

Dieses Wissen beflügelte auch Dorn. Mit einem halben Dutzend ausgreifender Schritte war er an den Wachsoldaten herangekommen und brachte ihn zu Fall. Ein Knie setzte sich auf den Hals des Mannes, während das andere in seinen Magen drückte. Dorn packte sein Opfer an den Haaren und schlug ihm eine harte Gerade ins Gesicht. Dann holte er ein zweites Mal aus, hielt jedoch in der Bewegung inne, als er feststellte, dass der Mann schon genug hatte. Enttäuscht ließ er den Kopf der Wache ins Gras sinken.

Als Dorn zurück in die Gruft kam, hockte Senetha über dem am Boden liegenden Wachsoldaten und verarztete ihn notdürftig.

»Du hast ihn am Kehlkopf getroffen. Er bekommt kaum noch Luft«, sagte sie. »Du solltest besser aufpassen, sonst bringst du eines Tages noch jemanden um. Was ist mit dem anderen?«

Dorn drehte sich kurz um und starrte über das dunkle Friedhofsgelände.

»Er liegt da vorn an der frischen Luft. Wenn er weiß, wie man durch den Mund atmet, wird er auch etwas davon abbekommen«, brummte er.

Senetha war sicher, dass Dorn sich nicht ausmalen konnte, wie sich ihr Leben in Zargenfels verändern würde, falls sie jemanden umbrachten. Doch selbst wenn, bezweifelte sie, dass es den Krieger mit Sorge erfüllt hätte. Dorn schien sich nicht viel aus seinem Leben zu machen, und so handhabte er es auch mit dem der anderen.

»Lass uns lieber verschwinden, bevor einer der beiden wieder zu sich kommt«, schlug Senetha vor. »Ein Schmuckstück haben wir jedenfalls. Mit etwas Glück gibt uns Odden so viel dafür, dass es für eine Woche langt.«

Dorn nickte grimmig und reichte ihr die Hand, um ihr aufzuhelfen.

5. DER WISSENDE

Nur der schwache Schein einer Kerze erhellte die Dunkelheit. Der Docht versank immer tiefer im eigenen Wachs, und die umhüllende Schwärze schien nur darauf zu lauern, dem letzten Flackern ein Ende zu setzen.

Eine Hand huschte schnell über ein Stück Papier, um mit einem Federkiel einige kaum leserliche Worte darauf zu kritzeln. Der Schreiber, der vom Ellenbogen an in die Dunkelheit getaucht war, stippte den Kiel in ein Tintenfass ein und setzte seine Arbeit fort.

Bericht des Reisenden:

Tag 1391: Der Reisende ist zurück in seinem Heim. Keine weiteren Erkenntnisse.

Der Schreiberling hielt einen Moment inne. Eigentlich entsprach das nicht der Wahrheit, befand er. Ein Durchgang war kein Durchgang mehr, wenn man eine Tür davorsetzte. Und bei Windstille war eine Böe auch keine Böe mehr, genauso wenig wie ein Fluss nach dem Austrocknen noch ein Fluss war. Hinzu kam, dass sein Heim nur ein Gefängnis war, in dem er zu bleiben hatte, bis er stark genug war, es zu verlassen.

Es war schwer, über sich selbst zu schreiben, wenn man nicht man selbst war. Er war der Reisende, wenn er auf eine seiner Kundschafterreisen ging, um Neuigkeiten zu erfahren. Vor wenigen Jahren noch war er der Unreife gewesen, doch dies schien schon eine Ewigkeit zurückzuliegen. Sobald er sich in seinen Gemächern aufhielt, war er der Wissende. Und bald schon würde er der Lehrende sein. Er war alle diese Personen, und jede von ihnen begleitete ihn ein Stück seines Lebens. Er war froh, sie alle irgendwann zurücklassen zu können. Sie hatten alle wenig Anstand und Dinge getan, die ihn nicht gerade mit Stolz erfüllten. Und sie waren schwach. Aber er brauchte sie, um sein Ziel zu erreichen.

Er tauchte den Federkiel erneut in das Tintenfass.

Der Aufenthalt in den angrenzenden Königreichen gestaltet sich zunehmend schwierig. Die Menschen werden misstrauischer Fremden gegenüber.

Wieder hielt er einen Moment inne.

War er auch der Fremde? Er verwarf den Gedanken schnell wieder. Der Fremde war nur ein Pseudonym für jeden, den die Menschen nicht kannten, oder den er, der Wissende, nicht persönlich kannte, erinnerte er sich.

Er ermahnte sich zur Konzentration. Er musste diesen Bericht endlich fertig schreiben. Schließlich waren es nur ein paar Sätze. Belanglosigkeiten vielleicht, die sich aber später als wegweisend herausstellen könnten. Wenn er sie jetzt nicht aufschrieb, würden unter Umständen wichtige Details in Vergessenheit geraten.

Der Reisende konnte die Situation klären und hat alle Spuren beseitigt.

Erkenntnisse des Wissenden:

Tag 1391: In Eichenblattstadt ist es zu den ersten tragischen Zwischenfällen gekommen. Es besteht die Gefahr – er tauchte den Federkiel in das Tintenfass –, *dass es zu ungewollter Aufmerksamkeit kommt. Der Wissende wird einen Bericht erstellen, sobald alle Einzelheiten vorliegen und ein Zufall ausgeschlossen werden kann. Empfehlung: Bei Eskalation wird das Problem dem Reisenden übergeben.*

Der Wissende legte den Federkiel zur Seite, griff in die Dunkelheit und zog ein Glas Weißwein in den Schein der Kerze. Er betrachtete die Färbung einen Augenblick, überprüfte das Bukett und nahm einen zögerlichen Schluck.

»Beim Blute des Zweitgeborenen«, schnaubte er, »selbst als Geschenk ist diese saure Plörre nicht zu genießen. Der Reisende sollte sich lieber um die Schenken und Gasthäuser in der Graumark kümmern, wo dieses Zeug ausgeschenkt wird. Die Leute wären ihm auf ewig dankbar.«

6. RUBINIA

Rubinia Blaubeers stemmte die Hände in die Hüfte und betrachtete stolz das silberne Tablett mit dem angerichteten Frühstück für Meister Othman. Diesmal hatte sie sich selbst übertroffen, befand sie. Rührei, Speck, frischgebackenes Brot, eine Schüssel Heidelbeeren mit Milch, zwei Scheiben Schinken, ein Glas Pollenhonig und eine dampfende Tasse Fencheltee präsentierten sich auf dem spiegelblank polierten Untergrund.

In Rubinias schulterlangem braunem Haar hatten sich etwas Mehl und einige Teigreste verfangen, und an ihrer Schürze klebte ebenfalls etwas davon. Sie hätte ihr Haar lieber länger getragen, doch wegen der vielen schmutzigen Arbeiten im Krähenturm hatte sie darauf verzichtet.

»Du bist fast zu schade, um dich einfach nur zu essen«, flüsterte sie dem Stillleben zu, hoffte aber inständig, dass Meister Othman es nicht so sah.

Der Magier war ein großer, hagerer alter Mann, der spät zu Bett ging, früh wieder aufstand und wenig zu essen pflegte. Alles Angewohnheiten, die das Leben einer Haushälterin erschwerten. Doch abgesehen davon hätte sich Rubinia keine bessere Anstellung vorstellen können.

Vor elf Jahren war sie aus Eichenblattstadt weggegangen und hatte sich in die Dienste des Magiers gestellt. Den Krähenturm, so nannten sie den fast hundertachtzig Fuß hohen Turm, den Othman schon seit vielen Jahrzehnten bewohnte. Gerade einmal zwei Tagesreisen von Eichenblattstadt entfernt, aber immer noch mitten im Düsterkrallenwald versteckt, lag ihr neues Domizil, und als genau dieses betrachtete sie es auch. Natürlich war Meister Othman der Herr des Hauses, doch bei Rubinia führten alle Fäden zusammen, und sie verstand es, sie zu ziehen.

Der Magier war wenig an weltlichen Dingen interessiert, und erst recht an keinen, die sich mit Feudeln, Besen und Löffeln bearbeiten ließen, oder die das Mysterium des Lebens in schnöden Alltag verwandelten. Dafür hatte er Rubinia und ein gutes Dutzend anderer kleiner Helfer – die Tunnelgnome.

Rubinia warf noch einen letzten verträumten Blick auf das Frühstückstablett und wandte sich dann einem Gewirr aus dünnen Seilen zu, die neben der Herdstelle aus der Decke hingen. Jedes von ihnen war an seinem Ende anders eingefärbt. Mit wenigen Handgriffen hatte sie das Knäuel entwirrt und zog zwei Mal kräftig an dem mit der magentafarbenen Markierung. Gerade hatte sie sich wieder dem Chaos in der Küche zugewandt, da standen auch schon zwei der Tunnelgnome vor ihr und warteten auf Anweisungen.

Tunnelgnome waren seltsame Geschöpfe. Sie hatten etwas von vergreisten Babys. Fast kahlköpfig, bis auf ein paar vereinzelte Strähnen, die ihrem Kopf oder dem Kinn entsprangen, rannten diese zwei Fuß großen Geschöpfe meist unbekleidet umher. Alt und jung war an ihrem Äußeren genauso wenig zu erkennen wie männliche und weibliche Geschlechtsmerkmale. Sie waren ungeschlechtlich. Nicht die Laune der Natur hatte sie hervorgebracht, sondern die Magie großer Zauberer, die es leid waren, sich ihre Pfeife selbst zu holen oder die Tiegel und Mörser abzuwaschen und zurück ins Regal zu stellen.

Meister Othman hatte mehrfach versucht, Rubinia für dieses Wunder zu begeistern und ihr von seinen Untersuchungen an den Tunnelgnomen erzählt, doch sie hatte es immer wieder geschafft, sich dieser Unterhaltung zu entziehen, indem sie dringliche Arbeiten vorschob. Solche Gespräche hielt sie für wenig schicklich, besonders wenn sie zwischen dem Hausherrn und seiner Bediensteten geführt wurden. Irgendwann hatte sie beschlossen, die kleinen Helfer einzukleiden und hatte ihnen Hosen und Hemden genäht. Ihr Vorhaben war jedoch ständig sabotiert worden, weil die Tunnelgnome ihre neuen Sachen dazu benutzten, Silberbesteck zu polieren, die farbigen Bleiglasfenster zu reinigen oder den Fußboden damit feudelten. Rubinia hatte aus der Not eine Tugend gemacht und die Reste der Näharbeiten zu Putzlappen verarbeitet. Danach hatte sie kurze lederne Hosen für die Gnome genäht und jedem von ihnen drei der Lappen am Gürtel festgebunden. Was zu Anfang wenig Begeisterung bei den kleinen Helfern hervorrief, wurde schnell zu einer großen Sensation, als sie feststellten, was man alles in Taschen verstauen und an Schlaufen gebunden an ihnen befestigen konnte. Seit diesem Tag rannten sie mit einem Sammelsurium der verschiedensten Gegenstände in und an ihren Hosen herum, die die Auslagen so manchen Krämers.

Rubinia war etwas erstaunt über das schnelle Erscheinen der Tunnelgnome. Oft trieben sie sich irgendwo im Turm herum, und es dauerte eine halbe Ewigkeit, bis sie sich meldeten. Außerdem waren sie zu zweit gekommen.

»Wo kommt ihr denn so schnell her?«, fragte sie.

Gemeinsam deuteten sie auf das Stück Wendeltreppe, das vom Foyer hinunterführte in die Küche.

»Ich verstehe«, sagte Rubinia, obwohl das sicherlich etwas übertrieben war. Mit der Zeit hatte sie sich an die karge Ausdrucksweise und die spärlichen Antworten der Gnome gewöhnt. Tunnelgnome beherrschten die allgemeine Sprache ganz exzellent, doch benutzten sie diese nur ungern. Stattdessen knurrten, zischten und pfiffen sie, verwendeten Gebärdensprache und untermalten sie mit den nötigsten Worten.

»Wer von euch ist Magenta?«, verlangte Rubinia zu wissen.

Ein schriller Pfiff erklang, und der linke der beiden riss den Arm in die Höhe.

»In Ordnung, und wer bist du?«, fragte sie den anderen, der äußerst unbeteiligt wirkte.

»Tannengrün«, antwortet der Gnom beiläufig.

Magenta und Tannengrün waren natürlich nicht ihre richtigen Namen. Rubinia hatte ihnen diese gegeben, weil ihre wirklichen Namen lediglich eine Aneinanderreihung lauter Konsonanten waren, die alle ähnlich klangen. Wie sie zu den Namen gekommen waren, wollten die Gnome nicht verraten, aber Rubinia vermutete, dass es die ersten Laute waren, die sie von sich gegeben hatten, als sie das Licht der Welt erblickten.

»Tannengrün?«, wiederholte sie und starrte angestrengt zu Boden. »Um Himmels willen, die Kristalle! Wo bist du die ganze Zeit gewesen?«

»Mmphf, verkehrt abgebogen«, erklärte der Gnom und verdrehte den Arm über der Schulter, um es etwas anschaulicher zu gestalten.

Rubinia hatte nur wenig mit den Experimenten von Meister Othman zu tun. Vieles von dem, was er tat, oder worüber er sprach, war für sie ein Buch mit sieben Siegeln. Trotzdem bemühte sich der Magier, sie in seine Arbeit mit einzubeziehen. Sie suchte nach Ingredienzen für Zaubersprüche, kaufte Tiegel, Mörser, gläserne Kolben und allerhand kompliziert aussehende Gerätschaften, wenn sie bei einem ihrer halbjährlichen Besuche in Zargenfels war. Sie erledigte auch kleine Aufgaben für den Magier. Eine davon bestand darin, jeden Monat bei Neumond sieben Kristalle in einer halben Meile Umkreis um den Turm herum aufzustellen. Neumond war gestern gewesen. Sie erinnerte sich noch, wie sie nach Tannengrün geklingelt hatte und er nach einer halben Stunde immer noch nicht erschienen war. Doch dann war das mit den angebrannten Hirsekuchen dazwischengekommen, und sie hatte Tannengrün und die Kristalle wieder vergessen.

»Gut, wir machen es folgendermaßen«, erklärte sie. »Magenta, du gehst hoch zu Meister Othman und nimmst sein Frühstück mit. Du stellst es ihm neben sein Bett und machst Feuer im Kamin. Wenn er fragt, wo ich bin, sagst du ihm, ich bereite das Mittagessen vor.«

»Was gibt es denn?«, fragte der Gnom und zog eine Augenbraue hoch.

»Das weiß ich noch nicht«, zischte Rubinia. »Ist doch auch egal. Hauptsache, du weißt, was du zu sagen hast.«

Tannengrün verzog angewidert das Gesicht, als Rubinia mit dem Finger auf ihn zeigte. »Und du, mein lieber Freund, kommst mit und hilfst mir gefälligst. Gib mir den Beutel mit den Kristallen.«

Tannengrün löste das kleine dunkelblaue Samtsäckchen von seinem Gürtel und überreichte es mit einem »Ssssth« und einer verschämten Miene.

Als Rubinia die schwere Eichentür des Turmes hinter sich zuzog, war sie sich sicher, dass die Göttin Cephei sie für ihre Vergesslichkeit bestrafen wollte. Ein Blitz zuckte in der Ferne vom Himmel herab, und es regnete Bindfäden.

Rubinia warf sich die Kapuze über und eilte aus dem Schutz des Turmes über die kleine Lichtung zu den großen Tannen. Verwundert blieb sie im Schatten der mächtigen Bäume stehen, als sie bemerkte, dass sie allein losgelaufen war. Tannengrün stand noch immer neben der Tür, dicht an die Mauer gepresst.

»Komm schon her, der Regen wird dich sicherlich nicht aufweichen«, rief sie dem Gnom zu.

»Äh, morgen ist besseres Wetter«, hielt Tannengrün dagegen.

»Gestern war besseres Wetter«, fauchte Rubinia, »doch da hast du es ja vorgezogen, falsch abzubiegen. Wenn du nicht willst, dass Meister Othman uns beide in Kröten verwandelt, solltest du dir lieber einen Ruck geben und herkommen, um mir zu helfen.«

Eigenartigerweise funktionierte diese Drohung jedes Mal, obwohl der Magier noch nie mit solch einer Maßregelung gedroht hatte und Rubinia sich sicher war, dass er auch nichts dergleichen je tun würde.

Geduldig wartete sie auf Tannengrün, der beim Laufen aussah, als würde er versuchen, den Tropfen auszuweichen oder zumindest dort entlangzurennen, wo es weniger regnete.

»Wenn wir uns beeilen, schaffen wir es, bevor wir vollkommen durchnässt sind«, sagte Rubinia. »Ich schlage vor, du nimmst die zwei im Osten und den im Süden. Ich übernehme die anderen vier. Du erinnerst dich, wo die Plätze sind?«

»Tse, na klar«, gab Tannengrün zur Antwort und schien sich diesmal sicher, nicht wieder verkehrt abzubiegen.

»Gut, dann nimm die drei Steine und beeile dich. Wenn du es schaffst, vor mir wieder am Turm zu sein, bekommst du eine leckere Schüssel Haferschleim von mir.«

Tannengrün grapschte nach den hellblauen Kristallsplittern und rannte los. Wenige Augenblicke später war er zwischen den Bäumen verschwunden. Rubinia wollte es ihm nicht zu einfach machen und eilte ebenfalls los.

Die Halblingsfrau kannte sich in der näheren Umgebung gut aus. Schon oft war sie allein durch den Wald gelaufen und hatte Pilze, Beeren und Kräuter gesammelt, um Meister Othman die Mahlzeiten etwas schmackhafter zu machen.

Rubinia folgte dem schmalen Pfad zwischen mannshohen Farnen hindurch in Richtung Norden. Sie spürte, wie der nasse Waldboden bei jedem Schritt zwischen ihren Zehen hervorquoll, und sie hörte das schmatzende Geräusch, wenn sie den Fuß wieder anhob. Schwere Regentropfen klatschten auf ihr Haar und sickerten bis auf die Kopfhaut hinunter. Wenig später erreichte sie den alten Eichenstumpf, in dem sie den nördlichsten der Kristalle platziert hatte. Meister Othman ließ ihr freie Hand, was die Wahl der Verstecke betraf. Er hatte sie lediglich darauf aufmerksam gemacht, dass funkelnde Kristalle im Wald nicht einfach herumlagen, und falls doch, dass sie schnell einen Abnehmer fanden. Rubinia hatte die Verstecke sorgfältig ausgewählt. Zumeist waren es hohle Baumstümpfe oder verwaiste Erdlöcher.

Mit einem Griff hatte sie das Kleinod aus seinem morschen Versteck befreit und betrachtete es verwundert. Der Kristall schien ein wenig geschrumpft, und außerdem war die hellblaue Färbung leicht getrübt. Im Gegensatz zu dem, mit dem sie diesen ersetzen sollte, sah er aus wie ein Stück verdorrtes Obst. Rubinia ließ den einen im Stumpf verschwinden, den anderen steckte sie in die Tasche ihres Hosenrockes. Dann machte sie sich auf zum nächsten Kristall.

Bei jedem Schritt gab sie acht, nicht auf dem durchweichten Waldboden auszurutschen. Umziehen, waschen, Kleidung zum Trocknen aufhängen, neue Sachen raussuchen und womöglich noch die Haare durchspülen stand heute nicht auf ihrer vollen Liste, und deshalb gab sie sich alle Mühe, dass dies auch so blieb.

Rubinia war beim letzten Versteck im Südwesten angekommen. Es war bereits später Vormittag. Zwischen den Baumwipfeln hindurch erkannte sie die Spitze des Krähenturms. Direkt dahinter stand die Sonne, die durch den wolkenverhangenen Himmel das Bauwerk wie eine Silhouette aus Pappmaschee erscheinen ließ.

Schnaubend wandte sich Rubinia ihrem eigentlichen Ziel zu. Was zuvor wie ein ideales Versteck erschienen war, entpuppte sich plötzlich als zweit- oder drittklassig. Ein Astloch in sechs Fuß Höhe war vielleicht nicht der sicherste Platz, doch schützte er vor den meisten neugierigen Blicken. War man jedoch ein Halbling, und hatte der Regen die Rinde des Baumes aufgeweicht und rutschig werden lassen, war es so gut wie unmöglich, diese Stelle zu erreichen. Noch letzten Monat war es ein Kinderspiel für Rubinia gewesen, an dem alten Eichenstamm hinaufzuklettern, doch jetzt war es schier undenkbar. Etliche Male verloren ihre nackten Füße den Halt, bevor sie mit der Hand in das knorrige Astloch fassen konnte. Mit jedem Versuch wurden ihre Sachen schmutziger und sie ärgerlicher.

Rubinia wagte einen letzten Versuch mit drei Schritten Anlauf. Sie stieß sich vom Boden ab, setze einen Fuß gegen den Stamm und hechtete der kleinen Aushöhlung entgegen. Mit einer Hand bekam sie den Rand des Astloches zu packen und klammerte sich daran, während sie mit der anderen blitzschnell in die Aushöhlung griff. Rubinia bekam den Splitter zu fassen, doch im selben Moment, als sich ihre Finger um den Kristall schlossen, rutschte sie ab.

Ihr Füße und Hände schabten schmerzhaft über die rissige Borke. Sie versuchte, sich aufrecht zu halten. Mit einem Fuß bekam sie die Ausläufer einer Wurzel zu fassen und stemmte sich dagegen. Das nasse Moos ließ sie abermals den Halt verlieren, sie kippte nach vorne, schlug mit dem Kopf gegen den Stamm des Baumes und verlor kurzzeitig die Besinnung.

Ein bösartiges Knurren holte sie zurück in ihre Welt. Sie konnte nicht lange bewusstlos gewesen sein, ihre Kleidung war nicht vollständig durchnässt, und es regnete immer noch. Doch anscheinend war es lange genug gewesen, um einige ungebetene Gäste des Waldes anzulocken. Rubinias Sinne hatten sie hochschrecken lassen, doch ihre Muskeln wirkten wie gelähmt. Mühsam stemmte sie sich auf und versuchte, Halt zu finden. Das Knurren nahm zu, und hinzu gesellten sich schnüffelnde Laute, die von kurzen Niesanfällen unterbrochen wurden.

Rubinia schlug die Augen auf und starrte in das weißschwarze Gesicht eines Reißers. Diese Tiere, halb Dachs, halb Wolf, führten im Düsterkrallenwald ein nahezu unbekümmertes Leben. Ansonsten fast vollständig ausgerottet durch Jäger, die es auf die wertvollen Felle abgesehen hatte, war dies ihre letzte Zufluchtsstätte. Die Reißer wurden aber nicht nur ihrer Felle wegen gejagt, sondern auch wegen ihres aggressiven Verhaltens. Reißer nannte man sie, weil sie sich in ihrer Beute verbissen und sich dann so lange drehten und an dem Opfer zerrten, bis sie ein Stück Fleisch herausgerissen hatten. Menschen gehörten nicht zu ihrer Beute, aber viele Kühe, Schafe und Pferde waren durch ihre Attacken elendig im Stall oder auf der Weide verendet.

Der Reißer fletschte die Zähne und machte einen Schritt auf Rubinia zu. Was man diesem Tier zugutehalten musste war, dass eine Halblingsfrau kein Mensch war, und wenn sie dazu noch am Boden lag, eher einem schlafenden Schaf ähnelte.

Rubinia versuchte, den Irrtum aufzuklären, indem sie das Tier anbrüllte. Jedoch war ihre Stimme ähnlich bereit wie ihre Muskeln.

»Geh w-w-weg von mir, d-d-d-du Scheusal«, stammelte sie, »sonst werde ich dafür sorgen, dass du als Mütze endest.«

Der Reißer schien weder von Mützen noch von sprechenden

Schafen eingeschüchtert zu sein. Mit einem Satz hechtete er auf die Halblingsfrau zu und verpasste ihr mit der Tatze einen Schlag quer über das Gesicht. Rubinia stürzte hinten über und strampelte in Panik mit den Beinen. Sie spürte die tiefen Schnitte an Stirn und Wange. Im nächsten Moment tropfte ihr Blut ins Auge und färbte die Baumkronen schwarz und den Himmel rot.

Der Reißer war nicht allein. Zwei weitere, etwas jüngere Tiere streiften um ihn herum und schnüffelten interessiert am Boden. Sobald einer versehentlich zwischen seinen Anführer und dessen Beute kam, schnappten die Kiefer des großen Tieres in Richtung des Störenfrieds zu und vertrieben ihn. Mit eingeklemmtem Schwanz reihte er sich wieder hinter ihm ein. Nachdem die Fressreihenfolge geklärt war, fixierte der Reißer eines von Rubinias Beinen. Zum Sprung bereit, kauerte er vor ihr und wartet auf den passenden Moment.

»Verschwinde!«, kreischte Rubinia, was ihren Angreifer aber weder vertrieb noch erschreckte.

Gerade wollte er zum Sprung ansetzen, da trat hinter dem dicken Eichenstamm eine kleine gelangweilt aussehende Gestalt hervor, bewaffnet mit einem kurzen Weidenstock.

»Weg da!«, nörgelte sie und hieb wenig temperamentvoll auf eines der Jungtiere ein, die sofort Reißaus nahmen.

Rubinia konnte kaum noch etwas sehen, doch Größe und Stimme der Gestalt ließen keinen anderen Schluss zu, als dass es sich um Tannengrün handelte.

Mittlerweile hatte auch der Reißer bemerkt, dass das Schaf einen Mitstreiter bekommen hatte. Zähnefletschend wandte er den Kopf und knurrte den Tunnelgnom an.

»Hau ab«, knurrte dieser zurück und verpasste dem Tier einen Schlag mit dem Weidenstock auf das Hinterteil.

Der Reißer fuhr herum und schnappte nach der Rute, verfehlte sie aber um Haaresbreite. Durch den Misserfolg noch aggressiver geworden, entschied er sich, dass Gnomenfleisch ebenso gut war wie Schaf. Tief geduckt, schlich er auf seine neue Beute zu.

Das Volk der Tunnelgnome war nicht gerade bekannt für ihren großen Mut. Genau genommen standen sie diesbezüglich tatsächlich auf einer Stufe mit Schafen. Was sie jedoch ab und an über ihren eigenen Schatten springen ließ, war ihre Unwissenheit. Tunnelgnome kamen zur Welt und lernten nur das, was ihre Umgebung freiwillig preisgab. Was nicht allzu viel war, wenn man sein Leben lang in einem Kohlenkeller, einer Speisekammer oder einer Küche hauste. Dadurch kannten sie viele Gefahren der Welt außerhalb ihres Heimes nicht und gingen somit recht unbedacht mit ihnen um.

Der Tunnelgnom tat das, was man mit einer streitlustigen Katze tat, wenn sie ihre drolligen fünf Minuten hatte. Er schritt unbeeindruckt auf sie zu, hörte sich geduldig das Fauchen an und zog ihr dann etwas mit der Weidenrute über.

Da der Reißer etwa dreimal so groß wie eine Katze war, schien der Gnom sich entschieden zu haben, auch etwas mehr Wucht in seinen Schlag zu legen. Mit aller Kraft zog er dem Tier den Weidenstock über die Schnauze. Quiekend vor Schmerz und geschockt von so viel Dreistigkeit, sprang der Reißer ins Unterholz und verschwand.

Rubinia hatte sich gerade wieder aufgerappelt und wischte sich das Blut aus den Augen. Verwundert starrte sie auf den Tunnelgnom vor sich.

»Du bist nicht Tannengrün«, stellte sie verwundert fest.

Der Gnom betrachtete seine Hände, wobei er sie mehrfach hin- und herdrehte, und riskierte dann einen letzten Blick auf seine Füße.

»Nein, ich bin nicht tannengrün«, erwiderte er. »Ich bin schmutzig braun.«

»Das stimmt«, lachte Rubinia weniger belustigt, als erleichtert.

7. MILO

Es regnete bereits seit den frühen Morgenstunden. Milo und Bonne hatten es irgendwann aufgegeben, zu versuchen, sich möglichst trocken zu halten. Mittlerweile waren sie bis auf die Unterwäsche nass, und das sonst schulterlange lockige Haar hing in dicken Strähnen glatt herunter oder klebte quer über ihre Gesichter. Ihre Kleidung und die spärlich gepackten Rucksäcke hatten sich wie Schwämme vollgesogen und ließen jede Bewegung zu einer Qual werden.

»Ob es noch mal aufhört zu regnen?«, quengelte Bonne.

Dies war seit Stunden das Erste, was er von sich gab. Die halbe Nacht waren sie gelaufen und hatten darüber spekuliert, was in Eichenblattstadt wirklich vorgefallen war, und vor allen Dingen, warum. Mit dem Sonnenaufgang war ihnen einiges klargeworden, nämlich dass sie das Laufen weiter gebrachte hatte als das Reden. Sie hatten zwar ihre Probleme nicht zurückgelassen, doch wenigstens, so hofften sie, die Personen, die ihnen die Schuld an dem … ja, was überhaupt, dem Unfall, den Verknüpfungen unglücklicher Umstände, dem Missverständnis gaben? Nein, sie würden es anders nennen. Für sie würde es ein Massaker sein, und die beiden einzigen Überlebenden waren zwei Halblinge von zweifelhaftem Ruf.

»Der Regen verwischt unsere Spuren«, erklärte Milo.

Bonne blieb empört stehen. »Du sagst das, als wenn wir zwei gewissenlose Meuchler auf der Flucht vor ihren Häschern wären.«

Milo blieb ebenfalls stehen und drehte sich zu seinem jüngeren Bruder um.

»Das Haus, aus dem wir kommen, liegt voller Leichen. Wir sind weggelaufen, und die anderen werden uns verfolgen. Korrigiere mich, aber bis auf das Wort ›Meuchler‹ stimmt deine Beschreibung genau.«

»Eben nicht! Wir sind nicht gewissenlos. Wir mussten mit ansehen, wie die Ratsmitglieder übereinander hergefallen sind. Wie sie sich gegenseitig umgebracht haben. Wir hatten nur Angst, deshalb sind wie geflüchtet.«

»Sagte er, als die Falltür unter ihm aufging«, fügte Milo ohne viel Frohsinn hinzu. »Sie werden uns irgendwann schnappen und versuchen, uns zur Rede zu stellen. Bei dem, was wir alles auf dem Kerbholz haben, wird uns kaum einer glauben.«

»Warum läufst du dann weg?«, wollte Bonne wissen. »Dann hättest du genauso gut in Eichenblattstadt bleiben können.«

»Ich laufe nicht weg. Meister Gindawell hat mich nach Zargenfels geschickt. Das war sein letzter Wille, und den werde ich respektieren. Und wenn wir Glück haben, finden unsere Nachbarn, Freude und Familie in der Zwischenzeit eine andere Erklärung für das, was passiert ist.«

Bonne ließ den Kopf hängen.

»Dann scheint es so, als wenn ich der Einzige bin, der wegläuft.«

Milo schlurfte zurück zu seinem Bruder und legte ihm den Arm über die Schulter.

»Meister Gindawell hat gesagt, ich soll nach unserer Mutter in Zargenfels suchen. Vielleicht ist sie doch nicht tot. Vielleicht sind wir adoptiert. Was weiß ich denn? Du warst auch dabei und hast es gehört. Genau genommen, hat er uns beide auf diese Reise geschickt. Doch zuerst wollen wir zu Tante Rubinia. Es ist vielleicht nicht verkehrt, einen Verbündeten zu haben. Jemandem, dem wir erzählen können, was wirklich passiert ist.«

Bonne atmete tief durch. »Denkst du, sie wird uns glauben? Sie war bei Mutters Beerdigung. Kann es nicht sein, dass du dich verhört hast oder dass Meister Gindawell etwas anderes gemeint hast. Er lag schließlich im Sterben.«

»Das werden wir schon herausfinden«, sagte Milo mit Überzeugung in der Stimme. »Aber zuerst müssen wir zu Tante Rubinia. Sie war die Einzige, die uns damals geglaubt hat, dass wir die Tempelfenster nicht eingeschmissen haben.«

»Aber das waren wir«, sagte Bonne entsetzt.

»Na gut, das Beispiel war vielleicht schlecht gewählt, dennoch war sie die Einzige, die uns beigestanden hat, und das selbst noch, als sie wusste, dass wir es getan hatten. Dann sollte es ihr dieses Mal einfacher fallen, sich auf unsere Seite zu schlagen.«

Milo gab Bonne einen brüderlichen Klaps auf die Schulter. »Komm schon, es ist nicht mehr weit bis zum Krähenturm, wenn wir weiter so herumtrödeln, werden wir die ersten Halblinge sein, die mitten im Wald ertrinken. Ich glaube, zwischen meinen Zehen bilden sich schon Schwimmhäute.«

Milo versuchte, sich nicht anmerken zu lassen, wie nah ihm der Tod der Ratsmitglieder ging. Besonders der von Meister Gindawell. Immerhin waren sie nicht nur der Rat von Eichenblattstadt, sondern auch Freunde, Bekannte, Nachbarn und Vertraute oder eben eine Tuchhändlerin gewesen. Bonne schien es mindestens ebenso zu gehen, doch zusätzlich nagte an ihm noch das Wissen darum, der Kirschkernschütze zu sein, der die ganze Tragödie ausgelöst hatte.

Bonne und Milo kannten den Weg zum Turm des Zauberers genau. Sie waren schon ein Dutzend Mal und öfter dort gewesen, seit ihre Tante die Anstellung beim Zauberer Othman angenommen hatte. Rubinia war so etwas wie der ruhende Pol in der Familie. Nicht nur ein Mal hatte sie es geschafft, ihren Bruder davon zu überzeugen, dass der Unfug, den Bonne und Milo ständig ausfraßen, zum Erwachsenwerden zweier Boggars dazugehörte und ganz normal sei. Ob der Vorfall im Ratssaal von Eichenblattstadt auch darunter fiel, würde sich bald herausstellen.

Milo schätzte, es waren noch gut zwei Meilen zum Krähenturm. Das Heim des Magiers lag zwar nicht auf dem direkten Weg zwischen Eichenblattstadt und Zargenfels, aber in jedem Fall auf dem sichersten. Othman hatte dafür gesorgt, dass Reisende unbehelligt von wilden Tieren oder schlimmeren Wesen den Düsterkrallenwald durchqueren konnten. Dies waren jedenfalls seine Worte, und die seltenen, meist selbst verschuldeten Vorfälle gaben ihm

Recht. Othman war ein komischer Kauz, fand Milo. Der Zauberer stellte das Wissen über alle anderen Belange des Lebens, selbst über Frühstück oder Mittagessen, was ihn für einen Halbling noch merkwürdiger erscheinen ließ. Abgesehen davon war Othman aber ein überaus freundlicher und hilfsbereiter, wenn auch leicht verwirrt scheinender Mann. Milo hatte noch nicht viele Zauberer kennengelernt, aber aus Erzählungen wusste er, dass Othman kein Einzelfall, sondern eher der typische Vertreter seiner Zunft war. Alles in allem schien er so etwas wie die gute Seele des Waldes zu sein.

»Tante Rubinia hat schon den Ofen für uns angemacht, und wenn mich meine Augen nicht täuschen, ist sie gerade an den Mittagsvorbereitungen.«

Milo zeigte in westliche Richtung auf eine kleine Anhöhe, die von einem dichten Ring aus Nadelbäumen umgeben war. Zwischen ihnen hindurch stach die Spitze des Krähenturms, aus dessen zwei Schornsteinen dünne Rauchsäulen aufstiegen, die vom Wind sogleich auseinandergerissen und fortgetragen wurden.

»Wenn wir uns beeilen, können wir vor dem Essen noch unsere Kleidung zum Trocknen aufhängen. Ich muss endlich raus aus diesen Klamotten«, stöhnte Bonne.

»Mir würde es schon reichen, diesen dämlichen Rucksack endlich von den Schultern nehmen zu können.«

»Vielleicht hat sie warmen Apfelstrudel mit Blaubeerkompott«, träumte Bonne halblaut vor sich hin.

»Ja, oder Hirsekuchen mit geschmolzener Butter-Zimt-Soße«, spann Milo den Traum weiter.

Ohne dass sie es merkten, wurden ihre Schritte schneller und länger. Durch die Gedanken an eine warme Küche und eine von Tante Rubinias Leibspeisen konnten ihnen Wind und Regen kaum noch etwas anhaben. Den Rest des Weges, zwischen den dichten Tannen hindurch und den Hügel hinauf, rannten die beiden. Völlig außer Atem und triefend vor Nässe, erreichten sie die Tür zum Krähenturm.

Othman hatte den Türklopfer in drei Fuß Höhe anbringen lassen, angeblich um den Halblingen zu zeigen, dass sie jeder Zeit willkommen waren. Rubinia hatte ihnen später erzählt, dass der Zauberer es in Wirklichkeit leid gewesen war, ständig die Fußabdrücke der Tunnelgnome wegmachen zu lassen, wenn sie von einer seiner Erkundungstouren zurückgekommen waren und mit ihren dreckigen Füßen gegen die Tür getreten hatten, um auf sich aufmerksam zu machen.

Milo nahm den Messingklopfer, der in Form eines Stößels geformt war, und schlug ihn drei Mal kräftig gegen die Tür. Gleich darauf hörte er das Platschen von kleinen nackten Füßen, die hinter der Tür hin und her liefen. Manchmal waren sie direkt davor, manchmal ein Stück entfernt.

»Hallo, ist da jemand?«, rief Milo. »Hier sind Milo und Bonne Blaubeers aus Eichenblattstadt. Wir möchten unsere Tante Rubinia besuchen.«

Milo hoffte, den dienstbaren Geist auf der anderen Seite der Tür damit etwas beruhigen zu können und seine offensichtlichen Zweifel zu zerstreuen.

»Ein Tunnelgnom«, flüsterte er seinem Bruder zu, der daraufhin die Augen verdrehte und mit den Schultern zuckte.

Milo hatte sich gerade dazu durchgerungen, ein weiteres Mal zu klopfen, als sich die Tür einen Spalt breit öffnete. Dahinter zeigte sich das Gesicht eines Tunnelgnoms.

»Kommt morgen wieder«, quakte er. »Heute passt es nicht.«

Bevor er die Tür wieder zuschlagen konnte, hatte Milo bereits seinen Fuß dazwischengestellt.

»Wir haben einen langen Weg hinter uns, sind klitschnass und haben Hunger. Außerdem werden wir erwartet«, log Milo. »Wenn du denkst, du könntest uns einfach wieder wegschicken, hast du dich geschnitten.«

Der Tunnelgnom wirkte durch die vielen Informationen einen Moment lang irritiert. Hektisch drehte er sich im Kreis und beäugte dabei seine Arme und Beine.

Milo nutzte die Gunst der Stunde und zwängte sich an dem Gnom vorbei ins Foyer des Turmes. Bonne war schon fast hinterher, da packte der Gnom ihn am Arm.

»Ihr sollt wieder weggehen!«, schrie er empört. »Meister Othman kann euch heute nicht empfangen. Er ist mitten in einem schwierigen Experiment.«

Bonne stieß den kleinen Kerl unsanft von sich, der daraufhin ins Stolpern kam und stürzte.

»Wir werden ganz sicher nicht wieder weggehen, und wir wollen auch gar nicht zu deinem Meister«, blaffte Bonne ihn an. »Wir wollen zu unserer Tante, Rubinia Blaubeers. Also hör auf, hier so ein Theater zu machen.«

Der Tunnelgnom hatte sich schnell wieder aufgerappelt und starrte erst Bonne, dann Milo wutentbrannt an. Gerade, als die beiden dachten, er hätte sich wieder beruhigt, rannte er plötzlich laut schreiend davon und verschwand im Durchbruch zur Wartehalle.

»Eindringlinge!«, brüllte er. »Alle Wachen zum Eingang! Eindringlinge!«

Bonne und Milo waren etwas überrascht von der heftigen Reaktion, die der Gnom bei der Bewältigung seiner Aufgaben zeigte. Außerdem war ihnen schleierhaft, nach welchen Wachen er rief. Der Krähenturm war keine Garnison. Außer dem Magier, einem guten Dutzend dieser kleinen Schreihälse und Tante Rubinia hatten sie hier noch nie jemand anderen gesehen.

»Wachen?«, fragte Milo seinen Bruder erstaunt, der abermals mit einem Schulterzucken reagierte. »Es ist bestimmt besser, wenn wir gleich hinunter in die Küche zu Tante Rubinia gehen, bevor noch mehr Missverständnisse aufkommen.«

Bonne nickte.

»Vielleicht hat Meister Othman noch mehr von diesen Unterirdischen in sein Haus geholt, um es besser bewachen zu können.«

»Vor wem?«, fragte Milo lachend.

»Vor gefährlichen Apfelstrudeldieben.«

»Mit denen wird Tante Rubinia spielend fertig«, sagte Milo. »Weißt du noch, wie sie uns früher immer mit dem Kochlöffel etwas auf die Finger gegeben hat, wenn wir aus der Rührschüssel naschen wollten? Was hat sie noch immer dabei gerufen?«

»Tod allen Schleckermäulern!«, schallte es aus dem Wartesaal.

Die Halblingsbrüder fuhren herum und starrten gebannt auf den Durchbruch zum nächsten Raum.

Rubinia trat aus dem düsteren Raum hervor, im Schlepptau den aufgeregten Tunnelgnom. Die Halblingsfrau humpelte und hielt ein weißes Tuch fest gegen ihre linke Gesichtshälfte gepresst. Um sich gegen vermeintliche Eindringlinge zu verteidigen, hatte sie sich mit einer Schöpfkelle bewaffnet, mit der sie fröhlich winkte, als sie ihre Neffen erkannte.

»Milo, Bonne, was für eine Freude, euch zu sehen. Ihr habt euch nicht gerade den besten Tag ausgesucht, um mir einen Besuch abzustatten. Aber was erzähle ich denn hier, kommt erst mal richtig herein und legt eure nassen Sachen ab. Euch muss schrecklich kalt sein, und Hunger habt ihr bestimmt auch. Kommt mit runter in die Küche.«

Bonne und Milo verschlug es die Sprache, als sie ihre Tante so ramponiert und voller Blessuren sahen. Erst als sie näher heranhumpelte, lösten sich ihre Zungen.

»Was ist denn mit dir passiert, Tante Rubinia?«, rief Milo entsetzt aus.

»Seid ihr überfallen worden?«, fragte Bonne fast gleichzeitig.

Rubinia beschwichtigte beide mit einer beruhigenden Handbewegung. »Macht euch keine Sorgen, das sind nur ein paar Kratzer, die schnell wieder verheilen. Nichts weiter als ein kleines Missverständnis mit einigen Reißern, die dachten, eine Köchin wäre eine abwechslungsreiche Mahlzeit. Wir haben ihnen aber gezeigt, wer hinter und wer in den Topf gehört.«

»Machst du uns aus dem Fell eine schöne Mütze?«, fragte Bonne voreilig.

»Mal sehen«, grinste Rubinia. »Aber ihr seid doch sicher nicht hier, weil euch noch Winterbekleidung fehlt. Kommt mit in die Küche, dort könnt ihr euch vor dem Ofen aufwärmen, einen Happen essen und erzählen, was euch herführt.«

Das war ganz nach der Fasson der beiden Brüder, und es gab ihnen zusätzlich noch ein bisschen Zeit, darüber nachzudenken, wie sie ihrer Tante möglichst schonend von den Vorfällen in Eichenblattstadt erzählen wollten.

Nach einer herzlichen, aber vorsichtigen Umarmung gingen sie zusammen mit dem immer noch aufgeregten Tunnelgnom durch den trist eingerichteten Wartesaal des Krähenturms und von dort aus eine steinerne Wendeltreppe hinunter in die Küche. Othman hatte die Bedienstetenunterkünfte, wie auch die Arbeits- und Vorratsräume ganz nach den Wünschen seiner Haushälterin eingerichtet. Er hatte keine Kosten und Mühen gescheut, alles so herzurichten, wie Rubinia es als richtig und praktisch empfand. So wurde aus einer einfachen, auf das Minimum beschränkten Kochstelle eine Art Großküche, in der man ein Fest für ganz Eichenblattstadt hätte ausrichten können. Zu Rubinias Leidwesen hatte es ein Fest in solcher Größenordnung allerdings noch nie gegeben. Genau genommen, waren Bonne und Milo die größte Gesellschaft, die der Krähenturm bislang gesehen hatte. Ab und an kamen einige einzelne Reisende oder ein Zunftkollege von Othman vorbei und baten um Unterkunft, aber das war auch schon alles. Der Zauberer mochte keinen großen Trubel um sich, war aber zu allen immer nett und freundlich und schien sich über die anregenden Gespräche zu freuen.

Bonne und Milo hatten sich der meisten ihrer Kleidungsstücke entledigt und saßen nun in Decken gehüllt auf zwei Holzschemeln vor dem prasselnden Kamin in der Küche. Rubinia traf noch einige kleine Vorbereitungen für das Mittagessen, während der Gnom immer noch zappelnd um sie herumwuselte. Dies endete jedoch abrupt, als sich die Halblingsfrau beim Wurzelschälen in den Finger schnitt und ihn wütend anfuhr.

»Was ist denn los mit dir, Kaminrot? Du machst mich ganz nervös.«

Der Tunnelgnom wurde auf der Stelle stocksteif und blickte Rubinia mit großen feuchten Augen an.

»Der da hat gesagt, ich hätte mich geschnitten, wenn ich denke, dass sie wieder gehen würden«, stammelte er mit weinerlicher Stimme und zeigte dabei auf Milo. »Ich kann die Stelle aber nicht finden. Was ist, wenn sich das nun entzündet und ich Fieber bekomme?«

Rubinia lächelte den kleinen Diener an und strich ihm tröstend über den Kopf.

»Er hat nur Spaß gemacht«, erklärte sie, als sie den Irrtum verstand. »Dir fehlt nichts. Du musst dir keine Sorgen machen.«

»Wirklich nicht?«, fragte Rubinrot immer noch unsicher und sah abwechseln zu Milo und dessen Tante. Als beide ihm versicherten, dass ihm nichts fehlte, lächelte er erleichtert.

»Dann gehe ich jetzt mal nach oben und lege ein paar Scheite in Meister Othmans Arbeitszimmer nach«, verkündete er fröhlich und hielt auf das gespaltene Holz neben dem Kamin zu. Er legte sich drei Stück in die Armbeuge und trotte damit los. Er verharrte jedoch einen Moment auf Milos Höhe und starrte den Halbling trotzig an.

»Mit so etwas macht man keinen Spaß«, fauchte er und eilte davon.

Als er verschwunden war, setzte sich Rubinia zu ihren beiden Neffen an den Kamin und reichte jedem von ihnen ein Stück Apfelstrudel mit Blaubeerkompott.

»Nehmt es ihm nicht übel«, bat sie. »Die Gnome verstehen die meisten Redewendungen nicht. Sie sind einfache Geschöpfe, die klare Anweisungen brauchen. Aber sie leisten gute Arbeit hier im Haus … und auch im Wald«, fügte sie hinzu und betastete ihre Stirn. »Nun erzählt aber, was euch zu uns verschlagen hat. Habt ihr wieder etwas angestellt?«

Milo und Bonne tauschten verstohlene Blicke aus. Beide ergaunerten sich noch etwas Bedenkzeit, indem sie sich einen großen Löffel Apfelstrudel in den Mund schoben.

»Kommt schon, Jungs«, drängelte Rubinia, »so schlimm wird es doch wohl nicht sein, schließlich habt ihr ja keinen umgebracht.«

Bonne blieb der Bissen quer im Hals stecken, und er hustete kleine Blätterteigstücke. Milo starrte seine Tante entsetzt an.

»Das war nur ein Scherz«, lenkte Rubinia sofort ein. »Das war es doch, oder?«

Milo wollte gerade einen Versuch starten, alles zu erklären, als ihn ein dumpfes Klopfen unterbrach. Alle drei Halblinge fuhren herum und starrten hinüber zum Treppenaufgang.

»Meister Othman!«, rief Rubinia, »Was macht Ihr hier unten? Ist irgendetwas nicht in Ordnung?«

Othman war in einen brauen Umhang aus gefüttertem Leinenstoff gekleidet, der einige Brandlöcher aufwies, dazu trug er ein Paar bequem aussehende schwarze Spitzschuhe. Sein langes weißes Haar wie auch sein Bart schien er vergessen zu haben, am Morgen zu kämmen.

»Das frage ich Euch, meine Liebe. Ich habe etwas von Eindringlingen gehört, und auf der Treppe kam mir einer der Tunnelgnome entgegen und erzählte mir, dass Ihr schwer verletzt seid. Außerdem brabbelte er etwas von zwei Reisenden und einer angeblichen Schnittverletzung. Auf meinen fragenden Blick hin hat er versucht, weitere Einzelheiten von sich zu geben, aber entweder werde ich langsam alt, oder die Gedanken unseres kleinen Freundes wurden auf dem Weg nach draußen von seiner Zunge zu einem unverständlichen Brei verrührt.«

Rubinia erhob sich und eilte zum Tisch, wo sie schnell ein Stück Apfelstrudel abschnitt, es auf einen Teller legte und damit zu Othman ging.

»Es liegt sicherlich nicht an Eurem Alter«, beruhigte sie den Magier. »Er war etwas irritiert durch den unerwarteten Besuch meiner beiden Neffen. Ihr kennt doch Bonne und Milo noch, die beiden ältesten Söhne meines Bruders?«

Bonne und Milo erhoben sich von ihren Schemeln. Die Teller hatten sie abgestellt, um die Decken, in die sie gehüllt waren, nicht zu verlieren. Nichts konnte peinlicher sein, als dem Hausherrn in Unterwäsche entgegenzutreten.

»Guten Tag, Meister Othman«, krächzten sie im Chor.

»Hallo, ihr beiden«, gab der Zauberer freundlich zurück. »Na, habt ihr schon wieder etwas angestellt?«

Wieder einmal wurde den beiden Halblingen schmerzlich bewusst, dass die Geschichten ihrer ständigen Eskapaden schon weit über die Grenzen von Eichenblattstadt hinausgetragen worden waren.

»Ich will nicht hoffen, dass der Zustand eurer Tante etwas damit zu tun hat, sonst müsste ich euch ebenfalls in Tunnelgnome verwandeln, wie die vielen anderen Händler und Reisende, die sich hier im Krähenturm nicht zu benehmen wussten.«

Milo und Bonne waren noch mit Schlucken beschäftigt, als Othman und Rubinia in Gelächter ausbrachen.

»Wie ist das passiert, meine Liebe?«, erkundigte sich der Zauberer. »Das sieht nicht gut aus, vielleicht sollten wir einen Heiler kommen lassen.«

»Nicht nötig«, erwiderte Rubinia. »Eine kleine Auseinandersetzung mit drei Reißern. Ich konnte sie aber in die Flucht schlagen.«

»Habt ihr die Kristalle ausgetauscht, wie ich es gesagt habe?«

Rubinia nickte. »Wie jeden Monat«, beteuerte sie.

»Das ist gut«, sagte Othman und biss in Gedanken versunken von dem Stück Strudel ab, das ihm gereicht worden war.

Plötzlich wandte sich Othman wieder den beiden Brüdern zu: »Ihr wolltet gerade erzählen, was euch zu uns geführt hat. Gibt es etwas Neues in Eichenblattstadt? Hat Vanilla Grünblatt vielleicht einen tapferen Bräutigam gefunden und möchte uns zu der Hochzeit einladen?«

Die gegenseitige Abneigung zwischen der Tuchhändlerin und dem Magier war ein offenes Geheimnis in Eichenblattstadt. Vanilla mochte die wenigsten Menschen, aber wenn diese sich dann noch zusätzlich in Mysterien hüllten, wie es die meisten Magier taten, um ihrer Neugier zu entgehen, wurde dieses Gefühl noch verstärkt. Warum aber Meister Othman sie nicht mochte, konnte Milo nur vermuten; wahrscheinlich lag es an ihrer zänkischen, von Neugier geprägten und in Überheblichkeit getränkten Art, andere zu nerven. Othman hatte seine Abneigung nie offen gezeigt, doch seine reservierte Art und die versteckten Andeutungen sprachen Bände und passten so gar nicht zu dem sonst so liebenswürdigen alten Magier.

»Vanilla Grünblatt ist tot«, sprudelte es aus Milo heraus.

Während Othman und Rubinia ihn noch fassungslos anstarrten, fügte er hinzu: »Genauso wie Meister Gindawell und die anderen Mitglieder des Rates von Eichenblattstadt.«

Einen Moment herrschte absolute Stille, und die Zeit schien stehen geblieben zu sein.

»Was ist passiert?«, fragte der Magier, dem selbst noch diese drei Worte im Halse stecken zu bleiben schienen.

Milo sah, wie der alte Zauberer damit zu kämpfen hatte, seine Haltung zu wahren. Jahrzehnte der Würde und die ständige Darstellung von Autorität hatten ihre Spuren hinterlassen, da bedurfte es schon eines wirklichen Schicksalsschlages, um solch einen Mann die Fassung verlieren zu lassen.

Rubinia verzog keine einzige Miene. Sie starrte einfach durch Milo hindurch. Erst als sie sich auf einen der Schemel sacken ließ, begannen Milo und Bonne zu erzählen, was im Ratssaal von Eichenblattstadt vorgefallen war. Einen Moment lang überlegte Milo, ob er die Sache mit dem Kirschkern nicht lieber verschweigen sollte, doch da kam ihm bereist Bonne zuvor. Auch die letzten Worte von Meister Gindawell zu seinem Schützling erwähnte Milo und beteuerte, dass ihn nichts davon abbringen werde, auf diese Reise zu gehen.

Als die beiden mit ihrer Erzählung geendet hatten, setzte erneutes Schweigen ein. Othman war es, der es schließlich brach.

»Ich werde nach Eichenblattstadt reisen und mir selbst ein Bild machen«, sagte er kühl. »Ihr beide solltet währenddessen lieber von der Bildfläche verschwinden. So leid es mir tut, ihr müsst von hier fort. Ich werde versuchen, ein gutes Wort für euch einzulegen, aber sollte euer Vater und die Dorfgemeinschaft entscheiden, dass ihr euch für die Vorfälle zu verantworten habt, werde ich mich ihnen nicht entgegenstellen. Und auch eure Tante wird euch nicht helfen können. Wenn wir nicht wissen, wo ihr euch aufhaltet, werden wir nicht gezwungen sein, deswegen zu lügen. Ich weiß, ihr seid keine schlechten Kerle, ihr habt es nie böse gemeint, doch diesmal könnten euch eure Streiche zum Verhängnis werden. Auch wenn ihr beteuert, keinen Einfluss auf die Vorfälle gehabt zu haben. Mir ist es lieber, ihr seid aus dem Blickfeld und auf euch allein gestellt, als dass ich zusehen muss, wie euer Vater gezwungen wird, euch der Gerichtsbarkeit zu übergeben. Wenn es wirklich so ist, wie ihr erzählt habt, dann wird sich die Sache schnell aufklären lassen, und ihr könnt zurück.«

Milo und Bonne wussten nicht genau, was sie erwartet hatten oder wie Tante Rubinia und Meister Othman ihnen hätten helfen können. Wahrscheinlich hatten sie bereits den bestmöglichen Plan vorgetragen, doch in Worte gefasst klang es irgendwie deprimierend.

»Werden wir nach Eichenblattstadt zurückkehren können?«, fragte Bonne mit belegter Stimme.

»Natürlich werdet ihr das«, erklärte Rubinia. »Es wird sich alles zum Guten wenden. Das hat es immer getan. Ich weiß, ihr seid anständige Jungs.«

»Anständige Jungs in einer verzwickten Lage«, fügte Othman hinzu. »Aber ich bin mir sicher, dass mehr hinter dem Vorfall steckt. Einem unglücklich geworfenen Kirschkern die Schuld am Tod eines halben Dutzend anständiger Bürger zu geben, wäre vermessen und dumm. Wenn es eine Erklärung für diese Gräueltat gibt, werde ich sie finden und aufdecken.«

»Aber heute Nacht bleibt ihr noch hier«, beschloss Rubinia. »Ihr werdet euch ausruhen und darauf warten, dass die nasse Kleidung trocken wird. Morgen werde ich eure Proviantsäcke auffüllen, und Meister Othman wird nachsehen, ob er noch eine Karte von Graumark findet. Wer noch nicht weiß, wo er hin will, sollte zumindest wissen, wo er gerade ist, und wo er herkommt, hat euer Großvater immer gesagt. Und was dieses Gerede von eurer Mutter betrifft, so kann ich euch versichern, dass sie gestorben ist. Ich habe an ihrem Bett gesessen und ihre Hand gehalten, als sie den letzten Atemzug machte. Meister Gindawell hat wahrscheinlich, bedingt durch die Schmerzen, schon phantasiert. Es ist nobel von dir, seinen letzten Worten Glauben zu schenken und dich seinem Willen anzunehmen, doch glaube mir, die Suche wird dich nicht weiterbringen.«

»Eure Tante hat Recht«, brummte Othman. »Meister Gindawell war ein weiser Mann. Aber den Worten eines Sterbenden sollte man nicht allzu viel Bedeutung beimessen. Tut jetzt lieber, was euer Tantchen euch sagt, Jungs. Sie hat eine harte Rechte. Außerdem solltet ihr auf keinen Fall das Abendbrot verpassen. Sie macht heute Gänseleberpastete auf einem Wirsingkümmelbett. Wenn ihr mir nicht helft, alles aufzuessen, wird sie mich wieder tagelang mit diesem besorgt-vorwurfsvollen Blick ansehen.«

»Danke für alles«, flüsterte Milo.

»Ich liebe Gänseleberpastete«, fügte Bonne hinzu.

8. DORN UND SENETHA

Senetha stand in dem kleinen Durchbruch, der auf den Hinterhof einer Schankstube führte. *Zum Gutsherrn* schimpfte sich das Lokal, das überwiegend von Männern besucht wurde, die versuchten, für wenig Geld die Strapazen des Alltags mit billigem Fusel zu ertränken. Bereits eine halbe Stunde harrte sie schon hier aus und hatte mindestens ein Dutzend Rempler ertragen müssen. Merkwürdig war nur, dass die bereits abgefüllten Gäste mit Bravour an ihr vorbeizogen, während die noch nüchternen Neuzugänge nicht ohne zumindest einen Hand-Po-Kontakt an ihr vorbeikamen.

Dorn hatte Stellung auf der anderen Straßenseite bezogen. Er schien genau zu wissen, was oder besser gesagt wer diese Rempeleien heraufbeschwor. Senetha musste ihn ständig beruhigen, weil irgendwelche Männer unflätige Bemerkungen hinter ihr herriefen, sie unsittlich begrapschten oder versuchten, sie mit ihren Blicken auszuziehen. Dorn hätte für sie alle eine passende Antwort gehabt, und das ohne viel Worte zu verschwenden. Aber Senetha schaffte es immer wieder, ihn zu beruhigen, und ihn davon zu überzeugen, dass alles nur ein Spiel war, das ausschließlich Männer spielten, wenn sie anders keine Bestätigung fanden. Dorn wäre jederzeit bereit gewesen, ihnen ein Kräftemessen anzubieten, damit sie sich besser fühlen konnten, doch Senetha bezweifelte, dass sich irgendjemand darauf einließe, wenn er dem Söldner von Angesicht zu Angesicht gegenüberstand. Schließlich waren die Kerle nur übermütig und nicht des Lebens überdrüssig. Wenn Dorn sie sich alle vorgenommen hätte, wäre schnell der Eindruck entstanden, in Zargenfels wütete die Beulenpest.

Dorn ließ es sich trotzdem nicht nehmen, jeden Rempler des heutigen Tages mit einem finsteren Blick zu würdigen und ihm eine Kastanie hinterherzuschicken. Obwohl er fast zwanzig Schritt vom Taverneneingang entfernt stand, war das Verhältnis zwischen Treffern und Fehlschüssen nahezu ausgeglichen.

Ein schöner Zeitvertreib, befand Senetha für sich, doch der Sinn ihres Hierseins war ein anderer.

Rubens Deer, genannt Odden, hatte sein Geschäft ganz in der Nähe. Geschäft war vielleicht etwas zu viel gesagt. Der hünenhafte Mann mit der Narbe im Gesicht, die ihm ein Dauergrinsen verschaffte, saß in einem kleinen stickigen Raum, der so gut wie kein Tageslicht einfallen ließ. Großkotzig thronte er hinter seinem vollgestellten Schreibtisch und ließ sich Gegenstände präsentieren, deren Herkunft meist strittig war. Je nachdem, ob ihm gefiel, was er sah, schickte er die Leute zum Teufel oder in eine Lokalität seiner Wahl, wo dann besagter Gegenstand den Besitzer wechselte. Eine Sicherheitsmaßnahme, mit der er sich vor schlecht geschmierten oder übereifrigen Stadtwachen schützte. Rubens Deer war ein stadtbekannter Raufbold und Totschläger. Wenn er sich gerade keiner dieser beiden Tätigkeiten widmete, nannte er sich Odden und trat als einer der wenigen Hehler auf, denen man Gegenstände anbieten konnte, die nicht zu den üblichen Silberbestecken und Schmuckstücken gehörten.

Sein Geschäft zu betreten bedeutete, sich auf ein Spiel einzulassen, dessen Regeln die meisten Menschen nicht verstanden und dem sie somit auch nicht gewachsen waren. Außerdem war die kleine vergitterte Holztür, hinter der sich Rubens' Reich verbarg, neben dem Hintern von Senetha sicherlich die meist beäugte Stelle in Zargenfels. Halunken, Halsabschneider, Stadtwachen, Söldner und auch Leute, denen eine Kostbarkeit gestohlen worden war, gehörten zu den Menschen, die immer ein Auge auf diese schäbige Holztür warfen, in der Hoffnung, etwas Aufschluss darüber zu erlangen, was dahinter geschah.

Hinzu kam, dass in Zargenfels seit einigen Wochen Unruhen herrschten. Von Zeit zu Zeit befanden die Priester der Stadt, dass heidnische Glaubensrichtungen zu einer Gefahr wurden. Um welche heidnischen Götter es sich handelte, oder von welchen Bürgern diese Gefahr ausging, und womit sie Regors Autorität untergruben, blieb den meisten Einwohnern unverständlich, was daran liegen mochte, dass die Priester es selbst nicht zu wissen schienen. Auf jeden Fall schickten sie die Regorianer aus, eine Bande von leicht streitbaren Glaubenskriegern, die versuchten, schnelle Erfolge zu erzielen, indem sie jeden festnahmen, der Regors Namen erwähnte und dabei nicht vom Glauben geschwängert die Augen verdrehte. Die meisten der Festgenommenen wurden zum Verhör in die Tempel gebracht, und je nachdem, wie die Antworten ausfielen, eingekerkert, mit Strafgeldern belegt oder wieder laufen gelassen – Letzteres kam aber so gut wie nie vor.

Senetha und Dorn hatten sich dazu entschlossen, das Risiko, so kurz vor dem Ziel festgenommen zu werden, zu minimieren, indem sie sichergingen, dass Rubens allein war und möglichst wenig Menschen von ihrem Kommen und Gehen etwas mitbekamen.

Zehn Minuten, drei Rempler und zwei erfolgreiche Kastanienwürfe später war der richtige Zeitpunkt gekommen. Die abendliche Prozession zu Regors Ehren zog gerade die Straße entlang. Die in schwarz gekleideten Priester mit ihren schwenkenden Weihrauchgefäßen lenkten die meisten Blicke der wenig Religiösen auf sich, während die Glaubensstarken innehielten und den Blick in Demut senkten. Begleitet wurde die Prozession von einem Dutzend Regorianern, die jeden in ihrer Umgebung argwöhnisch beäugten. Während der letzten Tage war es immer wieder zu gewaltsamen Übergriffen zwischen Priestern und aufgebrachten Bürgern gekommen. Daraufhin hatte Kardinal Angoth entschieden, dass keine Prozession mehr ohne Geleitschutz durch die Straßen von Zargenfels ziehen sollte.

Dorn gab Senetha ein Zeichen, dass die Luft rein war und sie nicht argwöhnischer beäugt wurden als jeder andere auch, und dass sich Odden allein in seinem Geschäft befand.

Die junge Magierin eilte aus ihrem Versteck, und Dorn wechselte zu ihr auf die andere Straßenseite. Eiligen Schrittes hielten sie auf die kleine Holztür zu, hinter der sie hofften, endlich einmal ein lohnendes Geschäft an Land ziehen zu können.

In Dorns Schatten huschte Senetha in das kleine Ladengeschäft. Der Krieger blickte noch ein weiteres Mal die Straße entlang, bevor er seiner Begleiterin folgte.

»Furcht ist die Voraussetzung für Vorsicht«, erklärte Rubens Deer, als seine Kundschaft eintrat.

Der kleine Raum ließ den Hehler irgendwie noch größer wirken, als er es in Wirklichkeit war. Zurückgelehnt saß er auf seinem Stuhl. Ein Knie hatte er gegen die Tischkante gedrückt und wippte leicht. Odden wirkte so gar nicht überrascht, die beiden vor seinem Schreibtisch zu sehen. Sein noch breiter werdendes Grinsen entblößte zwei goldene Eckzähne.

»Seht ihr den Mann hinter mir?«, fragte Senetha keck.

Odden beugte sich zur Seite, obwohl Dorn mit Sicherheit nicht zu übersehen war. Er nickte zögerlich.

»Das ist mein Begleiter Dorn«, verriet Senetha. »Was denkt Ihr, sollte ich mich fürchten in Begleitung so eines Mannes?«

Der Hehler lehnte sich wieder zurück.

»Ich weiß es nicht«, gestand er. »Wahrscheinlich reicht es schon, wenn Ihr ihn fürchtet. Söldner sind unberechenbar und launisch. Wenn sie einer Begleitung überdrüssig geworden sind, entledigen sie sich ihrer auch schnell einmal. Ihr solltet also darauf achtgeben, wenn er nicht mehr nur Augen für Euch hat, Teuerste.«

»Wir sind nicht hergekommen, um uns Eure guten Ratschläge zu hohlen. Verschont uns also am besten damit.«

»Wie ihr wollt, aber Ihr hattet gefragt», sagte Odden barsch. »Dann zeigt mir doch, warum ihr hier seid, oder verschwindet wieder.«

Senetha griff in die Tasche ihres Umhangs und zog an einer angelaufenen Kette das Medaillon hervor, das sie zwei Tage zuvor aus der Gruft entwendet hatte. Dann legte sie das Schmuckstück auf den Tisch des Hehlers.

»Und bitte erspart uns Euren grübelnden Gesichtsausdruck und das gut einstudierte Gejammere darüber, dass es nichts wert sei, dass sich ohnehin kein Käufer dafür finden wird und dass ihr nur draufzahlt, wenn Ihr uns ein paar Münzen dafür gebt. Es ist reines Gold und sollte sein Gewicht in Münzen unter allen Umständen aufwiegen.«

Odden griff nach einem Dolch, der auf einem Stapel Papieren lag. Im selben Moment hörte Senetha, wie sich Dorns Hand um den Griff seines Kurzschwertes schloss. Auch der Hehler schien dieses vertraute Geräusch zu kennen.

»Ganz ruhig«, sagte er. »Ich will keinen Ärger, und zwei tote Beutelschneider in meinem Geschäft würden genau das bedeuten.«

Er nahm den Dolch und schob die Spitze sanft unter die Kette. Dann zog er das Medaillon daran hoch und beobachtet, wie es vor seinen Augen hin und her baumelte. Eine Zeitlang betrachtete er es von allen Seiten, dann ließ er es achtlos zurück auf den Tisch fallen.

Es war egal, was der Hehler sagte, Senetha sah in seinen Augen, dass er es haben wollte, und dass ihm danach verlangte, zu wissen, wo es herkam. Solch eine Frage wäre aber niemals über seine Lippen gekommen, da es seine Berufsehre verbot.

»Hübsch«, erklärte Odden. »Was wollt ihr dafür haben?«

»Hundert Goldstücke«, forderte Senetha.

»Fünfzig.«

»Hundert«, wiederholte die Magierin.

»Fünfundsiebzig«, gab Odden nach.

»Hundert.«

»Neunzig«, bot Odden.

»Hundert«, bestand Senetha auf ihrem Preis.

»Ihr seid hübsch und wahrscheinlich auch klug«, verriet Odden, »aber die Gepflogenheiten des Feilschens scheinen Euch fremd zu sein. Die Idee dabei ist, dass man sich langsam annähert. Ich gebe ein Stück nach, und Ihr gebt ein Stück nach. Am Ende hat man dann einen Kompromiss gefunden, der für beide Seiten ein gutes Geschäft ist.«

Odden sah Senetha erwartungsvoll an. Anscheinend wartete er darauf, dass sie ihre letzte Forderung noch einmal überdachte.

»Hundert«, wiederholte Senetha starrköpfig.

»Na gut, hundert«, lenkte Odden ein. »Und einen Kuss von Euch zum Abschied.«

Senetha verzog das Gesicht, und abermals hört sie das knarrende Geräusch des in Leder gewickelten Griffes des Kurzschwertes hinter sich.

»Wir nehmen die hundert, aber für Küsse und Abschiede ist mein Begleiter zuständig.«

Odden lachte auf seine widerlich arrogante Art.

»Wisst ihr, wo die Schenke *Der Gutsherr* ist. Wartet dort auf meinen Boten.«

Er zog einen Stapel Papiere zu sich heran und warf sie über das Medaillon auf dem Tisch.

»Nicht so schnell«, sagte Senetha und griff nach dem Schmuckstück. Im nächsten Moment war es bereits wieder in ihrer Tasche verschwunden. »Wenn der Bote mit dem Geld kommt, werden wir ihm das Medaillon geben. So lange werdet Ihr wohl noch warten müssen, bis sich Eure gierigen Finger darum schließen können.«

»Ihr seid zu misstrauisch«, stöhnte Odden. »Das ist keine gute Voraussetzung für eine Partnerschaft.«

Dorn hatte bereits wieder die Tür geöffnet, und die beiden waren im Begriff, zu gehen. Da drehte sich Senetha im Türrahmen noch einmal um.

»Es ist keine Partnerschaft, sondern ein einfaches Geschäft. Wenn Ihr jemanden sucht, dem Ihr vertrauen könnt, schaut in den Spiegel, und Euch wird die Aussichtslosigkeit dieses Vorhabens klar.«

Senetha ließ Odden nicht die Gelegenheit, eine passende Antwort zu finden. Im nächsten Moment standen sie und Dorn schon wieder auf der Straße.

»Das war aber einfach«, knurrte Dorn. »Hoffentlich lässt er uns nicht so lange warten. Wir haben kaum noch Geld, um im Gutsherrn etwas zu trinken.«

»Zechprellerei ist nichts, womit sich die Stadtwachen auseinandersetzen«, beruhigte ihn Senetha. »Und mit einem fettleibigen Wirt wirst du doch wohl noch fertig werden.«

Dorn schien das pragmatische Denken seiner Begleiterin zu gefallen. Für ihn, einen ungehobelten Klotz, der vom Aussehen und Benehmen her auch gut in die Barbarenlande gepasst hätte, war die junge Magierin so etwas wie der Einstieg in die zivilisierte Welt. Ohne sie wäre er sicherlich noch nicht einmal durch das Stadttor gelangt, ohne Ärger zu bekommen.

Aber auch Senetha profitierte von Dorns Anwesenheit. Als junge talentlose Magierin in einer Stadt wie Zargenfels war sie ohne Schutz so etwas wie Freiwild für die meisten Raufbolde. Dorn stellte sicher, dass die zwielichtigen Gestalten, mit denen sie sich gezwungenermaßen umgeben musste, sie ernst nahmen und ihr zuhörten, anstatt ihr lediglich in den Ausschnitt zu glotzen. Außerdem fand sie Dorns Art, sich mit einfachen Erklärungen schnell zufriedenzugeben, anstatt alles ständig zu hinterfragen und überall nur das Negative zu sehen, sehr erfrischend.

»Dort drüben, neben dem Brunnen an der Mauer«, sagte Senetha und zeigte auf einen freien Tisch im Hinterhof des *Zum Gutsherrn*.

Dorn brummte wie gewohnt nur zustimmend. Für einen Krieger und Söldner wie ihn war jeder Platz innerhalb der Stadtmauern gleich schlecht. Wochen hatte es gedauert, bis er sich an die Enge und die vielen Menschen in Zargenfels gewöhnt hatte. Nach einem Leben des Krieges als freier Söldner oder als Fußsoldat im Heer irgendeines Königs war es nicht leicht, mit anderen zurechtzukommen. Auf dem Schlachtfeld gab es nur zwei Arten von Menschen: Die einen, die mit dir abends im Biwak gesessen hatten, waren deine Kameraden, die anderen, die mit Äxten, Hämmern und Schwertern versuchten, dich umzubringen, deine Feinde. In Zargenfels konnte man abends mit allen möglichen

Leuten zusammensitzen, doch das hieß nicht, dass sie nicht versuchen mochten, dir am nächsten Tag einen Dolch zwischen die Rippen zu stoßen.

Senetha und Dorn hatten gerade Platz genommen, da eilte auch schon der Wirt heran und stellte ihnen zwei einfache Holzbecher hin, die er zuvor an einem anderen Tisch eingesammelt hatte.

»Was soll es sein?«, fragte er, um ein langes Prozedere mit Begrüßung und Höflichkeitsfloskeln zu vermeiden.

»Bier«, antwortete Dorn, dem solche Art von Kommunikation mehr als zusagte.

Senetha hatte ihren Magierstab abgestellt und gegen den Stuhl gelehnt. Das gute Stück war zu unhandlich, um es beim Sitzen über den Rücken gebunden zu tragen. Sie hasste dieses vier Fuß lange Wurzelholz, aber es war das Letzte, was sie noch an ihren Vater erinnerte, und das Einzige, was sie zu dem machte, was sie sein wollte – eine Magierin. Der Tod ihres Vaters war zu plötzlich gekommen, als dass er ihr noch hätte sagen können, welche Macht der Stab besaß. Senetha wusste nur, dass er einen mächtigen Zauber in sich barg, den anzuwenden man sich besser scheute. Sie hätte ihn einfach irgendwo in der Einsamkeit ausprobieren können, doch das war einer Magierin nicht würdig, fand sie. So versuchte sie immerfort, ihre Ausbildung allein fortzusetzen, um das Geheimnis irgendwann zu lüften. Es war so ungerecht. Ein Stück gewachsenes Holz besaß mehr Magie, als sie vielleicht jemals erlernen würde.

Senetha beugte sich leicht vor, um einen Blick in ihren Becher zu werfen. Gut einen Finger breit schales Gesöff stand noch darin vom letzten Gast. Senetha nahm den Becher in die Hand und schnupperte dezent am Rand.

»Ihr könnt diesen hier mit Weißwein wieder auffüllen. Dann müsst ihr den Rest nicht wegkippen. Wäre ja auch schade drum«, sagte sie mit leicht ironischem Unterton und hoffte dabei, den Wirt in Verlegenheit zu bringen.

»Gute Wahl«, schnaubte dieser jedoch, die Anspielung großzügig übergehend. »Essen gibt es erst nach Sonnenuntergang«, brummelte er und eilte zurück zum Tresen.

»Und das sicherlich nicht ohne Grund«, flüsterte Senetha.

Im nächsten Moment war der Wirt bereits zurück. Aus zwei Krügen füllte er die beiden Becher wie bestellt mit Bier und Wein.

»Vier Silberlinge«, brummte er fordernd.

»Ist es nicht länger üblich, die Zeche erst einzutreiben, wenn die Gäste gehen wollen?«, fragte Senetha.

»Nicht bei solchen, die ich nicht kenne und die so aussehen, als könnten sie nicht zahlen, aber dafür gut rennen.«

Dorn legte vier Silberlinge vor sich auf den Tisch und schob sie dem Wirt hin.

»Genau abgezählt«, stellte der Wirt enttäuscht fest, sackte die Münzen ein und eilte fort.

Dorn hatte sein Bier schnell geleert. Senethas Durst war nicht groß genug, um sich zu überwinden, aus dem schmutzigen Becher zu trinken. Wortlos saßen sie nebeneinander und beobachteten den schmalen Gang, der hinaus zur Straße führte.

Es wirkte alles wie immer. Händler schleppten die übrig gebliebenen Waren vom Markt zurück in die Läger am Osttor. Junge Männer aus der Handwerksgilde suchten einen Platz, wo sie etwas zu trinken bekamen und gleichzeitig die Aufmerksamkeit des anderen Geschlechts auf sich zogen. Und junge Frauen, die eindeutig zu wenig bekleidet waren für die ersten kühlen Herbstabende, beäugten junge Männer, von denen sie dachten, dass sie sich ihre Dienste leisten konnten.

Dorn schien jedoch noch etwas anderes bemerkt zu haben. Mit einem abfälligen Grunzen schwang er sich von seinem Stuhl hoch und blickte sich auf dem Hinterhof um. Als er entdeckt hatte, wonach er suchte, ging er zu einem Tisch auf der anderen Seite des Brunnens und sprach zwei junge Kerle an, die dort Platz genommen hatten. Nach einem kurzen Wortwechsel stand einer der beiden Männer auf und folgte Dorn zurück zu Senetha.

»Das ist Jonas«, stellte Dorn den Kerl vor.

Jonas wagte eine schüchterne Verbeugung und quälte sich mit einem verschämten Lächeln.

»Jonas ist sehr von dir angetan und bat mich, euch miteinander bekannt zu machen«, verriet Dorn und wandte sich dem jungen Mann zu. »Jonas, das ist Senetha, meine Schwester. Setz dich.«

Die letzte Anweisung des Söldners war weniger eine Bitte als mehr ein Befehl, dem der Mann augenblicklich nachkam. Senethas verstörter Blick ließ erkennen, dass sie keine Ahnung hatte, was das alles bedeuten sollte. Dorn ging zu dem Tisch zurück, von dem er den jungen Mann geholt hatte, und setzte sich wortlos mit einem finsteren Nicken zu Jonas' Kollegen.

Senetha spielte ihre Rolle, und sie spielte sie gut, auch wenn sie nicht verstand, was Dorn mit dieser Aktion bezweckte. Der junge Mann namens Jonas zog alle Register der freundlichen Konversation. Mit Engelszungen redete er auf sie ein. Er betonte, wie schön ihre Haare seien, was für wundervolle grüne Augen sie habe ... lauter belanglose Sachen. Senetha nickte und lächelte, sagte danke und bitte und suchte nebenbei immer wieder den Blickkontakt mit Dorn, um endlich das Zeichen zu bekommen, diese Maskerade beenden zu können.

»Wen haben wir denn da?«, fragte eine grobe Männerstimme.

Senetha zuckte zusammen. Sie hatte die Männer gar nicht kommen sehen. Vor ihrem Tisch bauten sich vier dunkel gekleidete Gestalten auf. Unter den schwarzen Umhängen zeichneten sich ihre Rüstungen und Waffengürtel ab. Unrasiert und mit langen strähnigen Haaren, düsteren Tätowierungen und verschiedenen Narben im Gesicht, an den Unterarmen und Händen, passten sie so gar nicht in das Stadtbild. Dennoch gehörten sie dazu wie der Wurm zum Apfel. Es waren Regorianer.

»Wir wollen keinen Ärger«, sagte Senetha. Diesen Satz hatte sie bestimmt schon hundertmal und mehr gesagt, aber noch nie hatte er geholfen.

»Den habt ihr schon«, grunzte der Regorianer.

»Ich kenne die Frau überhaupt nicht«, wimmerte Jonas sofort los. »Wir haben uns gerade eben erst getroffen. Eigentlich bin ich mit meinem Freund hier.«

Jonas versuchte aufzustehen, um ein wenig Licht in die Sache zu bringen und seinen Freund zu Hilfe zu rufen. Bevor er jedoch die Beine durchstrecken konnte, drückte ihn eine kräftige Männerhand an der Schulter grob zurück in den Stuhl.

»Schön sitzen bleiben, Jungchen«, sagte der Glaubenskrieger. »Ich würde dich ungern vor den Augen deiner Geliebten abschlachten.«

»Was haben wir denn getan?«, fragte Senetha empört.

»Ihr habt versucht, heidnische Symbole zu verkaufen.«

Das war es also! Odden hatte sie bei den Regorianern angeschwärzt. Warum er so etwas tat, konnte sie nur vermuten. Wahrscheinlich hatten ihm die Priester eine Belohnung für jede Denunzierung versprochen, die den Preis für das Schmuckstück um ein Vielfaches überstieg. Mit etwas Glück würden die Regorianer ihm auch noch den Anhänger überlassen, wenn sich herausstellte, dass er keinen heidnischen Ursprung hatte. So bekäme er das Medaillon zusätzlich zu einem Batzen Gold – ein gutes Geschäft für jemanden, der kein Ehrgefühl besaß.

»Das ist lächerlich«, zischte Senetha. »Habt Ihr irgendwelche Beweise für Eure Behauptung?«

»Süße, sehen wir aus wie Stadtwachen?«, lachte der Regorianer. »Wenn wir Beweise bräuchten, würden sich die Gelehrten in der Stadt immer noch darüber streiten, ob es wirklichen einen Gott gibt. Wir sind hier, ihr seid hier, mehr Beweise brauchen wir nicht.«

Mittlerweile war mehr als die Hälfte der Gäste aus der Taverne verschwunden, die andere schien nur auf den richtigen Moment zu warten, Reißaus zu nehmen. Aus dem Augenwinkel sah Senetha, wie Dorn sich erhob und seine Hände die Rückenlehne des Stuhls umklammerten.

»Ihr solltet lieber verschwinden und Euch um die kümmern, die versuchen, unschuldige Bürger anzuprangern. Das sind nämlich die, die Regors Gesetze mit Füßen treten.«

Der einzige Grund, warum die vier Kerle ihre Breitschwerter noch nicht blankgezogen hatten, war vermutlich der, dass sie glaubten, lediglich einem verängstigten jungen Mann und einer wehrlosen Frau gegenüberzustehen.

Der Rädelsführer packte Jonas im Nacken und drückte seinen Kopf so weit nach unten, dass dieser fast mit der Stirn auf den Tisch schlug.

»Magst du das Gesicht deines Freundes?«, grunzte er in Richtung Senetha. »Wir könnten einige Korrekturen vornehmen.«

In diesem Moment krachte ein Stuhl auf den Rücken des Regorianers. Die Wucht des Aufpralls zwang den Mann in die Knie. Von dem Stuhl blieb nicht mehr übrig als ein Haufen Trümmer und die beiden losen Rückenlehnenstreben in den Händen von Dorn. Der Söldner verlor keine Zeit und haute auf die nächsten beiden Widersacher ein. Dem Ersten verpasste er einen wuchtigen Schlag auf den Oberarm, woraufhin der Kerl das Gleichgewicht verlor, stürzte und Jonas mit vom Stuhl riss. Den Zweiten traf das Holz direkt im Gesicht und verwandelte seine Nase in einen blutigen Klumpen. Der Regorianer kippte nach hinten wie ein gefällter Baum und rührte sich nicht mehr.

Dorn fuhr herum, um den letzten Mann zu Boden zu schicken, doch dieser wich dem Schlag mit einem gewandten Sprung nach hinten aus. In einer einzigen flüssigen Bewegung zog er seinen Umhang zur Seite, löste den Lederriemen vom Griff seines Breitschwertes, zog die Waffe aus der Scheide und ließ sie im Halbkreis in Höhe von Dorns Hals durch die Luft zischen. Um eine Handbreit verfehlte sie Spitze des Schwertes ihr Ziel.

Der Regorianer machte einen Ausfallschritt nach vorn und ließ die Klinge auf selber Höhe zurückschwingen. Dorn riss im letzten Moment die beiden Hölzer hoch und parierte den Angriff. Die schwere Klinge ließ die Stuhlstreben zerbersten, doch sie retteten Dorn vor einer tödlichen Wunde.

Zwei der bereits angeschlagenen Regorianer kamen wieder auf die Beine und griffen nach ihren Schwertern. Dorn wusste, dass er einen Kampf drei gegen eins nicht überstehen konnte. Die Ausbildung der Glaubenskrieger stand seiner in nichts nach, und ihre zumindest ebenbürtige Erfahrung machte sie für ihn so gut wie unbezwingbar. Um eine Chance zu haben, musste es ihm gelingen, das ungleiche Kräfteverhältnis auszuhebeln, indem er wenigstens zwei von ihnen am Boden hielt oder er sich eine Position suchte, bei der nicht alle gleichzeitig auf ihn eindreschen konnten.

Dorn trat gegen einen der Tische und hoffte, die Angreifer damit zurückzudrängen. Das Möbelstück war aber eindeutig zu leicht. Es stürzte um und rutschte mit der Tischplatte nach unten über den gepflasterten Platz, den Männern entgegen. Mit einer Hand packte einer der Regorianer den Tisch am Bein und schleuderte ihn zur Seite, wo er gegen die Mauer des Innenhofes krachte.

Immer noch flüchteten Leute, die in Deckung gegangen waren und nur auf den richtigen Moment gewartet hatten, gefahrlos an den Streithähnen vorbeizukommen. Eine hagere Frau mit strähnig braunen Haaren, die sich hinter einem der Tische versteckt hatte, nutzte die Chance und hechtete durch den Hintereingang der Schankstube in Sicherheit. Ein dicker Mann stolperte ihr in Panik hinterher.

Es konnte nicht mehr lange dauern, bis die Stadtwachen auf sie aufmerksam wurden und herbeieilten. Auf welche Seite sie sich stellen würde, war Dorn von vornherein klar.

Dorn wehrte einen weiteren Angriff seines Gegenübers ab. Die kurzen Holzstümpfe in seinen Händen prallten gegen die Klinge und mit einer geschickten Drehbewegung ließ er die Waffe seines Gegners surrend zu Boden krachen. Die anderen beiden Regorianer hielten sich noch zurück. Sie schienen auf den geeigneten Moment zu warten, um Dorn zuzusetzen.

Senetha stand plötzlich auf dem Rand des kleinen Zierbrunnens, die Arme vor sich ausgebreitet und den Blick leicht verklärt.

Dorn kannte diesen Ausdruck. Immer wenn sie versuchte, einen Zauber zu wirken, waren ihre Sinne für einen kurzen Moment der wirklichen Welt entrückt. Dass niemand diese Schwäche ausnutzte, dafür war Dorn da. Er hoffte, dass Senethas Zauber den Einsatz seines Lebens auch rechtfertigte.

Ohne nachzudenken, packte er einen Stuhl in seiner Reichweite und schleuderte ihn auf den Mann, der Senetha am nächsten stand. Der Regorianer drehte sich zur Seite, sodass der Stuhl ihn an Schulter und Rücken traf. Der Mann kam ins Stolpern und bekam gerade noch rechtzeitig einen Tisch zu packen, um nicht zu stürzen.

Dorn wollte sein Kurzschwert ziehen, da spürte er einen stechenden Schmerz in seinem Oberschenkel. Die Klinge seines Angreifers schnitt sich mühelos durch Stoff und Fleisch und hinterließ eine klaffende Wunde in seinem linken Bein.

Blitzschnell fuhr Dorn herum und hieb nach seinem Peiniger. Die kurze Klinge verfehlte die Brust seines Gegners um wenige Fingerbreit, aber der Schlag reichte aus, ihn einen Schritt zurückzudrängen.

»Oleum sublino solum«, hallte Senethas helle Stimme da durch den Hinterhof.

Dorn war nicht der Einzige, der begriff, was hier vor sich ging. Zu viele Kämpfe hatten die Regorianer schon ausgefochten, um nicht zu wissen, wie wichtig es war, einen Magier davon abzuhalten, das zu tun, was er zu tun beabsichtigte.

Schon bei der ersten Silbe war die blutverschmierte Spitze des Breitschwertes vom Rädelsführer herumgefahren und zeigte nun auf Senetha. Immer noch konzentrierte sie sich auf den Zauber, um die Wirkung nicht wie eine Seifenblase zerplatzen zu lassen.

Der Regorianer riss einen Tisch zur Seite, der zwischen ihm und Senetha stand, und rannte mit erhobener Klinge auf die Magierin zu.

Dorn wich einem weiteren Angriff aus, indem er sich unter dem Schlag hinwegduckte. Aus der Hocke heraus sprintete er auf Senethas Gegner zu und riss dabei zwei Stühle zur Seite, um etwaige Verfolger zumindest einen Herzschlag lang aufzuhalten. Er setzte gerade zum Hechtsprung an, um den Anführer der Regorianer zu Boden zu reißen, da sah er, wie die Pflastersteine unter seinen Füßen erst matt wurden und dann eine Sekunde später glänzend schimmerten. Bevor er reagieren konnte, rutschten seine Füße weg. Der Länge nach schlug er hin und schlitterte über den Boden. Stühle und Tische wurden von seinem wuchtigen Körper beiseitegeschoben. Irgendetwas traf ihn hart am Kopf, und er wurde herumgewirbelt. Für einen kurzen Moment verlor er die Orientierung, dann krachte er gegen die Mauer im Innenhof. Leicht benommen stütze er sich an der mit Efeu berankten Steinwand ab. Verschwommen sah er einen leblosen Körper vor sich liegen – es war der Rädelsführer der Regorianer, der da zu seinen Füßen lag. Aus seinem Hals ragte Dorns Kurzschwert, und um seinen Kopf herum breitete sich eine Blutlache aus.

»Nein!«, hörte er Senetha kreischen.

Erst jetzt nahm der Krieger wieder wahr, was um ihn herum geschah. Senetha stand immer noch oben auf dem Brunnenrand. Direkt vor ihr auf dem kleinen Innenhof herrschte das reinste Chaos. Die beiden verbliebenen Regorianer wälzten sich am Boden und versuchten panisch, auf die Füße zu kommen. Zwei weitere Gäste und den Wirt hatte es ebenfalls von den Beinen gerissen. Hilflos wie Käfer auf dem Rücken, zappelten sie auf dem glänzenden Pflaster. Jeder noch so kraftraubende Versuch, sich an Tischen oder Stühlen hochzuziehen, scheiterte. Immer wieder glitten ihre Füße aus und machten ein Vorankommen unmöglich. Einer der Regorianer hatte es fast geschafft, sich am Bein eines umgestürzten Tisches hochzudrücken. Er war bereits auf den Knien, doch als er den Fuß auf den Boden setzte, glitt dieser zur Seite weg wie auf Eis. Mit voller Wucht rammte er sich das Tischbein in die Magengrube, und unter einem qualvollen Stöhnen sackte er zurück auf den Boden.

»Wir müssen von hier verschwinden!«, rief Senetha.

Sie hatte bereits vom Brunnenrand aus die mannshohe Mauerkrone umklammert und versuchte nun, sich daran hochzuziehen.

Dorn starrte zu Boden. Die Pflastersteine unter seinen Füßen waren wieder matt und staubig. Der Zauber, den Senetha gewirkt hatte, wenn es denn einer gewesen war, hatte sich kreisförmig von der Mitte des Innenhofes ausgebreitet und die Randbereiche und Ecken verschont. Dicht an die Wand gepresst, tastete sich Dorn zum Brunnen. Er packte Senetha an der Hüfte und hob sie auf die Mauerkrone.

»Komm schon«, keuchte sie und starrte ihn mit ängstlichem Blick an. »Wir dürfen keine Zeit verlieren.« Dann sprang sie zur anderen Seite hinunter und verschwand.

9. NELF, TISLO UND ODA

»Ein Leben lang war ich stolz auf meine Füße«, ächzte Tislo und zerrte an dem Eisenring um seinen Knöchel, »doch mittlerweile kommt mir der Gedanke, dass Cephei uns damit für unseren ausschweifenden Frohmut bestrafen wollte. Ach nein, langsam bekomme ich alles durcheinander. Wir liegen ja nicht in Ketten wegen unseres Frohmuts, sondern weil unser Bruder Nelf hier, dieses hirnverbrannte Rindvieh, uns dazu überredet hat, die Zwerge um ein paar Rubine zu erleichtern. Von denen er übrigens behauptet hat, sie seinen so groß wie Äpfel.«

»Granatäpfel habe ich gesagt. Die sind klein«, versuchte sich Nelf zu rechtfertigen.

»Ich weiß, wie groß Granatäpfel sind, Brüderchen. Mindestens so groß wie Äpfel. Du meintest wohl eher die Kerne«, grollte Tislo. »Ich erinnere mich auch noch daran, wie du mir voller Stolz diese winzigen Splitter in deinem vollgeschnaubten Taschentuch präsentiert hast und mir dann einreden wolltest, dass sie wesentlich mehr hermachen, wenn sie geschliffen sind. Idiot! Wie soll man die denn schleifen? Wir hätten zwanzig von ihnen zusammenkleben müssen, damit man sie überhaupt auf einem Ring hätte sehen können.«

»Aller Anfang ist schwer«, erklärte Nelf.

»Anfang? Wir sitzen als Sklaven der Zwerge in einer Mine dreihundert Fuß unter der Erde fest. Von was für einem Anfang faselst du. Das hier ist wohl eher unser Ende.«

»Seid still, ihr beiden Streithähne, sie kommen zurück«, zischte Oda.

Augenblicklich herrschte Ruhe in dem engen, nur spärlich erhellten Blindstollen, nur das heranrückende Klappern von Metall hallte durch die Gänge und zeugte von Leben tief unter der Erde.

Zwar war das Scheppern und Klirren kaum auszumachen und der Ursprung nur zu erraten, aber eines stand fest: Das Geräusch kam näher, und mit ihm auch diejenigen, die es verursachten.

Ein winziger Kerzenstummel spendete kaum genug Licht, um alle drei Halblinge mit seinem Schein zu erfassen, doch als sich am Ende des Ganges ein Lichtkegel abzeichnete und damit die Verursacher des Lärms preisgab, rückten sie eng aneinander. Allmählich verwandelte sich der Schein in einen gleißenden Ball. Durch die runde Form des Tunnels und den rotbraunen Stein glich er der aufgehenden Sonne – einer sterbenden Sonne, denn zwei schwarze Schatten hafteten an ihr wie Geschwüre.

Tislo und Nelf hielten die zitternden Hände ihrer Schwester Oda.

»Wo sind denn unsere drei Langfinger?«, rief eine tiefe, knorrige Stimme aus dem Lichtkegel heraus. »Schwingt eure müden Knochen, es gibt einiges für euch zu tun.«

Die drei Halblinge wussten nicht, was schlimmer war: das ewige Warten in der feuchten, kalten Dunkelheit oder die kraftraubende Plackerei für ihre Wächter. Eines war jedoch sicher: Alles war besser, als sich ihren Unmut aufzuhalsen. Ein Sprichwort in Graumark lautete: *Elf bleibt Elf, und Mensch bleibt Mensch, aber ein Zwerg ist nur so lange ein Zwerg, wie du ihn nicht ärgerst.* Dieser Spruch war mehr als nur eine bloße Binsenweisheit. Der Verfasser hatte mit Sicherheit gewusst, wovon er sprach, und es war ihm zu wünschen, dass er noch am Leben war.

Als der Lichtkegel ihr Ende des Stollens erreicht hatte und er die drei Halblinge umschloss, waren aus den zwei schwarzen Schatten Zwerge geworden.

Menschen aus anderen Königreichen, die kaum Kontakt zu den Bärtigen hatten oder nur die fahrenden Händler oder beratenden Baummeister des Zwergenvolkes kannten, hätten die Geschichten über die Zwerge von Graumark als Ammenmärchen abgetan. Denn diese waren bekannt für ihre meilenlangen Stollen, die sie auf der Suche nach Rubinen, Opalen und Erzen durch reinsten

Granit getrieben hatten. Den Ruhm dafür heimsten die Baumeister ein, meist betagte Zwerge mit fetten Wänsten und einer Leidenschaft für Starkbier. Die eigentliche Anerkennung hätte aber den vielen Männern des bärtigen Volkes gelten müssen, die Tag und Nacht mit Spitzhacken und Hämmern den Fels bearbeiteten und dafür sorgten, dass die Stollen weiter vorangetrieben wurden. Doch statt Glanz und Gloria bekamen sie lediglich das, womit das Leben harte Arbeit immer bezahlt: Schwielen und Muskeln. Und Letzteres trieb jedem Betrachter den kalten Schweiß auf die Stirn. Oberarme, Brust- und Nackenmuskeln brachten Ausmaße hervor, die man sonst nur auf Abbildungen in der großen Bibliothek in Zargenfels sehen konnte, wenn man in den Büchern nach dämonischen Wesenheiten suchte. Und die beiden Zwerge, die Tislo, Nelf und Oda gerade ihre Aufwartung machten, hätten noch jeden Dämon das Fürchten lehren können. Einer von ihnen hieß Dorimbur, der andere Tomdrin. Sie waren die Vorarbeiter hier unten und gleichzeitig die Aufseher für die Gefangenen.

»Na, ihr kleinen Langfinger, habt ihr wieder Kraft geschöpft?«, brummte Dorimbur. »Wir haben eine neue Aufgabe für euch und werden eine kleine Reise unternehmen.«

»Wie hätten wir zu Kräften kommen können?«, wetterte Nelf. »Ihr habt uns weder Essen noch Trinken gegeben, und mit Verlaub, Schlafen ist hier bei der Kälte und auf dem harten Boden so gut wie unmöglich.«

Dorimbur warf den dreien wortlos ein zugeschnürtes Bündel und einen Wasserschlauch hin. Sogleich reichten die Halblinge den Wasserschlauch herum, während Nelf ungestüm an der verknoteten Kordel des Beutels zerrte. Mit einem hektischen Griff ins Innere holte er einige verbrannte Brotkrusten hervor. Vorsichtig schnupperte er daran.

»Dinkelbrot«, stöhnte er und rümpfte die Nase. »Und dann auch nur die verbrannte Kruste. Backt ihr euer Brot auf der Esse neben den Schwertern und Äxten? Was habt ihr mit dem Rest gemacht?«

»Ihr bekommt das oder gar nichts«, schnaubte Tomdrin. »Das Weiche und Unverbrannte ist für die, die arbeiten.«

Nelf rang sich ein Lächeln ab und reichte Oda einen ausgehöhlten Knust.

»Wenn du ihn nicht kauen kannst, nimm ihn einfach als Helm«, frotzelte er und barg weitere Kostbarkeiten aus dem Rationsbeutel.

»Ein Wetzstein«, rief er entzückt aus.

»Das ist ein Kanten Käse«, erklärte Tomdrin.

»Oh«, stöhnte Nelf, »lass mich raten, es ist ein altes Erbstück, der Familienkäse sozusagen.«

»Iss ihn, oder lass es«, bekam er zur Antwort.

»Nein, nein, ist schon gut«, sagte er eilig. »Nur zu Hause bauen wir daraus normalerweise unsere Wehrwälle.«

Die beiden Zwerge sahen zu, wie die Halblinge die übrigen Brotkrusten verschlangen und mit dem letzten Schluck Wasser versuchten, ihren Durst zu stillen.

»Können wir dann?«, fragte Dorimbur, nachdem nichts mehr übrig war. »Wir haben noch einen langen Weg vor uns. Kommt schon, bewegt euch!«

Mit steifen Gelenken erhoben sich die drei Halblinge und folgten ihren Bewachern. Der Blindstollen war kaum länger als ein paar Steinwürfe und besaß nur einen Bruchteil der Breite und Höhe eines Haupttunnels, durch den die Zwerge das abgebaute Geröll an die Oberfläche schafften. Insgesamt mussten hier unter Tage etwa fünftausend Zwerge ihre tägliche Arbeit verrichten, und weitere tausend waren damit beschäftigt, Bäume zu fällen, zu jagen oder Handel zu treiben. Wenn man dann noch die Frauen, Kinder und Greise hinzurechnete, war das Volk der Graumarkzwerge rund zehntausend Mann stark. Dies hätte sicherlich anders ausgesehen, wenn die Zwerge im Graurücken nur auf Geröll gestoßen wären. Doch da das Massiv durchzogen war von Silberadern und Edelsteindrusen, hatten die Zwerge hier ein richtiges Bollwerk errichtet. Um nicht auf alle Annehmlichkeiten ihrer Heimat zu verzichten, entschlossen sie sich, gefasste Langfinger, Wilderer und unliebsame Spione zu ihren Sklaven zu machen, bis die Strafe abgebüßt war, was bei den strengen Gesetzen der Zwerge eine lange Zeit sein konnte. Nelf, Oda und Tislo waren vom Rat der Zwerge zu je sechs Jahren Zwangsarbeit verdonnert worden, und die Strafe war nur deshalb so milde ausgefallen, weil sie die Beute sofort herausgerückt hatten, als man sie gefangen nahm.

Der Haupttunnel war schnell erreicht, und ein Pony mit einachsigem Karren wartete bereits auf sie. Zusammen mit den Zwergen bestiegen sie das Gefährt und begannen die endlose Fahrt durch das Innere der Berge. Der harte Karren holperte über das Geröll und war kaum entspannender, als frierend und hungernd auf dem harten Boden zu lagern. Dennoch, Halblinge wären keine Halblinge, wenn sie sich von solchen Unannehmlichkeiten die Laune verderben ließen.

»Wohin soll die Reise eigentlich gehen?«, fragte Nelf. »Ich will ja nicht neugierig sein, aber etwas mehr Information wäre schon ganz gut, um zu wissen, was ich alles einpacken muss.«

»Raus aus den Bergen, Richtung Süden«, polterte es aus Tomdrin heraus, der daraufhin sofort einen Tritt von Dorimbur gegen das Schienbein einheimste.

»Süden ist gut, da waren wir bislang noch nicht«, erklärte Nelf vorgetäuscht fröhlich, um seine Angst zu überspielen. »Liegt da nicht der Düsterkrallenwald? Ich habe gehört, da soll es spuken. Und es soll allerlei Monster geben: Waldgeister wie Nachtmare, Dryaden und Trolle … uaah, da läuft es mir eiskalt den Rücken hinunter. Aber zum Glück seid ihr ja bei uns, um uns zu beschützen.«

Jetzt zuckte die Fackel von Tomdrin vor und wedelte bedrohlich vor Nelfs Gesicht herum.

»Wir sind nicht eure Beschützer, sondern eure Bewacher. Ihr seid unsere Gefangenen«, stellte der Zwerg energisch fest.

»Trolle sind auch keine Waldgeister«, mischte sich Oda schnell ein, um den Zwerg etwas abzulenken.

Dies gelang besser, als erwartet, denn sofort schwenkte Tomdrin die Fackel in Odas Richtung. »Was weißt du schon von Trollen?«

»Sie weiß gar nichts darüber«, sagte Nelf sofort, um seiner Schwester aus der Klemme zu helfen. »Alles, was sie weiß, hat sie irgendwo nachgelesen. Sie stöbert ständig in irgendwelchen alten Büchern. Sie ist eine richtige Leseratte. Am liebsten hat sie Bücher mit Geschichten von Zwergen.«

»So, Geschichten von Zwergen«, tönte Dorimbur. »Was sind denn das für Geschichten?«

»Es sind keine Geschichten«, erwiderte Oda. »Es sind historischen Aufzeichnungen und Völkerbeschreibungen.«

»Hoho, dann bist du so etwas wie eine Gelehrte. Na, dann lass mal hören, was steht denn über die Zwerge geschrieben in deinen Büchern?«

Nelf konnte spüren, wie das Eis dünner wurde. Er hätte gern die Aufmerksamkeit wieder auf sich gelenkt, doch Oda kam ihm zuvor: »In den Büchern steht, dass Zwerge keine Fackeln brauchen, um im Dunkeln sehen zu können. Aber anscheinend ist das ein Trugschluss.«

»Die Bücher haben Recht. Zwerge können im Dunkeln sehen«, sagte Dorimbur. »Hauptsächlich benutzen wir die Fackeln, wenn wir Tunnel bauen, die noch keine ausreichende Belüftung haben. Luft, die zu lange steht, wird giftig. Wenn die Fackeln erlöschen, tust du gut daran, die Luft anzuhalten, bis du wieder eine brennende Fackel siehst.«

Nelf und Tislo nickten interessiert und hofften, dass auch Oda sich mit der Antwort zufrieden gab. Doch sie kannten ihre Schwester zu gut, um wirklich daran zu glauben.

»Und wofür noch?«, fragte Oda keck.

»Wie, wofür noch?«, fragte Dorimbur gereizt.

»Du hast gesagt, *hauptsächlich* benutzt ihr die Fackeln dafür. Wofür braucht ihr sie also noch?«

Dorimbur warf Tomdrin einen geheimnisvollen Blick zu. Dann lächelten beide.

Oda hatte keine Chance, zu reagieren. Tomdrin drückte ihr die brennende Fackel gegen den Oberarm, zog sie aber gleich wieder zurück. Dennoch schmerzte die kurze Berührung mit dem brennenden Pech enorm, und Oda schrie auf.

»Sonst halten wir uns damit die Ratten vom Leib«, erklärte Dorimbur. »Es scheint aber auch gegen Leseratten zu helfen.«

Oda rieb sich den Arm und versuchte, die Tränen zu unterdrücken. Immer wollte sie so stark sein wie ihre Brüder, jetzt hatte sie die Gelegenheit, es zu beweisen. Nelf nahm sie in den Arm, und Tislo rückte näher an sie heran. Sie wusste die Fürsorge ihrer Brüder zu schätzen, aber um nicht als die kleine Schwester dazustehen, die getröstet werden musste, pulte sie mit grimmigem Gesicht den verbrannten Stoff aus der Stelle ihres Umhanges, wo die Fackel sie getroffen hatte. Das helle Hemd darunter hatte die kurze Berührung mit dem Feuer überstanden und wies nur ein paar Rußflecken auf.

Den Rest der Fahrt über sprachen die Halblinge kein einziges Wort mehr. Für heute hatten sie genug Zwergenweisheiten gehört und ihre Konsequenzen gespürt.

Schon eine Viertelmeile, bevor sie das Ende des Hauptstollens erreicht hatten, zeigte sich der Ausgang als gleißendes Viereck wie ein quadratischer Mond in sternenklarer Nacht. Seit gut zwei Wochen war es das erste Tageslicht, das die Halblinge zu Gesicht bekamen, und die Vorfreude darauf, der Dunkelheit der Zwergenmine zu entkommen, spiegelte sich in ihren Gesichtern wider. Selbst das Pony schien es nicht erwarten zu können, frische Luft zu schnuppern und an etwas herumzuknabbern, das noch mit Wurzeln in der Erde steckte. War das Tier bislang alle paar Augenblicke mit einem leichten Klaps daran erinnert worden, weiterzulaufen, hatte Dorimbur jetzt alle Mühe zu verhindern, dass es in den Galopp fiel.

Kaum drangen die ersten Lichtstrahlen an den Karren mit seinen fünf ungleichen Passagieren, da spürten die Halblinge bereits die wärmende Kraft der herbstlichen Sonne in ihren Gesichtern.

»Endlich zurück in der Welt«, stöhnte Nelf mehr beiläufig.

»Das Reich der Zwerge gehört auch zu dieser Welt«, fauchte Dorimbur. »Doch im Gegensatz zu den anderen Völkern, die selbst bei Tageslicht nicht erkennen, was in ihr vorgeht, sehen wir das Unrecht sogar von unseren dunklen Stollen aus. Nur der Gestank kriecht uns nicht in die Nase.«

»Was denn für ein Unrecht?«, fragte Tislo.

Gerade, als es so schien, als würde er eine Antwort bekommen, trottete das Pony aus dem Stollen. Die Halblinge fanden sich auf einem Plateau mitten in den Bergen wieder. Ein halbes Heer an Zwergen hatte sich hier versammelt. Ponys mit Karren voller Ausrüstung und Proviantwagen standen in Reih und Glied, dazwischen Gruppen von je ein Dutzend Zwergen mit leichtem Marschgepäck. Insgesamt mussten es mehr als fünfhundert des bärtigen Volkes sein, die hier oben zusammengekommen waren.

»Ihr habt von einer kleinen Reise gesprochen«, sagte Tislo. »Das hier ist eher eine Völkerwanderung.«

»Du bist jetzt lieber ruhig«, fuhr ihn Dorimbur an. »Ansonsten wird deine Reise hier enden, und nicht nur die Reise, sondern alles von dir.«

Tislos Mund war plötzlich wie versiegelt, und auch sein Bruder und seine Schwester starrten verängstigt auf den Boden des Karrens, auf dem sie saßen.

Eine Handvoll Zwerge löste sich aus einer der Gruppen und kam auf ihren Wagen zugelaufen.

»Dorimbur, da seid ihr ja endlich!«, rief einer der Bärtigen aus, bevor er den Karren erreicht hatte. »Wo wart ihr die ganze Zeit? Es gibt Ärger. Umrin ist hier mit seinen beiden Söhnen. Er versucht, die Männer gegen uns aufzuwiegeln.«

Dorimbur sprang im Wagen auf und ließ seinen Blick den Tross entlangschweifen.

»Wo ist er jetzt?«, rief er der kleinen Gruppe aufgebrachter Zwerge entgegen.

»Dort vorn, beim zweiten Wagen mit dem Werkzeug«, bekam er zur Antwort. »Er hat versucht, das Pony loszumachen.«

Dorimbur lenkte den Karren an der Gruppe Zwerge vorbei und steuerte auf einen der vorderen Wagen zu. Mit der Gerte trieb er das Pony an, bis das arme Tier vor Verzweiflung mit den Hinterläufen ausschlug. Als sie auf Höhe des Werkzeugwagens ankamen, wartete Dorimbur nicht, bis das Pony zum Halten kam, sondern sprang noch in der Fahrt vom Karren und stürmte wutentbrannt auf die Gruppe von Zwergen zu, die sich dort versammelt hatte. Unwirsch drängte er sich durch die Reihen Lamentierender, bis er den Rädelsführer zu packen bekam.

»Umrin Bruchschiefer, nimm deine Brut und verschwinde von hier, bevor ich dir mit meinem Hammer den Brustpanzer eindelle!«, brüllte er. »Du hattest deine Anhörung vor dem Rat und wurdest zurückgewiesen. Wir haben dein ewiges Gejammer und all die Bedenken, die du ständig äußerst, satt. Es wird Zeit, endlich zu handeln und uns nicht wie feige Maulwürfe in der Erde zu vergraben. Wir werden der Entscheidung des Rates folgen und tun, was getan werden muss. Wenn du weiterhin versuchen solltest, unsere Mission zu sabotieren, werde ich dich persönlich vor die Ältesten zerren, damit sie dich und deine Familie als Verräter brandmarken.«

Dorimbur entriss Umrin ein Bündel Schaufeln, um es zurück auf den Wagen zu legen. Als Dorimbur seinem Widersacher den Rücken zukehrte, griff dieser nach dem Streitkolben an seiner Seite.

»Nicht, Vater!«, schrie einer der beiden Söhne an Umrins Seite. »Er ist es nicht wert, dass du wegen ihm in Ungnade fällst.«

»Lass mich!«, brüllte Umrin, konnte sich aber dem Griff seiner beiden Söhne – auch der zweite war inzwischen an der Seite seines Vaters und hielt diesen umklammert – nicht erwehren. »Er wird einen Krieg heraufbeschwören, der sich wie eine blutige Spur durch das ganze Land ziehen wird. Sie sind alle von Hass verblendet. Der Rat hat zwar zugestimmt, die Grenzen unseres Landes neu abzustecken. Aber Mondur der Große selbst hat darauf hingewiesen, dass dies in Frieden und Einklang mit den anderen Völkern zu geschehen hat. Dorimbur missbraucht die Entscheidung des Rates für seine persönlichen Zwecke. Dies hier ist kein Erkundungstrupp. Das ist eine Armee.«

Umrin war offensichtlich alt, und seine Konstitution schien schnell nachzulassen, sodass seine Söhne wieder von ihm ablassen konnten. Was jedoch durch sein Alter nicht in Mitleidenschaft gezogen worden war, war seine Stimme.

»Dorimbur Stollenstolz, du dummer Narr«, keifte er. »Wenn du glaubst, du kannst mit deinen verblendeten Jüngern quer durch das Land ziehen und allen anderen ins Gesicht spucken, ohne dass es weitreichende Konsequenzen für dich und alle anderen Zwerge unseres Volkes haben wird, bis du genauso dumm wie dein Vater damals. Muss ich dich daran erinnern, wie viel Blutvergießen deine Familie durch ihre Verbohrtheit schon heraufbeschworen hat. Willst du ein zweiter Balir Stollenstolz werden? Ist es das, was deine Mutter dir beigebracht hat?«

Dorimbur wirbelte herum. Die geflochtenen roten Zöpfe seines Bartes schwangen über seine Schulter hinweg. In der Hand hielt er eine der Schaufeln, die er gerade zuvor auf den Karren zurückgelegt hatte. Den Schwung nutzend, schlug er sie Umrin gegen den Kopf, der daraufhin wie ein Sack Kartoffeln in sich zusammenfiel und liegen blieb. Die Wucht des Schlages ließ den Schaufelstiel bersten. Die herumstehenden Zwerge stoben auseinander, nur Umrins Söhne beugten sich besorgt über ihren Vater. Keiner der beiden besaß genügend Mut, es mit Dorimbur aufzunehmen. Erst recht nicht, wenn er so wütend war wie jetzt gerade.

Dorimbur hob den abgebrochenen Schaufelkopf auf, warf ihn mit dem geborstenen Stiel auf den Wagen und trotte wutschnaubend wieder zurück zu seinem Karren, ohne Umrin oder seine Söhne auch nur eines weiteren Blickes zu würdigen.

»Das hätten wir geklärt«, brummte er, als er zu Tomdrin und den drei Halblingen auf den Karren kletterte.

»Ihr habt ihn umgebracht«, keuchte Oda, die von so viel Wut und Aggression ganz geschockt war.

»Unsinn!«, sagte Dorimbur. »Umrin ist genau wie wir ein Zwerg vom Graurücken. Es bedarf mehr als eines Schaufelhiebes, um uns zur Strecke zu bringen. Ich habe lediglich seinen Gedanken einen kleinen Anstoß gegeben.«

»Dass ich mich glücklich schätze, bei den Zwergen in Gefangenschaft zu sein, wäre vielleicht übertrieben«, flüsterte Nelf seinem Bruder zu, »aber wir haben es auf jeden Fall besser erwischt als die, gegen die Dorimbur in den Krieg ziehen will.«

10. MILO

Milo hatte die Karte von Meister Othman vor sich auf dem Waldboden ausgebreitet. Den Weg nach Zargenfels kannten die beiden zwar, doch Othman hatte ihnen geraten, nicht den Weg am Schwarzwassersee entlang zu nehmen, weil das Gewässer durch die starken Regenfälle der letzten Tage über die Ufer getreten war und die Wege darum herum unpassierbar gemacht hatte. Der Zauberer hatte ihnen eine Route weiter südlich auf der Karte gezeigt, die nicht mehr als einen halben Tagesmarsch länger war.

»Vielleicht gibt es ein Boot am Schwarzwassersee, das wir uns ausleihen können«, schlug Bonne vor und tippte mit dem Finger auf einen dunklen Fleck mitten auf der Karte.

»Vielleicht wachsen uns auch Flügel, und wir können über ihn hinwegfliegen«, frotzelte Milo. »Wer sollte ein Boot dort zurückgelassen haben? Im See gibt es keine Fische, die man angeln könnte, und man würde auch nicht viel Zeit sparen, wenn man ein Boot anstatt der Straße nehmen würde.«

»Vielleicht jemand, der gerne Boot fährt«, gab Bonne zu bedenken.

»Wir gehen hier entlang, wie Meister Othman es uns geraten hat«, sagte Milo und zeichnete den Weg mit dem Finger auf der Karte nach. »In zwei Tagen sollten wir es aus dem Düsterkrallenwald herausgeschafft haben, und dann nehmen wir die Oststraße nach Zargenfels. Mit etwas Glück finden wir noch ein einigermaßen freundliches Wirtshaus auf dem Weg, in dem wir in der Nacht schlafen können.«

»Und wenn nicht? Vielleicht hätten wir doch lieber im Krähenturm bleiben sollen«, stöhnte Bonne. »Tante Rubinia hätte uns bestimmt ein Zimmer hergerichtet. Ich habe immer noch den Geruch ihres leckeren Blaubeerkuchens in der Nase. Wir hätten ein

Dach über dem Kopf, könnten am Ofen sitzen und würden den ganzen Tag mit ihren Kochkünsten verwöhnt werden. Aber nein, du hast ja nichts Besseres zu tun, als auf das Gefasel eines alten Priesters zu hören.«

»Gefasel eines alten Priesters?«, wiederholte Milo ärgerlich. »Du sprichst von Meister Gindawell. Er war unser Dorfpriester. Er hat geholfen, uns auf diese Welt zu holen. Und soweit ich mich erinnere, hast du bis gestern immer noch herumgejault, dass du schuld an seinem Tod seiest. Eine Stück Blaubeerkuchen und ein paar beruhigende Worte von Othman, und du scheinst alles vergessen zu haben. Meister Gindawells letzte Worte sind für mich sicherlich kein Gefasel. Er lag im Sterben, und dennoch war ihm dieser Auftrag wichtig. Er hat seinen letzten Atemzug genutzt, um eine Nachricht an mich zu richten, und ich werde sie nicht entehren, indem ich sie als Gefasel abtue.«

»Reg dich nicht auf, Brüderchen«, sagte Bonne gelassen. »Ich werde dich ja begleiten. Aber du musst zugeben, dass es nicht sonderlich wahrscheinlich ist, dass wir unsere Mutter in Zargenfels finden. Glaubst du, Vater, Tante Rubinia und alle anderen in Eichenblattstadt haben uns jahrelang etwas vorgespielt? Glaubst du wirklich, sie haben an Mutters Grab gestanden, geweint und Blumen niedergelegt, obwohl sie wussten, dass sie nur weggegangen war? Und selbst wenn wir auf die größte Lüge unseres Lebens hereingefallen sind, was würde uns das helfen? Sie hätte uns nicht ohne Grund verlassen, ebenso wenig wie alle anderen es ohne Grund vor uns verheimlicht hätten. Wenn sie sich wirklich auf und davon gemacht hat, will ich gar nicht wissen, warum. Sie ist weg, nur das zählt.«

Natürlich klang es sehr unwahrscheinlich, dass ihre Mutter noch leben sollte, musste sich Milo eingestehen, doch es war der letzte Wille seines verstorbenen Meisters, dass er sie suchte. Außerdem schien es derzeit angebracht, möglichst weit weg von Eichenblattstadt zu sein, jedenfalls wenn man Bonne oder Milo Blaubeers hieß.

Die beiden Halblinge setzten ihren Weg schweigend fort. Milo und Bonne waren häufig nicht derselben Meinung – es gehörte zu ihrem brüderlichen Wettstreit dazu –, doch egal wie kontrovers ihre Ansichten waren, Milo war stets froh, wenn er Bonne in seiner Nähe wusste. Umgekehrt schien es genauso.

Es war bereits Mittag, als die beiden die Weggabelung erreichten. Nach Osten ging es direkt am Schwarzwassersee vorbei, nach Süden führte der Umweg um den See herum. Milo blieb stehen und musterte die Routen, ohne jedoch irgendetwas Auffälliges erkennen zu können.

»Was ist nun schon wieder los?«, stöhnte Bonne. »Du hast es doch vorhin selbst gesagt: Der Weg im Osten ist unpassierbar. Bist du etwa in den letzten Tagen nicht nass genug geworden. Ich für meinen Teil kann gut darauf verzichten, wieder mit tropfnassen Kleidern durch die Gegend zu rennen. Also schmink es dir gleich ab, wir nehmen die südliche Route. Komm schon.«

»Du hast doch gesagt, vielleicht gibt es dort ein Boot.«

»Und du hast argumentiert, wie unwahrscheinlich das ist«, stöhnte Bonne. »Meister Othman wird uns schon gut beraten haben.«

Milo konnte sich gerade noch zurückhalten. Es reizte ihn so sehr, diese zwei kleinen Worte zu sagen. Zwei Worte, die jede weitere Diskussion überflüssig machen würden: *Wetten, dass … ich auf dem östlichen Weg Zargenfels schneller erreiche als du auf der südlichen Route.*

Es war wie das zwanghafte Verlangen, sich zu kratzen, wenn es irgendwo juckte. Aber in diesem Fall wäre eine Wette schlicht und ergreifend dumm und verantwortungslos gewesen. Der Düsterkrallenwald war kein Ort für kindische Spielereien. Es war so schon gefährlich genug, den Wald zu Fuß zu durchqueren. Außerdem hatte Bonne mal wieder Recht: Er hatte wirklich genug von nassen Klamotten.

»Nein, ist schon gut, ich komme«, sagte Milo, obwohl es ihm wahrlich schwerfiel. »Wir sollten uns ranhalten, in fünf oder sechs

Stunden wird es bereits dunkel. Bis dahin sollten wir einen geeigneten Lagerplatz gefunden haben.«

»Geeignet ist ein Bett mit einer weichen Daunendecke. Das Wort, das du suchst, ist notdürftig.«

Sie befanden sich mittlerweile im Herzstück des Waldes, wo die Bäume am höchsten wuchsen. Uralte Eichen mischten sich mit Rotbuchen und Ahorn. Was am Boden noch einen recht geordneten Eindruck machte, endete oben im Blätterdach im Chaos. Weit verzweigten sich die Äste und ragten in die Kronen der benachbarten Bäume hinein, im ewigen Kampf um das Sonnenlicht. Am Boden lebte nur das, was mit den spärlichen Resten auskam oder sich auf andere Art Kraft zum Leben suchte. Verholzter Knöterich und ein Netz aus Efeuranken erhoben sich aus dem wilden Dickicht aus Farnen und kletterten an den dicken Stämmen empor. Jedes freie Plätzchen am Boden wurde von Moos und kleinen Pilzkolonien ausgefüllt. Einzig und allein der Weg, der selten breiter war, als von einem Karren benötigt wurde, konnte sich gegen die wuchernde Natur erwehren. Wie ein Streifen vergifteter Erde zog er sich als braunes Band durch den Wald. Jeder Schritt, jedes Krachen eines morschen Astes hallte durch die Stille und wurde hundertfach zurückgeworfen. Es schien fast so, als wolle dieser Ort an die lang zurückliegenden kriegerischen Zeiten erinnern, als Thyrus hier seine Truppen zum letzten Gefecht sammelte. Zwanzigtausend Männer hatten sich in diesem Wald verschanzt, eingekesselt von mehr als fünfmal so vielen Soldaten aus den umliegenden Königreichen. In den ersten drei Tagen der Schlacht fielen ebenso viele Männer den Angriffen zum Opfer wie Blätter im Herbst von den Bäumen. Am fünften Tag war die Schlacht für Thyrus verloren. Noch am gleichen Tag ließ ihn ein Tribunal enthaupten.

Dann und wann blieben Bonne und Milo einen Augenblick stehen und lauschten. Für diesen kurzen Moment der Ruhe und des Friedens schien es, als wenn sie mit dem Wald verschmolzen und ein Teil von ihm wurden, anstatt Eindringlinge zu sein.

Bonne griff in seine Tasche und holte eine Scheibe Steinbrot heraus. Die kleinen tellerförmigen Fladen waren eine Spezialität der Halblingsküche. Der Teig aus Roggenschrot und Weizenmehl wurde zu runden, flachen Laiben geformt, dann mit einer Mischung aus verschiedenen Körnern und Nussstücken bestreut und anschließend in der Sonne getrocknet.

»Du auch?«, fragte Bonne und hielt seinem Bruder die Scheibe Steinbrot hin.

»Eine Ecke reicht mir«, erwiderte Milo und brach sich ein Stück ab. Ein lautes Krachen hallte durch den Wald, das die beiden Halblinge zusammenzucken ließ.

Verwundert sah Bonne auf den Rest Steinbrot. Er nahm es in beiden Hände und brach es erneut durch. Das Geräusch war kaum zu hören.

»Okay«, schnaubte er, »wenn wir jetzt einmal davon ausgehen, dass wir hier allein im Wald sind und um uns herum nur Vögel, Hörnchen, Hasen und anderes Kleingetier zu finden sind, dann stellt sich mir die Frage: Wie groß kann so ein Hörnchen werden?«

»Nicht groß genug, um einen Ast so lautstark brechen zu lassen«, flüsterte Milo.

Bewegungslos betrachteten die beiden den Wald um sich herum, so weit der Augenwinkel es zuließ.

»Was machen wir jetzt?«, fragte Bonne seinen Bruder, ohne dabei die Lippen zu bewegen.

Ein weiteres Mal zerbarst Holz mit einem lauten Krachen. Es klang, als wäre irgendwo nicht weit über ihnen ein dicker Ast von einem Baum abgerissen worden. Hinzu gesellte sich ein tiefes erbostes Grollen.

»Lauf!«, brüllte Milo, nachdem er bereits drei Längen Vorsprung hatte.

Bonne ließ das Steinbrot fallen und rannte seinem Bruder hinterher. Ohne sich umzudrehen, preschten die beiden den Weg entlang. Barfüßig gruben sich ihre Zehen in den lehmigen Waldboden. Der Untergrund war zwar noch glitschig vom Regen, doch dafür war er ebenmäßig und flach. Solange sie auf dem Weg blieben, würden sie nicht entkommen können, doch unter den Augen eines etwaigen Verfolgers in den umliegenden Farnen abzutauchen, versprach auch wenig Aussicht auf Erfolg. Sie mussten die nächste Anhöhe erreichen, hinter der sie kurz außer Sicht verschwanden, um sich dann unbemerkt ins Unterholz zu schlagen. Doch wie es im Leben manchmal so war: War man des Marschierens eigentlich schon überdrüssig geworden, folgte Hügel auf Hügel, doch wenn man mal einen suchte, weil man ihn brauchte, war alles flach.

Bonne und Milo hörten, wie hinter ihnen weitere Äste brachen – Äste von der Stärke eines Armes. Zuerst schien es, als würden sie ihren Vorsprung vergrößern, doch dann kamen die Geräusche schnell näher. Sie konnten die Schritte in ihrem Rücken spüren, wie sie dumpf und in immer kürzerem Abstand auf den Waldboden einhämmerten. Hinzu kam ein röchelndes Schnaufen wie von einem Bullen.

Milo betete zu Cephei. Er flehte sie förmlich an, ihm lediglich ein harmloses Huftier, am besten ein entlaufenes Stalltier, als Prüfung zu schicken. Leider war der Düsterkrallenwald nicht gerade für seine freilaufenden Kühe bekannt. Wahrscheinlich weil sie schon auf den ersten hundert Schritt zu Proviant von etwas wurden, dass gern durch den Wald rannte und Äste von Bäumen riss.

Bonne hatte zu Milo aufgeholt. Seite an Seite rannten sie um ihr Leben. Milo sah aus dem Augenwinkel, dass Bonne einen kurzen Blick über die Schulter wagte.

»Nichts«, keuchte er, rannte aber weiter.

Die Vibrationen der schweren Schritte hinter ihnen wurden mit jeder Sekunde stärker, und in immer kürzeren Abständen brachen Äste oder knackte es im Unterholz.

»Ich kann nicht mehr«, stöhnte Bonne.

»Ich mach noch zwei Runden, wetten, du hältst das nicht durch?«, hechelte Milo und kämpfte mit seinem trockenen Husten. Er hoffte, seinen Bruder mit dieser Herausforderung noch einmal anzuspornen, denn er würde ihn nicht allein zurücklassen, egal wie viel Angst er hatte vor dem, was hinter ihnen her war.

Bonne legte sich noch einmal ins Zeug, um an die Spitze zu kommen. Dann erklang plötzlich ein Aufschrei, ein dumpfes Klatschen, und er war verschwunden.

Milo verstand sofort, was passiert war. Er stemmte die Fersen in den schlammigen Boden, ließ sich mit einer halben Drehung zu Boden sinken und schlitterte auf der Hüfte und mit einer Hand abgestützt über den Waldboden. Einige Schritt hinter sich sah er Bonne liegen, zusammengekrümmt und die Arme schützend über den Kopf geschlagen. Sonst sah Milo niemanden – bis der Verfolger sich plötzlich über seinen Bruder hockte und mit funkelnden gelben Augen hasserfüllt zu Milo hinüberstarrte. Die Tarnung der Kreatur war nahezu perfekt. Zwischen all den Ästen, Baumwurzeln und verdorrten Sträuchern war er fast unsichtbar. An Stelle von Füßen besaß das Wesen knorrige Klauen, die wirkten, wie aus Wurzelholz geschnitzt. Die dünnen Beine maßen zwei Halblingslängen und waren voll sehniger Muskeln. Die Arme waren zu lang für den Oberkörper und reichten dem Ungetüm bis auf die Knie. Die Haut glänzte braun und grün und schien von Flechten übersät. Was Milo aber den Atem stocken ließ, war die ihm zugewandte Fratze. Der Unterkiefer stand weit vor. Zwei riesige Hauer stachen daraus hervor und ragten bis über die knollige Nasenspitze hinaus. Schleimiger Geifer tropfte aus dem Maul und kleckerte auf Bonnes grünen Umhang herab. Dem sonst kahlen Kopf entsprangen einige lange, strähnige Haarbüschel und fielen dem Wesen ins Gesicht. Dazwischen hindurch funkelten zwei gelbe Augen aus tiefen dunklen Höhlen.

»Bonne, nicht bewegen. Stell dich tot. Ein Troll. Ich versuche, ihn wegzulocken. Vielleicht lässt er dann ab von dir.«

Zu spät. Der Troll packte Bonne bei den Füßen und zog ihn in die Höhe. Mit nur einer Pranke hielt er den Halbling kopfüber vor seine Fratze und schnüffelte an ihm, während er ihn hin und her schwenkte. Die großen verklebten Nüstern blähten sich auf, und ein regelrechtes Rinnsal aus Sabber floss aus seinem Maul.

»Lass ihn los, du widerliches Scheusal!«, brüllte Milo und

kramte in seinem Rucksack nach dem alten Jagdmesser, dass er aus ihrer Küche in Eichenblattstadt mitgenommen hatte.

Der Troll schien wenig beeindruckt und stampfte auf ihn zu. Milo fand alles Mögliche in seinem Gepäck und kramte und wühlte immer mehr hervor. Gerade als er das Messer zu packen bekam, schloss sich die Pranke des Ungetüms um seine Fußknöchel und hob ihn ebenfalls in die Lüfte. In Panik ließ Milo das Messer fallen, bekam aber gerade noch seinen Rucksack zu fassen.

Für einen Augenblick verlor er die Orientierung. Dann hörte die Welt auf, sich um ihn zu drehen, und er hing kopfüber neben seinem Bruder. Sie schwebten etwa drei Fuß über der Erde, fest umklammert vom eisigen Griff des Ungetüms.

»Du versuchst, ihn wegzulocken, ja?«, stammelte Bonne. »War das dein Plan? Du hättest einfach wegrennen sollen. Zumindest einer von uns sollte es wieder nach Hause schaffen. Wem soll Vater sonst seine Standpauke halten?«

»Wir schaffen es auch so«, flüsterte Milo. »Trolle sind unglaublich blöd. Wir versuchen, ihn reinzulegen und abzuhauen, wenn er schläft.«

Milo zweifelte an seinem eigenen Verstand. Wie konnte er nur so einen Unsinn von sich geben? Sie wurden fortgeschleppt wie zwei erlegte Hasen, das Magenknurren des Viehs war schon zu hören, und er faselte etwas von weglaufen. Trolle waren die größten und gefährlichsten Jäger in den Wäldern. Und sie ließen sich bestimmt nicht von einem Haken schlagenden Halbling abhängen. Aber was sollte er tun? Er war der Ältere, und Bonne verließ sich auf ihn. Wenn er keine Antwort mehr hatte, wäre ihr Ende besiegelt.

»Und was ist, wenn er sich vor dem Nickerchen erst einmal richtig satt essen will?«

»Ich glaube nicht, dass er uns gleich fressen will, sonst hätte er uns schon umgebracht«, bemerkte Milo.

Schon wieder hatte seine Rolle als großer Bruder ihn dazu gebracht, eine Antwort zu geben, an die er nicht glaubte. Wie sollte er Bonne sagen, dass es keine Rettung geben würde?

»Du meinst, er möchte, dass wir vorher noch seine Höhle aufräumen. Klingt nicht sehr plausibel. Wahrscheinlich hat er uns noch nicht die Hälse umgedreht, weil er gern Frischfleisch mag. Was hältst du von dieser Erklärung?«

In Bonnes Stimme klang Verzweiflung mit.

»Dann sage ich ihm, dass er dich zuerst fressen soll, weil du jünger bist«, keuchte Milo.

Dem Troll schien es nicht zu gefallen, dass sich sein Essen miteinander unterhielt. Schnaubend und grunzend, schleuderte er die beiden Halblinge umher, bis sie Ruhe gaben.

Bonne und Milo mussten hilflos mit ansehen, wie die Welt kopfstehend an ihnen vorüberzog. Der Troll verließ den Weg nach kurzer Zeit und marschierte mit seinen Gefangenen querfeldein. Hindurch zwischen mannshohen Farnen und unter niedrig hängenden Ästen hinweg, bahnte sich das Ungetüm seinen Weg tiefer in den Wald hinein. Milo fing gerade an, ihre hoffnungslos prekäre Lage zu akzeptieren und sich Gedanken über das weitere Schicksal zu machen – richtige Gedanken –, da verfiel der Troll in leichten Trab. Immer schneller begann er zu laufen, immer rascher zogen die Bäume vor seinen Augen vorüber, bis sie zu einem graubraunen Band verschwommen.

Milo hörte seinen Bruder vor Übelkeit keuchen. Er schien damit zu kämpfen, das morgendliche Frühstück wieder an den richtigen Platz zu bekommnen. Gerade als er dachte, das Schlimmste hinter sich gebracht zu haben, setzte der Troll zu einem gewaltigen Sprung an. Für einen kurzen Moment war er schwerelos, und er sah Bonne neben sich schweben. Milo konzentrierte sich darauf, das flaue Gefühl in seinem Magen zu bekämpfen, dann landete der Troll. Ein Ruck ging durch Milo, und es fühlte sich an, als würden ihm die Füße abreißen, der Magen in den Hals rutschen und seine Augen gegen die Schädeldecke klatschen. Doch nichts von dem geschah, stattdessen streifte er kurz mit der linken Gesichtshälfte den Boden, er spürte lange nasse Gräser auf der Haut. Bonne brüllte etwas, doch da war es auch schon zu spät.

»Nesselkraut!«

Milo spürte den stechenden Schmerz auf seiner Stirn und am linken Ohr. Erst wurde es kalt, dann heiß, und zum Schluss blieb das Gefühl von tausend kleinen Nadeln, die ihn in jede Hautpore stachen. Er merkte sofort, wie sein Ohr anschwoll. Dann meldete sich sein Magen zurück.

Bonne hatte nicht so viel Glück gehabt. Das Nesselkraut hatte ihn voll im Gesicht erwischt. Seine Augen tränten, und seine Haut war rot wie eine reife Tomate.

Der Troll verlangsamte sein Tempo wieder und trottete im Zickzack zwischen den Bäumen hindurch. Schließlich – Milo schätzte die Zeit auf mindestens eine halbe Stunde – endete die unbequeme Reise, als ihr Peiniger mit ihm und Bonne in einem Höhleneingang verschwanden, der verborgen unter dem Stumpf einer entwurzelten Eiche lag.

Milo hatte damit gerechnet, dass Trolle ähnlich wie Bären in natürlichen Höhlen hausten, doch dieses Trollversteck glich eher einem gut geplanten Labyrinth aus Gängen, dessen einziger Bezug zum Natürlichen darin lag, dass es sich in der Erde verbarg.

Der Troll stampfte den dunklen Haupttunnel entlang, vorbei an zwei kleinen Kammern und einer schmalen Abzweigung. Dann tauchte er in das schummrige Licht einer Fackel ein, die nur spärlich einen größeren Raum erhellte. Er legte seine Beute wie zwei erlegte Hasen im hinteren Teil auf den Boden und ließ sich selbst in der Nähe des Eingangs nieder. Schnaubend betrachtete er seinen Fang und schien darauf zu warten, dass die Lebensgeister in die beiden kleinen Gestalten zurückflossen.

»Meine Augen«, stammelte Bonne, »ich kann nichts sehen, und meine Zunge fühlt sich an, als wäre sie ein riesiger Grießkloß.«

Milos Sicht funktionierte zwar blendend. Er bezweifelte aber, dass sein Bruder sich über den Anblick freuen würde, der sich ihnen darbot, wenn die Schwellung um seine Augen nachließ. Milo rieb sich die Füße, um das Blut wieder zum Zirkulieren zu bringen und das Kribbeln zu vertreiben. Unter Schmerzen richtet er sich auf und blickte sich in dem Trollversteck um. Damit Bonne sich nicht verlassen vorkam und an dem teilhaben konnte, was Milo sah, beschrieb er ihm alles.

»Der Troll hat uns in seine Höhle geschleppt«, flüsterte er seinem Bruder zu. »In der Mitte hängt ein großer gusseiserner Kessel über einer erloschenen Feuerstelle.«

»Sag mir bitte, dass er nicht groß genug ist, damit einer von uns hineinpasst«, zischte Bonne.

»Doch, ist er«, stöhnte Milo. »Wir passen sogar gemeinsam hinein. Neben dem Eingang hängt eine Fackel, und in einer Ecke ist so etwas wie eine Lagerstätte aus Fellen. Die Wände und die Decke scheinen aus Lehm zu sein, in die jemand Symbole und Zeichen geritzt hat. Ich habe mir eine Trollhöhle immer ganz anders vorgestellt. Nicht so wohnlich.« Milo zog scharf die Luft ein. »Ich nehme alles zurück. Das hier ist definitiv eine Trollhöhle.«

»Sag schon, was siehst du?«, drängte Bonne ihn.

Milo musste schlucken. »Die Wand hinter uns ist eingestürzt. Alles liegt voll von Kochen und Schädeln. Es sieht aus, als wären sie aus der Erde herausgespült worden. Die meisten von ihnen scheinen menschlich zu sein. Oh, pfui«, keuchte er. »Gleich hinter dir liegt ein Haufen Gebeine, die noch nicht so alt sind. An einigen ist noch Fleisch dran. Sieht aus wie abgenagt.«

Bonne rückte sofort etwas näher an seinen Bruder heran. Sein Gesicht war immer noch dick angeschwollen, und die Haut glänzte rot und war mit Quaddeln übersäht.

»Ich hasse Trolle«, zischte Bonne angeekelt.

Ein tiefes, verachtendes Grollen erfüllte den Raum.

»Sag mir jetzt bitte, dass er nicht direkt vor mir steht«, jammerte Bonne flüsternd.

»Tut er nicht«, erwiderte Milo. »Er sitzt.«

»Sieht er uns an?«

»Ja, er stiert die ganze Zeit schon zu uns herüber. Ich glaube, er will sehen, was wir als Nächstes tun.«

»Und, was tun wir als Nächstes?«, fragte Bonne. »Glaubst du, es würde ihm gefallen, wenn wir ein wenig singen und tanzen? Vielleicht finden Trolle das lustig.«

Milo war sich sicher, das Trolle singen und tanzen hassten. Bonne musste wirklich verzweifelt sein, um das vorzuschlagen. Das Einzige, was sie zu mögen schienen, war, Rotbluter zu jagen und zu töten. Hätte es irgendetwas gegeben, was er dagegen tun könnte, hätte er keinen Moment gezögert. So jedoch blieb ihm nur übrig, zu Cephei zu beten, doch bezweifelt er, dass sie ihn hier unten hören konnte.

Der Troll beugte sich plötzlich vor, stützte sich auf die sehnigen Arme und schob den Oberkörper über den Kochtopf. Dabei kam er fast so nah heran, dass Milo ihn hätte berühren können. Der Troll besah sich Bonne genau und stieß ein verächtliches Schnauben aus. Fauliger Atem schlug den beiden Halblingen ins Gesicht.

»Sag mir, dass das nur ein Windstoß war«, winselte Bonne.

Das Ungetüm zog sich wieder zurück und beugte sich hinüber zur Lagerstätte, wo es unter den Fällen etwas zu suchen schien. Dabei kehrte es seinen Gefangenen den Rücken zu.

Für einen kurzen Moment kam Milo in den Sinn, zu flüchten, doch dann verwarf er den Gedanken schnell wieder. Trolle waren viel schneller als Halblinge, und ohne seinen Bruder würde Milo nirgendwo hingehen. Nein, ihm musste etwas Besseres einfallen, etwas, das den Troll nicht erzürnen, sondern besänftigen würde, wenn dies bei einem solchen Ungeheuer überhaupt möglich war.

»Was ist das für ein Geräusch?«, fragte Bonne verunsichert.

Jetzt erst nahm Milo es auch war. Es klang wie das Schleifen einer Klinge auf Stein oder das Schreiben mit Kreide auf Schiefer. Milo hoffte inständig, dass es Letzteres war. Er beugte sich weit zur Seite, um sehen zu können, was der Troll da tat.

»Er hat einen halben Schädel in der Pranke. Und in der anderen hält er einen langen Stein, mit dem er darin …«

»Warte, warte«, zischte Bonne, »ich will es doch lieber nicht wissen.«

Milo ersparte ihm weitere Einzelheiten.

Der Troll kehrte wieder an seinen Platz zurück und beugte sich abermals zu seinen Gefangenen vor. In der einen Hand hielt er immer noch den halben Schädel.

»Wage es nicht, meinem Bruder auch nur ein Haar zu krümmen, du Untier, sonst bekommst du es mit mir zu tun«, knurrte Milo, ohne eine Ahnung zu haben, wie er seiner Drohung Nachdruck verleihen sollte, geschweige denn, wie er sie praktisch in die Tat umsetzen würde.

Der Troll funkelte ihn mit bösen Augen an, dann tippte er mit einer seiner Klauen in die Schädelhälfte. Als er sie wieder daraus hervorzog, klebte eine übel riechende braune Flüssigkeit daran, die zäh in den Schädel zurücktropfte. Er hielt sie Milo hin, der angewidert zurückzuckte. Der Troll wischte sich den Brei mit dem Finger selbst ins Gesicht und setzte anschließend eine gespielt zufriedene Miene auf.

»Ich glaube, er will dir helfen, Bonne«, erklärte Milo.

»Helfen im Sinne von Hilfe? Oder dabei helfen, gut zu schmecken?«, erkundigte sich Bonne unsicher.

Der Troll wartete nicht ab, bis seine Gefangenen sich über seine Motive im Klaren waren. Er griff mit der Klaue in den Schädel und holte den Schleim hervor. Im nächsten Moment hatte Bonne die klebrige Masse im Gesicht.

»Bitte sag mir, dass es keine leckere Gewürzpaste ist«, jammerte er, hielt aber still.

Im Nu war Bonnes Gesicht zugekleistert. Der Troll warf die nun leere Schädeldecke über den Halbling hinweg zu den anderen Gebeinen und zog sich wieder auf seinen Platz zurück.

»Es kühlt wunderbar«, verriet Bonne überrascht. »Weißt du was, Milo? Ich glaube, das ist gar kein Troll.«

»Findest du nicht, solche Einschätzungen solltest du lieber jemandem überlassen, der sehen kann?«, antwortete Milo. »Er sitzt genau vor mir, und ich wüsste nicht, was er sonst sein sollte.«

»Hast du vergessen, Trolle verwandeln sich am Tag in Stein. Soweit ich mich erinnere, war es Tag, als uns das Ding überfiel.«

»Ich bin eine Trollfrau«, knurrte das Wesen. »Mein Name ist Uschma. Sieh her, ich glaube, eure Frauen haben auch solche Zitzen.« Die Trollin packte ihre schlaffen Brüste und wog sie in den Pranken. »Nur Kriegertrolle verwandeln sich in Stein, damit ihr Blut aufhört zu kochen«, erklärte Uschma. »Hier sieh, keine Rute zum Kindermachen.«

»Cephei, ich danke dir, dass du mir diesen Anblick ersparst«, keuchte Bonne, während sich Milo mit weit aufgerissenen Augen unfreiwillig davon überzeugte, das Uschma die Wahrheit sprach.

»Ihr solltet euch jetzt ausruhen. Morgen werden wir reden.«

An Ausruhen war natürlich nicht zu denken, aber Bonne und Milo reichte es schon für den Moment, erst einmal in Ruhe gelassen zu werden. Nach und nach gingen Bonnes Schwellungen zurück, und er konnte wieder sehen, was ihm neuen Grund lieferte, den Rest der Nacht zu jammern.

Milos Gedanken hingen an den Geschehnissen der letzten Tage. Wie konnte sich jemals alles wieder zum Guten wenden? Hatte Cephei vergessen, über das kleine Volk zu wachen? Sie musste doch besser wissen als jeder andere, dass Halblinge nicht für Abenteuer gemacht waren. Ein Sprung vom Baum in einen Heuwagen, ein gewagter Seilakt über einem Hühnerhaus oder das Klettern in der Seufzerschlucht war schon mehr, als man den meisten zutrauen durfte, aber das hier überstieg alles. Auf ein gutes Ende war nicht zu hoffen. Vielleicht auf eines, das nicht so sehr schmerzte.

11. DORN

Dorn lehnte neben dem Fensterdurchbruch im ersten Stock des verlassenen Gebäudes, kaute an einer Scheibe durchwachsenen Speck und warf zwischen jedem neuen Bissen einen Blick hinaus auf die Straße. Rauchsäulen stiegen im Süden und Osten über den Dächern auf, und die Straßen waren so gut wie leer gefegt. Nur einige Händler schafften eilig Waren, die sie sonst vor ihren Läden in Kisten oder gezimmerten Gestellen den Passanten feilboten, zurück in die Geschäfte oder in eine der großen bewachten Lagerhallen im Norden. Wäre der Himmel nicht strahlendblau gewesen und der Wind nicht nur ein laues Lüftchen, hätte Dorn auf ein heranziehendes Unwetter getippt. So jedoch war es ein wunderbarer Herbsttag und Dorn mit seinem Latein am Ende.

»Was mag dort draußen wohl vorgehen?«, schnaubte er verbittert.

»Wir würden es mitbekommen, wenn du es nicht vorgezogen hättest, einen Regorianer in aller Öffentlichkeit abzuschlachten«, erwiderte Senetha, die mit dem Rücken gegen eine der kahlen Steinwände gelehnt saß und ihren Umhang mit Nadel und Faden flickte. »Was denkst du, was wir jetzt tun sollen? Sie werden uns so lange jagen, bis sie uns gefunden und unsere Köpfe am Nordtor auf Speere gespießt haben. Ich weiß nicht genau, ob dir klar ist, was du getan hast. Diese Kerle sind nicht gerade dafür bekannt, großzügig über den Tod eines ihrer Kameraden hinwegzusehen. Aber selbst wenn die Krieger es täten, die Tempelpriester werden es mit Sicherheit nicht vergessen. In ihren Augen hast du Regor direkt ins Gesicht gespuckt. Für sie ist es Gotteslästerung, einen der Streiter Regors zu töten. Ein einfacher Mord an einem Niemand hätte im Laufe der Zeit in Vergessenheit geraten können. Doch das jetzt wird uns bis zum Ende unseres Lebens verfolgen, wobei ich nicht davon ausgehe, dass dieses Ende noch allzu lange auf sich warten lässt.«

»Es war ein Unfall, mehr nicht«, murmelte Dorn.

»Ein Unfall?«, zischte Senetha. »Für mich sah es aus, als wenn zwei schwer bewaffnete Krieger aufeinander losgegangen wären und einer am Schluss in seiner eigene Lache Blut am Boden verreckte. Sag mir, wenn ich verkehrt liege.«

Dorn sackte an der Wand zusammen, wobei die Schnallen seiner Lederrüstung über die lehmverputzte Wand schabten und dabei tiefe Furchen hinterließen.

»Er stürmte mit gezogener Waffe auf dich zu. Du warst ihm hilflos ausgeliefert, weil du gerade einen Zauber wirken wolltest. Hätte ich zusehen sollen, wie er dich niederstreckt?«

»Weil ich einen Zauber wirken wollte, du hast es erfasst, und damit deine Frage selbst beantwortet«, sagte Senetha. »Was dachtest du denn, was ich vorhatte? Mir vielleicht Hasenohren wachsen lassen, damit mich die Regorianer nicht mehr erkennen? Wenn ich einen Zauber wirke, hat das seinen Grund. Ich hatte alles im Griff.«

Dorn wusste, dass es nicht so gewesen war, und an Senethas Stimme erkannte er, dass auch sie an sich selbst zweifelte. Aber wenn ihre anklagenden Worte dazu beitrugen, dass sie nicht wieder in Trübsinn verfiel so wie damals, als sie aus der Magierschule geworfen worden war, sollte es ihm recht sein. Sechs Wochen hatte er gebraucht, um sie wieder zum Sprechen zu bewegen. Sie hatte die ganze Zeit so gut wie nichts gegessen, und auch zu jedem Schluck Wasser hatte er sie überreden müssen. Noch einmal würde keiner von ihnen so etwas durchstehen.

»Es tut mir leid«, stöhnte Dorn. »Vielleicht ist es besser, wenn jeder von uns seiner Wege geht. Ich könnte mich stellen und alle Schuld auf mich nehmen. Vielleicht schlucken sie es und suchen nicht weiter nach dir.«

Senetha vergrub ihr Gesicht in den Händen und schluchzte leise.

Dorn kannte sie schon zu lange, um nicht zu wissen, dass sie wieder einmal an dem Punkt angekommen war, wo sie ihre eigene Zunge verfluchte. Senetha war sehr emotional, und nicht alles, was sie sagte, meinte sie auch so. Immer wenn ihre Beziehung eine Krise durchlitt, versuchte Dorn die Situation dadurch zu retten, dass er alle Schuld auf sich nahm. Aber auch damit beschritt er einen schmalen Pfad, da seine aufopfernde Haltung Senethas Selbstzweifel weiter wachsen ließen.

»Ich liebe dich doch«, schluchzte sie. »Ich kann nicht ohne dich leben. Du hast so viel für mich getan, wir haben so viel zusammen erlebt. Schon öfter dachten wir, unser Weg würde enden, doch zusammen haben wir bislang jede Situation gemeistert. Warum nicht auch diese?«

Dorn zog einen kleinen verschrumpelten Apfel aus der Tasche und hielt ihn hoch. »Hier, nimm den. Du musst etwas essen, und Äpfel sind gut für dein Gemüt.«

Er warf ihr die Frucht zu, und sie fing sie mit beiden Händen. Tränen rannen ihr über das Gesicht, als sie den überreifen Apfel betrachtete. »Er sieht genau so aus, wie ich mich innerlich fühle.«

Dorn grinste. »Das ist mir lieber, als wenn dein Äußeres so aussehen würde.«

Senetha steckte ihm die Zunge heraus, konnte sich aber ein Grinsen ebenfalls nicht verkneifen.

»Ruhig!«, zischte Dorn plötzlich.

Innerhalb eines Herzschlages wechselte seine Miene von belustigt zu besorgt. Er schob sich hinüber zum Fenstersims und wagte einen vorsichtigen Blick hinaus, dann tauchte er wieder ab.

»Wir bekommen Besuch.«

»Regorianer?«, fragte Senetha ängstlich.

»Nein, eine Gruppe junger Männer«, sagte Dorn. »Sieht aus, als wenn einer von ihnen verletzt ist.«

Im nächsten Augenblick hörten sie, wie jemand die verzogene Eingangstür mit einem Ruck aufstieß. Mehrere Personen betraten das Untergeschoss, dann wurde die Tür wieder geschlossen.

»Du spielst den Köder«, flüstere Dorn Senetha zu. »Mit etwas Glück sind es nur ein paar Bettler, die einen Platz für die Nacht suchen.«

So viel Vertrauen ins eigene Glück hatte schon etwas von Ignoranz. Kein Bettler würde in dieser Gegend ein leer stehendes Haus beziehen, schon gar nicht eines, das noch eine Tür besaß. Zu hoch war die Gefahr, von Stadtwachen erwischt zu werden. Die obersten Richter in Zargenfels verstanden keinen Spaß, wenn sich Bürger über die Gesetze ihrer sozialen Schicht hinwegsetzten. Bettler hatten unter freiem Himmel zu schlafen, arme Leute wohnten im Nordviertel, Händler im Osten und Wohlhabende im Süden der Stadt. Ein Verstoß gegen die Grundregeln des Kastensystems wurde schwer geahndet. Ein Dieb konnte stehlen, ein Meuchler morden, doch wenn ein Bettler sich in ein Bett legte, musste er damit rechnen, gehängt zu werden.

»Sie kommen hoch«, zischte Dorn und nahm seine Position neben dem Türbruch ein. Mit gezogenem Kurzschwert wartete er auf die Eindringlinge.

Die morsche Holztreppe, die vom Erdgeschoss in den Nebenraum führte, ächzte unter den Schritten eines halben Dutzend Männer. Keiner von ihnen sprach oder schien es sonderlich eilig zu haben.

Senetha stellte sich schlafend, und Dorn hielt den Atem an.

»Dort ist eine junge Frau«, sagte jemand.

»Tut ihr nichts«, sagte eine andere Stimme. »Vielleicht hat sie sich genau wie wir nur hierhergeflüchtet.«

Im nächsten Augenblick trat ein junger Mann mit kurzen dunklen Haaren und einem Dreitagebart in den Raum.

Dorn sprang ihn von hinten an, setzte ihm die Spitze des Kurzschwertes an den Hals und riss ihn an der Schulter mit sich herum, um ihn zwischen sich und die Kollegen des Kerls zu bringen.

Dorns Gefangener hatte noch nicht einmal eine Waffe in der Hand, ebenso wenig wie die anderen Männer.

»Wir wollen Euch nichts tun!«, rief ein Mann aus der Gruppe.

»Lasst ihn los, wir wollen keinen Ärger«, ein anderer.

»Zu spät«, dröhnte Dorn. »Ihr habt euch den verkehrten Platz zum Spielen ausgesucht. Was habt ihr hier zu suchen?«

»Dasselbe könnte ich Euch fragen«, sagte der Einzige aus der Gruppe, der die dreißig schon überschritten zu haben schien. »Jedoch sollten wir unser Zusammentreffen nicht gleich mit Lügen beginnen. Deshalb würde ich vorschlagen, wir lassen die Frage unbeantwortet und wechseln das Thema.«

Er war ein hagerer Mann mit langen blonden Haaren, einer Hakennase und schmächtigen Schultern. Gekleidet war er in eine dunkelbraune Robe mit Kapuze und einfache braune Stiefel. Am auffälligsten jedoch waren seine beiden milchig grauen Augen, mit denen er Dorn anzustarren schien. Zwei seiner jüngeren Begleiter hatten ihn untergehakt.

»Du bist blind«, erkannte Dorn abfällig.

»Ah, das ist schon mal ein Anfang«, sagte der Mann. »Ich bin blind, und Ihr seid ein Söldner aus dem Süden dieses Kontinents. Seht Ihr, es geht auch ohne die ganzen Schmeicheleien und Notlügen. Da Ihr unschwer erkennen könnt, dass wir nicht bewaffnet sind, wäre ich Euch dankbar, wenn Ihr meinen Freund Terek loslassen würdet.«

»Unbewaffnet?«, grollte Dorn, »Und was ist das?« Er zog seinem Gefangenen einen Dolch aus dem Hosenbund und präsentierte ihn.

»Ein Messer«, erklärte der Wortführer, nachdem einer seiner Begleiter ihm etwas ins Ohr geflüstert hatte. »Eines, wie Ihr es bei jedem zweiten Jungen finden würdet. Ihr wollt doch nicht behaupten, dass ein Mann wie Ihr sich vor einem Jüngling mit einem Dolch fürchtet.«

»Wenn er in meinem Rücken steckt, ist es egal, wem er mal gehört hat.«

»Er steckte aber in Tereks Hosenbund«, gab Dorns Gegenüber zu bedenken.

»Lass gut sein, Dorn«, sagte Senetha, die bis dahin äußerst zurückhaltend gewesen war. »Ich glaube, von ihnen geht keine Gefahr aus.«

Dorn schnaufte verächtlich und stieß den Jungen von sich, direkt in die Arme seiner Kameraden. Dann warf er ihm den Dolch zu, doch der Junge ließ ihn zu Boden fallen und musste sich nach ihm bücken.

Senetha machte einen Schritt auf die Gruppe von Männern zu. Dorn packte sie bei der Schulter, aber sie schüttelte ihn ab.

»Was seid ihr?«, fragte sie. »Eine Art Bürgerwehr? Ihr seht aus wie eine Gruppe Gelehrter. Warum seid ihr hier? Was wollt ihr in diesem Haus?«

Mit jeder weiteren Frage wurde das Lächeln des blinden Mannes breiter.

»Eure Stimme ist süßer als die Eures Begleiters. Euer Duft ist betörender, und Eure Worte sind wohl überlegt, doch die Neugier ist dieselbe. Warum sollte ich Euch mehr erzählen als ihm?«

»Wegen der von Euch genannten Unterschiede«, erwiderte Senetha.

Der Mann brach in schallendes Gelächter aus. »Ihr seid ganz nach meinem Geschmack. Etwas mehr Frauen wie Euch könnte diese Welt gebrauchen. Darf ich mich vorstellen, mein Name ist Narik«, er deutete eine Verbeugung an und breitete die Arme aus. »Und die jungen Männer um mich herum sind Freunde, die mir gern ihr Ohr leihen und ab und zu auch ihre Augen, wie Ihr unschwer bemerkt habt.«

Senetha ging auf Narik zu und nahm seine Hand in die ihre. Dorn wusste, dass einer ihrer ersten Lehrer auf der Magierschule ebenfalls blind gewesen war. Laut ihren Erzählungen hatte er es zu schätzen gewusst, wenn man ihn berührte, um ihm so das Gefühl von Nähe und Vertrautheit zu geben, wenn man mit ihm sprach. Narik schien die Geste ebenfalls gern anzunehmen, wenn auch vielleicht aus anderen Beweggründen, wie Dorn vermutete.

»Ich heiße Senetha, und der Name meines Begleiters ist Dorn.«

»Senetha, was für ein wundervoller Name für eine schöne junge

Frau«, sagte Narik, »und auch Dorn scheint passend für einen Söldner. Ihr wollt wissen, was ein blinder Mann in einem fremden Haus sucht? Ich will es Euch sagen. Schutz! Meine Freunde und ich sind sozusagen die Vorhut der Stimme des Volkes von Graumark oder wenigstens von Zargenfels, so hoffen wir. Wir gehören zu den Menschen, die nicht alles für bare Münzen nehmen, was von den Priestern Regors verbreitet wird. Nicht alles, was sie uns zu erzählen versuchen, dient der Stärkung des Glaubens oder dem Seelenheil der Bürger. In ihren Worten schwingt Selbstsucht und Raffgier mit. Außerdem haben sie zu wenig Antworten auf zu viele Fragen, und manchmal scheint es gar, als wüssten sie selbst nicht, welchen Weg die Götter für uns gewählt haben.«

»Aber Ihr wisst es?«, fragte Senetha, obwohl die Antwort offensichtlich schien.

»Nein, das nicht, aber ich würde auch keinen anderen Blinden fragen, ob er mich führt. Warum sollte ich also Priestern vertrauen, die den Willen der Götter ebenso wenig kennen wie ich. Aber das Schlimmste an ihnen ist, dass sie ihre Unsicherheit zu verbergen versuchen, indem sie andere in Angst leben lassen und damit drohen, jeden zu töten, der ihren Worten nicht glaubt.«

Dorn kannte diese Sorte Männer, von der Narik vorgab, einer zu sein. Sie fanden sich auf Hinterhöfen oder in abgelegenen Gassen und sprachen zu jedem, der ihnen zuhörte. Sie schwangen große Reden, machten den Leuten Mut oder stachelten sie an, etwas zu verändern, doch sobald ein Regorianer um die Ecke bog, waren sie verschwunden wie der Hase in seinem Bau, wenn der Greif über ihm schwebt. Diese Männer schwangen große Reden, wenn sich ihnen Zuhörer boten, aber sie achteten darauf, dass der Einsatz nicht zu hoch war. Narik war zu selbstsicher und zu fordernd als Gerechtigkeitsapostel. Ihn trieben noch andere Motive, da war Dorn sicher.

»Du spuckst große Worte und schreist nach Veränderung, doch was sagt dir, dass du richtig liegst und alle anderen verkehrt?«

»Wer taub ist, wird durch Worte nicht vergiftet, der Gelähmte wird durch Folter nicht gefügig, und wer nicht sehen kann, wird nie verblendet sein. Die Worte der Priester sagen mir, dass sie die wahren Blinden sind. Wir dürfen uns ihre Tyrannei nicht länger gefallen lassen. Sie sind getrieben vom Hass auf alle, die nicht so denken wie sie, und die sich weigern, nach ihren Gesängen zu tanzen. Wenn es Regors Wille ist, dass die Priester in seinem Namen solche Ungerechtigkeit unter den Menschen verbreiten, frage ich mich, warum wir solch einen Gott preisen sollten, anstatt ihn lediglich zu fürchten. Die Hand, die mich schlägt, macht mich nicht zum Sklaven. Das tue ich selbst, indem ich mich für die Prügel bedanke. Jetzt ist die Zeit gekommen, in der wir uns entscheiden müssen, ob wir freie Menschen sein wollen, die ihren Gott lieben und ehren, oder ob wir nur Sklaven des Glaubens sind.«

Dies war sicherlich nicht Nariks erste Rede, und es würde auch nicht seine letzte sein. Die Wahrer des Glaubens, wie sich solche wie er nannten, waren allesamt Menschen, die mit Worten umzugehen wussten. Was aber nicht heißen sollte, dass ihre Ansichten verkehrt waren. Neu war jedoch dieser Aktionismus. Früher hatten sich die Rädelsführer damit begnügt, andere zum Nachdenken anzuregen und ihnen die Welt zu erklären, aber nichts von dem, was sie predigten, war je in greifbarer Nähe gewesen – erst recht kein ernsthafter Widerstand.

»Warum jetzt, warum hier?«, fragte Dorn, der es wie immer schaffte, mit wenigen Worten auszukommen und trotzdem ins Schwarze zu treffen.

Nariks blinde Augen suchten Dorn, und sie fanden ihn erstaunlich gut.

»Weil uns jemand die Augen geöffnet hat. Nach Jahren der Qualen hat endlich eine verlorene Seele unsere Stimmen erhört und den Mut gefasst, sich gegen diese selbstherrlichen Priester zu erheben. Der Funke der Gerechtigkeit ist in das Reisig des Jochs gefallen.«

Dorn zog entnervt die Augenbrauen zusammen.

»Kannst du auch ganz normal reden, du Hinterhofprediger, damit einfache Leute dich verstehen?«, fuhr er Narik an. »Es ist ja kein Wunder, das euer Funke Jahre gebraucht hat, um zu entflammen. Erzähl uns einfach, was passiert ist.«

»Verzeiht, ich vergaß, mit wem ich spreche«, entschuldigte sich Narik. »In Euren Kreisen ist man eher an gebellte Befehle gewöhnt.«

Dorn trat mit geballter Faust auf Narik zu. »Das Einzige, was gleich kreisen wird, ist meine Faust.«

Senetha hielt ihn zurück, und er ließ sich auf den Schlichtungsversuch bereitwillig ein.

»Dorn, er ist blind«, ermahnte sie ihn.

»Stumm wäre mir lieber«, grummelte er. »Nun erzähl schon, was ist passiert?«

Narik ließ sich kein zweites Mal bitten, die Geschichte seines Erfolges wiederzugeben: »Die Priester hatten ihre Regorianer ausgesandt, eine junge Magierin zu verhaften und zum Verhör zu bringen. Sie soll sich durch den Besitz heidnischer Symbole verdächtig gemacht haben. Doch anstatt sich den Schlägern zu ergeben und der Folter ins Auge zu sehen, widersetzte sie sich der Verhaftung. Es kam zum Kampf, der damit endete, dass zwei Regorianer schwer verletzt zu Boden gingen und einer starb. Die Magierin entkam durch eine List.«

Senetha zupfte Dorn aufgeregt am Ärmel des Mantels, und auch die jungen Begleiter von Narik schienen ihrem Anführer etwas sagen zu wollen.

»Das ist ja unglaublich!«, rief Dorn etwas zu laut, um glaubwürdig zu wirken. »Eine Magierin allein hat das getan?«

»Ja, in Begleitung eines Schülers oder ihres Dieners«, bestätigte Narik. »Auch ihm hat sie das Leben gerettet. Die Regorianer machen auch vor den Schwachen und Hilflosen keinen Halt.«

»Da kann er ja richtig von Glück sagen, so eine mutige und schlagkräftige Herrin zu haben«, grollte Dorn und schlug zu.

Senetha konnte ihn nicht zurückhalten, und auch Nariks Anhänger standen nur da und sahen empört und hilflos zu, wie ihr Meister zu Boden ging.

Dorn war die Enttäuschung ins Gesicht geschrieben, als Narik bereits eine Viertelstunde später wieder zu sich kam. Der Söldner hatte schon bessere Treffer gelandet und mehr Zuspruch dafür erhalten. Stattdessen waren alle Anwesenden entrüstet von seinem groben Verhalten. Abwechselnd kümmerten sie sich rührend um den zu Boden gegangenen Mann, während die, die nicht bei dem Blinden hockten, die Zeit nutzten, Dorn Vorwürfe zu machen und ihn mit herablassenden Blicken zu strafen.

Ein kleiner Trost blieb ihm jedoch. Nariks Nase würde für den Rest seines Lebens von dieser Begegnung berichten.

»Seid Ihr es wirklich?«, stöhnte Narik, als er das Bewusstsein wiedererlangt hatte.

»Wenn du mit ›ihr‹ uns meinst, ja«, bluffte ihn Dorn an.

»Man hatte mir berichtet, dass Ihr die Stadt verlassen hättet. Ich danke Regor auf Knien, das es nicht so ist. Ich habe gebetet, dass er Euch zu mir führt.«

»Dann erhört er deine Gebete besser als meine«, schnaubte Dorn.

Nariks Anhänger halfen ihm, wieder auf die Beine zu kommen. Die gebrochene Nase, die aufgeplatzten Lippen und das ganze Blut, das an seinem Kinn herunterlief und im dicken Leinenstoff seines Umhanges versickerte, schienen ihn kaum noch zu kümmern. Dorn hatte noch nie einen Menschen gesehen, der so euphorisch war, nachdem man ihn niedergeschlagen hatte.

»Ihr müsst mit uns kommen. Es gibt so viele Menschen in dieser Stadt, die Euren Zuspruch brauchen. Wenn Ihr ihnen erzählt, welches Unrecht Euch widerfahren ist, und sie dann hören, wie Ihr Euch gegen die Regorianer zur Wehr gesetzt habt, werden sie Eurem Beispiel folgen. Zu Scharen werden sie auf die Straße ziehen und sich von dem Joch des Glaubens befreien. Bitte begleitet mich.«

Senetha sah Dorn hilflos an. In ihren Augen sah er, dass sie mit sich haderte. Das, wovon Narik erzählt hatte, war kein Geheimnis. Die Regorianer waren eine Geißel für die Menschen. Glauben wurde nicht erbeten, sondern erzwungen. Zu viel Ungerechtigkeit war schon geschehen, um es wiedergutzumachen. Das Bild dessen, was ein Gott eigentlich sein sollte, ein Tröster, ein Retter, ein Hoffnungsbringer, war zunichte gemacht worden, und an seine Stelle war ein Gott getreten, den man nur zu fürchten hatte.

12. MILO

An Schlafen war überhaupt nicht zu denken. Bonne und Milo hatten die ganze Nacht auf dem harten Boden gelegen und an die Decke gestarrt. Keiner von beiden hatte sich getraut, die Trollfrau anzusehen. Es war schon schlimm genug, ihren bohrenden Blick zu spüren. Bonne hatte sich von Zeit zu Zeit zur Seite gerollt, um nachzusehen, ob die vielen Gebeine der Toten noch an Ort und Stelle lagen. Es war schon komisch: Obwohl sie von einem Troll in seine Höhle verschleppt worden waren, machte er sich trotzdem darüber Sorgen, ob die Toten auch tot blieben. Milo plagten ganz andere Gedanken.

Mittlerweile musste der Morgen bereits grauen. Es war kalt, und Milo hatte Hunger, aber er traute sich nicht, etwas vom Proviant aus der Tasche zu holen. Etwas zu essen schien angesichts dessen, dass man selbst befürchtete, als Appetithäppchen zu enden, irgendwie geschmacklos. Vorsichtig löste Milo seine Feldflasche vom Gürtel und nahm einen Schluck. Dann reichte er sie seinem Bruder.

»Du hast doch gesagt, du willst mit uns reden«, sagte Milo zaghaft zur Trollfrau; er hielt die Ungewissheit einfach nicht mehr aus. »Du hast es dir doch nicht anders überlegt, oder?«

Die Trollfrau knurrte nur kurz und kratzte sich an der Brust.

Milo wusste nicht viel über Trolle. Ehrlich gesagt, war er selbst darüber verwundert, dass sie sprechen konnten und verstanden, was man sagte. Er hatte all sein Wissen aus Büchern und Erzählungen. Dort hieß es, sie waren Einzelgänger, und dies war sicherlich auch der Grund dafür, warum sich nie einer in der Nähe des Dorfes hatte blicken lassen. Halblinge waren zwar keine gefürchteten Krieger, aber sie konnten äußerst unangenehm werden, wenn man durch ihre Vorgärten trampelte.

Weiter hieß es, dass sie starke und fähige Krieger waren, Elfen noch mehr hassten als alle anderen Völker und sich am liebsten von Dingen ernährten, die auf zwei Beinen liefen und der Sprache mächtig waren … was Halblinge einschloss. Anhand dieser dürftigen Informationen versuchte Milo, das Knurren der Trollfrau zu interpretieren, aber ob es nun ein zustimmendes Knurren oder mehr ein hungriges gewesen war, vermochte Milo nicht zu sagen.

»Vielleicht weiß sie nicht, dass wir Halblinge sind«, flüsterte Bonne, »und jetzt wartet sie darauf, dass wir groß werden, damit mehr an uns dran ist.«

Ach ja, Trolle besaßen laut den Geschichten auch ein außergewöhnliches Gehör und einen unglaublichen Geruchssinn.

»Ich weiß, was Halblinge sind«, schnaubte die Trollin. »Es sind schwächliche Zwergmenschen mit spitzen Elfenohren und Füßen von Kriegern.«

So hatte Milo es noch nie betrachtet, doch vielleicht hatte sie Recht, und Halblinge waren nicht mehr als eine Ansammlung von bezeichnenden Merkmalen anderer Völker. Blieb nur noch zu hoffen, dass sie nicht sonderlich schmeckten.

»Also, wenn du mit uns reden möchtest, ich wäre dann so weit«, erklärte Milo.

Bonne richtet sich blitzartig von seinem harten Steinlager auf. Hinter der verkrusteten Pampe in seinem Gesicht strahlten zwei große Augen.

»Ja, leg los!«, rief er. »Wir haben heute schließlich noch einen weiten Weg vor uns.«

»Wir warten noch auf den Schamanen«, grollte Uschma. »Er ist es, der euch die Fragen stellen wird.«

Bei dem Wort Schamane drehte sich Milo der Magen um. Er hatte schon von diesen heidnischen Priestern der Grünbluter gehört. Sie beteten einen Gott namens Hadar an. Die Rituale, die sie vollzogen, um mit ihm zu sprechen, oder um ihm ihre Ehrerbietung darzubringen, waren entsetzliche Massaker. Die Schamanen opferten Tiere, Gefangene, die sie gemacht hatten, oder sogar ihresgleichen. Sie behaupteten, dass die Stimme ihres Gottes nur durch ein sterbendes Wesen zu ihnen sprechen würde. Man erzählte sich grauenvolle Geschichten von solchen Ritualen. Über Menschen, die tagelang gequält und gefoltert wurden, weil der Schamane noch keine Antworten auf seine Fragen bekommen hatte. Das göttliche Gespräch endete immer damit, dass das Medium starb.

»Denkst du das Gleiche wie ich?«, flüsterte Milo seinem Bruder zu.

Bonne nickte vorsichtig, wobei etwas von der Schlammkruste an Kinn und Hals abbröckelte. »Die Schwellung im Gesicht ist weg, und ich kann wieder sehen«, bemerkte er beiläufig.

Uschma beugte sich hinüber zu ihrem Lager – sie hatte ebenfalls auf dem Boden genächtigt, um den Eingang zu versperren – und durchwühlte die Felle nach etwas.

»Wie sieht es mit Laufen aus?«, erkundigte sich Milo flüsternd.

»Im Moment sind meine Beine noch etwas steif, aber ich glaube, wenn dieses Vieh hinter uns herhetzt, wird sich das schnell geben.«

»Lass den Rucksack einfach liegen. Ohne Gepäck sind wir schneller. Sobald sie das nächste Mal unaufmerksam ist, rennen wir los.«

»Wetten, dass ich vor dir aus der Höhle bin«, wisperte Bonne.

»Niemals!«

»Was ist niemals?«, brummte Uschma, als sie gefunden hatte, wonach sie suchte. In der Hand hielt sie ein gekrümmtes Horn, anscheinend ein Signalhorn.

»Wir haben noch niemals vorher eine Trollfrau gesehen«, erklärte Milo. »Wir dachten immer, es gibt nur Krieger.«

Dies schien eine empfindliche Stelle bei der Trollfrau zu treffen. Empört stützte sie sich auf die Unterarme.

»Das würde euch wohl so passen«, grollte sie. »Ihr hattet wohl gehofft, dass jeder von uns, den ihr tötet, auf ewig einer weniger ist. Aber so läuft das nicht.«

»Wir haben noch nie einen Troll getötet«, unterbrach Bonne

sie. »Und ich kann versichern, dass noch kein Blaubeers jemals einem Troll etwas getan hat.«

»Weil ihr nicht wolltet, oder weil ihr nicht konntet?«

»Weil auch noch nie ein Troll uns etwas angetan hat«, sagte Milo schnell, um seinem Bruder aus der Erklärungsnot zu helfen.

»Und jetzt hofft ihr, dass es dabei bleiben wird«, grunzte sie. »Wartet, ich will euch was zeigen.«

Uschma erhob sich, wobei sie fast gegen die Höhlendecke stieß. Tief gebeugt und mit schlackernden Armen, verließ sie die Höhle und ging ein Stück den Tunnel hinunter. Dann bog sie plötzlich in einen der Seitengänge ab.

»Wetten, dass ich zuerst draußen bin«, stieß Milo hervor, aber sein Bruder war schon aufgesprungen.

Ohne irgendetwas von ihrem Hab und Gut mitzunehmen, rannten sie los. In Windeseile stürmten sie aus der Höhle hinaus und den Gang entlang. Unter ihren Füßen spürten sie den lehmigen Boden, aus dem Wurzelenden hervorragten ebenso wie festgetretene spitze Steine und Knochensplitter. Sie tauchten ins Dunkel, und alles, was sie sahen, war der kleine helle Fleck am Ende des Tunnels. Ihre Beine waren immer noch steif, die Kälte der Nacht steckte in ihren Knochen, doch die Angst ließ sie schneller rennen als jemals zuvor.

Uschmas Fluch hallte durch das Trollversteck wie der Schrei eines Sterbenden. Holz splitterte, ein Gefäß zerplatzte auf dem Boden, dann ertönte ein markerschütterndes Brüllen.

Der Ausgang war nicht mehr weit. Milo konnte bereits die kühle, saubere Morgenluft schnuppern. Bonne war direkt hinter ihm. Da er sonst meist schneller war als Milo, leisteten ihm seine Beine wohl doch nicht den gewünschten Dienst. Aber um aus der Höhle herauszukommen, würde es sicherlich reichen. Mit etwas Glück konnten sie in den hohen Farnen und dem Gestrüpp abtauchen. Wenn der Wind richtig stand, hätten sie eine Chance.

Die kalte Luft brannte in Milos Lungen. Sein Kopf dröhnte. Für einen kurzen Augenblick legte sich ein Schatten über das rettende Licht am Ende des Tunnels. Doch dann kam es zurück, heller als zuvor.

Der Ausgang war nur noch wenige Schritt entfernt, und immer noch hörte Milo das Gebrüll der Trollfrau weit hinter sich. Er schöpfte Hoffnung. Als er nach der ersten Wurzel der umgestürzten Eiche am Eingang griff und ihm lose Erde ins Gesicht rieselte, war er der festen Überzeugung, das Richtige getan zu haben. Er schwang sein Bein den Erdwall hinauf und hievte den Rest des Körpers hinterher. Auf allen vieren kletterte er aus der Kuhle, die der Wurzelballen hinterlassen hatte. Oben angekommen, blickte er über die Schulter, um nach Bonne zu sehen. Sein Bruder war ihm dicht auf den Fersen. Außer Atem, aber mit einem Lächeln auf dem Gesicht, hatte auch er es geschafft, aber eben nur als Zweiter.

Milo wandte sich von ihm ab, um zu sehen, wo sie am besten im Dickicht untertauchen konnten, da schoss plötzlich eine Feuerkugel auf seinen Kopf zu. Er bog sich gerade noch rechtzeitig nach hinten, um ihr zu entgehen. Augenblicklich zog ihm der Geruch von versengten Haaren in die Nase. Schemenhaft erkannte er drei kleine Gestalten, als ihn etwas Hartes in den Bauch traf. Der Schlag presste ihm die Luft aus den Lungen, unwillkürlich verkrümmte er sich. Das Letzte, an das er sich erinnerte, war die brennende Kugel, die erneut auf ihn zuraste, und das Brüllen seines Bruders.

Milo wusste nicht, wie viel Zeit vergangen war, als er die Augen wieder aufschlug. Sein Schädel dröhnte, und die Haut an seinem Hals bis hinauf zur Wange war taub. Als er den Mund öffnete, um mit der Zunge seine spröden Lippen zu befeuchten, stieg Übelkeit in ihm auf. Bittere Krümel rieselten ihm in den Rachen, und er musste husten. Milo versuchte, diesen Geschmack irgendwie aus dem Mund zu bekommen, doch es wurde nur schlimmer. Gequält warf er sich hin und her. Er wollte nach seinem Gesicht greifen, doch es gelang ihm nicht. Jetzt spürte er die schneidenden Fesseln um Handgelenke und Fußknöchel.

Jemand packte ihn grob unter den Achseln und setzte ihn aufrecht hin. Es war Uschma. Die Trollfrau griff mit einer Hand nach seiner Kehle und presste ihn gegen die Wand.

»Das hättest du nicht tun sollen«, knurrte sie ihn an. »Wenn du uns nicht vertraust, werden wir dich töten.«

Ihr vertrauen? Was hatte sie gedacht? Dass sie einfach zwei Halblinge entführen konnte, um dann mit ihnen Freundschaft zu schließen? Trolle und Halblinge, das passte schlichtweg nicht zusammen. Auf allen Bildern, die Milo kannte, lagen die Trolle entweder tot zu Füßen staunender Halblinge, rannten hinter panisch flüchtenden Halblingen her oder rösteten sie über einem Feuer. Ein Bild, auf dem ein Troll zusammen mit einer Halblingsfamilie am Mittagstisch saß und genüsslich Blaubeerpfannkuchen mampfte, gab es hingegen nicht.

Milo hörte die Stimme seines Vaters in seinem Kopf: *Den ganzen Tag heckst du mit deinem Bruder diese Streiche aus. Ihr verwüstet das halbe Dorf, und weil euch das Chaos noch nicht reicht, bringt ihr jedes einzelne ehrenwerte Mitglied des Rates um. Ich habe Cephei auf Knien gedankt, als ihr verschwunden wart, und ich habe darum gebetet, euch nie wieder sehen zu müssen. Doch anstatt euch von einem Drachen fressen zu lassen, kommst du plötzlich wieder nach Hause und stellst mir deine neue Trollfrau vor. Wenn du denkst, sie kann hier schmatzend und sabbernd am Tisch sitzen, hast du dich geirrt. Ab mit euch beiden in die Scheune, wo ihr hingehört.*

Während die Geisterstimme seines Vaters verstummte, trat Uschma beiseite und gab den Blick auf drei frech grinsende Goblins frei. Zwei von ihnen waren recht klein, selbst für diese grünhäutigen Aasfresser, und bis auf einen Lendenschurz quasi unbekleidet. Dafür schleppten sie eine große Anzahl Messer, Speere, Knüppel und je einen Kurzbogen mit sich herum. Einer von ihnen nickte Milo hämisch zu, täuschte einen Hieb mit dem Speer an und ließ mit der anderen Hand seine Fackel kreisen. Anscheinend sollte es so etwas wie Bewunderung bei ihm hervorrufen, tat es aber nicht.

Der letzte Goblin war gut einen Kopf größer als seine Begleiter und um einiges älter. Milo machte das an den langen filzig-grauen Haarbüscheln auf seinem Kopf, den braunen Zahnruinen und den zu groß geratenen Ohren fest – die wuchsen nämlich ein Leben lang weiter. Die überaus stattlichen Exemplare des Goblins mussten Jahrzehnte Zeit dazu gehabt haben! Abgesehen davon, trug er Teile eines zwergischen Schuppenpanzers sowie einen Wickelrock. Eine äußerst gewagte Zusammenstellung, besonders wenn man grünliche Haut besaß, Arme und Beine nicht viel dicker waren als Besenstiele und der Schamanenstatus es verlangte, eine Fellmütze mit mickrigem Hirschgeweih zu tragen.

Dennoch, Goblins waren nicht zu unterschätzen. Man konnte sie nicht unbedingt als zähe Krieger bezeichnen, aber sie kämpften mit List und Tücke. Drei oder vier von ihnen konnten einen Ritter zu Fall bringen und töten. Und wenn sie einen Schamanen dabei hatten, suchte man besser sein Heil in der Flucht. Sie verfügten über Pülverchen und Tinkturen, die Rauch erzeugten, Männer erblinden und ohnmächtig werden ließen oder ihre Sinne betäubten. Diese Mischung aus Hexenmeister und Priester setzte man entweder schnell außer Gefecht oder bekämpfte sie mit eigenen Zaubern, wenn man welche besaß.

»Die Stimme hat zu mir gesprochen!«, rief der Schamane plötzlich aus und reckte dabei die Arme gen Himmel.

Seine beiden Begleiter ließen sich sofort auf ein Knie nieder, wie Krieger, die den Ritterschlag erwarteten. Und auch Uschma senkte das Haupt.

»Kein Wunder, dass er Stimmen hört, so wie er aussieht«, raunte Bonne.

»Er hat zu mir gesprochen«, wiederholte der Schamane, wobei die Fackel am Eingang ein merkwürdig helles Licht verbreitete.

Jetzt zeigte er auf Milo und Bonne und schien auf eine Reaktion zu warten. Als keiner der beiden etwas sagte, schoss plötzlich einer der Goblins hoch und verpasste Bonne einen Schlag mit dem Speer auf den Oberarm.

»Au! Was soll denn das?«

»Ich, Xumita Latorinsis, stelle euch in seinen Dienst!«, rief der Schamane.

»Ich nehme die Wahl an«, erwiderte Bonne mit wenig Enthusiasmus, aber wahrscheinlich wollte er sich so vor einem weiteren Schlag retten.

»Ich auch!«, schwor Milo schnell, um nicht statt Bonne einen Hieb mit dem Speer abzubekommen, wenn er nicht antwortete.

»Damit ist es besiegelt. Ihr zwei Dürrzwerge seid von nun das Werkzeug von Xumita Latorinsis, der die Stimme hört.«

Eigentlich hätte Milo gern richtiggestellt, dass sie Halblinge waren und nicht so etwas wie verhungerte Zwerge. Er entschloss sich aber, großzügig über dieses Missverständnis hinwegzusehen. Der Schamane würde es vielleicht nicht mögen, wenn er unterbrochen würde.

»Und müssen wir jetzt irgendetwas tun?«, fragte Bonne verwirrt. »Ihr werdet uns doch wohl nicht aufschneiden und versuchen, die Zukunft aus unseren Eingeweiden zu lesen.«

Zur Antwort bekam er einen weiteren Hieb mit dem Speer.

Milo war nicht besonders gläubig. Zwar hatte er Meister Gindawell geholfen, doch das machte ihn noch lange nicht zu einem gottesfürchtigen Halbling. Eines war ihm jedoch bewusst: Das Gelübde, das sie gerade abgelegt hatten, passte so gar nicht in das Gefüge ihres eigenen Glaubens. Was der Schamane ›die Stimme‹ nannte, war vermutlich Hadar. Gott der Gottlosen, so nannten die Halblinge ihn. Orks, Trolle, Goblins und allerhand andere Kreaturen beteten zu ihm. Warum der Schamane ihn nicht mit Namen ansprach und nur die Stimme nannte, wusste Milo nicht, aber wer verstand schon, was ein Goblin tat und sagte. Schließlich nannten sie Halblinge auch Dürrzwerge.

»Die Stimme hat eine Aufgabe für euch«, fuhr Xumita Latorinsis fort. »Ich habe sie empfangen, und sie weihte mich in die Geheimnisse ihres Wissens ein. Die Welt ist vergiftet, und das Gift wird sich ausbreiten über alle Gläubigen und Ungläubigen. Es wird befallen alle Blumen, Pflanzen und Bäume. Es wird verseuchen das Wasser. Es wird zersetzen die Steine, Felsen und Berge. Und zuallerletzt wird es die Toten und die Ahnen heimsuchen und unsere Welt zerstören.«

Das hörte sich nicht sonderlich gut an, egal ob man gläubig war oder nicht. Allerdings wusste Milo, dass die Völker der Gottlosen gern mit solchen düsteren Prophezeiungen aufwarteten. Sie dachten wohl, ihrem Gott damit eine gewisse Stellung innerhalb der anderen Religionen verschaffen zu können. Wann immer irgendwelche Söldner, Soldaten oder Stadtwachen in den Geschichten einen der Grünblütigen gefangen nehmen konnten, kündete der von Weltuntergängen. Ja, Weltuntergängen! Man musste ihn nur lange genug am Leben lassen, dann überschüttete er den geneigten Zuhörer mit dunklen Offenbarungen.

Milo versuchte, ein entsetztes Gesicht zu machen.

»Das ist ja grauenvoll«, sagte er etwas zu übertrieben. »Aber was sollen zwei Halblinge wie wir daran ändern?«

Einer der Goblins holte gerade zum Schlag mit dem Speer aus, um die unangemessene Unterbrechung ihres Schamanen zu bestrafen, da hielt ihn Xumita Latorinsis zurück.

»Eine gute Frage für einen Ungläubigen«, knurrte er. »Diese Frage habe ich auch der Stimme gestellt.« Der Schamane sah Milo einen Augenblick bedeutungsschwanger an.

»Und was hat sie gesagt?«, fragte Milo vorsichtig.

Xumita Latorinsis entriss seinem Begleiter den Speer und sprang in einem Satz über die Feuerstelle hinweg. Der erste Schlag traf Milo im Gesicht, der zweite am Hals. Milo konnte sich den Hieben nicht erwehren, da er immer noch gefesselt war. Ihm blieb nichts anderes übrig, als sich so gut wie möglich abzuwenden. Immer weiter schlug der Schamane auf ihn ein und verkündete dabei die Worte der Stimme: »Glaubst du wirklich, du verblödetes, jämmerliches, hässliches, wimmerndes, schleimiges, übel riechendes Gewürm, dass die Stimme nicht einen guten Grund hat, zwei Ungläubige für ihre Dienste einzuspannen?«

Xumita Latorinsis schlug im Takt seiner Beschimpfungen weiter auf Milo ein. Dann endete die Misshandlung plötzlich, und der Schamane ging auf seinen Platz zurück und übergab den Speer an seinen Gefolgsmann.

»Das war ihre Antwort«, verkündete Xumita, »nicht wortwörtlich, sondern sinngemäß. Es bereitete mir aber ähnliche Schmerzen. Als die Stimme sich wieder beruhigt hatte, nannte sie mir ihren wirklichen Namen.«

Jetzt ging es los mit den düsteren Vorahnungen, vermutete Milo.

»Sie nannte sich ›der Zweitgeborene‹. Er gab mir die Aufgabe, eines der ersten Lämmer der Mutter zu finden, denn nur das Lamm kann den Giftstachel aus dem Leib der Erde ziehen. Der Zweitgeborene sandte mich nach Zargenfels, um dort nach dem Lamm zu suchen und es hier in das Zentrum des Düsterkrallenwaldes zu bringen.«

»Zargenfels scheint voll von Müttern zu sein«, flüsterte Bonne.

Milo lagen ein Dutzend Fragen auf der Zunge, aber er traute sich nicht, auch nur eine von ihnen zu stellen. Stattdessen nickte er nachdenklich.

Xumita schien zu merken, dass die ganze Situation etwas verfahren war, und lenkte ein: »Wie euch unschwer aufgefallen sein dürfte, bin ich ein Heiliger Priester der Goblins. Es ist unschwer zu erraten, was passieren würde, wenn ich plötzlich vor den Toren von Zargenfels stünde.«

Milo hatte einige Schwierigkeiten, sich das vorzustellen, denn seiner Meinung nach würde es Xumita Latorinsis nicht einmal bis in die Nähe der Stadtmauern schaffen. Irgendwelche Söldner oder Jäger hätten ihn wahrscheinlich getötet, lange bevor er aus dem Wald herausgekommen war. Dennoch nickte er.

»Also habe ich Uschma in meine Aufgabe eingeweiht. Sie versprach mir, einen Ungläubigen zu fangen, der stattdessen nach Zargenfels reisen kann, ohne Verdacht zu erwecken. Nach einigen fehlgeschlagenen Versuchen«, Xumita Latorinsis zeigte auf den kleinen Knochenhügel in der Haupthöhle der Trollin, »wurdet ihr jetzt für diese Aufgabe ausgewählt.«

Milo konnte sich vorstellen, wie diese fehlgeschlagenen Versuche zustande gekommen waren. Nicht alle Vertreter der unterschiedlichen Völker ließen sich so bereitwillig gefangen nehmen wie zwei verängstigte Halblinge. Hätte Milo ein Schwert gehabt, säßen sie vielleicht jetzt nicht hier, sondern hätten sich zu den Gebeinen in der Ecke gesellt.

»Wir sollen also für euch nach Zargenfels gehen?«, zog Milo das Resümee.

Xumita Latorinsis nickte sichtlich zufrieden.

»Und dann?«, fragte Milo. »Wer oder was soll dieses Lamm der Mutter denn sein?«

Der Schamane zog eine Augenbraue hoch.

»Woher soll ich das wissen?«, schnaubte er. »Es ist eure Aufgabe, also findet es selbst heraus.«

Er hatte sich etwas mehr Informationen erhofft. Der Schamane redete mit so einer Sicherheit von Müttern, Zweitgeborenen, Tempeln und Städten, dass es Milo nicht in den Sinn gekommen war, dass der Goblin genauso ahnungslos war wie er.

»Hat Euch der Zweitgeborene nicht ein Zauberschwert oder einen anderen magischen Gegenstand überreicht, wenn ihr für ihn in den Kampf ziehen sollt?«, fragte Bonne urplötzlich.

Milo hatte damit gerechnet, dass sein Bruder wieder Schläge einstecken würde, doch stattdessen schubste Xumita Latorinsis einen seiner Begleiter vor und zeigte auf die vielen Gebeine im hinteren Teil der Höhle.

»Bring jedem von ihnen eines der heidnischen Symbole. Damit sollten sie ein Lamm der Mutter finden. Es ist das Erkennungszeichen der Mutter aus der Zeit der frühen Tage.«

Der Goblin stolperte unbeholfen vor und warf den beiden Halblingen einen erbosten Blick zu. Mit der Fackel in einer Hand und einem dünnen, abgewetzten Dolch in der anderen, stand er vor der eingestürzten Höhlenwand und betrachtete angestrengt die Gebeine der Toten. Als er gefunden hatte, wonach er suchte, steckte er die Fackel in den Boden und setzte vorsichtig einen Fuß zwischen die Knochen. Mit dem Dolch schob er einige verrottete Stoffreste beiseite. Dann stocherte er mit der Spitze zwischen den Gebeinen herum und zog eine lange angelaufene Kette hervor, an dessen Ende ein Medaillon hing. Dann fischte er noch einen Ring aus den Gebeinen. Am ausgestreckten Arm hielt er die Kette den Halblingen hin. Als keiner von ihnen danach griff, ließ er sie von der Klinge rutschen und zu Boden fallen.

Milo und Bonne betrachteten das Medaillon. Es war schwarz angelaufen, vermutlich befand sich unter der Patina Silber. Vorsichtig streckte Milo die Hand danach aus. Mit Daumen und Zeigefinger zog er das Symbol an der Kette in die Höhe und ließ es vor seinen Augen baumeln.

»Hübsch«, sagte Bonne. »Ein bisschen schmutzig und etwas zu schwer für meinen Geschmack, aber zu deinem Gewand passt es vorzüglich.«

Kaum hatte er es ausgesprochen, da warf der Goblin auch den zuvor geborgenen großen Siegelring vor ihnen in den Staub. Dieser schien aus Gold zu sein. Obwohl er matt und zerkratzt war, schimmerte er immer noch golden. Das Siegel des Ringes zeigte das gleiche Symbol wie das Medaillon. Im Grunde genommen war es ein Kreis, der von unregelmäßigen Linien, Zacken und Kurven durchzogen war.

Bonnes Beschreibung hatte ins Schwarze getroffen. Hübsch war das richtige Wort, denn ansonsten sagten die Linien Milo rein gar nichts. Es schien sich bei dem Symbol weder um einen Buchstabe noch eine Rune zu handeln. Sollte das Muster wirklich etwas darstellen, war es zu abstrakt, als dass Milo etwas damit anfangen konnte.

»Dann doch lieber das«, zischte Bonne und riss Milo das Medaillon aus der Hand.

Bevor er sich beschweren konnte, hatte sich Bonne die Kette bereits um den Hals gehängt. Milo war aufgefallen, dass sein Bruder darauf geachtet hatte, dass weder Kette noch Anhänger seine Haut berührten. Aus eben diesem Grund hatte er wahrscheinlich auch so schnell von dem Ring abgelassen. Ein Ring war wesentlich persönlicher.

Dutzende Geschichten von Zauberringen fielen Milo ein. Nicht alle davon hatten Kräfte, die ihren Besitzern zu großen Taten verhalfen. Besonders wenn man bedachte, dass der Goblin dieses Schmuckstück einem Toten abgenommen hatte, war es wenig verheißungsvoll.

Milo warf dem Schamanen einen unsicheren Blick zu, und der antwortete mit einem bestimmenden Nicken. Milo drehte sich der Magen um, als er den Ring über seinen Mittelfinger streifte. Doch es passierte nichts. Milo wartete noch einen Augenblick ab, ob sich die Magie vielleicht erst einen Moment später zeigte, doch es blieb dabei. Der Ring saß schwer und kühl an seiner Hand. Der Vorbesitzer schien ihn am kleinen Finger getragen zu haben, wenn Milo sich das menschliche Skelett besah, dessen Arm aus dem Haufen Gebeine herausragte. Vielleicht zeigte das Schmuckstück seine Magie erst, wenn man es auf den richtigen Finger steckte. Milo wollte jedoch keine schlafenden Hunde wecken und gab sich zufrieden.

»Was sollen wir nun tun?«, fragte er, den Blick zwischen dem Goblinschamanen und der Trollfrau wechselnd. »Sind wir jetzt frei und können gehen?«

»Glaubst du, weil unser Blut grün ist, sind wir vollkommen dämlich?«, fauchte ihn Xumita Latorinsis an. »Ihr würdet zurück in euer Dorf laufen und keinen Finger krümmen. Lustig würdet ihr euch über uns machen und überall herumerzählen, wie ihr uns hereingelegt habt und wie dumm die Grünblütigen sind. Nichts da, ich werde euch niemals vertrauen, egal, was ihr uns versprecht. Ich habe mir etwas einfallen lassen, damit ich sicher sein kann, dass ihr in Zargenfels nach dem Lamm der Mutter sucht.«

Der Schamane löste einen Beutel von seinem Gürtel und schüttete etwas gräuliches Pulver daraus in seine Hand.

»Haltet sie fest!«, befahl er seinen Gefolgsleuten.

Die beiden Goblins hatten keine Schwierigkeiten, der gefesselten Halblinge nacheinander habhaft zu werden. Einer packte die Arme, der andere zog Milo an den Haaren, damit er aufsah. Der Schamane trat vor und blies ihm das Pulver direkt ins Gesicht. Die ascheähnliche Substanz geriet in Augen, Nase und Mund, vernebelte Milos Sicht und rief einen Hustenanfall hervor.

Dieselbe Prozedur musste auch Bonne über sich ergehen lassen, schien aber besser vorbereitet darauf zu sein und spuckte die Reste des bitteren Pulvers einfach aus.

»Falls ihr glauben solltet, ihr könntet so einfach wortbrüchig werden und euch irgendwo verkriechen, so muss ich euch enttäuschen. Was dem einen geschieht, wird auch dem anderen fortan zustoßen. Wenn einer stirbt, ist auch das Leben des anderen verwirkt. Dieser Fluch soll euch an euer Versprechen binden.«

Xumita sah sich die beiden Halblinge abschätzend an, dann zeigte er auf Milo.

»Du wirst gehen und mein Werkzeug sein. Finde das Lamm der Mutter, um das Gift aus der Erde zu schneiden und diese Welt zu heilen. Dein Bruder bleibt hier, bis du deine Aufgabe erfüllt hast. Der Winter wird hart, und wir haben noch nicht genügend Vorräte. Also ist es besser, du beeilst dich, sonst wird sein Schicksal auch deines sein«, verkündete Xumita Latorinsis.

Milo hätte schreien und toben können, doch es hätte nichts geholfen. Sein Bruder war genau wie er jetzt auf sich gestellt. Alles, was Milo tun konnte, war, zu versuchen, den wirren Anweisungen des Schamanen einen Sinn zu geben, oder darauf zu hoffen, dass sein Bruder irgendwie entkommen konnte. Letzteres schien momentan naheliegender.

13. RUBINIA

Das alte Maultier stampfte unruhig auf der Stelle. Laut hallten die Hufschläge von dem gepflasterten Bereich vor dem Krähenturm über die Lichtung.

»Ruhig, Malwin«, sagte Othman zu dem Tier und klopfte ihm freundschaftlich den Hals. »Endlich kann zumindest einer von uns zeigen, dass er nicht zum alten Eisen gehört.«

»Ihr seid nicht alt, nur weise«, entgegnete Rubinia von dem kleinen einachsigen Karren herunter.

»Hm, das ist das Gleiche, nur eine Umschreibung, um sich besser zu fühlen. Ich bin alt, meine Haut ist schrumpelig, meine Knochen mürbe und mein Haar grau. Zumindest um dieses Wissen bin ich reicher geworden. Die Welt gehört den Jungen. Alles, was ich ihnen noch bieten kann, sind meine Weisheiten. Aber irgendwann wird auch ein Alter kommen, wo sie dessen überdrüssig sein werden. Dann wird es Zeit, dass ich verschwinde.«

»Damit lasst Ihr Euch am besten noch lange Zeit«, wandte Rubinia ein. »So eine Anstellung wie bei Euch finde ich nicht wieder.«

Othman lachte, und Rubinia lächelte ihn an, wobei sie versuchte, die Tränen zu unterdrücken. Sie mochte nicht daran denken, was ihr bevorstünde, wenn der alte Magier das Zeitliche segnete. Dann hieße es, zurück nach Eichenblattstadt oder nach Zargenfels in die Anstellung eines reichen Kaufmanns. Beides waren keine guten Aussichten.

Neben Rubinia auf dem schmalen Bock des einachsigen Erntekarrens saß Aschgrau, der Gnom, der Meister Othman meist bei den Experimenten im Labor half. Er trug wie immer seine graue Kutte und darüber eine fettige Lederschürze. In dieser Aufmachung schien er zu denken, er sei etwas Besseres als die anderen Tunnelgnome, und in gewisser Weise hatte er Recht. Aschgrau redete nicht viel. Er schien immer hochkonzentriert, nichts fallen zu lassen, herunterzustoßen oder irgendwo draufzutreten, selbst wenn er nur dasaß und nichts tat. Heute gesellte sich aber noch ein Ausdruck der Zufriedenheit und des Stolzes hinzu. Das war bei Gnomen schon mehr, als man erwarten konnte. Ihr Mimenspiel beschränkte sich meist auf das vorherrschende Gefühl. Heute holte Aschgrau jedoch alles aus sich heraus. Man konnte förmlich hören, was hinter seinem Kopf vorging: Er wollte es der Welt zeigen. Es war der Tag der Tage. Er durfte für seinen Meister eine Reise machen. Er musste nicht zu Fuß laufen, sondern hatte ein eigenes Gefährt mit einem Diensttier, das zwar größer war als er, aber im Ansehen unter ihm stand. Und zu allem Glück der Welt durfte er seine Lieblingskutte tragen sowie die lederne Schürze, die so etwas wie sein Wappen, sein Erkennungsmerkmal war. Er war des Meisters rechte Hand … So oder so ähnlich stellte Rubinia sich Aschgraus Gedankenwelt vor. Meister Othman hatte ihn tatsächlich seine rechte Hand genannt, was zu allerlei Auseinandersetzungen zwischen Aschgrau und den anderen Tunnelgnomen geführt hatte. Othman besitze bereits eine rechte Hand, hatten die anderen behauptet. Aschgrau hatte eingelenkt, aber darauf bestanden, zumindest eine linke Hand, einen Fuß oder wenigstens ein anderes bedeutendes Körperteil des Magiers zu repräsentieren.

»Ich hoffe, das ist die richtige Entscheidung gewesen«, schnaubte Othman. »Mir ist nicht wohl dabei, Euch nach Eichenblattstadt zu schicken. Vielleicht empfängt man Euch nicht mit offenen Armen und gibt Euch die Schuld daran, das Milo und Bonne flüchten konnten. Wer weiß, wie die trauernden Angehörigen reagieren. Unter Umständen ist ihnen egal, wen sie für das Unglück im Ratssaal verantwortlich machen können. Kummer und Leid folgen keinen Regeln.«

Rubinia war froh, dass der alte Magier sie gebeten hatte, nach Eichenblattstadt zu reisen, um den jüngsten Ereignissen auf den Grund zu gehen. Othman wusste genau um die Eigenheiten der einzelnen Völker und wie man ihnen am besten entgegentrat. Er war ein guter Zuhörer und ein noch besserer Redner. Er schien immer den richtigen Ton zu treffen, egal ob er es mit hochnäsigen Elfen, störrischen Zwergen, erbosten Menschen oder misstrauischen Halblingen zu tun hatte. Ihm war bewusst, wann es besser war, die Dinge behutsam anzugehen. Halblinge waren mit Sicherheit eine der gastfreundlichsten Rassen, die man in Graumark antreffen konnte, doch sobald es um familiäre Probleme ging oder um Angelegenheiten, die die Dorfgemeinschaft betrafen, konnten sie Fremden gegenüber äußerst abweisend reagieren, wenn diese versuchten, sich einzumischen. Wer es dennoch tat, wurde auf höfliche, aber bestimmte Art und Weise zurechtgewiesen. Wem eine solche Rüge erteilt wurde, musste schnell feststellen, dass eine kalte Halblingsschulter nicht durch ein paar Sonnenstrahlen wieder gewärmt werden konnte. Das Vertrauen der Halblinge zurückzugewinnen war schwieriger, als einem Zwerg das Trinken abzugewöhnen. Deswegen hatte Othman sich entschlossen, entgegen seines ursprünglichen Plans, doch vorerst nicht selbst mitzureisen.

»Es ist das Richtige«, versuchte Rubinia Othmans Zweifel zu zerstreuen. »Jeder kennt mich in Eichenblattstadt, und die Bürger vertrauen mir. Mein Bruder wird sich freuen, mich endlich einmal wiederzusehen, und er wird erleichtert sein, wenn ich ihm erzähle, dass es seinen beiden ältesten Sprösslingen gut geht. Wenn dort irgendetwas vorgeht, werde ich es am ehesten herausfinden. Außerdem habe ich ja noch meine Geheimwaffe.«

Meister Othman schaute sie halb verwundert, halb erschrocken an.

»Niemand, den ich kenne, könnte seine Geheimnisse vor mir verbergen, wenn ich ihm ein paar von meinen Hagebutten-Minz-Muffins anbiete.«

Der Magier brauchte einen Moment, um zu verstehen. Erst begann er zaghaft zu lächeln, dann zu grinsen und schließlich lachte er aus vollem Halse.

Rubinia fand es immer wieder erstaunlich, wie sich der Meister und seine kleinen Helfer doch in mancher Hinsicht ähnelten.

Wenn es zu weltlich wurde, konnte man beide schnell aus der Fassung bringen.

»Gebt gut auf Euch acht«, sagte Othman, »und scheucht den alten Malwin nicht so. Er hat genau wie ich schon die besten Jahre hinter sich. Und du, Aschgrau, passt mir auf Rubinia auf. Wenn ihr etwas zustoßen sollte, müssen wir für den Rest unseres Lebens Haferschleimgrütze essen.«

Aschgrau verzog angewidert den Mund.

»Macht Euch keine Sorgen, Meister Othman, Euer treuer Gehilfe hier kann eine wahre Bestie sein. Er weiß schon, was zu tun ist, wenn wir einem Drachen begegnen. Stimmt's, Aschgrau?«

Rubinia gab dem Tunnelgnom einen freundschaftlichen Klaps auf die Schulter und wartete auf eine Reaktion. Doch anstatt eine erschrockene Miene zu machen, laut schreiend davonzulaufen oder einen von diesen schwer verständlichen, durch Fehldeutungen getriebenen Kommentar abzugeben, griff Aschgrau nach dem Reisebeutel aus bunten Lederflicken zu seinen Füßen, legte ihn sich auf den Schoß und umklammerte das Gepäckstück.

Rubinia schaute Meister Othman an und verzog enttäuscht die Mundwinkel.

Othman zuckte mit den Schultern. »Nimm es ihm nicht krumm, er muss es schon seit vielen Jahren in einem muffigen Labor in einem engen Turm mit einem knorrigen alten Mann aushalten. Da muss man ja wunderlich werden.«

Aschgrau gab einen kurzen Knurrlaut von sich, der ebenso Zustimmung wie Ablehnung bedeuten konnte.

Rubinia hatte gehofft, dass der namenlose Tunnelgnom, der ihr im Wald zu Hilfe geeilt war, sie begleiten würde, doch er war genau in dem Nichts verschwunden, aus dem er gekommen war. Sie hatte Meister Othman nach dem kleinen Helfer gefragt, doch der konnte sich das unerwartete Auftauchen wie auch sein Verschwinden ebenso wenig erklären. Allerdings war das nicht ungewöhnlich, da der alte Magier sich für die meisten seiner Hausdiener nicht sonderlich interessierte. Othman hatte ihr geraten, Aschgrau mitzunehmen, da sich dieser mit Heilkräutern und schmerzlindernden Tees auskannte. Falls es in Eichenblattstadt zu weiteren Auseinandersetzungen zwischen den Halblingen gekommen war, konnte er am ehesten dazu beitragen, Hilfe zu leisten.

»In spätestens einer Woche sind wir zurück«, sagte Rubinia. »Euer Essen ist vorbereitet, Magenta wird es Euch zu den Mahlzeiten bringen. Auch Tannengrün und Feuerrot wissen, was zu tun ist. Auf Himmelbau müsst Ihr ein wenig aufpassen, er verwechselt immer die …«

»Rubinia, ich bin über siebzig Jahre alt«, erinnerte Othman sie. »Glaubst Ihr nicht, dass ich eine Woche allein zurechtkomme. Ich werde schon nicht verhungert sein oder den Turm niedergebrannt haben, wenn Ihr zurückkommt. Macht Euch keine Sorgen.«

Othman gab dem Maultier einen Klaps auf das Hinterteil, und der alte Klepper trabte los.

»Bis bald!«, rief Rubinia. »Milch und Hollunderblütenhonig habe ich unter der Abseite versteckt. Wenn Ihr es Euch warm machen wollt, nehmt einen der blauen Krüge dafür.«

Sie drehte sich auf dem Kutschbock um und winkte dem Magier zum Abschied zu. Othman hob lediglich kurz die Hand und schlurfte dann zurück in den Krähenturm. Aschgrau saß neben Rubinia und umklammerte immer noch den Beutel.

»Das wird bestimmt eine lustige und unterhaltsame Reise«, sagte sie.

Aschgrau grunzte nur kurz.

Bis zum Abend hatte Rubinia ihre Meinung geändert. Das Unterhaltsamste an der Fahrt war der Schweif des Maultieres, wie er energisch hin und her peitschte, um die Fliegen von seinem Hinterteil zu vertreiben. Aschgrau hatte den ganzen Tag noch nichts von sich gegeben. Er schien wenig Interesse an dem ganzen Unterfangen und seiner Beteiligung daran zu haben. Rubinia hatte versucht, ihn mit ein paar Köstlichkeiten aus ihrem Korb aus der Reserve zu locken – erfolglos. Auch zwei Waschbärenmännchen, die um einen Granatapfel stritten, konnten ihn nicht erheitern, und das bunte Herbstlaub würdigte er nicht eines einzigen Blickes.

»Wir sollten einen Platz für die Nacht suchen«, sagte sie. »Macht es dir etwas aus, mit mir hinten auf dem Karren zu nächtigen?«

»Ich bleib lieber hier sitzen«, knurrte Aschgrau angewidert, als wenn sie ihm ein unmoralisches Angebot gemacht hätte.

Rubinia wollte das Missverständnis, wenn es denn eines war, gerade richtigstellen, da fügte Aschgrau hinzu: »Es ist besser, wenn ich Wache halte.«

»Du hast Recht«, sagte sie. »Wenn ich dich ablösen soll, weck mich einfach.«

»Ich werde wach bleiben«, knurrte er, und diesmal hörte sie einen Unterton der Belustigung heraus.

Rubinia musste feststellen, dass es ihr tatsächlich besser gefiel, wenn der Tunnelgnom den Mund hielt. Lieber langweilte sie sich zu Tode, als dem mürrischen Gemaule zuzuhören. Sie freute sich auf den Besuch bei ihrem Bruder, auch wenn der Anlass sehr traurig war. Zurück ins Heimatdorf zu kommen und die Familie in die Arme zu schließen war besser als jeder Blaubeerkuchen mit Vanillesoße, und sie war nicht gewillt, sich diese Vorfreude von einem mies gelaunten Tunnelgnom versauen zu lassen.

Rubinia fuhr ein Stück weiter, bis sie eine riesige Eiche entdeckte, die genug Schutz bot, falls es wieder zu regnen begann. Sie lenkte den Karren vom Weg herunter und machte neben dem knorrigen Stamm des mächtigen Baumes halt. Das Maultier begann sofort, an den langen Grasbüscheln zu zupfen, und wackelte vergnügt mit den Ohren. Rubinia kletterte nach hinten, rollte die alte braune Decke aus und machte es sich gemütlich.

So unheilvoll der Düsterkrallenwald auch sein konnte, mit seinen finsteren Geschichten aus vergangenen Tagen, so beruhigend und friedlich war er auch gelegentlich. Es dauerte nicht lange, und Rubinia war eingeschlafen.

Der Mond war nur als blasser Schein hinter der dichten Wolkendecke, die zäh am Himmel hing, zu erkennen. Ein toter Ast ragte weit über Rubinia in das Hellgrau hinein und schien nach dem Nachthimmel greifen zu wollen. Sie brauchte einen Moment, um sich zu besinnen, wo sie war. Dumpfes Grollen übertönte den leisen Wind, der durch die Blätter strich. Rubinia schob eine Hand unter der Decke hervor. Sie betastete die rauen und leicht klamm gewordenen Bretter des Karrens. Sie drehte die Handfläche nach oben und wartete einen Moment. Nichts war zu spüren. Nur ein leichtes Rauschen auf den Blättern des Waldes war zu hören. Vielleicht schaffte es der Regen noch nicht, das dichte Blätterdach zu durchdringen. Rubinia warf die Decke von sich, rieb sich die Augen und setzte sich auf.

»Wir sollten machen, dass wir weiterkommen, vielleicht zieht das Unwetter über uns hinweg«, sagte sie, noch halb schlaftrunken.

»Psst«, zischte Aschgrau.

Rubinia drehte sich zu dem Tunnelgnom um. Er sah in ihre Richtung, aber über ihre Schulter hinweg ins Dunkel des Waldes hinein. Seine Augen waren zwei trübe runde Scheiben. Weder leuchteten sie, noch spiegelte sich etwas darin. Sie waren wie zwei Flecken schmutzigen Schnees in der Nacht.

»Dort«, sagte er plötzlich und zeige in die Richtung, aus der sie gekommen waren.

Unaufhörlich grummelte und donnerte es.

Rubinia starrte in den dunklen Wald. Gerade wollte sie fragen, auf was Aschgrau sie aufmerksam machen wollte, da brach für einen Moment der Himmel auf, und der Mond sandte seinen fahlen Schein zwischen Ästen und Blättern hindurch zur Erde.

Keine hundert Schritt von ihnen entfernt zog eine dunkle Prozession aus Karren, Wagen, Reittieren und schemenhaften Gestalten an ihnen vorbei. Trotz des nur spärlichen Lichts erkannte sie sofort, dass es nicht nur ein Händler mit ein oder zwei Wagen war oder eine Familie, die sich im Wald verirrt hatte, sondern ein ganzer Tross. Das Grollen und Donnern kam nicht von einem aufziehenden Gewitter. Es waren die Räder von Karren, die sich über Baumwurzeln mühten, das Knarren von hölzernen Wagen und das Poltern von Kisten und Truhen auf den Ladeflächen.

»Wer sind die?«, flüsterte Rubinia. »Warum hast du mich nicht geweckt?«

Aschgrau starrte noch einen Moment weiter über sie hinweg, bevor er antwortete: »Es sind nur Zwerge.«

Rubinia versuchte, einen erneuten Blick zu erhaschen. Der Tunnelgnom hatte Recht, es waren Zwerge. Ob jedoch das Wort ›nur‹ richtig gewählt war, bezweifelte sie. Die Zwerge in Graumark waren ebenso für ihren Fleiß wie für ihre ausschweifenden Feste bekannt. Zwerge und Halblinge waren immer gut Freund gewesen, nicht nur in Graumark, sondern in allen Königreichen. Dies mochte vielleicht daran liegen, dass sie die Welt aus einer ähnlichen Perspektive betrachteten, oder daran, dass sie beide Völker waren, die gern tranken und sangen. Doch Aschgraus geringschätziges ›nur‹ traf in keinster Weise auf diese Zwerge zu.

Obwohl sie keinen von ihnen richtig erkennen konnte, ging von diesem Tross etwas Unheimliches, etwas Bedrohliches aus. Zwerge brauchten keine Fackeln, um im Dunkeln zu reisen, das wusste Rubinia. Sie liefen auch nicht immer fröhlich singend durch die Gegend, und es war nichts Ungewöhnliches, dass sie in den Düsterkrallenwald kamen, obwohl sie selten so weit in den Süden vordrangen. Aber dennoch lief ihr ein eiskalter Schauer über den Rücken. Diese Zwerge waren kein gewöhnlicher Trupp, der ausgezogen war, um Bäume zu fällen, Balken und Stämme zu holen, die sie für ihren Stollenbau brauchten. Diese hier hatten eine dunkle Mission, das spürte sie. Und sie zweifelte keinen Moment daran, dass es besser war, nicht von ihnen gesehen zu werden.

Rubinia machte sich klein auf dem Wagen, noch kleiner, als sie ohnehin schon war. Aschgrau saß wie versteinert auf der Karrenbank, doch er schien sich nicht zu ängstigen. Er beobachtete die vorbeiziehenden Wagen, als wären sie ein Schwarm Gänse am

Himmel, die ihm nichts anhaben konnten, die aber für ihn ebenso in unerreichbarer Ferne waren.

Die Karawane aus Karren, Zug- und Lasttieren schien sich endlos dahinzuziehen. Es dauerte knapp eine halbe Stunde, bis der letzte Wagen an ihnen vorübergezogen war.

Rubinia schnaubte erleichtert aus, als das grollende Geräusch langsam in ein leises Flüstern überging.

»Halt!«, brüllte es da plötzlich durch die Dunkelheit des Waldes, und einen Herzschlag später verstummten alle Geräusche.

Rubinia hielt vor Schreck den Atem an.

»Holt sie zurück, tot oder lebendig, das ist mir gleich, doch sie darf nicht entkommen!« Die Stimme war dunkel und heiser und eindeutig zwergischen Ursprungs.

Erst jetzt fiel Rubinia mit Schrecken auf, wie nah der Tross an ihnen vorübergezogen war. Die schwarzen Silhouetten hatten zwischen all den Bäumen in der Nacht so weit entfernt gewirkt wie die Mauern einer Stadt am Horizont. Der barsche Befehl, der klar und eisig an ihr Ohr drang, rückte alles in ein anderes Licht. Sie waren immer noch zu nah, um sich unentdeckt davonzustehlen. Wenn sie jetzt nach vorne auf die Bank kletterte und das Maultier antrieb, würden die Zwerge sie entdecken. Entweder würden sie den holpernden Karren hören oder das Maultier, wie es widerwillig schnaubte, wenn man versuchte, es anzutreiben. Ihr blieb also nur zu hoffen, dass die Zwerge schnell fanden, wonach sie suchten, und weiterzogen.

Starr vor Angst hockte Rubinia auf der Ladefläche des Karrens und spähte hinaus in die Dunkelheit des Waldes.

Es sind Zwerge, versuchte sie sich zu beruhigen. *Dieselben, mit denen wir seit Hunderten von Jahren als Nachbarn zusammenleben. Dieselben, mit denen wir Jahr ein, Jahr aus das große Kürbisfest zusammen feiern, Lieder singen, trinken und lachen. Es sind dieselben, die mit ihren Karren durch die Dörfer ziehen und den staunenden Kindern Citrine, Tigeraugen, Rosenquarze und Amethysten schenken. Sie sehen nur ruppig aus, aber tief in ihnen schlummert ein weiches Herz.*

Die Stimme in ihr verstummte, denn sie wusste, dass diese Zwerge nicht die aus ihren Erinnerungen waren. Diese würden sie töten, wenn sie sie fanden.

»Dort!«, grollte eine Stimme aus der Dunkelheit.

Im nächsten Moment sah Rubinia einen hellen Schimmer zwischen den Zweigen eines Busches. Jemand kauerte dort im Dickicht und versuchte, unentdeckt zu bleiben. Einen Atemzug später sprang die Gestalt auf und hetzte auf sie zu.

Rubinia wollte aufschreien, doch ihre Kiefer weigerten sich, auch nur einen Spalt zwischen ihren Zähnen zu öffnen. Angsterfüllt starrte sie auf die kleine Person, die im Zickzack auf ihren Karren zurannte. Es war eindeutig kein Zwerg. Die Bewegungen waren zu flink und zu wenig kraftvoll.

Bevor Rubinia entscheiden konnte, was sie tun sollten, war die Gestalt bereits heran und sprang zu ihr auf den Wagen. Noch immer konnte Rubinia nicht schreien, stattdessen saß sie wie gelähmt da und stierte auf den nächtlichen Besucher, der in braunen Hosen, einem hellgrünen ärmellosen Cape und einem zerrissenen weißen Hemd zu ihren Füßen kauerte.

Rubinia streckte eine Hand aus, um sich zu vergewissern, dass es sich nicht um ein Trugbild handelte. Doch eh ihre Finger den Stoff berühren konnten, wurde die Kapuze zurückgerissen, und Rubinia starrte in das verängstigte Gesicht eines jungen Halblingsmädchens. Umso verblüffter war sie, als das junge Ding sie barsch angiftete.

»Fahrt endlich los, oder wartet ihr darauf, dass es hell wird. Wenn sie uns in die Finger bekommen, werden sie uns die Haut in Streifen vom Leib ziehen. Dorimbur versteht keinen Spaß, wenn seine Gefangenen flüchten.«

Rubinia wollte widersprechen, doch als der Armbrustbolzen sich in die Rückwand des Karrens bohrte und das Holz so weit durchschlug, dass die scharfe Jagdspitze nur eine Handbreit von ihrem Knie entfernt aus dem Brett ragte, entschloss sie sich, nicht länger zu zögern. Sie waren entdeckt worden, jedes Versteckspiel war nun obsolet. Mit einem Satz war sie vorn auf der Bank, löste die Zügel, griff sich die kurze Gerte und ließ sie mit einem peitschenden Knall auf das Hinterteil des Maultieres niedersausen.

»Lauf, Malwin!«, schrie sie. »Lauf um dein Leben, wenn du nicht als Pökelfleisch im Proviantwagen dieser Zwerge enden willst. Lauf!«

Sie gab dem Tier noch einen kräftigen Klaps mit der Gerte, aber Malwin schien schon verstanden zu haben. Mit einem Ruck fuhr der Karren an und holperte über einige Wurzeln. Aschgrau verlor das Gleichgewicht, kippte über die niedrige Rückenlehne und landete mit einem Ächzen hinten auf der Ladefläche bei dem Halblingsmädchen.

Ein zweiter Bolzen krachte in den Stamm der alten Eiche.

Es gab Geräusche, die ließen das Herz für einen Moment aussetzen. Obwohl man sie noch nie zuvor gehört hatte, wusste man, woher sie stammten, und man betete darum, sie nicht noch einmal hören zu müssen. Ganz oben auf dieser Liste stand das Fauchen eines Drachen, gefolgt vom Schrei eines Sterbenden, und die Liste endete mit solchen Dingen wie dem Überkochen der Milchsuppe oder dem Zerschellen eines guten Tellers auf dem Boden. Doch irgendwo mittendrin gab es auch das Geräusch eines Armbrustbolzens, wie er sich tief in Holz grub und der Schaft bösartig vibrierte.

»Haltet die Köpfe unten!«, rief Rubinia ihren zwei Begleitern zu, während sie die Zügel schwang.

Der Karren wie auch das Maultier waren nicht geeignet, um damit ein Wettrennen zu veranstalten, doch Rubinia tröstete sich mit dem Gedanken, dass Zwerge ebenso wenig zu den guten Läufern gehörten. Mit etwas Glück konnten sie einen Abstand herausfahren und hinter einer Biegung oder einem Hügel aus der Sicht der Verfolger verschwinden. Da Zwerge keine besonders guten Fährtenleser waren, würden sie die Verfolgung danach hoffentlich bald aufgeben.

Ein weiterer Bolzen bohrte sich in das Holz des Karrens. Diesmal steckte er in der Rückenlehne des Kutschbockes und hatte das Brett auf der ganzen Länge gespalten.

Etwas mehr Wucht, und es hätte Malwin erwischt, dachte Rubinia, *oder etwas weiter rechts, dann hätte er …* Rubinia unterdrückte den Gedanken schnell wieder und konzentrierte sich auf den schmalen Pfad vor sich.

Das Mondlicht mit seinen Schatten spielte ihr immer wieder Streiche. Für kurze Momente erhellte sich der dunkle Wald, in denen sie versuchte, die Route so weit einzusehen, wie ihr möglich war, um Hindernisse oder Abzweigungen rechtzeitig auszumachen. Dann wurde es wieder stockfinster, und Rubinia lenkte den Karren aus der Erinnerung des Erhaschten. Wenn dann der Mond am Himmel erneut zwischen den Wolken hervorstach, war es, als hätte der Weg seinen Lauf geändert. Einige Male musste sie die Zügel herumreißen, weil sie mit einem Rad bereits im dichten Grün steckte oder direkt auf einen Baum zuraste. Ihr Herz schlug im Takt mit Malwins Hufen, die auf den Waldboden trommelten.

»Sind sie noch hinter uns?«, rief Rubinia.

Es dauerte, bevor sie eine Antwort bekam, doch dann meldete sich das junge Halblingsmädchen: »Ich kann sie nicht sehen, und ich bitte Cephei inständig, dass es diesen verdammten Tunnelbuddlern mit uns genauso geht.«

Diese Antwort hätte auch ein Elf geben können, dachte Rubinia. Sie fragte sich, was das Mädchen getan haben mochte, dass man sie gefangen genommen hatte. Es schien auf jeden Fall etwas zu sein, das die Zwerge dazu veranlasste, sie töten zu wollen. Für einen einfachen Dieb würden sie sich niemals die Mühe machen, zu laufen. Ein paar Bolzen abzuschießen war normal, wenn es um einen entlaufenen Gefangenen ging, doch die Beine so zu bewegen, dass nicht mindestens eines von ihnen fest am Boden stand, war ehrlos für einen Zwerg. Rubinia hatte von längst vergangenen Schlachten zwischen Elfen und Zwergen gehört. Selbst in dieser Situation waren die Zwerge angeblich brüllend und schnaubend, aber im ruhigen Marsch auf die Reihen der Gegner zumarschiert.

Die Geschichtenschreiber verglichen den Angriff eines Zwergenheers mit einem Lavastrom – behäbig und zäh, aber unaufhaltsam und tödlich.

Rubinia verlangsamte das Tempo etwas. Sie schienen aus der Schussreichweite der Zwerge heraus zu sein, somit gab es keinen Grund, mit der halsbrecherischen Fahrt weiterzumachen. Es würde genügen, Malwin nur einen Deut schneller trotten zu lassen, als ein Zwerg rennen konnte. Bald würden ihre Verfolger aufgeben und zu dem Tross zurückkehren, wenn sie es nicht schon getan hatten, dachte Rubinia.

Der Weg führte in einem weiten Bogen nach Westen. Rubinia kannte die Senke. Hier gab es die besten und größten Pilze im ganzen Düsterkrallenwald. Jedes Jahr im Herbst zog sie zusammen mit Meister Othman und den Tunnelgnomen hierher und sammelte so viele Steinpilze, Butterhütchen, Parasolpilze und Nusskremplinge, wie sie fanden. Meistens stand Rubinia danach zwei oder drei ganze Tage in der Küche, um alle Pilze einzumachen. Der Vorrat reichte dann bis zum nächsten Herbst. Dieses Jahr jedoch würde das große Pilzesammeln wohl ausfallen. Die schaurigen Ereignisse in Eichenblattstadt und die ungewisse Zukunft ihrer Neffen machten jeden Gedanken an einen Ausflug ins Grüne zunichte.

Mit etwas Glück würden sie Eichenblattstadt morgen Mittag erreichen. Rubinia erinnerte sich, wie sie im letzten Jahr versucht hatte, den Magier davon zu überzeugen, ins Halblingsdorf zu reisen. Othman hatte sich nach längerem Hin und Her überreden lassen. Später im Dorf hatte er verkündet, für alle Bewohner Eichenblattstadts ein Pilzragout zu machen. Rubinia, die Gnome und einige Frauen des Dorfes hatten beim Säubern, Putzen, Braten und Kochen geholfen. Das Essen war ein voller Erfolg gewesen und hatte bis in die frühen Morgenstunden angedauert, obwohl es zu der Zeit schon recht kalt geworden war. Rubinia dachte gern an das Fest zurück, doch es war schuld daran, das ihre Pilzvorräte in diesem Jahr schon im April zu Ende gegangen waren.

Sie wandte sich kurz nach hinten, um zu sehen, wie es ihren Mitreisenden ging. Aschgrau saß an die Seitenwand gelehnt und stierte gelangweilt auf das Halblingsmädchen, dessen Hände sich an die Rückwand des Karrens klammerten, und die wie ein Späher über den Rand nach hinten Ausschau hielt.

»Wie heißt du?«, fragte Rubinia die Fremde.

»Oda«, antwortete sie kurz.

In diesem Moment durchfuhr ein stechender Schmerz Rubinias Oberschenkel. Ein Bolzen hatte sie gestreift und einen klaffenden Schnitt am Bein hinterlassen. Der Stoff um die Wunde herum sog sich binnen eines Herzschlags mit Blut voll. Der Bolzen steckte eine Hand breit neben ihr im Holz der Sitzbank. Der Schaft zeigte in gerader Linie einen Hang hinauf. Rubinia fuhr herum und starrte in die Richtung, aus der der Schuss gekommen sein musste. In Schattierungen von Grau, Schwarz und Nachtblau erhob sich ringsherum die Böschung, deren steile Hänge die Senke umschlossen.

Die Zwerge kennen sich hier gut aus, wurde es Rubinia bewusst. Der Pfad, dem sie durch den Düsterkrallenwald folgten, schlängelte sich wie ein Fluss durch eine Felsenlandschaft. Zu Fuß konnte man etliche Abkürzungen nutzen, wenn man das Gelände kannte.

Äste brachen, und Laub raschelte. Ihre Verfolger waren zwar nicht zu sehen, aber sie kamen eindeutig näher.

»Los, Malwin!«, rief Rubinia dem Maultier zu. »Zeig ihnen, was noch in dir steckt.«

Noch nie hatte sie sich sehnlicher gewünscht, dass ein Tier sie verstand. Aber um jedes Missverständnis auszuräumen, schwang sie die Gerte und gab dem Maultier damit den richtigen Ansporn. Malwin riss den Kopf hoch, schnaubte und verfiel in einen leichten Galopp. Oda und Aschgrau wurden auf dem Karren hin und her geworfen.

Alles Scheuchen und Treiben half nichts. Die Zwerge waren bereits vor ihnen. Rubinia sah im fahlen Mondlicht, wie fünfzig Schritte voraus am Wegesrand das Unterholz durchbrochen wurde. Dann traten zwei dunkle massive Schatten auf den Weg und blockierten die Durchfahrt.

Rubinia umklammerte die Gerte fester und ließ das Ende auf Malwins Hinterteil sausen. In dem alten Maultier steckten doch noch mehr Kraft und Ausdauer, als man ihm ansehen konnte. Immer schneller donnerten die schweren Hufe auf den Waldboden und trommelten ihren eigenen Kriegstanz.

Schlachtrösser wurden jahrelang dafür ausgebildet, Reihen von Kriegern zu durchbrechen. Manche Tiere schafften es nie, ihre Angst vor dem Hindernis zu überwinden, und drehten vorher ab oder scheuten und warfen ihre Reiter aus dem Sattel. Anscheinend hätte man sich das Abrichten der Pferde sparen können, indem man altersschwache Maultiere einsetzte. Vielleicht sah Malwin die beiden Zwerge nicht, vielleicht hatte er auch mehr Angst vor Rubinias Gerte, oder er war einfach nur sturer als die Bärtigen, auf jeden Fall galoppierte er ungebremst in die Barriere aus Stahl, Knochen und Fleisch.

Einen berittenen Angreifer zu stoppen war eine der ersten Lektionen, die ein Krieger lernen musste. Pferde waren ein leichtes Ziel und durch einen gezielten Schlag schnell zu Fall zu bringen, wenn man einmal von den schwer gerüsteten Schlachtrössern der Ritter absah. Ein Gespann zu stoppen war etwas ganz anderes, wenn man nicht von dem Wagen überrollt und zermalmt werden wollte.

Dummerweise war dies keines der großen Halblingsgeheimnisse, sondern schien sich auch schon bei den Zwergen herumgesprochen zu haben. Die beiden Bärtigen wichen nach links und rechts an den Wegesrand aus und zeigten dabei all ihr Können. Der Karren bockte wie ein Wildpferd, das das erste Mal geritten wurde. Holzspeichen splitterten, als die schwere Axt des einen Zwerges in das hölzerne Rad fuhr und es beinahe von der Achse riss. Das Gefährt begann zu schlenkern und brach seitlich ins Dickicht des Waldes aus. Rubinia riss die Zügel herum und schaffte es gerade noch, den Karren wieder zurück auf den Weg zu bringen.

Beinahe wäre sie heruntergeschleudert worden. Als sie den Karren wieder unter Kontrolle hatte, tauchte direkt neben ihr ein dunkler Schatten auf. Einer der Zwerge schien es geschafft zu haben, bei voller Fahrt aufzuspringen und sich an den Kutschbock zu krallen. Dass sie noch am Leben war, verdankte sie allein dem Umstand, dass der Zwerg beide Hände brauchte, um sich festzuhalten.

Rubinia tat alles dafür, dass nur eine dritte Hand ihn retten konnte. Gerade aus dem Dickicht mit Brombeerbüschen, Efeu und Farnen heraus, lenkte sie den Karren jetzt zur anderen Seite ins Gestrüpp hinein.

Der Zwerg presste sich dicht an die Seitenwand und versuchte, sich nach hinten auf die Ladefläche zu rollen. Stachelige Brombeerzweige zerrten und rissen an seiner Kleidung und schrammten über seinen ledernen Brustpanzer.

Offensichtlich hatte Oda den blinden Passagier auch entdeckt. Auf dem Rücken liegend, trampelte sie mit den Füßen auf den Zwerg ein. Dem Bärtigen blieb nichts anderes übrig, als die Tritte hinzunehmen. Immer noch brauchte er beide Hände, um sich an das Gefährt zu klammern. Zwei schwere Treffer mit der Hacke hintereinander waren jedoch zu viel für ihn. Er rutsche ab, verlor den Halt und krachte in einen ausgetrockneten Holunderstrauch am Wegesrand, dessen brechende Äste sich anhörten wie nasses Reisig, das man in ein Feuer warf, dessen gierige Flammen sich darüber hermachten.

Rubinia trieb Malwin noch ein weiteres Mal an. Mit etwas Glück kamen die beiden Zwerge nicht so schnell wieder auf die Beine und würden endlich hinter dem Karren zurückbleiben und die Verfolgung abbrechen.

Rubinia schöpfte Hoffnung, als sie die Anhöhe erreichten, die aus der Senke führte. Soweit sie sich erinnerte, lag direkt dahinter ein recht langes gerades Wegstück, das gut einzusehen war. Dort würden ihre Verfolger keine Strecke gutmachen können. Zu spät fiel ihr jedoch ein, dass zwischen Anhöhe und gerader Strecke noch eine recht enge Kurve lag, die man besser nicht zu schnell nahm. Ächzend rumpelte der Karren über die Anhöhe. Rubinia riss gerade noch rechtzeitig die Zügel herum, um nicht vom Weg abzukommen und gegen einen großen Felsen zu prallen. Der Karren neigte sich zur Seite, und ein Rad hing in der Luft. Rubinia verlagerte instinktiv ihr Gewicht. Hinter ihr waren nur die Entsetzensrufe ihrer beiden Passagiere zu hören. Oda gab einen schrillen Schrei von sich, während sich Aschgrau mit einem »Oh, oh« begnügte.

Der Karren holperte auf einem Rad durch die Kurve, gewann das Gleichgewicht zurück und richtete sich wieder auf. Rubinia wurde auf der Sitzbank hin und her geschleudert. Nur mit Mühe konnte sie sich aufrecht halten. Für einen kurzen Moment schien es so, als hätten sie es geschafft. Dann krachte der Karren über eine armdicke, vom Regen freigespülte Wurzel. Das lädierte Rad brach in sich zusammen wie die getrocknete Blüte einer Lampionpflanze. Die Welt um sie herum geriet aus den Angeln. Das Maultier brüllte und wurde von den Hufen gerissen. Der Karren brach auf die Achse herunter, drehte und überschlug sich. Der Lärm von berstenden Ästen, splitternden Brettern mischte sich mit panischen Schreien und erfüllte die Nacht.

Rubinia vermochte nicht zu sagen, ob sie das Bewusstsein verloren hatte, aber wenn, dann konnte es nur für einen Augenblick gewesen sein. Sie lag mit dem Gesicht auf der kalten nassen Erde. Irgendetwas Hartes drückte sich in ihren Rücken und hinderte sie daran, hochzukommen. Die Schussverletzung an ihrem Bein schmerzte höllisch.

Ein kleiner lederner Spitzschuh trat direkt vor ihrem Gesicht in den kläglichen Rest einer Pfütze. Der Gestank von Leder und Schweiß übertünchte selbst die Gerüche der Natur. Aus dem Schuh ragte ein zierlich felsgraues Bein heraus.

»Hilf mir, Aschgrau«, krächzte Rubinia, »Ich stecke fest.«

Der Tunnelgnom blieb stehen, doch anstatt ihrer Bitte nachzukommen, zerrte er an dem ledernen Beutel, den er die Fahrt über bewacht hatte wie seinen Augapfel.

»Hörst du nicht, Aschgrau? Du sollst mir helfen«, wiederholte sie fast flehend.

Othmans persönlicher Assistent schien sie nicht hören zu können, oder er wollte es nicht. Er zerrte weiterhin an seinem Säckchen, das sich zwischen den Trümmern des Karrens verhakt hatte.

Plötzlich war auch Oda neben ihnen. Sie packte den Tunnelgnom grob an der Schulter.

»Hast du nicht gehört, du hässlicher Gnom«, schnauzte sie ihn an. »Deine Herrin braucht Hilfe.«

»Sie ist nicht meine Herrin«, knurrte er.

Dennoch fügte sich der Tunnelgnom der Anweisung. Zusammen befreiten sie Rubinia aus den Trümmern und halfen ihr auf die Beine. Keiner der drei hatte bei dem Sturz mehr als ein paar Prellungen oder Hautabschürfungen davongetragen. Nur Malwin lag noch immer auf der Seite und schnaubte erschöpft.

»Kommt, wir müssen ihn hochbekommen, sonst werden wir den Rest der Strecke zu Fuß laufen müssen«, erklärte Rubinia.

Der alte Maulesel schlug mit allen vier Hufen gleichzeitig aus, als sie sich ihm näherten. Schaum stand ihm vor dem Maul, und mit jedem Atemzug stob eine weiße Wolke aus seinen Nüstern.

»Ganz ruhig, Malwin, wir wollen dir nur helfen«, versuchte Rubinia das Tier zu beruhigen. Langsam ließen seine Kräfte nach, und er strampelte nur noch etwas mit den Hinterläufen.

Oda war die Erste, die sich näher heranwagte. Sie strich über Malwins Hals und gab ihm ein paar leichte Klapse auf die Schulterpartie. Rubinia nahm die Zügel in die Hand und zog vorsichtig.

Malwins Kopf ruckte hoch, und beinah hätte er Oda umgestoßen, doch die junge Halblingsfrau wich behände zurück. Erneut versuchte das Tier, die Brust so weit herumzudrehen, dass es sich auf die Vorderbeine stemmen konnte. Fast hatte Malwin es geschafft, da fuhr ein Ruck durch seinen Körper und der Kopf des Tieres schlug zurück auf den Boden. Aus seinem Hals ragte ein Bolzenschaft mit spärlicher Befiederung.

»Weg hier!«, kreischte Oda. »Sie sind uns immer noch auf den Fersen.«

Rubinia zögerte. Sie fühlte sich leer und erschöpft. Traurig sah sie auf Malwin herab. Der alte Maulesel gehörte nicht weniger zu Othmans Familie als sie. Flach und schnell ging seine Atmung. Dort, wo der Bolzen aus seinem Hals ragte, war kaum Blut zu sehen. Der Hinterlauf zuckte wie das Bein eines Hundes, der in einem Traum gefangen war. Rubinia fragte sich, ob auch jemand traurig wäre, wenn sie hier sterbend am Boden läge.

»Ich bin verletzt«, keuchte sie und drückte die Hand auf die blutende Wunde am Oberschenkel. »Ich kann nicht mehr vor ihnen weglaufen.«

»Ich werde dich stützen«, bot Oda ihr an. »Wie weit ist es bis zur nächsten Siedlung?«

»Ohne Pferd und in meinem Zustand einen ganzen Tagesmarsch«, sagte Rubinia. »Wenn ich so lange durchhalte«, fügte sie fast gleichgültig hinzu.

»Ihr solltet euer Leben nicht billig verkaufen«, sagte Aschgrau plötzlich. »Ich werde sie so lange aufhalten, bis ihr genügend Vorsprung habt. Ihr werdet es schaffen, und wir werden uns in Eichenblattstadt wiedersehen.«

Der Tunnelgnom saß hinter den Trümmern des Karrens und umklammerte seinen Beutel.

Rubinia war für einen Augenblick sprachlos. Tunnelgnome waren nicht gerade für ihre Hilfsbereitschaft, geschweige den für ihre Opferbereitschaft bekannt.

Oda holte sie aus ihrer Verwunderung. Aschgrau bekam ein einfaches Danke und Rubinia einen stützenden Arm.

»Geht schon weg«, zischte Aschgrau. »Ihr müsst nach Eichenblattstadt. Na los!«

Der Tunnelgnom ließ keinen Zweifel daran, dass er es ernst meinte. Er wollte sich tatsächlich allein den Zwergen stellen, und offenbar schien er davon auszugehen, heil aus der Sache herauszukommen. Gegen so viel Zuversicht aus dem Mund eines Tunnelgnoms war einfach kein Kraut gewachsen. Tief gebückt, schlugen Rubinia und Oda sich ins Unterholz am Wegesrand. Rubinia traute sich nicht, sich noch einmal nach Aschgrau umzudrehen. Sie hatte Angst, anstatt Zuversicht Zweifel in seinem Gesicht erkennen zu können.

14. MILO

Milo drehte den Kopf und warf einen beunruhigten Blick über die Schulter. Dann pustete er aus, als ob eine Last von ihm genommen worden wäre, um einen Augenblick später wieder ein verdrießliches Gesicht zu machen. Diese Prozedur hatte er seit den frühen Morgenstunden schon einige Dutzend Mal hinter sich gebracht.

»Was ist los mit dir?«, fragte der Goblinkrieger. Augenscheinlich hatte er wenig Verständnis für Milos Verhalten. »Er hat gesagt, dass er dich laufen lässt, und das hat er getan. Wo ist also das Problem?«

Xumita Latorinsis hatte ihn tatsächlich laufen lassen und ihm zum Schutz sogar noch einen Goblinkrieger mitgegeben. Milo befürchtete jedoch, dass es eine Falle sein könnte oder der Schamane nur mit ihm spielte. Nizzak hieß dieses dürre grünhäutige Geschöpf, das nicht aufhören wollte zu reden und ihn bis zum Rand des Waldes begleiten sollte.

»Es gibt kein Problem«, sagte Milo.

»Du hast Angst, dass sie uns verfolgen«, zischte er. »Das kränkt mich.«

Milo sah seinen Begleiter verständnislos an. »Was interessiert es dich, ob ich mir Sorgen um mein Leben mache?«

Jetzt machte der Goblin einen verärgerten Eindruck.

»Du fürchtest die, die uns folgen könnten, mehr als mich. Was ist so anders an ihnen? Denkst du, ich bin schwächer als sie? Hier, sieh mich an. Ich habe ein Schwert und einen Bogen. Ich bin ein großer Goblinkrieger und einer der besten Jäger meines Clans. Sag mir also, was fürchtest du an ihnen mehr als an mir?«

Milo konnte wenig darüber sagen, wie gut dieser kleine Kerl als Jäger war, aber eines wusste er: Mit dem übergroßen Brotmesser und dem selbstgezimmerten Bogen aus Weidenholz hätte sich der

Goblin noch nicht einmal gegen die Kinder Eichenblattstadts behaupten können. Aber wie sollte er das in Worte fassen, ohne den Grünling noch weiter zu kränken?

»Ich habe vor dir natürlich genauso viel ...« Er druckste herum, weil ihm das richtige Wort fehlte. »... genauso viel Respekt wie vor allen anderen Grünblutern. Aber es gibt einen Unterschied zwischen euch: Von dir weiß ich, dass du den Befehl deines Schamanen ausführen wirst. Bei den anderen ... wer weiß? Vielleicht sind nicht alle mit seiner Entscheidung einverstanden und haben beschlossen, mich doch lieber zu töten.«

»Das ist totaler Humbug. Xumita hat gesagt, ich soll auf dich aufpassen, bis du den Wald verlassen hast. Würde er andere schicken, um dich zu töten, müsste ich sie alle umbringen. Außerdem hätte niemand aus dem Volk der Goblins den Mut, es mit mir aufzunehmen. Sie wissen nämlich, dass ich der größte Krieger bin, weil ich es ihnen erzählt habe.«

Der Kleine hatte ein gutes Selbstbewusstsein, befand Milo. Er hoffte, dass er es behalten würde, wenn plötzlich ein riesiger Troll mit einer Keule aus dem Unterholz brach, um sich sein Frühstück zu sichern.

»Nein, natürlich nicht«, lachte Milo verbittert. »Aber wenn doch, dann wollten sie wahrscheinlich nur mal sehen, ob es ihnen gelingt, einen Halbling und den besten Krieger ihres Clans zu erwischen. Etwas Böses wollen sie uns mit Sicherheit nicht tun. Trolle sind ja für solche Späße bekannt.«

Der Goblin winkte unbeeindruckt ab. »Trolle sind groß und dumm. Sie können Nizzak nicht das Wasser reichen.«

»Ja, aber nur, wenn sie es im Rücken haben und sich nicht bücken können«, flüsterte Milo zu sich selbst.

»Ich versichere dir, wir haben dich nicht gefangen genommen, um dich zu töten«, betonte Nizzak nochmals. »Hast du schon vergessen, dass Xumita etwas von dir will?«

»Du meinst diese Sache mit dem Gift, dem Erstgeborenen, den Toten, die ihren Gräbern entsteigen und die Welt zerstören?

Klingt alles sehr gefährlich. Ich weiß nicht, ob ein Halbling für solch eine Aufgabe der Richtige ist.«

»Du hast es geschworen«, zischte Nizzak. »Außerdem vergiss nicht den Fluch.«

Milo lachte empört auf. »Meine Mutter hat mit früher immer erzählt, dass mich der Teigmolloch holen wird, wenn ich den Kuchenteig aus der Schüssel stibitze.«

»Und?«, fragte der Goblin erstaunt. »Glaubst du, sie hat sich das nur ausgedacht, weil der Teigmolloch sich eigentlich nur an den Kindern der Grünbluter vergreift?«

Für einen Moment wusste Milo tatsächlich nicht, was er sagen sollte. Als er dann aber das angestrengt unterdrückte Lachen von Nizzak hörte, konnte auch er nicht mehr ernst bleiben.

»Der Teigmolloch ist nur ein Kinderschreck«, erklärte der Goblin. »In Wahrheit holt dich die weiße Mehlhexe.«

Eines musste Milo Nizzak zugestehen, er kannte sich im Düsterkrallenwald aus. Der Goblin führte ihn schmale Wildwechsel entlang, die er und sein Bruder sich nie getraut hätten zu gehen. Aber Nizzak schaffte es immer wieder, Abkürzungen des breiten gewundenen Hauptweges zu finden.

»Was denkst du«, fragte Milo nach zwei weiteren Stunden Fußmarsch, »schaffen wir es noch aus dem Wald heraus bis zum Sonnenuntergang? Ich fände es ganz schön, friedlich auf einer grünen Wiese unter freiem Himmel zu schlafen und nicht die ganze Nacht wach liegen zu müssen, weil ständig Äste knacken oder Blätter rascheln.«

»Der Düsterkrallenwald ist unsere Heimat«, erwiderte Nizzak. »Auch du lebst seit deiner Geburt hier. Was hast du gegen die großen Bäume, die dir Schutz vor Wind und Regen geben? Im Wald lauern nicht mehr Gefahren als dort draußen auf den Feldern des Menschenvolkes.«

»Das gilt aber nicht für Halblinge«, beschwerte sich Milo. »Der Wald ist tückisch und gefährlich, wenn man sich nicht auskennt.

Schluchten, Reißer, giftige Pflanzen, Trolle und Orks – alles kann uns zum Verhängnis werden.«

Milo sah, wie sich die Augen von Nizzak verengten.

»Das ist aber nicht das Schlimmste, denn am meisten fürchten wir die großen Jäger der Goblins. Ihren Pfeilen entkommt niemand«, fügte Milo rasch hinzu.

Nizzak grinste breit, und seine Brust schwoll an.

»Ich habe von dieser Odyssee langsam genug«, jammerte Milo. »Erst dieses schreckliche Unglück mit dem Rat in Eichenblattstadt, der ewige Fußmarsch durch den Regen, dann bin ich von einem Troll, entschuldige, einer Trollfrau verschleppt und von einem Goblinschamanen verflucht worden. Und jetzt latsche ich – wenn auch in Begleitung des größten Goblinjägers, dafür aber ohne meinen Bruder – schon wieder durch diesen verflixten Wald. Ich möchte langsam auf eine richtige Straße kommen, Häuser sehen und in freundliche Gesichter blicken.«

»Aber es regnet nicht mehr«, gab Nizzak zu bedenken. »Und bis zum frühen Abend sollten wir es geschafft haben, den Waldrand zu erreichen.«

Milo starrte Nizzak misstrauisch an. »Das sagst du nur, um mich zu beruhigen. Du warst noch nie dort, also weißt du auch nicht, wie weit es noch ist.«

Milo holte die Karte von Meister Othman heraus, strich sie in seinem Schoß glatt und legte den Finger auf die Stelle, von der er vermutete, dass sie ihren jetzigen Standpunkt ungefähr wiedergab. Dann zeigte er nach Norden ins Gebirge.

»Dort ist die Trollgabel«, erklärte er und zeigte auf zwei hohe schneebedeckte Bergspitzen. »Dieses lange gewundene Stück Weg auf der Karte müsste das sein, auf dem wir seit den frühen Morgenstunden immer wieder wandern. Dort vorn ist eine Anhöhe, und gleich dahinter finden wir den Blutfels, wo König Thyrus damals gefallen ist. Wenn das stimmt, haben wir noch etwa acht Stunden harten Marsch vor uns, bevor wir den Waldrand erreichen. Sieh es dir selbst an.«

Nizzak weigerte sich.

»Die Karte ist schlecht. Viele Dinge fehlen. Pfade sind nicht eingezeichnet. Entfernungen sind verkehrt«, nörgelte Nizzak. »Vier Stunden, und wir sind da.«

Milo wollte seinem Begleiter gerne glauben. Himmelsrichtungen, die schwarze krakelige Line auf der Landkarte und der Verweis auf einen markanten Punkt, von dem alle wussten, dass er sich tatsächlich in dieser Welt befand, schienen aber handfester zu sein als die Bekundung eines Goblins, der obendrein noch glaubte, unbesiegbar zu sein.

Frustriert sortierte Milo die restlichen Brotkrumen, die ihm geblieben waren, in der hohlen Hand und hielt Nizzak fast freundschaftlich die in zwei fein säuberlich getrennten Häufchen hin.

»Such dir einen aus«, sagte er.

Nizzak lächelte.

»Du kannst sie beide haben. Ich mache mir nicht viel aus zerstampften Körnern mit Wasser, die ihr dann über dem Feuer geröstet habt wie ein erlegtes Tier. Ich werde mir ein paar leckere Kröten und Eidechsen jagen.«

»Die brauchst du dann auch nicht mit mir zu teilen«, sagte Milo und würgte fast bei dem Gedanken.

Als sie zwei Stunden später vor sich den Blutfels ausmachten, hätte Milo Nizzak um den Hals fallen können, ließ es aber bleiben, weil er befürchtete, der Grünbluter könnte es verkehrt verstehen. So fremd und düster dieses Mahnmal aus aufgetürmten Steinen auch aussah, jetzt und hier erschien es ihm wie die heimische Küche seiner Mutter.

»Na, was habe ich gesagt?«, protzte Nizzak, als sie näher herankamen. »In zwei oder drei Stunden bist du auf der Straße nach Zargenfels.«

»Ich gebe zu, du bist der bessere Fährtensucher«, gestand Milo, »aber trotzdem bin ich froh, dass sich unsere Wege bald trennen.«

»Wie kommst du denn auf diesen Humbug?«, lachte Nizzak

hämisch. »Der Fluch des Schamanen wird uns schon bald wieder zusammenbringen.«

»Fang nicht damit an«, stöhnte Milo. »Ich will nicht behaupten, dass euer Schamane keine Zauberkräfte besitzt, aber ich bin der Meinung, dass sie nur bei Grünblutern wirken. Ähnliches gilt für diese düstere Prophezeiung vom Zweitgeborenen und dem Ende der Welt. Es gibt viele solche Geschichten, und bei jedem Volk sind sie anders. Aber keine von ihnen ist jemals eingetreten.«

Dennoch blieb in Milo ein Zweifel zurück, dass es tatsächlich eine düstere Zukunft gab. Immerhin hatte sich Meister Gindawell, der sonst so glaubensstark war, seit Neuestem auch mit heidnischen Thesen beschäftigt.

Nizzak funkelte Milo mit bösen Augen an.

»Das heißt, du wirst deine Aufgabe nicht erfüllen, deinen Bruder einfach im Stich lassen und dein Versprechen nicht einlösen?«

»Nein, nein«, beschwichtigte Milo den Goblin schnell. »Das werde ich natürlich nicht tun. Ich habe es schließlich geschworen. Aber ich glaube nicht, dass das Ergebnis das erbringen wird, was dein Schamane sich darunter vorstellt. Ich meine, das Blut des Zweitgeborenen, warum hat mein Volk davon noch nie gehört? Wenn es so etwas gibt, dann wüssten doch sicher alle davon.«

»Du wusstest auch nichts von der weißen Mehlhexe«, wandte Nizzak ein.

Es war unsinnig, darüber mit einem Goblin zu diskutieren, befand Milo. Jedes weitere Wort würde ihn nur misstrauisch machen. Sein Plan war es, sich eine Nacht außerhalb des Waldes auszuruhen und dann zum Krähenturm zurückzumarschieren, um Meister Othman von der Gefangennahme seines Bruders zu berichten. Othman würde wissen, was zu tun ist, und ihm helfen, Bonne zu befreien, wenn der zu dem Zeitpunkt nicht längst selbst geflüchtet war.

»Irgendwie nicht besonders beeindruckend für das Grabmal eines Königs«, sagte Nizzak plötzlich. »Sieht aus wie ein Haufen Steine.«

»Es ist ein Haufen Steine«, bestätigte Milo. »Wahrscheinlich wollte man einem König, der nur Krieg und Armut über das Land gebracht hat, kein Denkmal setzen. Die wenigen Aufzeichnungen, die es über König Thyrus gibt, sagen alle einheitlich aus, dass er ein sehr aufbrausender und starrsinniger Mann war. Er soll damals während der Gespräche mit den Unterhändlern der anderen Königreiche, die versucht haben, ihn zur Vernunft zu bringen, mit einem Bratenmesser sechs der Gesandten getötet haben. Es soll ein richtiges …« – Milo hielt kurz inne und überlegte – »… Gemetzel gewesen sein.« *Genau wie in Eichenblattstadt*, überlegte er, sagte es aber nicht laut. »Dort ist eine Gedenktafel. Soll ich sie dir vorlesen.«

Er legte seinen Rucksack ab und kletterte auf den Haufen Geröll. Das Mahnmal sah aus, als wenn ein Riese einen Berg Felsbrocken in die Landschaft gekippt hätte, um damit Stein-ins-Loch zu spielen. Doch nach gut dreihundert Jahren trog das Bild der Pyramide. Moose und Flechten hatten sich überall festgesetzt, und mit der Zeit waren Sand, Blätter und kleine Äste in die Fugen geraten und gaben dem Ganzen Stabilität.

Milo hatte es im Nu nach oben geschafft. Wenn es ums Klettern ging, machte ihm keiner etwas vor. Jeder Schritt, jeder Handgriff saß. Auch schwierige Passagen meisterte er, ohne ins Stocken zu kommen. Jetzt konnte er dem kleinen Grünbluter endlich einmal zeigen, dass auch in ihm etwas steckte.

Milo besah sich die Tafel an der Spitze der Pyramide und konnte kaum fassen, was dort stand. Das konnte er nicht vorlesen! Also tat er so, als würde er den Ausblick genießen, und kletterte anschließend schnell wieder herab. Dann nahm er seinen Rucksack, schnallte ihn sich auf den Rücken und gab sich abmarschbereit.

Nizzak sah ihn einen Moment lang erwartungsvoll an.

»Wer zuerst bei der Gruppe alter Eichen ist«, stieß Milo urplötzlich hervor.

»Keine Lust«, erwiderte Nizzak – Misstrauen klang aus seiner Stimme heraus. »Was war dort oben?«

»Man ist nicht hoch genug, um einen besseren Überblick zu bekommen«, erklärte Milo. »Überall nur Baumkronen. Noch nichts zu sehen von der Straße. Komm, wir sollten uns beeilen, bevor es dunkel wird.«

Jetzt wurde Nizzak erst recht neugierig. So gut Milo klettern konnte, so schlecht war er im Lügen, wenn es darauf ankam.

»Was war da oben?«, fragte Nizzak erneut.

»Was meinst du?«

»Ich meine die Tafel. Was stand darauf?«

»Nichts Wichtiges, nur ein paar Zahlen und so ein dämlicher Spruch.« Milo winkte ab. »Komm jetzt, wir müssen weiter. Dein Schamane erwartet dich bestimmt bald zurück.«

»Muss ich selber hinaufklettern, um es mir anzusehen?«, fragte Nizzak erzürnt. »Oder sagst du mir endlich, was auf dem Schild stand?«

Milo schaute verlegen zu Boden. Dann murmelte er: »Hier starb König Thyrus. Vergiftet und verblendet durch das Blut des Zweitgeborenen.«

Nizzak begann, auf der Stelle zu tanzen.

»Ich habe es gewusst. Ich habe es gewusst«, sang er fröhlich vor sich hin. »Der Schamane ist schlau. Er weiß mehr über euch als ihr selbst. Der Zweitgeborene, es gibt ihn wirklich, und er spricht zu Xumita. Und nur zu Xumita.«

Milo packte Nizzak am Arm, um ihn wieder zu beruhigen.

»Die Inschrift muss nichts bedeuten. Vielleicht war Thyrus wirklich ein Zweitgeborener und nur deshalb so versessen auf Macht, weil er nie die Anerkennung seines Vaters erhalten hat. Es ist nicht viel über ihn bekannt. Es kann reiner Zufall sein.«

Milo hätte diese Erklärung noch vor ein paar Tagen selbst geglaubt, doch jetzt war alles anders. Es gab keine Zufälle. Alles, was geschehen war, musste irgendwie im Zusammenhang stehen. Er wusste nur noch nicht wie. Etwas hatte er übersehen. Aber was?

»Lass uns weitergehen«, sagte er abrupt. »Wir sollten zusehen, dass ich vor Einbruch der Nacht einen geeigneten Platz zum

Schlafen gefunden habe. Und mit geeignet meine ich einen Platz außerhalb des Waldes.«

»Sag noch einmal, was auf der Tafel steht«, forderte Nizzak aufgeregt.

»Hier starb König Thyrus. Vergiftet und verblendet durch das Blut des Zweitgeborenen«, wiederholte Milo mürrisch. »Kletter doch hoch und sieh es dir selbst an, wenn es dir so viel Freude macht.«

»Ich kann nicht lesen«, gestand Nizzak.

Mit diesen Worten wandte er sich ab, ließ Milo stehen und machte sich auf den Weg nach Osten, Richtung Waldrand.

Milo blieb zurück und schaute auf seine schmutzigen und von Dornen zerkratzten Füße. Etwas hatte sich verändert. Es war nicht nur, dass er weit weg von zu Hause war. Schon öfter hatte er Tante Rubinia besucht, und auch über die Grenzen des Düsterkrallenwaldes hinaus war er mit seinem Vater gereist. Nach Schmiedlingen und Bochdün oder einem der anderen kleinen Dörfer, um Kürbisse, Steckrüben und Kartoffeln ihrer heimischen Ernte zu verkaufen, die sie nicht für den Wintervorrat benötigten.

Seit dem Vorfall in Eichenblattstadt schien alles in ein düsteres Licht getaucht zu sein. Die Leichtigkeit, mit der er jeden Tag begonnen hatte, der Spaß daran, Dinge zu tun, die für Gesprächsstoff in der Dorfgemeinschaft sorgten, der ewige Wettstreit mit seinem Bruder und die Unbeschwertheit, mit der sie jeden Tag aufs Neue meisterten, waren verflogen.

Er hatte sich verändert. Die Welt um ihn herum hatte sich verändert. Wenn er gekonnt hätte, hätte er mit Bonne gewettet, dass alles wieder so werden würde, wie es war, doch das war nicht möglich.

Milo sah Nizzak hinterher.

»Weg von den albernen Spielereien hinein in ein richtiges Abenteuer?«, flüsterte er sich selbst zu. »Vater würde uns erschlagen.«

Die Sonne war bereits untergegangen, und sie hatten es noch nicht geschafft, den Rand des Waldes zu erreichen. Milo verlor Nizzak immer häufiger aus den Augen. Gelegentlich erspähte er ihn dann kurz zwischen zwei Bäumen, vor einem Dickicht oder einer kleinen Anhöhe aufs Neue, nur um ihn sofort wieder aus den Augen zu verlieren. Doch Milo spürte, dass Nizzak genau wusste, was der Halbling hinter ihm so machte.

Milos Kräfte schwanden langsam. Seine Füße waren schon ganz taub von der kalten Nässe, dennoch setzte er ein weiteres Mal zum Spurt an, um den Goblin wieder einzuholen. Er rannte geradewegs über die Böschung hinweg und stieß beinahe mit Nizzak zusammen. Der Goblin stand wie angewurzelt da und spähte zwischen den Blättern eines Trommelbeerbaumes hindurch.

»Na endlich«, keuchte Milo. »Ich hatte schon befürchtet, ich muss bis Zargenfels rennen, um dich einzuholen.«

Nizzak erwiderte nichts, stattdessen drückte er einen Zweig beiseite und deutete auf die freie Graslandschaft, die sich vor ihnen auftat.

Milo nahm es zuerst wahr, so glaubte er jedenfalls. Es sah aus wie zwei Sterne, die sich vom Firmament gelöst hatten und zu Boden gestürzt waren. Zwei kleine leuchtende Flecken, die ein warmes gelbes Licht in einem grünenschwarzen Meer aus Gras verströmten.

»Ein Gasthaus«, quiekte Milo vergnügt und deutet mit dem Finger auf die leuchtenden Punkte. »Warmes Essen, kaltes Bier und ein gemütliches weiches Bett am Kamin«, entfuhr es ihm mit verklärtem Blick.

»Dann endet hier unser gemeinsamer Weg«, sagte Nizzak. Er holte ein Horn hervor und setzte es an die grünschwarzen Lippen.

»Was hast du vor?«, fragte Milo verwirrt.

»Ich gebe das Zeichen, dass wir den Waldrand erreicht haben.

»Die Trollhöhle ist meilenweit entfernt. Xumita Latorinsis wird es nicht hören können.«

Nizzak blies in das gewundene Instrument, das aussah wie ein Widderhorn.

»Warte noch kurz, bevor du gehst«, sagte er, als er es abgesetzt hatte.

Milo tat ihm den Gefallen. Auf ein paar Minuten kam es jetzt auch nicht mehr an. Plötzlich durchfuhr ihn ein stechender Schmerz, der von der Innenfläche seiner linken Hand ausging. Erschrocken hielt Milo sie hoch und sah den langen Schnitt vom kleinen Finger zum Daumen.

»Er hat uns gehört«, sagte Nizzak. »Dies Andenken soll dich an den Fluch und dein Versprechen erinnern. Du kannst nicht davonlaufen.«

Milo starrte mit schmerzverzerrter Miene in seine Hand. »Wie ist das möglich?«, stammelte er, aber er bekam keine Antwort. Nizzak war bereits verschwunden.

»Ein einfaches auf Wiedersehen hätte gereicht!«, rief Milo ins Dickicht des Waldes, hoffte aber darauf, dass es nicht zu einem solchen kommen würde.

Er riss ein Stück aus der alten Decke heraus, die er mitgenommen hatte, und wickelte es um seine Hand, dann trat er aus den Büschen und machte sich auf den Weg zu dem Haus in der Ferne.

Er überquerte drei brachliegende Felder, bis er sein Ziel erreichte.

»Das ist aber eine seltsame Herberge«, röchelte er. »Hier ist gar keine Straße.«

Dann fiel ihm auf, dass er mit sich selbst sprach. Er war es gewohnt, dass immer jemand in seiner Nähe war, den er ansprechen konnte. Es war das erste Mal, dass er wirklich allein war. Verbittert sah er auf das Stück Stoff um seine Hand, dass sich mittlerweile mit Blut vollgesogen hatte.

Dann wandte er sich wieder dem fremden Haus zu. Die untere Etage war hell erleuchtet, und bei zwei Fenstern standen die Läden noch offen. Milo erhaschte einen Blick ins Innere, konnte sich aber immer noch keinen Reim darauf machen, für was dieses Gebäude genutzt wurde.

Das Haupthaus stand auf einem Steinkranz aus grob behauenen Felsblöcken. Zwei schwere Eichenbohlen, ebenfalls gelagert auf Felssteinen, dienten als kurze Stiege zum Eingang. Zwei Laternen beleuchteten den Bereich, und über der Tür hing ein Holzschild von einer geschmiedeten Wandhalterung. Milo blieb zweifelnd vor dem Schild stehen.

»Was soll das denn sein?«, flüsterte er zu sich. »Glaube denen, die die Wahrheit suchen, und zweifle an denen, die behaupten, sie gefunden zu haben«, las er vor.

Milo hatte damit gerechnet, so etwas wie »Springender Hirsch«, »Zum Keiler« oder »Zur drallen Schankmaid« auf dem Schild zu lesen. »Kohlsuppe satt – zwei Silberlinge« hätte ihm noch besser gefallen. Aber das hier, was sollte das sein, so etwas wie eine Lebensweisheit?

Er nahm sich ein Herz, stieg die zwei Stufen hinauf und klopfte mehrmals gegen die Tür.

Nichts passierte.

Erneut versuchte er es. Diesmal etwas energischer.

»Ja doch«, erscholl eine kräftige Männerstimme von innen, und schlurfende Schritte auf Dielenboden waren zu hören.

Milo trat wieder einen Schritt zurück, um nicht gleich sprichwörtlich mit der Tür ins Haus zu fallen. Außerdem hatte sich die Stimme des Mannes nicht sonderlich einladend angehört.

Milo musste auf den alten Mann einen merkwürdigen Eindruck machen, als dieser die Tür öffnete. Er stand unterhalb der Stiege, sodass sein Kopf gerade einmal bis zu den Knien des Mannes reichte. Er war schmutzig, durchnässt, augenscheinlich erschöpft und verletzt, dennoch grinste er wie ein Honigkuchenpferd. Ungeachtet dessen, wie eigentümlich er auf den Mann auch wirken mochte, erwiderte dieser das Grinsen.

»Na, wen haben wir denn da?«, brummte er freundlich. »Ein Halbling auf Wanderschaft. Was für ein seltener Anblick. Ich hatte schon befürchtet, dass das kleine Volk sich aus der Welt zurückgezogen hat und nur noch für ihre Vorgärten und Gemüserabatten lebt. Ihr seht aus, als wenn Ihr ein Bett für die Nacht bräuchtet und auch nichts gegen eine warme Mahlzeit hättet. Kommt rein und macht es Euch am Kamin gemütlich.«

Der Alte winkte ihn freundlich herein und ging zurück ins Haus. Dann machte er Halt und drehte sich noch einmal um.

»Ach, was ist nur mit meinen Manieren los?«, schalt er sich selbst. »Ich habe mich noch nicht einmal vorgestellt.« Dann ließ er sich auf ein Knie herunter und streckte Milo die Hand entgegen. »Mein Name ist Ningoth.«

»Milo Blaubeers aus Eichenblattstadt«, antwortete Milo höflich, konnte aber nicht vermeiden, dass sein Blick dabei in dem riesigen hallenähnlichen Raum umherschweifte. »Ihr könnt mich einfach Milo nennen. Herr Blaubeers wird nur mein Vater genannt.«

Ningoth lachte.

»Milo, du gefällst mir. Ich sollte mich öfter mit Leuten aus dem kleinen Volk unterhalten. Ihr seht immer alles so einfach und unkompliziert. Das ist herrlich erfrischend.«

Milo wünschte sich, dass es wirklich so wäre.

»Was ist das hier für ein Haus, Meister Ningoth?«, fragte er.

»Nur Ningoth«, antwortete der Alte. »Einen Meistertitel muss man sich erarbeiten mit Forschungen im Bereich der arkanen Magie oder dem sturen Befolgen von Glaubensgrundsätzen. Ich habe mich für keinen dieser Wege je begeistern können.«

Er zog zwei Stühle von einem der rund ein Dutzend Tische heran und bedeutete dem Halbling, sich zu setzen.

»Dies ist ein Ort für Leute, die wie du nach etwas Ruhe suchen oder nur eine warme Mahlzeit brauchen.«

Ningoth selbst setzte sich nicht zu seinem Besucher, sondern hielt auf eine offene, von einem Tresen vom Rest des Raums getrennte Küche zu.

»Hier wird aber auch jedem ein offenes Ohr geliehen, oder ihm wird Zuspruch zuteil, je nachdem, nach was einem dürstet. Und wer einfach nur einen Platz sucht, an dem er sich besaufen kann und an dem man ihm nicht die Taschen leert, wenn er über dem letzten Becher Wein einschläft, ist hier ebenfalls richtig.«

Milo sah sich erneut um. Außer Ningoth schien niemand hier zu sein. Der Raum, in dem er saß, umfasste so ziemlich das ganze Erdgeschoss. Lediglich ein kleiner Bereich war mit zwei getäfelten Wänden von einer Ecke abgetrennt. Ein knittriger Vorhang hing als Sichtschutz vor dem Durchbruch, der in den winzigen Raum führte. Dort, wo in größeren Kneipen eine Bühne für Gaukler, Barden oder Musikanten errichtet war, hatte man hier eine Art Schrein aus polierten Marmorplatten aufgebaut. Jedoch war dieser bei Weitem nicht so massig wie die, die Milo aus Tempeln kannte. Außerdem lag noch nicht einmal ein Buch, Zepter oder sonst etwas darauf. Über dem Altar hing das heilige Kreuz von Regor, dem Gott der Menschen. Je eine Treppe führte an den Seitenwänden der Gaststube hoch in das zweite Stockwerk.

»Dann ist das hier so etwas wie eine Herberge und ein Tempel zugleich«, erkannte Milo.

»Eine Zuflucht würde ich es lieber nennen«, gestand Ningoth, während er mit einer Kelle heiße Suppe aus einem Topf über der Herdstelle in eine Holzschale schöpfte. »Ein Tempel ist ein Ort, den Meister dazu gemacht haben. Sie behaupten, Regor wäre dort zu Hause und würde die Gebete seiner Kinder erhören, wenn genügend Gold in die Opferschale gelangt. Das alles sind Lügen, damit einige die Gewalt über viele nicht verlieren. Ich war es satt, mich den Prinzipien des Glaubens zu unterwerfen, und habe hier eine neue Heimstatt gegründet. Und siehe da, ich war nicht lange allein mit meinen Ansichten. Schnell sind wir hier zu einer kleinen Familie geworden, die fernab von allen Zwängen nach der Wahrheit sucht.«

Ningoth kam zurück an den Tisch und servierte Milo eine deftige Kartoffelsuppe. Dann setzte er sich zu ihm.

»Was für eine Wahrheit sucht Ihr?«, fragte Milo mit vollem Mund, während er gierig die Suppe verschlang.

»Nach jeglicher Wahrheit, die uns weiterbringt. Ob es nun eine Glaubensangelegenheit oder irgendetwas anderes ist, spielt keine Rolle. Jede Art von Wahrheit ist ein kleiner Puzzlestein in der Erkenntnis um das Leben. Aber was rede ich die ganze Zeit, erzähl mir doch ein wenig von dir. Was hat dich hierher verschlagen, und wohin willst du?«

Milo wusste nicht genau, was er dem Alten erzählen sollte, deswegen schaufelte er sich schnell einen weiteren Löffel der Suppe in den Mund, um etwas Bedenkzeit zu schinden. Ningoth schien ihn nicht drängen zu wollen, doch seine Augen ruhten weiterhin auf dem Halbling, und Milo spürte, dass sie das tun würden, bis er ihm eine Antwort gab.

»Ich komme, wie schon gesagt, aus Eichenblattstadt«, begann er. »Mein Meister Gindawell hat mich auf die Reise nach Zargenfels geschickt, weil ich jemanden für ihn finden soll. Auf dem Weg dorthin habe ich noch bei meiner Tante Rubinia vorbeigeschaut, die als Haushälterin im Krähenturm für Meister Othman arbeitet.«

»Soso, bei der alten Krähe warst du«, sagte Ningoth. »Ein ziemlich eigenbrötlerischer Mann. Ich war vor Jahren bei ihm, um ihm etwas von unserer Ernte anzubieten. Er hat mich einfach fortgeschickt und erklärt, dass er seine Vorräte aus Zargenfels bezieht. Kein Wort des Dankes und kein ›Auf Wiedersehen‹. Er schlug mir einfach die Tür vor der Nase zu.«

Milo kannte den Magier nur als netten, freundlichen, aber etwas kauzigen Mann. Tante Rubinia hatte ihm erklärt, dass Magier immer etwas weltfremd waren, und dass sie mit den Eigentümlichkeiten von Meister Othman gut zurechtkam. Trotzdem entschloss sich Milo, Ningoth lieber nach dem Mund zu reden.

»Er ist eben ein alter Magier. Manieren hat man ihm vielleicht nie beigebracht, und so ein Leben allein macht die meisten irgendwie wunderlich, glaube ich.« In diesem Moment fiel ihm auf, dass seine Theorie auch falsch aufgefasst werden konnte. Doch bevor er etwas zur Entkräftung sagen konnte, ergriff Ningoth bereits wieder das Wort.

»Wenn du vom Krähenturm kommst und nach Zargenfels willst, bist du zu weit südlich. Die Straße, die du suchst, ist fünf Meilen nördlich von hier.«

»Ich habe es gewusst«, stöhnte Milo mit halb vollem Mund, »Ich hätte die andere Abzweigung nehmen sollen.«

»Das hättest du«, bestätigte Ningoth. »Doch ich kann dir ein Angebot machen. Meine Freunde müssten übermorgen wieder hier sein. Sie verkaufen Rüben und Kartoffeln in Zargenfels und bringen Fleisch und allerhand andere Sachen vom Markt dafür mit. Wenn sie hier sind, beladen sie den Wagen neu und fahren abermals in die Stadt. Wenn du willst, kannst du mit ihnen reisen.«

Na, wenn das kein Zufall ist, stöhnte Milo in Gedanken. Wie oft hatte sein Vater ihm und seinem Bruder versucht einzubläuen, dass sich Lügen auf lange Sicht nicht auszahlten. Im Haus der Wahrheiten schien diese ›lange Sicht‹ der Zweitraum von einem Herzschlag zum nächsten zu sein. Er konnte das Angebot unmöglich ablehnen, dazu war es zu schön, um wahr zu sein. Er konnte sich unmöglich von diesem Ningoth schon nach wenigen Minuten bei einer Lüge ertappen lassen. Mit etwas Glück verspäteten sich seine Freunde oder hatten doch noch etwas anderes zu tun.

»Oh, das wäre wunderbar. Ich habe auch langsam die Lust verloren, zu Fuß zu reisen. Außerdem könnte ich mich dann noch einen Tag ausruhen und würde trotzdem die verlorene Zeit wieder aufholen, wenn wir mit Pferd und Wagen reisen. Das ist famos. Ich danke Euch sehr.«

»Ich danke *dir* sehr«, verbesserte ihn Ningoth. »Ein freies Zimmer findest du oben.«

15. DER REISENDE

Er stand auf dem frisch gepflügten Kartoffelacker. Es war Nacht, und die Sterne verbargen sich hinter dichten Wolken. Seine Schuhe drückten sich tief in die lockere Erde. Unweit von ihm verlief ein schmaler Feldweg, der hinüber zu einem Haus führte. Hinter zwei Fenstern brannte Licht.

»Gutmütigkeit ist nichts anderes als Schwäche«, raunte er. »Lässt du Kinder in der Scheune spielen, wird sie irgendwann abbrennen. Du kannst nicht ständig auf sie aufpassen. Aber du kannst ihnen auch nicht alles verbieten.«

Der Reisende ärgerte sich über sich selbst. Er hatte gedacht, diesen Teil seiner Persönlichkeit schon hinter sich gelassen zu haben und nur noch der Wissende zu sein. Er hatte sich geirrt. Seine Schwäche wurde ihm zum Verhängnis. Aber er war hier, um seinen Fehler wiedergutzumachen.

Er bückte sich, um eine übersehene Kartoffel aus der feuchten Erde zu ziehen. Fast zärtlich strich er den Sand von ihrer Schale. Dann erhob er sich und wartete.

Nach fast einer halben Stunde, die er regungslos verharrt hatte, brach die Wolkendecke auf, und der fahle Mond zeigte sich. Der Reisende streckte die Kartoffel in die Höhe und sprach einige unverständliche Worte.

So schnell, wie das Firmament sich gezeigt hatte, so schnell war es auch wieder verschwunden.

Der Reisende legte die Kartoffel behutsam zurück auf die Erde. Dann strich er ihr noch einmal zärtlich über die Schale, als sei sie ein geliebtes Haustier.

Nach einem kurzen Augenblick begann die Erdfrucht wie von selbst hin und her zu wackeln. Aus ihrer Seite erwuchsen kleine dünne Sprossen, als wenn sie keimte. Doch schnell formten sich die Auswüchse zu Beinen, und auf der Schale bildete sich ein zarter Flaum. Zu guter Letzt platzte die Kartoffel an einem Ende ein Stück auf, als wenn sie zu lange gekocht worden wäre, und gab einen gequälten Laut von sich.

»Du wirst das in Ordnung bringen, was ich versäumt habe zu verhindern«, sagte der Reisende. »Du musst nur noch ein bisschen wachsen. Aber du weißt, wie man mit Kindern umgehen sollte, die in Scheunen Feuer legen.«

16. BONNE

Um Bonne herum war es stockfinster, aber der Gestank, der in seine Nase kroch, machte jeden Gedanken an eine glückliche Fügung seines Schicksals zunichte. Er saß immer noch mit Uschma in ihrer Höhle fest. Seine Nase konnte es bestätigen. Die Fackel musste ausgegangen sein, genauso wie die Feuerstelle, die eigentlich verhindern sollte, dass die Kälte in die Höhle kroch. Aber mit dem Feuer und der Kälte verhielt es sich wie mit Trollen und Halblingen. Wenn man sich nur flach genug auf den Boden presste, dann sah einen der andere nicht. Der Vergleich hinkte natürlich etwas durch den Umstand, dass Bonne in dieser Höhle festsaß, aber die Kälte trotzdem hereingekrochen gekommen war.

Bonne hielt den Atem an und lauschte. Es war totenstill. Hatte ihn Uschma unbewacht zurückgelassen? Das konnte nicht sein. Die Trollfrau war sehr misstrauisch, was ihren Gefangenen betraf, besonders nach dem Fluchtversuch von seinem Bruder und ihm. Sie ließ ihn keinen Moment aus den Augen. Aber vielleicht hatte sie etwas Wichtiges zu erledigen und nur darauf gewartet, dass er einschlief, um sich aus der Höhle zu schleichen. Er malte es sich in seinen Gedanken aus.

Sie war davon ausgegangen, dass sie nur einen Moment brauchen würde und wieder zurückkäme, bevor er erwachte. Sie hatte nicht mit der Kälte und seinem leichten Schlaf gerechnet. Vor Bonnes Auge klärte sich die Situation wie ein Nebel, der sich bei aufkommendem Wind verzog. Das war seine Chance, und er musste sie nutzen. Noch einmal hielt er die Luft an und lauschte. Nichts!

Bonne warf seine Decke zurück und richtete sich auf. Es roch nach kaltem Rauch und anderen Dingen, die er sich lieber nicht vorstellen wollte. Seine Hand schmerzte immer noch, wo der

Goblinschamane ihn mit seinem dreckigen Dolch geschnitten hatte. Als die Goblins ihn gepackt hatten und festhielten, hatte Bonne geglaubt, sein letztes Stündchen hätte geschlagen. Er hatte getreten und geschlagen, hatte sich gewunden und geschrien, aber ohne Erfolg – die Goblins waren stärker gewesen. Xumita Latorinsis hatte sich mit einem widerlichen Grinsen auf seine Brust gehockt, sein Handgelenk fest umklammert. Dann hatte er Bonne mit seinem Dolch quer über die Innenfläche seiner Hand geschnitten.

»Damit dein Bruder seinen Schwur nicht vergisst«, hatte er getönt.

Bonne glaubte nicht an diesen Fluch. Ein Ammenmärchen, um ihnen Angst zu machen. Er bezweifelte nicht, dass es große Magier gab, die verblüffende Dinge mit ihren Zaubern anstellen konnten. Meister Othman gehörte wahrscheinlich zu jenen, doch dieser erbärmlich aussehenden Goblin mit seinen Tierknochen, dem albernen Geweih auf seinem Kopf und dieser ständig um Theatralik bemühten Stimme, war bestimmt keine. Dennoch, der Schnitt hatte wehgetan und tat es immer noch, und Bonne hatte Cephei gedankt, als seine Peiniger ihn wieder losließen. Danach war die Schar grüner Aasfresser aus der Trollhöhle verschwunden. Sie wollten ein Lager unweit aufschlagen, aber es sollte unter freiem Himmel sein, damit Xumita neue Kraft für Zauber schöpfen konnte.

Bonne glaubte, dass das nur eine Ausrede war, um dem Gestank zu entfliehen, denn ob rotes oder grünes Blut, Nasen besaßen sie beide.

Bonne hatte so lange gejammert, dass er verbluten oder die Wunde sich entzünden würde, bis Uschma ihm eine lindernde Paste auf die Hand geschmiert hatte. Das ganze Gezeter hatte er natürlich nur angestimmt in der Hoffnung, dass die Trollfrau neue Kräuter brauchte und ihren Gefangenen einen Moment unbeaufsichtigt ließe. Der Plan war nicht aufgegangen. Uschma besaß genügend von dem Zeug, um ihn komplett damit einzukleistern, und Kräuter hatte der bräunliche Schleim nie gesehen. Die Trollfrau hatte ihm erklärt, dass es ein Brei aus Schnecken, Würmern und noch etwas war, das Bonne nicht mehr verstanden hatte, weil er sich die Finger ihn die Ohren gesteckt und laut zu summen begonnen hatte.

Bonne zog die Beine an und hockte sich hin. Vorsichtig betastete er den Boden um sich herum. Sich einen Knochensplitter einzutreten könnte seine Flucht vereiteln. Wer wusste schon, ob er nicht gezwungen wäre, zu rennen. Langsam streckte er die Beine durch. Die spärliche Ausrüstung, die ihm geblieben war, müsste er zurücklassen. In der Dunkelheit würde er sie ohnehin nicht finden. Jede Minute zählte, Uschma konnte jederzeit zurückkommen.

Schritt für Schritt tastete sich Bonne durch die Höhle. Erst mit dem großen Zeh den Boden absuchen. Feststellen, dass dort irgendwelche Splitter, Steine oder Knochen herumliegen. Eine andere Stelle suchen, wieder mit dem großen Zeh die Erde durchkämmen, den Platz für gut befinden, die Verse aufsetzen und dann langsam mit dem Fuß auftreten. Es dauerte alles ewig. Aber mit jedem Schritt fühlte sich Bonne ein kleines bisschen besser und ein kleines bisschen mehr wie ein echter Beutelschneider. Er musste fast den Tunnel erreicht haben. Von dort an würde es einfach gehen. Der Gang war mit feuchter Erde bedeckt.

»Pass auf, sonst trittst du gleich in die Reste meiner Mahlzeit«, grollte die tiefe Stimme von Uschma durch die Höhle.

Bonne erstarrte, doch er wusste, dass die Luft anzuhalten und sich nicht zu bewegen nicht reichen würde, um diese Situation noch zum Guten zu wenden.

»Was hat mich verraten?«, fragte er, nachdem er sich sicher war, dass Uschma ihn nicht für seinen erneuten Fluchtversuch töten würde.

»Wenn ich dir einen gespickten Hasenrücken im Halbschlaf vor die Nase halte, wachst du dann auf?«

Die Erklärung war plausibel, aber nicht sonderlich erbauend, befand Bonne.

Uschma schlug zwei Flintsteine gegeneinander und entzündete etwas Reisig. Bonne war erstaunt, wie schnell das bei ihr ging. Er brauchte immer eine halbe Ewigkeit, wenn ihm das Feuer in der Küche ausgegangen war.

»Du kannst dich ruhig wieder setzen«, sagte die Trollfrau. »Heute gehen wir noch nicht raus.«

Bonne trottete zurück zu seiner Lagerstätte und setzte sich. »Ach, da ist er ja«, rief er und hob einen von seiner Jacke abgerissenen Hirschhornknopf hoch. »Den habe ich gesucht.« Die Ausrede war nicht sonderlich überzeugend, dass wusste er selbst, aber besser als keine.

Uschma zog mit ihren langen Armen den bronzenen Schild, in den Bonne beinah hineingetreten wäre, zu sich heran. Darauf lagen allerhand Reste ihrer letzten Mahlzeit. Sie zog sich etwas heraus, das aussah wie ein Mittelfingerknochen, und stocherte damit zwischen ihren gammlig braunen Zähnen herum. Als sie Bonnes erschrockenen Blick sah, zog sie den Knochen aus ihrem Mund, lutschte ihn ab und betrachtete ihn irritiert. »Keine Angst«, sagte sie. »Elfenfinger.« Dann führte sie ihre Mundpflege fort.

»Du hast gesagt, wir gehen heute nicht raus«, sagte Bonne, als die Trollfrau fertig war. »Heißt das, wir gehen noch irgendwo anders hin? Wir bleiben nicht hier?«

»Wir ziehen in den Krieg?«

Bonnes Augen wurden groß. »In welchen Krieg?«

»Krieg gegen die Ahnen?«, brummte sie. »Wir warten noch auf Schrak. Er wird uns anführen.«

Bonne wunderte sich, wie viele schlechte Nachrichten ein Tag bringen konnte, an dem man nur herumsaß.

17. DORN

Dorn starrte aus dem Kellerfenster des dunklen Gewölbes. Seine Stirn lag in Falten, die Augen hatte er zu zwei dünnen schmalen Strichen verzogen, und seine Mundwinkel verrieten Argwohn.

Er hatte den Schlachtfeldern und Kriegen abgeschworen, weil er es leid gewesen war, für Dinge einzustehen, die vom Machthunger anderer getrieben waren, und sein Leben dafür aufs Spiel zu setzen. Alles, was er dafür bekommen hatte, waren ein paar Münzen, Narben am Körper und die nächtlichen Träume, die ihm den Schlaf raubten. Vor Jahren war es ihm noch wie ein lohnendes Geschäft erschienen. Er hatte auf den großen Reichtum und die Anerkennung seiner Auftraggeber gehofft. Hatte von einem Leben geträumt, wie es die Adligen und reichen Kaufleute führten. Doch im Laufe der Jahre war ihm bewusst geworden, dass es weder Anerkennung noch Reichtümer gab. Stand man auf der Verliererseite, ging man, wenn es gut lief, nur leer aus, kam aber mit dem Leben davon. Gehörte man zu den Siegern, gab es tausend Gründe, warum der Sold gekürzt wurde und man gerade so viel behielt, wie man zum Auskurieren seiner Wunden und zum Leben brauchte.

Er hatte versucht, das alles hinter sich zu lassen, und selbst die Aussicht auf ein Leben in Armut hatte ihn nicht abschrecken können. Alles, was er gewollt hatte, war eine liebende, fürsorgliche Frau, ein paar Kinder, und wenn es so weit war, ein friedlicher Tod auf dem Sterbebett sowie ein paar Menschen, die um ihn trauerten.

Doch anscheinend war selbst dies zu viel verlangt. Jetzt fand er sich erneut in einem Krieg wieder. Und um es noch schlimmer zu machen als vorher, folgte er nun einer Gruppe von Denkern und Poeten, die nicht die geringste Ahnung davon hatte, auf was sie sich einließ. Über einen möglichen Sold wollte er erst gar nicht nachdenken.

Mehrere Leute eilten an dem Kellerfenster vorbei. Dorn sah nur ihre Beine. Pluderhosen aus dünnem Stoff, weiche lederne Spitzschuhe oder einfache Sandalen. Diese Menschen waren nicht vorbereitet auf das, was ihnen bevorstand.

»Hier bist du, Dorn. Ich habe dich gesucht.«

Senethas leise Schritte passten zu ihrer lieblichen Stimme.

Dorn brummte nur argwöhnisch, weil er wusste, dass sie gleich versuchen würde, ihn davon zu überzeugen, dass es richtig war, was sie taten.

»Was machst du hier, so allein im Dunkeln?«

»Darauf hoffen, dass dieser Spuk an mir vorüberzieht«, gestand er.

Senetha drückte sich von hinten an ihn und schlang die Arme um seinen muskulösen Körper. »Du willst das alles hier nicht, ich kann das verstehen.«

Dorn löste sich aus ihrer Umarmung und drehte sich zu ihr um. Von oben sah er auf sie herab. »Ich will dich«, gestand Dorn.

»Dann hilf ihnen bei ihrer Revolution. Wenn sie sich gegen die Regorianer behaupten können und das Joch, unter dem wir leben, zerschlagen wird, sind wir frei. Wir haben das erste Blut vergossen. Es wird uns nichts anderes übrig bleiben, als zu beweisen, dass wir im Recht waren. Und Recht bekommen nur die Gewinner. Also hilf ihnen.«

»Das habe ich doch«, sagte Dorn ruppig.

Senetha schüttelte den Kopf.

»Nein, das hast du nicht. Sie haben dich gebeten, ihnen zu zeigen, wie man sich verteidigt, wie man kämpft. Statt diese Bitte zu erfüllen, hast du auf sechs Männer gezeigt und ihnen prophezeit, dass sie abgeschlachtet werden, wenn sie sich mit einer Waffe auf die Straße trauen.«

Dorn grunzte abfällig.

»Na und, das ist die Wahrheit. Hast du dir die Bengel mal angesehen. Das Jüngelchen mit dem Blondschopf hielt sein Schwert, als ob er eine Kuhherde damit auf die Weide treiben wollte, und der Kleine mit der Hakennase hatte kaum genug Kraft, um sein Schild hochzuhalten. Auf den Alten mit dem lahmen Bein will ich erst gar nicht zu sprechen kommen.«

»Sie sind vielleicht nicht gerade ein Heer von Kriegern, aber sie haben Mut. Mach ihnen das nicht kaputt. Geh mit ihnen dort raus und zeige ihnen, dass es sich lohnt, sich gegen Ungerechtigkeit aufzulehnen. Die Sache, für die sie kämpfen, ist eine gute Sache.«

»Die Sache, für die sie sterben werden, meinst du«, erinnerte sie Dorn.

»Von mir aus auch das, aber dann hilf ihnen, dass sie es nicht teurer bezahlen als unbedingt nötig.«

Dorn drehte sich wieder dem Kellerfenster zu und beobachtete erneut die Straße.

»Sie sollten den Preis kennen, den sie für ihre Revolution zahlen«, brummte er. »Sieh es dir an, sie kritzeln ihr Zeichen auf jede Tür und jedes Stück freie Mauer, ohne zu wissen, was es überhaupt bedeutet.« Dorn deutet auf das Zeichen an der gegenüberliegenden Hauswand. Es war das gleiche Symbol wie auf dem Medaillon, das sie in der Grabstätte gefunden hatten, und das Schuld an ihrer jetzigen Misere war. »Trotzdem führen sie es wie ein Banner in den Krieg.«

»Sie wissen, dass es den Regorianern missfällt«, erklärte Senetha. »Das reicht für den Moment aus. Wichtig ist nicht, wofür das Symbol einst stand, sondern was sie jetzt damit verbinden.«

Das Geräusch schlurfender Schritte kam näher. Dorn wusste genau, zu wem sie gehörten. Diese Schritte schienen ihn schon in seinen Träumen zu verfolgen. All die Menschen, die er getötet hatte und die ihm in seinen Träumen erschienen, schlurften auch immer. Diesen hier hatte er aber noch nicht umgebracht. Obwohl es ihm erschien, als wenn Narik sich alle Mühe gäbe, bald einer von ihnen zu sein.

»Narik kommt«, flüsterte Senetha. »Weise ihn nicht wieder zurück. Er braucht dich, genau wie wir ihn.«

Senetha trat von Dorn zurück und stellte sich neben ihn.

»Wir haben nicht mehr viel Zeit«, sagte Narik, als er das niedrige Gewölbe betrat. »Ich muss wissen, ob wir mit Eurer Hilfe rechnen können. Ohne Euch werden wir es vielleicht nicht schaffen.«

Der blinde Mann wurde wie gewohnt von einem seiner Getreuen begleitet. Alles, was Narik nicht mittels seiner funktionierenden Sinne erfassen konnte, flüsterte ihm sein Begleiter ins Ohr.

»Die meisten werden ohnehin für Eure Sache krepieren, egal ob wir helfen oder nicht«, sagte Dorn.

»Das wissen sie, doch mit Euch ist die Hoffnung auf Erfolg in greifbare Nähe gerückt.«

Dorn sah Senetha an, und die junge Magierin nickte ihm zu.

»Gut, wir werden Eurer Sache beistehen. Doch eins sollte klar sein, ich habe das Sagen. Eure Männer werden das tun, was ich von ihnen verlange.«

»Wie Ihr sagt, die Männer hören auf Euren Befehl«, bestätigte Narik. »Dann lasst uns keine Zeit verlieren. Die Regorianer werden in zirka zwei Stunden in dieses Viertel kommen. Bereiten wir ihnen einen gebührenden Empfang.«

Dorn war unzufrieden mit der Auswahl an Männern, die ihm zur Verfügung stand, und zeigte es auch. Die meisten taugten bestenfalls für ein Ablenkungsmanöver. Der Rest hätte noch nicht einmal eine Kneipenschlägerei überlebt. Wenn er richtig gezählt hatte, waren es fünfundsiebzig, von denen gerade einmal fünfzehn in einem Alter waren, dass man sie überhaupt auf ein Schlachtfeld gelassen hätte. Die anderen waren entweder noch Burschen oder schon fast Greise.

Was die Bewaffnung betraf, sah es auch nicht besser aus. Dorn hatte versucht, die vielversprechendsten Männer auch mit den besten Waffen auszurüsten, doch er war kläglich gescheitert. Ein blond gelocktes Jüngelchen von gerade einmal sechzehn Jahren mit Armen so dünn wie die Sprossen einer Leiter war nicht gewollt, sein Breitschwert gegen eine Sichel einzutauschen, weil das Schwert ein Geschenk seines Vaters war. Dorn fragte sich, ob der Vater sich seinen Sohn mal genau angesehen hatte. Er an seiner Stelle hätte ihm Pfeil und Bogen geschenkt in der Hoffnung, dass er niemals in die Nähe von jemandem kam, der es verstand, ein Schwert zu führen. Ein anderer wollte seinen drei Fuß langen Knüppel nicht weggeben, weil er befürchtete, mit einem Kurzschwert unterlegen zu sein. Und der Letzte bestand darauf, mit den Fäusten genau so viel ausrichten zu können wie mit jeder anderen Waffe auch. Dorn ließ ihn in dem Glauben. Sein Irrtum würde sich herausstellen, wenn ihm ein Regorianer mit vier Fuß Stahl in der Hand entgegentrat. Doch dann wäre es zu spät, Einsicht zu zeigen.

Fünfundsiebzig Paar Augen blicken Dorn auf dem Hinterhof der Schankstube *Zum Kelch* an, als sei er ihr Retter. Und er versuchte, ihnen mit seinem Blick nicht allen Mut zu nehmen. Der Wirt hatte zugestimmt, den Hinterhalt von hier aus zu starten, mit der Bedingung, dass er und sein Sohn mitkämpfen durften. Narik hatte natürlich mit Begeisterung zugestimmt. Dorn konnte sich nur wundern, wie bereitwillig die Menschen alles aufs Spiel setzten für etwas, von dem jemand anderes behauptete, es sei Gerechtigkeit.

Der Hinterhof war von hohen Mauern umsäumt und leer geräumt worden. Nur eine schmale Gasse führte entlang der Hausseite vorn auf die Straße. Wenn man sie während des Kampfes hierhin zurückdrängte, wären sie verloren. Zusätzlich war die Straße, die sie für ihren Hinterhalt ausgesucht hatten, auch noch eine Sackgasse, was sie im Falle eines notwendigen Rückzugs zwingen würde, quer durch die Häuser und Gärten zu flüchten. Dorn hätte diesen Platz nicht einmal ausgesucht, wenn sie hundert zu eins überlegen gewesen wären und festgestanden hätte, dass sie den Kampf gewannen. Man hockte sich einfach nicht in die Falle, auch nicht, wenn man ein Löwe war. Aber den Männern gab es ein Gefühl der Sicherheit, wenn sie dort kämpfen konnten, wo sie sich auskannten. Dorn fügte sich diesem Gefühl, wenn auch widerwillig. »Ist die Barrikade bereit, um den Regorianern den Rückweg zu versperren?«

Ein junger Mann aus dem Pulk hob ängstlich den Arm und schien damit anzeigen zu wollen, dass er etwas zu sagen hatte.

»Ihr müsst euch nicht melden. Wir sind hier nicht in der Schule«, grunzte Dorn.

»Wir haben drei alte Heuwagen mit Stühlen und Tischen beladen, alles mit Lampenöl beträufelt und aneinandergekettet. Sobald die Regorianer in der Sackgasse sind, machen wir hinter ihnen zu.«

»Sobald ich das Zeichen gebe, macht ihr hinter ihnen zu und entzündet die Wagen«, stellte Dorn richtig.

Eine Barrikade konnte Segen und Fluch zugleich sein. Zum einen schützte sie davor, dass der Feind Verstärkung bekam. Außerdem verhinderte sie, dass der Gegner sich zurückziehen konnte, um sich neu zu formieren. Auf der anderen Seite wurde sie schnell zur Falle, wenn man unterlegen war. Aus diesem Grunde hatte Dorn zwei Maultiere an Ketten vor die Wagen spannen lassen, um die Barrikade notfalls auch wieder öffnen zu können. Damit die Tiere bei dem Feuer und dem Lärm nicht durchgingen, musste einer der Männer bei ihnen bleiben.

»Du da«, sagte Dorn und zeigte auf den Blondschopf mit dem Breitschwert. »Du wirst die Barrikade bedienen und bei den Tieren bleiben.«

»Ich bin nicht hergekommen, um den Eselsreiter zu spielen«, beklagte sich der Junge. »Ich will für unsere Freiheit kämpfen.«

Bevor Dorn den Jungen zurechtweisen konnte, meldete sich das schmächtige Kerlchen mit der Hakennase. »Ich kann das machen, die Maultiere gehören unserer Familie. Sie werden auf mich hören.«

»Ist mir auch recht«, sagte Dorn verbittert. *Bedank dich bei deinem starrköpfigen Freund, er hat gerade sein Leben weggeworfen, um deines zu retten*, fügte er in Gedanken hinzu. Dann fuhr er fort: »Für alle anderen gilt: Schlagt schnell zu. Lasst euch auf keine langen Zweikämpfe ein. Rennt über sie hinweg. Ihr müsst eure Gegner nicht töten. Es reicht, wenn sie bewusstlos oder mit gebrochenen Beinen am Boden liegen. Nehmt euch den nächsten vor, wenn ihr einen zu Fall gebracht habt. Helft euren Kameraden, die in Bedrängnis geraten sind.«

»Warum sollen wir uns den Nächsten vornehmen, wenn unser Gegner bewusstlos oder hilflos am Boden liegt? Ist es nicht besser, sie dann auch zu töten, bevor sie wieder auf die Beine kommen und uns erneut angreifen?«

»Das kannst du tun, wenn du möchtest, dass sein Kumpel dir von hinten seinen Stahl in die Rippen jagt.«

»Eine Patrouille besteht aus zehn Mann. Das heißt, wir sind ihnen acht zu eins überlegen, wenn der Hinterhalt gelingt. Es wird keine Kumpel geben, wenn wir es richtig machen«, warf der Mann erneut ein.

Bevor ihr überhaupt das erste Mal zuschlagt, werdet ihr nur noch vier zu eins überlegen sein, wenn sie es richtig machen, dachte Dorn. Wer das Töten nicht gewöhnt ist, wird zögern, und zögern heißt zu sterben.

»Ein Söldner am Boden, vielleicht mit einem gebrochenen Bein oder einer Platzwunde am Schädel, wird sich überlegen, wieder aufzustehen, wenn um ihn herum seine Kameraden sterben. Sorgen sollten ihr euch um die, die noch stehen. Tut also, was ich sage.« Wenn Dorn es sich hätte aussuchen können, wäre er lieber auf der Seite der Regorianer gewesen, das wurde ihm immer mehr bewusst.

Senetha und Narik hielten sich während der Befehlsverkündung im Hintergrund, und auch im Getümmel des bevorstehenden Kampfes hatten sie nichts zu suchen, hatte Dorn ihnen mitgeteilt. Ein Blinder und eine Magierin waren wenig hilfreich, wenn es um eine blutige Auseinandersetzung in einer engen Gasse ging. Zu schnell würde einer von ihnen verletzt oder getötet werden.

Außerdem war ihm nicht wohl bei dem Gedanken, was Senetha anstellen würde, wenn um sie herum das Sterben begann. Ihre Zauber konnten manchmal sehr unberechenbar sein, und was der Stab in ihren Händen vermochte, daran wollte er lieber nicht denken. Was war, wenn sie ihn in ihrer Panik benutzte? Das Erbstück ihres Vaters war sicherlich mit großer Macht belegt worden, doch er hatte sie beobachtet, wie sie immer wieder erfolglos versucht hatte, irgendwelche Zeichen oder Symbole darauf zu erkennen. Er war wenig erpicht darauf, festzustellen, dass seine Zerstörungskraft größer war, als gedacht.

Dorn wusste schon vorher, dass Senetha mit seiner Entscheidung nicht einverstanden sein würde, deshalb hatte er sich einige gute Argumente zurechtgelegt. Er erzählte ihnen, dass sie so etwas wie Anführer und Vorbilder waren und ihnen deshalb nichts zustoßen durfte, da sonst die Moral zerschlagen werden würde. Außerdem musste jemand den Rückzug organisieren, falls sie scheiterten. Und zu guter Letzt brauchte Narik jemanden, der ihn führte und nicht die Nerven verlor, wenn es heiß herging. Dorn glaubte zwar nicht daran, doch Senetha hatte ihm zugestimmt, und das war es schließlich, worauf es ankam.

Einer der Wachposten, die Dorn ausgeschickt hatte, um die Straßen rundherum zu beobachten, kam abgehetzt auf den Hinterhof gestürzt.

»Sie … sie … kommen«, stammelte er vollkommen außer Atem.

»Dorn packte den Jungen bei den Schultern, zog ihn zu sich heran und hob dessen Kopf, damit er ihn ansah. »Ganz ruhig«, sagte er. »Wie viele sind es, und von wo kommen sie?«

Der Junge atmete zwei-, dreimal tief durch.

»Sie kommen vom Osttor. Sie sind gerade in die Prinzengasse eingebogen, dort wo die Schmiede an der Ecke ist. Es sind zwei Achtertrupps und zwei Reiter.«

So schnell steht es plötzlich nur noch vier zu eins, bevor überhaupt der ersten Tropfen Blut geflossen ist, dachte Dorn.

»Sie kommen früher, als erwartet«, richtete er sich an seine Mitstreiter. »Tut, was ich euch gesagt habe, aber haltet euch von den beiden Reitern fern. Um die kümmere ich mich. Jetzt alle auf ihre Positionen und wartet auf mein Zeichen.«

Sofort herrschte ein heilloses Durcheinander. Es sah aus, als ob der Kampf schon begonnen hätte. Alle rannten kreuz und quer durch die Gegend, schubsten und drängelten, um dort hinzugelangen, wo sie Stellung beziehen sollten. Dorn blieb mit sechs Männern in der schmalen Seitengasse neben dem Hinterhof.

Es dauerte eine Ewigkeit, bis jeder seinen Platz gefunden hatte. Dorn musste noch einige Korrekturen vornehmen und zwei Gruppen ermahnen, sich weiter in ihre Verstecke zurückzuziehen, doch dann schien alles perfekt zu sein. Er war selbst verblüfft, wie gut sich der Ort für einen Hinterhalt eignete. Noch eine Stunde zuvor hatte er Narik geraten, den Kampfschauplatz in ein anderes Viertel zu verlegen. Noch immer sah er in Gedanken Senethas erzürnten Blick, als er zu dem blinden Mann gesagt hatte: »Man scheißt nicht an dem Ort, an dem man isst.« Senetha hätte sich wahrscheinlich gewählter ausgedrückt, aber Narik hatte ihn trotzdem verstanden.

Doch jetzt, wo alles organisiert war und jeder seinen Platz gefunden hatte, musste Dorn zugeben, dass es nahezu perfekt war. Ein Drittel der Entscheidung über den Ausgang einer Schlacht machten die Vorbereitungen aus. Ein weiteres Drittel stand für das Überraschungsmoment, und das letzte Drittel bestand einfach darin, sich nicht töten zu lassen. Wobei Dorn das letzte Drittel persönlich immer am wichtigsten gewesen war.

Als der Trupp Regorianer von der Hauptstraße in die Sackgasse einbog, bot sich den Glaubenskriegern eine fast idyllische Kulisse. Ein schmächtiger Junge kraulte einem Maulesel den Hals und fütterte ihn mit Stroh, das er dem Tier hinhielt. Drei Männer saßen am Eingang eines Hauses um einen kleinen Tisch herum und spielten Karten. Zwei kräftige Waschfrauen schrubbten in Bottichen mit schäumendem Wasser Bettbezüge. Zwei Händler sortierten die Auslagen vor ihrem Geschäft neu und wägten ab, welche Kisten sie nach vorn holen und welche sie weiter hinten stapeln sollten. Um die Szenerie abzurunden, saß vor dem Eingang zur Schenke ein kräftiger junger Mann, der offensichtlich zu tief ins Glas geschaut hatte, während seine mehr als üppige Freundin versuchte, ihn auf die Beine zu hieven.

Dorn staunte erneut, wie gut jeder seine Rolle spielte. Sobald der Trupp Regorianer an jemandem vorbeikam, wechselte dessen Miene zu ängstlich und verunsichert. Keiner rannte vorschnell weg, griff nach seiner Waffe oder spuckte vor den Glaubenskriegern aus. Sie waren die ängstlichen Schafe, die von dem Hirtenhund umrundet wurden. Kein Söldner hätte jemals diese Untertänigkeit überzeugender spielen können, er selbst eingeschlossen.

Dorn überkam ein ungutes Gefühl. Warum hatten die Regorianer den Trupp aufgestockt? Warum wurden sie von zwei Berittenen begleitet? Hatten sie Wind von ihrem Hinterhalt bekommen? Hatte sie jemand verraten?

Auf keine dieser Fragen würde er eine Antwort bekommen, bevor das erste Blut im Rinnstein der Straße versickert war. Doch wenn ihr geplanter Hinterhalt tatsächlich zu einer Falle für sie selbst werden sollte, würde mehr Blut fließen, als ein Rinnstein fassen konnte. Und es wäre überwiegend Blut aus diesem Viertel.

Es war zu spät, darüber nachzudenken. Als Söldner verschwendete man vor einer Schlacht am besten überhaupt gar keine Gedanken. Sie lenkten nur ab. Doch hier und jetzt war er nicht nur ein Söldner. Er war ein Truppführer, und die Männer verließen sich auf ihn. Wenn die Schneidergesellen, die Handwerksburschen, die Schreiberlinge und die Tagelöhner, die ihm folgten, überhaupt eine Überlebenschance hatten, dann nur, wenn er sie ihnen verschaffte. Die Berittenen waren zu gefährlich, um ihnen nicht genügend Aufmerksamkeit zu schenken. Sie durften auf keinen Fall freie Hand bekommen, in den Kampf einzugreifen. Manche mochten denken, ein Reiter sei schnell vom Pferd geholt. Das stimmte vielleicht, wenn man aus hundert Fuß Entfernung mit

Pfeilen schoss. Im Nahkampf konnten Pferd und Reiter jedoch eine todbringende Einheit bilden, wenn sie trainiert waren, was Dorn nicht in Frage stellte. Das Pferd verschaffte sich mit Gewicht, Kraft und Schnelligkeit Freiraum. Wer nicht bereit war zu weichen, wurde zertrampelt. Jeder, der es dennoch schaffte, nahe heranzukommen, wurde vom Rücken des Pferdes aus vom Reiter attackiert. Die erhöhte Stellung verschaffte einen guten Überblick und bot ihm eine optimale Kampfposition. Seine Treffer waren meist tödlich, da ein Reiter Kopf, Hals und Schultern seiner Gegner attackierte.

Dorn plante eine weitere Ablenkung, die so einfach wie Erfolg versprechend schien, aber auch dümmer war als alles, was er je gemacht hatte.

»Ihr bleibt zurück, bis ich das Signal gebe«, bläute er den Männern, die bei ihm standen, erneut ein. Stummes Nicken antwortete ihm.

Dorn schmiegte sich an die Hauswand wie eine Katze, die einen Vogel an der Tränke belauerte. Die Pferdehufe auf dem Pflaster wurden lauter und übertönten das rhythmische Getrampel der zwei Rotten Männer dahinter. Dorn überschlug die Entfernung bis zur Straßenmitte und kam auf acht Schritte. Von seiner jetzigen Position konnte er nur einen kleinen Teil der Gasse einsehen. Es war ein schmaler Grat, auf den er sich wagte. Der Kopf eines Pferdes erschien in Dorns Sichtfeld. Das Tier scheute und warf unruhig den Kopf in die Höhe. Es schien das Unheil mit seinen großen Nüstern wittern zu können. So wie das Pferd in seiner Bewegung erstarrt war, so setzte auch bei Dorn das Herz einen Schlag aus. Der Söldner hielt den Atem an. Auf ein Schnalzen hin schnaubte das Pferd und setzte sich wieder in Gang.

Die Reiter passierten die Gasse zum Hinterhof. Ein Blick zur Seite hätte gereicht, und sie hätten Dorn entdeckt und damit seinen ausgeklügelten Plan zunichtegemacht. Doch die beiden beäugten lieber die Frau, die ihrem scheinbar betrunkenen Mann auf die Beine half.

Dies war der richtige Moment. Dorn sprang auf, sein schweres Kurzschwert gezückt, und stürmte brüllend mit vier weiten Schritten auf die Reiter zu. Pferde waren so berechnend, stellte er erleichtert fest. Erschreckte man sie, drehten sie sich zu einem, stiegen auf die Hinterläufe und nahmen ihren Reitern damit die Möglichkeit, einen Hieb von der Flanke des Pferdes aus in Richtung des Angreifers zu führen.

Dorn tauchte links unter der Brust des ersten Tieres weg und hieb mit dem Schwert auf den rechten Hinterlauf ein. Das Pferd schrie, und dazu gesellten sich die Schreie und Flüche der Regorianer. Dorn richtete sich zwischen den Flanken der Pferde auf, sprang hoch und stieß sein Kurzschwert in den Bauch des Reiters auf dem zweiten Pferd. Alle Augen ruhten auf ihm – die des Tieres ebenso wie die seines sterbenden Reiters.

»Angriff!«, brüllte Dorn, als das verletzte Pferd neben ihm zur Seite stürzte und den bis dahin noch unverletzten Reiter unter sich begrub. Die Regorianer, die ihre Waffen noch nicht gezogen hatten, taten dies jetzt. Im selben Augenblick fiel der Mob von allen Seiten über die Glaubenskrieger her, während hinter ihnen die Maultiere die Barrikade über die Straße zogen.

Der Zeitpunkt hätte besser nicht sein können. Für einen kurzen Moment schien es, als wenn die Regorianer einfach überrollt würden. Die Waschfrauen fischten zwei lange Dolche aus ihren Zubern und fielen über einen der Männer her. Der betrunkene Mann vor der Schenke griff einen Speer, den er als Stab eines Lampenanzünders getarnt hatte, und schleuderte ihn einem Söldner durch den ledernen Brustpanzer. Die Kartenspieler stießen den Tisch beiseite, an dem sie gesessen hatten, und stürzten sich wie im Blutrausch auf die Männer, die ihnen am nächsten standen.

Gerade als die Regorianer den ersten Schock überwunden hatten und zum Gegenschlag ausholten, loderte hinter ihnen die entzündete Barrikade aus Heuwagen und ausgedientem Mobiliar auf. Hohe Flammen schraubten sich zusammen mit pechschwarzen Rauchsäulen in die Höhe, und im Nu wurde aus den beladenen Wagen eine undurchdringliche Feuerwand. Zwei weitere Regorianer starben, weil sie sich durch das Spektakel hatten ablenken lassen.

Wie eine Horde Ameisen fielen die Rebellen über die Glaubenskrieger her. Mit allem, was sie besaßen, schlugen und stachen sie auf die Söldner ein. Aber nicht jeder Treffer brachte den Feind zu Fall, nicht jeder Hieb verletzte ihn. Nun zeigte sich, was es ausmachte, ein richtiges Schwert zu besitzen oder eine gut gepflegte Rüstung zu tragen.

Dorn sah, wie ein junger Mann sein altes Bronzeschwert gegen einen Regorianer führte. Er hatte den Söldner von hinten überrascht und schlug ihm nun die Klinge mit Wucht ins Kreuz. Der Söldner taumelte zwei Schritte nach vorn, riss sein Schwert hoch und holte mit weitem Schwung aus, während er herumfuhr. Der junge Mann schien gehofft zu haben, einen zweiten Treffer zu landen, doch bevor er heran war, surrte die Schwertspitze seines Gegners an ihm vorbei und durchtrennte ihm die Kehle.

In diesem Moment begann das Sterben in den eigenen Reihen. Das gute Dutzend Söldner, das noch unverletzt war, hatte sich gefasst und in Stellung gebracht. In Zweiertrupps standen sie Rücken an Rücken, wie sie es gelernt hatten, und bewegten sich kreisend durch ihre Gegner. Jeder Stich und jeder Hieb fand sein Ziel – der Unterschied zu den ungeübten Rebellen war eklatant. Zuschlagen konnte jeder, doch sobald es darum ging, zu attackieren, zu blocken, anzutäuschen und wieder zuzuschlagen, trennte sich die Spreu vom Weizen. Innerhalb von zwei Herzschlägen fiel ein gutes Viertel der Aufständischen den Schwertern der Regorianer zum Opfer.

Dorn eilte ihnen zu Hilfe. Er wollte allen gleichzeitig zur Seite stehen. Jahrelang hatte man ihm beigebracht, sich nicht um das Leben der anderen zu scheren. Während einer Schlacht gab es nur einen selbst und den Mann, den man töten wollte. Zeit, um seine Kameraden zu betrauern oder mit ihnen den Sieg zu feiern, hatte man nach dem Kampf mehr als genug.

Dorn riss im letzten Moment das Kurzschwert hoch und blockte den Hieb eines Regorianerschwertes. Bevor er seine Gegenattacke starten konnte, hatte sich der Mann schon weggedreht, und der Kamerad in dessen Rücken stach auf Dorn ein. Das Schwert fuhr genau in die Lücke zwischen Arm und Brustkorb und stach ins Leere, doch die Klinge war so breit, dass sie zwei tiefe Schnitte am Bizeps wie auch am Rippenbogen von Dorn hinterließ. Ein Satz zurück rettete ihn davor, das Schwert seines Gegners bei der nächsten Attacke in den Bauch gerammt zu bekommen.

Reiß dich zusammen, ermahnte er sich, *du kennst diese Pirouettentaktik genau und weißt, wie man darauf reagiert.*

Er wartete ab, bis er sich dem ersten Regorianer wieder gegenüber sah. Ein kurzer Ausfallschritt nach vorn, ein Hieb auf die Beine und unter der Gegenattacke weggeduckt. Ein Schritt gegen die Drehrichtung des Pärchens, und schon sah er sich dem anderen Mann gegenüber. Dieser schien noch nicht damit gerechnet zu haben, seinen Gegner so schnell wiederzusehen. Dorn stach die Klinge aus der Hüfte heraus dem Mann unter die Achsel des Schwertarms, während dieser noch den Angriff eines Müllerburschen parierte. Der Regorianer ließ seine Waffe fallen und griff mit der anderen Hand zu einem Dolch im Hosenbund.

Geht doch!

Dorn wechselte die Laufrichtung. Er drehte sich um die eigene Achse und bekam den ersten Angreifer zu fassen. Im Wegdrehen rammte er ihm den Stahl in die Leiste. Während sein Gegner in sich zusammenknickte, sprang Dorn hoch und stieß dem Söldner mit dem Messer sein Kurzschwert von hinten zwischen die Schulterblätter.

Diese Zweiergespanne im Kampf waren gegen ungeübte Gegner äußerst effektiv. Der ständige Stellungswechsel brachte den Angreifer schnell durcheinander, und das Drehen hatte den Vorteil, immer nur in eine Richtung kämpfen zu müssen. Doch sobald man die Pirouette aufgebrochen hatte, verloren die Männer ihren Schutz und waren leichte Beute.

Dorn sah, wie der Müllerbursche unter den abwechselnden Angriffen von zwei anderen Regorianern zu Boden ging. Ein anderer Mann taumelte auf ihn zu, anscheinend irgendein Schreiberling oder Kartograph. Er hielt kraftlos einen Dolch in den Händen. Blut färbte sein Hemd im Lungenbereich. Rote Bläschen quollen aus einem kreisrunden Loch im Stoff. Dorn versuchte, ihn aufzufangen, bevor er stürzte, doch dem schwer verletzten Mann versagten die Beine. Dorn stieß mit ihm zusammen, und der Schreiberling rammte im seinen Dolch durch den Oberschenkel, entweder aus Versehen oder weil er ihn für einen Feind hielt. Gemeinsam stürzten sie zu Boden. Halb unter dem Sterbenden begraben, versuchte Dorn, wieder auf die Beine zu kommen.

Immer noch standen sechs der Regorianer, während gut zwei Dutzend Rebellen sie umkreist hatten. Dorn lag mitten zwischen den Glaubenskriegern. Wenn er sich jetzt erhob, würde er ihr nächstes Opfer werden. Immer noch stand es vier zu eins, doch der Kampfwille seiner Mitstreiter schien nachgelassen zu haben. Vielleicht waren sie nicht mehr bereit, ihr Leben aufs Spiel zu setzen, oder sie waren erschöpft.

Dorn bekam seinen Schwertarm frei. Für einen Moment lag er reglos am Boden, den Griff seiner Waffe fest umklammert. Er wartete darauf, dass einer der Regorianer in seine Reichweite kam. Die beiden Krieger, die den Müllerjungen niedergemacht hatten, kamen – umeinander kreisend und nach den Speeren und Piken der Männer schlagend, die sie umzingelt hatten – auf ihn zu. Keiner der beiden nahm Notiz von ihm. Als sie einem Speerhieb auswichen und beinahe auf ihn getreten wären, schlug Dorn zu. Er trennte den Fuß des einen mit einem gewaltigen Schlag, der Dorns Arm beinahe auskugeln ließ, ab. Die Klinge schnitt durch die dünnen Lederstiefel ebenso wie durch Fleisch und Knochen. Der Mann stürzte und riss seinen Kollegen mit sich. Gemeinsam brachen sie vor dem Ring aus Angreifern zusammen. Fast gleichzeitig stießen vier Männer mit Piken, Schwertern und Speeren auf die beiden ein.

In jeder Schlacht kam dieser Moment. In Söldnerkreisen nannten sie in Ausfegen. Einen Augenblick zuvor bangte noch jeder um sein Leben. Mann kämpfte gegen Mann. Niemandes Schicksal war sicher, der Ausgang der Schlacht noch offen. Dann ging plötzlich jemand zu Boden, starb, eine Lücke tat sich auf, eine Verteidigungslinie brach zusammen, und ein jeder wollte es nur noch zu Ende bringen. Der Sieg war zum Greifen nahe, und die Verlierer wussten um ihren Tod.

Die Rebellen fielen über die letzten Regorianer her wie Ameisen über eine sterbende Wespe. Mit Knüppeln, Äxten und Messern schlugen, hieben oder stachen sie auf die Männer ein. Jeder schien sich an dem Gemetzel beteiligen zu wollen, und selbst die Toten wurden noch mit Hieben und Schlägen bedacht. Die Euphorie des Sieges kannte kein Erbarmen.

Dorn stieß den toten Körper, unter dem er begraben lag, von sich. Er kam auf die Beine. Blut füllte seinen Stiefel. Er taumelte und war gezwungen, sich auf ein Knie niederzulassen, um nicht zu stürzen. Einer seiner Mitstreiter stürmte auf ihn zu, eine Pike hoch erhoben und bereit, ihn niederzustrecken. Der Mann bemerkte seinen Fehler noch gerade rechtzeitig, um nicht in Dorns Schwert zu laufen.

»Ihr seid es«, keuchte er. Er hatte eine Platzwunde an der Stirn. Blut sickerte daraus hervor und verschleierte seine Sicht. »Wir haben gewonnen!«, brüllte er unerwartet los. »Wir haben sie fertiggemacht, diese Schweine. Wir haben gewonnen.«

Dorn blickte sich um, die Schwertspitze immer noch auf seinen Mitstreiter gerichtet. Das Pflaster der Straße hatte sich gefüllt mit toten Körpern. Zähflüssig bahnte sich das Blut der Gefallenen seinen Weg in den Fugen der Steine bis zum Rinnstein. Keine drei Schritt von Dorn entfernt lag der weibische Jüngling mit dem Breitschwert seines Vaters in der Hand. Die Klinge war kurz über dem Griff abgebrochen, und der Hals des Jungen war von Ohr zu Ohr aufgeschlitzt. Gleich daneben lag der Alte mit dem steifen Bein. Ein Dolch ragte aus seiner Brust wie die Standarte auf einem Schachtfeld.

Du hast gewonnen, und ich auch, doch die, die abgeschlachtet worden sind, haben herzlich wenig davon. Zum Trost werden wir ihren Angehörigen erzählen, sie seien tapfer gefallen, für eine gute Sache. Alles Lügen.

Die Heuwagen der brennenden Barrikade begannen, sich dem Feuer zu ergeben. Die Achsen brachen, die hohen Seitenwände vergingen unter den Flammen, und Funken und Asche wurden von der Hitze in die Höhe getragen. Dorn spürte die Kraft der Flammen auf seiner Haut. Auf der Hauptstraße hinter der brennenden Barrikade versammelten sich die Schaulustigen, unter ihnen auch die ersten Stadtwachen.

»Wir müssen weg von hier«, stammelte Dorn.

Niemand schien ihm zuzuhören. Er packte den Mann neben sich grob an den Schultern. »Wir müssen weg von hier!«, schrie er ihn an.

Der Schreiberling sah ihn mit großen Augen an. »Wir haben sie fertiggemacht«, sagte er wie in Trance, immer noch überwältigt von ihrem Sieg. »Sie werden sich hüten, sich hier noch einmal sehen zu lasen. Wir haben ein Zeichen gesetzt. Ein Zeichen für alle, die es leid sind, sich dieser Priesterschaft weiterhin zu unterwerfen. Die Bürger von Zargenfels werden sich erheben und sich befreien.«

Dorn hätte schwören können, dass aus dem Mann die Stimme von Narik sprach. Es waren nicht nur die Worte, sondern auch die Überzeugung, die darin mitschwang.

»Wenn wir nicht schleunigst von hier verschwinden, werden wir uns das nächste Mal erheben, wenn uns ein Nekromant aus unseren Särgen ruft. Ich glaube kaum, dass die Wachen unsere Befreiung mit denselben Augen sehen. Für sie sind wir nur Männer, die eine Revolte angezettelt und ein Dutzend Unschuldiger auf dem Gewissen haben.«

»Sie haben fast fünfmal so viele von uns umgebracht«, wandte der Schreiberling ein.

»Das wird uns dann nicht nur an den Galgen, sondern auch

noch ihren Spott bringen. Kommt jetzt, die brennenden Trümmer werden die Wachen nicht mehr lange zurückhalten.«

Dorn zog den Mann hinter sich her, als er zurück in die Gasse zu Narik und Senetha lief. Die andern folgten halbherzig.

18. MILO

Milo saß an dem kleinen Tisch in dem Zimmer im ersten Stock, das ihm Ningoth zugewiesen hatte, und starrte durch das Fenster in den Nachthimmel. Er konnte nicht schlafen. Das war aber auch nicht weiter verwunderlich, denn er war ja erst gegen Mittag aufgestanden. Sein Marsch durch den Düsterkrallenwald hatte ihn anscheinend mehr erschöpft, als er sich eingestehen wollte. Er hätte sich selbst ohrfeigen können. Sein Bruder wurde von einer Horde Grünbluter festgehalten, und er lag seelenruhig in einem weichen und warmen Bett. Das letzte Mal, dass er so lange geschlafen hatte, war, als er mit Bonne gewettet hatte, drei Krüge Bier leeren zu können, ohne austreten zu müssen. Er hatte gewonnen, doch das schnelle Trinken hatte ihn prompt den nächsten Tag verschlafen und zu spät zur Sonntagsmesse erscheinen lassen. Zur Strafe hatte er den ganzen Nachmittag Kartoffelkäfer aus dem Vorgarten sammeln müssen – zwei Einmachgläser voll.

Eigentlich hatte er nach dem ausgiebigen Schlaf schnell seine Sachen packen, Ningoth um etwas Proviant bitten und sich eine Ausrede einfallen lassen wollen, warum er weiter musste. Leider war daraus nichts geworden. Seine Beine hatten sich schwer wie Blei angefühlt und in seinem Kopf hatte sich alles gedreht. Zudem hatte er befürchtet, der Schnitt an seiner Hand würde sich entzünden. Also war er einfach liegen geblieben.

Ningoth war unterdessen den ganzen Tag auf den Feldern vor dem Haus zugange gewesen und hatte Rüben, Weißkohl und Kartoffeln geerntet, die er auf einen Karren legte. Als er am Abend zurück ins Haus gekommen war, schien er nicht sonderlich überrascht gewesen zu sein, Milo immer noch vorzufinden. Die Gesprächigkeit des Vortages war verflogen. Sie hatten gemeinsam zu Abend gegessen, noch etwas getrunken, sich über Alltägliches unterhalten, während Milo vor dem Haus noch eine Pfeife paffte, die Ningoth ihm angeboten hatte. Dann waren beide auf ihre Zimmer gegangen.

Und da lag er nun – wach und voller Gedanken. Milo hatte das Gefühl, ein Knäuel bunter Fäden in den Händen zu halten und nicht zu wissen, wie man sie entwirrte, geschweige denn, wie man sie zusammenknüpfte, damit sie ein Seil ergaben. Aber eines wusste er: Alles, was passiert war, gehörte irgendwie zusammen. Es konnten nicht nur lauter Zufälle sein, die ihn und seinen Bruder aus ihrem bisherigen Leben gerissen hatten, und die es unmöglich machten, dahin zurückzukehren. Was geschehen war, konnte nicht wieder rückgängig gemacht werden, und es würde ihnen bis zum Lebensende anhängen, egal ob sie von aller Schuld freigesprochen wurden oder nicht.

Milo erinnerte sich noch an Onkel Tugget, den Bruder seines Vaters. Milo musste sieben oder acht gewesen sein, als Onkel Tugget verkündete, er wolle in die Berge gehen und genau wie die Zwerge dort nach Gold und Edelsteinen schürfen. Wochenlang konnte er aus seinem Zimmer zuhören, wie sein Vater auf Onkel Tugget eingeredet hatte, um ihn zum Bleiben zu überreden. Die nächtlichen Streitereien wurden von Tag zu Tag lauter und unbeherrschter. Auch alle anderen im Dorf nahmen Tugget ins Gebet – ohne Erfolg.

Jahre später kam sein Onkel zurück nach Eichenblattstadt. Seine Abenteuerlust hatte ihm keinen Wohlstand beschert. Alles, was er noch besaß, waren eine alte Schaufel, ein Schürfsieb und die Kleidung, die er am Leibe trug. Gedemütigt und desillusioniert, bat er seinen Bruder, ihn wieder aufzunehmen, bis er Arbeit gefunden hatte und sich ein eigenes Häuschen bauen konnte. Sein Bruder gewährte ihm zwei Monate. Milo hatte noch nie so eine Kälte gespürt, wie sie seinem Onkel in diesem Moment zuteil wurde. Niemand bot ihm irgendeine Beschäftigung an, keiner hörte ihm zu, und alle in der Gemeinde mieden ihn wie einen Aussätzigen. Genau zwei Monate später setzte Milos Vater seinen eigenen Bruder vor die Tür. Wortlos gingen sie auseinander, und Onkel Tugget verließ Eichenblattstadt aufs Neue. Es hieß, er sei zurück in die Berge gegangen, um dort erneut sein Glück zu suchen oder den Tod zu finden.

Tante Rubinia hatte es ebenfalls nicht leicht gehabt, doch ihr hielt man zugute, dass sie eine wirkliche Anstellung gefunden hatte und nicht auf der Suche nach Abenteuern war. Rubinia war noch immer ein gern gesehener Gast in Eichenblattstadt, und ihre Meinung galt etwas.

Milo bezweifelte, dass man ihm und seinem Bruder zu Hause gerade ebenso viel Wohlwollen entgegenbrachte. Im besten Fall warf man ihnen vor, sich heimlich davongestohlen zu haben, und im schlimmsten Fall …

Milo verwarf seine trübsinnigen Gedanken. Was war bloß los mit ihm? Er fühlte sich wie eine Fliege, die auf einem Honigbrot festklebte. Ständig schweiften seine Gedanken ab. Es war, als hätte man einen Zauber auf ihn geworfen, der verhindern sollte, dass er diesen Ort verließ.

Er warf einen Blick auf das leere zweite Bett in seinem Zimmer und drehte nervös an dem fremdartigen Ring an seinem Finger. Fast konnte er Bonne dort liegen sehen, wie er friedlich und ruhig schlief. Im Gegensatz zu Milo. Das Trugbild von Bonne machte im Schlaf ein Gesicht, als ob es von Heidelbeermuffins träumte.

Vielleicht war das das Geheimnis der Halblinge. Egal wie schrecklich und ungerecht die Welt zu ihnen war, sie erfreuten sich auch weiterhin an den kleinen, alltäglichen Dingen des Lebens. Das Glück der Halblinge war dort zu finden, wo sie wohnten, häufig genug wuchs es einfach in ihren Vorgärten.

Milo spürte, wie die Ruhe dieser Vision auf ihn übersprang. Aber da gab es auch noch dieses andere Gefühl, das ihm sagte, dass sein Bruder sich auf ihn verließ. Milo war schließlich der Ältere, und wann immer die beiden etwas ausgefressen hatten, war es Bonne, der auf die Hilfe und den Ratschlag seines älteren Bruders angewiesen gewesen war und auf ihn gehört hatte.

Milo hatte gehofft, über all die Grübelei langsam müde zu werden, doch es gab noch etwas zu tun, bevor er sich in das gut duftende Bett legen konnte. Viel zu lange hatte er es vor sich hergeschoben oder in dem Trubel, den die Flucht, die Gefangennahme, der Fluch und die anschließende Reise mit dem Goblinjäger mit sich gebracht hatten, vergessen. Er griff in seinen Rucksack und zog das Bündel mit Unterlagen von Meister Gindawell hervor. Eingewickelt in schweres Schweinsleder, sah es fast aus wie ein Almanach. Die Aufzeichnungen des Meisters mussten schon viele Jahre alt sein. Die ersten Seiten waren vergilbt und an den Ecken, wo man sie umblätterte, ganz speckig.

Auf der ersten Seite standen nur ein paar wenige Worte, und selbst die gaben schon mehr preis, als Milo je über den alten Kleriker gewusst hatte.

Gindawell Sonnenklees, geboren im Jahr des Honigtaus, Meister des Glaubens seines Zeichens, Priester Cepheis und Gelehrter des Zeitalters der Verblendung.

»Gindawell Sonnenklees«, wiederholt Milo flüsternd.

Es war schwer für ihn zu glauben, dass man über zwei Dekaden mit jemandem im selben Dorf leben konnte, ohne seinen vollständigen Namen zu kennen. Jetzt, wo Meister Gindawell tot war, schämte er sich dafür, so wenig über den alten Mann gewusst zu haben. Er hoffte, dass Cephei ihn gebührender in ihr Reich aufgenommen hatte, und dass seine geleistete Arbeit im Reich der Toten mehr Anerkennung fand.

Den meisten Halblingen lag das Wissen um die Tätigkeiten und Forschungen eines Klerikers ebenso fern wie das Ernten von Tomaten im Winter. Die Glaubensbrüder hatten einen gewissen Status inne und erhielten den gebührenden Respekt innerhalb der Dorfgemeinschaft, doch sie wurden ebenso gern wegen ihrer Weltfremdheit belächelt. Niemand schien sich wirklich um ihre Belange zu kümmern.

Meister Gindawell hatte Milo einiges über die Erwartungen und Tätigkeiten erzählt, die das Amt eines Priesters mit sich brachte, doch über seine eigentlichen Forschungen hatte er nie etwas verlautbaren lassen. Hier stand, er war ein Gelehrter des Zeitalters der Verblendung gewesen. Alles, was Milo darüber wusste, war, dass diese Zeit über dreihundert Jahre zurücklag und dass die Epoche mit den großen Glaubenskriegen endete. Welcher Glauben und welche Götter damals verehrt wurden, wusste er nicht. Das Wissen darüber war heidnisch und verboten, deswegen wunderte es ihn, dass ein Gelehrter wie Gindawell sich damit beschäftigt hatte.

Die Aufzeichnungen bestanden aus einer fast zweihundertseitigen Blattsammlung, die sorgfältig mit Lederschlaufen gebunden war, sodass man jederzeit neue Seiten hinzufügen konnte. In den ersten Jahren hatte sich der Meister anscheinend damit begnügt, Absätze aus verschiedenen Schriften zu kopieren und seinerseits mit Stellungnahmen und neuen Thesen oder Gedanken zu bereichern. Milo fehlte die Zeit wie auch genügend Sachverstand, sich genauer damit zu beschäftigen. Er suchte nach Zeichnungen und Symbolen neueren Ursprungs. Also blätterte er die Unterlagen Seite für Seite flüchtig durch. Erst im letzten Viertel schien es interessant zu werden. Eine Seite befasste sich nur mit der Darstellung von Blitzen, dem Symbol von Cephei, der Göttin aller Halblinge. Die Blitze waren gegabelt, entweder symbolhaft dargestellt oder fast naturgetreu. Einige davon hätten auch aus Milos Feder stammen und zwanzig Jahre alt sein können, so kindlich sahen sie aus. Meister Gindawell war eindeutig ein Mann der Gedanken. Cephei schien ihm weder eine Hand zum Zeichnen noch eine Stimme zum Singen gegeben zu haben. Letzteres wusste Milo von den wenigen Tempelgängen, die er absolviert hatte, als Taufen oder Namenstage gefeiert wurden.

Es folgte eine Reihe anderer Zeichnungen und Symbole, die eindeutig heidnischen Charakter besaßen. Die meisten waren weder betitelt noch in irgendeiner Form hinweisträchtig. Eine Seite war voller Kreuze. Dicke Kreuze, dünne Kreuze, geradlinige, geschwungene und solche, die als Rosenranken oder mit Pfeilspitzen endeten. Mitten hineingeschrieben hatte Gindawell den Namen Regor. Das war des Gott, den die Menschen anbeteten, so viel wusste Milo. Das war aber auch schon alles. Er hatte sich nie viel mit den Glaubensrichtungen der anderen Völker beschäftigt.

Die Elfen beteten irgendeine Naturgöttin an. Aber wie es schon immer die Art der Elfen war, ließen sie sich nur selten dazu herab, anderen von sich, ihren Gedanken oder ihrem Glauben zu erzählen.

Die Zwerge machten im Gegensatz dazu keinen großen Hehl daraus, nicht sonderlich gläubig zu sein. Für sie zählte nur das, was sich jemand mit seinen eigenen Händen erarbeitete.

Und was die Trolle, Goblins und Orks angingen, war Milo froh, dass er bislang nicht allzu viele Möglichkeiten gehabt hatte, sich mit ihnen über ihren Glauben zu unterhalten. Genau genommen, war seine Begegnung mit der Trollfrau und dem Goblinschamanen das erste und hoffentlich auch letzte Zusammentreffen mit Grünblutern gewesen. Dennoch war Milo heilfroh, dass es überhaupt zu einem Gespräch gekommen war. Nicht, weil er dadurch seinen unerschöpflichen Drang nach Weisheit befriedigt hatte, wie es bei Meister Gindawell der Fall gewesen wäre, sondern weil die meisten Begegnungen mit ihnen gewöhnlich anders verliefen – blutiger und endgültiger.

Besser, mit ihnen zu reden, als dass sie sich darüber unterhielten, ob man Halbling lieber kochte oder am Spieß briet, und ob das Fleisch zarter wurde, wenn man es vorher ordentlich durchklopfte.

Die nächsten Seiten blätterte Milo schnell durch und übersprang auch einige. Vieles von dem, was in den Aufzeichnungen stand, war wirr und unverständlich, und die Skizzen einfach nur schlecht. Doch dann schlug er eine der letzten Seiten auf, und alles bekam einen Sinn. Milo stockte der Atem. Auf dem Papier waren vier Symbole mit Kohlestift gezeichnet. Jedes sah etwas anders aus, und dennoch war es vier Mal das gleiche Zeichen. Ein Kreis, der von mehreren Linien und Kurven durchzogen oder durchbrochen wurde. Es war dasselbe Symbol wie auf dem Ring an seinem Finger, den er von dem Goblinschamanen bekommen hatte.

Eilig zog Milo den Ring ab, um ihn im Schein der Kerze genauer betrachten zu können. Er hielt ihn zum Vergleich neben die Aufzeichnungen.

Einen Moment betrachtete er beides, dann legte er das Schmuckstück in die Mitte des Blattes.

Woher wusste Meister Gindawell davon? War er ebenfalls einigen Grünblutern begegnet? Hatte das alles etwas mit der Suche nach seiner Mutter zu tun?

Milo schob den Ring beiseite und blätterte um.

Erneut rang er nach Luft. Meister Gindawell hatte die Zeichnung des Symbols in seine Einzelteile zerlegt. Heraus kamen ein Blitz, ein Kreuz, eine Sichel, ein Kreis und etwas, das aussah wie ein Schwert. Blitz und Kreuz waren die Zeichen der Götter von Menschen und Halblingen. Was war mit dem Rest?

Die letzten fünf Seiten der Aufzeichnungen gaben Milo den Aufschluss, den er gesucht hatte. Auf jeder dieser Seiten befand sich jeweils eins der Symbole mit seiner jeweiligen Bedeutung und einigen Notizen.

Der Blitz stand für Cephei, Göttin der Halblinge. Meister Gindawell hatte das Symbol für weiblich danebengezeichnet. Außerdem hatte er notiert, was die Halblinge mit dem Blitz verbanden: Leben und Tod, Erleuchtung und Bestrafung, die reinste Form der göttlichen Macht, Cepheis Anwesenheit am Himmel. Darunter hatte Gindawell alle Tempel verzeichnet, die er kannte, sowie die ranghöchsten Kleriker.

Auf der nächsten Seite prangte das Kreuz, das Symbol von Regor, dem Gott der Menschen. Er war eindeutig männlich und stand für Weisheit, was Milo merkwürdig fand, da er Menschen nicht als sonderlich weise in Erinnerung hatte – jedenfalls nicht im Vergleich zu den Elfen. Vielleicht verwechselte er aber auch Weisheit mit Arroganz. Unter diesem Symbol war nur ein größerer Tempel verzeichnet, der in Zargenfels.

Das nächste Zeichen, die Sonne, stand für die Göttin der Elfen, Tauri. Sie symbolisierte Anmut und das göttliche Antlitz. Tempel oder Priester wurden keine aufgelistet.

Auf den folgenden beiden Seiten stand unter den Symbolen nicht mehr geschrieben als der Name des Gottes und seine jeweilige Bedeutung. Sichel oder Halbmond kennzeichnete Hadar, den Gott der Grünbluter. Die Sichel stand für den Schnitt zwischen den Völkern, die sich auf erster Ebene in Grün- und Rotbluter teilten. Und das Schwert stand für Leonis, den Zwergengott. Es war das Symbol für Kraft, Unnachgiebigkeit und Willensstärke.

Weiter waren die Aufzeichnungen nicht geführt worden. Entweder hatte Gindawell nicht mehr gewusst, oder er hatte es nur nicht mehr geschafft, sein Wissen niederzuschreiben.

Nein, er hatte genügend Zeit gehabt, er wusste nur nicht mehr, wurde Milo bewusst.

Milo wunderte sich, wie selbst ein so religiös gelehrter Mann wie Meister Gindawell so wenig Wissen über die fremden Gottheiten besitzen konnte. Er schien sich nur um die Schriften der Halblinge, ihre Schöpfungsgeschichte und deren Deutungen gekümmert zu haben. Jedenfalls bis vor knapp einem Jahr, wenn die Aufzeichnungen richtig waren. Was hatte ihn so blind sein lassen für die Belange und die Glaubensformen der anderen Völker? Und was noch wichtiger war: Wer oder was hatte ihm die Augen geöffnet?

Milo zuckte zusammen, als es an der Tür unten im Erdgeschoss klopfte. Er hatte das Gefühl, mit jedem Pochen schlüge ihm eine fremde Hand auf die Brust. Er konnte nicht sagen, woher dieses Gefühl kam, aber es war da, und es machte ihm Angst. Inständig hoffte er, er wäre der Einzige, der die Bitte auf Einlass gehört hatte.

Wieder klopfte es, diesmal kräftiger und fordernder.

»Ja, ja, ich komme schon«, hallte Ningoths Stimme von unten herauf. »Es ist mitten in der Nacht. Ich werde mir wohl noch etwas überziehen dürfen.«

Dumpf hallten die Schritte des Alten über den Dielenboden.

Ein Riegel wurde zurückgeschoben, und die Tür öffnete sich knarrend.

»Whoa, whoa, das Vieh bleibt aber draußen«, sagte Ningoth. »Macht es irgendwo dort vorne fest, bevor es noch jemanden anfällt.«

»Das Vieh gehört zu mir, und es geht dorthin, wo ich hingehe«, sagte eine tiefe grollende Stimme.

Milo hatte das Gefühl, die Stimme zu kennen, und doch war sie ihm fremd.

»Wollt ihr mich nicht hereinbitten? Ich dachte, dieses Haus ist eine Stätte, in der alle Schutzsuchenden unterkommen. Es ist dunkel, kalt, und dieser feine Nieselregen hat meine Kleidung vollkommen durchnässt. Ihr wollt doch sicherlich nicht, dass ich mir hier draußen den Tod hole.«

Keines der Worte des Fremden hörte sich in irgendeiner Form freundlich noch nach einer Bitte an. Einen Moment herrschte eine bedrückende Stille.

»Verzeiht bitte, ich hatte Euch nicht gleich erkannt«, hörte Milo Ningoth sagen. »Kommt doch herein, wärmt Euch am Feuer, und ich setze derweilen einen frischen Tee auf.«

Schwere Schritte knarrten über den Boden, dazu gesellte sich ein kratzendes Geräusch wie von den Pfoten eines wilden Tieres, die über den Dielenboden schrammten.

»Geh in die Ecke, Gratz. Mach Platz. So ist brav«, sagte der Fremde.

»Mögt ihr Fencheltee?«

»Macht Euch keine Umstände, es reicht vollkommen, wenn Ihr Euch zu mir setzt, ein wenig mit mir plaudert, eine Flasche von Eurem guten Roten öffnet und mit mir anstoßt.«

Ein Kessel wurde zurück auf den Herd gestellt, drei knarrende Schritte, ein Tonkrug schrammte über das Regal, ein Dutzend weiterer Schritte, ein Stuhl wurde zurückgezogen und zwei Becher auf den Tisch gestellt.

Milo streifte sich den Ring wieder über den Finger. Er schlich zur Tür und öffnete sie vorsichtig einen Spalt. Aus dem Zimmer im ersten Stock konnte man nur einen kleinen Teil des unteren Raumes einsehen. Alles, was Milo erkannte, waren zwei leere Tische und die verwaiste Kanne mit heißem Wasser auf dem Herd.

»Was führt Euch von so weit her? Ihr sucht doch nicht nur eine Unterkunft für die Nacht und etwas Gesellschaft«, begann Ningoth die Unterhaltung.

Wieder herrschte einen Augenblick lang Schweigen.

»Ihr solltet den Wein länger atmen lassen, bevor ihr ihn aus dem Krug in den Becher gebt. Wisst Ihr, der Geruch des Weines, der einem in die Nase zieht, wenn man den Becher an die Lippen setzt, ist ebenso wichtig wie der eigentliche Geschmack.«

Wieder herrschte für kurze Zeit Stille.

»Ihr seid doch nicht gekommen, um mir etwas über Wein zu erzählen.«

»Nein, natürlich nicht«, antwortete der Besucher. »Ich will Euch nicht belehren, ich brauche keine Unterkunft für die Nacht, und ich suche auch keine Gesellschaft.«

»Was wollt Ihr dann von mir?«

»Wisst Ihr noch, was ich Euch über den Regen draußen erzählt habe?«

»Ich verstehe nicht«, stammelte Ningoth. »Was ist mit dem Regen?«

Die Unterhaltung hatte etwas Bedrohliches an sich, befand Milo, und er war sich sicher, dass Ningoth das auch so sah.

»Ihr solltet besser zuhören«, sagte der Besucher. »Ich habe Euch von dem Nieselregen erzählt, diesen kleinen, kaum spürbaren Tropfen. Sie sind so winzig, aber sie schaffen es dennoch, jeden Stoff zu durchdringen, egal wie fein er gewoben ist. Man spürt die Nässe erst, wenn der Regen die Kleidung völlig durchzogen hat. Mit einigen Völkern verhält es sich ebenso.«

»Worauf spielt Ihr an? Sagt endlich, was Ihr sucht, und redet nicht in Rätseln mit mir, ich bin müde und habe keine Lust auf

Spielchen.« In Ningoths Stimme schwang genauso viel Missmut wie Angst mit.

»Ich rede von Halblingen«, erklärte der Fremde. »Dieses kleine Völkchen ist wie Nieselregen. Sie leben unter uns, aber man bemerkt sie kaum, weil sie sich nur wenig für die Belange der anderen Völker interessieren. Eigentlich ein recht sympathisches Völkchen, aber wie auch bei allen anderen gibt es immer wieder welche, die aus der Art schlagen. Diese Exemplare mischen sich ein, stellen Fragen und stampfen mit ihren klobigen Füßen dorthin, wo sie nichts zu suchen haben. Und genau wie den Nieselregen bemerkt man sie erst, wenn sie durch das Netz an Verflechtungen geschlüpft sind.«

»Ich habe schon lange keine Halblinge mehr gesehen«, sagte Ningoth schroff.

»Ich habe noch gar nicht nach ihnen gefragt, und schon verneint Ihr, sie gesehen oder ihnen Unterschlupf gewährt zu haben. Ich finde, wir sollten uns nicht belügen. Wir sitzen so gemütlich bei einem Glas Rotwein zusammen und wärmen uns am Feuer. Ihr solltet die Idylle nicht kaputtmachen. Das ist nämlich meine Aufgabe.«

Jemand fegte die Becher vom Tisch. Milo konnte sehen, wie einer von ihnen über den Boden rollte und den Rest Wein als dünnes Rinnsal hinter sich herzog.

»Ihr solltet lieber gehen. Ich bin Eure Spielchen leid«, schnaubte Ningoth.

»Ihr habt es nicht verstanden«, sagte der Fremde in einem unangenehm ruhigen Tonfall. »Ich stelle die Fragen, und ich bestimme auch, wann ich wieder gehe. Ich frage Euch also jetzt, und überlegt Euch die Antwort gut: Habt Ihr einem Halbling Unterschlupf gewährt?«

»Und wenn Ihr noch tausend Mal fragt, ich … aargh!« Ningoth keuchte und hustete, so als ob er sich an etwas verschluckt hatte. »Ich … ich … aargh, uff …«

»So fühlt es sich an, wenn man mich belügt. Jede Lüge ist wie ein Stich ins Herz. Beendet den Schmerz und sagt mir die Wahrheit. Ihr werdet sehen, dann geht es Euch gleich besser. Redet Euch den Schmerz von der Seele.«

»Ich …«, keuchte Ningoth. »Ich habe ihm oben ein Zimmer gegeben. Er schläft dort.«

Milos Atem stockte, und sein Herz begann zu rasen. Er war verloren. Aber wieso? Was wollte dieser Fremde von ihm? Man hatte ihn sicherlich nicht in Eichenblattstadt rekrutiert, um hinter Bonne und ihm herzujagen. Er war mit Sicherheit ein Mensch. Sein Vater hätte nie zugelassen, dass ein Fremder auf die Suche nach ihm und seinem Bruder geschickt wurde. Was wollte dieser Mann also von ihm?

»Seht Ihr, es ist doch ganz einfach«, sagte der nächtliche Besucher. »Merkt Ihr, wie der Schmerz nachlässt? Ich hasse Lügner, und nicht nur weil sie mir die Zeit stehlen, sondern auch weil sie meine Intelligenz beleidigen.«

Ningoth konnte nicht antworten. Er würgte noch immer, als wenn sich etwas in seinem Hals festgesetzt hätte.

»Gratz!«

Das Tier, was für eines es auch immer war, sprang von seinem Platz auf und trottete schwerfällig über den Dielenboden.

»Er gehört dir.«

Die Worte glichen einem Todesurteil. Einen Herzschlag später erfüllte ein Knurren, so tief und bösartig, den Raum, dass Milo geschworen hätte, es käme nicht von dieser Welt. Ningoth schrie auf. Dann stürzte sich etwas auf ihn und riss ihn vom Stuhl. Schwere Kiefer schnappten zu, zerrissen erst Stoff und dann das, was darunter lag. Etwas splitterte wie ein trockener Ast unter einem Fuß. Ningoths Schrei wurde zu einem Stöhnen und das Stöhnen zu einem Keuchen, das mit einem letzten Röcheln verklang.

Dann erstarben alle Geräusche für einen Moment.

»Hol dir jetzt den anderen, Gratz. Du hast gehört, er ist oben.«

Zur Antwort bekam der Fremde einen Laut, der zwischen Grunzen und Bellen lag. Dann trabte das Ungeheuer los.

Milo blieb nicht lange genug an der Tür, um sich ein Bild von dem Wesen oder seinem Besitzer machen zu können. Die Bilder, die er im Kopf hatte, reichten völlig aus, um ihn davon zu überzeugen, dass Bestie und Herrchen ihn besser niemals fanden.

Milo schlug die Tür weder vorsichtig noch leise zu. Wichtig war nur, dass sie zu war. Er drückte sich mit dem Rücken dagegen und schob den Riegel vor. Er sah sich in seinem Zimmer um. Er musste raus hier.

Milo hechtete zum Tisch, schnappte sich einen Stuhl, rannte damit zum Fenster und schlug es ein. Knirschend zerbrachen die dünnen Holzstreben des Butzenfensters. Glas zersplitterte. Scherben fielen herunter, einige davon auf seine Füße. Die Vorhänge flatterten in der kalten Nachtluft.

Er trat in eine Scherbe, kümmerte sich aber nicht darum. Das Fenster lag an der Stirnseite des Hauses. Nach unten waren es mehr als zehn Fuß, und sie endeten auf einem gepflasterten Vorhof. Ihm musste etwas anderes einfallen. Selbst wenn er es schaffte, aus dem Fenster zu springen, ohne sich zu verletzen, wie weit würde er kommen? Die Bestie und ihr Herrchen waren mit Sicherheit schneller als ein Halbling.

An der Tür erklang ein Kratzen, laut und hektisch. Die Bestie schnaufte vor Wut und Vorfreude über das, was sie hinter der Tür erwartete. Zwei spitze braunweiße Hauer rammten sich unter das Türblatt und drohten, es aus der Verankerung zu reißen. Der erste Span brach heraus, und das Licht vom Flur fiel auf eine behaarte Schnauze, rosige Lefzen und ein Paar langer Fangzähne. Das Vieh versuchte, mit dem Kopf durch die Tür zu brechen.

Milo sprang vom Fenster zurück und schaute sich erneut um. Er lief hinüber zu einer Truhe, die neben dem Bett stand, und riss den Deckel hoch. Anscheinend war sie für Decke und Kissen gedacht, wenn das Zimmer leer stand. Die Kiste war gerade groß genug, um einen Halbling zu fassen. Mit einem Sprung hechtete er hinein. Als er den Deckel von innen schloss, erlosch mit dem letzten bisschen Licht auch Milos Hoffnung. Im selben Moment, als es um ihn dunkel wurde, barst die Tür vollends. Das Untier stürmte herein, knurrte, schnaubte, schnüffelte auf dem Boden herum und lief von einer Ecke des Raumes zur anderen.

»Das Vögelchen scheint ausgeflogen zu sein.«

Die Stimme des Fremden hallte vom Flur herein. Der Boden ächzte unter seinen Füßen, als er den Raum betrat, und Milo konnte sich des Vergleiches nicht erwehren, dass es sich anhörte wie ein Galgen, der knarrend seine Last unter sich im Wind baumeln ließ.

»Sieh mal an, das geballte Wissen eines alten Halblingklerikers«, schnaubte der Fremde, nachdem er den Raum betreten hatte.

Milo hörte, wie er die Seiten in Meister Gindawells Buch umblätterte.

Die Unterlagen! Verdammt, ich habe sie auf dem Tisch liegen lassen, schalt sich Milo.

»Armselig und unreif«, kommentierte der Besucher, nachdem er das Buch zugeschlagen hatte.

Dann bewegte er sich zum Fenster. Glas knirschte unter den Sohlen seiner Schuhe.

»Was meinst du, Gratz? Wenn du nur halb so groß wärest wie alle anderen und deine kurzen Beine dich nur halb so schnell forttrügen wie deine Verfolger, würdest du einen Sprung aus diesem Fenster wagen und versuchen, wegzulaufen?«

Die Bestie knurrte bösartig.

»Oder würdest du es nur so aussehen lassen und dich verstecken? Vielleicht in einer alten Wäschetruhe?«

Milo hatte sich in seiner Panik vollkommen versteift. Er hörte, wie fremde Fingerknöchel einen Trommelwirbel gegen die Truhenwand hämmerten. Milos Finger tasteten an der Deckelinnenseite. Er bekam einen brüchigen Lederriemen zu fassen, der dazu diente, den Deckel wieder zuzuziehen oder ihn langsam nach hinten abzuklappen. Seine Finger verkrallten sich in die Schlaufe. Er hing förmlich an ihr, in der Hoffnung, dass sie nicht riss.

Milo hörte das Schnauben der Bestie keine Handbreit vor sich.

Er war verloren. Seine Finger klammerten sich so stark an den Lederriemen, dass er spürte, wie seine Fingerkuppen zu kribbeln begannen, weil er das Blut aus ihnen presste.

Das Ungetüm drückte die Schnauze gegen den schmalen Spalt zwischen Deckel und Truhe. Zuerst schnüffelte es nur wie ein Hund, der sein Fressen durch die Türschwelle hindurch witterte. Dann setzten scharfe Zähne an und versuchten, den Spalt aufzuhebeln. Der Deckel hob sich einen halben Finger breit, und fauliger Gestank strömte ins Truheninnere. Milo hielt mit aller Kraft dagegen und schaffte es, den Deckel wieder zuzuziehen.

»Nein, Ningoth! Nein!«

Die Schreie kamen eindeutig von unten. Es war eine junge Männerstimme, und sie klang mehr als nur entsetzt.

Dann fegte plötzlich ein Windstoß durch den Raum, der selbst noch im Inneren der Truhe zu spüren war. Ein Geräusch wie von Blättern, die durch die Luft geweht wurden, erfüllte das Zimmer, und es roch bitter und metallisch.

Im Erdgeschoss wurden weitere Stimmen laut. Viele Männer sprachen hektisch und aufgeregt durcheinander.

Milo hielt immer noch den Deckel der Kiste zu, in der er saß.

Mehrere Personen rannten die Treppe hinauf. Jemand betrat das Zimmer, lief zum Fenster und rannte wieder hinaus auf den Flur.

Milo lupfte den Truhendeckel ein Stück an, um einen Blick auf die Neuankömmlinge zu erhaschen. Einer von ihnen stand in der Tür. Erschrocken ließ er den Truhendeckel wieder zufallen.

Nicht, sie werden mich sonst finden, sagte er zu sich selbst. *Wie viele freundliche Begegnungen hatten wir denn, seit wir Eichenblattstadt verlassen haben? Mir reicht es langsam. Ich bleibe hier hocken, bis sie wieder abziehen.*

Milo war fest entschlossen, wenn nötig tagelang in der Truhe zu hocken. Schließlich lag unten ein toter Mann, und falls die Bestie und sein Herrchen das Weite gesucht hatten, blieben nicht viele Verdächtige über, denen man an den Kragen gehen konnte. Doch die Entscheidung wurde Milo abgenommen. Der Truhendeckel flog nach oben, und Milo sah sich einem jungen Kerl mit langen blonden Haaren gegenüber. Die Spitze eines Breitschwertes zeigte direkt auf Milos Nase.

»Komm raus da«, knurrte er.

»Ich komme ja schon«, erklärte Milo, als er herausstieg. »Ich bin nur ein Halbling auf der Durchreise. Ich bin unbewaffnet. Meister Ningoth bot mir freundlicherweise für die Nacht ein Bett an.«

»Dann hättest du es auch besser benutzen sollen. Ab mit dir nach unten, ich glaube, du solltest uns etwas erklären, bevor wir dich hinter dem Haus an einem der Apfelbäume aufknüpfen«, sagte der Mann.

»Es ist nicht so, wie es aussieht«, versuchte Milo, sich zu verteidigen.

»Spar dir deine Lügen, Halbling«, fauchte ihn sein Gegenüber an. »Ningoth ist tot, und ich finde dich versteckt wie einen Meuchler in einer Truhe im Haus. Für mich ist die Sache eindeutig. Komm, beweg dich.«

Milo wurde nach unten getrieben wie ein Stück Vieh, das man zum Schlachten in den Innenhof brachte. Die Spitze des Schwertes in seinem Rücken bewahrte ihn davor, aus Versehen stehen zu bleiben oder irgendwelche anderen Mätzchen zu versuchen.

Als er die Treppe hinunterkam, starrte ihn ein Dutzend Paar Augen an. Ningoths Freunde hatten sich um seine Leiche versammelt. Ihre Blicke verrieten Verständnislosigkeit und Hass.

»Wen haben wir denn da?«, schnaubte einer der Männer. »Du hättest lieber das Weite suchen sollen, anstatt dich dort oben zu verstecken. Oder warst du mit deinem Raubzug noch nicht zu Ende.«

»Ich schneide diesem kleinen Dreckskerl hier und jetzt die Kehle durch«, sagte ein anderer. »Einen Strick hat er nicht verdient, diese kleine Ratte.«

Der Mann zog einen Dolch und machte einen Schritt auf die Treppen zu, aber ein anderer, ein kräftiger Mann mit langen schwarzen Haaren, hielt ihn an der Schulter zurück.

»Lass ihn erst erzählen, was passiert ist. Dann können wir immer noch entscheiden, was wir mit ihm machen.«

Jetzt redeten gleich mehrere der Männer durcheinander.

»Wir haben doch Augen im Kopf.«

»Alles, was er uns auftischen wird, sind Lügen.«

»Gar nicht lange fackeln mit dem Abschaum. Aufhängen und fertig.«

Niemand schien sich jedoch den Anweisungen des Mannes mit den schwarzen Haaren widersetzen zu wollen. Augenscheinlich hatte er hier das Sagen.

Milo wartete ab. Er wollte nichts Falsches sagen, solange er noch die Schwertspitze im Rücken fühlte. Die Männer bildeten einen Ring um ihn wie ein Wolfsrudel um ein Hasenjunges. Der Druck der Schwertspitze ließ nach, also begann Milo stockend zu sprechen.

Er erzählte den Männern, wie Ningoth ihn aufgenommen hatte und er nicht schlafen konnte. Er erzählte von dem nächtlichen Besucher und seinem Untier, wie er das Fenster zertrümmert und sich in der Kiste versteckt hatte.

»Eine dümmere Geschichte ist dir nicht eingefallen, was?«, grunzte einer der Männer. »Wer soll dir diesen Mist denn abnehmen? Ein Mann und ein Ungeheuer, die genauso spurlos verschwinden, wie sie gekommen sind. Solche Geschichten erzählen alle Mörder, die geschnappt werden. Es war ein anderer, Herr Richter, aber der ist weggelaufen und hat mir das blutige Schwert in die Hand gedrückt.«

»Aufhängen, sage ich!«, grölte einer aus der zweiten Reihe.

Der schwarzhaarige Mann hob beschwichtigend den Arm und wartete auf Ruhe. Sofort verstummten die Stimmen.

»Vielleicht lügt er uns an«, sagte er, »aber vielleicht auch nicht. Immerhin gibt es einige Dinge, die für seine Geschichte sprechen.«

»Und was wären das für Dinge?«, grölte der Mann aus der zweiten Reihe.

»Ihr könntet es sehen, wenn ihr die Augen aufmachen würdet,

anstatt blind vor Hass einen Schuldigen zu suchen. Dieses Haus hat sich der Wahrheit verschworen, habt ihr das schon vergessen? Ningoth wäre sicherlich stolz auf euch.«

Die Männer schienen den Zynismus verstanden zu haben, mehr aber auch nicht, wie ihre Blicke verrieten.

»Zuerst einmal spricht die Wunde an Ningoths Hals tatsächlich für eine Bestie. Es sieht aus, als wenn sein Hals durchbissen wurde. Der Halbling hat das nicht getan. Und dann gibt es noch etwas, das mich an seine Geschichte glauben lässt.« Der Mann zeigte auf Milo und winkte ihn zu sich. »Komm her, mein kleiner Freund«, bat er. »Du brauchst keine Angst zu haben. Ich tue dir nichts.«

Milo tippelte zögerlich auf ihn zu. Kurz bevor er stehen bleiben wollte, schnellte der Arm des Mannes vor und packte Milos Hand mit dem Ring. Milo wollte sie zurückziehen, doch die Finger des Mannes hatten sich schon fest um sein Handgelenk geschlossen.

»Ist es das, wonach es aussieht, Rough?«

»Das ist es«, bestätigte er. »Dasselbe Zeichen, für das die Regorianer töten, damit niemand von seiner Existenz erfährt. Dasselbe Zeichen, das als Banner der Revolte in Zargenfels über den Dächern der Häuser flattert.«

Rough hielt Milos Hand hoch und zeigte sie in die Runde. Die Männer nickten zustimmend einer nach dem anderen.

»Wo hast du das her, kleiner Mann?«, fragte er Milo.

»Gefunden«, antwortete Milo steif.

»Das war eine Lüge«, erkannte Rough. »Du wirst mit uns nach Zargenfels kommen. Ich möchte dich jemandem vorstellen.«

19. RUBINIA

Rubinia wurde von Stimmen geweckt. Jemand unterhielt sich und nannte ihren Namen.

»Ich kann es immer nur wiederholen, Rubinia hat mir das Leben gerettet und ihr eigenes dafür aufs Spiel gesetzt. Von Euren Söhnen weiß ich nichts«, beteuerte eine Frauenstimme.

»Na gut, wir werden eben warten müssen, bis sie erwacht. Dann werden wir sehen, ob du uns die Wahrheit erzählt hast.«

Rubinia stieg der Geruch von Salbeipaste in die Nase. Ihr Oberschenkel brannte wie Feuer, und jede Bewegung ihrer Gliedmaßen schmerzte, als hätte sie die letzten Tage Felsbrocken gestemmt.

So langsam kam die Erinnerung zurück: der nächtliche Zwergentrupp, die Flucht vor den Bärtigen, Oda, die junge Halblingsfrau, und ihr langer Marsch nach Eichenblattstadt. Ohne die Hilfe von Oda hätte sie es nie geschafft. Das Letzte, an das sie sich erinnerte, waren die Häuser von Eichenblattstadt und das Gesicht ihres Bruders.

»Ein Brennnesseltee wäre jetzt nicht schlecht«, stammelt sie kaum hörbar von ihrem Bett.

»Rubinia, du bist wach«, sagte eine Männerstimme erleichtert, und jemand eilte zu ihrem Bett und setzte sich zu ihr.

»Ah, mein Bein«, stöhnte sie, als jemand dagegendrückte.

»Oh, tut mir leid.«

Ihre Stirn wurde mit einem kühlen Lappen abgetupft. Langsam öffnete sie die Augen. Jemand beugte sich über sie und richtete das Kissen unter ihrem Kopf.

»Bist du das, Gunder Blaubeers?«

»Ja, Schwesterchen. Du bist in Sicherheit. Du hast nur ein paar Kratzer und blaue Flecken. Nichts, was eine echte Blaubeers umhauen könnte.«

Rubinia versuchte, sich im Bett aufzurichten. Ihr Bruder half ihr dabei. So langsam verzog sich auch der Schleier vor ihren Augen.

»Die Zwerge«, stöhnte sie. »Haben sie uns bis ins Dorf verfolgt?«

»Nein«, sagte Oda, die hinter Gunder stand. »Sie werden sich nicht trauen, ins Dorf zu kommen. Sie planen irgendwelche dunklen Machenschaften, wollen es aber geheim halten.«

Rubinia schwang ein Bein aus dem Bett.

»Bleib liegen, Schwester«, sagte ihr Bruder. »Du brauchst noch etwas Ruhe, um ganz zu genesen.«

»Aber die Zwerge«, sagte sie. »Wir müssen jemandem Bescheid sagen, was sie planen. Ich muss zurück zu Meister Othman.«

»Du weißt nicht, was sie planen«, erklärte Gunder. »Wir Halblinge sollten uns nicht in Dinge einmischen, die uns nichts angehen. Sollen sie ihre Streitigkeiten mit wem auch immer austragen. Sag mir lieber, was genau passiert ist.«

»Das habe ich Euch doch schon alles erzählt«, keifte Oda. »Wir dürfen keine Zeit verlieren. Meine Brüder sind immer noch in der Gewalt dieser Zwerge.«

»Zwerge, die ihr bestehlen wolltet, wenn ich dich richtig verstanden habe«, sagte Gunder. »Also scheinen sie allen Grund zu haben, Euch gefangen zu nehmen. Und nun seid still. Ich will aus dem Mund meiner Schwester hören, was genau passiert ist. Dann entscheide ich, was wir tun.«

Rubinia begann mit ihrer Erzählung von dem Zeitpunkt an, wo Milo und Bonne in den Krähenturm gekommen waren. Sie erzählte, dass die beiden weitergereist waren, und dass Othman sie gebeten hatte, in Eichenblattstadt nach dem Rechten zu sehen und ein paar versöhnliche Worte für die Halblingsbrüder einzulegen. Dann fuhr sie fort mit der Begegnung der Zwerge und Odas Flucht. Rubinias Geschichte stimmte mit der von Oda überein.

»Gut, ich glaube Euch«, sagte Gunder zu Oda. »Dennoch können wir Euren Brüdern nicht helfen. Die Gesetzsprechung der Zwerge ist hart, aber wir zweifeln sie nicht an.«

»Dann werde ich eben allein weiterziehen«, verkündete Oda störrisch.

»Ich kann Euch etwas Proviant und eine Decke mitgeben«, sagte Gunder kühl, »doch auf mehr Hilfe dürft Ihr nicht hoffen. Wir wollen keinen Ärger.«

Rubinia hätte sich gern eingemischt, doch es war Gunders Haus und sein Wille. Außerdem war sie als Fürsprecherin von Milo und Bonne gekommen, da wäre es dumm, sich gleich mit ihrem Bruder zu erzürnen. Und wenn sie etwas über die Vorfälle in Eichenblattstadt erfahren wollte, war sie gezwungen, hierzubleiben und sich dem Willen des Hausherrn zu unterwerfen. Gunder war niemand, der sich gern bevormunden ließ. Dazu gehörte auch, seine Entscheidungen nicht anzuzweifeln.

Rubinia zuckte verdrossen mit den Schultern und lächelte Oda ratlos an. Oda stampfte zornig mit dem Fuß auf den Boden.

»Genau aus diesem Grund habe ich den Tempel in Notgalur verlassen«, zischte sie. »Niemand ist bereit, auch nur einen Blick über den Tellerrand zu werfen. Jede neue Idee wird durch Scheuklappen und Trägheit im Keim erstickt. Ich werde es auch ohne Eure Hilfe schaffen, meine Brüder zu befreien. Bleibt nur weiter in diesem jämmerlichen Dorf hocken und baut Gemüse in Euren Vorgärten an. Ich verschwinde von hier.«

Oda nahm ihre Sachen, die sie zum Trocknen über einen Stuhl in der Nähe des Kamins gehängt hatte, und warf sie sich über den Arm. Dann steuerte sie schnurstracks auf die Tür zu und nahm sich im Vorbeigehen einen Apfel aus der Obstschale auf dem Tisch.

»Wenn ich mal wieder in der Gegend bin, werde ich ihn bezahlen«, sagte sie und hielt den Apfel dabei hoch. »Ich möchte Euch nichts schuldig bleiben.«

Dann ging sie zur Tür hinaus.

Rubinia wollte noch etwas sagen, doch ihr Bruder hielt sie zurück. »Lass sie gehen, Schwester«, brummte er. »So eine bringt nur Ärger. Wir können froh sein, wenn wir nicht von den Zwergen beschuldigt werden, ihr zur Flucht verholfen zu haben.«

Rubinia ließ sich zurück auf das Kissen sinken. »Ich hoffe, dass sie ihre Brüder findet und retten kann«, sagte sie.

Gunder erhob sich, ging in die Küche und kam gleich darauf mit einer Tasse heißen Tees zurück.

»Mit zwei Löffeln Zucker, wie du ihn magst«, sagte er und hielt ihr die Tasse hin.

Rubinia schob ihr Kissen weiter in den Rücken. So langsam kehrte ihre Beweglichkeit wieder zurück. Sie lächelte und nahm den Tee dankend an.

»Wo sind die Kinder?«, fragte sie.

»Die Kleinen sind bei den Findlings, die anderen sind im Wald und suchen nach Pilzen für ein Ragout, das ich ihnen für heute Abend versprochen habe. Und Bonne und Milo sind …« Gunder redete nicht weiter. Er starrte einfach auf seine Füße.

»Sie sind in Sicherheit«, sagte Rubinia. »Sie sind erwachsen und wissen, was sie tun. Nun erzähl mir bitte, was genau in Eichenblattstadt vorgefallen ist. So eine Gräueltat kann unmöglich das Resultat eines dummen Jungenstreichs sein.«

Gunders Gesicht wurde ernst.

»Das behauptet auch niemand«, sagte er, »doch es wirft kein gutes Licht auf die beiden, dass sie sich einfach davongestohlen haben. Es wirft viele Fragen auf. Keiner weiß, was wirklich vorgefallen ist. So wie es aussieht, haben sich die Ratsmitglieder gegenseitig im Streit getötet. Alles wegen dieser dämlichen Eiche. Nachbarn zanken miteinander. Männer reden nicht mehr mit ihren Frauen und umgekehrt, nur weil sie anderer Meinung sind. Im Gasthof kommt es fast jeden Abend zu irgendwelchen Auseinandersetzungen wegen Nichtigkeiten. Die Dorfgemeinschaft bricht auseinander, Rubinia. Irgendetwas geht hier vor, und keiner versteht es, aber viele geben Bonne und Milo dafür die Schuld.«

»Die beiden sind ganz sicher nicht verantwortlich für die Vorfälle«, sagte Rubinia. »Sie trifft keine Schuld. Irgendetwas ist hier im Gange, da gebe ich dir Recht, und ich bin gekommen, um herauszufinden, was es ist.«

»Ich weiß«, stöhnte Gunder, »aber es wäre besser, sie wären hier und würden sich den Fragen stellen. Das könnte vielleicht die Gemüter etwas besänftigen. Bei Cephei, du sprichst schon wie Meister Othman«, fiel ihm auf.

Von draußen hallte das Gezeter einer Frau herein, und zwei Kinder schrien und weinten.

»Siehst du, was ich meine?«, schnaubte Gunder. »Die Nerven liegen blank, bei jedem im Dorf.«

Gunder stand auf und schlich zu dem kleinen runden Fenster neben der Tür, das hinaus auf den Marktplatz zeigte.

»Wenn es diese Oda ist, werde ich sie eigenhändig mit einem Knüppel aus dem Dorf treiben. So eine bringt nichts als Ärger, ich habe es ja gesagt«, brummte er.

Einen Moment lang stand er noch am Fenster und blickte hinaus. Dann wandte er sich zu Rubinia um und sah seine Schwester entsetzt an. Ohne ein Wort zu sagen, hechtete er zur Tür, drehte den Schlüssel im Schloss herum und schob die beiden Verriegelungen vor.

»Sie sind da«, flüsterte er.

»Wer ist da?«, fragte Rubinia. »Milo und Bonne?«

Gunder ließ die Frage unbeantwortet und schaute wieder aus dem Fenster. Rubinia sah sich veranlasst, aus dem Bett zu steigen. Humpelnd und mit steifen Gliedern schlich sie zu ihrem Bruder.

»Die Zwerge«, keuchte sie. »Sie haben uns tatsächlich bis hierhin verfolgt. Jemand muss mit ihnen sprechen.«

Gerade als sie das gesagt hatte, erkannte sie den Körper, der direkt zu Füßen der beiden Bärtigen lag. Es war eine Frau aus dem Dorf. Rubinia konnte nicht erkennen, um wen es sich handelte, aber es war eindeutig eine Halblingsfrau. Sie lag am Boden und krümmte sich vor Schmerzen.

»Hast du gesehen, was passiert ist?«, fragte sie ihren Bruder, der nur den Kopf schüttelte.

In diesem Moment sah sie auch die beiden Kinder, die sich hinter der Ponytränke versteckt hatten. Es waren Synne und Elfy

Findlings. Dann musste die Frau Nona Findlings sein, die Frau von Bilbi und die Schwester von Joos, der bei der Ratssitzung ums Leben gekommen war.

»Sie haben kein Recht, so mit uns umzugehen«, schnaubte Rubinia. »So etwas können wir uns nicht gefallen lassen. Immerhin gelten hier andere Gesetze als in den Bergen.«

In diesem Moment sah sie, wie Nubert Furtfuß aus dem Haus kam. Er hatte seinen Hund dabei, einen etwas klein geratenen, aber kräftigen Fasanenbull. Äußerst übellaunige Tiere mit einem breiten Kopf, kurzer Schnauze und einem Maul, das ständig sabberte. Die Tiere wurden gern zur Jagd auf Fasane genutzt, daher auch ihr Name.

Der Hund zog so stark an der Kette, dass Nubert nichts anderes übrig blieb, als die Tür zu seinem Haus mit Schwung zuzuknallen, um sie nicht offen stehen zu lassen. Er brachte sein geliebtes Haustier kaum zur Raison und war gezwungen, im Laufschritt hinter ihm herzuhetzen. Der Hund schien die Neuankömmlinge nicht gerade zu mögen, was aber nicht ungewöhnlich war, da er jeden außer seinem Herrchen als Eindringling wahrnahm. Mit weit heraushängender blauer Zunge und Sabber versprühend, hielt das Tier auf die beiden Zwerge zu.

Auf halber Strecke blieb Nuberts Hund jedoch plötzlich stehen, steckte den Kopf in die Höhe und klemmte den Schwanz zwischen die Beine. Er schien etwas zu wittern, was ihm Unbehagen bereitete. Nun wendete sich das Blatt. Nubert stampfte vor und zog den Hund hinter sich her. Die Hinterbeine des Kläffers zitterten vor Angst bei jedem Schritt, den er widerstrebend machte. Er bekam die kurze Schnauze kaum vom Boden, und es sah aus, als würde Nubert ihn halb über den Boden schleifen.

Nubert riss den Arm in die Höhe und ballte die Faust, eine für ihn typische Geste. Jedermann in Eichenblattstadt wusste, was zu tun war, wenn der alte Eigenbrötler schlechte Laune hatte. Die Zwerge schienen jedoch äußerst unbeeindruckt zu sein.

Dann ging alles recht schnell. Nubert bückte sich, um der am

Boden liegenden Nona Findlings zu helfen. In diesem Augenblick trat einer der Zwerge zu und traf den Halbling mit dem Fuß am Kopf. Nubert stürzte nach hinten und ließ die Kette aus seinen Fingern gleiten. Der Hund hetzte in Panik in die Richtung davon, aus der er gekommen war. Jedoch währte seine Flucht nicht allzu lange, da ihn ein Armbrustbolzen am Hinterlauf traf, der ihn fast von den Beinen riss. Auf drei Beinen humpelte der Fasanenbull weiter. Dann bohrte sich ein weiterer Bolzen in die Flanke des Tieres, und es brach zusammen. Der Zwerg, der Nubert den Tritt verpasst hatte, trat vor, zog seinen schweren Streithammer aus der Lederschlaufe, holte Schwung und schlug Nubert damit erst gegen den Kopf und dann ein weiteres Mal auf die Brust.

»Nein! Sie haben ihn einfach getötet«, keuchte Rubinia. »Diese verdammten Zwerge haben ihn umgebracht wie ein Stück Vieh.«

Gunder stand immer noch neben ihr am Fenster. Er sagte kein Wort, er stand nur da und schaute zu, wie die Zwerge Nona mit sich zum Brunnen zogen. Dann drehte er sich um, ging zu einer großen Eichentruhe, die neben dem Kamin stand, und holte ein Kurzschwert daraus hervor, das in ein braunes Leinentuch eingewickelt war.

»Was hast du vor, Gunder?«, fragte Rubinia ihn, obwohl sie die Antwort schon kannte.

Gunder blieb stehen und sah sie mit großen Augen, den Tränen nahe, an.

»Sie hatten mich gefragt, ob ich Butterblums Stellvertretung übernehmen würde, solange noch kein neuer Bürgermeister gewählt worden ist. Ich habe abgelehnt, weil ich nicht wusste, inwieweit Bonne und Milo in den Fall verwickelt sind. Nubert hat sich bereit erklärt, das Amt zu übernehmen. Nun liegt er tot auf dem Marktplatz, weil ich nicht Manns genug war, meiner Pflicht nachzukommen. Es wäre meine Aufgabe gewesen, die Zwerge zur Rede zu stellen. Das werde ich jetzt nachholen.«

Rubinia versperrte ihm den Weg.

»Du wirst gar nichts nachholen«, sagte sie. »Wann hast du das letzte Mal mit einem Schwert einen Kampf ausgetragen – beim Kürbisfest vor zehn Jahren, als Roswita noch lebte? Gegen eine Strohpuppe? Du würdest genauso enden wie Nubert. Denk mal an deine Kinder. Sie brauchen dich.«

Gunder ließ das Schwert sinken.

»Was sollen wir dann unternehmen? Warten, bis sie haben, was sie wollen? Wir wissen noch nicht einmal, warum sie hier sind. Wenn es nur um diese Oda ginge, hätten sie nur zu fragen brauchen. Die Halblinge haben sich noch nie gegen die Gesetze der Zwerge gestellt. Doch jetzt, wo sie Nubert getötet und Nona in ihrer Gewalt haben, können wir sie doch nicht einfach wieder ziehen lassen.«

Rubinia ging zurück zum Fenster. Die beiden Zwerge standen am Brunnen neben der blattlosen Eiche. Sie hatten Nona mit dem Rücken an den Brunnen gesetzt. Sie atmete, schien aber nicht bei Bewusstsein zu sein. Grimmig blickten die Zwerge zwischen den Hütten von Eichenblattstadt umher.

»Da muss noch ein dritter sein«, sagte Rubinia. »Nuberts Hund wurde von einem Armbrustschützen getötet. Er muss irgendwo da hinter ihnen im Gebüsch lauern.«

Auch hinter den anderen Fenstern der Erdwallhütten um den Markplatz herum konnte Rubinia ängstliche Gesichter erkennen. Gunder hatte Recht, wenn es nur um Oda ginge, hätten die Zwerge nur fragen müssen. Wenn ihre Verurteilung rechtens war, hätte dem niemand in Eichenblattstadt widersprochen. Warum also kamen sie hierher und töteten Unschuldige?

Einer der Zwerge trat wieder vor. Er stellte sich gut sichtbar für alle in die Mitte der Straße und hob die Arme wie ein Gladiator, der sein Publikum begrüßte. Auf sein Zeichen hin packte der andere Zwerg Nona an den Haaren, zog sie hoch und legte sie bäuchlings auf den Brunnenrand.

Rubinia stockte das Herz. Auf befremdliche Art und Weise wurde ihr wieder bewusst, wie viel Kraft die Bärtigen besaßen.

Eine Handvoll Halblinge war nicht einmal einem einzigen der Zwerge gewachsen.

Aber irgendetwas stimmte dennoch nicht mit den Bärtigen. Sie bewegten sich hölzern, fast wie Marionetten.

Rubinia geriet in Panik. Sie konnten nicht einfach zusehen, wie die Zwerge eine hilflose Frau umbrachten. Sie wirbelte herum. Schräg über dem Kamin hing eine Armbrust. Es war das Geschenk eines Großonkels gewesen, Onkel Tammet. Das gute Stück war nicht viel mehr als eine Handarmbrust, und wenn sie hätte wetten können, dann hätte sie darauf getippt, dass sie noch nie benutzt worden war. Gleich daneben hatte Gunder den Köcher mit Bolzen angebracht. Sie erinnerte sich noch an den Tag, als Othman sie das erste Mal besucht und sie noch hier im Haus bei ihrem Bruder gewohnt hatte, weil der junge Witwer jede hilfreiche Hand gebraucht hatte. Othman hatte damals einen längeren Blick auf die Armbrust geworfen und einen der Bolzen aus dem Wurzelholzköcher gezogen. Als er ihn zurücksteckte, hatte er nur ein einziges Wort gesagt: niedlich.

Mit den Augen eines Menschen betrachtet, mochte das stimmen, doch darauf kam es nicht an. Ein Stilett konnte genauso tödlich sein wie ein Langschwert. Es kam nur darauf an, wer es führte – und da lag das eigentliche Problem.

Rubinia eilte zum Kamin, zog sich einen Stuhl heran, nahm Armbrust und Bolzen von der Wand und war im Nu wieder am Fenster. Mit beiden Füßen stellte sie sich auf die kurzen Wurfarme der Waffe und zog die Sehne durch, bis sie an der Arretierung festhakte. Sie riss die Armbrust hoch, legte einen Bolzen ein und zielte.

»Was hast du vor?«, fragte Gunder entgeistert.

Die Frage kam jedoch zu spät. Die Sehne surrte auf, das Fenster zersplitterte, und der Bolzen fand sein Ziel.

Rubinia erschrak über sich selbst. Sie landete sozusagen einen Meisterschuss. Der Bolzen von einem halben Fuß Länge bohrte sich genau oberhalb des Brustpanzers durch den Hals des Zwerges und verschwand so weit, dass nur noch die spärlichen blassblauen Federn des Schaftes zu sehen waren. Es hätte ein finaler Treffer sein sollen, doch der Zwerg brach weder zusammen, noch umklammerte er im Todeskampf seinen Hals. Alles, was er tat, war zu brüllen, und selbst das klang nicht nach jemandem, der Todesqualen ausstand, sondern eher wie jemand, der sich furchtbar aufregte. Nichts Zwergisches lag in der Stimme, kein gesprochenes Wort kam über die Lippen des Bärtigen, nur ein monotones Gebrüll.

Angst überkam Rubinia erneut. Es schien, als hätte sie etwas erweckt, von dem sie nie geglaubt hatte, dass es existiert. Doch sie traute sich nicht, es auszusprechen.

Der Zwerg mit dem Bolzen im Hals gab Nona einen kurzen Stups, und die Halblingsfrau rutschte vom Brunnenrand und verschwand im Inneren.

»Nein!«, brüllte Rubinia, mehr bekam sie jedoch nicht heraus, weil sie drohte, an dem Kloß in ihrem Hals zu ersticken.

Der Zwerg am Brunnen fuhr herum und zeigte in Rubinias Richtung. Noch immer steckte der Bolzen in seinem Hals, doch es floss kein Blut aus der Wunde. Der andere Zwerg setzte sich in Bewegung, auf das Haus der Blaubeers zuhaltend. Mit dem Hammer in der Hand war es nicht schwer zu erraten, was er vorhatte. Ein halbes Dutzend Schläge würde reichen, und die schützende Tür wäre nur noch Brennholz.

»Jetzt wird sich gleich herausstellen, wie gut du die Klinge führen kannst, Gunder«, sagte Rubinia zu ihrem Bruder, während sie die Armbrust ein weiteres Mal spannte.

Sie machte sich nichts vor, aber es war immer noch besser, sich zu wehren, als hilflos zu sterben. Gerade als sie den Bolzen eingelegt hatte, donnerte der Hammerkopf das erste Mal gegen die kleine runde Holztür. Staub und Sand rieselten von der Decke.

Er braucht kein halbes Dutzend Schläge, wurde Rubinia quälend bewusst. Sie stellte sich neben ihren Bruder, bereit, dem Bärtigen entgegenzutreten, wenn es so weit war.

Der zweite Schlag ließ das Holz splittern und verbog den oberen Riegel.

Rubinias Nerven waren gespannt wie die Sehne ihrer Armbrust. Gebannt wartete sie auf das nächste Dröhnen des Hammers. Doch es blieb aus. Stattdessen rannte eine kleine zierliche Gestalt mit einer brennenden Fackel am Fenster vorbei. Etwas zersplitterte auf dem Boden. Es hörte sich an wie ein Tongefäß, das zu Bruch ging. Dunkle Rauchschwaden zogen am Fenster vorbei, und durch die kaputte Scheibe drang der Geruch von verbranntem Haar.

Im nächsten Augenblick sah Rubinia, wie der Zwerg mit dem Hammer brennend über den Marktplatz stolperte. Seine Waffe glitt ihm aus der Hand und fiel zu Boden, wo kleine gelbe Flammen sich gierig über den Waffenstil hermachten. Der Zwerg taumelte auf die Ponytränke nahe des Brunnens zu. Der Waffenrock des Bärtigen stand lichterloh in Flammen.

Während Rubinia und Gunder das schreckliche Schauspiel beobachteten, zeigte sich schräg unter ihnen am Fenster ein zierliches Gesicht.

»Oda, dir ist nichts passiert, Cephei sei Dank«, zischte Rubinia. »Ich hatte schon befürchtet, sie hätten dich auch erwischt.«

»Wir haben keine Zeit für ein Pläuschchen«, entgegnete Oda barsch. »Ihr müsst da raus und allen Bescheid sagen, dass sie in den Tempel kommen sollen. Das ist der einzige Ort, an dem wir erst einmal sicher sind vor diesen Unholden. Macht schon, auf mich würden die Leute hier nicht hören.«

»Ich verstehe nicht«, stammelte Rubinia, »Welchen Sinn …?«

»Tu einfach, was ich dir sage«, fauchte Oda, »oder ihr werdet alle sterben.«

Dann sprang sie auf und rannte los. Sie lief quer über den Marktplatz, direkt auf den Tempel der Cephei zu. Sie achtete auf nichts und niemanden, sie rannte einfach.

Rubinia hechtete zur Tür und schob die Riegel zurück.

»Tun wir, was sie sagt«, erklärte sie ihrem Bruder und drehte den Schlüssel herum.

Als sie das Haus verließen, stürzte sich der in Brand gesetzte Zwerg gerade kopfüber in die Ponytränke. Ein Schwall Wasser ergoss sich über ihn, und einen Augenblick später brach die Tränke unter dem Gewicht auseinander und ergoss ihr Wasser über den Marktplatz.

»Du nimmst die Häuser, die auf direktem Weg zum Tempel liegen. Mit deiner Verletzung wirst du nicht viel weiter kommen«, sagte Gunder. »Ich renne auf die andere Seite des Platzes und versuche, dort alle zusammenzutrommeln.«

»Sei vorsichtig!«, rief sie Gunder hinterher. Dann machte auch sie sich auf den Weg. Sie humpelte so schnell sie konnte von Haus zu Haus. Ohne große Erklärungen abzugeben, wiederholte sie Odas Worte, um dann zum nächsten Haus zu eilen. Sie wartete nicht auf Antwort oder bis jemand herauskam, noch versuchte sie, diejenigen zu überzeugen, die ungläubig abwinkten.

Innerhalb kurzer Zeit strömten ganze Familien an Rubinia vorbei und rannten auf den Tempel zu. Oda hatte bereits die Türen zum Glaubenshaus weit aufgerissen und kniete auf der Schwelle zum Tempel.

Das Gotteshaus in Eichenblattstadt fügte sich fast unauffällig in die Dorfarchitektur ein. Nicht wie in vielen anderen Städten, wo es hoch über allen Gebäuden thronte oder sich durch Größe und Bauart abhob, stand es hier integriert zwischen Wohnhäusern. Es war nicht viel größer als der Ratssaal und rundum in Erdwälle eingefasst. Nur das Doppelportal und die kirchturmartige Spitze, die wie ein mächtiger Schornstein aus dem Dach ragte und die große bronzene Glocke beherbergte, unterschied es von anderen Häusern.

Ein Bolzen schlug neben Rubinia in die Gartenpforte ein, die sie gerade aufschwang. Sie schenkte dem Geschoss keine weitere Beachtung und humpelte durch den Vorgarten zum Haus. Una Butterblums, die Witwe des Bürgermeisters, kam ihr schon auf halbem Wege entgegen, ein gutes Dutzend Kinder im Schlepptau. Rubinia musste keine Worte verlieren, schon viele der Bürger

Eichenblattstadts machten es den anderen nach und begaben sich im Tempel in Sicherheit.

Keine hundert Schritt trennten Rubinia mehr von dem kreisrunden Portal des Cepheitempels. Ihre Wunde am Oberschenkel hatte wieder begonnen, stark zu bluten, und ihr wurde schwindelig. Ein junger Halbling kreuzte ihren Weg und rempelte sie an. Rubinia kam ins Stolpern und stürzte. Der Halbling rannte einfach weiter, ohne ihr aufzuhelfen oder sich wenigstens umzudrehen. Rubinia glaubte sich zu erinnern, dass es einer der Furtfußsprößlinge war. Das lockige blonde Haar und sein Übergewicht passten dazu. Rubinia sah ihm verärgert hinterher, und in diesem Moment traf den jungen Halbling ein Bolzen in den Rücken. Er taumelte noch einige Schritte vorwärts und brach dann zusammen. Zwei zierliche Mädchen sprangen über ihn hinweg, als sei der sterbende Körper eines Nachbarn nicht mehr als ein zusammengeharkter Laubhaufen.

»Komm hoch, wir haben keine Zeit, auszuruhen«, sagte jemand zu Rubinia und zog sie am Arm hoch.

»Gunder, was ist hier nur los?«, fragte sie, obwohl sie wusste, dass sie keine Antwort bekommen würde.

Die panischen Schreie mehrerer Frauen ließen Rubinia herumfahren. Der Marktplatz war zu einem Schlachtfeld geworden. Wenigstens ein Dutzend Männer und Frauen lagen regungslos auf dem gepflasterten Platz. Einigen von ihnen ragten Bolzenschäfte aus dem Körper, andere waren vielleicht nur gefallen und hofften, unbemerkt zu bleiben.

Die Zwerge hatten sich von dem Überraschungsmanöver erholt. Der eine schwang seinen Hammer unnachgiebig gegen jeden, der ihm in die Quere kam. Der andere, dessen halbes Gesicht und Haar verbrannt waren, schlug mit einem langen Holz, das anscheinend zur Tränke gehörte, auf die flüchtenden Halblinge ein. Er brachte eine ältere Frau zu Fall, die Rubinia nur vom Sehen her kannte, und stürzte sich auf sie, um ihr mit einem Ruck das Genick zu brechen.

Die Bürger Eichenblattstadts rannten in Panik umher. Viele suchten Schutz in Ställen oder in irgendwelchen Vorgärten. Immer wieder stürzten Männer und Frauen anscheinend grundlos, bis man die hölzernen Schäfte in ihren Leibern erkannte.

Rubinia konnte den Armbrustschützen auch weiterhin nicht ausmachen. So viele verloren ihr Leben für einen Schutz, der vielleicht keiner war. Was sollte die Zwerge davon abhalten, sie zu töten, auch wenn sie im Tempel waren?

Rubinia wurde von Gunder mitgezogen. Als sie die fächerartige Treppe zum Tempel erreichten, waren nur noch ein paar Nachzügler hinter ihnen. Die anderen waren umgebracht worden, hatten woanders Schutz gesucht oder befanden sich bereits bei Oda im Tempel.

Oda stand an der Schwelle des Gotteshauses und gab ihnen Zeichen, sich zu beeilen. Eine Hälfte des Doppelportals hatte sie schon geschlossen. Zwei Bolzen stecken auf Brusthöhe neben ihr im Holz.

»Beeilt euch, ihr seid die Letzten«, rief Oda ihnen zu. »Wir müssen das Tor schließen.«

Als Rubinia sich einen Moment zuvor umgedreht hatte, waren noch zwei Männer und eine Frau hinter ihnen gewesen. Sie beschloss, sich nicht noch einmal umzudrehen, um nach den dreien zu sehen.

Sobald sie drinnen waren, stemmte Oda sich gegen die Tür. Das Portal dröhnte wie ein Donnerschlag, als es sich hinter ihnen schloss. Zwei kräftige Burschen halfen, den Türbalken von Innen in die Auflage zu schieben.

Gunder führte Rubinia zu einer der hölzernen Bankreihen, damit sie sich einen Moment ausruhen und er sich ihre Wunde am Bein ansehen konnte. Der Verband hatte sich mit Blut vollgesogen, und es sah nicht so aus, als wenn sich die Wunde von allein wieder schließen würde.

»Du bist schon zu schwach«, sagte Gunder. »Wir müssen die Blutung irgendwie stoppen, sonst wirst du bald das Bewusstsein verlieren. Ich weiß nicht, was ich machen soll, Gindawell ist tot, und einen anderen Heiler hat das Dorf nicht.«

»Du kannst die Wunde ausbrennen«, erwiderte Rubinia. »Wir brauchen nur ein Feuer und ein Stück Metall, am besten ein Messer.«

Rubinia sah sich im Tempel um. Die Bankreihen bis hin zum Altar waren gefüllt mit Halblingen wie an einem Sonntagmorgen zur Messe. Viele hatten es geschafft, unversehrt an den Zwergen vorbeizukommen. Einige hatten leichte Blessuren, andere Schürfwunden, weil sie gestürzt waren. Verängstigte Blicke, erschöpfte Gesichter und Ratlosigkeit waren bei den meisten zu finden. Rubinia schätzte, dass es um die achtzig Halblinge waren, die sich hierher hatten flüchten können. Was sollte aus den anderen werden, die noch dort draußen waren?

Oda kniete sich neben sie und hielt ihre Hand. Rubinia zuckte erschrocken zusammen und löste sich aus dem Griff.

»Was weißt du, was wir nicht wissen?«, fragte sie. »Warum sollten wir in den Tempel. So viele sind gestorben. Und wofür? Für Cepheis Trost, wenn die Zwerge kommen und uns hier drinnen abschlachten?«

»Das dort draußen sind keine Zwerge«, erklärte Oda. »Sie waren es vielleicht einmal, doch jetzt sind es Kreaturen der Schattenwelt, Dämonen, Untote. Ich habe es in ihren Augen gesehen. Sie waren starr und kalt. Sie hatten blaue Lippen, und ihre Haut war weiß und stumpf. Du hast einem von ihnen einen Bolzen in den Hals geschossen. Du weißt es selbst, du willst es dir nur nicht eingestehen. Dein Verstand sagt dir, dass es nicht möglich ist, doch ich bitte dich, vertraue diesmal deinen Augen und höre nicht auf dein Herz.«

»Untote oder nicht«, sagte Gunder. »Wenn wir uns alle gemeinsam über sie hermachen, können wir sie überwältigen. Du hättest einen von ihnen fast allein mit einer Fackel getötet. Warum sollte es uns allen nicht gemeinsam gelingen.«

Oda schüttelte den Kopf. »Ihr wisst nicht, wovon Ihr sprecht.

Ich habe ihn nicht fast getötet. Ich habe ihn nicht einmal wirklich verletzt. Diese Kreaturen sind übermächtig. Ja, sie haben Angst vor Feuer, aber es brennt nicht lange genug auf ihrer Haut, als dass es sie töten könnte. Sie würden mehr von uns töten, als Ihr bereit wäret zu opfern, glaubt mir. Doch nun lasst mich erst Eurer Schwester helfen. Ihre Wunde muss behandelt werden.«

»Wer oder was bist du?«, fragte Rubinia.

»Ich bin bewandert in solchen Dingen, dass muss dir als Antwort für den Moment reichen«, sagte Oda.

Rubinia und Gunder starrten sie mit großen Augen an.

»Was verschweigt Ihr uns?«, fragte Gunder zornig. »Niemand kennt sich einfach so mit der Heilung von Wunden aus. Ihr wisst mehr, als Ihr zugeben wollt.«

»Das ist allein meine Sache«, fauchte Oda. »Es geht Euch nichts an. Ich habe auch nicht gefragt, was in dieser Stadt nicht stimmt. Warum so viele Familien Trauer tragen. Ich akzeptiere, dass es Dinge gibt, über die man nicht sprechen möchte, und das solltet Ihr auch. Und nun geht mir aus dem Weg, damit ich Eurer Schwester und den anderen helfen kann.«

20. MILO

Milo hatte das Gefühl, dass sich all seine Organe um seinen Bauch versammelt hatten. Den Hintern spürte er überhaupt nicht mehr, und die Arme waren schwer wie Blei.

Seit Stunden saß er jetzt schon auf dem Pferderücken und klammerte sich an Rough, den zwielichtigen Anführer der Männer aus dem Haus der Wahrheit. Zwielichtig wegen der vielen Dinge, die nicht gesagt wurden. Rough schien nichts davon zu halten, andere an seinen Gedanken und Plänen teilhaben zu lassen – weder Freunde noch Gefangene. Milo war sich noch nicht sicher, zu welcher Seite er gehörte. Rough hatte ihm nicht die Wahl gelassen, sich ihnen anzuschließen. Sie hatten ihn einfach auf ein Pferd gehoben und waren mit ihm losgeritten. Alles, was er wusste, war, dass sie nach Zargenfels reisten, um dort jemanden zu treffen, der sich ebenfalls für das sonderbare Zeichen auf Milos Siegelring interessierte. Die wenigen Anweisungen, die Rough gab, wurden entweder geflüstert oder unter vier Augen weitergegeben. Die Männer um Rough schienen kaum eigene Entscheidungen zu treffen. Sie hörten auf ihren Anführer. Untereinander redeten sie auch kaum. Entweder mochten sie sich nicht, oder es gab nichts zu reden. Die meisten schienen sich auf das zu konzentrieren, was vor ihnen lag – was immer das auch sein mochte.

Milo redete sich ein, ein Mitglied der Gruppe zu sein. Immerhin trug er keine Fesseln, und keiner der Männer hatte ihn geschlagen oder behandelt wie einen Gefangenen. Sie ritten zusammen, sie schliefen zusammen, und sie aßen zusammen. Das alles war Grund genug für Milo, sie als Gefährten anzusehen und die Situation dadurch erträglicher zu machen. Außerdem brachten sie ihn genau dorthin, wo Meister Gindawell ihn hingeschickt hatte. Den Plan, seinen Bruder zu befreien, musste er schweren Herzens zurückstellen. Aber wer wusste, wofür es gut war. Vielleicht fand er auch etwas über den Zweitgeborenen heraus und bekam Bonne so frei. Doch aller Wahrscheinlichkeit nach saß sein Bruder ohnehin schon bei Tante Rubinia im Krähenturm, wärmte sich die Füße am Feuer und stopfte sich Blaubeermuffins in den Mund.

Milo hatte unterdessen ganz andere Probleme. Er umklammerte Rough, um nicht vom Pferderücken zu fallen, doch anstatt sich an der breiten Gürtelschnalle festzuhalten, hielt er mit einer Hand den Beutel mit süßen Weizenkeksen, die er aus Ningoths Haus mitgenommen hatte, und mit der anderen versuchte er, sich einen der Kekse in den Mund zu stopfen. Genau genommen, war es schon der vierte, aber die anderen hatten nur zum Teil den Weg in seinen Mund gefunden. Das ewige Auf und Ab machte es fast unmöglich, einen Keks zu essen und ihn sich nicht ins Auge zu rammen oder an der Stirn zerbröseln zu lassen. Was sonst zu Milos Paradedisziplinen zählte, selbst unter widrigen Umständen, wurde auf dem Rücken eines Pferdes zur reinsten Tortur.

»Hinter der Anhöhe machen wir Halt!«, rief Rough seinen Kameraden zu. »Wir werden die Stadt erst einmal beobachten. Ich habe keine Lust, mich in eine Schlacht zu stürzen, die vielleicht schon verloren ist.«

Milo war schleierhaft, wovon er redete. Eine Schlacht? Seit dreihundert Jahren gab es keinen Krieg mehr in Graumark. Das Land hatte nicht viel zu bieten, und um Grenzstreitigkeiten zu verhindern, hatte jedes Volk vor langer Zeit seine Gesandten geschickt, die sich hier niedergelassen hatten. Von einem Krieg hätte man sicherlich bereits gehört, bevor Zargenfels darin verwickelt worden wäre. Außerdem besaß niemand in Graumark ein Heer, das es sich erlauben konnte, sich die anderen Völker zum Feind zu machen.

Die Zwerge waren gierig nach Gold und Edelsteinen, und Milo hätte ihnen auch zugetraut, dafür einen Krieg anzuzetteln. Da aber die einzig lohnenden Schürfstellen und möglichen Silberadern ohnehin schon in Zwergenhand waren, gab es nichts in Graumark, das sie noch interessieren könnte.

Von den Elfen im Graumark konnte man vieles behaupten, nur nicht, dass sie kriegerisch veranlagt waren. Meister Gindawell hatte mal in einem Anflug von Scherzhaftigkeit gesagt, dass Elfen keine Kriege gegen andere Völker führen würden, weil es unter ihrer Würde wäre, sich mit fremden Rassen auf ein körperliches Handgemenge einzulassen. Dies erklärte auch, warum die Elfen zurückgezogen von allen anderen im Hochmoor lebten und es auch nur selten verließen.

Den Menschen wiederum konnte man zweifelsohne einen gewissen Hang zum Kriegerischen nachsagen. Wann immer es etwas Begehrenswertes gab, das jemand anderer besaß, waren sie nicht zimperlich mit dem Blutvergießen. Und selbst wenn es nichts gab, was sie haben wollten, missgönnten sie den anderen den Frieden. Die Menschen in Graumark waren sicherlich nicht anders als anderswo, doch fehlte es ihnen an großen Führern und den Ressourcen, so einen Krieg führen zu können. Zargenfels war bekannt für die vielen Andersdenker und Weltverbesserer. Lord Solwin war längst gezwungen, sein eigenes Heer mit Söldnern aufzufüllen, weil er nicht genügend eigene Krieger fand. Selbst die Stadtwachen litten unter Unterbesetzung. Auf jeden Kampfwilligen kamen Hunderte, die sich lieber mit Schreibfedern bewaffneten.

Blieben nur noch die Halblinge, aber der Gedanke, dass sie einen Krieg angezettelt hätten, war mehr als absurd. In der Geschichte des kleinen Volkes bis zurück zu den Anfängen gab es keinen einzigen Krieg, den sie geführt hatten, ja noch nicht einmal einen, in dem sie explizit erwähnt worden wären.

»Ho-ho, immer langsam mit den jungen Rössern!«, rief ein Händler, der vor den galoppierenden Pferden mit einem Satz an den Wegesrand flüchtete. »Zargenfels rennt schon nicht davon, es schwelt nur etwas vor sich hin.«

Rough und seine Männer waren direkt in eine Händlerkarawane hineingeritten. Je ein halbes Dutzend Wagen hatten die Kaufleute zu beiden Seiten des Weges ins Grün gelenkt, wo ihre Tiere in Ruhe grasen und sich ausruhen konnten.

Rough riss den Arm in die Höhe und befahl seinen Kameraden anzuhalten. Sein Pferd tänzelte auf der Stelle und stieg auf die Hinterbeine. Milo bekam gerade noch rechtzeitig Roughs Schwertgürtel zu packen, um nicht aus dem Sattel zu rutschen.

»Was ist los, warum lagert ihr hier?«, rief Rough einem der Händler zu. »Habt ihr Probleme? Können wir irgendwie helfen?«

Der Händler trat unerschrocken vor und packte das Pferd am Halfter. Mit aufgeblähten Nüstern kam das Tier herunter, tänzelte aber nervös weiter auf der Stelle. Rough tätschelte ihm den Hals, um es zu beruhigen. Der Händler zeigte in Richtung der Stadt. Zargenfels lag noch gute zwei Meilen entfernt. Dunkle Rauchsäulen stiegen über den Dächern im Norden und Osten der Stadt auf.

»Wir warten ab, bis sich die Revolte in den Westen verlagert hat. Wir können es uns nicht leisten, unsere Waren zu verlieren, weil ein paar hitzköpfige Schreiberlinge sich nicht unterordnen wollen. Aber wie ich gehört habe, sollen sie sich recht wacker schlagen.«

Rough stellte sich in den Steigbügeln auf und warf einen abschätzenden Blick auf Zargenfels.

Der Händler begnügte sich derweilen damit, Milo nicht weniger kritisch zu betrachten. Nach einem Moment begann er, hämisch zu grinsen und mit dem Kopf zu nicken, als wenn ihm eine der großen Wahrheiten auf einem Silbertablett präsentiert worden wäre.

Milo wusste nicht genau, wie er auf das dreiste Starren des Mannes reagieren sollte, darum versuchte er es mit einer belanglosen Konversation: »Hallo, wie geht's?«

Der Händler glotzte ihn an, als wenn er erwartet hätte, dass Halblinge nur quieken oder grunzen könnten, aber auf keinen Fall dieselbe Sprache beherrschten wie er.

»Du machst in Tunneln und Kanalisationen, stimmt's?«, sagte der Händler. »Ich habe von solchen wie euch gehört.«

»Was habt Ihr denn gehört?«, fragte Milo unverhohlen.

»Dass man euch bei Belagerungen einsetzt. Dass es kein Schlupfloch gibt, das ihr nicht findet. Und dass ihr durch Kriechgänge passt, durch die sonst nur Ratten kommen.« In der Stimme des Händlers schwang zugleich Missachtung und Bewunderung mit.

Milo hatte immer noch keine Ahnung, wovon der Mann sprach. Aber eine Antwort wollte er ihm auch nicht schuldig bleiben. »Die, von denen Ihr gehört habt, sind die Schmalfußens«, sagte er, wobei der Name nur ausgedacht war. »Wir sind die Blaubeers und machen in Honigtörtchen und Kürbiskompott.«

Der Händler stutzte einen Moment und wandte sich dann mit grimmigem Gesicht wieder an Rough: »Wenn Ihr wollt, können wir Euch gern unserer Waren einmal zeigen. Vielleicht ist etwas dabei, was Ihr gut gebrauchen könnt.«

»Nein, danke«, knurrte Rough, »wir haben alles, was wir brauchen. Und an Eurer Stelle würde ich nicht darauf warten, dass der Aufstand vorübergeht. Versucht Euer Glück lieber woanders.«

Der Händler lachte.

»Wir setzen nicht auf Glück. Das brauchen nur die Geschäftsuntüchtigen. Nein, nein, wir sind hier schon genauso richtig wie Ihr. Ich will nur meine Waren nicht an die falsche Seite verlieren.«

»Und welche Seite wäre das?«, fragte Rough.

Milo sah, wie sich Roughs Augen verengten und er wie ein Raubvogel auf den Händler herunterblickte, als wäre er ein Hase.

»Die Seite, die kein Geld hat«, lachte der Händler. »Ihr Söldner haltet es schließlich genauso. Im Grunde genommen sind wir uns recht ähnlich. Was nützen wankelmütige Versprechungen, wenn man sich Wohlwollen auch erkaufen kann. Auf Leute wie uns ist eben Verlass – wenn man sich unsere Dienste leisten kann.«

Rough hob erneut den Arm und ballte dabei die Faust. Das Zeichen zum Absitzen. Er schwang sich aus dem Sattel und klopfte dem Händler freundschaftlich auf die Schulter.

»Ich bin Rough«, sagte er, »und das hier sind meine Männer. Vielleicht könnten wir doch das ein oder andere von dem gebrauchen, was Ihr anbietet. Lasst mal sehen, was Ihr in Euren Wagen habt.«

»Mein Name ist Koster«, erwiderte der Händler mit breitem Grinsen und reichte Rough die Hand. »Kommt, seht selbst. Wir haben die besten Schmiedearbeiten, die das Land zu bieten hat. Feiner Stahl aus Lonnas. Nicht dieses wertlose Zeug, das sie in den Schmieden in Zargenfels verarbeiten. Echte Meisterarbeit.«

Rough ließ sich von Koster zu einem der Wagen führen. Auf dem Weg dahin wies er mit einigen Kopfbewegungen seine Männer an, sich unter die Händler zu mischen. Milo hatte er einfach auf dem Pferd sitzen gelassen. Für einen kurzen Moment spielte Milo mit dem Gedanken, schnell davonzureiten, doch als Rough eine geladene und gespannte Armbrust aus einem der Wagen zog, verging ihm die Lust auf einen Ausritt.

»Wirklich ausgezeichnete Handwerksarbeit«, lobte Rough das Angebot des Händlers. »Sind in den anderen Wagen auch überall Waffen?«

»Nein, nur in vieren«, erklärte Koster. »In den anderen Wagen findet ihr alles andere, was das Herz eines Söldners höher schlagen lässt. Dort drüben sind Rüstungen und Schilde. Gleich in dem hier vorn: alles Mögliche – vom guten Rum, über Wundsalbe bis hin zum Nesselkraut, um Fieber zu senken. Wir haben Schleifsteine, Fußstulpen, Verbände, eiserne Rationen und vieles mehr, was man auf dem Schlachtfeld und im Straßenkampf vorzüglich gebrauchen kann. Wir haben sogar ein paar Sachen, die Eurem Halbling passen könnten. Er wird ja schließlich nicht den ganzen Tag lang durch die Kanalisation krabbeln, oder? Sind eigentlich für Knappen gedacht.«

Rough zielte mit der Armbrust abwechseln auf Milo und das Pferd, auf dem er saß. Wahrscheinlich sollte es aussehen wie eine Spielerei unter harten Kerlen. Bei den meisten Männern schien es auch so anzukommen, wie die Grunzlaute und Lacher bewiesen, doch Milo fühlte sich mit einem Mal nicht mehr wie ein Gefährte, sondern doch eher wie ein Gefangener.

»Tagsüber halten wir ihn meist in einer Kiste«, schnaubte Rough. »Die kleinen Viecher neigen dazu, alles anzunagen. Da ist es schon besser, man lässt sie nicht frei herumlaufen. Flinke Finger haben sie auch, also passt lieber auf, wo Ihr Eure Börse tragt.«

Das war eindeutig ein Schlag unter die Gürtellinie, befand Milo. Solche Sprüche wurden natürlich immer irgendwo geklopft, doch selten so offen ins Gesicht eines Halblings. Unter Trunkenbolden in irgendwelchen dunklen Spelunken, zum Besten gegeben von irgendwelchen Selbstüberschätzern, die dachten, ihre Rasse sei die einzig wahre.

Kosten jedenfalls schien dies Gehabe zu gefallen. Und es schien ihm noch mehr zu gefallen, als Rough einen vollen Beutel Münzen aus der Tasche zog.

»Unbestritten eine wirklich gute Arbeit«, sagte Rough und legte die Armbrust zurück auf den Wagen. »Ich glaube, ich werden sie nehmen.«

»Und braucht Ihr noch etwas für Eure Männer? Oder den kleinen Nager?«, sagte Kosten, der ein gutes Geschäft witterte.

»Ich meinte nicht nur die Armbrust. Ich meinte alles.«

Für den Augenblick eines Herzschlages leuchteten die Augen des Händlers wie zwei Edelsteine, doch dann fiel der Zweifel über ihn her wie die gierigen Hände eines Zwerges nach den Gemmen.

»Nichts lieber als das, doch ich bezweifle, dass Ihr über genügend Gold verfügt, um Euch alles leisten zu können.«

Milo konnte nicht genau sagen, ob der Händler zu diesem Zeitpunkt schon ahnte, dass sein Geschäft in die verkehrte Richtung lief, doch als Rough ihm urplötzlich einen Dolch an die Kehle setzte, war es eindeutig.

Roughs Kameraden zogen ebenfalls ihre Klingen blank und schnappten sich jeweils die Händler und Wagenlenker, die ihnen am nächsten standen. Keiner aus der Karawane hatte Zeit, auf den Überfall zu reagieren. Die Handvoll Männer, die keine Klinge an der Kehle sitzen hatten, schienen mit sich zu hadern, was sie unternehmen sollten. Um das Leben ihrer Kollegen aber nicht zu gefährden, entschlossen sie sich, klein beizugeben. Sie nahmen die Hände von den Schwertgriffen und hielten sie halbhoch, ihre Handflächen zeigend.

»Ehrlich gesagt, war ich davon ausgegangen, dass Ihr uns Eure Waren allein der guten Sache wegen überlasst«, knurrte Rough.

»Und was für eine Sache soll das sein?«, keuchte Kosten.

»Den Schreiberlingen, wie ihr sie nennt, eine faire Chance zu geben, für ihre Überzeugung einzustehen und Euer Leben zu retten. Wenn das nicht ein paar Wagenladungen Waffen und Rüstungen wert ist, dann weiß ich auch nicht. Wie denkt Ihr darüber?«

Kosten wechselte zwischen Kopfnicken und Schütteln hin und her, gerade so viel, dass die Spitze der Klinge an seinem Hals die Haut nicht ritzte.

»Ich wusste, dass Ihr ein vernünftiger Mann seid. Ich sage Euch jetzt, wie es weitergeht. Ihr fahrt genau wie geplant nach Zargenfels hinein. Meine Männer und ich werden bei Euch mitfahren, damit Ihr nicht versehentlich verkehrt abbiegt und zufällig auf eine Patrouille Regorianer trefft. Sobald wir das Stadttor passiert haben, haltet Ihr Euch südlich. Ihr werdet, ohne anzuhalten, bis zu dem kleinen Handwerksmarkt nahe der Stadtmauer fahren. Ihr stellt Eure Wagen direkt unter dem Wehrgang ab. Ab dann heißt es nur noch, warten und hoffen, dass keine dummen Zufälle passieren. Habt Ihr alles verstanden?«

Kosten nickte vorsichtig, um nicht doch noch Bekanntschaft mit dem Dolch an seinem Hals zu machen.

Rough teile seine Männer den verschiedenen Wagen zu. Mit gezückten Dolchen und Kurzschwertern hockten sie hinter den Kutschböcken und gaben acht, dass sich alle an den Plan hielten. Milo sollte vorn auf dem ersten Wagen bei Kosten und einem weiteren Kaufmann Platz nehmen. Rough und einer seiner Männer saßen hinter ihnen, geschützt vor neugierigen Blicken unter Plane und Spriegel.

Eine halbe Stunde später setzten sich die Wagen in Bewegung. Milo hatte versucht, außen auf der Kutschbank zu sitzen, doch Rough hatte sein Vorhaben schnell durchschaut.

»Setz dich zwischen die Händler«, hatte er gefaucht. »Ich will nicht, dass du zufällig vom Wagen fällst und das Weite suchst. Weißt du, ich war mal recht gut mit der Armbrust. Wir haben früher immer auf Raben geschossen. Halblinge sind wesentlich größer als Raben, und ihr könnt nicht einmal fliegen.«

»Aber ich war schon mal kurz davor«, entfuhr es Milo. »Sturzflug ist meine Spezialität.«

Milo spürte einen spitzen Gegenstand in seinem Rücken.

»Dann werde ich auf dich eben besonders achtgeben«, flüsterte Rough.

Bis sie die Stadt erreichten, sagte keiner von ihnen mehr ein Wort. Milo zweifelte nicht daran, dass Rough seine Drohung sofort in die Tat umsetzen würde, sobald jemand versuchte, zu fliehen oder Alarm zu schlagen.

Das Osttor von Zargenfels war verschlossen. Ein ungewohnter und unheimlicher Anblick für eine Stadt, in der sonst Tag und Nacht die Straßen voller Menschen waren und so viele von ihnen ein- und ausgingen, dass man die Tore unmöglich bei jedem Passanten öffnen und schließen konnte.

Vier Soldaten in Lederrüstung bewachten das Stadttor, und zwei weitere standen oben auf den Wachtürmen, bereit, Alarm zu schlagen, falls es Ärger geben sollte.

Einer der Soldaten trat vor, als sie näher kamen, und hob den Arm zum Gruß. »Ihr habt Euch die falsche Zeit ausgesucht, um in Zargenfels Geschäfte zu machen!«, rief er ihnen bereits zu, noch bevor die Wagen zum Stehen gekommen waren. »In der Stadt herrscht Tumult. Einige Quergeister haben zur Revolte aufgerufen, und der Pöbel hat sich ihnen angeschlossen.«

Koster stöhnte leise auf, als Roughs Kollege ihm einen Dolch an den Unterleib setzte.

»Wir sind genau am richtigen Ort, und wie es scheint auch genau zur richtigen Zeit gekommen«, entgegnete Koster. »Hier sind sechs Wagenladungen mit Waffen, Rüstungen und allerlei hochwertigem Handwerkszeug. Die Sachen sind für die Regorianer.

Nur weil man gegen den Pöbel zieht, heißt das nicht, dass man ein schartiges Schwert in den Kampf führen sollte. Wie Ihr also seht, sind wir genau richtig hier.«

Der Wachsoldat nahm die Hand vom Schwertknauf und ging zum hinteren Teil des Wagens. Er zurrte etwas an der Plane herum und warf einen Blick auf die Ladefläche.

»Ihr habt mehr Männer dabei als üblich«, sagte er, als er zurück zum Kutschbock kam.

»Querköpfe und gemeiner Pöbel sind für Soldaten und Söldner vielleicht keine Gegner, doch wir sind einfache Händler, die über gehärteten Stahl besser reden, als mit ihm umgehen. Ich würde ungern sechs Wagenladungen in die Hände von Männern fallen lassen, die noch nicht einmal ihr Bier selber zahlen können und darauf hoffen, mich mit Gedichten entlohnen zu können.«

Das schien dem Soldaten als Begründung zu reichen, jedenfalls die drei Schritte lang, die er auf das Tor zumachte. Dann drehte er sich plötzlich um und sah Milo misstrauisch an.

»Und welche Aufgabe hat der Halbling in Eurem Trupp?«, fragte er Koster. »Ihr werdet ihn sicher nicht als Leibwächter engagiert haben.«

Bevor Koster antworten konnte, ergriff Milo bereits das Wort: »Ich passe die Rüstungen an, kürze Bänder und Riemen, umwickle Waffenknäufe mit Leder, Leinen oder Sisal. Außerdem stelle ich Federschmuck her, sticke Embleme und hämmere Gravuren, Siegel oder sogar ganze Wappen in Harnische. Und während der Reisen sorge ich für das leibliche Wohl und den Frohsinn.«

Der Soldat zog eine Augenbraue hoch.

»Wollt Ihr eine Kostprobe?«, rief Milo und warf ihm einen der Weizenkekse aus seinem Beutel zu. »Gestern frisch gebacken.«

Der Soldat fing das Gebäckstück mit einer Hand. Drehte es in der Hand, roch daran und knabberte vorsichtig an einer Ecke.

»Hm, lecker«, befand er und schob den Rest hinterher. »Wenn Eure Handwerksarbeit genauso gut ist wie Eure Backkunst, hat er mit Euch einen guten Fang gemacht.«

»Einen zum Preis von keinem«, rief Milo. »Ich werde nach Größe bezahlt.«

Der Soldat lachte. »Öffnet das Tor!«, rief er den Männern auf den Türmen zu.

»Tor auf!«, gaben sie das Kommando lautstark weiter.

Das Klirren von Ketten und das Drehen eines Holzrades waren zu hören. Einen Augenblick später begann sich das Tor zu öffnen, und die Wagen konnten passieren.

In den Straßen von Zargenfels herrschte alles andere als reges Treiben. Zwar waren einige Bürger zu sehen, doch liefen diese dicht gedrängt an den Fassaden der Häuser entlang, um gleich darauf wieder in einem der dunklen Eingänge zu verschwinden. Andere überquerten mit weiten Schritten die Straße und eilten weiter in irgendwelche kleine Gassen. Ein alter Mann zerrte an einem Esel herum.

»An der Südmauer entlang bis zum alten Handwerksmarkt. Du weißt doch, wo das ist, oder?«, flüsterte Rough von hinten.

Koster nickte stumm und lenkte die zwei Pferde in eine Seitenstraße.

Aus dem Inneren der Häuser verfolgten sie düstere Blicke durch die Fenster hindurch. Türen und Läden wurden geschlossen, als die Wagen vorbeizogen. Eine junge Frau nahm zwei Kinder an die Hand und zerrte sie in einen Hauseingang.

»Die Leute scheinen misstrauischer geworden zu sein«, sagte Milo. »Früher haben uns die Kinder immer zugewunken und wollten unsere Füße sehen, weil sie es so lustig fanden, dass jemand so klein ist wie sie und trotzdem die Füße von Erwachsenen hat.«

»Sie sind nicht misstrauisch«, erwiderte Kosten. »Vor allen Dingen haben sie Angst. Die Unsicherheit geht um. In Zeiten des Bürgerkrieges kann niemand sagen, ob der Nachbar noch ein Freund ist, ob die Stadtwache einen nicht im nächsten Moment in den Kerker sperrt, oder ob der eigene Sohn die Familie bei den Priestern anschwärzt. Es erwächst aus einer Nichtigkeit, und plötzlich brennt alles um einen herum, und einer nach dem anderen stirbt. Nichts ist schlimmer als ein falscher Freund, der seit Jahren neben dir wohnt. Es gab Städte, die galten als uneinnehmbar, und dennoch sind sie gefallen – durch die Hand der eigenen Bürger. Es ist wie ein Fieber. Von außen sieht man es kaum, doch innen drin, da brennt es lichterloh.«

»Ja, es beginnt immer mit Nichtigkeiten, wie mit einer alten Eiche, die keine Blätter mehr trägt«, sage Milo halb in Gedanken.

Sie führten ihn zurück nach Eichenblattstadt. Was Kosten gesagt hatte, kam ihm bekannt vor. Irgendwie hingen alle Ereignisse der letzten Zeit miteinander zusammen. Was in Eichenblattstadt passiert war, passierte hier wieder, nur größer. Und all das hatte etwas mit dem Zeichen auf dem Ring an seinem Finger zu tun.

Milo betrachtete ihn erneut. Doch wie lange er auch darauf starren mochte, es blieb eine Ansammlung von Zeichen und Symbolen, die von längst vergessenen Göttern erzählten, mehr nicht.

»Was ist das?«, fragte Kosten ihn.

»Das ist der Grund, warum ich gezwungen wurde, mich diesen Männern anzuschließen.«

»Wegen dieses kleinen Stücks Metall?«, lachte Kosten. »Dann sind wir eindeutig der bessere Fang.«

»Seid ruhig, da vorne«, zischte Rough und verpasste jedem von ihnen einen Stoß in die Rippen.

Einem Halbling den Mund zu verbieten war in etwas so, wie einem Huhn zu verbieten, Würmer aus dem Mist zu picken – hoffnungslos. Doch Milo erinnerte sich daran, wie die Diskussionen in Eichenblattstadt zu Hasstiraden geworden waren und zu was das geführt hatte. Schon oft hatte sein loses Mundwerk ihn in Schwierigkeiten gebracht, aber sein Leben wollte er dafür nicht aufs Spiel setzen.

21. NELF

Der lange Treck aus Wagen und leichteren Karren kam zum Stehen. Es war eine Wohltat, nicht ständig auf den harten Holzbänken hin und her geworfen zu werden. Nelf hatte sich zusammen mit Tislo in eine Ecke gezwängt und in eine muffige Decke eingewickelt. Mit ihnen zusammen befanden sich noch fünf Zwerge in dem Wagen und ein Elf, der mit Lederriemen gefesselt und mit einem Seil an die hölzerne Bank gebunden war.

Eine der Wachen schlug im Vorbeigehen mit Wucht gegen die Gitterstäbe des Wagens. Die Zwerge dösten. Einer von ihnen wurde durch den Lärm geweckt, schlug die Augen auf und sah hinüber zu Nelf. Dann lächelte er.

»Er ist ganz schön sauer«, sagte der Zwerg. »Das bedeutet, deine Schwester ist noch am Leben und weiterhin auf der Flucht.«

»Das tut mir leid für ihn«, sagte Nelf, »denn wenn er es nicht schafft, sein Gemüt anders aufzuhellen, wird er bis in alle Tage ein alter Griesgram bleiben. Oda werden sie auf keinen Fall wieder einfangen. Dafür ist sie viel zu schlau.«

Der Zwerg nickte düster.

»Ich wünsche dir, dass du Recht behältst. Es war nicht richtig, euch mit auf diese Reise zu nehmen. Ihr habt mit der ganzen Sache nichts zu tun. Genau wie ich und meine Söhne. Es ist Wahnsinn.«

Nelf beugte sich etwas vor, und Tislo tat es ihm nach.

»Wohin reisen wir denn, und was geschieht mit uns, wenn wir ankommen?«, flüsterte Nelf.

Der Zwerg lehnte sich zurück, verschränkte die Arme vor der Brust und schloss die Augen.

»Du verkennst die Situation«, schnaubte er. »Wir haben weder zusammen gesoffen, noch sind wir verwandt. Alles, was wir gemeinsam haben, ist, dass wir in einem Karren gefangen gehalten werden. Das heißt aber nicht, dass wir Freunde sind und ich all meine Gedanken und mein Wissen mit dir teilen möchte. Nimm es mir nicht übel, aber du bist eben kein Zwerg. Und bevor ich meine Sippe verrate, bedarf es schon einiges mehr als ein gemeinsames Schicksal.«

»Was für ein Schicksal?«, fragte Tislo nervös.

»Den Tod«, grunzte der Zwerg. »Wenn ihr lauscht, könnt ihr schon seine Schritte näher kommen hören.«

»Lilieth menee nagoth naran«, kommentierte der Elf. »Lunef akan siliman netrobek.«

Der Zwerg trat mit dem Fuß nach dem Elfen, verfehlte ihn aber. »Halt bloß das Maul, altes Spitzohr«, fluchte er. »Ich weiß genau, dass du uns verstehst. Aber anstatt zu reden wie ein Mann, fistelst du seit Wochen dieses Kauderwelsch.«

»Er hat gesagt, dass man die Schritte des Todes nicht hören kann, weil er aus den Bäumen kommen wird«, übersetzte Nelf.

»Ach, was weiß er schon?«, grollte der Zwerg. »Wir haben ihn mit Steinen vom Baum runtergeholt. Welches halbwegs intelligente Wesen flüchtet sich auf einen Baum, wenn es nicht fliegen kann?«

»Eichhörnchen«, entfuhr es Tislo.

Der Zwerg verdrehte die Augen. »Wie konnte ich die nur vergessen.«

Erneut hämmerte ein Zwerg gegen die Gitterstäbe. »Aufwachen ihr Abschaum!«

Es war Dorimbur, und seine Stimme verriet, dass er schlecht gelaunt war, was aber so gut wie immer der Fall war. Zwei Zwerge öffneten die verstärkte Gittertür zum Käfigwagen und traten einen Schritt zurück. Dorimbur drängte sich an ihnen vorbei und stellten einen Fuß auf die zweistufige Stiege.

»Kaum zu fassen«, höhnte er. »Der eine ein Elf, der andere ein Zwerg. Beide so verschieden wie Tag und Nacht. Und dennoch schaffen es etwas Metall und ein paar Fesseln, euch beide gleich trostlos aussehen zu lassen.«

»Wenn du denkst, meine Söhne oder ich würden dir nach ein paar Tagen im Käfigwagen die Treue schwören, hast du dich geschnitten, Dorimbur.«

»Ich brauche deine Treue nicht, Umrin Bruchschiefer. Es reicht mir völlig, wenn du angekettet als Sklave im Stollen stehst und Schutt wegschaufelst. Ich bin nicht wegen dir hier. Ich brauche das Langohr. Er soll sich etwas ansehen.«

Dorimbur bedeutete den beiden Zwergen, die hinter ihm warteten, den Elfen aus dem Wagen zu holen.

»He, ihr da, ihr Halblinge, ihr beherrscht die Sprache der Spitzohren, stimmt's.«

Tislo und Nelf nickten.

»Dann nehmt einen von den beiden mit«, befahl er seinen Männern. »Der andere bleibt hier.«

Die Zwerge entschieden sich für Nelf. Zusammen mit dem Elfen verließen sie den Wagen. Als Nelf hinter ihnen von der Rampe hüpfte, packte ihn Dorimbur am Genick.

»Falls du ebenfalls versuchen solltest, zu flüchten wie deine Schwester, schwöre ich dir, werde ich deinem Bruder den Schädel zertrümmern, bevor du außer Rufweite bist. Du wirst seine Schreie hören, dass verspreche ich dir.«

Nelf versuchte, sich aus dem Griff des Zwerges herauszuwinden, doch es gelang ihm erst, als Dorimbur ihn von sich stieß und er zu Boden ging.

»Warum sollte ich flüchten, wir haben es doch so gut bei Euch«, frotzelte Nelf. »Wir haben ein Dach über dem Kopf, werden umhergefahren wie Lords, und ein ganzes Heer Zwerge wacht darüber, dass uns nichts zustößt. Besser könnte es doch gar nicht sein.«

»Aber schlechter, und das solltest du lieber nicht vergessen.«

Nelf wurde von einem der Zwergenwächter hochgezerrt. Man geleitete ihn und den Elfen ein Stück ab vom Weg. Die Farne und Büsche waren hier so hoch, dass sie Nelf überragten. Spinnenweben klebten in seinem Gesicht fest, und der Tau auf den Blättern durchnässte seine Hose. Er wusste, dass Dorimbur nur darauf wartete, dass er versuchte wegzulaufen. Doch diesen Gefallen würde er ihm heute nicht tun. Die Wagen des Trecks waren immer noch zu sehen, als sie plötzlich stehen blieben.

»Nanin de tross?«, fragte der Elf.

Nelf übersetzte Dorimbur und seinen zwei Schergen: »Und was ist hier?«

Die drei Zwerge grinsten bösartig und wandten ihre Blicke nach oben in die Bäume.

»Natas ungalik trvon!«, brüllte der Elf, als er den Späher seiner Rasse sah, der eingeklemmt in einer Astgabel hing. Ein halbes Dutzend Armbrustbolzen steckte in seinem Körper.

»Ihr verdammten ...«, begann Nelf zu übersetzen, wurde aber von Dorimbur unterbrochen.

»Wir haben ihn schon verstanden«, sagte er. »Frag ihn lieber, ob noch weitere von seinen Freunden hier in den Bäumen sitzen. Sag ihm, wenn er nicht kooperiert, werde ich meine Männer ausschicken und den ganzen südlichen Teil des Düsterkrallenwaldes durchkämmen und jeden Elf foltern und dann töten lassen, der mir in die Hände gerät. Ich werde sie wissen lassen, dass er an ihrem qualvollen Ende schuld ist. Es sei denn, er erzählt uns, wie wir sie umgehen können.«

Nelf übersetzte, so gut er konnte, doch der Elf spuckte angewidert aus, noch bevor er ausgesprochen hatte.

Die Spucke hatte noch nicht den Boden berührt, da schlug Dorimbur dem Elfen den Schaft seines Hammers in den Bauch. Der blonde Krieger klappte in sich zusammen wie ein Brett, das man durchbrach, aber immer noch an einigen Fasern zusammenhing. Um ganz sicher zu gehen, dass der Elf verstanden hatte, was Dorimbur von seiner Beleidigung hielt, trat er noch einmal zu, als das Spitzohr keuchend am Boden lag.

»So werdet Ihr ihn nicht dazu bringen, Euch zu helfen«, wandte Nelf ein, was dem Elfen noch einen weiteren Tritt einbrachte.

»Wir brauchen seine Hilfe nicht«, gestand Dorimbur. »Ich hatte nur ein wenig Lust, jemanden zu verprügeln. Außerdem wollte ich sein Gesicht sehen, wenn ich ihm zeige, was wir mit seinen Freunden machen, wenn sie unseren Weg kreuzen.«

Nelf wusste, dass die Zwerge übellaunige Gesellen sein konnten, schließlich hatte er es schon am eigenen Leib erfahren, doch dies hier überstieg das Maß, selbst für Zwerge.

»Und welchen Weg schlagt Ihr ein? Der Düsterkrallenwald endet hier bald. Dahinter liegt nur das Hochmoor, in dem die Elfen leben. Ich glaube, Ihr seid nicht so dumm, Eure Männer in die Baumstadt zu führen. Ihr würdet es nicht einmal in die Nähe schaffen. Die Elfen sind Euch drei zu eins überlegen.«

Jetzt war es an Nelf, zu Boden zu gehen. Dorimburs Axtstiel traf ihn auf der Brust, und er hatte das Gefühl, seine Rippen würden brechen.

»Ich weiß deine Anteilnahme zu schätzen, doch wage es nie wieder, mir Ratschläge zu erteilen. Du hast Recht, drei zu eins ist ein schlechtes Verhältnis – für die Spitzohren. Dennoch werde ich nicht ein einziges Leben meiner Männern opfern, nur um die Blätterputzer von ihren Bäumen zu vertreiben.«

»Dann wollt Ihr nicht die Elfen angreifen?«, stöhnte Nelf, der immer noch schlecht Luft bekam.

»Wir lassen die Wagen zurück und gehen zu Fuß weiter«, verriet Dorimbur. »Wir ziehen zur Südschlucht und werden die größte Mine in der Zwergengeschichte errichten.« Dann lachte er hämisch.

Nelf war nicht wohl bei den Gedanken – weder bei dem, zu Fuß weiterziehen zu müssen, noch bei dem, Dorimbur durch ein Bauwerk zum Ruhm zu verhelfen. Außerdem hatte er immer gedacht, die Größe einer Mine wurde durch die Ergiebigkeit der Erz- oder Steinadern diktiert. Das jemand schon vor Beginn des Abbaus wusste, was ihn erwartete, war ihm neu.

22. DORN

Dorn hockte zusammen mit Senetha in dem dunklen und muffig riechenden Keller. Er konnte nicht einmal genau sagen, unter welchem Haus er sich befand. Sie waren Hals über Kopf geflüchtet, um den Stadtwachen zu entkommen. Als Narik von seinen Männern in einen Kellereingang geleitet wurde, waren sie hinterher, ohne nachzudenken.

Er und Senetha saßen etwas abseits von Narik und seinen Männern. Nachdem Dorn es gewagt hatte, den glorreich dargestellten Sieg über die Regorianer in Frage zu stellen, hatte sich die Stimmung zwischen ihnen verfinstert.

»Wenn wir es nicht schaffen, die Stadt innerhalb der nächsten Tage zu verlassen, werden wir hier unseren Tod finden«, flüsterte Dorn Senetha zwischen zwei Löffeln Rübeneintopf zu. »Ich habe so etwas wie hier schon öfter gesehen. Es wird keine Einigung geben. Sie werden so lange kämpfen, bis sie sich aufgerieben haben, und das schließt uns mit ein.«

»Aber vielleicht können sie sich gegen die Regorianer behaupten«, wandte Senetha ein.

Dorn gab nur einen grunzenden Laut von sich.

»Woher willst du das wissen? Es sind gute Männer, die für eine gute Sache kämpfen.«

»Es sind tote Männer, die für eine verlorene Sache kämpfen«, erwiderte Dorn. »Du hast doch selbst gesehen, wie die Regorianer sie abgeschlachtet haben. Willst du es ebenso schönreden wie dieser Narr dort drüben? Ich glaube, die Familien der Männer, die gestorben sind, sehen das anders. Das, was dort in der Gasse passiert ist, war kein Sieg. Wir hatten viermal so viele Männer wie die Regorianer, und wir haben sie überrascht. Dennoch hat nur eine Handvoll überlebt. Ein bitterer Sieg, würde ich sagen. Irgendwann, wenn jede Familie in Zargenfels einen Toten zu beklagen hat, wird ihr Kampfgeist brechen. Dann kommt der Augenblick, in dem das echte Massaker beginnt. Wir sind von einem Sieg so weit entfernt wie eine Kuh vom Fliegen.«

»Und, was schlägst du vor?«

»Abhauen, sobald wir die Möglichkeit haben. Versuchen, über die Mauer zu kommen, und das Weite suchen. Das hätten wir übrigens schon vor einer Woche tun sollen, bevor die Stadtwachen sich auf die Seite der Tempeldiener schlugen.«

Dorn verzichtete darauf, zu erwähnen, dass er dies schon einmal vorgeschlagen hatte. Senetha wollte nicht auf ihn hören. Die junge Magierin traf ihre Entscheidungen aus dem Bauch heraus, genau wie Dorn, doch sie stand für die Gerechtigkeit ein, Dorn für das Überleben.

»Bei der nächsten Gelegenheit«, flüsterte sie.

»Man kann sich Gelegenheiten auch schaffen«, verriet Dorn finster und griff an die Seite seines Schwertes. »Zwei gegen sechs ist ein gutes Verhältnis.«

»Untersteh dich«, zischte Senetha. »Sie sind unsere Freunde, auch wenn du das nicht so siehst.«

»Vor solchen Freuden hat mich mein Vater immer gewarnt.«

Dorn und Senetha leerten ihre Schüsseln mit Eintopf. Der Geschmack war erträglich, anscheinend hatte die Brühe sogar ein Stück Fleisch gesehen. Dorn hatte sich gerade zurückgelehnt und die Augen geschlossen, da stürmte ein junger Mann die Kellertreppe herunter und stieß abgehetzt zu ihnen.

»Ningoths Männer sind zurück«, keuchte er. »Sie sagen, dass die Regorianer Ningoth getötet hätten.«

»Wo sind sie jetzt?«, fragte Narik mit besorgter Miene.

»Sie sind auf dem alten Handwerksmarkt an der Südmauer. Sie haben unterwegs ein paar Wagen mit Waffen und Rüstungen ergattern können und die Händler als Geiseln genommen. Rough sagt, wir sollen nach Sonnenuntergang zu ihnen stoßen und genügend Männer mitbringen, um die Waren aufzuteilen. Mit den

Wagen schafft er es nicht durch die Stadt, ohne von den Wachen oder den Regorianern gefasst zu werden. Angeblich stehen sie dort schon seit einem Tag, konnten aber noch keinen Kontakt zu uns aufnehmen.«

Narik wanderte in dem kleinen Raum nachdenklich auf und ab.

»Die Südmauer ist genau richtig für unsere Pläne«, flüsterte Dorn seiner Gefährtin zu. »Wenig Wachen und dahinter viel Buschland, um schnell abzutauchen.«

Senetha nickte, aber in ihrem Gesicht erkannte er Zweifel.

»Und da ist noch etwas«, sagte der Kundschafter. »Rough hat einen Halbling bei sich, der einen Ring trägt, auf dem dasselbe Zeichen ist wie auf dem Amulett der Magierin.« Der junge Mann zeigte auf Senetha.

Narik blieb stehen, und Dorn glaubte, die Andeutung eines Lächelns auf dem Gesicht des blinden Mannes erkennen zu können.

»Trommel so viele zusammen, wie du kannst«, sagte Narik zu dem Kundschafter. »Wir treffen uns um Mitternacht auf dem alten Handwerksmarkt an der Südmauer.«

Der junge Mann nickte und eilte davon.

»Das ist ein Zeichen«, verkündete Narik seinen Männern. »Seht ihr es? Wir sind nicht allein. Auch die anderen Völker haben die Macht des Symbols erkannt. Vielleicht ist diese Rebellion schon weit über die Stadtmauern hinausgetragen worden.«

»Er tut so, als ob er dieses Ding persönlich geschmiedet hätte. Dabei kennt er noch nicht einmal seine Bedeutung«, flüsterte Dorn.

»Aber vielleicht weiß dieser Halbling mehr«, sagte Senetha. »Das kleine Volk kennt viele alte Geschichten und Lieder. Niemand schmückt sich ohne Grund mit solch einem Symbol.«

»Niemand außer dir«, gab Dorn zu bedenken.

Mit der Abenddämmerung waren Wolken aufgezogen, die das schwache Mondlicht erstickten wie ein Kissen auf dem Gesicht eines Sterbenden. Mittlerweile waren es fast drei Dutzend Rebellen, die sich in dem engen Keller versammelt hatten. Die Luft war stickig, und die Stimmung aufgeheizt. Narik gab sich alle Mühe, die Männer und Frauen anzustacheln. Pausenlos erzählte er von der Ungerechtigkeit, die den Bürgern von Zargenfels widerfahren würde, und wie mächtig die Rebellen sein könnten, wenn sie zusammenhielten und sich nicht von Rückschlägen entmutigen ließen.

Dorn kannte solche Reden nur zu gut. Meist wurden sie von irgendwelchen Feldherren in der Nacht vor dem Kampf gehalten. Sie dienten dazu, den Kriegern Mut zu machen und sich von denen zu verabschieden, die am nächsten Tag nicht mehr unter ihnen weilen würden. Je öfter man solche Reden hörte, desto schneller durchschaute man sie. Für die Gefolgsleute von Narik schien dies die erste Ansprache zu sein. Sie hingen an seinen Lippen wie junge Kätzchen an den Zitzen ihrer Mutter.

»Gleich wird er so etwas sagen wie: Der Tag ist gekommen, an dem wir unser Recht einfordern. Ich kann den Sieg förmlich spüren. Folgt mir, Männer!«, sagte Dorn zu Senetha und erntet dafür einen bösen Blick von dem Kerl neben ihm.

Narik hob die Arme, wie er es immer tat, wenn er seine Zuhörer dazu bringen wollte, eine Dummheit zu tun.

»Heute Nacht wird sich entscheiden, ob wir bereit sind, uns von den Fesseln des Glaubens zu lösen. Aber eins verspreche ich euch, falls wir scheitern sollten, wird Zargenfels brennen und die Tempel mit ihr.«

»Er ist noch verrückter, als ich dachte«, brummte Dorn.

Stimmen wurden laut. Jemand rief: »Tot den Regorianern!«, ein anderer: »Brennt die Tempel nieder.« Alle redeten aufgeregt durcheinander und versuchten, sich Mut zu machen und gegenseitig anzustacheln.

Narik gebot ihnen, Ruhe zu bewahren.

Dorn zog Senetha unsanft beiseite.

»Wenn wir gleich hinausgehen, bleibst du die ganze Zeit in meiner Nähe. Hast du gehört? Diese Rebellion wird kein gutes Ende nehmen, das spüre ich. Die Gemüter sind zu aufgeheizt. Ich habe so etwas schon gesehen, und ich weiß, dass sie sich nur mit Stahl und Blut abkühlen lassen. Ich fände es gut, wenn es nicht unser Blut ist, das heute Nacht vergossen wird.«

Senetha schien Dorns Befürchtungen langsam zu begreifen. Sie waren in etwas hineingeraten, das sich verselbstständigt hatte und das sie nicht mehr kontrollieren konnten. Sie nickte.

»Lasst uns nicht weiter wie Ratten hier im Keller hocken. Heute Nacht fordern wir unser Recht auf den Straßen dieser Stadt«, verkündete Narik. »Wir werden unsere Kräfte auf dem alten Handwerksmarkt vereinen und uns mit guten Waffen ausrüsten. Danach wird es keiner mehr wagen, sich uns in den Weg zu stellen. Es ist an der Zeit, die Knechtschaft der Regorianer ein für alle Mal abzuschütteln. Auf zum Markt, sage ich!«

Mit diesem Aufruf setzte sich die Meute in Bewegung und drängte sich über die schmale Kellertreppe ins Freie. Das Getümmel war so groß, dass einige von den Nachfolgenden einfach zur Seite gestoßen wurden und von der geländerlosen Treppe stürzten. Doch unten erwarteten sie nur weitere Rempler und Ellenbogenhiebe von erbosten Mitstreitern.

Dorn hielt Senetha zurück, die versuchte, den Anschluss an Narik und seine beiden Vertrauten nicht zu verlieren.

»Lass ihn, er wird uns schon nicht davonlaufen. Sieh dir lieber die Männer an, mit denen du Seite an Seite in eine Straßenschlacht ziehen willst. Sie sind sogar zu undiszipliniert, um aus einem Keller zu marschieren. Gib ihnen Waffen in die Hand, und sie werden sich gegenseitig aufspießen.«

»Es sind einfache Leute«, versuchte Senetha zu erklären, doch Dorn winkte ab.

»Es waren einfache Leute, aber jetzt haben sie sich entschieden, sich für eine Sache zu begeistern, die sie nicht begreifen. Das sind die Männer, denen du während eines Kampfes vertrauen willst. Sieh sie dir an, andere wird es nicht geben.«

Senethas Blick verfinsterte sich. »Gib ihnen eine Chance«, bat sie.

»Von mir aus gern«, sagte Dorn, »aber die Regorianer werden es bestimmt anders sehen.«

So langsam löste sich das Gedränge auf, und Dorn und Senetha stiegen aus dem Keller hinaus auf die Straße. Noch immer konnte Dorn nicht erkennen, wo sie waren, erst als er die Türme in der Ostmauer erblickte, kam seine Orientierung zurück. Wie eine Prozession schritten sie durch die nächtlichen Straßen. Von Wachen und Regorianern war nichts zu sehen, selbst hinter den meisten Fenstern brannte kein Licht mehr.

Zwei Straßen später stieß eine weitere Gruppe Rebellen zu ihnen. Die fast fünfzig Mann starke Truppe sah keinen Deut besser aus als die Männer, mit denen Dorn und Senetha umherzogen. Schneider, Kesselflicker und Schreiberlinge waren wenig überzeugend, wenn sie mit grimmigen Gesichtern, fest entschlossen jeden Gegner zu zermalmen, ihre Besenstiele umklammerten.

Narik und seine Begleiter führten die Rebellen durch mehrere kleine Gassen, um nicht am Osttor vorbei zu müssen. Und so kamen sie unbehelligt am alten Handwerksmarkt an. Die Wagen der Händler waren kaum zu sehen, so nah standen sie an der Südmauer. Der Platz war größtenteils unbeleuchtet, und sofern kein Alarm gegeben wurde, patrouillierten auch keine Wachen auf der Mauer. Die letzten Angriffe der Barbaren auf Graumark lagen immerhin über dreihundert Jahre zurück, und mittlerweile hatte sich eine gewisse Gelassenheit den anderen Ländern gegenüber breitgemacht. Außerdem brachte man alle Stadtwachen in den Norden der Stadt, um die Unruhen dort niederzuschlagen.

Dorn war erstaunt, wie geräuschlos sich die Rebellen bewegten, als sie den Marktplatz betraten. Hier und da war ein leises Schlurfen zu hören oder das Geflüster zweier Männer. Schnell begriff er jedoch, dass es kein besonderes Talent war, leise zu sein, wenn man so gut wie keine Ausrüstung besaß und an den Füßen nur weiche Lederschuhe trug.

Narik führte die Männer immer noch an. Keiner wagte es, an ihm vorbeizueilen, um sich die besten Stücke aus den Wagen der

Händler unter den Nagel zu reißen. Das war der Unterschied zwischen fanatischen Rebellen und Söldnern. Letztere waren nur loyal, solange sie es sich leisten konnten, und für eine gute Ausrüstung hätten sie sogar getötet.

Aus dem Halbdunkel lösten sich die Gestalten von vier Männern, oder besser gesagt von dreieinhalb, denn drei von ihnen waren große stämmige Kerle, der vierte ein Halbling. Sie kamen den Rebellen ein Stück entgegen. Einer von Nariks Begleitern flüsterte seinem blinden Mentor etwas ins Ohr, und Narik hob die Hand zum Gruß.

»Es ist gut, dass du so schnell zurückgekommen bist, Rough«, verkündete er halblaut. »Und wie ich höre, habt ihr Waffen und Ausrüstung ergattern können. Das ist noch besser, denn ohne sie können wir uns nur in Kellern verschanzen wie Ratten. Deine Männer sollen alles an meine Mitstreiter verteilen. Ich habe vor, noch heute Nacht unser Recht einzufordern.«

Rough kam näher und legte Narik die Hand auf die Schulter.

»Sie haben Ningoth umgebracht«, sagte er. »Meine Männer und ich, wir wollen nicht nur Recht. Wir wollen auch Rache.«

»Ich habe von eurem Verlust gehört. Meine Trauer ist mit dir, und wir werden alles daransetzen, die Schuldigen zu finden.«

»Ich will nicht nur die, die es getan haben. Ich will alle von ihnen.«

»Du wirst sie bekommen«, versuchte Narik, ihn zu beruhigen. »Aber lass uns zuerst über etwas anderes reden. Der Kundschafter hat berichtet, du seiest in Begleitung eines Halblings, der das Symbol der Rebellen trägt.«

Der Halbling riss sich aus dem Griff seines Begleiters los und stürzte nach vorn. »Er hat weder Ausrüstung und Waffen ergattern können, noch bin ich sein Begleiter«, schimpfte der kleine Kerl los. »Er hat diese Händler beraubt und sie und mich als Gefangene genommen.«

Dorn sah, wie Narik versuchte, den Ursprung der Stimme zu orten, lag aber fast einen Kopf zu hoch.

»Und du bist?«, fragte er mit sanfter Stimme.

»Mein Name ist Milo Blaubeers«, antwortete der Halbling, »und ich komme aus Eichenblattstadt. Ich habe mit eurem Aufstand in Zargenfels nichts zu tun. Der einzige Grund, warum ich in diese Stadt wollte, ist, weil der letzte Wille unseres Dorfpriesters Meister Gindawell lautete, dass ich hier nach etwas suche.«

Narik griff zur Seite, packte seinen Begleiter an der Jacke und zog ihn zu sich heran. Dann verpasste er ihm eine schallende Ohrfeige.

»Wenn du nicht meine Augen bist, wofür bist du dann gut, du Stümper?«, keifte er den Mann an. »Oder habe ich in deinem Geflüstere irgendwie das Wort ›Halbling‹ überhört?«

»Nein, Gelehrter«, sagte der Mann. »Entschuldigt meinen Fehler.«

Narik stieß seinen Zuflüsterer von sich und wandte sich wieder dem Halbling zu. »Und jetzt wieder zu dir, mein kleiner Mann. Zeige mir den Ring, den du bei dir trägst. Ich möchte ihn anfassen.«

»Und was ist, wenn ich nicht will? Es ist schließlich mein Ring«, erwiderte Milo trotzig.

Narik grinste. »Du kannst es dir aussuchen, kleiner Milo. Weißt du, was die Leichenfledderer machen, wenn sie einen Ring nicht vom Finger ziehen können?«

Dorn sah, dass der Halbling mit sich rang. Doch dann streckte er zögerlich die Hand aus und präsentierte den Ring. Gleich darauf schien ihm bewusst zu werden, dass Narik die Geste nicht sehen konnte, zog den Ring vom Finger und übergab dem Rebellenführer das Schmuckstück.

Der blinde Mann betastete den Ring von allen Seiten und ließ seine Finger über jede Kante streichen.

»Keinerlei Inschriften«, stellte er verbittert fest. »Sag mir, von wem du ihn hast.«

Milo überlegte kurz und kam dann zu dem Schluss, dass es nicht unbedingt klug war, von Trollen und Goblins zu erzählen.

»Unser Meister Gindawell hat ihn mir gegeben und mich auf diese Reise geschickt.«

»Was genau hat er gesagt, als er dir den Ring gab?«, wollte Narik wissen.

»Er sagte, ich solle in Zargenfels nach meiner Mutter suchen. Es sagte es in caryndischer Sprache. Ceeth mùe fammamè, such in Zargenfels. Das war alles.«

»Das war alles?«, fragte Narik verblüfft. »Nichts über das Amulett und seine Bedeutung. Weiß deine Mutter vielleicht etwas darüber?«

»Das würde mich wundern«, sagte Milo. »Sie ist schon seit vielen Jahren tot.«

»Ein Halblingspriester, ein mysteriöses Symbol, um das sich alle streiten, eine tote Mutter und der Sohn, der nach ihr sucht«, sinnierte Narik. »Was hat das alles zu bedeuten?«

Der Halbling sah aus, als wolle er noch etwas hinzufügen, überlegte es sich dann aber scheinbar anders. Verstohlen warf er einen Blick in ihre Richtung, und Dorn wurde sich bewusst, dass Senetha den kleinen Kerl die ganze Zeit über anstarrte.

»Rough, teile die Beute unter den Männern auf«, befahl Narik. »Die Großen und Kräftigen bekommen Schwerter und Äxte, die schmächtigen Bögen oder Armbrüste. Die Rüstungsteile gehen an die Kämpfer mit Nahkampfwaffen, die anderen brauchen nichts. Ist das so in Eurem Sinne, Söldner?«

Dorn hatte sich daran gewöhnt, dass Narik ihn nicht mit Namen ansprach. Das war seine Art, ihm zu zeigen, dass er nicht dazugehörte und auch nicht willkommen war. Wenn Dorn gekonnt hätte, hätte er dem Fatzke den impliziten Wunsch, er solle verschwinden, sofort erfüllt.

»Ihr kennt Euch mit Menschenführung aus, Gelehrter. Und was Eure Kampfstrategie angeht, kann ich nur hoffen, dass die Wagen bis oben hin voll mit Kurzbögen und Pfeilen sind, denn das einzige Schwert, das ihr für diesen Haufen braucht, halte ich bereits in der Hand.«

»Söldner wissen nicht, was Überzeugung aus einfachen Menschen machen kann. Gemeinschaftlich für etwas einstehen und sich gegen die Ungerechtigkeit erheben kann mächtiger sein als jedes Schwert.«

Narik gab den Rebellen ein Handzeichen, zu den Wagen der Händler vorzurücken. Langsam drängte sich die Menge an ihnen vorbei.

»So etwas erzählen Feldherren immer, wenn sie keine Münzen haben, um uns zu bezahlen«, erwiderte Dorn, doch Narik hatte sich schon von ihm abgewandt und ließ sich berichten, wie die Wagen der Händler geöffnet wurden, um das Beutegut zu verteilen.

Die ersten Rebellen drängelten sich dicht um die Seitenwände, um Schwert, Schild oder Bogen in Empfang zu nehmen. Kaum jemand beschwerte sich. Die meisten schienen zufrieden mit dem, was sie bekamen. Nur ein junger Mann wurde ungehalten, als man ihm einen Bogen in die Hand drückte.

»Ich bin weder ein Schwächling noch ein Feigling«, beschwerte er sich. »Gib mir ein Schwert, ich will meinen Mann stehen gegen diese Regorianer. Sie haben meine Frau zum Verhör mitgenommen. Seit sie wieder da ist, spricht sie kein einziges Wort mehr und weint den ganzen Tag. Nur Regor weiß, was sie ihr angetan haben. Ich werde diesen Kerlen zeigen, dass es ein Fehler war, sich an meiner Familie zu vergreifen.«

Ratlos blickte der Händler, der die Waffen von seinem Wagen aus verteilte, zu Rough hinüber. Erst als dieser nickte, bekam der junge Mann sein Schwert.

Dorns Blick fiel wieder auf den Halbling, der sich gerade die umliegenden Gebäude ansah und sich bemühte, dabei möglichst unauffällig zu sein. Er hatte gesagt, man hätte ihn gefangen genommen. Er war also nicht freiwillig bei diesen Leuten. Würde er versuchen, zu fliehen?

Da tauchte plötzlich am Ende der Straße, die aus Norden kam, der Schein von Licht auf und erhellte die Fassade des Gebäudes an der Ecke. Lange, dünne Schatten zeichneten sich schwach auf der Häuserwand ab. Einen Atemzug später bogen die ersten Fackelträger aus einer Nebengasse auf die gepflasterte Hauptstraße ein. In breiter Front marschierten sie auf den Handwerksmarkt zu. Metall blinkte im Schein der Flammen – Schwerter, Rüstungen und blank polierte Schilde.

»Regorianer! Stadtwachen! Das ist eine Falle!«, brüllte Dorn.

Plötzlich herrschte Chaos auf dem Platz. Die Rebellen, die noch keine Waffe hatten, stürzten auf die Wagen der Händler zu, um noch irgendetwas zu ergattern. Die anderen stürmten nach vorn, um sich den Gegnern zu stellen. Über all den Tumult und das Gebrüll hinweg erscholl eine klare tiefe Stimme.

»Jetzt wird es sich entscheiden!«, brüllte Narik. »Zeigt ihnen, dass wir uns nicht einfach beugen werden. Wenn wir fallen, fällt diese Stadt mit uns. Nieder mit der Tyrannei des Glaubens. Tod den Tyrannen!«

Bevor der Halbling sich entschieden hatte, welche Rolle er auf dem Schlachtfeld einnehmen sollte, packte ihn Dorn und warf ihn sich über die Schulter. Er rannte los, auf die Südmauer zu. Senetha folgte ihm.

Im Schatten der Stadtmauer angekommen, setzte Dorn den Halbling ab. Mit dem Finger deutete er auf den kleinen Kerl und wollte ihn gerade fragen, wie er an Nariks Männer geraten war, als sich, keine dreißig Fuß von ihnen entfernt, eine Tür in der Mauer öffnete. Sie diente den Wachen als Zugang zum Wehrgang.

Dorn fuhr herum und rannte auf den Mann der Stadtwache zu, der gerade aus der Tür trat, packte ihn an den Armen und schleuderte ihn herum. Der junge Soldat krachte gegen die Wand, versuchte sein Schwert aus der Scheide zu ziehen, doch da rammte Dorn ihm bereits sein Knie unters Kinn. Bewusstlos brach der Soldat zusammen.

Senetha griff sich die Hand des verängstigten Halblings und zog ihn mit sich. Im Nu waren sie im Inneren der Stadtmauer.

Dorn folgte. Er wollte die Tür hinter sich zu ziehen, doch da stellte jemand einen Fuß in den Spalt.

Dorn griff durch den Spalt und bekam einen Mann zu fassen. Es war einer der Rebellen, ein schmächtiger Typ um die fünfzig.

»Lasst mich los, Dorn«, wimmerte er.

»Such dir einen eigenen Stein, unter dem du dich verkriechen kannst, Schreiberling«, schnauzte er zurück. »Oder noch besser, geh zurück zu deinen Kumpanen und lass dich wie die anderen abschlachten. Ihr ward doch ganz versessen auf diese Rebellion. Da habt ihr sie.«

Dorn wollte den Mann zurückstoßen, doch dieser klammerte sich an seinem Mantel fest.

»Lasst mich rein«, flehte er. »Ich kann Euch helfen. Ich habe gehört, was der Herr Halbling gesagt hat. Ceeth mùe fammamè, es bedeutet: Die …«

»Die Suche der Mutter«, kam ihm Senetha zuvor. »Dafür braucht es keinen Gelehrten. Du siehst also, du kannst uns nichts sagen, was wir nicht schon wissen.«

Dorn versuchte immer noch, den Mann, der wie eine Klette an ihm hing, abzuschütteln.

»Was Ihr nicht wisst, ist, dass Ceeth mùe fammamè ein Buch ist. Und ich weiß, wo Ihr es finden könnt.«

23. RUBINIA

Als Rubinia die Augen öffnete, war die Sonne bereits aufgegangen, und ihr Licht brach sich in den farbigen Scherben der Bleiglasfenster. Rubinias Glieder waren ganz steif geworden, und ihr Hintern tat vom Liegen auf der hölzernen Kirchenbank weh. Gunder und Oda hatten darauf bestanden, dass sie sich ausruhte, anstatt wie die anderen Erwachsenen abwechselnd Wache zu schieben. Oda hatte ihre Wunden erneut versorgt und ihr einen übel schmeckenden Tee gekocht, der sie hatte einschlafen lassen, bevor sie die Tasse ausleeren konnte. Ihr Schlaf war so tief und fest gewesen, dass sie nicht einmal geträumt hatte. Seit zehn Stunden warteten sie nun verschanzt im Tempel. Die Untoten hatten sich nicht mehr gerührt. Man konnte fast vergessen, dass sie da waren.

Mira Butterblums und Suse Findlings spielten mit den Kindern in der Nähe des Taufbeckens Eichelschnippen. Alle saßen in einem Kreis und versuchten, ihre eigene Eichel möglichst nah an die Kastanien heranzubringen. Obwohl die beiden Frauen sich allergrößte Mühe gaben, die Kinder bei Laune zu halten, war die Stimmung gedrückt.

»Wir sollten hinausgehen und versuchen, mit ihnen zu sprechen«, schlug Hams Furtfuß, der Bruder von Nubert, gerade vor. »Immerhin leben wir seit vielen Jahren mit den Zwergen in Nachbarschaft, und bislang konnten wir uns immer friedlich mit ihnen einigen.«

»Hams, sie haben Kinder und Frauen getötet. Sie haben deinen Bruder und seinen Hund auf dem Gewissen«, rief Gunder ihm ins Gedächtnis. »Sie sind nach Eichenblattstadt gekommen, um uns alle umzubringen. Ich glaube nicht, dass sie darauf aus sind, mit uns zu verhandeln.«

»Wir sollten erst einmal herausfinden, was sie überhaupt wollen«, mischte sich Wende Furtfuß ein, um ihrem Mann beizustehen.

»Ich kann euch sagen, was sie wollen«, sagte Oda, ohne den Blick von dem dreieckigen, fast durchsichtigen Stück Glas abzuwenden, durch das sie nach draußen sah. »Sie wollen uns alle abschlachten, mehr nicht. Es sind Wiedergänger. In ihnen ist weder Leben noch Verstand. Alles, was sie antreibt, ist der Hass auf alles Lebendige. Sie sind nicht interessiert an Verhandlungen oder Gold, und es kümmert sie auch nicht, was ihr wollt. Sie werden Eichenblattstadt erst wieder verlassen, wenn sie uns alle erledigt haben.«

»Das ist doch Unsinn«, zischte Hams und stampfte verärgert auf Oda zu, doch Gunder versperrte ihm den Weg. »Wer ist die Frau überhaupt? Warum kann sie hier bestimmen. Sie ist eine Fremde.«

»Sie ist eine Fremde«, bestätigte Gunder. »Na und, ist das jetzt bereits schon ein Verbrechen in Eichenblattstadt?«

Hams drehte verärgert ab und trat mit dem Fuß gegen eine der Bänke.

»Die Zwerge sind aufgetaucht, nachdem Rubinia die Frau mit ins Dorf gebracht hat«, erklärte Wende. »Vielleicht sind sie ihretwegen hier?« Wende sah sich nach etwas Unterstützung bei den anderen um und fand sie.

»Wir sollten sie einfach hinauswerfen. Vielleicht lassen uns die Zwerge dann in Ruhe und ziehen wieder ab«, schlug Isla Grünblatt vor.

»Ja, wer weiß, was sie verbrochen hat. Vielleicht hat sie die Zwerge bestohlen«, mutmaßte Friga Butterblums. »Sie soll hinausgehen und sich stellen … oder wenigstens mit ihnen sprechen.«

Rubinia hatte genug gehört. Zornig fuhr sie von der Bank hoch. »Ist das die Gastfreundschaft, mit der Fremde in Eichenblattstadt aufgenommen werden? Ich kenne euch alle als vernünftige und zuvorkommende Leute. Was ist nur los mit euch? Eine Gräueltat mit einer anderen aufzuwiegen, ist das jetzt der neue Leitspruch von Cephei? Ihr seid doch alle nicht mehr bei Sinnen.«

Rubinia wusste, wie man mit aufgebrachten Gemütern umzugehen hatte, jedenfalls hatte sie das bis zum heutigen Tage gedacht. Ein paar energische Worte ließen die meisten ihrer alten Nachbarn sonst schnell verstummen oder wenigstens für einen Moment in sich kehren. Halblinge waren keine hitzköpfigen Charaktere, und ein kleiner Dämpfer ließ ihren Groll schnell abkühlen. Aber heute war alles anders. Die Butterblums, Findlings und Furtfußens starrten sie hasserfüllt an. Selbst die, die sich bislang nicht eingemischt hatten und mit Zurückhaltung aufwarteten, warfen ihr feindselige Blicke zu.

»Du hast diese Fremde hierhergeschleppt«, fauchte Hams. »Wahrscheinlich steckst *du* hinter alldem. Nicht umsonst haben wir dich aus Eichenblattstadt weggeschickt. Genau wie Gunders Sprösslinge hast du auch immer nur Flausen im Kopf gehabt. Ein Ehemann hätte dir ganz gutgetan Er hätte dir mit harter Hand gezeigt, wo es langgeht und wie man sich als wertvolles Mitglied in eine Dorfgemeinschaft einbringt. Doch stattdessen hast du dich lieber in den Dienst eines Magiers gestellt. Dieser Othman hat dich vergiftet mit seiner Zauberei.«

Rubinia war für einen Moment sprachlos. Wurden langsam alle verrückt? Was um Himmels willen ging nur vor in dieser Stadt? Rubinia konnte nicht mehr anders. War sie sonst bekannt für ihre ruhige und gelassene Art, die Dinge anzugehen und Streitereien auszuweichen, brach es plötzlich aus ihr heraus wie aus einem Vulkan.

»Ist euch allen der Bärlauch zu Kopf gestiegen?«, brüllte sie. »Ich habe Eichenblattstadt aus freien Stücken verlassen, und wie es aussieht, war das die einzig richtige Entscheidung. Ich bin gekommen, um zu sehen, was hier vor sich geht. Milo und Bonne haben mir von dem grauenhaften Vorfall im Ratssaal erzählt. Ich habe ihnen nur meine Hilfe angeboten. Und ja, ihr habt Recht, Oda ist vor den Zwergen geflüchtet. Sie ist von ihnen wegen Diebstahls verurteilt worden. Aber selbst wenn sie geflohen ist, haben die Bärtigen kein Recht, sie zu jagen und zu töten, genauso wenig wie sie einfach nach Eichenblattstadt einmarschieren und Unschuldige niedermetzeln können. Ihr solltet euch allesamt schämen, an eine Auslieferung zu denken. Was glaubt ihr, was sie mit Oda machen würden?«

Für einen kurzen Moment hatte Rubinia es geschafft, alles Gerede verstummen zu lassen. Doch die flammenden Blicke blieben.

»Habe ich es doch gewusst!«, rief Hams. »Ihr beide bringt uns nichts weiter als Scherereien. Euretwegen mussten so viele Kinder, Frauen und Männer sterben. Wie konntest du diese Diebin hierherbringen und dann darauf hoffen, dass die Zwerge sie nicht verfolgen würden?«

Oda trat von dem Fenster zurück und stieß eine der Ziersäulen, die in der Nähe des Eingangs standen, um. Die Schale mit frischen Blumen, die darauf gethront hatte, zersplitterte auf dem Boden, und Wasser und Scherben verteilten sich zu ihren Füßen.

»Das dort draußen sind keine Zwerge«, sagte sie erneut, als alle Blicke auf ihr ruhten. »Habt ihr mir nicht zugehört? Es sind Wiedergänger. Tote, die zurück auf diese Welt geholt wurden. Sie scheren sich einen Dreck um die Gesetze der Zwerge oder um euer Schicksal. Sie gehorchen nicht mehr den irdischen Gesetzen. Sie folgen nun einer höheren Macht. Kein Elf, Zwerg, Mensch oder Halbling ist in der Lage, solche Kreaturen zu erschaffen. Was dort draußen auf uns lauert, ist ein Werkzeug der Götter.«

»Dann sind es die Götter, die du erzürnt hast«, keifte Wende Furtfuß. »Ein Grund mehr, dich ihnen auszuliefern. Es ist sicherlich nicht Cephei, die deinen Tod will. Vielleicht ist es dieser Zwergengott oder sogar dieser Götze, den die Grünbluter anbeten. Ich sage, werft sie aus dem Tempel, und diese toten Zwerge werden uns in Ruhe lassen.«

Rubinia stellte sich zwischen Oda und die aufgebrachte Meute. Sie spürte, dass es nicht mehr weit war, bis sich alle gegenseitig an die Kehle gingen. Sie musste es schaffen, dass alle zusammenhielten. Der Feind stand vor den Türen und nicht hier drin. Nur gemeinsam konnten sie die Zwerge, oder was sie auch immer waren, bezwingen.

»Wir sollten warten, bis Hilfe kommt«, bat sie. »Ich war in Begleitung eines Tunnelgnoms, als ich hierherkam. Wahrscheinlich ist er schon auf dem Weg zurück zum Krähenturm, um Meister Othman zu informieren. Wenn uns einer gegen diese Kreaturen helfen kann, dann er. So lange sollten wir Ruhe bewahren und uns weiter hier verschanzen.«

Suse Findlings und einige andere nickten nachdenklich. Der Rest blickte sich ratlos um und schien nach einer Stimme zu suchen, die ihre Feuer wieder entflammen ließ.

»Sie zünden die Häuser an«, keuchte Mira Butterblums und zeigte durch das farbige Fenster, hinter dem bunte Flammen in grün, gelb, blau und rot zu tanzen schienen.

Oda kehrte sofort wieder zu dem milchig weißen Splitter zurück und heftete ihren Blick nach draußen.

»Vielleicht ist es nur aus Versehen passiert«, suchte sie nach einer Erklärung. »Wiedergänger meiden die Flammen.«

Auch Rubinia hatte sich gen Fenster gewandt. Sie wollte sich gerade wieder zu den aufgebrachten Halblingen umdrehen, um erneut beruhigend auf sie einzuwirken, da traf sie ein Knüppel am Kopf. Sie schrie auf und taumelte. Hams Furtfuß stand vor ihr. In der Hand hielt er ein gedrechseltes Stück Holz wie von einem Stuhlbein. Sein Gesicht war vor Wut verzerrt, und bevor sie den Arm zum Schutz heben konnte, schlug er ein weiteres Mal zu, und Rubinia ging zu Boden.

»Das hat uns gerade noch gefehlt«, grollte er. »Dieser Othman, dem du dich verschrieben hast, ist hier genauso wenig willkommen wie du. Zauberer bringen nur Unglück über alle. Und diese Gnome sind nichts weiter als kleine Teufel. Meine Frau hat Recht, wir sollten dich und diese Diebin einfach hinauswerfen und dafür beten, dass die Zwerge damit besänftigt sind. Kommt, wer hilft mir?«

Gunder sprang vor und stieß Hams zurück, der daraufhin zwischen den Bänken zu Boden ging, sich aber sofort wieder aufrappelte und den Knüppel schwang. Gunder ließ einen Dolch in seiner Hand aufblitzen, und seine Augen verrieten, dass er keine Angst davor hatte, ihn auch zu benutzen.

»Wage es nicht, meiner Schwester noch einmal zu nahe zu kommen, Hams Furtfuß«, schnaubte er. »Ich werde dich und jeden anderen niederstechen, der es versuchen sollte.«

»Das sieht dir ähnlich, Gunder. Die ganze Familie Blaubeers ist wie ein wurmstichiger Apfel. Ihr alle seid verdorben und verrottet. Ihr gehört einfach nicht hierher. Es ist kein Wunder, dass deine Söhne so missraten sind, denn du und deine Schwester, ihr seid keinen Deut besser.«

Gunder hielt die Spitze seines Dolches weiter auf Hams gerichtet, während er Rubinia eine Hand reichte, um ihr aufzuhelfen.

»Deine Wunde blutet wieder«, sagte er. »Setzt dich dorthin. Wir müssen sie neu verbinden.«

Hams hatte mittlerweile einen weiteren Verbündeten gefunden. Sein Bruder Tune, ein sonst äußerst zurückhaltender Mann, hatte sich mit einem geschmiedeten Kerzenständer bewaffnet, der genauso groß war wie er selbst. Wie eine Standarte trug er die gewundene Eisenstange vor sich her, den Spieß, auf dem die Kerze sonst steckte, voran.

»Deine Schwester kannst du vielleicht beschützen«, grunzte Hams, »doch diese diebische Elster gehört uns.«

Mit wenigen Schritten hatten sie Gunder und Rubinia umrundet und hielten auf Oda zu. Die junge Halblingsfrau drückte sich mit dem Rücken gegen die Tempeltür.

»Bleibt mir vom Leib«, drohte sie. »Ich werden euch sonst die Augen auskratzen.«

Hams und Tune näherten sich ihr von zwei Seiten. Rubinia wollte ihr zu Hilfe eilen, doch ihr Bruder hielt sie zurück.

»Du kannst sie nicht aufhalten«, flüsterte er ihr zu. »Sie würden dich zusammen mit ihr aus dem Tempel werfen.«

»Du hast ein Messer, hilf ihr«, flehte Rubinia ihren Bruder an, doch Gunder schüttelte den Kopf.

»Was denkst du, was ich tun soll? Meine Nachbarn ermorden, weil sie eine Diebin ausliefern wollen, um ihr eigenes Leben zu retten? Ich kenne Hams, seit wir kleine Jungen waren. Wir haben zusammen an der alten Eiche gespielt. Wir haben uns zusammen auf dem Kürbisfest volllaufen lassen, um genügend Mut zu haben, ein Mädchen anzusprechen. Ich bin Pate seines ersten Sohnes. Nili steht da vorn. Soll ich seinen Vater vor seinen Augen erstechen, um eine Fremde zu retten?«

Oda schrie auf, als Tune mit dem Kerzenständer nach ihr stieß. Leichtfüßig wich sie zur Seite aus, hatte aber nicht bedacht, dass dort auch noch ein Gegner wartete. In diesem Moment sprang Hams auf sie zu und schlug ihr den Holzknüppel mit voller Wucht über den Schädel. Oda vollführte eine Pirouette, bei der ihre Füße aber an Ort und Stellen stehen blieben. Bevor sie auf den Boden stürzte, hatte Tune sie aufgefangen.

»Seid ihr denn vollkommen wahnsinnig geworden?«, schrie Rubinia.

Hams und Tune beachteten sie nicht, genau wie alle anderen. Hams zog den Riegel der Tempeltür zurück, während Tune versuchte, Oda auf einer der Bänke abzulegen. Knarrend öffnete sich die schwere Holztür. Die beiden Halblingsmänner packten Oda an den Armen und zogen sie hinaus ins Freie.

Die Zwerge standen immer noch – oder wieder – regungslos am Brunnen und starrten zum Tempel herüber. Nichts wies darauf hin, dass sie Feuer gelegt hatten. Auch von dem Armbrustschützen war weit und breit nichts zu sehen.

»Am besten, wir legen sie einfach hier vorne auf der Veranda ab«, sagte Tune, als er begriff, was Hams vorhatte. »Dann können sie sich diese Diebin selber abholen.«

»Nichts da! Ich will, dass sie mir in die Hand versprechen, dass sie uns in Ruhe lassen, wenn sie haben, was sie wollen.«

Tune gab sich geschlagen. Er und Hams schleiften Oda quer über den Platz. Die junge Halblingsfrau schien immer noch bewusstlos zu sein. Die von den Zwergen getöteten Halblinge lagen dort, wo sie zusammengebrochen waren im Sand, auf den Pflastersteinen rund um den Brunnen oder auf dem grünen Rasenstück vor der alten Eiche. Aus einigen ragten Bolzenschäfte heraus, andere sahen nur aus, als wenn sie schliefen. Über der Gartenpforte der Grünblatts hing einer der Neffen von Vanilla. Nichts regte sich. Hams und Tune, die ebenfalls Freunde und Verwandte zu beklagen hatten, hielten den Blick starr auf die beiden Zwerge gerichtet.

Einige Schritt vor den beiden Zwergenkriegern blieben sie stehen. Hams zog Oda am Zopf, um den Bärtigen ihr Gesicht zu zeigen. Er sagte etwas, es war jedoch zu weit weg, als dass Rubinia es verstehen konnte.

Als die Zwerge nicht reagierten, zogen Hams und Tune Oda ein Stück weiter vor und legte sie direkt zu Füßen der Bärtigen ab.

Einen Moment schien es so, als hätten sich Halblinge und Zwerge mittels Blicken geeinigt. Die beiden Brüder Furtfuß ließen Oda liegen und wandten sich ab. Bevor sie jedoch noch einen Schritt machen konnten, fielen die Zwergenkrieger über sie her. Der eine schlug Tune den schweren Streithammer gegen den Hinterkopf, der andere trieb Hams die Axt zwischen die Schulterblätter. Keiner der Halblinge hatte den Angriff kommen sehen. Schutzlos und ohne Gegenwehr wurden die beiden Brüder dahingemetzelt.

Die Gemeinschaft im Tempel starrte fassungslos auf die Szenerie. Wende kreischte und weinte um ihren Mann und ihren Schwager. Nili klammerte sich heulend an seine Mutter. Auch die anderen Kinder fingen an zu schluchzen. Suse Findlings versuchte, sie zu beruhigen und von der Tür fortzuscheuchen. Sie nahm ein kleines Mädchen auf den Arm. Plötzlich versagten ihr die Beine den Dienst. Sie fiel auf die Knie. Das Kind rutschte aus ihrer Umarmung. Mira Butterblums konnte es gerade noch rechtzeitig auffangen.

Suse Findlings kniete. Ihre Arme hingen schlaff herunter. Dann fiel sie vorn über, mitten in den Kreis aus Kindern. Ein Bolzen ragte aus ihrem Rücken, eine Handbreit unter der Schulter. Der helle Stoff ihres Umhanges färbte sich um den Schaft herum rot.

»Schließt die Türen!«, rief Gunder den anderen zu. Er selbst hielt immer noch Rubinia im Arm, die noch nicht wieder zu Kräften gekommen war. Jost Grünblatt und Kwimm Bollwerks reagierten sofort. Von beiden Seiten stemmten sie sich gegen die Türflügel. Kwimm schob eilig den Riegel vor.

»Oda ist noch da draußen«, erinnerte Rubinia sie. »Sie ist immer noch am Leben. Wir müssen ihr helfen.«

»Sie soll verrecken!«, kreischte Wende hysterisch. »Das ist alles ihre Schuld.«

Rubinia konnte diese Meinung nicht teilen, obwohl ihr Wendes Verlust ebenfalls naheging. Wenn, dann traf sie genauso viel Schuld wie Oda. Trotzdem durfte man die junge Halblingsfrau nicht einfach den Zwergen überlassen.

»Hilf mir auf«, bat sie Gunder. »Wir dürfen nicht einfach zusehen, wie sie Oda töten. Wir müssen doch irgendetwas unternehmen können.«

»Du kannst kaum laufen. Wie willst du ihr helfen?«

»Das weiß ich noch nicht«, zischte Rubinia ihren Bruder an. »Irgendetwas wird mir schon einfallen.«

»Warum bestehst du darauf, ihr unbedingt beizustehen? Du kennst sie doch kaum.«

»Das ist kein Grund, jemanden sterben zu lassen«, entgegnete Rubinia. »Sie hat dasselbe Recht zu leben wie du oder ich.« Rubinia schaffte es, auf die Beine zu kommen, und humpelte zur Tür.

»Warte, ich komme mit«, sagte Gunder.

»Ich auch«, schloss sich Kwimm an.

»Und ich«, erklärte Jost Grünblatt.

Gunder schob den Riegel zurück.

»Wartet«, rief Kwimm und eilte zu der Reihe von Stühlen, die entlang der Wand standen. Die zusätzlichen Sitzgelegenheiten hatte Gindawell dort aufgestellt, falls bei Taufen oder Hochzeiten nicht alle auf den Bänken Platz hatten. Mit einigen gezielten

Fußtritten hatte Kwimm die Stühle zu Kleinholz verarbeitet. Er reichte jedem eine Strebe der Lehne und die Sitzfläche. Dann hielt er beides wie Schild und Schwert hoch.

»Besser als nichts«, verkündete er.

Zusammen verließen sie den Tempel. Dicht aneinandergedrängt und die provisorischen Schilde im Halbkreis um sich herum haltend, marschierten sie auf die beiden Zwerge zu. Die Bärtigen selbst machten keine Anstalten, sich auf das Anrücken der Halblinge vorzubereiten. Sie standen steif, ja, siegessicher da und ließen ihre Waffen am langen Arm baumeln. Der Zwerg mit der Axt hatte Oda seinen Fuß auf den Rücken gesetzt, ihr aber anscheinend sonst kein weiteres Leid zugefügt.

Gunder machte einen Schritt rückwärts, als sich ein Bolzen tief in seinen Schild bohrte. Die Spitze des Geschosses ragte nahezu vier Finger weit auf der Rückseite heraus und berührte fast Gunders Kinn.

»Ein guter Schild«, sagte er mit zittriger Stimme.

Der Schütze musste irgendwo hinter dem Haus der Bollwerks hocken. Kwimm und Jost zogen ihre Schilde in dieser Richtung zusammen.

Jetzt wurde Rubinia klar, wie dumm und aussichtslos ihr Vorhaben war. Planloser Aktionismus war nicht sehr hilfreich, um Zwerge zu töten, und schon gar nicht welche, die bereits tot waren. Gunder hatte Recht: Sie würden bei dem Versuch sterben, einer Diebin, die sie nicht kannten, das Leben zu retten. Was hatte sie nur veranlasst, solch eine Dummheit zu wagen?

»Jost und ich werden sie angreifen«, verriet Kwimm voller Überzeugung. »Während wir sie ablenken, werdet ihr versuchen, die Halblingsfrau zurück in den Tempel zu bringen. Sobald ihr in Sicherheit seid, folgen wir.«

Rubinia verstand nicht, woher dieser Optimismus kam. Bislang hatten sie nichts ausrichten können, außer einem ihrer Gegner den Bart zu versengen. Doch sie wollte jetzt keinen Rückzieher machen. Schließlich war es ihre Idee gewesen, Oda zu helfen.

»Wir werden es schaffen, das spüre ich«, log sie, um auch sich selbst etwas Mut zu machen und zu hören, wie es klang, wenn man es aussprach.

Doch bevor sie ihren Plan in die Tat umsetzen konnten, flammte plötzlich der abgeerntete und mit rotbraunen Blättern geschmückte Johannisbeerstrauch im Garten der Bollwerks auf. Dunkler Rauch und glühende Blattgerippe stiegen in die Höhe. Von dem brennenden Busch ging eine unnatürliche Hitze aus. Selbst noch fünfzig Schritt entfernt spürte Rubinia auf dem Platz eine wohlige Wärme auf der Haut. Der Busch explodierte förmlich in einem Funkenregen, als eine gedrungene Person, eingehüllt in Flammen und wild um sich schlagend, durch den brennenden Strauch brach. Rubinia erkannte die Gestalt eines Zwerges unter all den Flammen. Kurz darauf trat Othman in Begleitung von Aschgrau auf das mit halbhohem Gras bewachsene Dach des Bürgermeisterhauses.

Er hielt den kurzen Zauberstab mit dem dunkelblauen Stein in der Hand, über den er vor einigen Jahren zu Rubinia gesagt hatte, er wäre nur etwas für Magier, die ihr Handwerk nicht verstünden oder nicht talentiert genug seien, wirkliche Zauber zu wirken. Er richtete den Stab auf den Zwerg mit dem Hammer. Aschgrau hüpfte auf und ab. Wie aus dem Nichts hüllten Flammen den Bärtigen ein.

Othman richtete den Stab auf den letzten Zwerg.

Nein, ging es Rubinia durch den Kopf, *er wird Oda mit verbrennen.* Vielleicht hatte er nicht gesehen, dass die Frau noch lebte. Es blieb keine Zeit, das zu klären.

Rubinia löste sich aus der Gruppe Halblinge und preschte vor. Mit Knüppel und Holzschild ging sie den Zwerg an. Der Bärtige hatte seinen Blick starr auf den Zauberer gerichtet. Wahrscheinlich ahnte er, was gleich mit ihm passieren würde, und er wusste, dass es nichts gab, was daran etwas ändern würde.

Rubinia presste den Schild an die Schulter und warf sich mit voller Wucht gegen den Bärtigen. Er taumelte zwei Schritte rückwärts und hob die Axt. In diesem Moment wurde er von Flammen eingehüllt, die an seinen Haaren und der Kleidung gierig leckten und sie verzehrten.

Die Hitze war unerträglich. Rubinias Haut brannte, und sie musste die Augen schließen, um nicht geblendet zu werden. Schützend warf sie sich über Oda, die vor ihr hilflos auf dem Boden lag.

Alles, woran Rubinia denken konnte, war, wie sie Meister Othman erklären sollte, dass das Maultier tot war.

24. BONNE

Es war eindeutig das Geräusch eines Signalhorns, entschied Bonne. Es war das dritte Mal an diesem Tag, dass er den langen, tiefen Ton hörte. Wer auch immer dort auf sich aufmerksam machen wollte, er kam langsam näher.

Xumita Latorinsis hatte vor nicht ganz einem Tag die Trollhöhle verlassen. Er wollte mit seinen Männern nach Norden und den Ort suchen, wo das Gift in der Erde seiner Meinung nach zu finden war. Bonne war überzeugt, dass der Schamane verrückt war – verrückt und, Cephei sei Dank, weit weg. Das Signalhorn der Goblins hörte sich anders an als dieser Ton, den er seit den frühen Morgenstunden vernehmen konnte. Sein Klang war heller.

Bonne drehte den Kopf, um nach Uschma zu sehen. Die Trollfrau saß noch immer auf ihrem Lager aus Fellen, Knochen und Dingen, von denen er gar nicht wissen wollte, was genau sie waren. Ihre Augen waren geschlossen, aber Bonne konnte sehen, wie sich ihre Pupillen unter den Lidern bewegten. Er fragte sich, ob sie das Signal ebenfalls gehört hatte, und falls ja, ob es sie beunruhigte oder nicht. Sie wirkte weder angespannt noch unruhig, wobei Bonne nicht wusste, ob es solche Gefühlsregungen bei Trollen überhaupt gab. Anspannung war das Resultat einer bevorstehenden Gefahr, und Unruhe entstand, wenn der Ausgang einer solchen Begegnung unklar war. Bei den riesigen Grünblutern schien die einzig offene Frage bei solch einer Begegnung zu sein, ob man den anderen essen konnte oder nicht.

Da war es wieder. Das Signal. Es näherte sich jetzt schneller. Uschma zeigte noch immer keine Reaktion. Sie musste es gehört haben. Vielleicht wusste sie, wer in das Horn stieß. In dem Fall gab es zwei Möglichkeiten: Entweder erwartete sie jemanden, der es für schlau hielt, seine Ankunft vorher anzukündigen, in diesem

Fall wahrscheinlich irgendwelche anderen Grünbluter, oder es war jemand, der öfter an ihrer Höhle vorbeikam, aber keine Gefahr für sie darstellte, ein Trupp Jäger eventuell. Es war jetzt an Bonne, zu entscheiden, welche Variante wahrscheinlicher klang.

Es ist eine Gruppe Jäger. Menschen oder Zwerge, die hoffen, im Düsterkrallenwald gute Beute zu machen. Jäger, das war es. Es war perfekt. Männer mit Schwertern, Bögen. Solche Kerle, die mit ihren Waffen umzugehen wussten. Welche, die nicht zögerten, einen Pfeil abzuschießen, was immer sich ihnen auch entgegenstellte.

Bonne streckte die Beine aus. Er musste wieder Gefühl in die Gliedmaße bekommen. Uschma schien auch dies nicht wahrzunehmen, oder sie schrieb es dem Bewegungsdrang der Rotbluter zu. Die Trollfrau konnte einen ganzen Tag in derselben Position sitzen, ohne dass es ihr etwas ausmachte. Bonne spürte, wie das Blut in seine Beine strömte. Sie waren wichtig bei dem, was er vorhatte. Sie waren kurz, nicht besonders kräftig, und momentan fühlten sie sich an wie zwei Besenstiele, aber sie waren von Belang. Bonne strich mit den Handflächen so unauffällig es ging über seine Beine.

»Hast du Hunger?«, grunzte Uschma, ohne zu ihm hinüberzusehen oder die Augen zu öffnen.

Bonne zuckte zusammen. Hatte sie etwas gemerkt?

»Nein«, antwortete er kurz. Er fürchtete, wenn er mehr sagen würde, könnte Uschma die Anspannung in seiner Stimme heraushören.

Bonne bewegte vorsichtig die Finger. Er musste laufen und klettern. Die Freiheit war nicht weit entfernt, hundert Fuß vielleicht, und dann noch einmal zehn Fuß aus dem Loch hinaus. Wenn er das schaffte, war er so gut wie gerettet. Oder vielleicht doch nicht? Konnte es sein, dass Xumita Latorinsis mit seinem Goblingefolge doch schon zurück war? Nein, unmöglich. Es war noch keinen Tag her, dass er sich nach Norden aufgemacht hatte. In drei Tagen würde er zurück sein, hatte er gesagt. Aber vielleicht hatte er seine Meinung geändert? Wer konnte schon sagen, was in einem

Goblinhirn vor sich ging. Dennoch war es unwahrscheinlich. Das Signal kam aus dem Süden. Der Goblinschamane war Richtung Norden gezogen.

Nein! Es waren Jäger, und sie würden ihn retten, diese Vorstellung hatte sich fest in Bonnes Kopf gebrannt.

Plötzlich ertönte das Signal erneut. Es hallte durch den langen schmalen Tunnel in die Höhle. Seine Retter mussten in unmittelbarer Nähe sein. Wie waren sie so schnell herangekommen? Pferde! Eine Jagdgesellschaft hoch zu Ross mit Hunden – das Bild formte sich in Bonnes Gedanken. Er durfte keine Zeit verlieren, wenn er sie nicht verpassen wollte.

Bonne sprang auf und war mit einem Satz über die bereits vor Stunden erloschene Feuerstelle hinweg. Uschma hatte keine Zeit, zu reagieren. Bonne rannte den Tunnel entlang. Er war gut. Nein, er war in Höchstform. Er hätte dem Wind davonlaufen können. Das Geräusch seiner nackten Füße auf dem schweren feuchten Boden war wie das Platschen eines Gebirgsbaches. Und genau das war das Problem: Seine Schritte hallten durch den Gang wie das Rauschen eines einsamen Baches. Kein Fauchen, kein Brüllen und keine donnernden Schritte hinter ihm.

Bonne erreichte den Ausgang. Er musste nur noch das Loch hinaufkommen. Er warf einen Blick zurück. Uschma stampfte nicht hinter ihm her. Ihr Gesicht zeigte sich nicht im Durchgang von der Höhle zum Tunnel. Sie saß weiterhin auf ihrem Lager, und Bonne hätten wetten können, dass ihre Augen immer noch geschlossen waren.

Konnte man flüchten, wenn einen niemand verfolgte?

Der Mut verließ ihn und reichte der Hoffnung die Hand. Die ganze Flucht war von vornherein zum Scheitern verurteilt gewesen. Er hatte nie eine Chance gehabt, zu entkommen, und Uschma wusste das.

Er war jetzt schon so weit gekommen. Da hatte er es sich auch verdient, zu erfahren, was seinen Plan vereiteln würde. Nach einem tiefen Seufzer packte er den ersten Wurzelstrang und begann den

Aufstieg aus der Trollhöhle. Von oben war zu hören, wie schweres Gepäck zu Boden geworfen wurde. Trockene Äste knackten, und jemand hackte mit einer Axt oder einer ähnlichen Waffe auf einen Holzscheit ein. Bonne klammerte sich an eine der Wurzeln des umgestürzten Baumes und zog sich hoch. Einen kurzen Moment lang hielt er inne und warf einen Blick auf die Neuankömmlinge, die draußen ihr Lager aufschlugen.

Er fragte sich, wie einfältig man sein durfte, wenn man behütet in einem kleinen Dorf aufgewachsen war und die furchterregendste Bestie, die man kannte, den Namen *Nuberts Köter* trug. Egal wie die Antwort ausfiel, er hatte das Maß ausgeschöpft. Eine Jagdgesellschaft? Beinahe hätte er angefangen, zu lachen. Ja, es war eine, aber eine, die es nicht auf Rehe und Wildschweine abgesehen hatten, sondern auf Zwerge, Menschen, Elfen und Halblinge. Keine dreißig Fuß vor ihm saß ein riesiger Troll zwischen Farnen und Gestrüpp und kaute an einer seiner Fußkrallen. Um ihn herum schwirrte ein halbes Dutzend Orks und etwa genauso viele Goblins. Jeder von ihnen trug mehrere martialisch aussehende Waffen bei sich und ein Sammelsurium an Rüstungsteilen, die sie dort befestigt hatten, wo sie gerade passten. Bonne fiel ein Goblin auf, der je eine Armschiene einer Plattenrüstung mit Lederbändern an den Beinen befestigt hatte. Ein anderer trug einen Halbhelm, den er mit einem Hammer oder Stein auf seine Kopfgröße angepasst und vorn einen Teil herausgetrennt hatte, damit Augen und Nase freilagen.

Bonne entschied für sich, dass man ruhig einfältig sein durfte. Man musste es nur gut überspielen können. Mutig und unerschrocken, kletterte er aus dem Eingang der Höhle und hielt auf den Troll zu, der ihn zwar bemerkte, aber weiterhin seiner Fußpflege nachging. Bonne stellte sich vor ihn hin und klopfte ihm freundschaftlich auf den Oberschenkel.

»Wir hatten euch eigentlich schon heute Nacht erwartet«, sagte er, darum bemüht, dass seine Stimme männlich und verwegen klang. »Ich dachte, wenn ihr es bis zum Morgengrauen nicht schafft, würdet ihr irgendwo Unterschlupf suchen und erst gegen Anbruch der Nacht weiterreisen. Du weißt schon, wegen dem …« Bonne sprach es nicht aus, stattdessen nahm er eine verdreht-erstarrte Haltung an, von der er meinte, dass sie gut eine Versteinerung darstellte.

Alles starrte ihn an.

»Essen!«, knurrte ein Ork etwas seitlich von ihm.

Bonne stand immer noch wie erstarrt da, aber seine Augen wanderten langsam zu dem Ork, der so freundlich zu Tisch gerufen hatte. Erleichtert stellte er fest, dass der Grünbluter zwei Hasen an den Hinterläufen hochhielt. Langsam kehrte Bonne in seine natürliche Haltung zurück.

»Was haben wir denn da?«, schnaubte ein anderer Ork und packte den Halbling unsanft am Arm.

»Einen Halbling und Weggefährten von Uschma«, antwortete Bonne fröhlich. »Wir sind auf einer Mission unterwegs für Xumita Latorinsis, den Goblinschamanen. Den kennt ihr doch, oder?«

Der Ork stieß Bonne zu Boden, und bevor er sich wieder aufrappeln konnte, schwebte die Pranke des Trolls über ihm. Seine langen scharfen Krallen zielten genau auf Bonnes Brust.

»Es scheint mir eher so, als wolltest du dich heimlich davonstehlen«, grunzte er. »Soll ich dir zeigen, was wir mit Dürrzwergen tun, die wir im Wald finden?«

Einige der Orks grunzten erwartungsvoll, und die Goblins quiekten vergnügt, als der Troll mit der Kralle über Bonnes Brustkorb strich.

»Wir haben auf dich gewartet, Schrak«, ertönte plötzlich die Stimme Uschmas aus dem Höhleneingang. »Ich hatte gerade den Halbling losgeschickt, neues Brennholz suchen. Du weißt ja, wie ungehalten ich werden kann, wenn das Feuer ausgeht und mein Magen knurrt. Aber wie ich sehe, hat euch Bonne gefunden, bevor ihr euch noch tiefer in den Wald verirrt habt.«

Uschma drückte sich mit ihren langen Armen aus dem Höhlenloch heraus. Die Orks und Goblins traten respektvoll zur Seite.

»Wir hatten uns nicht verirrt«, schnaubte Schrak. »Doch in diesem Wald wimmelt es nur so von Zwergen und anderen Rotblutern. Wir waren gezwungen, einer halben Armee von ihnen auszuweichen.«

»Seit wann hast du Angst vor den Bärtigen?«, fragte Uschma.

Schrank grunzte nur und wischte die Bemerkung mit einer Handbewegung beiseite. Dann stieß er Bonne an, der daraufhin auf die Seite rollte.

»Dann lauf los, kleiner Dürrzwerg«, schnaubte er. »Bring uns etwas Feuerholz. Mach dich nützlich. Und übrigens, Trollkrieger verwandeln sich nicht jeden Tag in Stein, nur wenn ihr Blut durch das Töten von Rotblutern droht, überzukochen. Also benimm dich besser, wenn du nicht willst, dass Hadar mir eine Pause gönnt.«

Bonne konnte sich nicht daran erinnern, jemals so schnell auf den Beinen gewesen zu sein. Er klopfte sich den Dreck von Jacke und Hose und versuchte, einen möglichst geschäftigen Eindruck zu machen.

»Das nicht«, ermahnte er einen Goblin, der einige Zweige zusammengetragen hatte. »Die sind noch feucht, das qualmt zu stark.« Bonne zupfte die teils noch grünen Äste wieder aus dem Haufen Brennholz heraus.

»Was bist du, der Herr des Feuers?«, höhnte der Goblin.

»Nein, aber ich habe meinen Kopf auch nicht nur als Passform für einen Blechhelm«, konterte Bonne.

Der Goblin schien zu überlegen, ob die Bemerkung nun beleidigend war oder nicht, kam aber zu keinem Resultat. Stattdessen schnauzte er Bonne an: »Dann lauf los, Dürrzwerg, und such trocknes Holz. Du hast General Schrak gehört.«

Unter anderen Umständen hätte Bonne sich von einem Goblin keine Befehle erteilen lassen. Doch angesichts dessen, dass dieser hier seine ganze Mischpoke mitgebracht hatte, schien es ihm angebracht, seinen Worten Folge zu leisten. Er begann, unter den mürrischen Blicken der Grünbluter zwischen niedrigen Farnen trockene Zweige vom Waldboden aufzusammeln. Er achtete darauf, immer in Sichtweite zu sein, denn die Orks und Goblins schienen nur darauf zu warten, ihm eine unbedachte Bewegung oder das zu weite Entfernen vom Lager als Fluchtversuch auszulegen und somit einen Grund zu haben, ihm einige Pfeile hinterherzuschicken. Er hätte keine Chance, ihnen unentdeckt zu entkommen.

Als er mit einem ganzen Arm voller Zweige zurückkehrte, hatte sich die Stimmung im Lager gewandelt. Nicht er war mehr das Ziel ihrer Hasstiraden, sondern Uschma. Er hatte nicht mitbekommen, was genau passiert war, weil er sich auf die Brennholzsuche hatte konzentrieren müssen und jedes Mal einen Arm hochgehalten hatte, wenn er sich gebückt hatte, damit die Grünbluter ihn nicht aus den Augen verloren. Uschma war im Streit mit zwei Orks. Die beiden richteten ihre Waffen gegen sie, ein gezacktes Krummschwert und eine Stachelkeule.

»Hüte deine Zunge, Weibchen«, knurrte der eine. »General Schrak ist es nicht gewohnt, dass man so zu ihm spricht.«

»General Schrak, dass ich nicht lache«, schnaubte Uschma. »Ich habe eurem sogenannten General vor langer Zeit zwei kräftige Stammhalter geboren. Damals war er noch ein Streuner, der nahe der Siedlungen der Rotbluter darauf hoffte, krankes Vieh stehlen zu können. Damals wusste er noch nicht einmal, was ein General ist. Ich habe ihm erst von den großen Kriegen erzählt, die diesen Wald und unser Blut fast zerstört hätten. Also sag mir nicht, wie ich mit ihm reden soll.«

Die beiden Orks wirkten etwas verwirrt und schienen darauf zu warten, dass Schrak Stellung bezog. Doch der Trollkrieger hatte Wichtigeres zu tun. Endlich hatte er die störende Kralle, die so krumm gewachsen war, dass sie bei jedem Schritt schmerzhaft in sein Fleisch stach, freigekaut. Mit einem Ruck riss er sie heraus und spuckte sie angeekelt aus.

Unterdessen hatten sich die beiden Orks entschieden, nicht länger zu zögern, und rückten weiter auf Uschma zu und bedrängten sie.

»Dein Geschwätz ist voller Lügen!«, schrie einer und wedelte mit der Stachelkeule vor dem Gesicht der Trollfrau herum.

Diese griff in ihren Rücken, packte einen der verdorrten Wurzelstränge am Eingang ihrer Höhle und zerrte daran.

»Nun ist aber Schluss mit dem Unsinn!«, brüllte da Schrak und donnerte seine Wurzelkeule zu Boden.

Augenblicklich verstummte jedes Gemurmel, und die zwei Streiter ließen ab von Uschma. Schrak schien selbst überrascht, wie schlagartig er die Auseinandersetzung hatte beenden können. Erst als er den ungläubigen Blicken seiner Begleiter folgte, erkannte er die zwei dünnen Ärmchen, die leblos unter seiner Keule hervorlugten. Er hob die riesige Waffe an, doch der kleine grüne Kerl blieb an ihr kleben wie ein matschiges Stück Obst. Schrak drehte die Unterseite der Keule zu sich und warf einen betrübten Blick auf das Resultat seines Wutausbruches.

»Nun seht euch an, zu was ihr mich durch eure Streiterei gebracht habt«, keuchte er. »Ich mochte Watnatz. Er war ein lustiges Kerlchen. Er hat mich immer zum Lachen gebracht. Nun ist er nur noch ein Haufen grüner Schleim.«

»Ich bin noch hier«, meldete sich eine zaghafte Stimme hinter dem Trollkrieger. »Watnatz ist noch hier, ich lebe.«

Verwundert sah sich Schrak um und betrachtete den kleinen Goblin mit den drei selbst geschnitzten Speeren und dem bronzenen Buckelschild als Brustpanzer.

»Du lebst noch. Hadar sei Dank«, sagte Schrak fast ein bisschen wie eine Mutter, die ihr Kind gerettet hatte. »Aber wer klebt dann an meiner Keule?«

»Urunitz, mein jüngerer Bruder«, schniefte Watnatz.

Schrak dachte einen Augenblick nach. Dann besah er sich die Keule mit der klebrigen Masse erneut. Er zuckte die Achseln, pulte die leblosen Überreste ab und schleuderte sie ins Unterholz.

»Trotzdem, vielleicht hätte ich auch Urunitz gern haben können, wenn ich ihn besser gekannt hätte. Ihr geht sofort auseinander, sonst seid ihr die Nächsten, derer ich mich entledige.«

Die Ansprache schien ihre Wirkung nicht verfehlt zu haben. Augenblicklich ging jeder seinen Aufgaben nach, auch die, die nichts zu tun hatten.

»Nun zu dir, kleiner Dürrzwerg«, sagte Schrak, obwohl Bonne versuchte hatte, am beschäftigsten von allen zu wirken. »Sag mir, wo eure Siedlung liegt. Dann zeig mir auf der Karte, wo es hier im Wald noch andere Dörfer von Rotblutern gibt.«

Bonne war so erschrocken, dass er wie aus Reflex antwortete: »Hier im Düsterkrallenwald gibt es nur ein einziges Dorf, mein Heimatdorf, Eichenblattstadt.«

»Das ist gut«, schnaubte Schrak.

»Wieso, wenn ich fragen darf?«

»Weil uns ein Krieg gegen die Ahnen bevorsteht. Ich kann keine weiteren Feinde gebrauchen.«

Bonne steckte verlegen die Hände in die Taschen seiner Hose und kickte mit dem Fuß nach einigen Zweigen.

»Von den Bürgern Eichenblattstadts geht keine Gefahr aus«, erklärte er. »Sie sind alles friedliche Halblinge, die keinem etwas tun würden. Wir haben noch nicht einmal Waffen, geschweige denn das Wissen, sie zu benutzen.«

»Das ist gut«, erklärte Schrak erneut, »dann wird es reichen, wenn ich die Orks dort hinschicke, um alle zu töten und das Dorf dem Erdboden gleichzumachen.«

Bonne rutschte das Herz in die Hose. Was hatte er nur wieder getan? Er musste das schleunigst richtigstellen. Aber wie sollte er das. Was wahr war, war eben wahr.

»Die Orks wären tot, bevor sie das erste unserer Häuser in Brand gesteckt hätten«, sagte Bonne dennoch voller Überzeugung.

»Du hast gesagt, ihr seid nur ein paar Halblinge«, grollte Schrak ärgerlich.

»Das schon«, erklärte Bonne, »aber wir stehen unter dem Schutz von Othman.«

»Wer ist dieser Othman?«, verlange der Troll zu wissen.

»Meister Othman«, sagte Bonne. »Er ist der mächtigste Zauberer, den ich kenne.« Das war noch nicht einmal eine Lüge. »Er ist so mächtig, dass er, wenn er in einen See steigt, nicht nass wird. Nein, der See wird zu Othman. Von was träumen Trolle, wenn sie Angst haben?«

»Trolle haben vor nichts Angst, nur vor Hadar, unserem Gott«, erklärte Schrak.

»Soll ich dir sagen, wovon Hadar geträumt hat, wenn er nachts schweißgebadet aufwacht? Von Othman.«

Wieder schlug Schrak mit der Keule auf den Boden, aber erst, nachdem er sich vergewissert hatte, dass kein Goblin in der Nähe war. »Schluss mit dem Unsinn!«, brüllte er. »Dann werden wir zuerst diesen Othman töten.

Bonne sah sich unter den Grünblutern um. Er hoffte, dass der Magier genügend Zauberei besaß, um mit dieser wild gewordenen Horde fertig zu werden. Er war zuversichtlich. Und wenn seine Magie nicht reichte, dann bot der Turm Schutz. Er war stabil, und es gab darin viele Versteckmöglichkeiten.

Schrak riss einem Ork das Signalhorn von der Brust, setzte es an und stieß hinein. Ein langer tiefer Ton erfüllte den Wald. Zuerst dachte Bonne, dass ein Echo zu ihnen zurückgeworfen wurde, dann begriff er, dass es die Antwort auf ihr Signal war. Aus allen Richtungen ertönten sie. Mindestens zwei Dutzend.

»Es tut mir leid, Meister Othman«, flüsterte Bonne. »Das habe ich nicht gewollt.«

25. MILO

Milo, Dorn und Senetha waren die ganze Nacht zusammen mit dem Schreiberling durch die Stadt geirrt. Sie hatten sich von einem Versteck ins nächste geflüchtet, immer in der Angst, von einer Patrouille der Regorianer entdeckt zu werden oder auf Rebellen zu stoßen, die von ihnen verlangten, sich gemeinsam mit ihnen in den Tod zu stürzen.

Bis zu den frühen Morgenstunden dauerten die Kämpfe an. Beide Seiten schienen große Verluste erlitten zu haben. Überall brannten Häuser. Tote und Verletzte lagen in den Straßen, und kaum jemand nahm sich ihrer an, weil jeder um sein eigenes Überleben oder das seiner Familie kämpfte.

Als der Tag die Nacht ablöste, verstummte das Kriegsgeschrei. Rebellen wie Regorianer zogen sich zurück und leckten ihre Wunden. Nur noch kleine, schwer gerüstete Patrouillen der Krieger Regors waren auf den Straßen und versuchten, den Anschein zu erwecken, in der Nacht den Sieg davongetragen zu haben.

Mit dem Tag kamen stattdessen die Bürger auf die Straße zurück, die sich auf keine der Seiten geschlagen hatten und nun versuchten, ihr Hab und Gut zu beschützen. Sie bildeten lange Ketten mit Eimern, um Wasser aus den Brunnen zu schöpfen und zu verhindern, dass der Brand auf die Häuser, die den Flammen noch nicht zum Opfer gefallen waren, übersprang. Andere kümmerten sich um die Verletzten oder suchten in den Tempeln nach Heilern, die sie bezahlen konnten. Es schien so, als hätte der Tag die Normalität mitgebracht, doch der Schatten der Nacht war allgegenwärtig.

Milo hockte zusammen mit den drei Menschen in einer Gasse hinter einem Stapel Brennholz. Von hier aus hatte man einen guten Blick auf das schmucklose Gebäude am Ende der Straße, zu dem sie der Schreiberling geführt hatte.

»Das soll eine Bibliothek sein, sagst du?«, knurrte Dorn dem schmächtigen Mann in Ohr. »Bist du dir sicher?«

Diese letzte Frage war nicht wirklich eine Frage, sondern eher so eine Art Versprechen, die sagte: *Wenn du mich anlügst, breche ich dir das Genick.*

»Es ist das Haus der verbotenen Schriften«, erklärte der Gelehrte. »Es besteht schon seit Gründung der Stadt. Die Priester haben es errichtet, um dort alle blasphemischen Werke zu verwahren. Alles, was von sterblicher Hand zu Papier gebracht wurde und Regor erzürnen könnte, liegt dort, sicher weggeschlossen vor neugierigen Blicken. Darunter befindet sich auch das Buch, nach dem ihr sucht. »Die Suche der Mutter« ist noch älter als diese Bibliothek. Es gibt nur wenige noch existierende Schriften aus der Zeit der Verblendung. Das meiste ist damals in den Kriegen verbrannt.«

»Das Ganze schmeckt mir gar nicht«, verriet Dorn. »Jeder in dieser verdammten Stadt will uns an den Kragen. Die Regorianer würden uns gern zu Tode foltern, die Stadtwachen hängen, und die Rebellen wollen uns ans Leder, weil wir ihren heiligen Zwerg entführt haben. Alle anderen hassen uns, weil sie glauben, wir hätten ihre Häuser in Brand gesteckt. Und was machen wir? Wir flüchten in ein Haus, das aussieht wie ein riesiger Brotofen.«

»Ich bin kein Zwerg, sondern ein Halbling«, stellte Milo richtig. »Zwerge haben Haare im Gesicht, wir an den Füßen.«

Dorn warf ihm einen missmutigen Blick zu.

»Noch ein bisschen mehr von diesem dummen Gefasel, und ich hänge dir deine Füße ans Kinn.«

»Lass ihn zufrieden«, sagte Senetha. »Er ist genau wie wir in diese Sache hineingeschlittert. Alles hat mit diesem Symbol zu tun, und die einzige Fährte, die wir haben, um mehr zu erfahren, ist diese Bibliothek.«

»Können wir nicht einfach von hier verschwinden und diesen ganzen Dreck hinter uns lassen?«

»Das könnten wir tun«, sagte Senetha zu Dorn. »Genau das haben wir ja immer getan – weglaufen. Doch irgendwann hat es uns stets wieder eingeholt. Findest du nicht, wir sollten uns den Dingen langsam mal stellen?«

»Den Dingen?«, schnaubte der Söldner. »Diese Dinge sind gut gerüstet, haben scharfe Waffen und können auch damit umgehen. Du sprichst, als sei das alles ein Rätsel, das es zu lösen gilt – ganz wie der Abwasch, der gespült werden muss. Diese Dinge, von denen du redest, wollen uns mit aller Macht umbringen.«

»Und wir wollen herausfinden, warum«, mischte sich Milo ein.

Senetha nickte und warf Milo ein freundliches Lächeln zu. Dorn brummte nur argwöhnisch.

Milo mochte den Söldner nicht sonderlich, aber es war besser, ihn auf seiner Seite zu haben als gegen sich. Seine Abneigung hatte weniger mit dem ruppigen Verhalten Dorns zu tun oder mit der offensichtlichen Antipathie gegen jeden, der kleiner war als er, als mehr mit der Wahl seines Berufes. Das Söldnerleben verstieß gegen annähernd jedes ungeschriebene Halblingsgesetz. Sich für Geld in den Kampf zu begeben, jeden Tag einem anderen Herrn dienen, immer auf der Suche nach Abenteuern sein und nie heimisch werden – all das war für einen Halbling gleichzusetzen mit der ewigen Verdammnis.

»Und du sagst, es wird nicht bewacht?«, erkundigte Dorn sich bei dem Schreiberling.

»Nein, niemand geht dort ein oder aus, es sei denn, man wird von den Priestern dort hingeschickt. Es sind meist Adepten. Ich selbst war nur einmal dort, um neue Seiten in das Buch des Archivars einzubinden. Dabei bin ich auch auf den Namen des Buches gestoßen, nach dem ihr sucht. Es ist das erste, das eingetragen wurde.«

»Erzähl mir etwas von dem Archivar«, verlangte Dorn.

»Ich weiß nichts über ihn«, stotterte der Schreiberling. »Ich bin ihm nicht begegnet. Ich bin dort niemandem begegnet. Die Tür war offen, also bin ich einfach hineingegangen. Drinnen gab es nur diese Klappe und das Buch. Nachdem ich mit meiner Arbeit fertig war, habe ich es zurück in die Klappe gelegt.«

Dorn schien wenig Freude an der Antwort des Mannes zu finden.

»Ich habe schon für alles Mögliche mein Leben aufs Spiel gesetzt, aber für ein Buch? Kommt, bringen wir es hinter uns.«

Dorn stand einfach auf und trat hinter dem Holzstapel hervor.

»Sollten wir nicht lieber warten, bis es dunkel wird?«, wandte Milo ein.

Ihm war nicht wohl bei dem Gedanken, in ein Haus der Tempelbrüder einzubrechen, noch zu einer Zeit, wo sie jeder beobachten konnte.

»Erinnerst du dich an gestern Abend?«, schnauzte ihn Dorn an.

Milo nickte.

»Den nächsten dieser Sorte wirst du nicht überleben. Du siehst also, dir bleibt nicht viel Zeit.«

Milo fand, dass es ein spezielles Talent von Dorn war, unangenehme Wahrheiten in unfreundliche Worte zu verpacken, aber was er sagte war nicht von der Hand zu weisen. Dennoch hätte er es begrüßt, mit mehr Respekt behandelt zu werden.

»Ich meine ja nur«, nörgelte Milo. »Vielleicht wäre es besser, wenn wir nicht so auffallen würden.«

Dorn schaute sich um. Griesgrämig ging er ein paar Schritte zum nächsten Hauseingang, nahm sich den Eimer, der dort vor der Tür stand, und überreichte ihn Milo.

»Füll ihn voll Wasser und bilde eine Kette«, grunzte er. Dann stiefelte er los, quer über die Straße auf das Haus der verbotenen Schriften zu.

»Er meint es nicht so«, versuchte Senetha, Milo zu trösten. »Er hat eine harte Schale, aber einen weichen Kern.«

»Bei uns zu Hause nennen wir das einen porösen Dickschädel«, sagte Milo, dann reichte er ihr eine Hand. »Versuchen wir es als Mutter und Kind.«

Hand in Hand und dicht gefolgt von dem Schreiberling, schlossen sie sich Dorn an.

Es schien sich tatsächlich niemand für sie zu interessieren, nicht für einen entschlossen wirkenden Mann, nicht für eine Mutter mit Kind, und erst recht nicht für jemanden, der über die Straße schlurfte wie ein geprügelter Hund. Die Bürger dieser Stadt hatten anderes zu tun. Im Osten stiegen immer noch dunkle Rauchschwaden über den Dächern auf, und irgendwo in einer Parallelstraße hörte man jemanden den Wasserträgern Befehle geben.

Ein Hund mit grauschwarzem Fell lag vor dem Eingang der Bibliothek. Als er Dorn kommen sah, erhob er sich träge und schlich mit eingekniffenem Schwanz davon.

Dorn blieb vor der Tür stehen und wartete auf die anderen.

»Die Tür ist immer offen«, erklärte der Schreiberling erneut.

Dorn runzelte die Stirn und drückte die Klinke herunter. Die unverzierte Tür mit den dunklen Eisenbeschlägen schwang knarrend auf.

Erneut packte Dorn den Schreiberling am Kragen.

»Du willst uns wohl für dumm verkaufen, du kleine Ratte«, schnaubte er. »In dieser Stadt schließen die Bürger sogar ihren Brennholzkeller ab, weil sie Angst haben, beklaut zu werden, und du willst uns erzählen, diese Bibliothek ist unbewacht und ständig offen. Wo ist der Haken an der Sache? Mach lieber das Maul auf, bevor ich die Geduld verliere.«

»Geht hinein, und ihr werdet es sehen«, stöhnte der Schreiberling.

»Du zuerst«, sagte Dorn und stieß den Mann hinein. »Ich will mich nicht extra umdrehen müssen, wenn mir nicht gefällt, was ich sehe.«

Milo und Senetha folgten. Milo hatte die Hand der Zauberin wieder losgelassen, doch nicht, weil ihm die Nähe unangenehm gewesen war. Im Gegenteil, Senethas Berührung hatte ihm ein Gefühl der Geborgenheit gegeben, obwohl er sie kaum kannte, doch er wollte zeigen, dass er der Situation wie alle anderen ebenfalls gewachsen war.

Das Gebäude hatte von innen kaum mehr zu bieten als von außen. Es gab nur einen einzigen Raum, soweit Milo erkennen konnte. Außer einer Handvoll Säulen, die die fast sechs Schritt hohe Decke stützten, und einigen Nischen, in denen zwei Fuß große Statuen von Regor in verschiedenen Posen standen, war er so gut wie leer. Milo trat an eine der Skulpturen heran. Sie schienen alle von demselben Künstler gefertigt worden zu sein. Der Gott der Menschen war immer als strahlender Held mit jugendlichem Aussehen dargestellt, mal mit Schwert, mal hoch zu Ross mit Lanze. Keine der Statuen war besonders gut ausgearbeitet. Feinheiten fehlten fast gänzlich, und dort, wo viel Geschick gefragt gewesen wäre, hatte der Künstler gepfuscht. Einem Steinmetzlehrling der Zwerge hätte sein Meister dafür den Bart abgeschnitten und ihn aus der Werkstatt gejagt.

»Ich bin zwar nur ein Söldner und kann nicht sonderlich gut lesen«, knurrte Dorn, der den Schreiberling im Genick gepackt hatte und ihn am ausgestreckten Arm hin und her schwenkte wie eine Handpuppe, »doch ich weiß, dass in einer Bibliothek Bücher stehen müssten. Ich sehe nicht ein einziges. Entweder sagst du mir sofort, warum du uns hierhergeführt hast, oder ich wische mit dir den Boden. Auffeudeln kann dich dann jemand anderes.«

Milo fand die wenig diplomatische Art des Söldners etwas übertrieben, immerhin hatte sich der Schreiberling freiwillig zu ihnen gesellt, aber sie tat ihre Wirkung.

Der Gelehrte zeigte in eine der Nischen im hinteren Teil der Halle. »Dort ist der Zugang«, krächzte er.

Die Nische war im Grunde genommen gar keine, sondern eine Art kleiner Aufzug, wie man ihn in herrschaftlichen Häusern fand, den die Bediensteten benutzten, um Geschirr oder Wäsche in ein anderes Stockwerk zu bringen.

»Dort werden die Schriftstücke, Bilder oder Dokumente hineingelegt, und dann lässt man sie mit dem Aufzug nach unten«, erklärte der Schreiberling, bevor Dorn ihn ein weiteres Mal in die Mangel nehmen konnte.

»Und wer nimmt sie unten entgegen?«

»Ich weiß es nicht. Aber es gibt keinen anderen Zugang zur Bibliothek als diesen.«

»Das ist der größte Schwachsinn, den ich bisher gehört habe«, fluchte Dorn.

Er griff nach Senethas Hand wie ein Jüngling, der seine Angebetete das erste Mal zum Tanzen auffordern wollte.

»Senetha, lass uns einfach von hier verschwinden. Diese Rebellion geht uns nichts an. Ich besorge uns zwei Pferde, und sobald es dunkel wird, reiten wir durch das Osttor und versuchen unser Glück in einer anderen Stadt.«

Sie lächelte ihn an, wie es nur eine Frau tun konnte, die sich darüber freute, dass man ihr versprach, dass alles gut werden würde, die aber nicht mehr daran glauben konnte.

»Und was machen wir dann in einer anderen Stadt? Schlagen wir uns wieder mit dem Abschaum herum in der Hoffnung, dass wir irgendwo in Ruhe leben können? Sollen wir Bettlerkönig und Bettlerkönigin werden? Schänden wir des Nachts weiterhin Gräber? Leben wir in irgendeinem dunklen Keller? Was hält das Leben denn schon für uns mehr bereit als dieses kleine Abenteuer?«

Dorn erwiderte nichts. Sein Kopf sank nach unten, und er starrte auf seine und Senethas Hand. Er streichelte zärtlich über ihre Finger.

Milo konnte die beiden nicht länger ansehen. Er fühlte sich wie jemand, der an einer fremden Schlafzimmertür lauschte. Es war ihm unangenehm, und außerdem fürchtete er sich davor, was Dorn tun könnte, um seine Geliebte davon zu überzeugen, doch mit ihm zu gehen.

»Ich kann mit dem Aufzug nach unten fahren«, schlug Milo hastig vor. »Ich passe bestimmt ohne Probleme hinein. Ihr müsst mich nur runterlassen und wieder hochziehen, wenn ich das Buch habe.«

Die drei Menschen starrten ihn an, wie Eltern ihr Kind ansahen, wenn es sich ein Holzschwert geschnappt, einen Kochtopf übergestülpt und tapfer verkündete hatte, dass es losziehen wollte, den Trollkönig zu töten.

Als Milo sich in den engen Holzkasten presste, war er sich nicht mehr so sicher, dass sein Vorschlag so klug gewesen war. Mit angewinkelten Beinen und eingezogenem Kopf starrte er auf die drei Menschen. Ihre Blicke sollten ihm sicherlich das Gefühl von Respekt vermitteln und Zuversicht geben, dass schon alles gut gehen würde, aber in ihren Augen sah er, dass sie alle heilfroh waren, nicht an seiner Stelle zu sein.

»Wenn wir dich wieder hochziehen sollen, ruf einfach. Wenn das zu gefährlich ist, klopf an den Deckel des Aufzuges«, erinnerte ihn Dorn.

»Was ist, wenn ihr mich nicht hören könnt, weil die Bibliothek zu weit unten ist?«

»Dann ruf lauter.«

Mit diesem gut gemeinten Ratschlag löste Dorn das Seil vom Haken an der Wand und ließ Milo mit dem Aufzug langsam hinab.

Das Letzte, was Milo sah, waren die drei Gesichter. Eines lächelte und schien zu sagen: *Komm heil wieder zurück, kleiner Milo.* Das andere schaute grimmig und verriet: *Wenn du es nicht schaffst, kann ich endlich weg von hier.* Und das letzte schrie in seiner Vorstellung voller Entsetzen: *Bitte komm wieder, sonst wischt er mit mir den Boden auf.*

Dann wurde es dunkel um Milo. Er hoffte, dies würde sich sofort ändern, wenn er erst einmal unten angekommen war. Er ging davon aus, dass eine Bibliothek, die sich im Keller befand, beleuchtet war. Der Aufzug bewegte sich nur langsam, dafür aber gleichmäßig. Sobald Milo auch nur sein Gewicht verlagerte, schabte die Außenseite der Kiste an einer der Schachtwände entlang. Milo hatte das Gefühl, Stunden in dem engen Kasten festzustecken, obwohl es höchstens eine Minute dauerte, bis er das untere Stockwerk erreichte. Er begriff zuerst nicht, dass seine Reise zu Ende war, weil er immer noch in die Dunkelheit starrte.

Doch dann sagte eine tiefe grollende Stimme, die aus einem hohlen Baumstumpf zu kommen schien: »Sieh nach, was sie uns geschickt haben.«

Ein zuerst kaum sichtbarer Lichtschein näherte sich schnell und ließ die Umrisse von langen Regalreihen erkennbar werden.

Milo zwängte sich eilig aus dem Kasten heraus und hüpfte aus dem Aufzug. Der Boden war kalt und glatt, aber trocken. Gerade als der Träger des Lichtes um die Ecke bog und der Lichtschein in den Gang fiel, huschte Milo in einen der Seitengänge. Er tastete sich an den Regalen entlang. Sie waren höher, als er greifen konnte, und anscheinend bis zum Bersten mit Büchern, Papierrollen und losen Blättern gefüllt.

Milo ertastete eine Lücke weit unten. Das Regalbrett war vollständig leer und groß genug, dass ein Halbling hineinpasste. Er schlüpfte hinein und legte sich so, dass er den Aufzug beobachten konnte.

Der Lichtschein wurde heller. Kleine nackte Füße platschten über den Steinboden. Milo konnte einen kurzen Blick auf die Bücherwand ihm gegenüber erhaschen. In jedem Regal standen Hunderte von Büchern und Schriften. Einige waren dicke, in Leder gebundene Folianten, andere nur so breit wie ein Finger, die losen Seiten mit einer Kordel zusammengehalten. Stapel von Papieren türmten sich auf. Schriftrollen lagen dicht an dicht, einige auf vergilbtem Pergament, andere auf strahlend weißem Papier.

Milo verließ der Mut. Wie sollte er zwischen all den Büchern das richtige finden. Er hatte kein Licht und würde auch keines entzünden können, wenn er unbemerkt bleiben wollte. Und er wusste noch nicht einmal, wie das Buch aussah, das er suchte.

Der Lichtschein erreichte den Aufzug. Er ging von einer Kerze auf einem flachen Unterteller aus. Dieser Teller wurde von einem

Wesen getragen, das gerade einmal drei Fuß groß, in Sackleinen gekleidet und barfüßig war.

Ein Tunnelgnom, wurde Milo klar. Der fast kahle Kopf war nur von wenigen Haarbüscheln gekränzt, die dafür aber in alle Richtungen standen. Das Wesen sah abgemagert aus, was Hände, Füße und Kopf noch größer erschienen ließen, als sie ohnehin schon waren. Die Haut war blasser als bei den Gnomen, die Milo kannte. Er schob es auf die Dunkelheit hier unten, ebenso wie die schlechte Verfassung des kleinen Kerls.

Der Gnom stand vor dem offenen Aufzug. Die Unterkante des Kastens befand sich gerade auf seiner Augenhöhe. Er stellte die Kerze auf den Boden und begann, zu hüpfen wie ein aufgeregter junger Hund, kurz bevor man einen Stock warf. Dann nahm er die Kerze wieder in die Hand und hüpfte erneut. Der Gnom suchte den Boden vor sich ab, dann betastete er den Aufzug von innen. Als er sich an mehreren Stellen des Kopfes abwechselnd mit beiden Händen gekratzt hatte, schlich er dorthin zurück, von wo er gekommen war.

Milo wartete in seinem Versteck ab, was passieren würde. Vielleicht dachten sie, sie hätten sich geirrt.

»Was bringst du mir?«, grollte die Stimme wieder.

»Es war leer«, antwortete der Gnom mit seiner fisteligen Stimme untertänig.

»Was war leer? Das Fach, oder war es ein leeres Blatt Papier?«, wollte die Stimme wissen.

Für einen Moment herrschte Stille. Dann kehrten die kleinen platschenden Füße zurück und brachten erneut Licht in die Dunkelheit. Wieder stand der Gnom vor dem Fach und wiederholte die Prozedur seines ersten Auftritts. Dann eilte er zum zweiten Mal zurück.

»Das Fach ist leer«, verkündete er stolz.

Wieder herrschte einen Moment lang Schweigen.

»Das kann nicht sein!«, brüllte die Stimme unvermittelt los. »Das ist gegen die Verordnung. Unser Auftrag lautete anders. Sie haben gesagt, wenn das Fach nach unten kommt, nehmt die Dokumente darin heraus und ordnet sie in die Regale ein. Das ist nicht richtig. So etwas darf nicht passieren. Steh hier nicht so rum, du Taugenichts. Lauf los und zähl die Bücher durch. Ordne die Schriftrollen und sieh nach, ob sich irgendwo ein einzelnes Blatt dazwischengemogelt hat. Irgendwo muss etwas sein. Das Fach kommt niemals ohne etwas herunter. Lauf schon los, du widerliches Scheusal.«

Hektik brach aus. Das Licht wechselte von einem Ende des Raumes zum anderen. Bücher wurden zu Boden geworfen, aufgestapelt und wieder in die Regale geräumt.

»Aa bis Ak ist vollständig, großer Bibliothekar!«, kreischte der Gnom.

»Keine Pause! Mach weiter, du Gewürm«, bekam er zur Antwort.

Das Bücherrücken begann von Neuem, nur diesmal etwas näher als zuvor. Dann tauchte der Lichtschein am Ende des Ganges auf, in dem Milo sich versteckte. Schnell zog er eines der Werke in dem Regal über seinem Versteck heraus und hielt es ins Licht.

Grundgedanken zum Götterwillen.

Gr, es kann nicht lange dauern, bis der Gnom mich findet, überlegte Milo.

Er brauchte einen Plan. Am besten einen guten. Einen Plan, in dem der Bibliothekar ihn nicht in die Finger bekam. Die gewaltige Stimme reichte aus, um Milo zu verraten, dass es ein ungleicher Kampf wäre.

Kampf? Was für ein Kampf?, schalt er sich. *Er würde mich einfach zertreten. Ein Kampf ist es nur, wenn beide wenigstens ein Mal zuschlagen.*

Der einzig erkennbare Schwachpunkt hier unten war der Gnom. Er kannte dieses Völkchen zwar nur als Bedienstete von Meister Othman, aber diese kurzen Eindrücke reichten aus, um zu sagen, dass Gnome nicht sonderlich schwer hinters Licht zu führen waren. Und was noch wichtiger schien: Sie waren klein, kleiner als Halblinge.

Der Gnom arbeitete sich schneller voran, als Milo es ihm zugetraut hätte, und schneller, als er gehofft hatte.

»Fm bis Fz« hallte es durch die Bibliothek. »Alles da.«

»Weiter! Du bist zu langsam.«

Das Licht erhellte den Gang, in dem Milo sich versteckt hielt. Er hörte, wie der Tunnelgnom an den Regalen emporkletterte und Bücher und Schriftrollen herausriss und auf den Boden warf. So rasch er die Unordnung verursacht hatte, so flink räume er sie auch wieder auf.

Der Gnom schob die Kerze auf der Untertasse mit dem Fuß genau vor das Regal, in dem Milo lag.

»Ga bis Gq ist vollständig!«, rief er.

»Schneller, du Abschaum!«, hallte es zurück.

»Kann ich einen Schluck trinken, großer Bibliothekar?«

»Nicht bevor du fertig bist und ich gefunden habe, wonach ich suche.«

»Wonach sucht er denn?«, brabbelte der Gnom halblaut zu sich selbst. »Vielleicht sollte ich ihm helfen, dann geht es bestimmt schneller. Er könnte mir wenigstens sagen, was es ist, dass er so dringend sucht. Aber erstmal muss ich jetzt dieses Ding aus dem Fach finden, dann helfe ich ihm. Wenn ich es finde, bekomme ich bestimmt weder einen Kanten Brot. Oh, was würde ich für einen schönen harten Kanten Brot geben?«

Das war der Moment, auf den Milo gewartet hatte. Er packte das Paar dünner Beine vor sich und brachte den Gnom zu Fall. Bevor dieser überhaupt begriff, was mit ihm passierte, rollte sich Milo aus seinem Versteck, hockte sich auf die Brust des kleinen Kerls und hielt ihm den Mund zu. Der Gnom wedelte mit den Armen wie ein Jungvogel, der aus dem Nest gefallen war. Zuerst versuchte er, sich hochzudrücken, dann tastete er mit den Händen auf dem Boden nach etwas, das ihm helfen konnte. Alle Mühe war vergebens. Milo war einfach zu groß und zu schwer, als dass der

Gnom sich hätte befreien können. So geschwächt und ausgemergelt, hatte sich auch seine Gegenwehr schnell erledigt.

Milos Hand verdeckte mehr als das halbe Gesicht des Gnoms. Zwei weit aufgerissene Augen starrten ihn an, die so groß waren, dass Milo sich an eine Eule erinnert fühlte. Der kleine Kerl gab eine jämmerliche Gestalt ab. Er versuchte, Milo in die Handflächen zu beißen, doch ohne Zähne war das ein sinnloses Unterfangen.

»Hör mir gut zu«, flüsterte Milo. »Ich kann dir helfen. Ich habe das Dokument aus dem Kasten, das du suchst. Wenn du mir versprichst, nicht zu schreien, werde ich meine Hand von deinem Mund nehmen und es dir geben. Aber du musst ganz leise sein.«

Die Augen des Tunnelgnoms leuchteten. Er versuchte zu nicken, und die Beißversuche in die Hand seines Peinigers wurden zu zärtlichen Kauattacken wie die eines Babys am Finger seiner Mutter.

»Na gut, ich lasse dich jetzt los«, warnte ihn Milo vor. Kaum war er von dem Kerl heruntergestiegen, sprang der Gnom auf und zupfte mit den Händen an Milos Gewand.

»Wo ist es? Wo ist es?«, flehte er.

»Psst, du musst ruhig sein«, ermahnte ihn Milo. »Ich habe es hier in meiner Tasche. Warte, ich hole es raus und gebe es dir.«

Der Gnom hüpfte aufgeregt auf der Stelle. Als Milo die Karte von Meister Othman aus der Tasche zog, grapschte er danach und entfaltete sie aufgeregt.

»Das ist eine Karte«, stellte er freudig fest und zeichnete die Striche und Linien darauf mit dem Finger nach. Dann drehte er sie in den Händen herum und betrachtete sie von allen Seiten. Als er anscheinend nicht fand, wonach er suchte, trübte sich sein Blick, und die Mundwinkel zogen sich nach unten.

»Es steht nicht drauf, wie sie heißt«, begann er zu jammern. »Ohne den Namen kann ich sie nicht einordnen.« Seine Stimme wurde immer lauter. »Die Verordnung sagt in Punkt drei, dass jedes Dokument einen Namen braucht, damit es alphabetisch eingeordnet werden kann.«

Milo versuchte, den aufgebrachten Bibliothekargehilfen zu beruhigen. »Psst, sei bitte leise. Ich weiß ja, wie das Blatt heißt. Es ist die Karte von Graumark.«

Jetzt leuchteten die Augen des Tunnelgnoms wieder.

»Gr wie Graumark. Gr bis Gz ist gleich hier vorn. Hier unten müsste es sein. Ja! Genügend Platz ist auch noch da. Ich bring es nur noch schnell zum großen Bibliothekar, damit er es in die Liste eintragen kann.«

Milo erwischte ihn gerade noch an dem zerlumpten Stoff seines Gewandes, bevor er losrennen konnte. Damit der kleine Kerl nicht vor Angst losbrüllte, hielt er ihm den Mund erneut zu und zog ihn zu sich heran.

»Ich habe dir geholfen, nun musst du mir helfen«, flüsterte er ihm zu.

Die Augen des Gnoms rollten in den Höhlen umher, als führten sie ein Eigenleben. Er versuchte, etwas zu sagen, doch die Hand auf seinem Mund hinderte ihn daran. Milo lockerte seinen Griff leicht.

»Steht das auch in der Verordnung?«, flüsterte der Gnom.

»Nicht in dieser«, erklärte Milo und zeigte bedeutungsvoll nach oben, »aber in der der Draußenwelt.«

Der Tunnelgnom kicherte verzückt. »Was soll ich für dich tun?«

»Zeig mir ein Buch. Es trägt den Namen *Ceeth müe fammamè*.«

»Ce ist zwischen Ca und Cr im zweiten Gang. Komm mit.« Wieder wollte der Tunnelgnom einfach losrennen, und wieder hielt Milo ihn zurück.

»Wir müssen aber ganz leise sein«, erinnerte er den Gnom noch einmal. Der presste die Lippen aufeinander und trat auf Zehenspitzen auf der Stelle.

»Genau so«, lobte ihn Milo.

Zusammen schlichen sie nach vorn. Milo hatte Angst, der Bibliothekar würde sie hören oder den Lichtschein der Kerze sehen, aber er bemerkte sie nicht. Der Gnom hatte das Buch im Nu gefunden. Stolz tippte er mit dem Finger gegen den Buchrücken.

Milo zog das Buch zwischen den anderen hervor. Es war alt, das mit Sicherheit, aber es unterschied sich nicht großartig von anderen alten Büchern. Milo wusste nicht genau, was er erwartet hatte, aber er hatte schon angenommen, es würde sich von allen anderen Büchern unterscheiden wie ein Steinpilz zwischen vielen Maronen. Er schlug das Buch vorsichtig auf. Es war vollständig in caryndischer Sprache geschrieben und somit für einen kurzen Blick hinein wenig erhellend.

Der Gnom würde ihm nicht erlauben, das Buch einfach mitzunehmen, das wusste Milo. Aber falls er ihm etwas Gleichwertiges zum Tausch anbot, würde der Büchergehilfe sich vielleicht darauf einlassen.

Milo zog die handschriftlichen Unterlagen von Meister Gindawell aus seiner Tasche hervor. In Gestensprache zeigte er dem Gnom, was er vorhatte. Dieser presste die Lippen aufeinander und wackelte mit dem Kopf abwägend hin und her. Dann grinste er breit und schnappte sich Gindawells Unterlagen.

Milo fiel ein Stein vom Herzen. Tunnelgnome waren unberechenbar, aber dieser hier schien ganz umgänglich zu sein, entschied er. Jetzt musste er nur noch raus hier, ohne dass der Bibliothekar ihn bemerkte. Milo verneigte sich vor dem Gnom, der die Verbeugung wie ein dressiertes Äffchen nachahmte. Dann schlich er zurück zum Aufzug. Er wollte gerade den Gang verlassen, da krächzte hinter ihm die Stimme des kleinen Kerls auf.

»Gi, das geht nicht. Dieses Buch ist in einer ganz anderen Reihe. Das ist gegen die Vorschriften.«

Milo wollte erst zurück, um den Gnom zu beruhigen, doch da tauchte schon der Bibliothekar über der Wand aus Büchern auf.

»Was ist hier los?«, brüllte er.

Milo machte sich keine Hoffnung, dass er vielleicht auf einer Leiter stand, da der Kopf allein schon so groß war wie ein Bierfass. Das Gesicht des Kolosses setzte sich aus Steinen, Erde und Rindenstücken zusammen. Mächtige Hauer traten aus seinem Mund hervor, die aussahen wie die Splitter großer Milchquarze. Die Nase war ein Stück Wurzelholz, und seine Augen leuchteten hellblau wie Aquamarine. Langes gelbliches Haar wie vertrocknetes Gras hing von seinem Kopf herunter und verband sich mit dem Vollbart, der ihm bis zur Brust reichte. Am meisten Sorgen bereitete Milo aber, dass er äußerst zornig wirkte.

»Vorschrift eins!«, brüllte er, als er den Halbling entdeckt hatte. »Kein Fremder darf die Bibliothek betreten. Darauf steht der Tod.«

Er steckte seinen knorrigen, halb hölzernen, halb steinernen Arm nach Milo aus. Es fehlte jedoch etwas an Reichweite, was Milo auch ganz recht war, da er immer noch überlegte, ob er sich einfach zerquetschen lassen oder doch lieber flüchten sollte.

Der Bibliothekar lehnte sich weit nach vorn, um näher an ihn heranzukommen. Ächzend gaben die Regalböden unter dem Gewicht nach. Reihe für Reihe brachen sie heraus, und Bücher und Papier verteilten sich über den Boden. Der Koloss geriet aus dem Gleichgewicht. Um nicht zu fallen, stützte er sich mit den Armen gegen die benachbarten Bücherregale. Auch diese hielten dem Gewicht des Ungetüms nicht stand. Knirschend rissen die Verankerungen aus dem Boden, und die ganze Bücherwand neigte sich beängstigend weit nach vorn – auf Milo und den Gnom zu. In diesem Moment fassten sie beiden denselben Entschluss: Es war besser zu laufen.

Milo rannte den einen Seitengang weiter in Richtung Aufzug hinunter, der Gnom den anderen. Bei der zweiten Querverbindung irgendwo zwischen E und F war der Gnom immer noch auf gleicher Höhe mit ihm. Hinter sich hörte Milo, wie die erste Bücherwand gegen die nächste kippte und mit ihrem Gewicht auch diese aus der Verankerung riss.

»Nein!«, schrie der Bibliothekar gequält auf. »Blog, halt sie auf.«

Beim nächsten Quergang war der Gnom verschwunden, Milo rannte weiter. Eine Kettenreaktion folgte. Eine Bücherreihe nach der anderen kippte um und begrub alles unter sich, was ihr in den Weg kam. Mit dem Gnom war auch plötzlich das Licht der Kerze verschwunden. Der Lärm von den umstürzenden Regalen war ohrenbetäubend. Das und die beängstigende Dunkelheit ließen Milo kopflos die Flucht antreten. Erst als er mit der hinteren Wand zusammenstieß und sich schmerzhaft die Schulter prellte, wurde ihm bewusst, dass er an dem Aufzug vorbeigelaufen war.

Die tosende Welle aus berstendem Holz und zu Boden stürzenden Büchern raste weiter auf ihn zu. Milo sackte vor der Wand zusammen und schob den Kopf zwischen seine Knie. Er befürchtete, jeden Moment von einem Schwall verbotenem Wissen davongespült zu werden und am Grund eines Meers aus Papier zu enden. Doch anstatt über ihn hereinzubrechen, verebbte der Lärm. Nur hier und da hörte man noch ein Buch auf den Boden klatschen oder das Rascheln von Pergament.

Milo war noch nie am Meer gewesen, doch so musste es sein, am Strand zu sitzen und den Wellen zu lauschen. Das Brüllen des Bibliothekars holte ihn zurück aus seiner Vorstellung.

»Blog, wo steckst du, du Gewürm? Ich brauche Licht!«

Milo war erleichtert. Die Stimme kam immer noch vom anderen Ende der kleinen Halle. Als jedoch ein winziger Lichtblitz wie von einem verpuffenden Glühwürmchen die Kerze entzündete, die von einem dürren Ärmchen zwischen zwei umgestürzten Regalen aus einem Haufen Bücher hochgehalten wurde, schmolz Milos Erleichterung.

Der Bibliothekar stand vor seinem Pult. Der massige Kopf hatte nicht zu viel versprochen, denn sein Körper stand ihm in nichts nach. Holz und Stein fügten sich zu einer wahren Ausgeburt an Kraft und zerstörerischem Potenzial zusammen.

»Dort ist der Eindringling!«, brüllte er, als er Milo entdeckte. »Los, Blog, bring ihn zu mir.« Er schmetterte die Faust zu Boden und zermalmte Holz, Papierstapel und ledergebundene Bücher, als wären sie trocknes Laub.

Der Tunnelgnom streckte den Kopf aus einem Berg Papier hervor und schüttelte sich. »Gr bis Hm ist vollkommen durcheinander«, stöhnte er.

»Vergiss die Bücher!«, brüllte der Koloss. »Schnapp dir den Dieb. Er darf nicht entkommen.«

Blog schraubte sich aus den Trümmern hervor wie ein Wurm aus einem Bratapfel und erspähte Milo. Bevor der Gnom losrennen konnte, verschwand Milo unter der letzten Regalwand, die schräg gegen die hintere Wand gekippt war.

Milo kroch den engen Tunnel entlang und wühlte sich durch Bücher und Papierrollen. Am anderen Ende zeigte sich ein Lichtschein. Milo riss einen Stapel Dokumente aus einem der unteren Fächer und bahnte sich so den Weg in einen anderen Gang. Auch hier gab es einen Kriechtunnel zwischen den aufeinanderliegenden Regalen. Milo kroch ein Stück in die entgegengesetzte Richtung und wühlte sich zum nächsten Gang durch. So arbeitete er sich Gang für Gang weiter. Blog war immer noch irgendwo hinter ihm und trieb Milo langsam auf seinen Herrn zu. Der Bibliothekar selbst beteiligte sich an der Suche nach ihm nicht. Vielleicht hatte er Angst, noch mehr kaputtzumachen, oder er traute seinem kleinen Gehilfen zu, mit dem Problem allein fertig zu werden.

Plötzlich hörte Milo die jammernde Stimme von Blog.

»Oh, oh, das ist *Jerotts Reise zu den Heiligtümern*. Das ist gar nicht gut.«

»Hör auf, die Bücher zu sortieren«, schnauzte ihn der Bibliothekar an. »Bring mir lieber den Eindringling.«

»Ich ordne es nicht, ich versuche, es zu löschen!«, kreischte Blog. »Nun brennen auch noch die Karten von Juntal und *Die Aufzeichnungen des jungen Reisenden*. Ich muss irgendwie mit der Kerze zu nah rangekommen sein.«

»Versuch, sie zu löschen!«

Das Feuer breitete sich schnell aus und erhellte den Raum, daran konnten auch Gnomenhände und Füße nichts ändern. Der Feuerschein fiel zwischen den Regalböden durch und beschien den ledernen Einband eines Buches, das vor Milo auf dem Boden lag. *Grundlagen der druidischen Pflanzenzauber*. Gr.

Das war Milos Chance. Er musste in dem Gang sein, in dem er sich zu Anfang versteckt hatte. Das bedeutete, der Aufzugsschacht musste direkt vor ihm liegen. Er umklammerte das Buch, wegen dem er gekommen war, und kroch den Tunnel aus Holz und Papier weiter hinunter.

Milo konnte den Aufzug sehen. Im Hintergrund kreischte Blog voller Panik etwas von Wasser und Decken. Milo sprang auf und hechtete mit einem Satz in den rettenden Kasten. Noch bevor er den Schacht hinaufrufen konnte, dass Dorn ihn hochziehen sollte, hatte ihn der Bibliothekar entdeckt.

»Du entkommst mir nicht«, grollte er.

»Zieht mich hoch!«, schrie Milo in den Schacht hinein.

Der Bibliothekar stürmt auf den Aufzug zu. Seine Füße, die aussahen wie zwei große Findlinge, zermalmten alles unter sich. Milo konnte sich in dem engen Kasten kaum rühren, während Blog um die brennenden Bücher herumtanzte wie ein Kiebitz, dem man die Eier aus dem Nest gestohlen hatte.

Der Aufzug bewegte sich ruckartig nach oben, aber der Bibliothekar war bereits heran und griff nach dem Kasten. Er versuchte, ihn wieder herunterzuziehen. Milo trat mit seinen Füßen nach den Fingern aus Holz und Stein.

»Zieht mich hoch!«, schrie er flehend.

Dorn schien all seine Kräfte zu mobilisieren. Mit einem Krachen schoss der Aufzug nach oben. Die Bodenplatte des Kastens riss heraus, und Milo konnte sich nur halten, weil er sich mit Schultern und Knien gegen die Seitenwände presste.

Von unten hört er den Koloss wütend brüllen.

»Mach endlich das Feuer aus, und dann räum hier auf!«

26. NELF

Der süßliche Duft des Waldes wurde langsam schwächer, und an seine Stelle trat ein saurer, muffiger Geruch wie von Pfeifentabak, der feucht geworden war. Auch die hohen Tannen und die massigen Eichen, die das Herz des Waldes bildeten, waren hier nicht mehr zu finden, stattdessen standen überall Gruppen von windschiefen Birken.

»Na, was habe ich gesagt? Sie bringen uns ins Moor«, sagte Nelf zu seinem Bruder Tislo. »Scheint so, als ob du mir eine neue Kürbispfeife schuldest.«

Tislo drehte sich nur kurz um und warf Nelf einen genervten Blick zu. Zusammen mit rund vierzig anderen Gefangenen, die ebenfalls aus ihren Wagen gescheucht worden waren, gingen sie gefesselt den schmalen Waldpfad entlang. Das Seil, mit dem sie aneinandergebunden waren, führte vom Hintermann zwischen den Beinen des nächsten hindurch, dann war es mehrfach um die Handgelenke gewickelt, von wo es wiederum zum nächsten ging. Man musste höllisch aufpassen, um nicht zu stürzen, denn ansonsten zog man den Hinter- und Vordermann mit in den Dreck. Oder einem wurden selbst die Beine weggezogen, weil ein anderer fiel, und man kostete von dem Waldboden mehr, als einem lieb sein konnte. Wenn man jedoch wie Nelf und Tislo einen übergewichtigen, ewig feist grinsenden Kaufmann im Nacken hatte und einen gut gebauten Zwerg vor sich, dann blieb eigentlich nur die zweite Variante.

»Was du immer mit deinem Moor hast«, sagte Tislo. »Man könnte meinen, du hättest schlechte Kindheitserinnerungen daran. Außerdem kann ich dir keine Kürbispfeife beschaffen. Jedenfalls nicht in den nächsten Jahren.«

»Wenn ich so groß wäre wie ein Zaunpfahl, hätte ich auch Angst vor dem Moor«, verriet der Händler hinter Nelf.

»Ihr sollt die Schnauze halten und weiterlaufen!«, brüllte einer der Zwergenwächter, die neben den Gefangenen herliefen. »Ansonsten werde ich euch die Mäuler stopfen und die Füße zusammenbinden.«

Der Bärtige eilte nach vorn, wie er es immer tat, wenn seine Laune auf dem Tiefpunkt angekommen war, und trieb das Maultier an, das den Tross von Gefangenen anführte.

»Wenn du Recht hast und die Zwerge uns ins Moor führen, frage ich mich, wie das mit der Aussage von Dorimbur zusammenpasst, dass sie eine Mine errichten wollen. Torf sticht man nur aus dem Boden heraus. Dafür muss man keine langen Schächte ins Erdreich graben«, flüsterte Tislo.

»Kohle, mein kleiner Freund«, sagte der Händler hinter Nelf. »Sie brauchen Kohle für ihre Schmieden. Das schwarze Gold besteht aus Torf, der über Jahrhunderte gepresst wurde und unter Luftabschluss im Moor lagert.«

Nelf grübelte darüber nach, was der Händler gesagt hatte, aber es ergab für ihn irgendwie keinen Sinn. Das bisschen Kohle, das die Zwerge brauchten, stellten sie in eigenen Köhlereien aus Holzstämmen her. Er selbst hatte die Köhlerhaufen am Fuß der Berge gesehen, und es schien ihm nicht, als wenn es den Zwergen an Glut für ihre Essen mangelte. Außerdem hatten sich die Bärtigen in Graumark auf die Suche von Gold, Silber und Edelsteinen spezialisiert. Der Bedarf an Kohle für Essen war somit nur sehr gering.

Es dauerte noch gut drei Stunden, bevor Nelf des Rätsels Lösung etwas näher kam. Inzwischen hatten sie bereits zum dritten Mal den Waldrand erreicht. Doch leider hatte der Tross wieder die Stelle verfehlt, welche die Späher als sicheres Gebiet benannt hatten. Diesmal um fast eine Meile. Die Zwerge hatten mit Missmut auf die vorigen Rückschläge reagiert. Übellaunigkeit und Drohungen waren an der Tagesordnung, doch jetzt gesellten sich noch Fußtritte und Schläge dazu, die sie unter ihren Gefangenen austeilten, als sie abermals Kehrt machten, um sich einen neuen Weg durch den Wald zu suchen, der sie an die richtige Stelle führen würde. Jeder war froh, wenn die Wächter an ihm vorüberschritten und jemand anderes aufs Korn nahmen. Nelf und Tislo kamen gut davon. Ein Hieb in die Seite und ein Tritt in den Hintern waren zu verschmerzen. Und endlich erreichte die kleine Zwergenarmee mit den Gefangenen ihr Ziel.

Vor ihnen lag eine tiefe Schlucht, die parallel zum dahinterliegenden Moor verlief. Nelf entschied für sich allerdings sofort, dass er lieber noch zwei weitere Male um den Düsterkrallenwald herumgelaufen wäre, und anschließend noch einmal in die andere Richtung, anstatt zu sein, wo er jetzt war. Sie befanden sich auf einem lang gestreckten Felsplateau, auf dem sich bereits Hunderte von Zwergen versammelt hatten. Der Wind trieb einen entsetzlichen Gestank von Faulgasen aus dem Moor herüber. Ohne die schützenden Bäume war es gleich um einiges kälter, und die karge, zerklüftete Landschaft versprach bei jeder Unvorsichtigkeit Prellungen, Schürfwunden oder gar Knochenbrücke.

Wie Nelf schon vermutet hatte, lag vor ihnen das Moor von Graumark. Dieses Gebiet wurde scherzhaft Elfentorf genannt. Es war ein riesiges Sumpfgebiet, das aus einem tiefer gelegenen Teil bestand, der im Süden und Osten in ein Hochmoor auf zwei langen Hügelketten überging – die eigentliche Heimat der Elfen in Graumark.

Das Sumpfgebiet war übersät von kleinen Tümpeln und Seen, bis zum Rand gefüllt mit dunkelbraunem Wasser oder fauligem Matsch, aus dem blubbernd Gase entstiegen. Dazwischen zog sich ein Netz aus niedrigen Dämmen durch den Sumpf, die jeden, die sich hier auskannten, einen sicheren Pfad boten. Für alle anderen war es nur ein Irrgarten, der in den Tod führte. Die Pfade waren tückisch. Was aussah wie fester Boden, war manchmal nur eine Schicht aus vertrockneten Gräsern. Überall lauerten Baumwurzeln von krummen Moorbirken, die nach den Füßen regelrecht zu angeln schienen. Ein Fehltritt ohne eine rettende Hand in der Nähe bedeutete meist den sicheren Tod.

All das war schon wenig verheißungsvoll, wenn man als Gefangener auf eine unbekannte Mission geschleppt wurde, doch das eigentliche Problem lag zwischen ihnen und dem Sumpf: Eine meilenlange Schlucht zog sich am Waldrand entlang. Tief, kalt und unwirtlich bildete sie eine natürliche Grenze zwischen dem Düsterkrallenwald und dem Hochmoor. Es wäre durchaus möglich gewesen, die Schlucht zu umgehen und so in den Sumpf zu gelangen, doch anscheinend war es gerade diese Schlucht, an der die Zwerge interessiert waren.

»Zu hoffen, dass sie wie die Lemminge in die Tiefe springen, ist wohl etwas zu viel erwartet, oder?«, fragte Nelf im Flüsterton seinen Bruder.

»Mir würde es schon reichen, wenn sie *uns* nicht hinunterwerfen«, gestand Tislo. »Was es dort unten wohl zu sehen gibt?«

Der feiste Kaufmann trat von hinten an die beiden Halblinge heran und beugte sich zu ihnen herunter, was ihm sichtlich Mühe bereitete, da sie immer noch aneinandergefesselt waren. »Kohle! Ich sage es euch doch, die Zwerge sind wegen des schwarzen Goldes hier.«

Jetzt begriff Nelf auch plötzlich, woher der Spruch kam: Ein guter Händler verkauft dir den Glauben als Wahrheit, ein Dummer die Lüge. Doch selbst wenn es stimmen sollte, wie wollten die Zwerge die Kohle fördern? Und was noch wichtiger war: Wie würden sie es bewerkstelligen, sie abzutransportieren und in die Berge zu bringen?

Darauf gab es erst einmal keine Antwort, dafür fand Nelf schnell heraus, warum sich die Zwerge vorn am Rand des Plateaus versammelt hatten und in die Tiefe starrten. Ein eiserner Käfig, in den sechs bis acht Zwerge hineinpassten, diente als Aufzug, mit dem man hinab in die Schlucht gelangen konnte. Er hing an einem Lastbalken, dessen Holzstreben so dick waren wie Schiffsmasten. Die Vorrichtung zum Antreiben musste sich irgendwo unten in der Schlucht befinden. Nachdem der Käfig seine erste Ladung Zwerge aufgenommen hatte, stieg das Gedränge auf dem

Plateau. Jeder wollte möglichst schnell drankommen, doch in diesem Tempo würde es einen ganzen Tag dauern, bis alle den Weg hinab geschafft hätten. Keiner der Zwerge schien mehr Lust zu haben, sich mit den Reiserationen zufriedenzugeben und sie mit schalem Bier hinunterzuspülen.

Dorimbur und Tomdrin standen weit vorn und bestimmten, wer mit der nächsten Fuhre nach unten fahren durfte. Außerdem teilten sie die Ausrüstung ein, die noch zusätzlich mit hinuntergeschafft werden sollte.

Nelf hörte, wie sich zwei Zwerge unterhielten und davon redeten, dass unten genügend zu essen und zu trinken bereitstünde, um ein Heer ein Jahr zu verköstigen. Nelf bezweifelte, dass sich das, was sie dort in der Schlucht zu essen bekämen, wesentlich von dem unterscheiden würde, was sie als Verköstigung auf dem Marsch bekommen hatten. Aber ihm wurde bewusst, dass die Mission, welchem Zweck sie auch immer dienen mochte, schon von langer Hand vorbereitet worden war. Dies wiederum bedeutete, dass es einen ausgeklügelten Plan der Zwerge gab und diese Aktion nicht einfach nur auf einer Laune beruhte mit wenig Aussicht auf Erfolg. Was gleichwohl hieß, dass die Überlebenschancen für seinen Bruder und ihn enorm anstiegen.

Nelf und Tislo bereiteten sich auf eine längere Wartezeit vor. Wahrscheinlich waren die Gefangenen neben ihren Wächtern die Letzten, die mit dem Aufzug nach unten fahren durften. Die Zwerge schienen derselben Meinung, denn sie trieben alle dicht zusammen und stellten Wachen auf, damit nicht doch einer auf die Idee kam, flüchten zu wollen. Nelf und Tislo setzten sich im Schneidersitz auf den kalten Boden. So zusammengepfercht war es nicht mehr so kalt, und es gab deutlich weniger Herumgeziehe vom Vorder- oder Hintermann an den Fesseln. Die beiden teilten die wenigen Proviantvorräte, die sie gehamstert hatten, zwischen sich auf. Einer der Zwerge warf ihnen sogar noch einen halben Laib Brot und einen gefüllten Schlauch Wasser zu.

»Das werde ich nicht mehr brauchen«, sagte er lachend. »Dort unten wartet auf mich ein frisch gezapftes Bier oder auch zwei und ein herrliches Stück Schweinebraten. So eines mit Kruste, die in kleine Vierecke geschnitten ist und so wunderbar knackt, wenn man sie zerbeißt.«

Nelf gönnte es ihm. Er gönnte jedem Zwerg alles, was dessen Stimmung auch nur ein wenig aufhellte. Nicht weil er eine gute Seele hatte, nein, nur aus einem einzigen Grund: dass ihm abgelegte Brotkanten lieber waren als Fußtritte.

Die beiden Halblinge hatten gerade aufgegessen und reichten den Wasserschlauch umher, als die ersten aufgeregten Rufe laut wurden.

»Was ist da vorne wohl los?«, fragte Tislo, der sich sofort erhoben hatte, aber enttäuscht feststellen musste, dass er über Zwerge weder hinweg- noch hindurchsehen konnte.

»Wahrscheinlich streiten sie sich darum, wer als Nächstes fahren darf«, sagte Nelf.

»Nein, der Aufzug hat sich anscheinend irgendwo verhakt«, erklärte der dicke Händler. »Einer der Zwerge ist auf den Lastgalgen geklettert und zerrt wie verrückt an dem Seil. Die anderen feuern ihn an.«

Plötzlich jubelte die Menge auf.

»Jetzt hat er ihn wohl losbekommen«, kommentierte Nelf. Er sah den Händler fragend an. Der antwortete jedoch nicht sofort, sondern kniff die Augen zu zwei schmalen Schlitzen zusammen, presste die Lippen aufeinander und wackelte unentschlossen mit dem Kopf hin und her.

»Oh ja, das hat er«, knurrte er. »Und er hatte einen Höllenzahn drauf, als ihn das Seil in die Tiefe gerissen hat.«

Es dauerte fast zwei Stunden, bis der Aufzug repariert war und das Seil wieder über der fast Wagenrad großen, geschmiedeten Rolle lag.

Der Händler hatte während dieser Zeit auf Nelfs Drängen hin alles kommentiert, was vorn am Plateau vor sich ging.

»Jetzt kann es endlich weitergehen«, stöhnte er und setzte sich zu den beiden Halblingen auf den Boden.

Die Ruhe währte jedoch nicht lange. Kurze Zeit später tauchten zwei schwer gerüstete Zwerge auf und ließen ihren Blick über die Gefangenen schweifen.

»Du, du und du, mitkommen!«, befahlen sie, dem Händler einen Fußtritt verpassend. Nelf und Tislo bedachten sie mit zwei Kopfnüssen, um klarzustellen, wer gemeint war.

Nelf hatte sich vorgenommen, auf dieser Reise keine weiteren Schläge zu kassieren, und schwang sich sofort auf die Beine. Tislo schien es ähnlich zu halten.

»Ich bin nicht so stark, wie ich aussehe«, erklärte der Händler. »Es wird besser sein, Ihr nehmt Euch einen kräftigeren Burschen als mich.« Dieser Einwand brachte ihm einen Schlag mit dem Handrücken des Kettenhandschuhs ein.

»Du bist genau der Richtige«, knurrte der Zwerg. »Wir suchen ein paar fette Schweine, um die es nicht schade ist. Mit dir scheinen wir in jedem Fall einen guten Fang gemacht zu haben.«

Der Händler schien wenig Lust zu verspüren, weitere Prügel einzustecken. Er hievte seinen Körper hoch wie eine trächtige Kuh und zog sich die Hose zurecht, die einen tiefen Blick auf seinen Hintern gestattete. Nelf wandte sich angewidert ab.

»Wenn ich so unverzichtbar bin, wäre es eine Sünde, nicht zu helfen«, schnaubte der Händler.

Nachdem die Zwerge sie von ihren Fesseln befreit hatten, wurden sie durch die Mengen von grimmig dreinblickenden Bärtigen nach vorn zum Plateau geführt, wo Dorimbur und Tomdrin sie schon erwarteten. Zwei andere Wächter brachten noch einen Mann und zwei Frauen zum Aufzug.

»Wunderbar!«, rief Dorimbur aus. »Mutige Freiwillige, die der Handwerkskunst der Zwerge, ohne zu zögern, ihr Leben anvertrauen. Das nenne ich vorbildlich. Wenn ihr mich nicht enttäuscht, werde ich darüber nachdenken, eure Strafe um ein Jahr zu verkürzen.«

Nacheinander wurden sie in den Aufzugskäfig getrieben. Nelf war als Erster an der Reihe. Als er an Dorimbur vorbeigeführt wurde, fragte er unsicher: »Was muss ich tun, um Euch nicht zu enttäuschen?«

»Zusammen mit dem Käfig unten heil ankommen«, lachte Dorimbur. Dann zeigte er auf eine Stelle weiter unten in der Schlucht. Nelf beugte sich behutsam vor und wusste sofort, wovon der Zwerg sprach. Etwa auf der Hälfte war das Seil geflickt – mit einem Knoten.

»Gute Handwerksarbeit«, flüsterte Nelf und brachte Dorimbur damit erneut zum Lachen.

Tislo war der Nächste in der Reihe. Er schlich an dem Zwerg vorbei wie ein geschlagener Hund. Dann kam der Händler, baute sich vor dem Zwergenanführer auf und stemmte die Hände in die nicht vorhandenen Hüften.

»Ich habe nur noch ein halbes Jahr bei Euch«, sagte er. »Wie Ihr seht, ist der Anreiz auf ein Abenteuer für mich nicht sonderlich groß. Vielleicht solltet Ihr lieber jemanden nehmen, der Euer Angebot mehr zu schätzen weiß.«

Dorimbur sah ihn etwas mitleidig an.

»Nur noch ein halbes Jahr, sagst du?«

Der Händler nickte eifrig.

»Na gut, dann musst du nur den halben Weg nach unten heil schaffen, und du bist frei.«

Nelf konnte nicht sagen, was den Händler mehr traf, die Zurückweisung seines Einwands oder das Gelächter der Zwerge. Auf jeden Fall war er schweißnass und totenbleich, als er sich durch die kleine Gittertür des Käfigs zwängte.

»Freu dich doch«, ermutigte ihn Nelf. »Wenn wir unten sind, bist du ein freier Mann.«

Der Händler zeigte keine Reaktion. Er hielt den Blick starr gegen die Felswand gerichtet.

Nach und nach zwängten sich die anderen Gefangenen in den Käfig. Jeder vermied es, nach unten zu schauen, und fixierte stattdessen einen festen Punkt nahe bei. Nur Nelf und Tislo schauten zwischen ihren Füßen hindurch in die Tiefe.

»Tausend Fuß, würde ich meinen«, erklärte Nelf.

»Vielleicht noch etwas mehr«, kommentierte Tislo. »Aber was macht das schon für einen Unterschied.«

»Knifflig wird es erst, wenn der Knoten über die Rolle muss. Könnte sein, dass er aus der Führung rutscht oder vielleicht sogar aufgeht.«

»Könntet ihr bitte den Mund halten?«, fauchte der Mann, der in Begleitung der beiden jungen Frauen gebracht worden war. »Ihr seht doch, dass meine Begleiterinnen Angst haben.«

Nelf verstand die Aufregung nicht. Sie hatten lediglich laut darüber nachgedacht, was alles passieren konnte, mehr nicht. Wenn die anderen sich ein wenig mehr für ihre Lage interessieren würden, anstatt nur bibbernd dazusitzen, wäre ihnen klar geworden, dass die Fahrt nach unten vielleicht etwas holprig werden würde, aber mehr nicht. Die Zwerge kannten sich mit Aufzügen aus, und ihre Handwerksarbeit war berühmt. Sie würden es nicht darauf ankommen lassen, weitere Verluste hinnehmen zu müssen. Immerhin hatten es schon viele heil hinunter geschafft. Aber um Streit zu vermeiden, kam er der unfreundlichen Bitte nach.

Die Gittertür war kaum zugeschlagen, da bewegte sich der Käfig auch schon nach unten. Fast gleichzeitig packten die Menschen die eisernen Stangen des Aufzugs, und Nelf sah, wie sich ihre Fingerknöchel weiß verfärbten. Eine der Frauen zog ihre Hand angeekelt zurück und betrachtete die blutigen Flecken an ihrer Handinnenseite.

»Zwergenblut«, erklärte Tislo. Offensichtlich hoffte er, die Frau damit beruhigen zu können, aber stattdessen erntete er einen bösen Blick ihres Begleiters. Eigentlich hätte Nelf noch gern auf die vielen gebrochenen und notdürftig geflickten Eisenstäbe hingewiesen, damit sich niemand daran verletzte, doch das verkniff er sich nun. Er und sein Bruder setzten sich, steckten die Füße durch das Gitter und ließen die Beine baumeln.

Die Fahrt nach unten gestaltete sich ausgesprochen ruhig. So ruhig, dass der Mann sich ein Lächeln für seine beiden jungen Begleiterinnen abringen konnte. Die beiden Frauen fühlten sich aber anscheinend noch nicht sicher genug, um das Lächeln zu erwidern.

Der dicke Kaufmann schwitze mittlerweile so stark, dass die Zwerge, die sie unten in der Schlucht in Empfang nehmen würden, denken mussten, es regnete.

Nelf betrachtete durch das Bodengitter den langsam näher kommenden Grund der Schlucht. Dort unten waren bestimmt zweihundert Zwerge versammelt. Einige starrten erwartungsvoll nach oben in der Hoffnung, den Gefangenen beim Sturz in die Tiefe zusehen zu können. Andere standen um drei Schweine herum, die auf einem Feuer brutzelten, wiederum andere hatten es sich gemütlich gemacht, saßen auf den Felsen und tranken. Und ein paar wenige schafften Ausrüstung durch das Tor eines Stollens, das auf der Südseite der Schlucht ins Erdreich führte.

Der Käfig ruckelte kurz, dann stand er plötzlich still. Sofort waren wieder alle Hände an den Gitterstäben und schienen zu versuchen, Wasser aus den Stangen zu pressen.

»Der Knoten«, erinnerte Tislo die anderen.

Erneut starrte ihn der Mann gegenüber zornig an und schüttelte andeutungsweise den Kopf.

Nachdem der Käfig mehrmals wieder ein Stück hochgezogen und erneut herabgelassen worden war und der dicke Kaufmann sich übergeben hatte, war der Knoten über die Winde hinweg, und die Fahrt nach unten ging weiter. Je weiter der Aufzug nach unten kam, desto gelassener wurde die Stimmung im Käfig, und desto desinteressierter wurden die Blicke vom Grund der Schlucht.

Als der Käfig den Boden berührte, beachtete sie so gut wie niemand mehr. Nur zwei Zwergenwächter sprangen herbei, rissen die Gittertür auf und zerrten sie heraus.

»Nehmt euch was zu essen und zu trinken«, grunzte einer von

ihnen. »Ihr müsst wieder zu Kräften kommen, sonst überlebt ihr keine drei Tage in diesem Höllenloch.«

Nelf und Tislo wollten gar nicht wissen, was es mit dieser Mine auf sich hatte. Sie würden es noch früh genug herausfinden. Im Moment war es nur wichtig, sich satt zu essen und so viel Bier zu trinken, wie sie konnten, solang die Zwerge bei guter Laune waren.

Dieser Zustand hielt genau eine halbe Stunde an. Nelf schüttete gerade sein zweites Bier hinunter, als ihn einer der Wächter grob an der Schulter packte.

»So, mein Kleiner, genug gefaulenzt. Mach dich wieder an die Arbeit. Hilf deinem Freund, die Maultiere zu bepacken, und dann bringt ihr sie in den Stollen. Der Minenwächter wird euch zeigen, wo ihr hin müsst.«

Er zeigte auf Tislo, der dabei war, Brotlaibe, geräucherte Schinken und Käse in dem Korbsattel eines Maultieres zu verstauen. Nelf folgte der Anweisung unverzüglich.

»Wäre ja auch zu schön gewesen, wenn man sich den Bauch mal wieder mit Dingen hätte vollschlagen können, die nicht nur nach etwas schmeckten, wenn man lang genug darauf herumkaut«, beschwerte er sich bei seinem Bruder.

»Hätte *er* dich dabei erwischt, wie du sein Bier wegsüffelst, hättest du mit dem Kauen in Zukunft Probleme gehabt«, erwiderte Tislo und zeigte nach oben auf den Käfig, der die nächste Ladung Zwerge vom Plateau brachte.

Nelf brauchte nur einen flüchtigen Blick, um zu erkennen, von wem sein Bruder sprach. Der rote Bart mit den eingeflochtenen Lederbändern und die breiten funkelnden Armreife mit den eingearbeiteten Rubinen waren selbst von hier unten gut zu erkennen.

»Dorimbur.«

Der Aufzug war noch nicht unten angekommen, da trat Dorimbur die Gittertür auf und sprang aus dem Käfig.

»Bronin Erzbrecher, wo steckst du?«, brüllte er. »Du schuldest mir acht meiner besten Männer und eine gute Erklärung.« Dorimbur stapfte mit gezogenem Hammer und schäumend vor Wut ziellos im Lager umher.

»Ich bin hier, Dorimbur Stollenstolz«, brüllte ein Zwerg aus dem Halbdunkel des Mineneingangs. »Mach nicht so einen Wind, oder wurdest du zum König der Zwerge von Graumark gewählt? Wenn nicht, wäre es besser, du zügelst deine Zunge.«

Bronin trat aus dem Schatten, ebenfalls mit einem Kriegshammer bewaffnet. Von der Statur her stand er Dorimbur in nichts nach. Die Muskeln an seinen Oberarmen deuteten darauf hin, dass er nicht ein Leben lang nur Befehle erteilt hatte und auch jetzt noch mit anpackte. Er war jedoch um einiges älter als sein Widersacher. Bart und Haar waren in Zwergenmanier ordentlich geflochten, aber grau.

Die beiden stampften aufeinander zu und standen sich wutschnaubend gegenüber.

»Du hättest eine Kette für den Aufzug nehmen sollen, dann wäre das alles nicht passiert.«

»Du hättest den Käfig nicht so vollstopfen müssen«, erwiderte Bronin. »Du hast doch gesehen, dass ein Seil über die Winde lief.«

»Wie lange hätten wir denn dort oben hocken sollen? Noch eine Woche? Ein Aufzug braucht eine Kette.«

»Eine zweitausend Fuß lange Kette«, fügte Bronin hinzu. »Was dachtest du, wie wir die herschaffen sollen? Etwa im Gänsemarsch, so wie du deine Leute hergeführt hast?«

»Hättest du dich nicht mit deinen Männern in diesem Erdloch verkrochen, sondern Späher ausgesandt und Wachen aufgestellt, wie versprochen, wären wir schon gestern hier gewesen und hätten uns nicht allein durchschlagen müssen.«

»Meine Arbeit ist es, einen Stollen anzulegen, und das ist in diesem Terrain schon schwierig genug. Da kann ich es mir nicht leisten, auch noch die Amme für ein paar Raufbolde zu spielen.«

»Für dich ist alles schwierig«, schnaubte Dorimbur. »Du bist alt und schwach geworden und den Aufgaben, die man dir stellt, nicht mehr gewachsen. Am besten du verkriechst dich zu Hause bei deiner Frau, wärmst dir die Füße am Kaminfeuer und trinkst das Bier der Menschen, weil du einen richtigen Humpen nicht mehr verträgst.«

Bronin spuckte aus und drehte sich um. Dorimbur tat es ihm gleich und ging einige Schritte auf seine Männer zu.

»Du wirst vielleicht auch mal alt werden, wenn Leonis es will, Dorimbur«, sagte Bronin mit bebender Stimme. »Ich wünsche dir, dass du bis dahin auch eine Frau gefunden hast, die dich umsorgt, und du nicht mehr gezwungen sein wirst, junge Dinger gegen ihren Willen betrunken zu machen und zu schänden – oder waren es junge Knaben?«

Dorimburs Augen blitzten auf wie eine Grubenlampe im dunklen Stollen. In einer einzigen fließenden Bewegung drehte er sich um, hob den Hammer und stürmte auf Bronin zu.

Der alte Minenwächter war vorbereitet. Im letzten Moment drehte er sich um, hob den Hammer und blockte Dorimburs Angriff. Dumpf prallten die Stiele aufeinander, und die Hammerköpfe verhakten sich. Dorimbur rammte seinem Widersacher den Ellenbogen unters Kinn, und als der Kopf des Alten zurückwippte, verpasste er ihm noch eine Kopfnuss. Beide taumelten einige Schritte rückwärts. Erneut griff Dorimbur an. Ein Schlag folgte dem anderen. Bronin konnte nicht anders, als in die Defensive zu gehen. Die Wucht der Schläge trieb ihn langsam zurück. Der Minenwächter war den Attacken des wesentlich jüngeren Kriegers nicht gewachsen. Es schien, als würden seine Arme schwer werden, und jeder Schlag brachte ihn aus dem Gleichgewicht. Plötzlich stand er mit dem Rücken zur Felswand. Dorimbur täuschte einen Schlag gegen die Hüfte an, riss die Waffe hoch und hieb auf Bronins Kopf ein. Gerade noch rechtzeitig brachte der alte Zwerg den Waffenstiel zwischen sich und den heruntersausenden Kriegshammer. Die Wucht des Schlages ließ den Stiel bersten wie einen morschen Zaunpfahl. Dorimburs Schlag streifte nur die Schulter seines Widersachers. Der abgetrennte Hammerkopf fiel in den braunen Staub, und Bronin klammerte sich erschöpft an den Rest.

»Du hast gewonnen, Dorimbur«, keuchte er mit letzter Kraft. »Aber glaube nicht …«

Dorimbur drehte sich um die eigene Achse und schlug Bronin den Hammer mit aller Kraft auf den Brustkorb. Blut spritzte aus dem Mund des Minenwächters und färbte seinen grauen Bart in den Mundwinkeln rot. Dann sackte er in sich zusammen.

Dorimbur riss ihm die lederne Kappe vom Kopf und schlug ihm mit dem Hammer den Schädel ein.

»Jetzt habe ich gewonnen«, knurrte er. »Und ich glaube schon lange an nichts mehr.«

27. MILO

»Nur weil es in einem Buch steht, muss es lange noch nicht wahr sein«, knurrte Dorn aus seiner Ecke heraus und steckte sich ein Stück Brot in den Mund, das er aus dem Inneren eines verschimmelten Laibes herausgepult hatte.

Fast einen ganzen Tag lang hockten Milo, Dorn, Senetha und der Schreiberling nun schon in dem Keller eines Schuhmachers. Dorn hatte gesehen, wie die Regorianer den Handwerksmeister mitgenommen hatten, um ihn einem Verhör zu unterziehen. Da, als sie ihn abführten, keine schimpfende Frau oder weinende Kinder in der Tür des Hauses gestanden hatten, mutmaßte er, dass der Schuhmacher alleinstehend war. Er sollte Recht behalten.

Milo hatte seinen großen Begleitern von der Begegnung im Keller erzählt. Von diesem Zeitpunkt an war Senetha wie besessen von dem Buch, das Milo ihr gern überließ, da es für ihn so gut wie unmöglich war, alles zu übersetzten. Senetha las jeweils einen Abschnitt und übersetzte ihn dann für die anderen. Ausschweifende Beschreibungen, Aufzählungen von Jahresdaten und Namensregister ließ sie aus. Für Dorns Geschmack immer noch zu viele Details, das ließ er lautstark alle wissen, aber Senetha konnte gar nicht genug kriegen von diesem Buch.

Milo fragte sie, nachdem sie einen Absatz über die gottlosen Barbaren im Osten übersetzt hatte, warum sie sich in die Geschichte des Buches so hineinsteigerte, und was sie zu finden hoffte. Ihre Antwort war genauso verwirrend, als hätte sie gesagt, das Buch rieche nach Orangenblüten.

»Golems und Gnome sind an verbotenen Büchern genauso interessiert wie Dorn. Mit dem kleinen Unterschied, dass man Söldner nur bezahlen muss, um ihr Interesse zu wecken. Das funktioniert bei diesen Wesen nicht.«

Milo wollte nachhaken, doch da studierte sie schon den nächsten Absatz.

Die ganze Nacht hindurch las sie. Irgendwann hörte sie auf, den anderen zu übersetzen, und machte sich Notizen über alles, was ihr wichtig erschien.

Milo war es nur recht. Nach den Strapazen in der Bücherei konnte er eine Mütze Schlaf gut gebrauchen.

Am Morgen berichtete Senetha von dem, was sie gelesen hatte, und was sie erzählte, klang in gleichem Maße abwegig wie befremdend. Der Schreiber des Buches, dessen Name nirgends verzeichnet war, schien der Meinung zu sein, dass alle Götter miteinander verwandt waren. Er ging sogar so weit, zu behaupten, dass sie einer einzigen Familie entstammten und Vater, Mutter, zwei Söhne und eine Tochter waren.

Weiterhin wurde ein Schöpfungsmythos nacherzählt. Zu Beginn war die Mutter allein. Sie war die Herrin über Leben und Tod. Sie erschuf die Welt und das Leben auf ihr. Doch schnell wurde sie ihrer Schöpfung überdrüssig. Nur zuzusehen, wie neues Leben entstand und wieder verging, reichte ihr nicht. Sie nahm sich einen Gemahl und machte ihn zum Herrn über Krieg und Frieden. Noch bevor sie das erste Mal gebettet wurde, brachen auf der Welt Kriege aus. Die großen Völker fielen über die kleinen Völker her, versklavten oder töteten sie. Das Recht des Stärkeren machte sich breit. Wer sich nicht zu wehren vermochte oder im Schutze einer starken Gemeinschaft stand, dessen Leben war keinen Pfifferling wert.

Doch was waren Kriege ohne Heldentaten, ohne den Einzelnen, der über sich hinauswuchs, und ohne jemanden, der bereit war, ein Wagnis einzugehen, um das Unmögliche möglich zu machen?

Die Mutter wünschte sich ein Kind. Ihm wollte sie die Macht über den Verstand geben. Mittels dieses Kindes sollten die Völker dazulernen, sich weiterzuentwickeln, und nicht mehr einfach nur den Starken über den Schwachen stellen. Sie erhoffte sich Einfallsreichtum, List und Tücke.

Doch auch im Leben eines Gottes gab es noch Überraschungen. Anstatt eines Kindes gebar die Mutter zwei. Zwillinge! Zwei Jungen, die sich glichen wie ein Haar dem anderen. Dem Erstgeborenen überantwortete sie die Weisheit, den Zweitgeborenen machte sie zum Herrn der Verblendung. So teilten sich die Brüder Licht und Schatten derselben göttlichen Macht.

Alles geschah so, wie die Mutter es sich erhofft hatte. Die verschiedenen Völker entwickelten sich in unterschiedliche Richtungen. Nicht nur Stärke führte mehr zum Erfolg, sondern auch Verhandlungsgeschick, Kreativität und Taktik.

Die Mutter war mit ihrer Schöpfung fast zufrieden. Nur die wenige, kaum vorhandene Vielfalt in ihrem erschaffenen Leben störte sie. Sie wünschte sich eine Vielzahl von unterschiedlichen Wesen, die sich anhand ihres Aussehens sowie ihrer Stärken und Schwächen voneinander unterschieden.

Und so brachte die Mutter ein weiteres Kind zur Welt, eine Tochter, und sie machte sie zur Göttin über Anmut und Ungestalt.

Durch ihren Einfluss brachte das Leben im Laufe der Jahrhunderte immer neue Formen hervor. Viele von ihnen lebten kaum eine Dekade, andere überdauerten mehrere Jahrhunderte, und nur wenige schafften es, sich einen festen Platz auf der Welt zu sichern. Zu ihnen gehörten die Menschen, die Zwerge, die Elfen, die Halblinge und die vielen unterschiedlichen Völker der grünen Horden.

Mit der Geschichte um die Entstehung der Gottfamilie endete das Buch. Auf der letzten Seite jedoch verwies der Verfasser darauf, dass die Erzählung nur ein Teil der Erzählung sei, die er bei den Elfen in Graumark gelesen hatte. Nur dort sei die ganze Wahrheit über die Götterwelt in der Borke der Weißrindenbäume zu finden.

Nachdem Senetha das Buch geschlossen und Milo zurückgegeben hatte, saßen sie fast eine Stunde zusammen, ohne ein einziges Wort zu reden. Dann sprang Milo plötzlich auf, schnürte seinen Mantel zu und warf sich sein Gepäck über.

Der Zweitgeborene war also ein Gott, überlegte Milo. Leider

war in dem Text nicht die Rede von einem Lamm, Aber er war sich sicher, dass er die entscheidenden Informationen bei den Elfen entdecken würde.

»Was tust du?«, verlangte Dorn zu wissen.

»Wenn ich herausfinden will, ob etwas von dem wahr ist, was in dem Buch steht, werde ich zu den Elfen reisen müssen. Es ist die einzige Chance, meinen Bruder zu retten.«

Bevor Milo den letzten Riemen festschnallen konnte, stand Dorn bereits mit vor der Brust verschränkten Armen vor dem Kelleraufgang und versperrte ihm den Weg.

»Du scheinst da etwas vergessen zu haben«, knurrte er. »Erstens bist du nicht ganz freiwillig hier, zweitens darfst du dieses Buch in deinem Rucksack zwar schleppen, aber es gehört dir nicht. Und drittens: Die Stadttore werden bewacht, um zu verhindern, dass kleine Rebellen ungestraft davonkommen.«

»Und genau aus diesen Gründen werden wir Milo zu den Elfen begleiten«, erklärte Senetha.

Sie hätte Dorn ebenso einen Bolzen in die Brust jagen können, seine Verblüffung wäre nicht größer gewesen.

»Du willst was?«, stotterte er. »Habe ich irgendetwas verpasst? Unser anfänglicher Plan lautete, sich einen Platz in einer der Gilden zu sichern. Wir wollten ein sicheres Auskommen haben und nicht länger auf irgendwelchen Schlachtfeldern kämpfen und nicht wissen, ob man das Geld noch ausgeben kann, dass sie einem hinwerfen. Oder in billigen Kneipen mit zweitklassigen Tricks ein paar Münzen ergattern.«

Senetha lächelte ihn an. »Aber das ist alles, was wir können. Nur diesmal haben wir die Möglichkeit, etwas zu verändern. Wir könnten die Wahrheit aufdecken. Alles, wofür die Bürger in dieser Stadt ihr Leben zu geben bereit sind, können wir mit einer einzigen Reise erreichen.«

»Du sprichst nicht von Bürgern, sondern von Rebellen. Was kümmert es uns, was mit den Göttern ist?«, schnaubte Dorn.

»Es geht nicht um die Götter.«

»Um was denn dann?«

»Es geht darum, etwas Bedeutsames zu tun, etwas mit seinem Leben anzufangen, für die richtigen Dinge einzustehen. Wir waren der Meinung, Geld zu verdienen und dabei nicht sein Leben oder seine Würde aufs Spiel zu setzen, wäre der richtige Weg. Wir lagen falsch. Es ist nicht der Reichtum, den wir gesucht haben. Wir wollten nur dem, was wir taten, einen Sinn verleihen. Was bietet sich da besser an, als eine Wahrheit zu finden, nach der alle suchen?«

Dorn ließ die Arme sacken und machte einen Schritt auf Senetha zu. Dann blieb er abrupt stehen und schaute ihr starr in die Augen.

»Wenn es das ist, was du willst, werde ich mit dir gehen«, sagte er traurig.

Milo fühlte sich nicht so erleichtert, wie er es hätte sein müssen. Mit Sicherheit lag es nicht daran, einen Kämpfer und eine Magierin an seiner Seite zu haben. Es war das Gefühl, einen Traum zerstört zu haben, auch wenn es nur der Traum des Söldners gewesen war, den er ohnehin kaum kannte.

»Ich werde ganz sicher nicht mitkommen«, verriet der Schreiberling. »Das bisschen, was ich von den Elfen gehört habe, langt mir, um zu wissen, dass es besser ist, weit von ihnen fernzubleiben. Sie hassen alle Völker, die nicht so sind wie sie, und behandeln sie herablassend und respektlos.«

»Dann unterscheiden sie sich gar nicht so stark von den Menschen in Zargenfels«, höhnte Dorn. »Aber bleib du ruhig hier, dann haben wir eine Sorge weniger. Doch falls du dich bewegen oder Alarm schlagen solltest, bevor wir aus dem Stadttor sind, wirst du dir wünschen, bei den Elfen untergekommen zu sein. Haben wir uns verstanden?«

Der Schreiberling nickte erleichtert. Er blieb auf seiner zusammengerollten Decke sitzen und schaute zu, wie die anderen sich reisefertig machten. Viel gab es nicht einzupacken: etwas Proviant, zwei Wasserschläuche und eine Decke für jeden.

»Wir werden mindestens eine Woche brauchen, um überhaupt das Hochmoor zu erreichen«, sagte Dorn. »Ohne Pferde oder wenigstens zwei Maultiere werden wir nicht entkommen können, wenn sie uns verfolgen.«

»Warum sollten sie das tun?«, fragte Milo. »Wir haben nichts getan. Wir gehören weder zu den Rebellen, noch sind wir Raufbolde im Dienste der Kleriker.«

»Sie werden uns verfolgen, wenn sich erst einmal herumgesprochen hat, dass Narik einen Söldner, eine Magierin und einen Halbling vermisst, die im Besitz des Wahrzeichens seiner Rebellion sind. Entweder verfolgt uns die eine oder die andere Seite, je nachdem, wer die Gewalt über die Stadttore hat. Die einzige Chance, die wir haben, ist, als ganz normale Familie durchzugehen, die vor den Unruhen in der Stadt flüchtete.« Dorn zeigte der Reihe nach auf sich, Senetha und Milo. »Vater, Mutter, Kind.«

Milo schaute auf seine Füße.

»Wenn du glaubst, ich würde mir Schuhe anziehen, hast du dich geschnitten. Vergiss es! Ich bin ein Leben lang ohne ausgekommen und werde es auch jetzt tun.«

»Und wie wäre es mit einem rosa Kleidchen, das bis zum Boden reicht?«, frotzelte Dorn. »Eine Schleife im Haar würde sich auch gut machen.«

»Hast du keine Angst, dass du dir dann von noch einer Frau sagen lassen musst, was du zu tun und zu lassen hast?« Milo grinste frech, während Dorn knurrend die Kellertreppe hinaufstapfte.

»Ich würde ihn nicht so reizen«, flüsterte Senetha. »Am Ende seiner guten Laune steht die Spitze seines Schwertes.«

»Er hatte schon mal gute Laune?«, kicherte Milo.

Ein Blick auf die Straßen von Zargenfels reichte, um zu erkennen, dass die Rebellion noch nicht zu Ende war. Die meisten Brände im Viertel waren zwar gelöscht, doch hier und da schwelte es noch, und im Süden standen dunkle Rauchschwaden über den Dächern. Wer nicht das Haus verlassen musste, um Besorgungen zu machen oder zur Arbeit zu gehen, blieb daheim. Mit gesenkten

Häuptern und eiligen Schritten bewegten sich die wenigen Menschen durch die Straßen.

Narik führte seine Kämpfe nur nachts, damit nicht auffiel, dass seine Rebellen nur spärlich ausgerüstet waren, und die Chancen für einen Rückzug gut standen. Seine Leute kannten sich hier gut aus, und es würde ihnen leichtfallen, ihren Häschern in den dunklen Gassen zu entkommen. Vielleicht fühlte er sich bei Dunkelheit aber auch einfach nur sicherer, weil seine Blindheit dann nicht so stark ins Gewicht fiel.

Die Regorianer hielten sich zurück bei der Suche nach den Rebellen. Es gab ohnehin schon genug Menschen, die mit der Vorgehensweise der Kleriker nicht einverstanden waren, da brachte es nicht viel, noch mehr Bürger gegen sich aufzubringen, indem man hart durchgriff. Die Regorianer schienen zu hoffen, die Rebellen auch so mit der Zeit aufzureiben.

Milo, Dorn und Senetha hielten es wie die wenigen anderen, die an diesem Vormittag auf der Straße waren – sie bewegten sich zügig und unauffällig.

Zur Stadtmauer war es nicht weit, und die drei erreichten den Platz vor dem Osttor ohne Schwierigkeiten. Dorn hielt Milo und Senetha zurück, als sie auf das Tor zuhielten.

»Hier stimmt etwas nicht«, flüsterte er. »Die Schlupftür steht offen, und ich sehe nur einen Wachposten.«

Er hatte Recht, erkannte Milo. Für einen ganz gewöhnlichen Tag wäre dies vielleicht normal gewesen, doch angesichts dessen, dass in der Stadt ein Bürgerkrieg tobte, war ein offenes Tor und eine gelangweilte Wache zu schön, um wahr zu sein.

Einen Moment lang blickten sie sich um, um etwas zu entdecken, doch nichts deutet darauf hin, dass es sich wirklich um eine Falle handelte.

»Ich werde nachsehen, ob die Luft rein ist«, schlug Milo vor. »Auf ein Kind wird niemand achten.«

»Auf ein Kind mit großen Füßen«, gab Dorn zu bedenken.

»Schaust du allen immer zuerst auf die Füße?«

»Kommt drauf an, wen ich vor mir habe. Wenn es sich nicht lohnt, woanders hinzusehen, schon.«

Milo tat die Bedenken des Söldners ab und stampfte los, quer über den Platz, hinüber zu der Wache am Tor. Der in Halbhelm und Lederrüstung gekleidete Mann wirkte mehr als uninteressiert. Er lehnte am Wachturm und schaute verträumt durch die halboffene Schlupftür. Er drehte sich noch nicht einmal um, als Milo direkt hinter ihm stand.

»Ist heute Morgen schon ein Händler mit einem Karren voller Töpfe und zwei müden Maultieren hier hindurchgekommen? Sein Name ist Olek.« Natürlich kannte Milos keinen Olek, er hatte nur etwas Unverfängliches sagen wollen.

»Ist das der Name des Händlers oder von einem der Maultiere?«, nuschelte die Wache und drehte sich um.

Milo konnte sich nicht entscheiden, ob er schreien oder davonrennen sollte, deshalb blieb er einfach wie angewurzelt stehen und gaffte den Wachposten an. Es war Rough. Er hatte sein langes Haar im Nacken unter die Rüstung geklemmt und seine Kleidung mit der einer Wache getauscht.

»Was ist, warum glotzt du mich so an? Vielleicht habe ich ja die Seiten gewechselt. So ein Posten als Wachmann wird gar nicht schlecht bezahlt. Ich stehe den ganzen Tag nur hier herum, nicke den Leuten freundlich zu, und abends lasse ich mich mit meinem Sold in einer billigen Spelunke volllaufen. Klingt das für dich in irgendeiner Art verständlich?«

Milo schüttelte ängstlich den Kopf.

»Für mich auch nicht«, zischte Rough. Im nächsten Moment hatte er Milo bereits gepackt und im Würgegriff an seine Seite gezogen. »Söldner, du kannst ruhig herauskommen. Ich weiß, dass du da bist. Und deine kleine Schlampe bringst du am besten gleich mit.«

Milo versuchte erst gar nicht, sich loszureißen. Rough hatte ihn so fest im Griff, dass es ohnehin nichts gebracht hätte, außer vielleicht ein paar extra Blessuren.

Dorn und Senetha kamen aus ihrem halbherzigen Versteck. Dorn hatte bereits sein Schwert gezogen und sah weder übermäßig überrascht noch erzürnt aus.

Rough pfiff zweimal kurz hintereinander schrill, und einen Augenblick später kamen seine Männer aus einer Seitenstraße im Norden auf den Platz geritten. Es waren vier seiner Schergen. Einer von ihnen hatte noch ein weiteres Pferd im Schlepptau. Sie postierten sich hinter Dorn und Senetha.

»Du hättest uns nicht verraten sollen«, sagte Rough zu Dorn. »Narik hat dir und deiner hübschen Begleiterin vertraut. Er ist wenig begeistert davon, dass ihr ihn so hintergangen und dann auch noch seinen wertvollen Halbling entführt habt. Ich glaube, er ist ein schlechter Verlierer und hat wenig Verständnis, wenn man ihn hintergeht. Ich kann mich natürlich irren, aber seine Anweisung lautet, den Halbling zurückzubringen und dich und dein Liebchen irgendwo zu vergraben. Klingt für mich so, als ob er euch beiden die Freundschaft gekündigt hat.«

Dorn verzog noch immer keine Miene. Nur Senetha blickte beunruhigt hin und her.

»Wie habt ihr es geschafft, die Wachen auszuschalten?«, wollte Dorn wissen.

»Das ist das Problem, wenn man sich als Verräter in Kellern verkriecht und den Kopf erst wieder hinaussteckt, wenn die Luft rein ist. Man bekommt einfach nichts mit. Gestern Nacht ist die Stadtmauer in unsere Hände gefallen. Die Stadtwachen haben sich zusammen mit den Rogorianern im Nordviertel bei den Tempeln verschanzt und lecken dort ihre Wunden. Tja, da staunst du, was? Die Stadt gehört uns.«

»Die Stadt gehört euch, wenn den Klerikern das Gold ausgeht, um Söldner zu bezahlen. Oder der König keine Truppen mehr hat, die er seinem Neffen schicken kann. Aber keines von beidem wirst du noch erleben.«

Rough grinste feist und nahm Milo noch etwas fester in die Zange. Milo bekam kaum noch Luft.

»Mach dir über mich keine Sorgen. Es ist dein Leben, über das hier und jetzt Gericht gehalten wird. Narik will deinen Tod, aber ich finde, dass keinem von uns damit gedient wäre. Dich einfach abzuschlachten ist etwas, dass mir keinen Spaß machen würde. Ich finde, du hast es verdient, eine zweite Chance zu bekommen.«

»Und wie würde die aussehen?«

»Ganz einfach: Ich lasse dich laufen, und du versprichst mir, dich nie wieder hier blicken zu lassen. Dafür lässt du uns dein Liebchen hier. Meine Männer und ich würden uns gut um sie kümmern, wenn du verstehst, was ich meine.«

Roughs Grinsen wirkte genauso aufgesetzt und eingefroren wie die ausdruckslosen Mienen von Dorn und Senetha. Milo hatte das Gefühl, dass die Verhandlungen an einen Punkt gelangt waren, an dem es nicht weiterging – jedenfalls nicht vorwärts.

»Warum lasst ihr uns nicht einfach ziehen«, bat er. »Genau wie ihr suchen wir auch nur nach der Wahrheit. Wir stehen doch auf derselben Seite. Wir haben uns der gleichen Sache verschworen.«

Rough lachte gehässig. »Der ist lustig. Jetzt weiß ich, was Narik an dir schätzt. Die Wahrheit, kleiner Mann, ist nur das, was die Obrigkeit daraus macht. Es gilt nicht, sie zu finden, es gilt, zu denen zu gehören, die sie bestimmen. Wahrheit ist etwas für Narren und Herdentiere.«

»Aber wir sind kurz davor, die Wahrheit herauszufinden«, sagte Milo. »Wollt ihr nicht wissen, welche Lügen euch von den Priestern jahrelang aufgetischt wurden?«

»Vielleicht schon, vielleicht nicht«, gestand Rough. »Was ist, wenn uns die Wahrheit nicht gefällt?«

Darauf wusste auch Milo keine Antwort, die er vertreten konnte.

»Was ist nun, Dorn?«, grunzte Rough. »Gehst du auf den Handel ein, oder sollen wir dich und die Kleine lieber in ein kaltes tiefes Loch schmeißen?«

Senetha flüsterte Dorn etwas ins Ohr. Rough und seine Männer versuchten nicht, sie davon abzuhalten.

»Ihn anzubetteln hat keinen Sinn, Kindchen«, erklärte Rough.

»Er ist ein Söldner. In erster Linie denkt er an sein eigenes Leben, als zweites an seine Bezahlung, und dann erst irgendwann kommst du. Wahrscheinlich hat er dich im nächsten Dorf schon vergessen und vergnügt sich mit einer anderen.«

Senetha wandte sich ab von Dorn und starrte verloren zu Boden. Milo glaubte, Tränen in ihren Augen zu sehen.

»Habe ich es dir nicht gesagt«, sagte Rough. »Die Gedanken eines Söldners sind leicht zu erraten.«

In diesem Moment sprang Dorn einen Schritt zurück auf die Pferde zu. Mit lang gestrecktem Arm führte er die Klinge in seiner Hand und rammte sie einem Reiter in den Bauch. Der Mann sackte nach vorn auf den Pferdehals. Dorn packte seinen Fuß, zog ihn aus dem Steigbügel und stieß den Mann aus dem Sattel. Ein Reflex ließ den Sterbenden sich an den Hals seines Pferdes klammern. Das Tier reagierte panisch, brach zur Seite aus und trat mit den Hinterläufen. Die Hufe trafen ein anderes Pferd an der Flanke, das daraufhin stieg und versuchte, seinen Reiter abzuwerfen.

Roughs Männer hatten alle Mühe, sich auf ihren nervösen Gäulen zu halten und sie wieder unter Kontrolle zu bringen. Dorn kümmerte sich nicht um sie, sondern stürzte auf Rough zu, der sich innerhalb eines Wimpernschlages entscheiden musste, ob er sich dem Kampf stellen oder Milo weiter umklammert halten wollte. Roughs Arm presste unerbittlich gegen Milos Brust und Hals. Dann schleuderte der Rebell den Halbling gegen die Mauer des Wachturms und riss sein Schwert hoch. Gerade rechtzeitig, um Dorns ersten Hieb abzuwehren.

Milo prallte mit dem Rücken gegen die Mauer. Ein stechender Schmerz fuhr ihm durch die Schulter, und er sackte auf die Knie.

Dorn hieb währenddessen weiter auf Rough ein. Mit einer Folge schneller Schläge trieb er seinen Gegner in die Nische zwischen Stadttor und Turm. Rough hatte keine Chance, einen eigenen Angriff zu starten. Er konnte nur versuchen, die Schläge, die auf ihn einhämmerten, so gut abzuwehren, wie er konnte.

Dorn täuschte einen Schlag an und trat seinem Gegner mit dem Fuß gegen den Oberschenkel. Rough taumelte rückwärts und stieß mit dem Rücken gegen das Tor. Er versuchte einen Ausfallschritt, um aus der engen Ecke herauszukommen, doch Dorn war schneller. Er rammte ihm das Knie in den Bauch, warf ihn zurück und stach ihm von oben herab mit dem Schwert durch den Arm. Rough schrie auf, konnte seine Waffe aber in die andere Hand wechseln, bevor er sie fallen ließ. Wild um sich schlagend, schaffte er sich wieder etwas Freiraum. Dorn wich zurück und ließ von ihm ab.

Mit drei langen Schritten war er wieder bei den Reitern. Einer war vom Pferd gestiegen, seine Waffe in einer Hand. Um die andere hatte er den Zügel seines Reittiers gebunden. Die anderen beiden saßen noch auf ihren Pferden und warteten darauf, vom Rücken der Tiere aus auf Dorn einzuschlagen, wenn er es wagen sollte, erneut anzugreifen.

Rough taumelte hinter dem Söldner her. Dabei schwang er sein Schwert in weiten Bögen vor sich und hin und her, ohne eine wirkliche Gefahr darzustellen.

»Komm her, du Feigling, und lass es uns zu Ende bringen!«, schrie er wütend.

Soweit Milo erkennen konnte, war Dorn alles andere als ein Feigling. Er kämpfte taktisch, passte auf, dass ihm niemand in den Rücken fiel, und griff immer den Mann an, der ihm am gefährlichsten werden konnte.

Dorn stieß einen Schrei aus und riss die Arme in die Höhe. Was auf Menschen nur wenig einschüchternd wirkte, konnte von Tieren ganz anders aufgenommen werden. Die beiden Männer im Sattel rissen an den Zügeln ihrer Pferde, um zu verhindern, dass sich ihre Tiere wegdrehten und Dorn so die Möglichkeit gaben, ihnen in den Rücken zu fallen. Den dritten Mann traf es härter. Sein Tier scheute und stieg auf die Hinterläufe. Der Arm des Rebellen wurde durch den Zügel in die Höhe gerissen, und er tänzelte unbeholfen auf einem Bein. Sein Schwert sackte zu Boden, während er versuchte, sein Handgelenk aus der ledernen Schlaufe zu befreien.

Dorn war mit einem Ausfallschritt heran und bohrte seinem Gegner den Stahl in die ungeschützte Brust. Die Klinge kam erst zu einem Stopp, als die Spitze auf die gehärtete Rückseite des Lederpanzers traf. Dorn riss die Waffe wieder heraus und warf sich gegen die Brust des Pferdes. Das Tier geriet ins Straucheln, insbesondere weil immer noch der sterbende Mann am lang gestreckten Arm in den Zügeln hing. Pferd und Reiter prallten gegen das Gespann neben ihnen. Beide Tiere verloren den Halt und stürzten zu Boden. Der tote Mann in den Zügeln wurde wie eine Puppe herumgeschleudert, der andere wurde unter seinem Pferd begraben.

Dorn sprang zurück, um nicht von den schweren Hufen getroffen zu werden, und kam dabei dem letzten Gegner gefährlich nahe. Im letzten Moment riss der Söldner das Schwert über die Schulter und parierte einen Schlag gegen seinen Hals. Stahl kratzte über Stahl, als sich die Klingen umeinander drehten.

Dorn packte den Kopf des Pferdes an der Trense, tauchte unter dem Hals des Tieres hindurch und zog es mit sich. Dann wechselte er schlagartig die Richtung, schoss an der Flanke des Pferdes hoch und bohrte dem Reiter seine Klinge in den Hals.

Ohne dem Mann, der mit beiden Händen versuchte, das spritzende Blut aus seinem Hals zurückzuhalten, noch eines weiteren Blickes zu würdigen, stürmte Dorn auf Rough zu.

Der Anführer der Wahrheitssuchenden schien mit der Situation mehr als überfordert. Taumelnd und schwankend ließ er seine Klinge durch die Luft sausen. Blut rann an seinem unbrauchbaren Schwertarm herunter. Dorn hatte keine Mühe, die Schläge zu parieren. Man sah förmlich, wie er auf den richtigen Moment wartete, dem Schauspiel ein Ende zu setzen. Mit einem gewaltigen Hieb gegen Roughs Klinge, verschaffte er sich den Freiraum, den er brauchte. Ein Dolch blitzte in seiner Hand auf, und mit einem weiteren Schritt auf seinen Gegner zu bohrte sich der Stahl in dessen Bauch.

Rough taumelte rückwärts. Der Dolch steckte noch immer in seinem Unterleib. Er stürzte zu Boden und umfasste den Griff der Waffe. Er versuchte, sie herauszuziehen, doch seine Kräfte schwanden. Dann schloss er die Augen, ließ sein Schwert aus der Hand gleiten und hauchte seinen letzten Atemzug aus.

Die Schreie des Mannes, der unter seinem Pferd begraben worden war, gellten über den Platz. Das Tier hatte sich bereits wieder aufgerappelt und stand mit aufgeblähten Nüstern an einer Hausmauer.

Dorn gönnte sich keine Verschnaufpause. Er fuhr herum und rannte auf den Mann zu, der mit verdrehten Beinen am Boden lag und schrie. Mit einem Satz war er über ihm und schlug ihm den Schwertknauf gegen die Schläfe.

Sofort kehrte Ruhe auf dem Platz ein.

»Nehmt euch jeder ein Pferd, und dann nichts wie weg von hier«, schnaubte Dorn.

Senetha hatte sich an den Fuß der Stadtmauer zurückgezogen. Den ganzen Kampf über hatte sie nicht einen Zauber gewirkt, um Dorn zu helfen. Und auch jetzt stand sie nur da und blickte ihren Geliebten traurig an.

Unsicherheit stieg in Milo auf. War es richtig, zu den Elfen zu reisen? Was, wenn das Lamm in Zargenfels zu finden war und die Reise ins Moor sich als Zeitverschwendung herausstellte? Xumita und Gindawell hatten ihn beide in diese Stadt geschickt, nun hatte er beschlossen, sie mit leeren Händen wieder zu verlassen. Und was war mit Dorn und Senetha, konnte er ihnen trauen?

Es half nichts, er würde all das nicht herausfinden, indem er hier herumstand. *Wer nicht sehen kann, muss sich langsam vorantasten*, hatte Meister Gindawell ihm einmal gesagt. *Denn wer stehen bleibt, wird ewig blind sein.*

28. RUBINIA

»Zweihunderteinundachtzig«, verkündete Rubinia traurig. »Vierunddreißig haben sie getötet, und vier sind immer noch verschwunden – Olma Furtfuß und ihre drei Söhne. Moos Furtfuß haben wir vorhin begraben. Er hat es nicht geschafft. Die Wunde war zu tief.«

Othman wirkte nachdenklich. »Hm, vier fehlen also. Wir können trotzdem nicht länger warten. Es wird Zeit, dass ihr von hier verschwindet. Ruf bitte alle zusammen. Haben alle gepackt, was sie brauchen: Proviant, Decken für die Kinder und ausreichend zu trinken?«

Rubinia wunderte sich, woher der alte Magier all die Kraft nahm. Seit zwei Tagen war er nun ununterbrochen auf den Beinen, kümmerte sich um die Verletzten, tröstete die Hinterbliebenen und stand jedem mit Rat und Tat zur Seite. Er kümmerte sich darum, dass die Familien, die zu viel Angst hatten, in ihre Häuser zurückzukehren, einen Platz zum Schlafen im Tempel fanden. Er selbst hatte nachts zusammen mit Aschgrau Wache gehalten und Kräutersud für Wunden sowie beruhigenden Tee gekocht.

Die meisten der Leute in Eichenblattstadt standen noch immer unter Schock und redeten deshalb nicht viel, aber Rubinia wusste, dass sie dem Magier dankbar waren für alles, was er für sie getan hatte und noch tat. Sie hätten es nicht zugegeben, aber die Anwesenheit eines Menschenmagiers gab ihnen Sicherheit.

Oda half Rubinia dabei, alle Eichenblattstädter auf dem Dorfplatz zu versammeln. Viele von ihnen hatten schon alles zusammengepackt, was sie mitnehmen wollten, andere konnten sich nicht entschließen, was nun wichtiger war, ein Schlauch mit Rotwein, ein Beutel Rankgurken oder die wohlbehütete Gemüseaussaat für nächstes Jahr.

Eine halbe Stunde später waren aber alle versammelt, gespannt darauf wartend, zu erfahren, was Othman ihnen raten würde zu tun, und wohin er sie bringen wollte.

Der Magier nahm sich die Zeit und begrüßte viele der Halblinge persönlich, erkundigte sich nach ihrem Befinden oder überprüfte den Heilungsprozess ihrer Wunden. Erst als Rubinia ihm signalisierte, dass sie komplett waren, trat er nach vorne an den Brunnen. Er versuchte auf den Rand des aus Felssteinen gemauerten Brunnens zu steigen. Erst hob er den einen Fuß und setzte ihn wieder ab, dann probierte er es mit dem anderen. Er hob seine Robe an, drehte sich nach links und nach rechts. Er stützte sich mit den Armen auf, gab auch diesen Versuch auf, drehte sich um, setzte sich auf den Rand und versuchte, die Beine abermals hochzubekommen. Nichts von dem gelang. Er räusperte sich, stand auf und lächelte Rubinia an.

»Manchmal vergesse ich, wie alt ich bin«, schnaubte er. »Aber es wird auch so gehen, groß genug bin ich ja.«

Othman hob die Arme und bat um Ruhe. Die Bürger verstummten augenblicklich.

»Hört mir zu, Bürger von Eichenblattstadt. Der Düsterkrallenwald war euch seit vielen Generationen eine gute Heimat. Ihr seid hier aufgewachsen und seht jetzt zu, wie eure Kinder hier groß werden. Alles, was ihr besitzt und was euch lieb und teuer ist, befindet sich hier. Ich weiß, dass ihr eure Häuser und Gärten mit dem Leben verteidigen würdet. Versteht mich nicht falsch, wenn ich euch jetzt bitte, dies alles zurückzulassen. Ich verspreche euch, dass ihr zurückkommen werdet. Seht euer Weggehen als eine Art Ausflug an, eine vorübergehende Luftveränderung, eine Fahrt ins Grüne.«

»Wohin sollen wir denn?«, rief jemand aus der Menge.

Andere stimmten mit ein, wiederum andere forderten, den Magier einfach sprechen zu lassen.

Rubinia war immer wieder erstaunt, wie der Magier es schaffte, die richtigen Worte für jeden zu finden. Für einen Mann, der in der Einsamkeit eines Turmes sein Leben fristete, seinen Forschungen nachging und nur eine Handvoll Gnome und eine Haushälterin als Gesprächspartner hatte, war er äußerst redegewandt. Er hatte es sogar vermieden, die Reizworte zu benutzen, die jeden Halbling gegen einen aufbrachten, wenn man sie verwendete. Sobald man in Gegenwart von Halblingen über Abenteuer, Reisen und waghalsige Unternehmungen sprach, war das Gespräch zumeist beendet, bevor es richtig begonnen hatte.

»Ich bitte euch lediglich, eine Tagesreise nach Norden zu ziehen – zur Seufzerschlucht.«

Alles verstummte, und für einen Augenblick schien selbst die Stille zu schweigen.

»Und von da aus?«, rief jemand. »Wohin sollen wir dann gehen?«

»Nirgendwohin, ihr werdet unten in der Schlucht warten, bis sich die Wogen geglättet haben.«

Rubinia revidierte ihre Meinung. Othman hätte auch dreimal laut »Abenteuer, Abenteuer, Abenteuer« schreien, sich dabei irre im Kreis drehen können und hätte nicht mehr Entsetzen bei den Halblingen hervorgerufen.

»Die Schlucht wird unser Verderben sein. Jeder weiß, dass die Toten aus der Erde kriechen, und Ihr ratet uns, ihnen schon mal ein Stück entgegenzukommen? Wahrscheinlich lauern sie dort unten bereits auf uns.«

»Die Schlucht ist eure einzige Perspektive«, grollte Othman. »Ich habe es euch schon mehrfach in den letzten Tagen erklärt: Die drei Zwerge waren weder Untote noch die Vorhut einer riesigen Armee von Wiedergängern. Ihr bildet euch das alles nur ein. Wahrscheinlich waren sie verletzt, unterkühlt und vom Marsch durch den Wald einfach nur dreckig. In solch einer Krisensituation wie die, in der ihr wart, spielen einem die Sinne schnell mal einen Streich. Die wirkliche Gefahr lauert dort draußen zwischen den Bäumen in Gestalt von Grünblutern. Trolle, Orks und Goblins treiben sich zuhauf im Düsterkrallenwald herum und stellen jedem nach, der nicht so ist wie sie. Sie sind in Scharen gekommen, um über die zivilisierten Völker herzufallen. Wenn ihr euch nicht vor ihnen versteckt, werden sie euch alle töten.«

Die Bürger Eichenblattstadts waren beunruhigt, aber nicht überzeugt, und auch Rubinia hegte ihre Zweifel am Plan des Magiers. Doch sie vertraute Othman. Er kannte sich hier besser aus als jeder andere, und wenn er sagte, dass die eigentliche Gefahr von den Grünblutern ausging, war es mit Sicherheit so. Dennoch musste sie ihm innerlich widersprechen. Sie hatte die Zwerge gesehen. Sie war nur einen Schritt von ihnen entfernt gewesen. Diese Bärtigen waren untot gewesen. Was auch immer sie dazu gemacht hatte, es war noch hier, das spürte sie.

»Wäre es nicht besser, wir würden versuchen, nach Zargenfels zu kommen?« Diesmal war es Mira Butterblums, die die Frage stellte. »Der Waldrand im Norden ist nicht weit entfernt. Von dort aus könnten wir westlich am Rand der Berge entlang und dann nach Süden.«

»Selbst wenn ihr es aus dem Wald herausschafft, was ich nicht glaube, lauft ihr wahrscheinlich zwischen die Fronten der Zwerge und der Orks. So wie ich die Grünbluter kenne, werden sie zuerst die Bärtigen angreifen, um die Überraschung auszunutzen. Was macht ihr dann? Sie höflich darum bitten, euch durchzulassen? Vergesst es! Sie würden euch dahinschlachten wie Vieh.«

Die Halblinge beratschlagten sich. So etwas taten sie sonst nur, wenn sie nicht mehr weiterwussten. Die Ratsmitglieder des Dorfes waren tot, die meisten Familien trauerten um Angehörige, und jetzt sollten sie gezwungen sein, ihre Häuser zu verlassen und sich in einer Schlucht zu verstecken, in die noch nicht einmal jemand zum Pilzesammeln ging? Geschichten berichteten von fürchterlichen Kreaturen, die dort unten auf jeden lauerten, der es wagte, zu ihnen hinunterzusteigen. Ausgehungerte Wolfsrudel sollten dort ihr Unwesen treiben und auf Wild warten, dass von den Hängen abrutschte und in die Tiefe stürzte.

Ein heilloses Durcheinander brach los. Jeder gab seine Meinung kund und versuchte, die Argumente der anderen zu entkräften. Je aufgebrachter, umso besser, so schien es. Die ersten kleinen Kinder begannen zu weinen, aber niemand scherte sich darum. Jeder stellte sein persönliches Anliegen über das Gemeinwohl.

»Irgendetwas geschieht in diesem Wald«, sagte Rubinia zu Othman. »So habe ich sie noch nie gesehen. Sie sind wie verblendet.«

»Sie haben Angst«, erklärte Othman. »Sie täten gut daran, zu tun, was ich ihnen rate. Ansonsten wird Eichenblattstadt bald nur noch ein Dorf voller Ruinen sein, dass sich der Wald Stück für Stück zurückholt. Nach all den Jahren trauen mir die Halblinge immer noch nicht. Es ist bitter, mit anzusehen, wie sie in ihr Verderben laufen.«

»Das werden sie nicht«, schnaubte Rubinia und schwang sich auf den Brunnenrand.

»Hört mir zu«, bat sie die aufgebrachte Menge. »Ihr wisst, ich bin schon seit einigen Jahren keine Bürgerin Eichenblattstadts mehr. Viele von euch glauben, dass ich meinen Bruder nach dem Tod von Roswita im Stich gelassen habe. Vielleicht stimmt das sogar, doch ich musste meinen eigenen Weg gehen. Meister Othman hat mich aufgenommen und in seine Dienste gestellt. In all den Jahren, die ich jetzt schon im Krähenturm als Wirtschafterin arbeite, hat Meister Othman immer versucht, den Halblingen mit Rat und Tat zur Seite zu stehen. Erinnert euch daran, als Eichenblattstadt vom Bitterhusten heimgesucht wurde, oder als all unsere Vorgärten und Gemüsebeete vom Silbertau befallen waren. Da war es Meister Othman, der uns geholfen hat. Und im Gegensatz zu vielen anderen, die behaupten, sie seien die Freunde der Halblinge, hat er nichts dafür verlangt. Er tat es, weil er ein guter Mensch ist. Und auch jetzt, in dieser schwierigen Zeit, hat er uns geholfen und gibt uns Ratschläge. Ich finde, wir sollten tun, was er uns rät. Er hat sich unser Vertrauen verdient.«

Die Bürger Eichenblattstadts sahen sich Rat suchend um. Sie waren es nicht gewohnt, solch schwerwiegende Entscheidungen zu treffen, ohne den Zuspruch des Rates zu haben. Keiner wollte verantwortlich sein, wenn beim Abstieg in die Schlucht etwas schiefging.

»Und er hat uns geholfen, als wir die Kartoffelfäule hatten«, rief eine junge Halblingsfrau.

»Ja, und er hat Gindawell damals überreden können, einen anderen Taufwein zu nehmen, anstatt dieses widerliche, bittere Gebräu aus Ackerfeld.«

Die meisten der Bürger nickten zustimmend.

»Dafür hat Jeroll Butterblums versucht, die Reste davon in seiner Kneipe auszuschenken«, lachte ein junger Halbling und steckte mit seiner Heiterkeit die anderen an.

Plötzlich schienen sich alle Bedenken in Wohlgefallen aufzulösen. Die Halblinge sprachen sich Mut zu und schmiedeten Pläne, wie sie sich die Zeit in der Schlucht vertreiben sollten. Niemand zweifelte mehr an dem Vorhaben. Eine allgemeine Aufbruchsstimmung machte sich breit.

Rubinia seufzte erleichtert auf.

29. NELF

Der Tunnel wollte einfach nicht enden. Seit fast einem Tag folgten Nelf und Tislo jetzt schon dem unterirdischen Gang, der sie weiter ins Erdreich führte. Die beiden Halblinge waren die Schlusslichter einer Gruppe von neun Zwergen, die bepackt mit Schaufeln und Hacken vorangingen. Um die Halblinge nicht zu einem Klotz am Bein werden zu lassen, hatte man ihnen nur etwas Proviant umgehängt: Brot und getrocknete Pilzschwämme. Den Rest hatte man auf vier Mulis aufgeteilt und vorausgeschickt.

»Igitt, wie können die nur so etwas essen?«, beschwerte sich Nelf, nachdem er einen Bissen der Pilze gekostet hatte. »Pilze müssen auf dem Waldboden reifen, braune Kappen und einen schönen festen Stängel haben. Das hier ist eher etwas zum Hornhaut von den Füßen schrubben.«

Tislo riss Nelf den Rest des Schwammes aus der Hand und stopfte ihn sich in den Mund.

»Ich weiß gar nicht, was du willst«, nuschelte er mit vollem Mund. »Dafür, dass sie aus einer Mine kommen, sind sie äußerst schmackhaft. Aufgeweicht in Wasser und mit einer deftigen Bratensoße wären sie bestimmt sogar lecker.«

Nelf sah seinen Bruder vorwurfsvoll an.

»Erstens wird das Zeug, selbst wenn du es tagelang in Rehbouillon kochen würdest, immer noch schmecken wie Wildschweinpipi, und zweitens kommt es nicht aus einer Mine, sondern aus diesem merkwürdigen Wurmloch.«

»Was redest du denn da?«, sagte Tislo empört. »Wir sind in einem Loch unter der Erde. Und das Loch haben Zwerge gegraben. Löcher in der Erde, die von Zwergen gegraben wurden, nennt man Minen. Was hast du daran auszusetzen?«

»Wo hast du bloß deine einfältigen Weisheiten her, Brüderchen? Wenn du in etwas Warmes Weiches trittst, muss es noch lange kein Kamillenfußbad sein.«

»Wenn es keine Mine ist, was ist es denn dann?«

»Keine Ahnung«, gestand Nelf, »aber wenn es eine Mine ist, wollen die Zwerge das Erz wohl in ihren Hosentaschen nach draußen bringen. In diesem Tunnel werden sie auf jeden Fall keine Lore fahren lassen. Der Boden hält nicht mal einen Holzkarren aus, ohne dass er wegsackt. Außerdem ist der Gang viel zu schmal. Und noch ein paar Dinge stimmen hier nicht. Hast du schon irgendwo einen Seitenstollen gesehen? Ich meine, wir laufen jetzt einen ganzen Tag hier umher, und außer ein paar engen, kaum abgestützten Abzweigungen, habe ich noch nicht den geringsten Hinweis auf einen Abbau von Wer-weiß-was gesehen. Es heißt doch immer, die Zwerge sind so zielsicher, wenn es um das Finden von Vorkommen geht. So viele Meilen Tunnel und nicht ein Stollen? Ich möchte nicht in der Haut des Minenmeisters stecken.«

»Ich auch nicht, Dorimbur hat ihn nämlich erschlagen. Erinnerst du dich?«

»Das war jetzt eher sinnbildlich gemeint«, sagte Nelf. »Aber es gibt noch etwas, was nicht zum Bau einer Mine passt. Willst du wissen, was es ist?«

»Du würdest es mir auch sagen, wenn ich nein sage, oder?«

»Stimmt«, gestand Nelf. »Wir laufen schon den ganzen Tag bergauf. Jetzt frage ich dich, was für eine Mine soll das denn sein?«

»Eine Mine, in der sie eklige Schwammpilze abbauen vielleicht?«

Nelf zischte resigniert.

»Wenn ihr beiden dahinten nicht gleich die Schnauze haltet, werde ich euch so viel Ausrüstung auf den Rücken schnallen lassen, dass ihr trotz eurer großen Füße bis zu den Knien im Boden einsackt.«

Nelf und Tislo gaben auf solche Äußerungen der Zwerge nicht mehr viel. Alle Bärtigen gaben solche oder ähnliche Drohungen von sich, wenn sie wollten, dass etwas schneller oder besser gemacht wurde. Irgendwie schien es dazuzugehören und ein Teil ihrer Bestrafung zu sein. Doch die übellaunigen Zwerge waren zu pragmatisch und zu geschäftstüchtig, um sich ihrer Bediensteten durch unsinnige Sanktionen zu berauben. Nelfs und Tislos Aufgabe in den Zwergenminen war es, den Bärtigen Essen und Trinken in die unterirdischen Gänge zu bringen. Sie versorgten die Bärtigen mit Decken und neuen Werkzeugen. Die beiden Halblingsgefangenen waren zwar nicht unersetzlich, aber sie brachten eine Menge Annehmlichkeiten mit sich.

Die Brüder schwiegen trotzdem, denn mit Stiefelspitzen, Kopfnüssen und Ellenbogenremplern geizten die Zwerge nicht.

Zwei Stunden und drei getrocknete Schwammpilze später hielt der Trupp Zwerge plötzlich an.

»Was ist los, sind wir da?«, fragte Nelf.

»Wir nicht, ihr schon«, grollte einer der Zwerge und zeigte auf einen schmalen Seitengang, der mit einer Lederhaut verhängt war. Ein schwacher Lichtschein schimmerte irgendwo dahinter.

»Oh, sind wir zu Küchengehilfen aufgestiegen? Wurde auch Zeit, dass man unser wahres Talent erkennt.«

»Träum weiter, Kurzer«, grunzte der Zwerg. »Das könnte euch so passen. Bei der nächsten Gelegenheit träufelt ihr ein wenig Gift ins Essen, und wenn wir alle am Boden liegen und uns die Bäuche halten, geht ihr stiften.«

»Ehrlich gesagt, wüsste ich nicht, wie man jemanden vergiften soll, der sich von solch einem grässlichen Zeug ernährt.« Mit diesen Worten hielt Tislo den Zwergen den Sack mit getrockneten Pilzschwämmen hin.

Der Zwerg nahm den Beutel entgegen und warf einen skeptischen Blick hinein.

»Die sind nicht zum essen, du Dummkopf«, sagte er. »Das ist Wolfsschwamm zur Behandlung von Schwielen und Hornhaut, für alle, die es noch nicht gewohnt sind, den ganzen Tag die Spitzhacke zu schwingen. Davon bekommt man Blähungen und Durchfall, außerdem schmecken sie nach Schweinepisse. Die Biester markieren ihr Revier, indem sie dagegenpinkeln.«

Eigentlich wollte Tislo gerade fragen, von welchen Biestern der Bärtige sprach, von Schweinen oder Wölfen, bis ihm auffiel, dass es eigentlich egal war und er schon genug gehört hatte.

»Hier hinein, stimmt's?«, fragte er und zeigte auf die Lederhaut.

»Genau! Einfach immer geradeaus, bis ihr zum alten Nodrin kommt. Er sagt euch dann, was ihr tun sollt. Die Vorräte lasst hier.«

Tislo hatte sein Gepäck bereits abgeworfen und war im Seitentunnel verschwunden. Nelf stellte seine Säcke ab und griff noch einmal in den Beutel mit den Pilzen.

»Halblinge haben zarte Hände«, sagte er und verschwand dann ebenfalls hinter der Lederhaut.

Der Vorhang verbarg nichts Ungewöhnliches, nur einen weiteren Gang, der noch um einiges kleiner war als der, aus dem sie kamen. Die Tunnelwände waren feucht und mit Wurzeln durchzogen. An einigen Stellen bröselte lockere Erde herab. Hier gab es keine stützenden Balken, keine Steinfesseln, keine mit gebranntem Lehm gefüllten Hohlräume, die das Erdreich daran hindern würden, abzusacken und alles und jeden unter sich zu begraben.

Wenn dies eine Mine war, dann keine im herkömmlichen Sinne. Zwerge buddelten nicht einfach in der Erde herum. Jeder Spatenstich, den sie taten, jeder Tunnel, den sie gruben, und jeder Stollen, den sie bauten, war ein Denkmal für die Ewigkeit. Das Arbeiten mit Erde, Stein und Metall war ihnen heilig. Sie schienen ihrem Gott damit zeigen zu wollen, dass er nicht der Einzige war, der die Elemente formen konnte.

Dieses Gespinst an Tunneln jedoch würde kein Jahr überdauern, und Nelf betete, dass er nicht mehr hier war, wenn der Tag kam, an dem sich die Erde die Hohlräume zurückeroberte.

Nelf war der Erste, der den eigenartigen Geruch bemerkte. Es war eine Mischung aus Essigblatt und Verwesung, und er wurde mit jedem Schritt stärker. Nach zirka dreihundert Fuß endete der Tunnel vor einer weiteren Lederhaut, die als Vorhang diente. Nur diesmal war sie zur Hälfte aufgerollt und gab den Blick in eine kleine Höhle frei, die sicherlich auch nicht natürlichen Ursprungs war. Obwohl der Rest des Tunnelsystems schon aussah, als wäre er nur notdürftig gebaut, stellte dieser Ort alles in den Schatten. Nelf mutmaßte, dass man ihn nur grob freigeschaufelt hatte. Schwere Wurzeln ragten in den Raum hinein, wobei es eher eine Höhle als ein Raum war. Lediglich der Boden war mit Schotter bedeckt und festgestampft worden. Zwei stark rußende Fackeln, die jemand kurzerhand knapp oberhalb des Bodens in die weiche Erde gesteckt hatte, beleuchteten das Innere. Der Gestank kam eindeutig aus diesem Raum. Bevor Tislo eintrat, drehte er sich zu Nelf um.

»Es ist mit Sicherheit kein Küchendienst«, verriet er mit zugehaltener Nase.

Dann schlüpfte er unter dem Vorhang durch, und Nelf folgte ihm. Im Inneren der Höhle standen elf provisorische Feldbetten. In jedem lag ein Zwerg, mehr oder weniger von Schmerzen gepeinigt. Einer wälzte sich im Bett herum, starrte den beiden Halblingen entgegen und flehte sie an, ihm aufzuhelfen. Etwas weiter hinten, fast im Schatten verborgen, stand ein einfacher Tisch, und dahinter saß ein Zwerg mit langen weißen Haaren und einem kurz geschorenen Bart. Er trug einen übergeworfenen dunkelroten Ornat.

»Du musst liegen bleiben«, sagte er. »Wenn du willst, dass alles wieder in Ordnung kommt, brauchst du viel Ruhe.«

Er erhob sich, griff nach einem Krug, der neben vielen anderem Krimskrams auf dem Tisch stand, und schlurfte hinüber zum Bett des Zwerges. Behutsam, fast fürsorglich hob er den Kopf des Kranken und flößte ihm etwas aus dem Krug ein. Erst danach drehte er sich zu den beiden Neuankömmlingen.

»Und ihr seid?«, fragte er, als der Durst des kranken Zwerges gestillt war.

»Ich bin Nelf, und das hier ist mein Bruder Tislo.«

»Gefangene, nehme ich an?«

»Für versuchten Diebstahl«, gab Nelf offen zu.

»Doppelt bitter«, höhnte der Zwerg. »Ich bin Meister Nodrin. Kennt ihr euch mit der Pflege von Kranken aus?«

»Nicht besonders, aber wir waren selbst schon mal krank, vielleicht reicht das.«

Der Zwergenmeister verzog das Gesicht und schlurfte zurück zu seinem Tisch.

»Ihr müsst nicht viel tun«, erklärte er. »Es reicht, wenn ihr ihnen zu trinken gebt oder mit ihnen ein paar nette Worte wechselt. Die meisten dämmern ohnehin den ganzen Tag vor sich hin. Und falls einer sein Leiden hinter sich gebracht hat, geht ihr nach vorn zum Haupttunnel und steckt diese weiße Fahne in die Wand. Den Rest machen dann die anderen.«

Nelf und Tislo schauten zweifelnd von Bett zu Bett. Nirgends waren Verbände zu sehen, und auch von blutigen Tüchern, Eiterschalen, Brandeisen und Knochensägen war keine Spur. In einem Kampf wurden die Männer somit nicht verletzt. Fragte sich nur noch, was ihnen fehlte.

»Helft mir hoch«, flehte der Zwerg erneut aus seinem Bett.

Nelf und sein Bruder eilten zu ihm. Es war besser, sich schnell in die Aufgaben einzuarbeiten, die ihnen die Zwerge gaben. Ansonsten konnte man sich darauf gefasst machen, Arbeiten zu bekommen, die man nicht falsch machen konnte.

»Ich habe gesagt, sie bekommen von euch zu trinken oder Zuspruch, sonst nichts«, schnauzte Meister Nodrin die beiden an und schob einen Krug an den Rand des Tisches. »Hier ist etwas gegen den Durst und die Schmerzen. Gebt ihm das.«

Tislo eilte zum Tisch des Zwerges und holte das Gefäß.

»Das ist Starkbier«, stellte er verwundert fest, als er daran gerochen hatte.

»Gegen Durst und gegen Schmerzen, wie ich schon sagte.«

»Was hat er denn?«, erkundigte sich Nelf in der leisen Hoffnung, auch davon befallen zu werden.

Der Zwerg signalisierte seine Zustimmung, die muffige Decke anzuheben und sich selbst ein Bild zu machen. Tislo klammerte sich gebannt an den Krug, während Nelf die Decke zurückschob. Zuerst konnten die beiden nichts Besonderes entdecken. Der Zwerg lag, nur mit einem Lendenschurz bekleidet, fast bewegungslos auf der provisorischen Strohmatratze. Erst auf den zweiten Blick erkannte Nelf, dass die Haut unnatürlich grau und matt aussah. Als er die Decke ganz zurückschlug, stockte ihm der Atem. Das rechte Bein des Zwerges war aus Stein. Die Verwandlung ging von den Zehen bis hinauf zum Becken. Der Übergang zwischen Fleisch und Stein war nicht genau zu erkennen. Nelf deckte den Zwerg wieder zu.

»Ist das ansteckend?«, fragte er Meister Nodrin.

»Wäre ich dann noch hier?«

»Ihr seid ein Meister«, sagte Nelf bestürzt. »Ihr heilt Kranke, lindert Schmerzen und sprecht Segen aus. Kein Leiden, und sei es auch noch so schlimm, würde einen Meister dazu bringen, einen Kranken im Stich zu lassen.«

Nodrin starrte den Halbling an, als wenn ihm ein dritter Arm aus der Brust ragen würde.

»Ich bin ein Meister, das ist richtig. Ich habe mein Leben Leonis gewidmet. Das ist auch richtig. Das heißt aber noch lange nicht, dass er mich mit enormen Heilkräften ausgestattet und mich immun gegen alle Seuchen gemacht hat. Wir sind Zwerge und keine Elfen. Wir beklagen uns nicht wegen irgendwelcher Wehwehchen. Seit Jahrzehnten kümmere ich mich um die Zwerge in Graumark, und alles, was ich bisher gesehen habe, waren gebrochene Knochen, Schnitt- und Stichwunden, Quetschungen, Verbrennungen und Amputationen. Ein Zwergenkleriker ist mehr ein Handwerker als ein Gelehrter. Natürlich hilft mir Leonis' Macht bei der Erfüllung meiner Aufgaben, aber große Wunder kann man von mir nicht erwarten. Und ich glaube auch nicht, dass irgendein anderes Volk über so große klerikale Kräfte verfügt, wie sie gern behaupten. Ich habe jedenfalls noch keines dieser Wunder gesehen, von denen die alten Legenden der anderen Völker berichten.«

Das alles kam Nelf mehr als bekannt vor, nur bezogen auf Halblinge. So in etwa hatte sich auch Oda geäußert, als sie kurz vor der Aufnahme in den Klerikerorden der Cephei den Tempel in Flussmauer verlassen und sich entschlossen hatte, ihren Brüdern auf Abenteuersuche zu folgen. Eher wütend als enttäuscht gestand sie beiden damals, dass man versuchte, den Glauben mit Blendwerk am eigenen Volk aufrechtzuerhalten. Wenn Nelf sich richtig erinnerte, hatte sie damals wörtlich gesagt: »Ich bin doch kein zweitklassiger Gaukler, der versucht, das Publikum mit schlechten Tricks zu beeindrucken.« Danach verlor sie kaum noch ein Wort über ihre Zeit als Novizin.

Nelf wollte auch bei Meister Nodrin nicht weiter nachbohren. Irgendwo hatte er gehört, dass Kleriker recht empfindlich waren, wenn es um ihren Glauben ging. Da diese Empfindsamkeit sich bei den Zwergen meist in Wutausbrüchen äußerte, die dann zu Prügel führten, hielt er es für klüger, das Gesagte auf sich beruhen zu lassen und sich lieber für den Patienten zu interessieren.

»Wie hat sich das Bein in Stein verwandelt?«

»Ein Sumpfzauter«, antwortete Nodrin knapp.

»Ein was?«, fragten Nelf und Tislo beinahe gleichzeitig nach.

»Ihr wisst nicht, was ein Sumpfzauter ist?«, brummte der Zwergenmeister.

Die Brüder schüttelten den Kopf.

»Wir gehen nicht so oft in Sümpfe«, versuchte Tislo zu erklären. »Liegt vielleicht daran, dass wir klein sind und schwere Füße haben – das verträgt sich nicht gut mit Sumpf.«

»Wem erzählst du das, Junge?«, schnaubte Nodrin. »Wenn wir schlau gewesen wären, hätten wir dieses Höllenloch hier unter dem Moor niemals betreten. Na ja, wie auch immer, ein Sumpfzauter ist eine verfluchte Bestie. Zum Glück gibt es nur wenige davon, aber ab und an kann man sie in großen Mooren und Sümpfen noch antreffen. Von Weitem sehen sie aus wie altersschwache Pferde, die grasen. Sie sind ein bisschen größer und stämmiger, und ihr Hals ist länger. Geht man jedoch weiter heran, sieht man, dass ihr Kopf meist ins Wasser hängt oder im Morast feststeckt.

Nur Leonis weiß, wie diese verdammten Viecher atmen. Wahrscheinlich wie Fische. Wenn man so nah heran ist, sollte man lieber schleunigst abhauen, denn wenn sie den Kopf aus dem Wasser ziehen und dich anblicken, verwandeln sie dich in Stein. Fast wie ein Basilisk, aber diese hier machen alles zu Stein: Pflanzen, Tiere, Grün- und Rotbluter – vermutlich sogar die Götter selbst. Zum Glück ist ihre Muskulatur am Hals so schwach, dass sie es nur selten schaffen, den Kopf zu heben. Angeblich haben sie den Schädel eines uralten Keilers mit widerlichen, krummen Hauern und langem zotteligem Fell. Aber so genau weiß das natürlich niemand.«

»Diesmal hat der Sumpfzauter wohl die Kraft gefunden, den Kopf aus dem Wasser zu ziehen«, folgerte Nelf.

»Zum Glück nicht, Junge, sonst würde er sicherlich nicht hier im Bett liegen, sondern als Statue vor dem Eingang stehen. Er und die beiden anderen neben ihm hatten nur das Pech, durch die Höhle des Zauters zu kommen. Das Vieh hatte doch tatsächlich alles um sich herum nach und nach in Stein verwandelt und hockte wie in einer Druse in seinem eigenen Gefängnis – bis wir kamen. Die drei hatten sich Planken zurechtgelegt, um nicht durchs Wasser waten zu müssen und das Vieh aufzuwecken. Was soll ich sagen, die Planken brachen, und die drei fielen ins Wasser. Ein Blick auf ihre Beine reichte. Das Ergebnis siehst du dort.«

»Wie habt Ihr die Bestie getötet?«, wollte Tislo wissen.

»Gar nicht! Sie steht immer noch irgendwo weit hinten in diesem Höllenloch, den Kopf im Wasser und den Arsch gen Himmel gestreckt wie eine verdammte Ente. Wenn ihr sie euch ansehen wollt, tut euch keinen Zwang an. Wenn ihr sie erschlagen wollt, gebe ich euch sogar persönlich zwei kleine Schwertchen. Dafür müsst ihr mir aber versprechen, dass, wenn sie euch in Stein verwandelt, ich euch für meinen Kaminsims zu Hause haben darf.«

»Ich glaube, wir versuchen es lieber erst einmal mit Krankenpflege«, sagte Nelf und besah sich das versteinerte Bein des Zwerges noch einmal. »Hat er Schmerzen?«

»Nur beim Treppensteigen«, lachte Nodrin.

30. MILO

Zwei Dinge konnte Milo nach zweieinhalb Tagen auf einem Pferderücken sagen: Es gab keine schnellere Art zu reisen, und es war lebensgefährlich, im Sattel einzuschlafen, wenn man mit den Füßen nicht bis in die Steigbügel reichte. Sie waren Tag und Nacht durchgeritten, im leichten Trab oder im Schritt, um die Pferde zu schonen. Dorn gönnte Tieren wie Reitern keine Ruhe.

Am ersten Abend waren sie durch ein kleines Bauerndorf namens Tümpelberg gekommen. Milo erinnerte sich noch an das im Wind wackelnde Holzschild am Eingang des Gasthauses. *Zur goldenen Forelle* stand darauf geschrieben. Aus den halb geöffneten Fenstern zog ein Duft von frisch gebratenem Fisch und gedünsteten Speckwürfeln. Der Geruch hatte etwas von Nachhausekommen, fand Milo, aber auf jeden Fall verlangte er nach Anhalten, Absteigen und Einkehren. Er empfand es nur als gerecht, sich nach dem langen Ritt mit einer knusprig gebratenen Forelle, einem Gläschen Weißwein und einem weichen Bett für die Nacht zu belohnen – Dorn nicht. Das kleine Dorf umfasste vielleicht zwanzig Häuser: Eine Handvoll Bauernhöfe, ein paar Hütten von Jägern und Fallenstellern, zwei Fischer, die ihre Katen auf die andere Seite des großen Fischteichs gebaut hatten, ein Gasthof und einige kleine Wohnhäuser. Man brauchte länger, die Gebäude aufzuzählen, als zwischen ihnen hindurchzureiten, wurde Milo später bewusst.

Ein kleines bisschen Hoffnung auf etwas Komfort nach einer Nacht im Sattel hatte Milo wieder gehegt, als Dorn von zwei weiteren Dörfern erzählte, durch die sie am frühen Morgen reiten würden: Weidendach, eine Holzfällersiedlung, und Ackerdorf, ein Steinbruch, der allerlei Handwerker angelockt hatte, weil dort roter Marmor zu finden war. Milo freute sich auf ein deftiges Frühstück und, wenn die Zeit es zuließ, vielleicht ein Bad.

Weidendach war schon von Weitem zu sehen. Es brannte. Nicht so, wie es in Dörfern öfter passierte, wenn ein Ofen das Dach eines Hauses in Brand steckte. Ganz Weidendach brannte lichterloh.

Dorn schlug vor, das Dorf in weitem Bogen zu umgehen. Angesichts dessen, dass Weidendach nicht mehr viel zu bieten hatte als etwas Wärme, versuchte Milo gar nicht erst, ihn umzustimmen. Noch vor ein paar Wochen hätte sich Milo nicht so einfach hindern lassen, den Dorfbewohnern zu helfen. Halblinge waren vielleicht keine großen Helden, aber an Hilfsbereitschaft mangelte es ihnen sicherlich nicht. Doch die Vorfälle in Eichenblattstadt schürten in Milo die Angst, noch einmal hilflos dabei zusehen zu müssen, wie andere ohne ersichtlichen Grund aufeinander losgingen, um sich gegenseitig umzubringen.

Wenige Stunden später erreichten sie Ackerdorf. Es war bereits hell geworden, aber der Morgennebel hatte das Dorf verschlungen. Dorn machte am Rand des Steinbruches halt und lauschte in die Stille hinein. Alles schien ruhig zu sein. Der Söldner ritt als Erster den schmalen Schotterpfad hinunter, der nach Ackerdorf hineinführte. Es war gespenstisch. Nichts regte sich, kein morgendlicher Lärm, keine Stimmen. Dann sahen sie es. Sechs Männer baumelten mit Stricken um ihre Hälse am Vordach eines Hauses. Ihre Gesichter waren kalkweiß wie der Nebel. Alle anderen Menschen schienen das Dorf verlassen zu haben. Die Türen der Hütten und Häuser standen offen. Das Feuer in den Kaminen war ausgegangen. In weiter Ferne bellte ein Hund.

»Was ist hier passiert?«, fragte Milo, als er zu Dorn aufgeschlossen hatte.

»Dasselbe wie überall in Graumark. Sie töten sich gegenseitig. Menschen finden immer einen Grund, sich an die Gurgeln zu gehen.«

Damit mochte er Recht haben, aber es musste noch mehr dahinterstecken. All die Unruhen, die vielen Toten, das Massaker in Eichenblattstadt, das alles war nicht normal. Es hatte einen bestimmten Ursprung, und langsam glaubte Milo zu verstehen, warum Meister Gindawell ihn auf diese Reise geschickt hatte. Er musste herausfinden, worin der Quell dieses Hasses aufeinander lag. Es musste etwas mit diesem Buch und den Göttern zu tun haben, wurde ihm bewusst. Und mit etwas Glück würde Milos Reise auch etwas Licht in die düstere Prophezeiung von Xumita Latorinsis, dem Goblinschamanen, bringen.

»Wollen wir sie nicht herunterholen?«, fragte Milo unsicher und versuchte dabei, den Toten nicht in die Gesichter zu sehen.

»Ich glaube nicht, dass sie sich dadurch besser fühlen würden. Außerdem sind sie eine gute Warnung für jeden, der hier durchkommt, diesen Ort so schnell wie möglich wieder zu verlassen.«

»Denkst du, die Männer, die sie gehängt haben, sind noch in der Nähe?«

»Vielleicht«, brummte Dorn. »Ich werde jedenfalls nicht lange genug hierbleiben, um es herauszufinden, und das solltest du auch nicht.«

Dorn trat seinem Pferd mit den Fersen in die Seite und trieb es so in den Galopp. Senetha folgte ihm. Der dichte Nebel verschluckte die beiden fast augenblicklich, bis nur noch die donnernden Hufe auf dem schmalen Schotterweg hallten.

Milo hatte immer noch seine Schwierigkeiten, das Pferd zu lenken. Er musste seine Arme ausstrecken, um die Zügel richtig halten zu können, und seine Beine reichten nicht bis zu den Flanken, um das Pferd im üblichen Maße anzuspornen. Bislang hatte immer ein Klaps auf den Hintern gereicht, um sein Reittier in den Trab zu versetzen, doch der Nebel und der Geruch des Todes verunsicherten das Tier. Anstatt loszutraben, scheute es und drehte sich unruhig schnaubend im Kreis.

»Komm schon, du störriges Vieh«, krächzte Milo und gab dem Pferd abwechselnd links und rechts leichte Klapse auf das Hinterteil. »Jetzt ist nicht der richtige Zeitpunkt, um mir zu zeigen, dass auch Pferde einen Willen haben.«

Das Tier blieb stehen, schnaubte und schabte nervös mit dem Huf auf dem Schotterweg.

Milo schaute auf die hingerichteten Männer, die in der leichten Brise hin und her schaukelten. Sie waren alle kräftige Kerle gewesen. Drei von ihnen hatten schwere Blessuren im Gesicht, und bei dem Mann in der Mitte schien die Schlinge nicht richtig gefasst zu haben. Der Knoten presste auf seinen Kehlkopf und saß nicht über dem Nackenwirbel wie sonst. Die Schlinge drückte seinen Kopf nach hinten. Unter der Nase und am Kinn hatten sich Blutkrusten gebildet. Es muss ein verzweifelter Todeskampf gewesen sein, dachte Milo. Die Augen des Toten waren weit aus den Höhlen hervorgetreten und die Finger seiner linken Hand waren merkwürdig verkrampft.

Er starrte Milo aus seinen toten Augen an, und Milo starrte zurück. Plötzlich öffnete der Gehängte den Mund und steckte seine blau angeschwollene Zunge heraus. Milo schrie auf, und das Pferd wich schnaubend drei Schritte zurück. Noch bevor er etwas tun konnte, packte jemand die Zügel seines Pferdes und riss es herum.

»Hast du keine Lust mehr, hinter uns herzureiten, oder möchtest du dich hier häuslich niederlassen? Von denen da hat bestimmt keiner was dagegen.«

»Er hat sich bewegt«, stotterte Milo und zeigte auf den Gehängten.

Dorn besah sich die Männer ein weiteres Mal.

»Das ist nur der Wind«, versuchte er den Halbling zu beruhigen.

»Sein Mund hat sich geöffnet, und er hat mir die Zunge herausgestreckt.«

»Na, was für eine Gemeinheit«, lachte Dorn. »Kein Anstand mehr unter den Toten. Der Tod ist für keinen eine einfache Sache. Die meisten liegen einfach nur da und verrotten, andere bewegen sich plötzlich oder stöhnen leise. Aber eines haben sie alle gemeinsam: Sie sind kalt und tot und können dir nichts mehr anhaben.«

»Ich habe aber gesehen, wie er sich bewegt hat«, beharrte Milo.

»Und das war nicht so etwas wie ein Reflex. Er hat mich angesehen und mir die Zunge herausgestreckt.«

»Kleine Männer, kleiner Verstand«, brummte Dorn ärgerlich und zog Milos Pferd einfach hinter sich her. Die Tiere mühten sich den steilen Schotterweg hinauf, der aus Ackerdorf führte. Oben am Rand des Steinbruches wartete Senetha auf sie.

Den ganzen nächsten Tag ritten sie stumm hintereinander her. Dorn hatte eine Strecke abseits der Wege gewählt. Alle vier Stunden machte er eine kurze Rast, doch schien es ihm mehr um die Pferde zu gehen als um seine Gefährten. Als sie mit Einbruch der Abenddämmerung das Hochmoor erreichten, hielt Dorn plötzlich an und stieg ab.

»Was, schon wieder eine Pause?«, höhnte Milo. »Wir hatten doch erst heute Morgen einen Schluck Wasser und einen Kanten Brot. Nicht dass meine Beine sich noch daran gewöhnen, festen Boden unter den Füßen zu spüren. Und Cephei bewahre, dass das Gefühl zurück in meinen Hintern kehrt.«

»Du wirst noch hoffen, wieder auf dem Gaul sitzen zu können«, sagte Dorn. »Von hier an gehen wir zu Fuß. Es ist zu gefährlich, weiterhin zu reiten. Auf den Pferden würden wir die sumpfigen Stellen erst bemerken, wenn wir mitten drin stehen.«

Senetha folgte Dorns Anweisungen, abzusitzen, ohne zu zögern. Milo haderte noch mit sich.

»Das ist doch wohl nicht dein Ernst?«, beschwerte er sich bei dem Söldner. »Seit zwei Tagen zwingst du mich, auf dem Rücken von diesem Monstrum zu sitzen, und jetzt, wo wir durch einen verdammten Sumpf müssen, soll ich absteigen?«

»Was hast du gegen das Moor?«, erkundigte sich Dorn.

»Ich bin keine vier Fuß groß. Dreimal darfst du raten.«

»Absteigen!«, grollte Dorn unnachgiebig.

Milo glitt vom Pferderücken.

An Dorns schroffe Art ihm gegenüber hatte er sich langsam gewöhnt, doch seit ihrer Flucht aus Zargenfels war auch das Verhältnis zwischen dem Söldner und Senetha unterkühlt.

»Am Tor von Zargenfels, als Rough mich in seiner Gewalt hatte, was hast du Dorn da ins Ohr geflüstert?«, fragte Milo die Magierin, als er sicher war, dass der Söldner sie nicht hören konnte.

Senetha blieb stehen und starrte auf ihre Füße.

»Was hast du ihm gesagt?«, drängte Milo.

»Du musst es nicht tun«, sagte sie.

Milo verstand nicht. »Er musste was nicht tun?«

»Er hätte sie nicht töten müssen. Ich hätte es nicht von ihm verlangt«, erklärte Senetha. »Ich kann es in seinem Gesicht sehen, wenn er sich bereit macht, das Leben eines anderen zu beenden. Er bekommt dann diese leeren Augen und schmale Lippen. Er hasst das Töten mehr, als er mich liebt, glaube ich.«

»Entschuldige bitte, aber ich war auch dabei«, entgegnete Milo. »Er hatte gar keine andere Wahl. Wie hätte er mich sonst aus der Gewalt dieses verrückten Roughs befreien sollen?«

Senethas mitleidiger Blick sprach Bände und trug nicht sonderlich zu Milos Zuversicht bei, irgendwann wieder unbeschadet nach Eichenblattstadt zurückkehren zu können.

»Wenn er alle Dinge, die er hasst, so gut beherrscht wie das Töten, bin ich gespannt, ihm dabei zuzusehen, wie er etwas tut, das er mag«, antwortete Milo.

Senetha lächelte verkniffen.

»Das ist ja sein Problem. Bei allem, was eine Münze einbringen könnte und nicht mit einem Schwert ausgetragen werden kann, ist er miserabel. Regor hat ihm eine Gabe zukommen lassen, die nicht besonders angenehm, aber äußerst lukrativ ist.«

»Gold ist nicht alles im Leben«, merkte Milo an. »Es gibt wichtigere Dinge.«

»Ihr Halblinge seid erstaunlich«, sagte Senetha verblüfft. »Ihr könnt euch alles schönreden. Ihr findet in all der Ungerechtigkeit immer einen Funken Güte, und wenn es euch schlecht geht, denkt ihr an bessere Zeiten, die vielleicht kommen werden. Bei den Menschen ist es anders. Wer kein Geld hat, kann es sich auch nicht leisten, zu träumen. Denn zum Träumen muss man die Augen schließen, und wenn du das tust, schneidet ein anderer dir die Kehle durch, damit du ihm den Traum nicht stielst.«

Milo fand diese Ansicht äußerst befremdlich. Wenn man immer das Schlimmste befürchtete und jedem unterstellte, etwas Böses im Schilde zu führen, konnte man nie glücklich werden. Den Menschen fehlte der Sinn für die kleinen Freuden des Lebens. Für sie ging es immer nur darum, etwas haben zu wollen, was jemand anderer besaß. Fragte sich nur noch, warum Dorn und Senetha ihn begleiteten und was sie von ihm im Gegenzug erwarteten. Er wollte es lieber nicht wissen, sondern hüpfte vom Pferd und reichte der Magierin die Zügel.

»Vielleicht ist es besser, du nimmst das Pferd«, sagte er. »Ich glaube, es wartet nur auf eine Gelegenheit, mich im Moor zu versenken.«

Die Magierin nahm die Zügel entgegen und zog die beiden Reittiere hinter sich her.

Milo folgte als Schlusslicht. Es war einfach, einem sicheren Pfad durchs Moor zu folgen, wenn vor einem zwölf Hufe und vier Füße alles platt traten. Doch mit einsetzender Dunkelheit geriet ihr Vorankommen langsam ins Stocken. Nach einer Stunde beschloss Dorn, ein Lager für die Nacht aufzuschlagen.

»Das hätten wir schon vor zwei Stunden machen können«, beschwerte sich Milo bei dem Söldner. »Dann hätten wir nicht inmitten von diesem verdammten Moor schlafen müssen.«

»Wäre es dir lieber gewesen, dort zu nächtigen, wo es Männer gibt, die andere allzu gern an den Galgen bringen oder ihnen die Kehle durchschneiden, wenn sie schlafen. Ich bevorzuge das Gequake von Fröschen und Kröten. Es ist ein herrliches Geräusch im Gegensatz zum Röcheln eines sterbenden Mannes.«

»Hier ist es toll«, antwortete Milo übertrieben fröhlich. Er trat mit seinen nackten Füßen das hohe Gras platt, um seine Decke auszubreiten. »Ein Froschkonzert ist jetzt genau das Richtige, um sich von den Strapazen der langen Reise zu erholen.«

Die drei teilten ihren spärlichen Proviant auf und saßen schweigend beieinander. Dorn lehnte es ab, ein Feuer zu machen, um wenigstens einen Tee zu kochen. So blieb Milo nichts anderes übrig, als etwas Wein von Senetha und einen Schluck Wasser aus seinem eigenen Schlauch zu trinken, auf etwas Dörrfleisch herumzukauen und sich dann zur Ruhe zu begeben.

Milo döste erst leicht, als ihn entfernte Hilferufe hochschrecken ließen. Dorn hatte bereits seine Lagerstätte verlassen und lauschte angespannt in die Dunkelheit. Senetha wurde erst wach, als Milo an ihrem Arm rüttelte.

»Was ist los?«, stöhnte sie im Halbschlaf.

»Da ruft jemand um Hilfe«, erklärte Milo. »Anscheinend jemand, der sich im Moor verirrt hat, oder der feststeckt.«

»Oder jemand, der uns in eine Falle locken will«, gab Dorn mürrisch zu bedenken.

»Wir werden es nicht herausfinden, wenn wir hier herumstehen«, sagte Milo. »Wir sollten uns beeilen, bevor es zu spät ist.«

»Er hat Recht«, stimmte Senetha zu. »Ob es eine Falle ist oder nicht, wir sollten nachsehen.«

Dorn schnaubte verächtlich.

»Na gut, aber untersteht euch, Fackeln anzuzünden. Man würde das Licht über Meilen sehen. Wir bleiben dicht zusammen und versuchen herauszufinden, was dort los ist.«

Jeder Schritt im nächtlichen Moor war ein Wagnis. Der Mond war nur als matte Scheibe am Himmel zu sehen und spendete weniger Licht, als Milos Pfeife es getan hätte. Es ging zermürbend langsam voran. Zwischen den einzelnen Hilferufen hörte man immer wieder Dorns leise Verwünschungen, wenn er mit seinem Stiefel in den Morast geraten war. Die Rufe wurden flehender und Dorns Laune gereizter. Am liebsten hätte Milo laut gerufen: »Haltet durch, wir sind gleich da«, aber er fürchtete, dass Dorn damit nicht einverstanden wäre – und besonders fürchtete er, wie der Söldner das zum Ausdruck bringen würde.

Der Ursprung der Hilferufe war keinen Steinwurf mehr entfernt. Dorn blieb stehen und fluchte leise.

»Verdammt, hier geht es nicht weiter. Wir müssen umdrehen!«

»Bitte helft uns«, flehte die Stimme. »Wir sind gleich hier vorn.«

Ein einzelnes Wort, so scharf wie ein frisch gewetztes Messer, beendete alle Überlegungen, was zu tun war: »Lux!« Augenblicklich vertrieb ein glühender Ball so groß wie ein Kinderkopf die Dunkelheit.

Senetha hielt den Lichtzauber in der Hand wie ein riesiges Glühwürmchen und pflanzte ihn auf die Spitze ihres Stabes.

»Dort vorn sind sie!«, rief Milo und zeigte auf vier Zwerge, die bis zum Kinn im Moor versunken waren. Ein einzelner Helm trieb verkehrt herum auf der modderigen Brühe. Die Zwerge hingen wie erstarrt im Sumpf; ihre Bärte trieben wie die Schweife von Kometen auf der Oberfläche.

»Haltet aus, wir suchen einen langen Ast, an dem wir euch herausziehen können!«, rief Milo ihnen zu.

Dorn zog sein Schwert blank, eilte zu einer Moorbirke und trennte mit einem Hieb einen acht Fuß langen Ast ab. Senetha streckte den Stab mit der Lichtkugel weit über das Sumpfloch. In den Augen der Zwerge flammte Hoffnung auf.

Dorn legte sich am Rand des Morastes flach auf den Boden und streckte den Ast, so weit er konnte, den Zwergen entgegen.

»Haltet euch daran fest!«, rief er ihnen zu. »Ich werde dann einen nach dem anderen herausziehen.«

Der Zwerg, der dem Ast am nächsten war, versuchte langsam, seinen Arm aus dem Schlamm zu befreien. Mit jedem Zoll, den er den Arm hob, sank sein Kopf weiter in der Brühe ein. Als er die dünnen Zweige am Ende umklammerte, schaute nur noch sein brauner Haarschopf heraus. Dorn holte den Ast samt Zwerg ein wie ein Fischer, der den größten Fang seines Lebens gemacht hatte.

Milo stürzte ebenfalls nach vorn an den Sumpfrand und streckte seinen Arm aus, um dem Zwerg zu helfen, sich aus dem Schlammloch zu befreien. Dorn und Milo packten ihn an beiden Armen und zogen ihn aus dem Sumpf. Von dem Bärtigen war kaum noch etwas zu erkennen; er war ein einziger Klumpen Schlamm. Erschöpft brach er am Ufer zusammen. Milo und Dorn ließen ihn dort liegen, wo er hingefallen war, und kümmerten sich um den nächsten Versinkenden. Im Handumdrehen hatten sie den zweiten Zwerg ans Ufer gerettet. Milo half ihm, sich hinzusetzen. Der Zwerg schien sich aller Ausrüstung und schwerer Kleidung im Sumpfloch entledigt zu haben, um nicht sofort zu versinken. Außer einem Leinenhemd und einer einfachen Schnürbundhose unter Unmengen von Morast trug er nichts weiter. Er krümmte sich unter einem Hustenanfall.

»Ja, spuck alles aus«, versuchte Milo ihm Mut zu machen und klopfte mit der flachen Hand auf den breiten Zwergenrücken.

Ein stechender Schmerz ließ ihn seine Hand zurückziehen und verwundert betrachten. Die Dunkelheit wollte jedoch nicht viel preisgeben, darum tastete der Halbling den Zwergenrücken vorsichtig ab. Mittig zwischen den Schulterblättern ragte ein spitzer Dorn aus dem Rücken.

»Was hast du da?«, fragte Milo den Zwerg, der seinen Hustenanfall überwunden zu haben schien. Dann bemerkte er, dass ›überwunden‹ vielleicht nicht das richtige Wort für jemanden war, dem man einen Pfeil durch die Brust gejagt hatte.

»Jemand hat auf sie geschossen«, verkündete Milo. Er wollte Dorn gerade um Hilfe bitten, als er sah, wie der Söldner den langen Birkenast von sich warf und in der Mitte des Sumpfloches versenkte.

»Was machst du da? Wir brauchen den Ast, um die anderen herauszuholen!«, schrie Milo Dorn an, bis er erkannte, dass dort, wo eben noch die zwei Zwergenköpfe aus dem Sumpf geragt hatten, mehrere bunt gefiederte Pfeilschäfte im Moor versanken.

Milo fuhr herum zu dem Zwerg, den sie zuerst gerettet hatten. Er lag flach auf dem Boden, Arme und Beine von sich gestreckt. Zwei Pfeile ragten aus seiner Brust.

»Was ist hier los?«, schrie er.

Dorn und Senetha standen wie angewurzelt.

»Du wolltest zu den Elfen?«, sagte Dorn kühl. »Du hast es geschafft. Sie haben uns gefunden.«

Aus dem Dunkel lösten sich mehrere Gestalten und traten in den Lichtkegel von Senethas Zauber.

»Was sollen wir jetzt tun?«, flüsterte Milo, der ebenfalls in der Bewegung erstarrt war.

»Versuchen, nicht zu sterben, wird für den Anfang vollkommen ausreichen«, sagte Dorn.

31. DER WISSENDE

Durch das Fenster der kleinen Kammer im ersten Stock fiel ein unwirkliches rotes Licht. Der bescheidene Gasthof mit seinen zwölf Zimmern war der ganze Stolz seines Besitzers, Owen Tyr. Zwanzig Jahre lang hatte ihm die Vermietung von Zimmern und der Ausschank von Rotwein im Schankraum des Erdgeschosses sein Einkommen gesichert. *Nordblick* hatte er ihn genannt, weil das Haus so stand, dass man von den oberen Zimmern einen guten Blick auf den Graurücken, den Gebirgszug im Norden hatte. Zwanzig Jahre lang hatte Owen Tyr rechnen, kalkulieren, mit den Weinhändlern neue Preise vereinbaren und die Mundpropaganda anheizen müssen, damit er etwas für sein Alter zur Seite legen konnte. Niemand hätte ihm abgesprochen, dass er ein Händchen für solche Dinge besaß. Zwanzig Jahre lang gab ihm die kleine Truhe, die er in seinem Schlafgemach unter den Dielenbrettern versteckt hatte, Recht. Von Jahr zu Jahr füllte sie sich weiter und gab Owen das Gefühl, einem unbeschwerten Leben entgegenzusehen. Bis vor zwei Tagen.

Kurz vor Sonnenuntergang hatten fünf Regorianer den Schankraum betreten. Ihre Stimmung war angeheizt gewesen, da sie Nacht für Nacht in den Straßen gegen die Rebellen hatten kämpfen müssen. Der Widerstand war größer, als erwartet, und somit die Hoffnung auf ein paar schnell verdiente Münzen für das Verscheuchen von Schreiberlingen und Kesselflickern verpufft. Auch in den eigenen Reihen gab es Verluste, und das drückte schwer auf die Stimmung der Söldner. Um ihr hart verdientes Geld nicht gleich wieder zum Fenster hinauszuwerfen, gab es dieses ungeschriebene Gesetz, dass Regorianer in den Gasthäusern und Schenken kostenlos speisen und trinken konnten. Dies hatte sich auch als allgemein gängiges Prozedere durchgesetzt – nur Owen

Tyr hatte davon noch nichts gehört. Er weigerte sich beharrlich, die Regorianer unentgeltlich zu bewirten. Es kam zu einem Wortgefecht, dann zu einem Handgemenge und schließlich zur Festnahme und Verurteilung von Owen Tyr. Als Grund gaben die Regorianer an, dass Owen den Rebellen Unterschlupf gewährte. Die Verhandlung war schnell und das Urteil hart. Owen musste für zwei Jahre in den Kerker, und er wurde enteignet.

Narik nahm diese erneute Ungerechtigkeit der Glaubensbrüder zum Anlass, seine Gefolgsleute abermals im Kampf gegen die Regorianer anzustacheln. Aber er ließ es sich auch nicht nehmen, seinen ganz eigenen Nutzen daraus zu ziehen. Er kannte Owen Tyr und wusste aus den vielen nächtlichen Gesprächen mit ihm bei einem Gläschen Wein von seinen Ersparnissen. Er wusste nicht, wo genau die Schatulle zu finden war, die Owens Vermögen beherbergte, aber sie konnte nicht weit sein. Narik bezog mit seinen engsten Vertrauten das Gasthaus, nachdem die Regorianer es weitestgehend geplündert hatten. Er selbst quartierte sich in den Privaträumen von Owen ein, während seine Männer in den anderen Zimmern unterkamen.

Schon nach wenigen Stunden fand Narik, wonach er suchte. Seine Blindheit, oder genauer gesagt, seine durch die Blindheit gesteigerten anderen Sinne, kamen ihm dabei zugute. Eine Bodendiele, die öfter hochgenommen wurde, hörte sich beim Drauftreten anderes an als die übrigen. Narik ertastete die kleine Schatulle, barg sie aus ihrem Versteck und machte das kleine Vermögen zu seinem eigenen.

In dieser Nacht schlief er das erste Mal mit einem Gefühl der Geborgenheit ein.

Der Wissende saß an dem kleinen runden Tisch nahe dem Fenster und beobachtete Narik, wie er selig schlummerte. Mit einer Handbewegung flammte die Kerze auf, die auf einem lasierten Tonteller klebte – Licht erhellte den Raum. Das kleine Zimmer war so gut wie leergeräumt. Alles, was einen Wert besaß, hatten die Regorianer fortgeschleppt und zu Geld gemacht. Neben der Kerze stand eine geöffnete Schatulle aus Zedernholz.

Es war mit Sicherheit nicht das Licht, das den Schlaf des blinden Mannes unruhig werden ließ. Der Wissende schob es auf den Geruch des brennenden Dochtes. Bei einem Blinden mussten die übrigen Sinne selbst noch im Schlaf funktionieren, und der Geruch von Feuer war ein Alarmsignal.

Er beobachtete, wie sich Narik von einer Seite auf die andere wälzte und dabei kläglich stöhnte. Es dauerte einige Minuten, bevor der Anführer der Rebellen in Zargenfels wach wurde und im Bett hochschreckte. Er drehte verstört den Kopf, um den Geruch einzufangen.

»Macht Euch keine Sorgen«, sagte der Wissende mit ruhiger Stimme. »Es brennt nicht. Ich habe mir nur erlaubt, ein wenig Licht zu machen, um Euch besser sehen zu können.«

Narik zog die Decke zu sich heran wie eine keusche Jungfer.

»Wer seid Ihr? Was habt Ihr in meinem Zimmer zu suchen?«

»Es scheint mir, als gäbe es in diesem Raum nichts mehr, das zu suchen sich noch lohnte. Ihr habt das letzte Geheimnis gelüftet und zu Eurem eigenen gemacht.«

Nariks blinde Augen suchten nach der geöffneten Schatulle auf dem Tisch und fanden sie zielsicher.

»Das Geld gehörte niemandem mehr«, rechtfertigte sich Narik. »Es wird unserem Kampf für die Wahrheit dienen.«

Der Wissende erhob sich und ging vor dem Fenster ein paarmal auf und ab. Ein wenig beeindruckt bemerkte er, wie der blinde Mann seinen Schritten folgen konnte.

»Zu gern würde ich Euch diese Worte glauben«, sagte er, »doch leider weiß ich es besser. Eure Gedanken haben Euch verraten. Ihr sehnt Euch nach einem Leben mit Pagen und Bediensteten, die es Euch erlauben, Eure Behinderung zu vergessen. Ich will das nicht verurteilen. Auch ich stelle meine Bedürfnisse vor die aller anderen. Dummerweise ist es so, dass Euer Tun meine direkte Angelegenheit ist und ich Euch kein Leben in Wohlstand führen lassen kann.«

Narik fuhr mit der Hand in die Ritze zwischen Bettgestell und Matratze, zog einen Dolch heraus und streckte ihn dem nächtlichen Besucher entgegen.

»Verschwindet hier, oder ich rufe nach meinen Wachen«, drohte er.

»Seht Ihr, da ist unser Problem. Es sind nicht Eure Wachen, genauso wenig, wie es Euer Geld ist, das Ihr in den Taschen des Mantels versteckt habt. Selbst diese Rebellion ist nicht Eure Rebellion. Der Gedanke dazu stammt von mir. Somit werde auch ich bestimmen, wie alles hier endet.«

Narik schwang die Beine aus dem Bett und erhob sich. Den Dolch hielt er mit beiden Händen umklammert, darauf bedacht, die Spitze fortwährend auf seinen Gesprächspartner zeigen zu lassen.

»Ihr habt mich nicht enttäuscht«, sagte der Wissende, »dennoch betrübt es mich, zu sehen, dass Ihr mir mit so einer Feindseligkeit entgegentretet. Ihr seid blind, und ich bin alt, was es so gut wie ausgewogen macht. Doch der Dolch in Eurer Hand zwingt mich, ebenfalls eine Waffe zu ziehen.«

Der Wissende griff in seine lange dunkelblaue Robe und zog einen Dolch heraus. Die Waffe steckte in einer silbernen Scheide, auf der das Symbol von Regor, ein Kreuz, dunkel abgesetzt war, genau wie auf dem Griff der Waffe. Die Klinge schabte auf dem Metall, als er sie herauszog.

Nariks blinde Augen sprangen nervös hin und her.

»Hilfe!«, schrie er. »Helft mir. Sie haben uns gefunden.«

Über das Gesicht des Wissenden huschte ein zufriedenes Grinsen. Dann stimmt er mit ein in das Geschrei.

»Ja, helft uns. Hier im Zimmer ist ein Fremder. Hilfe. Er will mir alles Gold wegnehmen, dass ich gerade zuvor gestohlen habe, und von dem ihr nicht eine einzige Münze abbekommen sollt. Helft mir, meine kleinen Gefolgsleute! Tötet den Mann, der mich daran hindern will, Euch zu meinen eigenen Sklaven zu machen. Ich will doch der neue …«

Der Wissende brach sein Geschrei ab und wandte sich wieder an Narik, der schon zuvor verstummt war. Einen Augenblick lauschten beiden in die nächtliche Ruhe hinein. Nichts regte sich im Haus, als wenn der Lärm diesen Raum niemals verlassen hatte.

»Ich will doch der neue … ja, was überhaupt? Was wünscht Ihr Euch zu sein?«

Die Spitze von Nariks Dolch zeigte noch immer auf den Wissenden.

»Nichts, ich will nichts sein«, stotterte er.

»Oh, dann habe ich ein hervorragendes Angebot für Euch. Aber zuerst sagt mir bitte noch, wo hat sich dieser Halbling verkrochen, der bei Euch Schutz gesucht hat.«

»Was für ein Halbling? Ich kenne keine Halblinge.«

»Ihr enttäuscht mich, Narik. Ich habe jeden Eurer Schritte genau verfolgt. Ich weiß besser als Ihr, wie Eure nächsten Pläne aussehen, und jetzt belügt Ihr mich so schamlos. Das ist nicht nett von Euch.«

»Er ist geflohen. Ich weiß nicht, wo er hin ist. Ein Söldner und eine Magierin haben ihm geholfen. Vielleicht haben sie sich irgendwo in der Stadt verkrochen. Ich weiß es nicht, das müsst Ihr mir glauben.«

Der Wissende machte ein paar Schritte und beobachtete dabei, wie die auf ihn gerichtete Klinge ihm folgte.

»Ich bin Euch dankbar«, sagte er. »Ihr habt etwas in Gang gesetzt, dass mir wahrscheinlich nicht gelungen wäre. Diese Revolution kommt meinen Plänen mehr als nur recht. Aber ich muss sagen, das Ihr nun an einen Punkt gekommen seid, an dem es nur noch zäh vorangeht.«

»Wir können diese Revolution noch gewinnen. Immer mehr Bürger schlagen sich auf unsere Seite«, unterbrach Narik den Wissenden.

»Das ist es nicht. Mir ist ganz egal, wer gewinnt. Für mich ist nur wichtig, dass diese Revolution möglichst viele Opfer fordert. Mit jedem Toten wird dieses Land schwächer und meine Macht größer. Deshalb habe ich mich entschlossen, Euch zum Märtyrer zu machen. Euer Tod wird diesen Bürgerkrieg noch einmal richtig anheizen. Zargenfels wird brennen, und es wird mehr Opfer fordern, als die Friedhöfe und Gruften des Landes fassen könnten.«

Der Wissende machte einen Schritt zur Seite, und die auf ihn gerichtete Klinge folgte ihm. Dann machte er eine Handbewegung, und sein Körper begann, wenige Zoll über dem Fußboden zu schweben. Nariks Dolch verharrte jedoch in der Richtung, in der er den Fremden immer noch vermutete.

Der Wissende schwebte lautlos heran und bleib direkt vor ihm stehen. Nariks Lippen waren spröde und aufgeplatzt. Obwohl seine Augen nichts sehen konnten, bewegten sie sich rastlos in den Höhlen umher.

Der Wissende hielt die Spitze des Regorianerdolches genau auf Nariks Herz gerichtete. Er kostete diesen Augenblick der Überlegenheit aus. Dann stieß er zu.

32. RUBINIA

Die Seufzerschlucht war die nördlichste der drei Schluchten, die den Düsterkrallenwald durchschnitten wie die Krallenspuren eines gigantischen Prankenhiebs. Rubinia und Oda lagen rund hundert Schritt entfernt von dem Abgrund hinter einem entvölkerten Ameisenhaufen in Deckung und beobachteten den nur spärlich bewachsenen Streifen, der sich um die Schlucht herum erstreckte. Rubinia erinnerte sich noch aus Kindheitstagen an diesen Ort, und noch immer wirkte er auf sie wie ein Schnitt ins Fleisch der Erde mit dem verkrusteten Wundrand ringsherum.

»Es ist niemand zu sehen«, sagte Oda mit einiger Erleichterung in der Stimme. »Vielleicht hat sich dieser Meister Othman auch geirrt.«

»Er irrt sich leider selten«, antwortete Rubinia. »Wenn er sagt, hier lauern überall Grünbluter, dann sind sie auch irgendwo in der Nähe. Nur weil man sie nicht sieht, heißt das nicht, dass sie nicht da sind.«

»Aber wir haben in den zwei Tagen, die wir quer durch den Wald gelaufen sind, nicht einen einzigen von ihnen gesehen«, gab Oda zu bedenken. »Sie hätten uns doch wahrscheinlich angegriffen, so schutzlos und so langsam, wie wir vorangekommen sind.«

»Erinnere mich bloß nicht daran«, zischte Rubinia. »Ich weiß nicht, was mit den Eichenblattstädtern los ist, aber sie benehmen sich schlimmer als eine Horde Tunnelgnome. Wir haben fast zwei Tage für eine Strecke gebraucht, die ich allein in einem halben hinter mich gebracht hätte. Erst wollten sie ihre Wasservorräte auffüllen, weil ihnen das Wasser im Brunnen nicht gut genug war, dann wollten sie Beeren und Pilze sammeln, um ihre Vorräte aufzustocken. Als das endlich geklärt war, wollten sie plötzlich eine andere Route zur Schlucht nehmen, und als wir zustimmten, waren sie erschöpft vom vielen Herumirren und mussten Rast machen. Als Kind habe ich mir immer vorgestellt, ein General zu sein, der Hunderte von Kriegern in die Schlacht führt. Hätte ich gewusst, wie das ist, hätte auch ich mir gewünscht, eine Elfenprinzessin zu sein wie alle anderen Mädchen im Dorf.«

Oda kicherte, aber als Rubinia das Halblingsmädchen ansah, erkannte sie, dass ihr Tränen über das Gesicht liefen.

»Ich musste immer der böse Trollkönig sein«, schniefte Oda, »damit meine Brüder mich erschlagen konnten.«

»Und was waren deine Brüder?«

»Sie waren einfach nur Nelf und Tislo, zwei Jungen aus einem kleinen Dorf. Ich wünschte, sie wären jetzt hier bei uns. Sie hätten keine Angst.«

Rubinia strich ihrer jungen Begleiterin durch das lange braune Haar.

»Es geht ihnen bestimmt gut«, sagte sie. »Die Zwerge sind zwar ein Haufen rauer und übellauniger Kerle, doch sie sind keine Unholde.«

Oda wischte sich die Tränen aus dem Gesicht.

»Nein, der Unhold war immer ich. Hast du schon mal einen Troll gesehen?«

Rubinia nickte.

»Wie sieht er aus?«

»Wie ein alter knorriger Baum – bis er sich bewegt.«

Oda robbte eine Armlänge den Ameisenhügel hoch und warf einen vorsichtigen Blick über die Kuppe.

»Vielleicht ist es besser, wir beobachten die Schlucht noch etwas länger«, flüsterte sie.

Nach einer weiteren Stunde des Lauerns hatten die beiden immer noch keine Hinweise auf Orks, Goblins oder Trolle entdecken können und entschlossen sich, die Bürger Eichenblattstadts noch vor Einbruch der Dunkelheit hinunter in die Schlucht zu bringen. Ob dort unten Gefahren lauerten, würden sie erst wissen, wenn sie mit dem Abstieg begonnen hatten. Rubinia kannte die Seufzerschlucht wie auch die Krähenschlucht gut genug, um sagen zu können, dass ein einfacher Blick hinein nicht reichen würde, um dort unten etwas auszumachen. Es war wie das Meer: Ein Blick übers Wasser verriet einem nicht, was alles unter der Oberfläche lauerte.

Sie zogen sich von ihrem Posten zurück und schlugen sich in das Dickicht des Waldes, wo eine halbe Meile südlich die restlichen Halblinge lagerten. Natürlich kam es wieder zu den üblichen Streitereien zwischen den Männern und Frauen des Dorfes, doch diesmal unterband Rubinia jeden aufkommenden Zank durch schroffes Eingreifen, das sie sich selbst nicht zugetraut hatte.

»Du warst als Kind bestimmt ein guter General«, flüsterte Oda ihr zu, als alle anderen eingeschüchtert Rubinias Aufruf folgten und sich abmarschbereit machten.

Im Gänsemarsch führte Rubinia die anderen zur Schlucht. Es herrschte eine angespannte Stille zwischen den Eichenblattstädtern. Rubinia spürte, dass sie sich zu gern ihren Anweisungen widersetzt hätten, doch fehlte es ihnen anscheinend an Alternativen.

Als Rubinia das letzte Mal in die Schlucht geblickt hatte, war sie noch ein junges Mädchen gewesen. Sie erinnerte sich genau an den Tag. Es war der Blattwandeltag, und die Bürger Eichenblattstadts zogen aus in den Wald, um die Pilzsaison einzuläuten. Die ganze Familie Blaubeers war mit Ponys und Karren weit in den Norden des Waldes gereist, um in der Nähe der Schlucht nach Blutmorcheln und Steinpilzen Ausschau zu halten. Da heranwachsende Mädchen aber nur meist wenig Interesse für das Pilzesammeln aufbringen, nutzte Rubinia die Zeit dazu, wildes Löwenmaul zu pflücken und sich daraus einen Haarkranz zu flechten. Damals hatte sie zum ersten Mal gedachte, dass der Name »Seufzerschlucht« viel zu harmlos und niedlich war für einen Riss in der Erde, der so tief und finster war, dass man hätte denken können, er reichte bis zum Mittelpunkt der Welt. Dieser Eindruck hatte sich noch immer nicht geändert. Wie das gewaltige Maul einer Bestie, die jeden verschlingen wollte, klaffte die Schlucht im Boden. Schroffe Felsen ragten aus den Seitenwänden hervor. Abgestorbenes Buschwerk klammerte sich an Risse und Spalten im Gestein. Gewaltige Felsen, die sich im Laufe der Jahre von den Wänden gelöste hatten, säumten den Grund der Schlucht. Nichts regte sich dort unten, stellte Rubinia beruhigt fest.

»Wie sollen wir all die Leute dort hinunterschaffen?«, fragte Oda. »Die Kinder und die Alten werden den Abstieg niemals allein schaffen.«

Rubinia hob einen Stein auf und warf ihn in die Schlucht. Der helle Kiesel wurde schnell von den aufragenden Schatten des Abgrundes geschluckt und verschwand. Als der ersehnte Aufprall einige Herzschläge später immer noch ausblieb, deutete Rubinia auf ein breites Plateau fünfzig Fuß schräg unter ihnen. Von denen gibt es noch acht weitere, alle leicht versetzt zueinander wie eine riesige Treppe.«

»Woher willst du das wissen?«

»Milo und Bonne waren schon dort unten. Es war eine ihrer verrückten Mutproben. Sie haben es mir erzählt. Ich schlage vor, wir postieren auf jedem Plateau drei kräftige Männer oder Frauen, die die anderen von dort auf den nächsten Vorsprung hinunterlassen. Wenn wir uns beeilen, schaffen wir es alle auf den Grund der Schlucht, bis die Nacht hereinbricht.«

Rubinia kümmerte sich darum, die Männer und Frauen auszusuchen, die sie auf den Plateaus postieren wollte. Sie verteilte die Seile und gab Anweisung, was zu tun war. Die Gesichter der Eichenblattstädter verrieten wenig Vorfreude auf die bevorstehende Kletterpartie, doch Rubinia ließ sich davon nicht beirren. Sie und Oda sammelten alles ein, was sich die Bürger lose umgehängt hatten, weil sie nicht mehr gewusst hatten, wo sie es verstauen sollten. Jedem Einzelnen mussten sie erklären, wie wichtig es war, leise zu sein, und dass alles Überflüssige sie nur beim Abstieg behinderte. Alles Lose musste dableiben und wurde auf einen großen Haufen geworfen. Die Auswahl an Gegenständen erstreckte sich von silbernem Besteck über Andenken aller Art bis hin zu Töpfen und Pfannen. Rubinias unnachgiebige Art wurde von Erfolg gekrönt und hatte zudem noch den Effekt, dass die Angst vor dem bevorstehenden Abstieg so weit geschürt wurde, dass selbst das leiseste Getuschel untereinander erstarb.

Das war ihr Glück, denn plötzlich erklang in der Stille das Geräusch eines morschen Astes, der unter dem Gewicht eines massigen Fußes zerbrach. Irgendwie schaffte es dieses Knacken über die Schlucht hinweg, obwohl diese sonst schien, als könne sie alles verschlucken, und weckte die Aufmerksamkeit der Halblinge.

Ein Ast konnte auf vielerlei Arten brechen. Es war nichts, dass einen in Panik versetzen musste, es sei denn, das Geräusch war so laut wie das Bellen eines Hundes, obwohl es vom anderen Ende der Schlucht gekommen war. Der Ast musste massig gewesen sein, der da zu Bruch gegangen war.

Die Köpfe aller Halblinge fuhren herum, die Blicke auf die Baumgrenze und das dahinter liegende Gebirge auf der anderen Seite der Schlucht geheftet.

Dann waren sie mit einem Mal da, traten einfach aus dem Unterholz heraus. Ein Troll, so gewaltig und groß, dass die beiden Orks an seiner Seite aussahen, als wären sie die Puppen eines Kindes. Die drei sahen die Halblinge sofort und blieben stehen. Sie wirkten weder überrascht noch aufgebracht oder feindselig. Die Orks reckten die Hälse, hielten die zerquetscht wirkenden Nasen in den Wind und schnüffelten.

Einen Moment lang schien die Zeit stillzustehen. Halblinge, Orks und Troll beäugten einander. Dann schnaubte der riesige Grünbluter, machte kehrt und verschwand wieder zwischen den Bäumen. Die Orks folgten ihm wie Hunde. Bevor sie jedoch außer Sicht waren, drehte sich einer von ihnen noch einmal um und hob die Waffe, ein schartiges Stück Eisen, wie zum Gruß. Die Geste passte so gar nicht zu seinem mürrischen Gesichtsausdruck, aber wer wusste schon, ob ein Ork gerade lächelte, sich nur die fauligen Zähne leckte oder angewidert das Gesicht verzog. Dann verschwand auch er im Dickicht des Waldes.

Keiner der Halblinge schrie, keines der Kinder weinte, und niemand betete zu Cephei. Die Angst steckte allen in den Knochen und lähmte sie. Und die Anspannung ließ erst nach, nachdem der Troll und die beiden Orks schon eine ganze Weile fort waren.

»Wir sollten uns besser beeilen«, sagte Rubinia, als sie ihre Stimme wiedergefunden hatte. »In der Schlucht sind wir sicher.«

Das hoffe sie jedenfalls. Othman hatte ihr erzählt, dass die Grünbluter die Schluchten mieden. Warum und wieso wusste er auch nicht. Vielleicht lag es einfach nur daran, dass sie nicht gern kletterten.

So gern sie auf diese Begegnung mit den Grünblutern verzichtete hätte, brachte sie doch auch etwas Gutes mit sich: Keiner der Halblinge beschwerte sich mehr über das waghalsige Unternehmen, hinunter in die Schlucht zu klettern. Wie befreit von allen Zweifeln, knoteten sie die Seile zusammen, richteten die Trageschlaufen her und begannen, einen nach dem anderen abzuseilen.

Oda war die Erste, danach folgte Rubinia und dann die anderen, die als Posten für die Plateaus ausgewählt worden waren. So ging es von Plateau zu Plateau: Drei Hablinge blieben zurück und ließen die jeweils anderen zum nächsten tiefer liegenden Felsvorsprung hinab. Vom untersten, auf dem Rubinia, Oda und Gunder Posten bezogen, waren es nur dreißig Fuß bis zum Grund. Im Laufe der Zeit hatte sich der zerklüftete Boden der Schlucht mit herabstürzenden Steinen und vom Regen hinuntergespültem Schlamm gefüllt und war geebnet worden. Da die Seufzerschlucht von Ost nach West verlief, drang während der Sonnenstunden immer etwas Licht bis nach unten und gestattete so anspruchslosen Pflanzen, sich hier anzusiedeln. Farne, Moose und einige verkümmerte Bäume hatten hier eine Heimat gefunden.

»In zwei Stunden wird es dunkel«, sagte Rubinia. »Bis dahin müssen alle unten sein. Es scheint dort genügend Brennholz herumzuliegen, damit wir ein Feuer machen können und es wenigstens etwas warm haben.«

»Vielleicht war es doch nicht so eine gute Idee von Othman, uns hier hinunterzuschicken. Mittlerweile weiß jeder im Düsterkrallenwald, dass wir uns hier verstecken. Und mit ›jeder‹ meine ich auch die Grünbluter. Was, wenn sie hierherkommen? Dann sitzen wir in der Falle.«

Rubinia schlug mit dem losen Seilende in ihrer Hand nach Gunder.

»Pass bloß auf, wem gegenüber du deine finsteren Gedanken äußerst. Es war schon schwer genug, sie alle zusammen hierherzubringen. Wenn du sie jetzt mit deinem Geschwätz verängstigst und sie in die vier Winde davontreibst, war alles umsonst. Dann kann ihnen keiner mehr helfen. Dein Gejammer ist wie Salz auf Apfelpfannkuchen.«

»Und wer hilft ihnen jetzt?«, wollte Gunder wissen.

»Unser Zusammenhalt wird uns schützen. So wie er es immer getan hat.«

Rubinia wusste, dass es nur ein schwaches Argument war, aber die Gemeinschaft war das Einzige, das sie hatten. Sie war die herausragendste Stärke der Halblinge. In der Vergangenheit hatte sie ihr Zusammenhalt durch viele Krisen und Gefahren gebracht, und wann immer doch einmal etwas Schlimmes passiert war, hatte ihnen die Gemeinschaft auch darüber hinweggeholfen.

Eigentlich war es paradox, dass gerade sie dieses Argument angeführt hatte, denn schließlich war sie es, die aus Eichenblattstadt fortgegangen war und der Gemeinschaft den Rücken gekehrt hatte.

Rubinia blieb keine Zeit, länger darüber nachzudenken, denn vom oberen Plateau wurden bereits die nächsten Eichenblattstädter herabgelassen.

Kwimm Bollwerk war der Erste, der einen Fuß auf den Grund der Seufzerschlucht setzen sollte. Danach kamen Jost Grünblatt und Wende Furtfuß.

Alles klappte wie am Schnürchen, was Rubinia in ihrem Gefühl bestärkte, ein guter Anführer zu sein.

Es war merkwürdig. Jahrelang hatte sie sich um nichts anderes gekümmert, als Essen zuzubereiten, Wäsche zu machen und im Krähenturm aufzuräumen. Nun war sie kaum ein paar Tage zurück bei ihresgleichen, und schon hatte sie den Drang, etwas Bedeutendes zu vollbringen. Ganz tief in ihr drinnen schlummerte der Wunsch, ein paar Grünbluter würde es in die Schlucht verschlagen und ihr somit die Möglichkeit geben, die Halblinge gegen sie in die Schlacht zu führen.

Doch das war verrückt! Wie konnte sie nur daran denken, für einen albernen Kindheitstraum das Leben ihrer Freunde und Familie aufs Spiel zu setzen. Sie durfte sich solchen albernen Tagträumereien nicht hingeben. Sie musste dafür sorgen, dass alle diesen Albtraum unbeschadet überstanden.

Oda legte Wende gerade die mit Stoff umwickelte Schlaufe um die Taille und gab Anweisungen für das letzte Stück Abstieg, da hörten sie die Hilferufe von unten.

Rubinia kniete sich an den Rand des Plateaus und stierte hinab. Kwimm und Jost standen Rücken an Rücken auf einem größeren Felsbrocken und versuchten, sich mit morschen Ästen etwas vom Leib zu halten, das Rubinia nicht ausmachen konnte.

»Verzieht euch, ihr Bestien!«, schrie Kwimm. »Wenn ihr uns zu nahe kommt, werde ich euch mit diesem Knüppel eins überziehen.«

Rubinias erster Gedanke war, dass sich vielleicht doch einige Grünbluter in der Schlucht versteckt hielten und ihnen nun auflauerten, doch dann sah sie das matte graue Fell zwischen dem kargen Gestrüpp. Es war ein Wolf, ein Wolkenzahn, soweit sie erkennen konnte. Ein zweiter lauerte auf der anderen Seite. Diese Wolfsart kam eigentlich nur hoch oben in den Bergen vor. Sie waren größer und schlanker als die Wölfe, die in den Wäldern lebten. Ihre langen Beine gestatteten es ihnen, weite Sprünge zu machen und so Anhöhen leicht zu überwinden. Es wäre kein Problem für sie gewesen, auf den Felsen zu springen und sich einen der Halblinge zu schnappen.

Rubinia handelte, ohne nachzudenken. Sie hechtete auf Gunder zu, riss ihm das Kurzschwert aus der Scheide, kappte die Schlaufe um Wendes Taille und warf das lose Seilende in die Schlucht hinunter, während Gunder und Oda das andere Ende festhielten.

»Ihr bleibt hier«, sagte sie zu den anderen, steckte das Schwert zwischen Hosenbund und Gürtel, schnappte sich das Seil und ließ sich über den Rand des Plateaus hinuntergleiten in die Schlucht.

Rubinia spürte, wie sich das Tau in ihre Hände brannte und an den Beinen scheuerte, aber sie wagte es nicht, die Rutschpartie nach unten zu verlangsamen und Kwimm und Jost einfach ihrem Schicksal zu überlassen.

Als ihre Füße den Boden erreichten, fühlten sich ihre Hände an, als stünden sie in Flammen. Betäubt von dem Schmerz griff sie nach dem Kurzschwert in ihrem Gürtel. Der kühle Schwertgriff in ihrer Hand brachte ein wenig Linderung. Zusätzlich durchströmte sie eine Woge von Mut und Tatendrang. Die gezogene Klinge, Freunde in Gefahr und zwischen ihnen zwei wilde Bestien, die nach Fleisch gierten, das alles glich durchaus dem Leben eines Generals. Sie war dieser General.

Es blieb jedoch keine Zeit, diesen emotional erhebenden Moment gebührend auszukosten, denn die beiden Wolkenzähne hatten Rubinia bereits entdeckt und hetzten zähnefletschend und knurrend auf sie zu. Rubinia hielt das Schwert in beiden Händen und streckte die Klinge ihren Angreifern entgegen.

Wölfe waren es gewohnt, ihre Beute zu jagen, und nicht, von ihr bedroht zu werden. In respektvollem Abstand kamen sie geifernd und böse knurrend zum Stehen. Jedoch war Rubinia nicht abschreckend genug, um sich die Tiere so weit vom Hals zu halten, dass ein kraftvoller Sprung nicht gereicht hätte, dass die Wölfe über sie herfielen.

Die beiden Wolkenzähne waren ausgemergelt, das Fell stumpf und die Pfoten zerschunden und blutig. Sie schienen zu spüren, dass dies die letzte Chance für sie war, etwas erjagen und fressen zu können. In ein, zwei Tagen würden sie zu erschöpft sein und nur noch schwach irgendwo herumliegen und darauf warten, dass ihr Ende kam. Sie zu verscheuchen war also keine Option. Blieb nur noch, sich ihnen zu stellen.

Die beiden Wölfe waren sich uneinig. Normalerweise umrundeten sie ihre Beute langsam und warteten darauf, im richtigen Moment loszuspringen und zuzuschnappen. Den finalen Biss in die Kehle durfte jedoch nur der Rudelführer machen. Erst wenn er die Mahlzeit erlegt und sich satt gefressen hatte, durften die rangniederen Tiere fressen. Diese beiden Tiere waren Weibchen und nicht dazu bereit, sich der Nebenbuhlerin unterzuordnen. Abwechselnd knurrten sie Rubinia und dann wieder einander an. Keine der Wölfinnen wollte sich von hinten an die Halblingsfrau anpirschen und so der anderen den finalen Kehlenbiss zugestehen.

Rubinia lauerte auf den richtigen Moment, genau wie die beiden Wolkenzähne, nur brauchte sie sich nicht unterzuordnen.

Plötzlich schnappte eine der Wölfinnen nach dem Hinterlauf ihrer Rudelgefährtin, um sich so das Anrecht auf den Leckerbissen zu sichern. Das andere Weibchen ließ keinen Zweifel daran aufkommen, dass sie sich die Beute nicht vor der Schnauze wegschnappen lassen wollte, und antwortete, indem sie ihrer Rivalin die Fangzähne in die Seite bohrte. Plötzlich fielen die beiden übereinander her und versuchten, sich gegenseitig die Kehlen aufzureißen.

Rubinia wartete ab, bis eine der Wölfinnen die Oberhand gewann. Das kleinere Weibchen lag auf dem Rücken, das größere über ihr. Doch anstatt sich zu ergeben, schnappte die unterlegene Wölfin nach der Kehle der anderen und bekam sie zu packen. Jaulen und Knurren verband sich zu einer Kakophonie. Blut bespritzte das graue Fell.

Das war Rubinias Moment. Sie sprang vor, das Schwert mit beiden Händen umklammert, und warf sich auf das Bündel aus Fell, Krallen und Zähnen. Mit ihrem ganzen Gewicht stach sie die Klinge durch die abgemagerten Körper der Wolkenzähne, bis das Jaulen und Knurren erstarb. Der Schwertknauf drückte unangenehm in Rubinias Magengrube. Dennoch blieb sie liegen, wo sie war. Sie fürchtete, sobald sie sich bewegte, würden die Wölfe über sie herfallen und sie augenblicklich zerfleischen. Sie konnte nicht glauben, dass die Bestien tot waren, dass sie sie bezwungen hatte, auch wenn sie dabei mehr Glück als Verstand gehabt hatte. Selbst noch, als sie aus dem Augenwinkel Kwimm und Jost heranstürmen sah und Odas Rufe vom Plateau zu ihr herunterdrangen, blieb sie regungslos liegen.

Rubinias Anspannung ließ langsam nach, aber mit dem Loslassen setzte die Angst ein. Sie erschrak über sich selbst. Wie hatte sie nur so dumm sein können? Was hatte sie veranlasst, sich zwei Wölfen in den Weg zu stellen? Kwimm und Jost hätten sie mit ihren Stöcken auf Abstand halten können, während die anderen vom Plateau Steine geworfen hätten. Es hätte vollkommen gereicht, sie zu verscheuchen. Später hätten sie einfach Feuer entzündet, und nach ein paar Tagen wäre das Problem mit den Wölfen von selbst verschwunden. Rubinia begann zu weinen.

»Ich bin kein General«, schluchzte sie.

33. MILO

Milo hatte nicht geglaubt, in seinem Leben auf jemanden zu treffen, der noch mehr Rastlosigkeit beim Reisen zeigte als Dorn. Die Gruppe von Elfen belehrte ihn eines Besseren. Die ganze Nacht schon waren sie auf den Beinen, von ihren Wächtern unbarmherzig vorwärtsgetrieben. Nicht einmal zum Trinken durften sie anhalten. Und in noch etwas waren die Elfen Dorn weit voraus: Wortkargheit. Nur die nötigsten Kommandos wurden ausgetauscht, und das vor allem über Gesten und Blicke. Sie zu verstehen war nicht sonderlich schwierig, da die Elfen lediglich wollten, dass man ihnen folgte. Was passieren würde, wenn sich einer weigerte, konnte Milo sich nur ausmalen. Dass die Elfen nicht sonderlich zimperlich waren, hatte er spätestens erkannt, als sie ohne viel Aufhebens die Pfeile aus den Zwergen herausgezogen und die Bärtigen im Moor versenkten hatten.

Insgesamt waren es acht Elfen. Vier liefen voraus, vier hinterher. Ihre Fähigkeit, im Dunkeln zu sehen, gab ihnen den entscheidenden Vorteil und ließ jeden Gedanken an Gegenwehr im Keim ersticken.

Ab und zu hörte Milo ihre Entführer miteinander tuscheln. Die elfische Sprache klang selbst geflüstert und bruchstückhaft noch wie ein melodischer Singsang. Bei Anbruch der Dämmerung erweiterten die Elfen den Abstand zu ihren Gefangenen und nahmen die Bögen in Anschlag. In ihren Gesichtern war kein Groll oder Zorn zu entdecken, dennoch zweifelte Milo nicht einen Moment daran, dass sie bei einem Fluchtversuch sofort schießen würden. Abgesehen davon wäre er ohnehin nicht in der Lage gewesen, wegzulaufen, da ihn seine Beine kaum noch trugen. Milo machte sich aber nichts vor. Die Vorsichtsmaßnahmen galten nicht ihm, sondern Dorn. Der Söldner zeigte keinerlei Erschöpfung. Sein Blick war hellwach. Er beobachtete die Elfen genau und schien nur auf eine Gelegenheit zu lauern, einen Befreiungsversuch zu starten. Seine Chancen standen gar nicht so schlecht, da die Elfen ihnen weder Ausrüstung noch Waffen abgenommen hatten. Trotzdem hoffte Milo, es würde nicht dazu kommen. Immerhin brachten die Elfen sie nach Isfallar, der Stadt der Elfen, genau dorthin also, wo sie hinwollten. Übersetzt in die Sprache der Halblinge hieß Isfallar so viel wie Blätterheim.

»Werden die denn nie müde?«, beschwerte er sich bei seinen Gefährten. »Irgendwann müssen doch auch Elfen mal schlafen, oder?«

»Sie kommen tagelang ohne Schlaf aus«, erklärte Senetha. »Es reicht ihnen, wenn sie für wenige Minuten meditieren. Und selbst das können sie, während sie laufen.«

»Nun denn«, stöhnte Milo, »dann wird es ihnen wohl auch reichen, an Essen zu denken, um satt zu werden.« Eigentlich hatte das ein Scherz sein sollen, doch als er es aussprach, klang es erschreckend wahrscheinlich.

Trotz Hunger, Durst und Erschöpfung trieben sie Milo und die beiden Menschen weiter durchs Moor, ohne ihnen eine Pause zu gönnen. Das Tageslicht machte es einfacher, auf dem schmalen Pfad zu bleiben, den die Elfen vorgaben, damit sie nicht in den Sumpf gerieten. Mittlerweile konnte Milo schon die großen Seelenbäume erkennen, die im Osten des Moores standen, und die die Elfen als ihre Heimat betrachteten. Irgendwo hoch oben in den Baumkronen hatten sie ihre Hütten aus Blattwerk und Ästen errichtet.

»Einen halben Tag noch«, sagte Dorn, der die Bäume ebenfalls entdeckt hatte. »Dann werden wir wissen, was sie mit uns vorhaben.«

»Was sollen sie schon vorhaben? Sie haben uns sogar unsere Waffen gelassen«, gab Milo zu bedenken.

Dorn grunzte angewidert.

»Hier hat nur einer eine Waffe«, gab Dorn zurück, »und die

haben sie mir nur gelassen, um mir zu zeigen, dass sie überlegen sind, und dass ein Stück Stahl daran nichts ändert.«

»Sie haben dich eben noch nicht kämpfen sehen.«

»Das werden sie auch nicht«, erwiderte der Söldner verbittert. »Ein Schwert gegen einen Bogen ist eine schlechte Wahl, wenn man es mit Elfen zu tun hat. Ich wäre mit Pfeilen gespickt, bevor ich an sie herangekommen bin.«

»Von Pfeilen gespickt, muss es heißen«, berichtigte Milo. »Gespickt wird mit Speck, ein Hasenrücken zum Beispiel. Die Spicknadeln, in diesem Fall die Pfeile, dienen nur dazu, die Speckstreifen unter die Haut zu bringen, damit sie das Fleisch saftig halten.«

»Du kleiner Schlaumeier kannst mein Schwert gerne haben, wenn du es versuchen willst.«

»Ich glaube nicht«, schnaubte Milo, »an mir ist nicht genug dran für einen guten Braten. Für eine Suppe würde es vielleicht reichen.«

»Wir essen kein Fleisch«, erklärte plötzlich einer der Elfen von hinten.

Milo war verwundert über die Antwort wie auch über die recht freundlich klingende Gesprächsaufnahme. »Warum nicht?«

»Fleisch ist unrein«, sagte der Elf.

»Ohne Fleisch keine gute Soße«, gab Milo zu bedenken.

Der Elf antwortete nicht, und Milo traute sich nicht, weiter zu bohren. Dies war zumindest ein Anfang der Verständigung, und er hatte nicht vor, dies mit unsinnigen Diskussionen über die Zubereitung von Essen kaputtzumachen.

Es war bereits Nachmittag – wenn man es denn so nennen konnte, denn ein Mittagessen, geschweige denn eine kurze Rast, hatte es nicht gegeben –, als sie die ersten großen Seelenbäume erreichten. In Milos Vorstellung waren die Bäume höher gewesen, was aber nicht hieß, dass sie in Wirklichkeit klein waren. Sie überragten jeden anderen Baum im Düsterkrallenwald, Milo schätzte sie auf dreihundert Fuß. Der Durchmesser eines jeden Stammes entsprach dem des Hauses, in dem Milo mit seiner Familie lebte.

Doch damals, als seine Mutter noch lebte und ihnen Geschichten von den Elfen erzählte, hatte es sich immer angehört, als wenn die Heimat der Elfen zwischen den Wolken läge. Dies war eindeutig nicht der Fall, nicht einmal bei Gewitter, wenn die Wolken tief hingen. Milo war dennoch nicht enttäuscht. Die Seelenbäume waren hundertmal älter als der Düsterkrallenwald. Ihre Baumkronen ragten weit ineinander und bildeten ein dichtes Netz aus Ästen und Blättern, obwohl die einzelnen Stämme mindestens hundert Schritt auseinander standen. Erst auf den zweiten Blick sah man das Gewirr aus Treppen und Hängebrücken hoch oben zwischen den Ästen. Die Behausungen der Elfen sahen aus wie bizarre Kokons aus Blättern und Zweigen, die wie übergroße Früchte in den Baumkronen hingen.

»Blätterheim muss riesig sein«, flüsterte Milo zu sich selbst.

»Zweitausendfünfhundert Krieger leben hier und noch einmal doppelt so viele Frauen und Kinder«, sagte einer der Elfen, die jetzt wieder zu ihren Gefangenen aufgeschlossen hatten.

Erneut fiel Milo auf, wie gut das Gehör der Elfen war, und wie leise sie sich bewegten. Und noch etwas wurde ihm bewusst: Es war keine Freundlichkeit, die in der Stimme des Elfen mitschwang, wie anfangs vermutet. Es war Gleichgültigkeit und Überheblichkeit.

Doch selbst diese ernüchternde Erkenntnis konnte den atemberaubenden Eindruck der Elfenstadt nicht schmälern. Milos Füße tauchten bei jedem Schritt in ein weiches Moosbett ein und schienen ihn die Strapazen der letzten Tage völlig vergessen zu lassen. Es war, als hätte diesen Waldboden noch nie ein Lebewesen betreten. Kein Halm oder Zweig war abgeknickt, kein Pfad getrampelt, und kein einziges verwelktes Blatt störte die Schönheit der gleichmäßig grünen Fläche.

Die drei wurden von den Elfen tiefer in den Hain aus Seelenbäumen gebracht. Bislang zeigten sich ihnen keine weiteren Elfen. Nur ein paar kaum erkennbare Bewegungen hoch oben in den Bäumen verrieten ihnen, dass sie da waren. Und sie beobachteten sie.

Milo fiel auf, dass das dichte Blätterdach keinen einzigen

Lichtstrahl hindurchließ, und dennoch war es hell und freundlich im Wald der Elfen. Er vermied es, etwas dazu anzumerken, da er befürchtete, abermals diesen eisigen Unterton in der Antwort herauszuhören. Ihm war klar, sie waren Gefangene, doch er musste es nicht ständig aufs Hefebrot geschmiert bekommen. Falls sie das hier alles heil überstanden, würde Dorn schon dafür sorgen, dass er nicht vergaß, wem sie das alles zu verdanken hatten.

Nicht viel später erreichten sie eine Lichtung, in dessen Mitte ein Fels von gut zwanzig Fuß Höhe aus der Erde ragte. Ein Teil des Steins war abgetragen und die Oberfläche glatt behauen und poliert worden, sodass er aussah wie ein Tisch oder Altar. Die Lichtung selbst maß ungefähr dreihundert Schritt im Durchmesser, und im Norden lag ein kleiner Hain mit Bäumen, deren Rinde schwarzweiß gemasert war. Im Gegensatz zu den Seelenbäumen wirkten sie eher klein und fast kahl. Dies mussten die Weißrindenbäume sein, das eigentliche Ziel dieser Reise.

Auch diese hatte Milo sich anders vorgestellt. Sie sahen aus wie die Bäume, die Kinder auf ihren Bildern malten. Die Stämme waren kerzengerade, die Äste nur wenig verzweigt, außerdem zu dick, und die wenigen kreisrunden, dunkelgrünen Blätter machten den Anschein, als hätte sie jemand hineingehängt, damit das Bild etwas lebendiger wirkte.

»Dort«, zischte Milo seinen Gefährten zu. »Wir sind am Ziel.«

»Glaube mir, kleiner Mann«, sagte Dorn, »wenn ich dir sage, dass wir noch keinen Deut näher sind als zu dem Zeitpunkt, an dem wir uns entschlossen haben, hierherzureisen. Wir haben vielleicht Wegstrecke geschafft, aber zwischen uns und den Bäumen stehen immer noch die Elfen.«

»Das alles ist ein Missverständnis, das werden sie begreifen, wenn wir ihnen erklären, warum wir gekommen sind«, sagte Milo so laut, dass es jeder verstehen konnte. »Wir haben ihnen nichts getan.«

»Die Zwerge wahrscheinlich auch nicht«, brummte Dorn ebenfalls laut genug.

Die Elfen forderten sie auf, stehenzubleiben, was Milo als willkommene Abwechslung empfand und sich hinsetzte. Ein leichter Schlag mit einem Speerschaft in den Rücken überzeugte ihn davon, dass er auch im Stehen warten konnte.

Die drei standen nur einen Steinwurf entfernt von dem Felsenaltar. Milo konnte einen kleinen Gegenstand darauf erkennen. Es sah aus wie ein gekrümmter Zweig oder ein geflochtener Haarkranz. Womöglich war es so etwas wie ein heiliges Symbol für die Elfen. Meister Gindawell hätte es bestimmt gewusst. Mit Sicherheit hätte er es gewusst und wieder in Rätseln gesprochen, wie er es gern getan hatte, und Milo wäre keinen Deut schlauer gewesen. Als Gindawell noch gelebt hatte, hätte Milo ihn dafür verfluchen können, doch jetzt, wo er tot war, vermisste er den alten Priester mit all seinen Macken und Angewohnheiten.

Er grübelte nicht weiter darüber nach, sondern bestaunte die Elfenstadt hoch oben über ihm. Es war fantastisch, was die Elfen hier geleistet hatten. Die Bauwerke verbanden sich mit den Bäumen, als wenn sie auf ihnen gewachsen wären. Alles fügte sich nahtlos aneinander, und nichts schien die Natur daran zu hindern, das zu tun, was sie wollte. Milo fiel auf, dass es keine Leitern oder Treppen gab, die hinauf in die Elfenstadt führten. Blätterheim wirkte wie eine Insel, an der kein Schiff anlanden konnte, weil nirgends ein Ankerplatz zu finden war.

Einen Moment später klärte sich die unausgesprochene Frage, wie die Elfen selbst hoch- oder hinunterkamen. Feine silberne Seile fielen von den Ästen hinab. Sie sahen aus wie winzige Sternschnuppen, die vom Himmel stürzten und einen Schweif hinter sich herzogen, der sichtbar blieb, bis sie die Erde berührten. Es waren Hunderte von Seilen, die die Bäume in ein glitzerndes Gespinst einwoben. Keines von ihnen berührte wirklich den Boden. Wie von Zauberhand blieb unter jedem Ende eine Handbreit frei, um funkelnd über dem dunkelgrünen Moos zu tanzen.

Dann glitten die ersten Elfen aus den Baumkronen die Seile herab. Sie sahen aus wie Tautropfen, die an den Fäden eines Spinnennetzes herunterliefen. Im Nu hatten sie den Waldboden erreicht und kamen von allen Seiten auf die Lichtung zu. Als sie nahezu einen perfekten Kreis um die Lichtung bildeten, blieben sie stehen. Nur einer der Elfen durchbrach den Kreis und schritt auf den steinernen Altar zu. Sein Haar war lang und silberweiß. Er trug eine lederne Rüstung mit silbernen Ornamenten und darunter eine grüne Tunika aus feinem Stoff.

Senetha packte ihren Stab mit beiden Händen und hielt ihn senkrecht vor sich.

»Nein, nicht«, flüsterte Dorn ihr zu und legte die Hand auf ihren Unterarm. »Wenn sie uns töten wollten, hätten sie es schon lange tun können. Warten wir erst mal ab, was sie zu sagen haben.«

Als der Elf den Altar erreichte, ließen sich alle anderen des Volkes auf ein Knie hinunter und senkten untertänig das Haupt.

Milo hatte keine Probleme damit, vor jemand anderem zu knien. Wenn sich derjenige dadurch besser fühlte, tat er ihm gern diesen kleinen Gefallen. Und falls daran ihr Willkommen hing, mit einer möglichen Unterkunft, einem bequemen Bett und etwas warmem Essen, sollte es ihm umso rechter sein.

Dorn und Senetha waren nicht so freigiebig mit ihrer Ehrerbietung. Sie blieben hocherhobenen Hauptes dort stehen, wo sie waren.

»Ihr solltet besser knien, wenn der hohe Lord Iselaf Cheén zu Euch spricht«, riet einer der Elfen in ihrer Nähe, ohne den Blick zu heben.

»Ich knie nicht vor jemandem, von dem ich nicht weiß, ob er mir wohlgesonnen ist oder nicht. Mein Schwertarm kann man für ein paar Münzen bekommen, meine Achtung muss man sich anders verdienen.«

Iselaf Cheén nahm den kleinen Gegenstand vom Altar und zeigte ihn hoch. Milo wagte einen kurzen Blick darauf und erkannte, dass es tatsächlich ein Zweig war, an dem ein vertrocknetes Blatt sowie eine kleine Frucht hingen. Er traute sich aber nicht, es länger zu betrachten, da er befürchtete, sein mangelnder Respekt würde ihm wieder einen Hieb mit dem Speer einbringen.

Der Elfenlord drehte sich andächtig einmal im Kreis herum, hielt den Zweig hoch über dem Kopf und vergewisserte sich, dass die Männer und Frauen seines Volkes darauf warteten, seine Stimme zu vernehmen. Dorns und Senethas Aufsässigkeit nahm er hin, ohne eine Miene zu verziehen. Andererseits war es ohnehin kaum möglich, einen noch versteinerteren und eisiger wirkenden Eindruck zu hinterlassen als jetzt schon.

Iselaf Cheén legte den Zweig zurück auf den Altar, wandte sich wieder seinem Gefolge zu und begann mit seiner Ansprache. Seine Stimme war heiser und kaum lauter als ein Flüstern. Ein Vogelzwitschern oder das Hämmern eines Spechtes hätte ihn übertönt, aber der Wald und seine Bewohner schwiegen, so als wenn jedes Lebewesen gebannt darauf wartete, zu erfahren, was der Elfenlord zu sagen hatte.

Es dauerte etwas, bis Milo begriff, dass Iselaf Cheén die Elfensprache benutzte. Es klang so wunderschön und melodiös, dass ihm ein Schauer über den Rücken lief. Leider verstand er kein einziges Wort, doch ein untrügerisches Gefühl sagte ihm, dass der Elfenlord über zwei Menschen und einen Halbling sprach.

Dass Dorn ebenfalls kein Elfisch verstand, lag auf der Hand; kaum jemand der anderen Rassen beherrschte die Sprache der Waldbewohner. Sie war kompliziert, und vieles bekam mit einer anderen Betonung auch eine andere Bedeutung. Doch im Gegensatz zu Milo besaß der Söldner auch keinen Sinn für den Klang und die Melodie. Anstatt ergriffen zu sein, zog er seinen Ekel in der Kehle hoch und spuckte aus.

»Dort, wo ich herkomme«, brüllte Dorn und übertönte dabei die Ansprache von Iselaf Cheén, »sagt man es einem Mann direkt ins Gesicht, wenn man ihn beschuldigt, etwas Falsches getan zu haben. Außerdem sprich man zu ihm in einer Sprache, die er versteht.«

Für einen Augenblick herrschte Totenstille auf der Lichtung.

Dann sprang einer der Elfenwächter herbei und schlug Dorn seinen Speerschaft in die Kniekehlen.

»Der hohe Lord spricht nicht in der Sprache der Niederen«, zischte er.

Als Dorn nicht wie erwartet einknickte und auf die Knie fiel, sondern unbeeindruckt stehen blieb, holte der Elf zu einem weiteren Schlag aus.

»Nein«, sagte Iselaf Cheén.

Das Wort war wie eine Klinge, die die Luft zerschnitt.

Der Elf erstarrte in der Bewegung, senkte das Haupt und trat einen Schritt zurück.

»Ich habe weder Achtung noch Respekt vor den Menschen«, sagte der Elfenlord. »Eure Sprache ist mir genauso zuwider wie eure unverschämte Art. Das heißt aber nicht, dass ich sie nicht beherrsche. Wenn du dich besser fühlst, wenn du verstehst, was ich sage, will ich dir diesen Gefallen tun, Menschensöldner. Aber du wirst nichts hören, was du nicht schon weißt. Ihr werdet beschuldigt, mit den Zwergen unter einer Decke zu stecken und einen Angriff auf Blätterheim zu planen. Ihr seid als Spione gekommen. Ihr habt euer Volk verraten ebenso wie das der Elfen. Darauf steht nach den Gesetzen der Elfen der Tod.«

Dorn nahm das Urteil des Elfenlords ohne eine Regung hin. Aber Milo sah, wie Senetha den Stab ihres Vaters mit beiden Händen umklammerte, sodass sich ihre Fingerknöchel weiß verfärbten. Milo wusste nicht, was der Stab vermochte, aber er wusste, das wenn sie ihn benutzte, keiner von ihnen heil aus dieser Sache herauskäme. Er musste etwas unternehmen.

Da Halblinge sich weder stimmlich noch körperlich gut in den Vordergrund spielen konnten, trat Milo etwas vor und verneigte sich tief. »Hoher Lord der Elfen, bitte erlaubt mir, das Wort zu ergreifen.«

Iselaf Cheén nickte ihm zu. »Sprich, Halbling.«

Die Erlaubnis klang nicht gerade höflich, aber Milo wollte nicht schon aufgeben, bevor er begonnen hatte.

»Die Halblinge leben seit jeher in Frieden mit den Elfen. Wir haben immer die Gesetze der Waldbewohner respektiert. Ihr kennt unser Volk, und Ihr wisst, dass wir keinen Groll gegen die anderen Völker hegen. Wir haben in Streitigkeiten nie Partei ergriffen, waren aber stets bereit, unsere Hilfe anzubieten. Darum bin ich mir sicher, dass Ihr meinen Worten Glauben schenken werdet, wenn ich Euch sage, dass die Anschuldigungen gegen uns unbegründet und falsch sind. Der Grund unseres Besuches hat nichts mit einer Hinterlist zu tun, die wir zusammen mit den Zwergen ausgeheckt haben. Wir wollten einzig und allein zu den Weißrindenbäumen. Von einem geplanten Hinterhalt gegen die Elfen haben wir nichts gehört. Das Zusammentreffen mit den Zwergen war rein zufälliger Natur. Sie riefen um Hilfe, und wir gewährten sie ihnen.«

Der Elfenlord bedachte Milo mit einem finsteren Blick.

»Der Hain mit den Weißrindenbäumen wird von uns Elfen gemieden. Kein Waldbewohner darf ihn betreten«, erklärte er.

»Die Bäume waren den Elfen seit Anbeginn heilig«, sagte Milo. »Ihr habt Euch entschieden, die Bäume zu schützen, und im Gegenzug boten die Bäume Euch dafür ein Zuhause. Was ist mit den Weißrindenbäumen, dass sie diese Übereinkunft nicht verdienen?«

»Der Baum kann heilig sein, und dennoch sind seine Früchte giftig«, sagte Iselaf Cheén. »Und was dich betrifft, will ich nicht behaupten, dass deine Worte feige Lügen sind, aber wenn man ein gutes Stück Obst zu vielen anderen fauligen legt, wird es auch irgendwann verderben. Vielleicht sagst du die Wahrheit, vielleicht auch nicht. Fakt ist, dass ihr den Feinden der Elfen geholfen habt. Die Gemeinschaft soll entscheiden, was mit euch passiert.«

Der Elfenlord nahm abermals den Ast vom Altar, schritt hinüber zu einem der Männer, die sich im Kreis um ihn herum aufgebaut hatten, und überreichte den heiligen Zweig. Er wurde von Hand zu Hand gereicht, bis er nach wenigen Minuten wieder an den Elfenlord übergeben wurde. Er legte den Zweig zurück und richtete das Wort an die Elfen.

»Brüder und Schwestern, ich frage euch, sollen wir in Anbetracht der schweren Vergehen, die diese Besucher begangen haben, Milde walten lassen oder nicht? Helft mir, eine Entscheidung zu fällen.«

Nach und nach hoben die ersten Elfen ihre Köpfe und signalisierten so, dass sie sich entschieden hatten. Dann war es so weit, die Entscheidung war gefallen.

»Sprecht das Urteil«, verlangte Iselaf Cheén.

Wie auf Kommando traten die Elfen einen Schritt zurück zum Rand der Lichtung.

»Wir sind nicht gewillt, euch ohne Strafe davonkommen zu lassen«, erklärte der Elfenlord. »Die Gemeinschaft hat gesprochen und verlangt euren Tod. Dennoch haben wir den Anstand, einem Verurteilten seinen Wunsch zu erfüllen, wenn sein Volk seit vielen Jahren zu den guten Freuden der Elfen gehört hat. Du darfst den Hain der Weißrindenbäume betreten, junger Halbling. Deinen Freunden steht es frei, dich zu begleiten. Im Hain selbst soll euch kein Leid durch Elfenhand zugefügt werden, doch sobald du oder einer deiner beiden Menschenfreunde den Hain verlässt, werdet ihr gerichtet. Flüchtet euch in die geweihte Stätte oder sterbt hier und jetzt.«

Die Wahl fiel leicht. Der Hain war das Ziel ihrer Reise und versprach zumindest einen Aufschub des Urteils. Wenn Milo eins im Leben gelernt hatte, dann war es das, dass nur die Endgültigkeit der Tod der Hoffnung war.

Bevor die drei aber in ihr winziges Exil durften, bekamen sie von den Elfen noch ein Mahl der Gastfreundschaft. Es war weder eine herzliche Einladung, mit dem Volk des Waldes zu speisen, noch das Gnadenbrot, das man einem geliebten Tier gewährte, wenn die Altersschwäche es eingeholt hatte. Es war einfach ein Ritual, dass die Hartherzigkeit der Elfen überlebt hatte. Nichtsdestotrotz empfand Milo die Speisen als das Schmackhafteste, das er seit Langem gegessen hatte. Seine guten Manieren verlangten danach, sich für die Köstlichkeiten zu bedanken, auch wenn es eine Henkersmahlzeit war.

Nach dem Essen wurden ihnen Schüsseln mit Wasser und duftenden Ölen gereicht, mit denen sie sich säubern sollten, bevor sie den Hain betraten. Auch dies gehörte zu einem alten Brauch, und sie hielten sich daran.

Es war bereits dunkel geworden, als die Elfenwachen Milo, Dorn und Senetha in den Hain führten. Das schwache Mondlicht ließ es nicht zu, die zarte Schrift, die sich wie dunkle Adern in einer Birkenrinde abzeichneten, in den Weißrindenbäumen zu entziffern. So entschlossen sich die drei, bis zum nächsten Morgen zu warten und erst einmal ein Lager aufzuschlagen, um sich von den vergangenen Strapazen des langen Marsches zu erholen. Obwohl sie sich in einem Gefängnis befanden, waren die Ruhe und die Geborgenheit des Elfenhains allgegenwärtig. Milo schlief ein, während er noch darüber nachdachte, wie es wohl seinem Bruder gerade ging und ob sie sich jemals wiedersehen würden.

34. BONNE

Bonne betrachtete die blauen Flecken an seiner Hüfte und fragte sich, wie er zu diesen gekommen war. Man hatte ihn weder geschlagen, noch war er gestürzt, und trotzdem waren sie da, wie von Zauberhand. Vorsichtig drückte er auf den größten und zuckte zusammen, als es schmerzte. Hatte das etwas mit dem Fluch von Xumita zu tun? Waren diese Blessuren nicht seine eigenen, sondern die von Milo? Es brachte nichts, darüber nachzudenken. Wenn es so war, so lebte sein Bruder zumindest noch. Ein paar blaue Flecken brachten niemanden um.

»Und da soll nun dein mächtiger Zauberer wohnen?«, knurrte Schrak unversöhnlich. »Sieht irgendwie verlassen aus, fast wie eine Ruine.«

»Sieht aus, als wenn er gut brennt«, krächzte einer der Orks, die ständig um ihren General herumschwirrten wie lästige Fliegen um einen Haufen Dung.

Bonne hatte Schwierigkeiten, die Handlanger von Schrak zu unterscheiden. Für ihn sah ein Ork aus wie der andere, und alle zusammen waren sie nichts weiter als hässlich und abstoßend. Doch dieser hier war Nazdak, da war er sich sicher. Er war nämlich der Einzige, der noch hässlicher war als alle anderen. Seine linke Gesichtshälfte säumte eine lange Narbe, die ihn das Auge gekostet hatte.

»Wir nennen ihn den Krähenturm«, erklärte Bonne, »weil das Dach im Sommer voller Krähen ist. Und ja, es ist das Zuhause von Othman, aber ob er momentan da ist, kann ich auch nicht sagen. Auf jeden Fall würde ich vorsichtig sein, den Turm eine Ruine zu nennen. Tante Rubinia könnte das missfallen.«

Bonne hätte sich gern irgendwo verkrochen. Er kam sich wie ein Verräter vor. Was er alles über Meister Othman gesagt, wie er ihn als übermächtigen Zauberer dargestellt hatte, hatte eigentlich nur so etwas wie ein Scherz sein sollen. Dass die Grünbluter ganz und gar humorlos waren, hatte er nicht wissen können. Aber Bonne konnte nicht weg. Er lag in der ersten Reihe hinter einem umgestürzten Baum, und Schrak hielt sein Bein fest auf den Boden gedrückt – wie eine Katze, die mit einem Vogel ihr blutiges Spiel trieb.

»Wer ist Tante Rubinia? Eine mächtige Hexe?«

»Nein, nein«, sagte Bonne hastig, um nicht noch mehr Missverständnisse aufkommen zu lassen. »Sie ist keine Magierin oder Hexe. Sie ist nur die Hauswirtschafterin im Krähenturm. Das Einzige, was sie zaubert, sind die besten Blaubeermuffins der Welt.«

Schrak zog sich etwas weiter zurück ins Dickicht der ersten Büsche und zog Bonne hinter sich her wie eine Puppe. Dann winkte er seine Handlanger herbei, die nur darauf gewartet zu haben schienen. Wenige Herzschläge später umrundete sie ein halbes Dutzend Orks, das auf Befehle wartete, um sich die Gunst ihres Generals verdienen zu können.

»Wir warten bis zur Dämmerung«, sagte Schrak. »Der Halbling wird euch zum Turm führen. Nazdak und Kunzuk werden versuchen, die Tür mit ihren Männern aufzubrechen. Die anderen klettern an der Außenseite des Turmes hinauf und steigen durch die Fenster ein.«

»Warum brennen wir den Turm nicht einfach nieder, General Schrak?«, fragte Kunzuk und blickte erwartungsvoll und stolz ihn die Runde, um die Anerkennung für seinen Vorschlag zu ernten.

Blitzschnell hatte ihn Schrak am Arm gepackt, riss seine Hand in die Höhe und biss ihm einen Finger ab. Dann spukte er ihn angewidert aus. Kunzuk wollte schreien, doch Nazdak und zwei andere Orkkrieger reagierten sofort. Sie nahmen ihn in den Schwitzkasten, und einer hielt ihm den Mund zu. Nach einer halben Minute hatten sich alle wieder beruhigt, und Kunzuk saß schnaufend und wimmernd am Boden.

»Ich könnte dir zehn Gründe nennen, Kunzuk. Möchtest du das?«

»Nein, General«, schnaubte der Ork und besah sich den Fingerstumpf. »Es war ein dummer Vorschlag von mir. Verzeiht mir.«

Die Zeit bis zur Dämmerung zog sich ewig hin, fand Bonne, während er zusah, wie sich immer mehr Orks, Goblins und Trolle in ihrem Lager einfanden. Bonne schätzte ihre Zahl mittlerweile auf über fünfhundert. Knapp fünfzig davon waren Trolle.

Kurz bevor es dämmerte, erreichte Xumita Latorinsis mit seinem kleinen Gefolge das Lager. Der Goblinschamane wirkte nervös und verunsichert, genau wie seine Gefolgsleute. Sie stürmten mitten ins Lager und hielten auf Uschma zu, die nahe einer großen Buche kauerte und sich einem frisch erlegten Hasen widmete. Sie stopfte sich das Tier mitsamt Fell in den Mund und riss es in zwei Teile. Xumita wechselte einige Worte mit ihr, dann zeigte die Trollfrau auf Schrak. Xumita verzog das Gesicht, gab seinen Männern einige Anweisungen und stolzierte auf den Trollgeneral zu.

»Das hat mir gerade noch gefehlt«, schnaubte Schrak, »noch ein Besserwisser, der glaubt, zu wissen, wie man einen Krieg führt.«

Xumita begrüßte den Trollgeneral mit einer angedeuteten Verbeugung und kam gleich zur Sache: »General Schrak, ich habe erfahren, dass ihr beabsichtigt, den Turm des Magiers anzugreifen.«

»Und wenn es so wäre?«, grollte der Troll.

»Ich glaube, das Blut des Zweitgeborenen gefunden zu haben. Es befindet sich direkt in der Schlucht hinter dem Turm. Es wäre nicht klug von Euch, wertvolle Krieger dafür zu opfern, sich mit einem alten Mann anzulegen. Die Gefahr von großen Verlusten für eine bedeutungslose Aufgabe ist zu hoch. Unser vorrangiges Ziel sollte sein, das Blut des Zweitgeborenen aufzuspüren und es zu bergen, damit es nicht weiter die Erde vergiftet.«

Schrak sah sich sein Orkgefolge an. Jedem einzelnen warf er einen kurzen Blick zu, dann wandte er sich wieder dem Goblinschamanen zu.

»Meine treuen Speichellecker haben mir gar nicht berichtete, dass wir einen neuen Heerführer haben«, sagte er mit beunruhigender Gelassenheit. »Wisst Ihr auch, warum?«

Xumita schüttelte den Kopf. Er schien zu wissen, dass es nicht klug war, noch einmal das Wort zu ergreifen.

»Ich werde es Euch sagen. Ihr benutzt die Worte ›glauben‹ und ›Gefahr‹. Diese beiden Worte zeigen mir, dass Ihr nicht fähig seid, einen Krieg zu führen, und meine Männer erkennen das. Ihr glaubt, das Blut des Zweitgeborenen gefunden zu haben, und Ihr findet es gefährlich, einen, wie Ihr sagt, alten Mann anzugreifen. Was soll ich damit anfangen. Euer Geschwätz ist nicht den Dreck unter meinen Krallen wert. Ich bereite meine Soldaten auf einen Krieg vor. Die Ahnen werden nicht lange auf sich warten lassen. Sie marschieren aus allen Himmelsrichtungen auf das Herz des Waldes zu. Dieser alte Mann ist ein mächtiger Magier. Fändet ihr es klug, der dunklen Brut einen Anführer zu schenken? Ich nicht. Xumita Latorinsis, zweifelt noch einmal meine Entscheidungen an, und ich werde das Blut des Zweitgeborenen mit dem Euren verpanschen, bis es nur noch eine moddrige Brühe ist. Und jetzt geht mir aus den Augen, sonst vergesse ich mich.«

Xumita machte auf dem Absatz kehrt und verschwand in die Richtung, aus der er gekommen war.

Während Bonne noch dem Goblinschamanen hinterhersah, packte Schrak ihn plötzlich und zog ihn zu sich heran.

»So, jetzt zu dir, mein kleiner Dürrzwerg. Du wirst meine Männer jetzt zum Turm hinüberführen. Zeig ihnen die Schwachstellen und versuche, dass dieser Othman dir öffnet. Falls der Alte unsere Ankunft bemerkt hat und die List durchschaut, hilf meinen Kriegern, auf anderem Weg in den Turm zu gelangen.«

»Ich könnte Euch auch von hier aus zeigen, wo man am besten hinaufklettert«, warf Bonne ein.

»Soll das etwa ein gut gemeinter Rat für mich sein? Möchtest du auch Befehle erteilen?«, grollte Schrak und blies Bonne den fauligen Atem ins Gesicht.

»Nein, auf keinen Fall«, sagte Bonne. »Das mit dem Anklopfen ist ein vorzüglicher Plan. Er wird bestimmt funktionieren.«

»Du bist ein kluger Dürrzwerg. Du lernst schnell. Dann beeile dich jetzt, damit du es nicht wieder vergisst.«

Bonne war mehr als nur unwohl zumute, als er zusammen mit den zwei Dutzend Orks im Schatten des Turmes auf die Lichtung trat. Aber das Schlimmste war: Er führte diese Horde an. Schrak hatte an alles gedacht. Wenn es auf dem Weg zum Turm Fallen gab, von denen Bonne wusste, würde er die Orks darum herum führen. Wenn Othman sie erspähte, konnte er keinen Zauber wirken, ohne auch Bonne damit zu treffen und eventuell zu töten.

Es gab keine Fallen, und Meister Othman schien sie auch nicht gesehen zu haben. Sie erreichten unversehrt die Tür des Krähenturmes. Die Orks drückten sich eng an die Turmmauer, während Bonne vor den Eingang trat.

Es wurde langsam dunkel, und noch immer war keines der Fenster beleuchtet. Bonne begann zu hoffen, dass Rubinia und Meister Othman nicht zu Hause waren. Er nahm all seinen Mut zusammen und streckte die Hand aus, um den Türklopfer zu betätigen. Plötzlich packte ihn Kunzuk am Handgelenk.

»Das könnte dir so passen«, zischte er ihn an, »uns mit einem geheimen Klopfzeichen zu verraten und dich in Sicherheit zu bringen. Euch Dürrzwergen kann man nicht weiter trauen, als man euch werfen kann. Wir kommen auch ohne dich in den Turm.«

Kunzuk riss Bonne herum und schleuderte ihn gegen die Mauer.

»Du verhältst dich schön ruhig und bewegst dich nicht vom Fleck, verstanden«, warnte er Bonne. »Ihr beide brecht die Tür auf«, befahl er zwei seiner Kameraden. »Das Ding sieht aus, als wenn es keinem Windstoß standhält.«

Die beiden grinsten voller tückischer Vorfreude, nahm Bonne jedenfalls an. Sie schnallten sich die zwei kleinen Buckelschilder gegen die Schultern, hielten die schartigen Schwerter gegen die Brust gepresst und warteten auf das Zeichen ihres Befehlshabers.

Nachdem er ihnen ein kurzes Nicken zugeworfen hatte, stürmten sie los.

Bonne machte sich auf das Umherfliegen von Splittern und einen ohrenbetäubenden Lärm von berstenden Brettern gefasst, doch stattdessen gab es nur ein dumpfes *Klock* und das Schnauben zweier Orks, als die Schilde gegen die Tür prallten. Es hörte sich an, als wenn der Turm mit Sand gefüllt worden wäre. Die beiden orkischen Rammböcke traten verwundert von der Tür zurück und rieben sich die Schultern. Dann bemerkten sie die kleinen blauen Flammen, die um ihre Füße herum tanzten und langsam an ihnen emporkrochen. Hilflos blickten sie Kunzuk an, der verärgert zurückstierte.

Die Orks begannen, auf der Stelle zu tanzen, damit das Feuer von ihnen abließ. Es half nichts, die kleinen blauen Flammen wanden sich ihre Beinen empor und begannen, Haut, Leder und Haare zu versengen. Einer der Orks warf sich auf den Boden, der andere rannte in Panik vor dem Turm auf und ab. Ein dritter versuchte, dem am Boden Liegenden zu helfen. Mit den bloßen Händen klopfte er auf die Flammen ein, mit dem Resultat, dass seine Arme ebenfalls Feuer fingen. Bald standen alle drei Grünbluter vollends eingehüllt in Flammen. Ihre Haut schmolz regelrecht dahin und tropfte in einer bräunlichen Masse von ihnen herab. Längst hatten sie aus vollem Hals zu schreien begonnen. Zwei Orks rollten sich auf der Erde, der dritte rannte, wild um sich schlagend, über die Lichtung. Ihr Gebrüll musste meilenweit zu hören sein. Kunzuk entriss genervt einem seiner Kameraden die Armbrust, visierte an und erlöste die laufende Fackel von ihrer Qual. Dann warf er die Armbrust zu Boden, zog seinen Orkschnabel und tötete die anderen beiden mit je einem Schlag.

Wutschnaubend wirbelte er herum und packte Bonne am Kragen, brachte aber kein Wort heraus.

»Ich wollte ja erst klopfen«, erinnerte ihn Bonne, war aber heilfroh, es nicht getan zu haben.

Kunzuk stieß ihn unsanft zurück.

»Jetzt seid ihr dran«, sagte er zu Nazdak und seinen Kriegern.

Die Begeisterung hielt sich in Grenzen, als Nazdak vier seiner Kameraden auswählte, die die Außenwand des Turmes erklimmen sollten. Jedoch traute sich keiner, sich seinem Befehl zu widersetzen. Sie zückten ihre Dolche und Orkschnäbel, rammten sie in die Lehmfugen des mit Steinen gemauerten Turmes und begannen den Aufstieg. Zufrieden beobachteten Nazdak und Kunzuk, wie die vier ihre Aufgabe meisterten. Es war mit Sicherheit nicht die erste Steinwand, die sie erklommen. Bonne war überrascht, wie schnell und unerschrocken sie das steile Gebäude erkletterten. Sie wären zweifelsohne würdige Gegner für seinen Bruder und ihn bei jeder Mutprobe gewesen.

Im Nu hatten die vier das vergitterte Fenster im zweiten Stock erreicht. Wie eine Schar Fledermäuse klammerten sie sich um das dunkle Loch herum an die Wand, jederzeit bereit, ins Innere zu schlüpfen. Dann passierte es. Einer der Orks griff nach dem Gitter, um es mit der Waffe herauszubrechen, da schoss ein greller Flammenodem aus dem Fenster und explodierte in einem monströsen Feuerball. Die Orks am Boden hielten sich zum Schutz die Arme über die Köpfe, und Bonne kauerte sich auf der Erde zusammen. Dennoch spürte er die gewaltige Hitze auf dem Gesicht und den Handrücken. Einen Atemzug später stürzten die vier verkohlten Orks vor ihnen auf den Boden. Aus ihren Körpern war so gut wie jede Flüssigkeit gewichen, einfach verdampft. Sie bestanden nur noch aus Knochen und Asche. Der Aufprall am Fuß des Turmes ließ sie zerbrechen wie Tonvasen.

Das war zu viel für die Krieger der Grünbluter. In Panik rannte einer nach dem anderen davon. Kunzuk packte Bonne an der Jacke und zog ihn mit sich zurück zum Lager. Noch immer war kein Lebenszeichen im Turm auszumachen. Wenn Meister Othman oder Rubinia da waren, mussten sie etwas von dem nächtlichen Überfall mitbekommen haben. Vielleicht hatten sie den Turm verlassen, und Othman hatte ihn mit Fallen gesichert, kam es Bonne in den Sinn. Er hoffte um ihrer aller Willen, dass es so war.

General Schrak empfing sie mit einer finsteren Miene. Seine Nüstern blähten sich vor Aufregung. Er packte Kunzuk an der Kehle und hob ihn hoch.

»Du solltest nur diesen alten Turm mit deinen Kriegern erstürmen!«, brüllte er. »Aber stattdessen hast du es vorgezogen, einige als brennende Fackeln über die Lichtung laufen und andere wie Kometen vom Himmel fallen zu lassen. Was hast du dir dabei gedacht? Nun ist der Zauberer gewarnt, und auch die Ahnen werden wissen, wo wir zu finden sind.«

»Er ist an allem Schuld«, stotterte Kunzuk und zeigte auf Bonne.

Schrak funkelte den Halbling böse an.

»Was spielst du für ein Spiel mit uns, Dürrzwerg?«, fauchte er Bonne an. »Du hast uns in eine Falle gelockt.«

»Das habe ich nicht«, erwiderte Bonne tapfer. »Ich habe Euch gesagt, dass Meister Othman ein mächtiger Magier ist. Selbst Xumita hat Euch gewarnt, den Turm anzugreifen. Eure Krieger habt Ihr ganz allein in den Tod geschickt.«

Schrak schlug seine Keule wütend zu Boden.

»Ich will diesen Othman haben, und zwar tot. Sag mir, was ich dafür tun muss.«

Bonne konnte nicht anders. Er musste es einfach sagen. Es war der krönende Abschluss. Er hoffte, dass Othman ihm irgendwann verzeihen würde.

»Ihr könnt Othman nicht töten. Der Einzige, der Othman gefährlich werden könnte, ist …« – er machte eine bedeutungsschwangere Pause – »… Othman selbst.«

35. MILO

Es war, als wenn Milo Eichenblattstadt nie verlassen hätte. Er lag in seinem Bett. Es war Sonntag. Er konnte ausschlafen und hörte die leisen Geräusche aus der Küche, wie seine jüngeren Schwestern den Tisch deckten und sich ihre Geheimnisse zutuschelten.

Aber es war weder Sonntag, noch lag er in seinem Bett, und die Stimme, die er hörte, war die von Senetha. Die Magierin sprach mit Dorn, und er gab brummend seine Zustimmung.

Milo warf die dünne Decke zurück, setzte sich auf und rieb sich verschlafen die Augen.

»Warum habt ihr mich nicht geweckt?«, rief er empört, als er Dorn und Senetha vor einem der Weißrindenbäume hocken sah, wie sie versuchten, die Inschriften zu entziffern.

»Wir wussten nicht, dass du es so eilig hast«, sagte Dorn und warf ihm ein Stück Brot zu. »Wie es aussieht, wirst du noch genügend Zeit haben, die Bäume anzustarren. Es sei denn, du hast vor, den Hain wieder zu verlassen, um herauszufinden, wie gut die Elfen wirklich mit ihren Bögen umgehen können.«

Milo schaute auf die dünne Reihe aus Holzpflöcken, die den Hain begrenzte. Die Pfähle ragten lediglich einen halben Fuß aus dem Erdreich. Heute kam ihm ihr Gefängnis noch lächerlicher vor als am Vortag. Sie waren nicht wirklich eingesperrt. Es war eher eine imaginäre Grenze, die sagte: Halt! Bis hier hin und keinen Schritt weiter.

Keiner der Elfen war zu sehen. Milo blinzelte hoch in die Bäume.

»Sei beruhigt, sie sind da, und sie warten nur darauf, dass du einen Fuß in ihren Wald setzt«, sagte Dorn, der den abschätzenden Blick von Milo bemerkt hatte. »Selbst von dort oben werden dich von zehn Pfeilen mindestens sechs treffen. Ich habe die Elfen schon kämpfen sehen. Ihre Pfeile fliegen wie an unsichtbaren Fäden gezogen. Es ist egal, ob du schnell läufst oder langsam, ob du Haken schlägst oder nicht. Sie würden dich niederstrecken, bevor du den steinernen Altar erreicht hättest.«

»Ich hatte nicht vor, wegzulaufen«, erklärte Milo missmutig und biss von dem trockenen Kanten Brot ab. »Die Zeit ist auf unserer Seite.«

Dorn musste lachen. »Eine gewagte Behauptung, wenn man es mit Elfen zu tu hat, findest du nicht, kleiner Mann?«

Milo stopfte sich den Rest Brot in den Mund, erhob sich von seiner Lagerstätte und trottete zu den beiden Menschen hinüber.

»Die Elfen haben gesagt, die Zwerge planen einen Angriff auf Blätterheim. Das wäre eine gute Gelegenheit, um zu flüchten. Selbst wenn uns die Zwerge ergreifen, zwischen ihnen und den Halblingen besteht kein Zwist«, flüsterte er.

»Ihr hattet bisher auch mit den Elfen keinen Streit«, erwiderte Dorn. »und trotzdem haben sie dich zum Tode verurteilt. Außerdem kenne ich die Zwerge auch. Sie würden niemals einen offensichtlichen Angriff auf die Elfen planen. Wenn die Elfen glauben, die Zwerge würden einfach einen Tunnel graben und hier im Wald aus ihren Löchern springen, um sich einer nach dem anderen von den Langbögen der Elfen niederstrecken zu lassen, sind sie mit Dummheit geschlagen. Die Zwerge sind große Kriegsherren. Ihre Taktiken sind weit gefürchtet. Wenn ihr Angriff für die Langohren so offensichtlich ist, gehört das zu ihrem Plan.«

Milo war in solchen Dingen nicht bewandert genug, um Einspruch zu erheben. Es war ihm auch egal. Irgendetwas planten die Zwerge, und egal was es war, er würde die Chance zur Flucht nutzen, wenn sie kam.

»Was ist mit dem Stab, kann seine Magie uns vielleicht von hier fortbringen?«, fragte Milo und zeigte auf das Erbe ihres Vaters in Senethas Händen.

Die Magierin antwortete nicht, aber Dorn konnte es natürlich nicht lassen, Milos Vorschlag lächerlich zu machen.

»Du kannst es gern selbst ausprobieren«, lachte er. »Aber lass mich und Senetha lieber erst hinter dem Baum Schutz suchen, bevor du das geheime Wort sagst und die Elfen erzürnst. Wahrscheinlich löst sich eine Wolke aus rosa Feenstaub, kurz bevor ein Dutzend Pfeile deinen Körper durchbohrt.«

»Es gibt ein geheimes Wort, um den Stab zu aktivieren?«, fragte Milo neugierig.

Senetha warf Dorn einen bösen Blick zu.

»Ja, es lautete: ›hässlicher Dürrzwerg‹«, sagte Dorn und verpasste Milo eine Kopfnuss.

»Diese Stelle hier ist aus dem Buch *Die Suche der Mutter*«, sagte Senetha und deutete mit dem Finger auf ein Stück Rinde an dem Baum vor sich.

Milo rückte etwas vor, um das Wunder der Kunst einer lange untergegangenen Kultur betrachten zu können. Dorn warf nicht einmal einen Blick auf die Stelle.

»Das ist wieder alles in Caryndisch«, stöhnte Milo. »Ich würde Jahre brauchen, um das zu entziffern.«

»Dann freue dich, dass wenigstens einer von uns es fließend lesen kann«, erklärte Senetha. »Aber auch wenn man die Sprache gut beherrscht, kann es einige Zeit dauern, bis wir die Stelle gefunden haben, die wir suchen. In der Zwischenzeit kannst du ja mal probieren, ob dir die hier schmeckt.«

Sie drückte Milo eine ovale Frucht in die Hand, die sie aus dem Moos gepult hatte. Es war eine Art Eichel.

»Sie ist schwer wie Blei«, erkannte Milo und sammelte noch zwei weitere auf, die er sofort in der Hosentasche verschwinden ließ. Vielleicht konnte er, wenn er jemals nach Eichenblattstadt zurückkehrte, sie dort einpflanzen, wo jetzt die verdorrte Eiche stand.

»Und wahrscheinlich schmeckt sie auch so«, fügte Dorn hinzu.

»Lies schon, was da steht«, forderte Milo die Magierin auf und bekam von dem Söldner im selben Moment eine weitere Kopfnuss.

»Aua, was soll das?«, beschwerte sich der Halbling.

Dorn grinste ihn an. »Wir haben abgemacht, falls wir je Kinder haben sollten, übernehme ich die Erziehung. Übe dich also in Geduld, oder gewöhne dich an die Zurechtweisungen.«

»Ja, Papa«, nörgelte Milo.

Senetha zeigte ihnen zuerst, wie man in der Rinde der Bäume las. Die Schrift begann immer unten am Stamm und verlief dann spiralförmig rundherum, bis dorthin, wo er sich teilte und in die Krone überging. Dann begann sie, erneut laut vorzulesen. Milo und Dorn machten es sich derweilen auf dem weichen Waldboden gemütlich und lauschten ihr.

Die Aufzeichnungen aus dem Buch stimmten weitestgehend mit dem überein, was in der Rinde der Bäume verzeichnet war. Jedoch waren auch hier einige Dinge ausgelassen worden, und nicht nur welche, die zu erwähnen sich nicht lohnten. So besagten die Schriften, dass die Vielzahl der verschiedenen Wesen, die auf der Welt lebten, nicht nur durch die Macht der Tochter entstanden war, sondern auch durch den Umstand, dass sich die verschiedenen Völker auf die Macht eines einzelnen Gottes besannen, anstatt auf die ganze Gottfamilie. Außerdem machte sich der Einfluss des Zweitgeborenen bemerkbar. Die Völker bestritten die Macht der jeweils anderen Götter und begannen, nur noch jeweils einem der Götter zu huldigen.

Die Zwerge machten den Vater zu ihrem Gott und nannten ihn fortan Leonis. Seine Autorität machte aus den Bärtigen im Laufe der Zeit die führenden Kriegsherren. Was Taktik, Kriegsmaschinerie und auch Begabung für den Zweikampf betraf, war niemand ihnen ebenbürtig.

Die Elfen beteten zu Tauri, der Tochter. Ihnen wurde die Schönheit und die Anmut zuteil, aber auch die Verachtung für alles, was nicht ihrem Ideal entsprach.

Die Menschen glaubten an die Macht von Regor, dem Erstgeborenen. Weisheit überkam sie, die Kraft, aus Fehlern zu lernen und so zu einem der mächtigsten Völker der Welt zu werden.

Die Mutter, genannt Cephei, blieb bei ihren Lieblingen, den Halblingen, in hohem Ansehen. Sie waren es, die das Leben und den Tod so nahmen, wie sie von ihrer Göttin diktiert wurden. Sie verstanden den Sinn des Lebens und ihre eigene Vergänglichkeit, ohne an dem Wissen zu verzweifeln. Sie erfreuten sich ihres Daseins und trauerten um die, die von ihnen gingen, ohne es als Bestrafung anzusehen und Cephei zu verfluchen.

Übrig blieb Hadar, der Zweitgeborene. Er fand in den Grünblutern sein Volk. Wie der dunkle Zwilling die Völker der Orks und Trolle verändert hatte, wusste jeder. Sie waren getrieben vom Hass und der Verblendung gegenüber allen anderen Völkern.

Der Schreiber des Buches hatte gute Arbeit geleistet. Die Zusammenfassung las sich wesentlich flüssiger als die originale Schrift um die Weißrindenbäume. Senetha las Stunde um Stunde von Kontinenten, die Milo nur vom Namen her kannte, und von denen er keine Vorstellung hatte, wo sie lagen, oder wer sie bevölkerte. An den Weißrindenbäumen war alles verzeichnet, was sich zwischen den Göttern und den Sterblichen zugetragen hatte. Von großen Schlachten war die Rede wie auch von heiligen Männern, die den Namen ihrer Gottheit in ferne Länder trugen.

Am Abend war Senetha gerade einmal im oberen Drittel des ersten Baumes angekommen. Die Schrift endete immer dort, wo der Stamm sich das erste Mal teilte und in die Krone überging. Für Milo wäre dies bereits eine Herausforderung gewesen, doch die hochgewachsene Magierin musste sich nur etwas strecken, um auch die oberen Sätze erkennen zu können. In Milos und Dorns Kopf kreisten Namen und Jahreszahlen umher wie ein Schwarm Bienen um einen blühenden Fliederstrauch.

Senetha schlug vor, ganze Passagen auszulassen, die wenig Hoffnung auf Erkenntnis versprachen, und so etwas Zeit und Nerven zu sparen. Dorn und Milo stimmten bereitwillig zu, auch wenn Milo ein schlechtes Gewissen hatte, denn Meister Gindawell hätte dies niemals gutgeheißen. Wenn es um das Wissen der Götter ging, war er unbarmherzig gewesen. Doch auf Grund ihrer mangelnden Vorräte war dies die einzig richtige Entscheidung, befand er. Außerdem drohte ihnen vielleicht doch ein Angriff von den Zwergen, und wer konnte schon sagen, was passieren würde, falls sie in Blätterheim einfielen.

So verging ein weiterer ganzer Tag, an dem Senetha las und die anderen beiden zuhörten. Milo hatte die Hoffnung schon fast aufgegeben, Hinweise auf das Blut des Zweitgeborenen zu finden. Immerhin hatte sich herausgestellt, dass der Zweitgeborene ein Gott war, und blutende Götter waren nicht gerade alltäglich. Götter vergossen Blut, aber es war nicht ihr eigenes. Des Weiteren hatten sie immer noch keine Ahnung, was mit dem Lamm gemeint sein könnte, nach dem Milo suchen sollte.

»Hier ist eine ganze Passage über den Zweitgeborenen«, verriet Senetha. »Das Ganze liegt gute zweitausend Jahre zurück, wenn ich in der Chronologie richtig bin.«

»Lies vor, das ist alles, was wir bis jetzt haben. Langweiliger als der Rest kann es auch nicht sein«, grunzte Dorn.

Senetha drehte sich bestürzt um.

»Langweilig?«, wiederholte sie. »Du hast gerade erfahren, dass die Götter eine große Familie sind, und dass nicht – wie jedes Volk behauptet – ihr Gott der einzig wahre ist. Was hast du erwartet, eine spannende Geschichte über Söldner, holde Jungfrauen und sagenumwobene Schätze? Außerdem: Wenn es stimmt, was hier steht, haben wir alle den gleichen Ursprung. Das heißt so viel wie, wir gehörten einst alle der gleichen Rasse an, und erst der Einfluss jedes einzelnen Gottes hat uns zu dem gemacht, was wir heute sind.«

Senethas Zusammenfassung reichte nicht aus, um Dorns Interesse zu wecken.

»Da hast du aber Glück gehabt, dass ich mir Regor ausgesucht habe, sonst wäre ich vielleicht nur halb so groß und voller Haare oder vielleicht sogar grün und hässlich.«

Senetha zupfte eine der Eicheln aus dem Moos und warf sie wütend nach dem Söldner. Die Frucht verfehlte ihn nur um Haaresbreite.

»He, he«, spottete Dorn, »reg dich nicht auf, als Zwergin kann ich mir dich auch gut vorstellen. Haben die nicht ebenfalls so lustige kleine Bärte.«

Senetha suchte noch nach etwas anderem, das sie werfen konnte.

»Kriegt euch wieder ein, ihr beiden«, forderte Milo die Streithähne auf. »Es wird bald dunkel, und ich würde gern noch hören, was dort über den Zweitgeborenen steht. Das Leben meines Bruders hängt vielleicht von diesen Informationen ab, und ihr albert hier herum.«

Senetha funkelte Dorn noch einen Moment böse an, doch dann begann sie wieder, vorzulesen, was in der Rinde des Baumes geschrieben stand.

»Aber der Zweitgeborene fühlte sich herabgesetzt. Seine Eltern und seine jüngere Schwester besaßen Licht und auch Schattenseite ihrer Macht. Akribisch wogen sie den Einsatz ihrer Gottesstärke ab, spielten damit und versuchten, ein Gleichgewicht zu schaffen. Und selbst sein Bruder, der Erstgeborene, dem die Weisheit zuteilgeworden war, lenkte die Geschicke der Sterblichen und erntete von seiner Familie dafür Achtung und Respekt. Obwohl auch ihm nur eine Seite der Macht gegeben war, gelang es ihm, diese als entscheidendes Werkzeug einzusetzen. Die Menschen schafften es dank ihm, schnell zur herrschenden Spezies zu werden.

Den Zweitgeborenen machte dies zornig. Ihm hatte man den Abschaum aller Rassen überlassen. Die Grünbluter waren entweder zu faul, um etwas Großes zu leisten, zu dumm, um ihren Platz zwischen den anderen Völkern zu finden, oder zu boshaft, um etwas aufzubauen, anstatt es zu zerstören. Und alles, was der Zweitgeborene seinen Völkern geben konnte, war Verblendung. Die Grünbluter waren so zerstritten, dass sie noch nicht einmal untereinander zurechtkamen. Sie hausten in Höhlen in kleinen Rotten zusammen und ließen sich jagen und töten, wie es den anderen Völkern gefiel.

Ein riesiges Heer der Menschen erhob sich und forderte den Tod aller Grünbluter. Die Streitmacht der Menschen war so enorm und ihr Wissen um Kriegsführung und Waffentechnik so überlegen, dass die Orks, Trolle und Goblins nicht den Hauch einer Chance besaßen, die Schlacht für sich zu entscheiden.

Der Zweitgeborene spürte die belächelnden Blicke seiner Geschwister auf sich. Hinter seinem Rücken kicherten und tuschelten sie über ihn und waren voller Vorfreude auf das bevorstehende Gemetzel. Auch die Mutter und der Vater sahen nur zu, wie die Geschwister das Ende der Völker ihres Zweitgeborenen planten.

Der Zweitgeborene wollte die drohende Niederlage nicht so einfach hinnehmen, doch da er nicht die Macht seiner Eltern besaß, direkt in die Geschicke der Welt einzugreifen, bediente er sich einer List. Er ging zu seiner Mutter und bat sie darum, ihm den Sphärenrechen zu überlassen, mit dem sie die Kruste der Welt bei ihrer Erschaffung aufgerissen hatte, um Flüsse, Seen und Berge zu formen. Er erzählte ihr, dass er ein kleines Stück Land abtrennen und es weit hinaus aufs Meer bringen wollte, um hundert seiner stärksten Krieger dort anzusiedeln. Er bat darum, aus ihnen eine neue Rasse formen zu dürfen, die denen seiner Geschwister ebenbürtig war. Die Mutter verstand die Sorge ihres Sohnes, doch sie traute seinen Worten nicht. Um ihn nicht zu enttäuschen und ihm die Chance zu geben, sich zu beweisen, entschloss sie sich zu einem Kompromiss. Sie verwandelte die rechte Hand des Zweitgeborenen in eine Klaue mit drei langen spitzen Krallen an den Fingern. Dann sagte sie ihm, dass er damit ein Stück der Kruste der Welt herausbrechen und es vorsichtig auf hoher See einpflanzen solle. Sie ermahnte ihn, vorsichtig zu sein, da die Welt zerbrechlich sei, und sich ein Stück auszusuchen, das nicht bevölkert war.

Der Zweitgeborene versprach, sich an die Anweisungen zu halten, und dankte seiner Mutter. Doch als er zurück in seinen Gemächern war, belauerte er das Treiben auf der Welt. Als er erkannte, dass sich große Heere der Menschen in einem Waldgebiet zusammenrotteten, um den Angriff auf die Grünbluter zu koordinieren, schlug er mit seiner Kralle auf sie ein, um sie zu vernichten. Er war so voller Hass auf das Volk seines Bruders, dass sich die Krallen seiner Finger tief in die Erde bohrten, während er die Menschen unter sich zerquetschte. Er riss einen Teil der dünnen Kruste auf und setzte die heiße Lava darunter frei. Der flüssige Stein verbrannte die Finger des Zweitgeborenen. Schmerzen waren etwas Neues für den Gott, und instinktiv riss er den Arm zurück. Dabei schnitt er sich an den scharfen Kanten der Erdkruste, und ein Tropfen seines Blutes sickerte in eine der Spalten, die er aufgerissen hatte, und vergiftete das Land. Doch der Sieg der Menschen über die Grünbluter war vereitelt.

Die Mutter und der Vater tobten, als der Erstgeborene und seine Schwester ihnen erzählten, was passiert war. Sie beschlossen, ihren Sohn zu bestrafen, und nahmen ihm die Macht, mit seinen Völkern zu kommunizieren. Von nun an waren die Grünbluter auf sich gestellt, ohne die Führung ihres Gottes.«

Milo sprang von seiner Lagerstätte auf.

»Genau das haben wir gesucht!«, rief er. »Die Suche der Mutter, das Blut des Zweitgeborenen! Meister Gindawell und der Goblinschamane wollten beide das Gleiche. Graumark ist vergiftet vom Blut des Zweitgeborenen, und wir sollen das Gift herausholen.«

»Was für ein Unsinn«, schnaubte Dorn. »In allen Aufzeichnungen der Völker gibt es solch mythische Geschichten. Keine davon besitzt auch nur einen Funken Wahrheit. Man hat sie erfunden, damit die Menschen, Zwerge Elfen und Halblinge überhaupt an etwas glauben. Es sind nichts anderes als Ammenmärchen. Und selbst wenn etwas an der Geschichte wahr sein sollte, woher willst du wissen, dass sich das alles in Graumark abgespielt hat? Es könnte überall auf der Welt gewesen sein.«

Milo hatte eigentlich nicht den Anspruch, einen Söldner, der sein Geld damit verdiente, andere zu töten, davon zu überzeugen, dass er im Recht war, aber die Hinweise waren zu offensichtlich, um sie zu ignorieren, selbst für jemanden wie Dorn.

»Viele hundert Jahre wurde Graumark immer wieder von Unruhen und Kriegen heimgesucht. Das Land kam nie richtig zur Ruhe. Die Erde hier ist gespickt von den Gebeinen der Toten.

Dann endlich entschloss man sich, Graumark nicht unter eine Herrschaft zu stellen, sondern eine Delegation jedes Volkes in diesem Landstrich anzusiedeln. Einige Generationen lang funktionierte der Plan, doch jetzt kommt es wieder zu Auseinandersetzungen. Die Zwerge ziehen gegen die Elfen, unter den Menschen herrscht Bürgerkrieg, und Halblinge töten sich aus nichtigen Gründen. Das Blut des Zweitgeborenen hat uns alle langsam vergiftet. Außerdem ist die Rede von einem Waldgebiet mit tiefen Schluchten, die nahe beieinanderliegen.«

Milo ging zu seinem Rucksack und zog die Karte von Meister Othman heraus. Er breitete sie vor sich auf dem Boden aus und musterte sie.

»Komisch«, seufzte er. »Die Schluchten sind gar nicht auf der Karte eingezeichnet.«

»Siehst du, hab ich doch gesagt«, erklärte Dorn. »Alles nur eine Geschichte.«

»Nein, die Schluchten sind da. Eine ist ganz in der Nähe von Eichenblattstadt, die zweite unweit vom Krähenturm und die dritte an der Grenze zwischen dem Düsterkrallenwald und dem Hochmoor der Elfen. Sie sind da – ganz bestimmt.«

»Schluchten und Kriege gibt es überall«, sagte Dorn. »Ich bin nicht bereit, auf das Gerede eines Halblingsklerikers und eines Goblinschamanen hereinzufallen. Falls wir aus diesem Hain noch einmal lebend herauskommen sollten, verschwinde ich so weit von hier, dass kein Krieg in Graumark mich jemals einholen kann.«

Senetha kam aus dem Halbdunkel hinter dem Weißrindenbaum hervor. »Und ich, spiele ich in deiner Zukunft überhaupt keine Rolle mehr?«, fragte sie Dorn anklagend.

Der Söldner zuckte zusammen, wie von einem Insekt gestochen. »Doch, natürlich, Senetha. Was soll die Frage? Du kommst mit mir.«

»Und was ist, wenn ich keine Lust habe, hinter dir herzulaufen wie ein treuer Hund? Was ist, wenn ich ebenfalls versuchen möchte, etwas Größeres zu schaffen, anstatt mir ein paar schäbige

Münzen zu verdienen, in einer verfallenen Hütte zu wohnen und mich darüber zu freuen, bei dir zu sein.«

»Aber Senetha«, stotterte Dorn, fand dann jedoch nicht die richtigen Worte und verstummte.

»Nichts aber«, fauchte sie ihn an. »Nur weil du deine Talente nicht nutzen willst, heißt das nicht, dass ich meine verkümmern lassen und durch Hausarbeiten ersetzen muss. Ich bin eine Magierin, nicht dein kleines Püppchen. Ich werde mich mit dem Halbling auf die Suche nach dem Blut des Zweitgeborenen begeben. Vielleicht bringt es kein Geld ein, aber ich versuche zumindest, mein Schicksal zu ändern, und laufe nicht wie du davon.«

Senetha schnappte sich ihre Decke und die spärliche Ausrüstung und stampfte wütend davon, ohne Dorn eines weiteren Blickes zu würdigen. Sie ging hinüber zu einem abgestorbenen Baum und schlug ihr Lager dort auf.

Dorn saß nur da mit weit aufgerissenen Augen und bewegte die Lippen, ohne dass er einen Ton von sich gab. Erst als Senetha ihren blauen Umhang um sich gezogen und sich in die klamme Decke eingerollte hatte, formte der Söldner die ersten verständlichen Worte.

»So ist es nicht«, stammelte er, »und das weißt du auch.«

Milo kam diese plötzliche Auseinandersetzung bekannt vor. In Eichenblattstadt waren die Ratsmitglieder ähnlich feindselig zueinander gewesen. Es war wie ein Funken in einem Reisigbündel. Es kam aus heiterem Himmel, und wie es endete, hatte er bereits einmal mit ansehen müssen.

Dorn wollte sich erheben und zu Senetha gehen. Man sah seinem Gesicht an, dass die erste Verblüffung gewichen war, und nun Zorn in ihm aufkochte.

»Nicht«, sagte Milo. »Lass sie erst einmal in Ruhe. Alles, was du jetzt tun oder sagen könntest, würde es nur noch schlimmer machen. Am besten ihr schlaft beide eine Nacht darüber. Morgen können wir immer noch entscheiden, was wir tun wollen. Vielleicht gibt es noch weitere Hinweise in der Borke der Weißrindenbäume. Wenn du jetzt zu ihr gehst, wirst du sie verlieren. Ich spüre das.«

Es schien das Wort ›verlieren‹ gewesen zu sein, das Dorn in seiner Bewegung erstarren und zurück auf seine Decke fallen ließ.

»Ich habe sie noch nie so aufgebracht gesehen«, sagte er. »Ich dachte immer, alles, was sie wollte, ist, mit mir zusammen zu sein.«

»Das will sie auch«, flüsterte Milo. »Sie hat es nur für den Moment vergessen. Morgen wird wieder alles gut sein. Lass uns jetzt ebenfalls schlafen. Einen Tag lang den alten Geschichten zu lauschen ist genauso anstrengend, wie Unkraut aus einem Erdbeerbeet zu zupfen. Wir werden unsere Kräfte noch brauchen, wenn uns die Flucht von hier gelingen soll.«

Bevor Milo zu Ende gesprochen hatte, hatte Dorn sich bereits in seine Decke gewickelt und auf die Seite gerollt.

Milo war erstaunt und erleichtert, dass seine kurze Ansprache den Söldner umgestimmt hatte. Vielleicht reichte eben auch ein einziger Tropfen Wasser aus, um den Funken wieder zu löschen. Wenn es so war, wog seine Untätigkeit während der Ratsversammlung doppelt schwer.

Es half nichts, sich jetzt Vorwürfe zu machen, entschied er und legte sich ebenfalls schlafen. Es dauerte lange, bis er müde wurde. Viele Gedanken kreisten in seinem Kopf, die ihn nicht zur Ruhe kommen lassen wollten. Aber irgendwann nahm der Körper sich das, was er brauchte, und er schlief ein.

Milo schreckte hoch, als er Senethas Schreie hörte. Es war finstere Nacht, und der Wind rauschte durch die Blätter der Weißrindenbäume. Milo konnte noch nicht lange geschlafen haben. Er tastete nach seinem Dolch am Gürtel und sprang auf.

»Senetha!« Dorns Ruf hallte über die Lichtung. »Senetha, wo bist du?«

Erneut schrie die junge Magierin auf.

Milo stolperte durch die Dunkelheit in die Richtung, aus welcher der Schrei gekommen war. Er zückte seinen Dolch, hielt die Klinge aber hinter seinem Rücken, um nicht unbeabsichtigt Senetha oder Dorn zu verletzen.

Milo stieß mit dem Kopf gegen einen Baumstamm. Die Rinde war kalt und auf unnatürliche Weise feucht. Er umklammerte den Stamm, um nicht zu stürzen.

»Senetha«, keuchte er.

Ein weiterer Schrei zerriss das Tosen des Windes. Der Aufschrei erstarb, bevor er seinen Höhepunkt erreichte.

Milo fühlte, wie etwas Warmes von seiner Augenbraue tropfte und ihm zähflüssig über die Wange kroch. Etwas davon benetzte seine Lippe. Es schmeckte metallisch und salzig. *Blut*, dachte er zuerst und schob es auf den Zusammenstoß mit dem Baum. Er musste sich eine Platzwunde geschlagen haben. Doch dann wurden es immer mehr Tropfen.

Die Wolken brachen auf, und silbernes Mondlicht beschien die Lichtung im Elfenwald. Milo stand auf Senethas ausgerollter Decke neben dem toten Baum. Von der Magierin fehlte jede Spur.

»Senetha, nein!« Dorns Ruf klang wie ein Wehklagen. Der Söldner stand unweit hinter Milo und starrte in die Äste des toten Baumes hinauf.

Milo hob den Kopf und erstarrte. Senethas lebloser Körper hing direkt über ihm in der lichten Krone. Ein Ast ragte aus ihrem Bauch. Sie war regelrecht aufgespießt worden. Blut rann an ihrem Bein herab und tropfte zähflüssig in Milos Gesicht.

Wolken schoben sich erneut vor den Mond, und es wurde wieder finster.

Milo hörte den Wind zwischen den Ästen heulen. Etwas Hartes traf ihn im Gesicht. Der Schlag besaß so viel Wucht, dass er Milo einige Schritt zurückschleuderte. Er stürze zu Boden. Seine Brust schmerzte, und die Beine wurden taub.

Kurz blitzte das Mondlicht abermals zwischen zwei Wolkenfetzen auf. Milo sah Dorn, der mit seinem Schwert auf die Äste des toten Baumes einhackte. Die Äste versuchten, den Söldner zu greifen und ihn in die Höhe zu heben. Immer und immer wieder schrie Dorn Senethas Namen, während er wie ein Berserker auf den Baum einhakte.

Dann verlor Milo das Bewusstsein.

Der Wind streichelte sein Gesicht.

36. NELF UND TISLO

Nelf schöpfte mit dem Kupferkessel das rostfarbene Wasser aus dem kleinen Tümpel in der Höhle. Angeekelt warf er einen Blick hinein.

»Soll ich dir einen guten Rat geben?«, sagte er zu seinem Bruder.

»Wenn ich nein sage, verschonst du mich dann damit?«

»Werd besser nicht krank hier unten, denn sonst wird Meister Nodrin dich ebenfalls mit dieser Brühe behandeln. Wie das ausgeht, hast du ja gesehen: Über die Hälfte seiner Patienten sind bereits tot.«

Sein Bruder machte keine Anstalten, Nelf zu helfen. Er stand am Eingang der Höhle und schaute in den dunklen Gang, der zurück in den Haupttunnel führte.

»Du kannst sagen, was du willst, die Zwerge planen irgendetwas gegen die Elfen«, verkündete er. »Das hier ist doch keine normale Mine. Hier gibt es nichts, was sie nicht auch überall anderswo bekommen würden.«

»Du machst dir zu viele Gedanken«, erwiderte Nelf. »Tu einfach, was sie dir sagen. Mit etwas Glück erlassen sie uns den Rest der Strafe, und wir kommen früher frei.«

»Das glaubst du doch nicht wirklich, oder?« Tislo trat einen kleinen Haufen mit dunklen Kieseln auseinander und beobachtete, wie sie sich über den Boden verteilten. »Wenn du mich fragst, sind wir hier ohne die Zustimmung von Mondur dem Großen. Dorimbur plant einen Alleingang. Sein Hass ist stärker als seine Loyalität gegenüber dem Clanoberhaupt. Wenn es eine Belohnung für die Sache hier gibt, ist es der Galgen, nichts anderes.«

Nelf füllte den zweiten Kessel und erhob sich.

»Machen wir, dass wir zurückkommen. Meister Nodrin wird

schon auf uns warten. Ich habe keine Lust, dass er sauer auf uns wird, sonst müssen wir wieder die Aborte reinigen.«

»Immer noch besser, als seinen schmutzigen Trinkliedern zu lauschen«, gestand Tislo.

»Aber nur, weil du nie mithilfst«, beschwerte sich Nelf.

»Ich würde dir ja gern einen Kessel abnehmen, aber dann hättest du nur noch einen, und das Ungleichgewicht ist schlecht für die Hüften. Ich will nicht schuld daran sein, dass du später als alter Mann ganz schief läufst und bei jeder Bewegung Schmerzen hast, wenn du meinen Garten jätest.«

»Träum weiter«, zischte Nelf.

Gemeinsam schlenderten sie durch den dunklen Tunnel zurück auf den gut beleuchteten Hauptstollen. Für eine Zwergenmine herrschte wenig Verkehr in den Tunneln. Wo sonst Loren von Ponys gezogen wurden, die den Abraum und Erze ans Tageslicht brachten, war hier Stille. Auch trafen sie auf keine Zwergenpatrouillen oder Arbeiter, die die letzte Schicht ablösen sollten, damit diese sich bei einem Humpen Bier und einer deftigen Mahlzeit ausruhen konnte. Diese Mine, wenn es denn überhaupt eine war, erinnerte an die erschöpften und längst verlassenen Goldschürfstollen im Nordwesten von Graumark.

Nelf und Tislo sollte es recht sein. Je weniger Zwerge sie trafen, desto weniger Arbeiten gab man ihnen. Das ständige Gequengel von Meister Nodrin – *tut dies, tut das* – reichte ihnen vollends.

Nach einer guten halben Stunde hatte sie das Lazarett erreicht. Meister Nodrin wartete sicherlich schon mit Ungeduld auf sie und würde ihnen sofort den nächsten Auftrag geben. An Ausruhen war kaum zu denken. Es gab immer etwas zu tun, und die einzige Ruhepause, die ihnen gegönnt wurde, war die Zeit, in der der Meister selbst schlief. Zum Ärger der Halblinge kam der Zwergenkleriker mit äußerst wenig Schlaf aus.

Am Eingang der Kammer hing bereits wieder eine Fahne, was so viel bedeutete, dass abermals einer der Bärtigen gestorben war und auf den Abtransport wartete.

»Ich tippe auf den mit dem Sumpffieber«, sagte Tislo.

»Da halte ich gegen«, erwiderte Nelf. »Es ist bestimmt der Fette, dem der Span aus der Brust ragt.«

»Das hoffst du doch nur, weil du ständig seine eiternde Wunde reinigen musst.«

Tislo hatte nicht ganz Unrecht. Nelf war es leid, jede Nacht drei- oder viermal aufzustehen, um die Wunde von faulendem Fleisch und Eiter zu befreien. Er gönnte zwar niemandem den Tod, aber für diesen wäre es eine Erlösung gewesen, fand er.

Sie betraten den kurzen Tunnel, der zur Lazaretthöhle führte. Auf der Hälfte der Strecke nahm Tislo seinem Bruder eine der Kupferkannen ab. »Soll ja nicht so aussehen, als wäre ich faul«, flüsterte er.

Nelf schnitt eine Grimasse.

Kurz bevor sie die Kammer betraten, zögerten sie. Aus dem Inneren drang ein schmatzendes und schabendes Geräusch zu ihnen.

»Wir hätten uns mehr beeilen müssen«, flüsterte Nelf. »Jetzt musste Meister Nodrin den Fetten selbst versorgen. Er wird sauer sein, weil wir so herumgetrödelt haben.«

»Ich lass mir schon was einfallen«, gab Tislo zurück und betrat die kleine Kammer.

Nelf wollte ihm folgen, doch er sah, dass Tislo wie versteinert stehen blieb. Die Kanne rutschte aus seinen Fingern, fiel zu Boden, und der schmutzig braune Inhalt ergoss sich über die lockere Erde und versickerte sofort.

Nelf wagte einen vorsichtigen Blick über die Schulter seines Bruders und musste sich zusammenreißen, nicht auch seine Kanne fallen zu lassen.

Meister Nodrin lag quer über einer der behelfsmäßigen Pritschen. Sein Kopf war übermäßig weit zur Seite gedreht. Blut tropfte aus seinem Mundwinkel, und die Augen waren weit aufgerissen. Über ihm hockte der kranke Zwerg mit dem Sumpffieber, den Kopf tief in die Halsbeuge des Klerikers gedrückt. Von ihm ging das schmatzende Geräusch aus.

Der fette Zwerg hockte vor dem Bett. Mit einem Messer in der Hand schnitt er ein großes Stück aus dem Bein des Meisters. Der Oberschenkelknochen des Zwergenklerikers machte ihm beim Heraustrennen zu schaffen. Daher stammte das schabende Geräusch.

Nelf packte seinen Bruder an der Jacke und zog in zurück in den schmalen dunklen Tunnel. Er setzte den Krug mit dem Moorwasser an und nahm einen großen Schluck. Dann reichte er ihn weiter an seinen Bruder, der es ihm gleichtat.

»Ich muss da noch einmal rein«, flüsterte Tislo.

»Wieso?«, hauchte Nelf.

»Meister Nodrin hat eine Karte der Mine in der Schublade seines Tisches.«

»Wozu brauchst du sie?«

»Damit wir von hier verschwinden können«, erklärte Tislo.

»Wieso?«

Tislo entschied, dass Nelf unter Schock stand. Er wollte es aber nicht schlimmer machen und antwortete deshalb: »Weil es mir hier gar nicht mehr so gut gefällt wie zu Anfang. Und außerdem wird es keine bessere Möglichkeit zur Flucht geben.«

»Wieso?«

Diesmal ging Tislo über die Frage hinweg und kam gleich zu seinem Plan. »Ich werde mich hineinschleichen und mich hinter den Betten auf der rechten Seite verstecken. Dann krieche ich bis zum Schreibtisch und schnappe mir die Karte. Wenn mich die Zwerge entdecken, musst du versuchen, sie abzulenken.«

»Bist du verrückt? Das werde ich auf keinen Fall tun«, zischte Nelf.

Tislo war froh, nicht wieder dieses ›Wieso‹ als Antwort zu bekommen, doch hatte er sich etwas mehr Unterstützung erhofft. Dennoch war er sich sicher, dass Nelf das Richtige tun würde, wenn er in Gefahr geriet. Er würde ihn retten, so wie er es bisher immer getan hatte.

Tislo hockte sich hin, warf einen schnellen Blick in die Kammer und huschte auf allen vieren hinter die erste Pritsche. Die Zwerge waren immer noch zu beschäftigt, um ihn zu bemerken. Langsam kroch er die Wand entlang, immer weiter in den hinteren Teil des Lazaretts, wo der Tisch von Meister Nodrin stand.

Er war bereits am dritten Bett vorbei, als ihn jemand an den Haaren packte. Beinahe hätte er geschrien, doch er konnte den Impuls gerade noch unterdrücken.

»Wasser, bitte, Wasser«, stöhnte die Stimme vom Bett.

Das Schmatzen und Schaben erstarb. Dann näherte sich jemand mit schlurfenden Schritten. Tislo legte sich flach auf den Boden, doch die Hand wollte sein Haar nicht loslassen. Die Schritte kamen näher. Sein Herz raste. Jemand blieb neben der Pritsche stehen. Er röchelte leicht. Tislo kannte dieses Röcheln. Der fette Zwerg gab es von sich, wenn er wieder einmal keine Luft bekam. Immer wenn es zuvor aufgetreten war, hatte Meister Nodrin dem Zwerg ein Tuch, getränkt mit Minzöl, auf Nase und Mund gelegt. Nach zwei, drei Minuten hatte das Röcheln dann aufgehört.

Nelf schaute vorsichtig um die Ecke. Ihm stockte der Atem. Sein Bruder lag hinter einem der Betten. Davor stand der fette Zwerg, die bleichen Augen auf den verletzten Kameraden vor sich gerichtet. Er hatte ihm das Messer, mit dem er zuvor am Bein des Meisters herumgesäbelt hatte, auf die Brust gesetzt. Er drückte die Spitze vorsichtig durch das dünne Hemd. Sie verschwand eine Daumenbreite tief im Fleisch des Bärtigen. Der vom Fieber geplagte Zwerg wand sich unter Schmerzen. Dann stieß sein Kamerad zu, und die Klinge verschwand bis zum Heft in der Brust. Anschließend zog er das Messer wieder heraus und schlurfte zurück zu dem toten Meister, über dem immer noch sein Kamerad hockte und sich am Fleisch des Gelehrten gütlich tat.

Nelf sah, wie sein Bruder weiterkrabbelte. Er verschwand hinter dem letzten Bett in der Reihe. Zum Schreibtisch des Meisters waren es nur noch zehn Fuß.

Nelf konnte Tislo nicht mehr sehen, aber plötzlich schob sich ein zusammengerolltes Pergament über die Tischkante und wurde fröhlich hin und her gewedelt. Kurz darauf streckte Tislo den Kopf seitlich des Tisches heraus. Er grinste breit. Nelf sah, wie sein Bruder mit sich haderte und anscheinend überlegte, ob er den gleichen Weg zurücknehmen sollte, den er gekommen war, oder ob er einfach quer durch den Raum hinausstürmen sollte.

Nelf schüttelte den Kopf und wusste im selben Moment, dass es ein Fehler war. Sein Bruder tat gern das, wovon man ihm abriet. Er nahm es als Herausforderung, zu beweisen, dass es doch anders ging. Und genauso kam es.

Tislo sprang auf und rannte los. Er war schon halb durch den Raum, als die Zwerge ihn entdeckten. Der Fette stach mit dem Dolch nach ihm, verfehlte ihn aber. Tislo nahm die letzten beiden Betten wie Hürden und rannte aus der Kammer an Nelf vorbei.

Dieser verlor keine Zeit und folgte dem Bruder, ohne zu wissen, wohin dieser wollte. Sie rannten den Hauptstollen in Richtung Süden, immer weiter weg vom Haupteingang.

Nach gut einer halben Stunde kamen sie keuchend zum Stehen. Tislo sackte an der Stollenwand zusammen und streckte die Beine aus. Nelf befand, dass er zu erschöpft war, um sich zu setzen.

»Du hast ja noch immer die Kanne in der Hand«, keuchte Tislo.

Nelf sah an sich herab und betrachtete das Gefäß erstaunt, als ob er es zum ersten Mal sähe.

»Hätte ich sie weggeworfen, wäre ich schneller als du gewesen«, stöhnte er. »Aber ich wusste ja nicht, wohin du willst. Außerdem dachte ich, du könntest einen Schluck vertragen nach der ganzen Rennerei.«

»Igitt!« Tislo winkte angeekelt ab.

»Was haben wir jetzt vor?«, fragte Nelf.

»Na, was wohl? Wir verschwinden von hier«, sagte Tislo. »Von den Zwergen versklavt zu werden war ja schon schlimm genug, aber jetzt auch noch zum Abendbrot von Untoten zu werden ist eindeutig zu viel.«

»Du denkst, das waren Untote?«, staunte Nelf.

»Was denn sonst? Zwerge, die sich bei vollem Verstand gegenseitig auffressen, wären zu schön, um wahr zu sein. Die beiden schienen auf keinen Fall gesundet zu sein. Vielleicht hatten sie aber auch nur was gegen die Behandlungsmethoden von Meister Nodrin. Wie auch immer, wir sollten hier schleunigst verschwinden und die Elfen warnen.«

Nelf stellte den Kupferkrug ab und entwendete seinem Bruder die Karte.

»Was soll das?«, beschwerte sich Tislo.

»Ich bin der Ältere«, sagte Nelf. »Ich sollte unsere Flucht planen. Du hast zwar manchmal ganz gute Ideen, aber deine daraus resultierenden Pläne sind meistens schlecht und zum Scheitern verurteilt.«

»Von wem stammte noch der Plan, die Zwerge zu bestehlen?«, fragte Tislo herausfordernd. »Außerdem habe ich die Karte geholt, während du zitternd im Dunkeln gestanden hast.«

»Eben drum. Du solltest dein Glück nicht herausfordern.«

Nelf lief auf eine der Laternen zu, die den Hauptstollen beleuchteten. Er ging in die Hocke und breitete die Karte vor sich auf dem Boden aus. Nach einem Augenblick tippte er mit dem Finger darauf und sagte: »Wir sind hier.«

»Meine Hochachtung«, spottete Tislo, »welch überragende Kombinationsgabe.«

Nelf ließ die Stichelei seines Bruders unkommentiert. Er war der Ältere und hatte somit das Sagen. Schlimm genug, dass sein Bruder ihn zu einer Flucht überredet hatte.

Er zeichnete mit dem Finger den Verlauf der verschiedenen Gänge nach und maß ihre Länge. Dann tippte er auf einen größeren Stollen, von dem sternförmig eine Vielzahl kleinerer Tunnel abzweigte.

»Ich gehe davon aus, dass der Haupteingang immer noch gut bewacht wird. Wenn es einen weiteren Ausgang gibt, dann muss er irgendwo hier sein«, verkündete er.

»Das passt ja gut«, sagte Tislo. »In die Richtung müssen wir eh.«

»Wieso?«, fragte Nelf erstaunt.

Tislo deutete in nördlicher Richtung. »Ich habe zwar keine Angst vor Laternen, aber diese dort bewegen sich eindeutig zu schnell in unsere Richtung.«

Nelf und Tislo sprangen aus dem direkten Lichtkegel der Laterne und drängten sich dicht an die Wand, um nicht gesehen zu werden.

Es waren zwei helle Lichtkegel, die hin und her schaukelten und auf- und abwärts hüpften.

»Ponys! Wahrscheinlich Dorimbur oder Tomdrin«, vermutete Nelf.

»Vielleicht fallen die Untoten über Wen-auch-immer her und fressen ihn auf«, gab Tislo zu bedenken.

»Es wird wohl eher umgekehrt sein«, schnaubte Nelf verdrießlich. »Wir sollten machen, dass wir von hier wegkommen. Sie werden nach uns suchen.«

Nelf und Tislo wandten sich gen Süden, um tiefer in den Stollen vorzudringen, da tauchte vor ihnen ebenfalls ein Lichtschein auf.

»Das nennt man das Glück der Halblinge«, zischte Tislo. »Was machen wir nun?«

Nelf hielt die Karte hoch und studierte sie.

»Da vorn geht links irgendwo ein kurzer Blindstollen ab. Dort werden wir uns verstecken, bis sie weg sind.«

Der Abzweig war schnell gefunden. Am Stollenende hatten die Zwerge einfach aufgehört, weiterzugraben, weil ihnen ein Wassereinbruch von oben drohte. Mit einem Gewirr aus Holzstämmen hatten sie Wände und Decke gestützt. Die beiden Halblinge kletterten zwischen die Balken und versteckten sich fünfzig Fuß vom Hauptstollen entfernt hinter einem Haufen Abraum. Dann warteten sie ab.

Gute zwanzig Minuten dauerte es, bevor Licht den Anfang des Blindtunnels erhellte und die Zwergenpatrouille ankündigte. Auch von der anderen Seite näherte sich jemand. Die beiden Parteien kamen direkt vor dem Stollen, in dem sich Nelf und Tislo versteckten, zum Stehen.

Im Licht der Laternen erkannten sie Dorimbur und Tomdrin, die auf Ponys saßen. Ihnen gegenüber stand ein Trupp Zwerge. Dem Geklapper und Getrampel nach zu urteilen, mussten es um die zwanzig Bärtige sein.

»Seid ihr die Letzten?«, fragte Dorimbur ohne eine Begrüßung.

»Ja, das sind alle«, antwortete sein Gegenüber. »Wir hatten uns darauf eingestellt, erst in drei Tagen die Essen anzufeuern. Was ist denn passiert? Uns wäre beinahe das Hirtenholz ausgegangen, eine Esse im Süden hatte einen Wassereinbruch, und die im Nordwesten, na ja, das wisst Ihr ja selbst.«

Dorimbur schnaubte verächtlich. »Zwei Essen weniger, darauf kommt es nicht an. Die großen Regenfälle haben noch nicht eingesetzt. Der Torf ist trocken genug, und wenn die Kohle erst einmal brennt …«

»Es gab einige Probleme hier unten«, fiel Tomdrin ihm ins Wort. »Es scheint so etwas wie eine Seuche zu sein. Und da der Sturm langsam einsetzt, haben wir uns entschlossen, heute schon loszuschlagen.«

»Eine Seuche?«, fragte der unbekannte Zwerg.

»Nichts, worüber Ihr Euch Sorgen machen müsst«, sagte Dorimbur schroff. »Wir haben alles unter Kontrollen. Geht einfach zurück in die Schlucht, die Aufzugskörbe warten bereist dort, um euch nach oben zu den anderen zu bringen.«

»Was ist mit dem Mechanismus?«, verlangte Tomdrin zu wissen.

»Alles, wie Ihr es befohlen habt. Der Kessel ist mit hundertdreißig Gallonen Wasser gefüllt. In sechs Stunden sollte alles verdampft sein. Sind denn die Windsegel am Eingang der Schlucht fertiggestellt?«

»Das lasst mal unsere Sorge sein«, erwiderte Dorimbur, immer noch unversöhnlich. »Der Sturm kommt aus Westen. Er wandert genau auf die Schlucht zu. Wenn er nicht dreht, werden die Segel den Wind einfangen und ihn in die Mine pressen.«

»Gut, dann auf zu den anderen.«

Dorimbur, Tomdrin und die Zwerge aus dem Stollen machten sich gemeinsam auf den Weg zurück in die Schlucht. Nelf und Tislo warteten noch, bis die Hufschläge der Ponys nicht mehr zu hören waren. Dann schlichen sie aus ihrem Versteck.

»Hast du verstanden, wovon Dorimbur und Tomdrin gesprochen haben?«, fragte Nelf

»Nicht genau«, gestand Tislo, »aber sie haben von Hirtenholz geredet. Das Zeug ist unglaublich selten und teuer. Sie verwenden es in den Schmieden am Hofe und in den Burgen von irgendwelchen reichen Lords. Es brennt heißer als jedes andere Holz und qualmt nicht. Aber eins weiß ich: Wenn wir es nicht innerhalb der nächsten sechs Stunden herausgefunden haben, sitzen wir in der Klemme.«

»Dann sollten wir keine Zeit verlieren.«

Sie liefen los in südlicher Richtung. Nelf war sich sicher, dass, wenn die Karte maßstabgetreu war, sie den sternförmigen Raum in gut vier Stunden erreichen konnten. Von dort aus würde sich alles Weitere zeigen.

Der Grundriss der Mine war korrekt, nur hatte Nelf seine Kondition und die seines Bruders überschätzt. Sie brauchten über fünf Stunden, um die große Halle zu erreichen, und als sie den ersten Fuß hineinsetzten, fehlte ihnen der Atem, um sie zu bestaunen. Sie maß fast zweihundert Schritt im Durchmesser und war tatsächlich, wie auf der Karte eingezeichnet, sternförmig. Einst rund, hatte man jeden abzweigenden Tunnel trichterförmig freigegraben. Die Gänge führten in alle Richtungen. Einer glich dem anderen. In der Mitte der Halle hatten die Zwerge ein riesiges Kohlebecken errichtet, über dem an unzähligen Ketten ein großer Bottich hing, in dem es brodelte.

»Das muss der Kessel sein, von dem die Zwerge geredet haben«, keuchte Nelf. »Vielleicht können wir es irgendwie aufhalten.«

»Was aufhalten?«, fragte Tislo kaum verständlich.

»Den Mechanismus, von dem Dorimbur gesprochen hat. Der Kessel scheint ihn auszulösen.«

Tislo betrachtete den übergroßen Bottich wenig begeistert.

»Den würden wir noch nicht einmal heben können, wenn er nicht über einem Becken glühender Kohlen hängen würde.«

»Hättest du zugehört, wüsstest du, dass es nicht darum geht, ihn hochzuheben, sondern darum, ihn unten zu halten. Wenn das Wasser darin verkocht ist, wird er langsam nach oben steigen und den Mechanismus auslösen. Wir müssen also nur dafür sorgen, dass er schwer genug bleibt.«

»Es ist deine Idee – du kannst dich reinsetzen.«

»Ich habe eine bessere Idee. Komm mit«, sagte Nelf.

Das Kohlenbecken brannte so heiß, dass die Brüder einige Schritt Abstand halten mussten. Der Kessel darüber hing zehn Fuß über dem Feuer.

»Sammle alle Kohlestücke ein und wirf sie in den Kessel«, erklärte Nelf seinem Bruder.

Sie sammelten die Stücke Kohle, die verstreut um das Becken lagen, auf und versuchten, sie in den Kessel zu werfen. Leider gestaltete sich das Unternehmen schwieriger, als geahnt.

»Nicht in die Glut. In den Kessel sollst du werfen«, fauchte Nelf seinen Bruder nach dem zweiten Fehlversuch an.

»Du hast gut reden«, beschwerte sich Tislo. »Dieses Zeug ist zu leicht zum Werfen. Außerdem bin ich stundenlang gerannt, stehe vor einem glühenden Kohlebecken, und auf meinen Ohren ist ein Druck, als wenn ich auf dem Grund des Meeres liegen würde.«

»Hör auf zu jammern. Wir waren schon oft weit unten in den Minen. Du solltest dich an den Druck gewöhnt haben.«

»Habe ich auch, aber wir sind nicht weit unten in einer Mine. Wir sind vielleicht weit drin, aber nicht weit unten. Ich sage dir, dreißig Schritt über uns lässt sich der Sauerampfer die Sonne auf die Blätter scheinen.«

Langsam knarrend, bewegte sich der Kessel ein Stück nach oben.

»Wir schaffen es nicht!«, schrie Nelf. »Komm, wir müssen weg von hier. Hoffen wir, dass du Recht hast. Wir ändern den Plan.«

»Hoffentlich sind deine Ersatzpläne besser als die ursprünglichen.«

Nelf rannte los und hielt auf die Tunnel im Nordwesten zu. Er hörte die klatschenden Schritte seines Bruders hinter sich.

»Du willst doch wohl nicht dort hineinlaufen, oder?«, warnte Tislo.

»Einer im Nordwesten ist sicher!«, rief Nelf. »Die Zwerge haben es selbst gesagt.«

»Sie haben nur angedeutet, dass etwas damit nicht stimmt«, korrigierte Tislo seinen Bruder.

»Das ist dasselbe.«

Nelf lief die Eingänge der verschiedenen Tunnel ab, bis er endlich bei einem Halt machte.

»Hier ist es. Kaum Fußspuren«, verriet er. »Hier müssen wir rein.«

Er rannte los, sein Bruder folgte. Der Tunnel endete nach hundert Schritt in einer kleinen Kammer, die halb unter Wasser stand. Mitten im Nass stand ein Tier mit langem zottigem Fell und einem dünnen Hals, der bis ins Wasser hing. Ein wackliger Brettersteg führte quer durch die natürliche Höhle. Am Ende des Steges hatten die Zwerge ein Gerüst aus Balken errichtet, das eine Kohleschale von zehn Fuß Durchmesser trug.

»Sag mir, dass es nicht das ist, was ich denke«, flüsterte Tislo seinem Bruder ins Ohr, als er ihn eingeholt hatte.

»Doch, das ist es, und darum bist du besser leise.«

»Lass uns so schnell wie möglich weg von hier«, bat Tislo.

Nelf deutete auf eine Stelle über der Kohleschale an der Decke der Kammer.

»Siehst du die gebrannte Tonscheibe dort, am Ende des Trichters?«

Tislo nickte nur. Er traute sich nicht, noch einen weiteren Mucks von sich zu geben.

»Wenn das Wasser aus dem Kessel verdampft ist, wird der Kessel im Sternraum hochsteigen. Die Ketten, die sich quer durch das Erdreich über uns ziehen und in jeder der Kammern enden, verbinden alles miteinander. Diese Ketten werden dann mit Hilfe der Gegengewichte an ihrem Ende den Tondeckel dort zur Seite ziehen, und der Tunnel ist nach oben hin frei. Allerdings befindet sich in diesem Fall darunter eine schwelende Esse, die nur darauf wartet, von einem Lufthauch entfacht zu werden. Das heißt, wir müssen schnell genug sei, um durch das Loch zu entkommen.«

Tislo starrte immer noch ungläubig auf den regungslos dastehenden Sumpfzauter.

»Komm schon«, drängelt Nelf, »wir müssen dort zum Schacht. Uns bleibt nicht mehr viel Zeit.«

Tislo reagierte erst, als Nelf an seiner Jacke zupfte.

»Es war dein Plan, zu flüchten«, erinnerte Nelf ihn. »Nun lass mich nicht hängen.« Als er den ersten Fuß auf den Brettersteg setzte, fasste er Tislos Hand. »Tritt nicht ins Wasser, versteinerte Halblingsfüße sind schwerer als alle anderen.«

Nelf lächelte. Es sollte seinem Bruder eigentlich Zuversicht signalisieren, doch es zeigte keine Wirkung.

Mit weit ausgebreiteten Armen balancierten die beiden über den Steg. Es dauerte eine gefühlte Ewigkeit, bis sie das sichere Gerüst erreicht hatten. Am liebsten hätte Nelf vor Erleichterung laut losgelacht, als er die dicken Stämme umklammerte, doch die Gefahr durch den Sumpfzauter war allgegenwärtig.

Nelf hatte gerade die erste Strebe erklommen, da zog die Kette die Tonscheibe zur Seite. Lose Grassoden fielen von oben herab, und Tageslicht brach in die Höhle. Im selben Moment entstand ein Sog, und ein gewaltiger Luftstrom schoss durch den Schacht nach oben. Nelfs Jacke flatterte über seinen Kopf und versperrte ihm die Sicht. Wären die Ärmel weiter gewesen, hätte es ihm das Kleidungsstück vom Körper gerissen.

Der Sturm war ohrenbetäubend. Nelf blickte hinunter zu seinem Bruder, dann zum Sumpfzauter. Das Wesen stand immer noch unbeweglich bis zur Hüfte im Wasser. Das Fell wehte gegen den Strich und zeigte die fahle weiße Haut darunter.

»Beeil dich!«, schrie Nelf Tislo an. »Irgendwann wird dem Vieh der Hintern kalt, und es wird wissen wollen, warum. Dann sollten wir besser hier heraus sein.«

Die beiden Halblinge stiegen in dem Trichter nach oben. Das Wurzelgeflecht, das den Torf der Schachtwand durchzog, bot eine gute Kletterhilfe. Im Nu hatten sie die Grasnarbe erreicht und bahnten sich ihren Weg an die Oberfläche. Nelf krabbelte zuerst ans Tageslicht wie ein frisch geschlüpfter Käfer. Er reichte seinem Bruder die Hand und half ihm, aus dem Loch zu kriechen. Sie befanden sich mitten in einem Wald. Riesige Bäume ragten über ihnen auf, trotz des dichten Blätterdaches war es taghell und freundlich. Die Freude über die neu gewonnene Freiheit war stärker als ihre Erschöpfung. Lachend fiel Nelf seinem Bruder in die Arme. Gegenseitig klopften sie sich gratulierend auf den Rücken, bis Tislos Beine plötzlich versagten. Nelf hatte alle Mühe, seinen Bruder zu halten. Dann glitt er ihm aus den Fingern und stürzte zu Boden. In Tislos Rücken steckten drei Pfeile. Das bunte Gefieder am Ende der Schäfte flatterte im Wind, der aus dem Schacht zog.

Nelf starrte nach oben in die Bäume. Hoch oben zwischen den Ästen sah er die schlanken Elfen hocken. Sie zielten mit ihren Bögen auf ihn.

»Nein!«, brüllte Nelf und brach weinend neben seinem Bruder im Gras zusammen. »Ihr habt ihn umgebracht! Er hat euch doch nichts getan. Wir wollten euch doch nur warnen.«

37. MILO

Es war, als wollte die Welt all die Übel, die auf ihr geschahen, ausspucken. Und es begann, als Dorn in den frühen Morgenstunden den letzten Stein auf Senethas Grab legte.

Die ganze Nacht über hatte der Söldner mit den bloßen Händen oder dem Schwert wie ein Wahnsinniger Steine aus dem Boden gegraben. Er häufte sie um den Leichnam seiner Geliebten auf, bis dieser vollständig verdeckt war. Nicht ein Klagelaut drang aus seinem Mund. Nicht eine Träne rann über seine Wangen. Sein Gesicht war wie versteinert.

Als er fertig war, rammte er sein Schwert in den Boden und hockte sich, eingehüllt in eine Decke, neben die Grabstätte.

Milo befürchtete, die Elfen würden es nicht zulassen, dass er Senetha im Hain begrub, doch noch mehr hatte er Angst vor Dorn. So ließ er den Söldner seinen letzten Dienst für die Magierin verrichten und war heilfroh, dass die Elfen sie nur teilnahmslos beobachteten.

Der Baum, der Senetha getötet hatte, schien Dorn vollkommen gleichgültig zu sein. Nur den Ast, der die junge Frau aufgespießt hatte, hatte er abgeschlagen. Vielleicht wusste er um die Natur der wunderlichen Pflanze.

Milo jedenfalls hatte erkannt, um was für einen Baum es sich handelte. Jeder kleine Junge in Eichenblattstadt wuchs mit Geschichten über Nachteiben auf. Die Mütter und Großmütter erzählten sie ihren Enkeln, wenn sie diese davor warnen wollten, allzu weit in den Wald zu gehen. Die Nachteiben waren eine sonderbare Laune der Götter. Sie sahen aus wie abgestorbene Bäume, und im Grunde genommen waren sie das auch – mit dem kleinen Unterschied, dass zu ihren Lebzeiten eine Dryade in ihnen gehaust hatte. Mit dem Tod des Baumes starb auch die Dryade. Jedoch bei

Nacht, wenn kein Mondlicht schien, erwachten sie erneut zum Leben. Aus Wut und Verzweiflung über ihren Tod griff der Geist der Dryade dann jedes Lebewesen an, das Schutz unter dem Baum suchte. Sobald es hell wurde, verschwand der Geist wieder, und die Nachteibe war wieder nichts weiter als ein toter Baum.

Milo hatte ein schlechtes Gewissen. Er fühlte sich mitschuldig an Senethas Tod. Schließlich hatte er Dorn dazu geraten, sie in Ruhe zu lassen. Vielleicht hätten sie sich an diesem Abend doch versöhnt, und die Magierin hätte ihre Lagerstatt wieder in seiner Nähe aufgeschlagen. Dann wäre das alles nicht passiert, und Senetha wäre noch am Leben.

Während Milo darüber nachdachte, wie es nun weitergehen sollte, und Dorn weiterhin in stumme Trauer versunken war, brach plötzlich die Hölle los.

Über den Wald toste aus heiterem Himmel ein Sturm hinweg. Blätter wehten über die Lichtung, und von den Bäumen regnete es kleine vertrocknete Zweige, die das Unwetter aus dem Geäst herausriss. Die Elfen klammerten sich hoch oben in den Bäumen fest oder zogen sich in ihre Behausungen zurück. Die freihängenden Brücken schwangen hin und her; die Seile drohten zu zerreißen.

Milo sah, wie unweit von ihm, neben dem Stamm eines Seelenbaumes, Grassoden und Moos explosionsartig in die Luft geschleudert wurden. Zurück blieb ein kreisrundes Loch im Boden. Ein tiefes dröhnendes Pfeifen, das nicht enden wollte, übertönte den Sturm. Selbst das Signalhorn der Elfen wurde ausgelöscht, der Klang vom Sturm davongetragen.

Die ersten Funken stoben in die Höhe, dort, wo eben die Grassoden explodiert waren. Immer mehr wurden mit Rauch und Asche aus dem Erdloch geschleudert. Die Luft darüber begann zu flimmern. Die unteren Äste des am nächsten stehenden Seelenbaumes fingen Feuer. Die ersten Pfeile der Elfen flogen und bohrten sich tief in den Boden rund um die funkensprühende Quelle. Doch vom Feind fehlte jede Spur.

Milo entdeckte ein weiteres Loch, nicht weit entfernt im Osten. Es schien denselben Ursprung zu haben. Es erinnerte Milo an einen mit Tabak gefüllten und glühenden Pfeifenkopf, durch den man seinen Atem blies. Je weiter sich die Glut durch dem Boden fraß, desto mehr Funken und Flammen schossen in die Höhe. Der brennende Torf entwickelte einen dichten weißen Qualm, der sich zwischen den Bäumen verfing. Milo kannte den leicht beißenden Geruch. In langen kalten Wintern, wenn das Brennholz knapp wurde, heizte sein Vater mit getrockneten Torfziegeln. Nach und nach verschwanden die Baumkronen hinter dem Schleier. Milo spürte die Hitze der Glut in seinem Gesicht.

Wenn es eine Möglichkeit zur Flucht gab, dann war sie jetzt gekommen. Doch allein würde Milo es nicht schaffen. Selbst wenn er unbeschadet aus dem Elfenwald herauskäme, das Moor würde er ohne fremde Hilfe niemals durchqueren können. Er musste Dorn dazu bewegen, ihn zu begleiten.

Milo rannte hinüber zu dem Weißrindenbaum, unter dem das Grab von Senetha lag. Dorn hockte immer noch teilnahmslos daneben und starrte auf sein Kurzschwert, dessen Klinge zur Hälfte in der Erde steckte.

»Dorn, du musst mit mir kommen!«, schrie er den Söldner an. »Das ist unsere Chance, von hier wegzukommen. Die Zwerge greifen die Stadt der Elfen an. Ohne dich schaffe ich es nicht. Dorn, hörst du?«

Dorn hörte nicht, oder es drang nicht zu ihm durch. Er saß da und ließ das Chaos um ihn herum geschehen, als sei es ein Trugbild und könnte ihm nichts anhaben.

»Dorn, es ist nicht die Zeit zum Trauern.«

Milo rüttelte vorsichtig an seiner Schulter. Er befürchtete, Dorn könnte unangemessen reagieren, wenn er ihn zu sehr bedrängte. Aber wenn man mitten auf einem Schlachtfeld saß, auf dem sich gleich zwei Armeen die Köpfe einschlagen würden, wie lästig durfte man dann werden?

Es hatte alles keinen Zweck, Dorn ignorierte jedes Flehen.

Milo fuhr herum, als er eine Gestalt aus dem Augenwinkel

wahrnahm, die am Rand der Lichtung entlangschlich. Es war ein Elf. Tief gebeugt und mit gespanntem Bogen, schien er auf die ersten Eindringlinge zu warten. Milo verlor ihn aus den Augen, als sich abermals eine weiße Qualmwolke über die Lichtung schob.

»Zwerge mit mächtigen Hämmern und Äxten gegen Elfen mit Langbögen, und ich mitten drin mit einem abgewetzten Dolch«, beschwerte sich Milo bei sich selbst. »Ich weiß ja noch nicht mal, auf welche Seite ich mich schlagen soll.«

Verbittert sah er zu Dorn.

»Du bist mir keine große Hilfe«, sagte er. »Sechs Fuß, um genau zu sein. Doch um diese geltend zu machen, musst du aufstehen, denn momentan bin ich der größere von uns. Auch wenn es nur eine Handbreit ist.«

Ein verirrter Pfeil – zumindest hoffte er, dass er versehentlich in seine Richtung geflogen war – zischte an Milo vorbei und verlor sich irgendwo hinter ihm im Wald. Entsetzt warf er sich zu Boden. Einen Moment wartete er ab, ob noch weitere Geschosse folgten, dann krabbelte er auf allen vieren in die Deckung des Weißrindenbaumes. Mit dem Elfenwald im Rücken spähte er über die Lichtung. Dorn saß keine zehn Fuß von ihm entfernt, ohne Deckung, ungeschützt und regungslos.

»Dorn«, zischte Milo. »Komm hier herüber. Wenn du geplant hast, dich durch deine Reglosigkeit unsichtbar zu machen, muss ich dir leider sagen, es hat nicht geklappt. Der Pfeil auf mich war sicherlich ein Versehen. Bei diesen Sichtverhältnissen kann man schon mal einen Halbling mit einem Zwerg verwechseln, aber du bist ein Mensch. Und ein recht großer und mürrisch aussehender dazu. Ich könnte es keiner Seite verübeln, wenn sie dich sicherheitshalber töten, um nicht Gefahr zu laufen, dass du etwas gegen sie hast. Wenn du weiterhin so dasitzt, würde dich selbst noch ein Zwerg mit einem Langbogen treffen können.«

Es hatte keinen Sinn. Milo drang nicht zu ihm durch. Aber er konnte den Söldner auch nicht einfach zurücklassen. Sie kannten sich zwar noch nicht lange, doch sie waren Weggefährten, und das hatte für einen Halbling schon etwas zu bedeuten. Ob menschliche Söldner das ähnlich sahen, wusste er nicht.

Milo blieb nichts anderes übrig, als abzuwarten und darauf zu hoffen, dass sie entweder unbemerkt blieben oder Dorn doch noch zur Besinnung kam.

Das Feuer wütete immer weiter und fraß sich durch den torfigen Waldboden. Der Seelenbaum in Milos Nähe stand bald komplett in Flammen, und Milo sah durch den Schleier aus Rauch, wie die Elfen von ihm flüchteten. Bereit, ihre Heimat zu verteidigen, bezogen sie im Wald Stellung. Doch der Feind, den sie erwarteten, kam nicht. Der einzige Gegner, dem sie sich gegenüber sahen, waren die schwelenden und funkensprühenden Löcher im Boden – ein unerbittlicher und ausdauernder Feind.

Bei Einbruch der Nacht sah Milo das ganze Ausmaß des Infernos. Dutzende von Bränden erhellten den Elfenwald. Der Schein der Feuer ließ die weißen Rauchschwaden wie Gespenster wirken, die durch die Bäume wehten. Mindestens drei der großen Seelenbäume standen lichterloh in Flammen. Der glühende Krater am Rand der Lichtung besaß mittlerweile einen Durchmesser von gut zwanzig Fuß und wuchs von Stunde zu Stunde weiter. Der Rauch war unerträglich geworden und ließ nicht weiter blicken, als man einen Stein hätte werfen können. Über den Baumkronen tobte immer noch der Sturm.

Ein Teil der Elfen hatte ihre Stellung verlassen, um zu versuchen, die Brände einzudämmen. Mit langen Speeren wagten sie sich dicht an die glühenden Löcher, um die Ränder zum Einsturz zu bringen. Andere hackten die unteren Äste der Seelenbäume ab, um zu verhindern, dass die Flammen auf diese übersprangen. Alle Mühe war jedoch von wenig Erfolg gekrönt. Der glühende Torf und die tosende Luft, die aus den Löchern emporstieg, wollten sich nicht bändigen lassen.

Elfen liefen mit Bottichen zu einem nahen Fluss oder Weiher und verteilten Wasser, um der Feuer Herr zu werden. Doch sie kämpften einen aussichtslosen Kampf. Letztlich blieb ihnen nichts anderes übrig, als die Seelenbäume zu verlassen und zu versuchen, wenigstens noch ein wenig Hab und Gut in Sicherheit zu bringen.

Milo tat die ganze Nacht über kein Auge zu. Mit der Decke vor Mund und Nase schützte er sich vor dem Rauch. Dorn hatte auf jeglichen Schutz verzichtet. Die Decke war ihm mittlerweile von den Schultern gerutscht und hatte sich an dem im Boden steckenden Schwert verfangen. Entweder machte ihm der Qualm nichts aus, oder er hatte aufgehört zu atmen. Milo fand beides gleich wahrscheinlich.

Er wollte gerade einen erneuten Versuch starten, Dorn aus seiner Lethargie zu holen, da sah er unweit des Hains eine gedrungene Gestalt zwischen den Bäumen. Sie war so auffällig und deplatziert im Elfenwald wie eine Erdbeere im Schnee. Doch im nächsten Augenblick war sie wieder verschwunden.

Milo griff nach seinem Dolch. Wenn es neuen Ärger gab, wollte er zumindest nicht vollkommen schutzlos sein. Kurz überlegte er, ob er die Elfen warnen sollte – doch wovor? Er verwarf den Gedanken und hockte sich neben Dorn.

»Du hast mich überzeugt«, flüsterte Milo ihm zu, ohne den Blick von Senethas Grab abzuwenden. »Wir werden einfach so tun, als hätten wir mit all dem hier nichts zu schaffen. Vielleicht übersehen sie uns, oder sie denken, wir sind verrückt, und verschonen uns deshalb. Mein Bruder Bonne hat das auch schon mal gemacht. Wir hatten gewettet, dass er es nicht schafft, drei Gurken aus dem Garten von Nubert Furtfuß … sagen wir mal, auszuleihen. Du musst wissen, Nubert hat so einen widerlichen Köter, der es auf uns abgesehen hat. Genauer gesagt, hat er es auf so gut wie jeden in Eichenblattstadt abgesehen, doch mich und meinen Bruder hasst er besonders. Bonne meinte jedenfalls, der Hund würde ihm nichts tun, wenn er ihn einfach ignorierte. Ich fand die Idee verrückt, war aber darauf gespannt, wie jemand aussah, der versuchte, einen Hund zu ignorieren, der einem das Bein zerfleischte. Bonne stieg also über diesen Zaun. Die Bestie kam angestürmt und sah aus, als würde sie ihm gleich an die Kehle springen. Doch Bonne starrte einfach in die Luft. Und was soll ich sagen: Die Töle kläffte, knurrte, sprang vor meinem Bruder wie wahnsinnig geworden hin und her, aber sie hat ihn nicht gebissen.«

Milo kam sich irgendwie lächerlich vor, so als ob er zu einem Stein oder Baum sprach. Dorn reagierte nicht, und wahrscheinlich hörte er ihm noch nicht einmal zu. Hatte er denn jeden Lebenswillen verloren? Wollte er hier sitzen, bis er verhungert, verdurstet, verbrannt war oder erschlagen wurde?

Milo hatte sich als Kind oft vorgestellt, wie es wohl wäre, als Ritter auf dem Schlachtfeld zu stehen. Beide Seiten standen sich gegenüber. Bogenschützen, Reiterei, Fußsoldaten, alle in Reih und Glied. Die Augen starr auf den Feind gerichtet, der sich auf der anderen Seite des Feldes aufgestellt hatte. Anspannung lag in der Luft und auf den Gesichtern. Ein kurzer Moment der Stille, dann kam das Geräusch, auf das alle gewartet hatten. Ein tiefer, dunkler, lang anhaltender Ton aus dem Signalhorn.

So waren Milos Vorstellungen vom Krieg gewesen. Dass die Kampfhandlungen auch mit einem dumpfen Schlag auf einen Lederpanzer und einem erstickenden Schrei beginnen konnten, Laute, wie sie gerade durch den dichten Nebel zu ihnen drangen, war ihm nie in den Sinn gekommen. Doch das war der Unterschied zwischen Traum und Wirklichkeit. Und noch etwas wurde ihm bewusst, und die Erkenntnis ließ seinen Kopf herumschnellen: Etwas nicht zu beachten, was einen direkt betraf, war so gut wie unmöglich.

Die gedrungene Gestalt zwischen den Bäumen, die er zuvor gesehen hatte, war ein Zwerg, und er war nicht allein. Dutzende von ihnen stürmten zwischen den Bäumen hervor und fielen, schwer gerüstet und mit Hämmern und Äxten bewaffnet, über die Elfen her. Die grimmigen Krieger der Zwerge verzichteten auf ihr übliches barbarisches Gebrüll, um die Feinde nicht vorzeitig aufzuschrecken. Nur die schweren Schritte ihrer Panzerschuhe und das metallische Klirren ihrer Rüstungen verrieten sie. Die meisten der

Elfen wurden dennoch überrascht. Entweder waren sie mit Löscharbeiten beschäftigt, oder sie versuchten gerade, das wenige zu retten, dass sie tragen konnten. Die Zwerge fegten wie Sensen durch ein Kornfeld. Ihre Verluste mussten minimal sein. Das Feuer, der Qualm und der zeitversetzte Angriff, all das schien zum Plan der Zwerge zu gehören – und er ging auf.

Auch Milos Plan war bislang erfolgreich gewesen. Niemand hatte sich um sie geschert. Er hatte die Blicke auf sich fühlen können, als Zwerge und Elfen sie im Vorbeirennen musterten. Aber keiner von ihnen kümmerte sich um sie. Jeder hatte anderes zu tun. Entweder sein Leben zu retten oder eines zu nehmen. Keine zwei Stunden wütete der Kampf zwischen Zwergen und Elfen, dann setzte eine beängstigende Stille ein.

Milo hörte, dass sich ihnen jemand näherte. Der Sturm hatte etwas nachgelassen, und der Qualm des Feuers hing wie ein dichter Nebel im Wald fest. Dreißig Fuß Abstand würden reichen, damit sie unbemerkt blieben.

Es waren Zwerge, die sich ihnen näherten. Das Metall ihrer Rüstungen klirrte bei jedem Schritt, und ihre tiefen grollenden Stimmen hallten über die Lichtung.

»Murim und Hadgar bestätigen, dass mehr als die Hälfte der Elfen in den Süden geflohen ist, bevor wir angegriffen haben. Das Feuer aus unseren Essen hat seine Wirkung gezeigt. Frauen, Kinder und Schöngeister der Langohren sind schon während der Nacht über die Grenze. Insgesamt haben wir nicht mehr als hundertfünfzig Männer verloren, die Elfen fast das Fünffache. Der Rest der Krieger ist in alle Winde verstreut und wird sich nicht mehr in die Nähe des Waldes wagen. Auch sie werden zurück in den Schoß ihres Königs flüchten und Graumark hinter sich lassen. Dein Krieg ist gewonnen, Dorimbur, jetzt bleibt Mondur nichts weiter übrig, als dir in aller Öffentlichkeit zu danken. Er wird es nicht wagen, zuzugeben, dass du ohne seine Zustimmung gehandelt hast. Die anderen Lords würden seinen Kopf fordern, wenn sie wüssten, wie du dich gegen ihn erhoben hast.«

Die Zwerge blieben stehen. Milo wagte einen kurzen Blick in die Richtung, aus der die Stimmen kamen. Schemenhaft erkannte er zwei Gestalten. Eine lehnte sich auf den Stiel ihrer Waffe. Die andere schnallte den schweren Brustpanzer von sich los.

»Das hier war kein Krieg, Tomdrin. Es war nur ein Funken in einer Esse. Bald schon werden sich die Elfen von ihren Verlusten erholt haben und zurückkommen. Sie werden kommen, um ihre Rache einzufordern. König Bodil wird das nicht tatenlos hinnehmen und ebenfalls Truppen zu unserer Unterstützung schicken. Mit etwas Geschick wird es uns gelingen, ganz Graumark einzunehmen. Die Menschen sind bereits dabei, sich selbst zu schwächen. Ihr Bürgerkrieg wird viele Verluste mit sich bringen. Wenn sie am Boden liegen, brauchen wir nur noch über sie hinwegzumarschieren, und das Land ist unser. Was den Kopf von Mondur angeht – wenn die Lords ihn sich nicht holen, werde ich es tun. Ich werde der neue Siegellord sein.«

»Dann hoffe ich, dass du dich an deine Freunde noch …« Die Stimme brach plötzlich ab.

Milo biss sich auf die Lippe. Er hätte sich ohrfeigen können, nicht in Deckung gegangen zu sein. Wie konnte er so kindisch sein?

»Da ist jemand. Dort vorn bei den Bäumen«, sagte einer der Zwerge.

Die Schritte kamen näher. Milo zwang sich, auf Senethas Grab zu starren.

»Na, wen haben wir denn da? Der eine zu groß für einen Elfen, der andere zu klein.«

Milo musste sich eingestehen, dass sein Plan mit dem Ignorieren nichts weiter als eine Dummheit gewesen war. Trotzdem hielt er daran fest. Genauso wie an dem Dolch unter seiner Decke.

»Was seid ihr beide, Elfenfreunde? Oder ist das hier so etwas wie ein heiliger Ort?«

Milo war in seinem Leben selten sprachlos gewesen. Meister Gindawell hatte es mit seinen abstrusen Fragen ab und an geschafft. Und auch sein Vater war ein Meister darin, wenn er eine seiner legendären Ansprachen hielt. Doch diesmal war es anders. Die Angst lähmte ihn. Er konnte sich noch nicht einmal überwinden, aufzusehen.

»Was ist, seid ihr verrück? Habt ihr die Stimmen verloren?

»Pass auf, Tomdrin, der Lange hat ein Schwert unter der Decke«, warnte der andere Zwerg seinen Begleiter.

»Da glaubt wohl jemand, ein harter Kämpfer zu sein, was?« Der Zwerg nahm den Stiel seiner Axt und schob die von Dorns Schulter gerutschte Decke zur Seite. »Wie niedlich«, kommentiert er die Waffe des Söldners.

Er trat gegen das Heft des Kurzschwertes und drückte es so aus dem Boden. Dann stellte er sich mit dem Fuß auf die Klinge. »Lasst mich raten, unter dem Steinhaufen habt ihr einen eurer Kameraden bestattet? Scheint euch nicht viel Glück gebracht zu haben, in den Wald der Langohren zu reisen.«

Der Zwerg klemmte den Stiel der Axt zwischen die aufgehäuften Steine von Senethas Grab und drückte sie auseinander. Polternd lösten sich zwei große Brocken und rollten herunter. Zum Vorschein kam ein Stück blaue Robe und das letzte Ende des Magierstabes.

»Na, was haben wir denn da?«, gluckste der Zwerg und beugte sich vor.

In diesem Moment griff Dorn unter Milos Decke, packte seine Hand und entriss ihm den Dolch. In einer gleitenden Bewegung stemmte sich der Söldner auf ein Bein hoch und rammte dem Zwerg das Messer durch den halb geöffneten Brustharnisch direkt ins Herz.

Bevor Dorn die Klinge wieder herausziehen konnte, traf ihn der schwere Hammer des anderen Zwerges in den Magen und gleich darauf der Stiel derselben Waffe am Kopf. Dorn brach über seinem Opfer zusammen und blieb auf ihm liegen.

Milos Blick fiel auf das Kurzschwert des Söldners am Boden. Ohne zu überlegen, sprang er vor und griff danach. Doch bevor sich seine Finger um den Griff schlossen, traf ihn der schwere Panzerstiefel des Zwerges im Gesicht.

Ehe Milo von der Schwärze eingehüllt wurde, konnte er einen kurzen Blick auf seinen Angreifer erhaschen. Alles, was er sah, waren hasserfüllte, glänzende Augen.

38. RUBINIA UND ODA

»Nimm es ihnen nicht übel, Rubinia«, sagte Oda, als sie gemeinsam über einige Felsen kletterten. »Sie meinen es nicht so. Sie haben nur Angst und wissen nicht, was sie tun sollen. Es ist schlimm für sie, dass sie ihre Häuser verlassen mussten, und viele Familien hatten Tote zu beklagen. Sie können mit ihrer Trauer nirgends hin, weil es allen anderen ähnlich geht.«

Rubinia sah an den steilen Felswänden empor, die schroff und beängstigend vor ihr aufragten. Der Himmel darüber hatte fast dieselbe graue Färbung, mit dem Unterschied, dass sich darin die hellen und dunkeln Schlieren bewegten. Nach einem Augenblick überkam sie ein Schwindelgefühl.

»Der Sturm tobt immer noch dort oben«, sagte sie gedankenverloren.

»Hast du mir zugehört, Rubinia?«, fragte Oda.

»Das habe ich, aber du irrst dich. Ich nehme ihnen ihr Verhalten nicht übel. Sie behandeln mich nicht wie eine Aussätzige, weil sie Angst haben, trauern oder verzweifelt sind. Sie tun es, weil ich ihre Dorfgemeinschaft verlassen habe und weggegangen bin. Die Eichenblattstädter kommen mit allen Schwierigkeiten klar. Aber wenn du es wagen solltest, ihnen den Rücken zu kehren, dann werden sie es dir nie verzeihen. Eine schlimmere Verfehlung gibt es nicht. Für sie grenzt es an Verrat.«

»Glaube mir, ich weiß, wovon du sprichst«, erwiderte Oda.

Plötzlich wurde Rubinia bewusste, wie wenig sie von der jungen Frau wusste. Sie hatte zwei Brüder, Nelf und Tislo Kesselstolz, mit denen sie zusammen bei den Zwergen festgehalten worden war, nicht ganz zu Unrecht. Ihr gelang die Flucht, ihre Brüder blieben dort zurück. Sie kannte sich mit dem Heilen aus und konnte gut mit Schwert und Dolch umgehen. Sie war sehr hübsch anzusehen, selbst noch nach den Strapazen der letzten Zeit. Das war aber eigentlich schon alles.

»Hat es dir deine Sippe auch nie verziehen, dass du fortgegangen bist?«, fragte Rubinia.

»So kann man es auch nennen«, lachte Oda. »Ich wurde im großen Tempel von Hügelmoos zur Priesterin ausgebildet. Doch ich habe meine Sachen gepackt und bin fortgegangen. Ich wusste nicht, wohin oder was ich machen sollte. Meine Brüder haben mich überredet, mit ihnen auf Abenteuersuche zu gehen.«

»Du bist eine Klerikerin?«, fragte Rubinia erstaunt. »Warum hast du den Tempel verlassen?«

Oda sah sich um und fand einen niedrigen Felsen, auf den sie sich setzte.

»Ich wäre beinahe eine Priesterin geworden, doch ich habe den Tempel verlassen, bevor ich die Abschlusszeremonie, die Ordenstaufe, über mich ergehen ließ. Die Taufe dient dazu, offiziell in den Kreis der Kleriker aufgenommen zu werden und zu bestimmen, welchen Forschungen man während des Amtes nachgehen möchte. Solange ich denken kann, wollte ich eine Priesterin der Cephei werden. Ich war noch ein kleines Mädchen, trotzdem bin ich jeden Tag in den Tempel unseres Dorfes gelaufen, um den Geschichten unseres Meisters zu lauschen. Er erzählte mir von der großen Macht Cepheis. Er sprach von weit entfernten Kontinenten, von schimmernden Helden unseres Volkes, von Halblingsprinzessinnen, die so schön waren, dass sie den Elfen in nichts nachstanden. Er sprach von Wundern. Aber der Grund, warum ich jeden Tag wiederkam, war ein anderer. Er sagte, Cephei selbst spräche zu ihm und jedem anderen Kleriker, und es sei ihre Aufgabe, die Stimme der Göttin in die Welt hinauszutragen. Seit diesem Tage war es mein größter Wunsch, Priesterin zu werden und ebenfalls die Worte Cepheis zu vernehmen. Ich malte mir aus, wie ihre Stimme sich wohl anhören würde. Ein Klang so rein und klar wie ein Diamant und so weich wie Seide auf der Haut. Jede freie Stunde las ich in den Schriften und eignete mir Wissen an, das nur wenigen zugänglich war. Als ich Novizin wurde, war ich den anderen Schülern des Tempels schon weit voraus. Ich meisterte jede Prüfung mit Bravour und wurde zur jüngsten Adeptin, die jemals in diesen Rang erhoben wurde. Als ich die Insignien bekam und zur Priesterin geweiht wurde, zog ich mich zurück in meine Kammer und horchte in mich. Aber Cephei sprach nicht zu mir. Ich fragte unseren Ordenspriester, woran es liegen konnte, dass ich ihre Stimme nicht hörte. Er erklärte mir, dass die Stimme der Göttin nicht als ein gesprochenes Wort, sondern eher als ein Gefühl der Überzeugung, das Richtige zu tun, in einem Priester erwuchs. Ich sollte mich in Geduld üben und auf mein Inneres hören.«

Rubinia wusste nicht genau, was sie Oda antworten sollte oder ob sie überhaupt etwas antworten sollte. Sie war nicht sonderlich gläubig und hatte sich nie für die Aufgaben eines Klerikers interessiert. Genau genommen, hatte sie nur einen Priester gekannt – Meister Gindawell. Er war ein anerkanntes Mitglied in Eichenblattstadt gewesen, obwohl er nicht zu einer der Gründerfamilien gehört hatte. Er hatte sich für die Bürger eingesetzt, ihnen mit Zuspruch und Ratschlägen geholfen, als Schlichter bei Streitigkeiten fungiert sowie geheilt und kuriert, wenn es in seiner Macht stand. Zu wissen, ob er nun persönlich mit Cephei sprach oder nicht, war ihr nie ein Anliegen gewesen.

»Vielleicht hat dein Meister sich nur unglücklich ausgedrückt«, sagte sie, um überhaupt etwas zu sagen.

»Eine Antwort, die eines Halblings wirklich würdig ist«, lachte Oda verbittert. »Er hat sich weder unglücklich ausgedrückt, noch habe ich ihn verkehrt verstanden. Ein paar einfache Nachforschungen haben sogar erbracht, dass sich die Priester mächtiger Magier bedienen, um den Gläubigen göttliche Macht vorzugaukeln. Sie sind nichts weiter als Scharlatane. Man sollte sie allesamt …« Oda beendete den Satz nicht.

Rubinia kannte Oda erst seit kurzer Zeit, aber so einen Gefühlsausbruch hätte sie der jungen Frau nicht zugetraut. Irgendetwas ging hier vor, und es nahm Einfluss auf jeden.

»Wir sollten machen, dass wir weiterkommen«, mahnte Rubinia. »Wir können nicht jede Nacht so viele Wachen stellen, nur weil wir nicht wissen, ob wir hier unten sicher sind.«

»Du glaubst doch nicht wirklich daran, dass noch mehr Wölfe in der Schlucht sind, oder?«

»Wie du vorhin schon gesagt hast, Oda, mit dem Glauben ist es so eine Sache. Er lässt einen meist nur unruhig schlafen.«

»Deswegen hast du sie in alle Richtungen ausgeschickt, um selbst dort zu suchen, wo wir schon waren?«, fragte Oda verwundert.

»Nein, ausgeschickt habe ich sie, damit sie am Abend hundemüde und erschöpft in ihre Lager fallen und keine Kraft mehr finden, um wieder Streitereien anzufangen. Wir zwei sind die Einzigen, die nach streunenden Wölfen suchen.«

Oda zischte vergnügt und erhob sich von ihrem Stein. »Dann lass uns keine Zeit verlieren.«

Zum Ende der Schlucht im Osten war es nicht mehr weit. Die steil aufragenden Felswände liefen spitz aufeinander zu, sodass die Schlucht auf dem letzten Ende kaum mehr zehn Fuß breit war.

»Keine Wölfe«, sagte Rubinia fast enttäuscht. »Aber auch keine Hasen, Fasane oder wenigstens ein Gewitterhörnchen. Was würde ich dafür geben, einen schönen dicken Hasen mit Speckstreifen, Stampfkartoffeln und Rote Beete zubereiten zu können?«

»Aus dir spricht wirklich die Köchin«, erwiderte Oda. »Was würde ich dafür tun, einen zu essen?«

Die beiden wollten sich gerade auf den Rückweg zum Lager machen, da entdeckte Oda einen Spalt, der tief in den Felsen reichte.

»Warte, Rubinia, dort sind vielleicht Pilze zu finden. Es wäre schön, nicht mit ganz leeren Händen zurückzukommen. Meine Brüder haben mir gezeigt, wo sie wachsen und welche von ihnen man essen kann.«

»Pilze sind eine magere Mahlzeit ohne Käse und ein Stück Braten«, gab Rubinia zu bedenken. »Aber vielleicht haben wir Glück, und die anderen haben etwas gefunden.

»Höchstwahrscheinlich einen Käseigel und einen falschen Hasen, die gibt es ja zuhauf hier im Wald«, lachte Oda.

Sie kletterte über einige schroffe Felsen und ein Stück die steile Felswand empor, bis sie den Spalt erreicht hatte und hineinsehen konnte.

»Dahinter ist eine richtige Höhle!«, rief sie erstaunt. »Sieht aber zu trocken aus für Pilze und Schwämme. Da ist irgendetwas Rotes. Sieht aus wie eine Wurzel.«

Kletter hinein, Oda!

»Das werde ich ganz sicher nicht tun!«, rief sie.

»Du wirst was nicht tun?«, fragte Rubinia.

»Na, in diesen verdammten …«

Oda beendete den Satz nicht. Die Stimme, die sie gehört hatte, war nicht Rubinias. Sie schaute sich verwirrt um. Da war niemand. Jetzt, wo sie genauer darüber nachdachte, hätte sie noch nicht einmal sagen können, ob es eine weibliche oder eine männliche Stimme gewesen war. Und ob sie tatsächlich dagewesen war oder nur in ihrer Einbildung.

»Was ist mit dir?«, fragte Rubinia, die nicht weniger über das merkwürdige Verhalten ihrer Begleiterin erschrocken schien als Oda selbst.

»Nichts. Ich dachte nur, ich hätte etwas gehört«, stammelte sie. »Warte, ich komme wieder herunter.«

Geh nicht weg, Oda. Komm zu mir!

Oda zuckte zusammen, als hätte sie sich an einem heißen Topf verbrannt. Ihr erster Blick fiel auf Rubinia, die sie verstört ansah. Sie musste nicht fragen, sie sah in ihrem Gesicht, das die Halblingsfrau die Stimme nicht gehört hatte.

Komm!

Oda warf einen Blick zurück in den finsteren Spalt. Kam die Stimme von dort? Warum konnte nur sie sie hören?

Oda fasste einen Entschluss. Sie musste herausfinden, wer oder was zu ihr sprach. Vielleicht war es die Stimme, auf die sie so lange gewartet hatte und von der alle behaupteten, es gäbe sie nicht.

Sie zwängte sich durch den Spalt und kletterte in die Höhle dahinter. Rubinia rief nach ihr, aber sie reagierte nicht. Es dauerte einen Moment, bis Odas Augen sich an die Dunkelheit gewöhnt hatten, doch ihr Verlangen danach, den Ursprung der Stimme zu finden, war stärker als die Gefahr, über einen Felsen zu stürzen. Auf Händen und Knien bahnte sie sich einen Weg tiefer in die Höhle. Je länger sie suchte und nichts fand, desto aufgeregter wurde sie. Panik stieg in ihr hoch. Sie befürchtete, sich alles nur eingebildet zu haben oder langsam wahnsinnig zu werden.

»Wo bist du? Zeig dich!«, brüllte sie.

Jemand schob sich vor den Spalt, der nach draußen führte, und für einen kurzen Augenblick war es stockfinster in der Höhle.

»Oda, was machst du hier?«, hörte sie Rubinias Stimme. »Komm wieder raus, du machst mir Angst.«

Plötzlich erhellte Licht die Höhle. Rubinia stand am Eingang und hielt einen leuchtenden eierförmigen Stein zwischen Daumen und Zeigefinger.

»Da bist du ja. Was hat das alles zu bedeuten?«

Oda blinzelte und hielt sich die Hand vor die Augen. »Was ist das?«, fragte sie erstaunt.

»Nur eine Spielerei von Meister Othman«, erklärte Rubinia. »In dem Stein ist Licht gespeichert. Ich wollte ihn erst nicht mitnehmen, aber jetzt ist er doch noch zu etwas gut.«

Oda wandte den Blick von dem grellen Licht ab und sah zu Boden.

»Hier ist etwas«, sagte sie, aber es hörte sich für Rubinia an, als wenn sie nur versuchte, davon abzulenken, was wirklich mit ihr los war.

»Was ist das?«

»Sieht aus wie eine rote Baumwurzel«, erkläre Oda. »Sie zieht sich quer durch den Stein. Hier vorn verschwindet sie wieder in einem Riss.«

Odas Finte, um sich den bohrenden Fragen von Rubinia zu entziehen, ging auf. Rubinia kletterte mit ihrer leuchtenden Kugel in der Hand über einige Felsen hinweg, um sich die merkwürdige Wurzel anzusehen.

»Ich kenne keinen Baum, der solch eine Wurzel hat«, sagte Rubinia. »Wir sind viel zu weit unten.« Sie legte den leuchtenden Stein ab und untersuchte den roten Strang, der sich durch das massive Gestein bohrte wie ein Wurm durch Humus.

Oda schaute sich derweilen weiter in der Höhle um. Es war eher ein langer Riss im Gestein als eine Höhle, aber eindeutig natürlichen Ursprungs. Das Licht des leuchtenden Steins reicht nicht aus, um zu erkennen, wie weit er verlief.

»Es fühlt sich an wie eine Rübe«, hörte Oda Rubinia sagen. »Vielleicht kann man sie essen.«

Oda erkannte zu spät, was Rubinia vorhatte. Erst als sie die blitzende Klinge in ihrer Hand sah, wusste sie Bescheid.

»Nein, nicht!«, schrie sie, aber es war bereits zu spät.

Rubinia rammte das Messer tief ins Fleisch der roten Wurzel. Im selben Moment ging ein Grollen durch den Fels, als ob Cephei persönlich mit einem Hammer auf die Welt eingeschlagen hatte. Kleinere Steine und Sand rieselten auf die beiden Halblingsfrauen herab. Mehrere größere Felsen stürzten von der Decke, und ein riesiger Gesteinsbrocken in Form eines Keils stürzte vor den Eingang.

»Oda, ist alles in Ordnung mit dir?«, erkundigte sich Rubinia.

»Ja, mir geht es gut.«

»Was war das?«, fragte Rubinia verstört. »Und was noch viel wichtiger ist: Wie kommen wir jetzt wieder hier heraus?«

Komm, Oda, es nicht mehr weit. Ich brauche deine Hilfe.

»Ich spüre einen Luftzug«, log Oda. »Wenn wir ihm folgen, finden wir bestimmt einen Ausgang.«

39. MILO

Milo lag auf einem Wagen oder Karren. Er spürte die Erschütterungen und hörte das Knirschen der hölzernen Räder, als sie über den sandigen Boden rollten. Er lag auf dem Rücken, und seine Schulterblätter schmerzten. Er hätte sich gern auf die Seite gedreht, doch seine Arme schmerzten ebenfalls, und an den Gelenken waren sie wie gelähmt. Sein linkes Ohr brannte wie Feuer. Er wollte etwas sagen, doch seine spröden aufgeplatzten Lippen klebten zusammen. Er wollte die Augen aufschlagen, doch er befürchtete, auch das würde schmerzen.

»Wasser«, nuschele er mit geschlossenem Mund. »Bitte, Wasser.«

»Hey, kleiner Mann, ich glaube, dein Freund kommt langsam wieder zu Bewusstsein«, hörte Milo die tiefe Stimme eines Zwerges.

»Er ist nicht mein Freund«, sagte jemand anderes. »Ich kenne ihn gar nicht.«

In der Stimme lag etwas Trauriges, etwas Hoffnungsloses.

Kurze Zeit später spürte Milo ein feuchtes Stück Tuch in seinem Gesicht. Jemand tupfte ihm die Stirn und benetzte seine Lippen.

»Was ist mit ihm passiert?«, hörte er die traurige Stimme fragen.

»Er hat sich mit Dorimbur angelegt. Er und der Stumme dort drüben haben Tomdrin im Elfenwald getötet. Dorimbur ist dazwischengegangen und hat sie fertiggemacht.«

»Warum hat er sie nicht einfach umgebracht?«

»Das wird er noch«, sagte der Zwerg. »Aber der Elfenwald war nicht der richtige Ort für sie, um dort zu sterben.«

Milo zwang sich, die Augen aufzuschlagen. Er wollte sehen, wer sich so freimütig über sein Leben und den Tod unterhielt.

Milo sah verschwommen das Gesicht eines Halblings über

sich. Er wirkte freundlich, aber seine Augen hatten den typischen Glanz der Halblinge verloren. Er träufelte Milo vorsichtig Wasser aus einem Schlauch in den Mund. Mit einer Hand hielt er seinen Kopf etwas hoch.

»Danke«, flüsterte Milo. »Mein Name ist Milo Blaubeers.«

Der andere Halbling sah ihn an, als ob er nicht wusste, was er erwidern sollte. Dann besann er sich. »Nelf … Nelf Kesselstolz«, sagte er abwesend und kroch wieder zurück in seine Ecke.

Milo war in einem Gefangenenwagen der Zwerge. Gerade hatten sie das Moor hinter sich gelassen und zogen in den Düsterkrallenwald ein. In der Ferne, über der Heimat der Elfen, standen schwere dunkle Rauchwolken. Torf und Braunkohle, die einen großen Teil des Untergrundes stellten, würden noch wochenlang schwelen, wenn es keinen Regen gab. Der Elfenwald war verloren, und mit ihm die großen Seelenbäume sowie die Geschichte der Götter in den Weißrindenbäumen. Nach dem, was Dorimbur gesagt hatte, waren viele der Elfen geflüchtet, um ihr Leben zu retten. Ein kleiner Trost neben so viel Leid. Dorimbur wusste zwar, dass die Elfen zurückkommen würden, doch Milo bezweifelte, dass sich der Zwerg in seinem Hass auch im Klaren darüber war, was dies für Graumark wirklich bedeutete. Die Elfen würden kommen. Und sie würden so viele Krieger mitbringen, dass sie eine weitere Niederlage ausschließen konnten. Dies würde weitere Truppen der Zwerge herbeilocken, und schlussendlich würden sogar die Menschen in den Krieg ziehen, weil sie ihre Stellung unter den Völkern in Gefahr sahen, wenn sie nicht mitmischten. Es würde einen Krieg geben, der so viele Verluste forderte, dass sich kein Volk schnell wieder davon erholen konnte. Es würde einen Krieg geben, den niemand gewinnen konnte. *Nein! Es wird einen Krieg geben, das steht bereits fest.*

»He, kleiner Mann, was ist mit deinem großen Freund hier, ist er stumm oder zurückgeblieben?«

Milo hatte sich mittlerweile an die Anrede »kleiner Mann« gewöhnt. Er riss sich vom Anblick des brennenden Elfenwaldes los und besah sich die restlichen Gefangenen, die mit ihm im Käfigwagen saßen.

Da gab es einen freundlich aussehenden Zwerg mit grau meliertem Bart und kurz geschorenen Haaren, der ihn angesprochen hatte. Links und rechts von ihm saßen zwei jüngere Zwerge. Nase und Augenpartie ließen darauf schließen, dass sie seine Söhne waren.

»Nein, er ist in Ordnung«, sagte Milo. »Er redet nur nicht gern.«

In dem Wagen hockten fast zwanzig Gefangene. Die meisten davon waren Menschen, die bis auf Dorn eher einen friedfertigen, wenn nicht gar harmlosen Eindruck machten. Milo schätzte, dass es sich um fahrende Händler, Kaufleute und Abenteurer handelte, die versucht hatten, die Zwerge bei ihren Geschäften zu übervorteilen oder sie zu bestehlen. Sie hatten sich den falschen Ort und das falsche Volk für ihre Gaunereien ausgesucht. Da Graumark kein von Königen regiertes Land war, galten die Gesetze der einzelnen Lords, Clanoberhäupter oder Ältestenräte. Und die Gesetze, die sie erließen, bestraften die Vergehen am härtesten, von denen sie persönlich am meisten betroffen waren. Wie hieß es so schön: Du kannst ruhig einen Widersacher lynchen, aber du tust besser daran, dein eigenes Seil zu benutzen, sonst hängst du bald neben ihm.

Die meisten der Gefangenen, und Milo nahm sich da nicht aus, waren in einem erbärmlichen Zustand. Unzureichendes Essen und Trinken, die harte Arbeit in den Zwergenminen, wenig Zeit, sich zu erholen, und Schläge, Tritte sowie Peitschenschläge hatten ihre Spuren hinterlassen.

Milo vermutete, dass man sie nun zurück zur Zwergenstadt brachte, die sich tief im Inneren des Gebirges verbarg. Für den einen oder anderen würde vielleicht sogar eine Begnadigung herausspringen, wenn er sie sich verdient hatte. Ihm und Dorn würde sicherlich der Prozess gemacht werden. Wenn sie Glück hatten, verurteilte man sie lediglich zu langjähriger Zwangsarbeit. Doch dafür bedurften sie eines Fürsprechers – wenn sich der nicht fand, stand es schlecht um sie.

Die Käfigwagen, von denen es zwei weitere gab, ebenfalls vollgestopft mit Gefangenen, bildeten die Nachhut. Ein langer Treck aus Karren, Reittieren und Zwergen zu Fuß schlängelte sich vor ihnen durch die Ausläufer des Düsterkrallenwaldes.

»Was ist mit deinem Bruder, konnte er flüchten?«, fragte der ältere Zwerg.

Milo fuhr herum, weil er dachte, die Frage gelte ihm, doch der Zwerg spähte hinüber zu Nelf.

»Er ist tot«, wisperte der Halbling.

»Dorimbur?«, erkundigte sich der Zwerg.

Nelf schüttelte den Kopf. »Elfenpfeile. Sie hätten mich auch erledigt, aber als sich die ersten vor mir in den Boden bohrten, habe ich Panik bekommen und bin gerannt wie ein Hase vor dem Habicht. Ich hatte gehofft, zwischen den Bäumen im Osten Schutz zu finden und dann in der Nacht heimlich zu verschwinden. Was soll ich sagen? Ich habe es geschafft, den Elfen zu entkommen und bin Dorimbur genau in die Arme gelaufen. Ich hätte einfach bei meinem Bruder bleiben sollen, dann hätte dieses Martyrium endlich ein Ende, und ich würde mich nicht mehr so schuldig an seinem Tod fühlen.«

»Er ist nicht wegen dir gestorben«, versuchte der Zwerg, ihn zu trösten. »Auch die Elfen trifft nicht die Schuld. Es waren vielleicht die Pfeile der Langohren, die deinen Bruder getötet haben, doch der Grund, warum er gestorben ist, reitet dort vorn und trägt einen roten Bart.«

Damit klärte sich auch für Milo die Frage, warum der Zwerg und seine beiden Söhne mit ihnen gefangen gehalten wurden. Zwerge hassten Eidbrecher und Verräter fast noch mehr als Elfen. Ob dieser Zwerg nun im Recht war oder nicht, war dabei egal.

»Was ist denn passiert?«, fragte Milo den Bärtigen. »Warum hat dieser Dorimbur die Elfen überhaupt angegriffen? Und wozu die ganzen Wagen voller Ausrüstung?«

Der Zwerg sah ihn mit finsteren Augen an. »Du warst doch dabei«, knurrte er. »Du wolltest ihn töten. Weshalb denn?«

»Er wollte uns töten«, rechtfertigte sich Milo. »Wir haben uns nur gewehrt.«

»Genau wie die Elfen«, brummte der Bärtige. »Und so führt eines zum anderen, und das Unglück ist nicht mehr aufzuhalten. Hass ist die Antwort auf all deine Fragen. Wir zogen aus mit Karren voll Baumaterial, und jetzt sind unsere Karren voll mit toten Zwergen.«

»Ihre Familien werden ihn zur Verantwortung ziehen für das, was er getan hat. Sie werden das Unrecht erkennen, wenn er ihnen die Leiber ihrer Lieben übergibt«, konterte Milo.

»Er wird sie ihnen nicht übergeben«, sagte der Zwerg düster. »Er wird sie irgendwo im Düsterkrallenwald verscharren und behaupten, er habe sie als Nachhut am Rand des Moores zurückgelassen. Glaube mir, ich weiß, wie Dorimbur tickt.«

»Damit wird er niemals durchkommen«, erklärte Milo empört. »Das kann er nicht verheimlichen. Irgendjemand wird ihn verraten.«

Der Zwerg senkte den Blick und schüttelte den Kopf. »Er wird dafür sorgen, dass nur die nach Stollental zurückkehren, die ihm die Treue halten. Dort wird er versuchen, die Macht an sich zu reißen, und wenn er das erst einmal geschafft hat, wird sich niemand mehr gegen ihn erheben, nicht Mondur und auch keine trauernden Angehörigen.«

Milo brauchte nicht zu fragen, was mit denen passierte, die bereit waren, Dorimbur an den Pranger zu stellen, und dazu gehörten auch Gefangene. Bevor es so weit war, musste ihm die Flucht gelingen. Am ehesten könnte er es schaffen, wenn Dorn wieder zu sich fände, doch der Söldner hockte immer noch stumm und regungslos da. Außerdem waren die Zwerge nicht so überheblich gewesen wie die Elfen und hatten ihnen vorsichtshalber die Waffen abgenommen.

Momentan blieb ihm nichts weiter übrig, als abzuwarten und zu hoffen, dass sich eine Gelegenheit zur Flucht böte. Er hätte gern Dorn und vielleicht den anderen Halbling in seine Pläne eingeweiht, doch es waren zu viele Ohren in der Nähe, die sicherlich bereit wären, sich ihre Freiheit zu erkaufen, indem sie jemand anderen denunzierten. So blieb er allein mit seinen Gedanken und wartete ab.

Die Karawane zog langsam, aber stetig tiefer in den Wald hinein. Ab und zu mussten sie anhalten, weil ein Wagen einen Radbruch hatte oder seitlich ins tiefer gelegene Dickicht abgerutscht war.

Milo kannte sich in dieser Gegend des Waldes nicht aus, aber wenn er sich richtig an die Karte erinnerte und den Stand der Sonne einbezog, fuhren sie von Süden quer durch den Düsterkrallenwald geradewegs gen Norden auf Stollental, die Zwergenstadt, zu.

Dies würde bedeuten, dass sie nahe am Krähenturm vorbeiziehen würden. Wenn es einen guten Ort für eine Flucht gab, dann war es dort. Wenn er es erst einmal zum Turm von Meister Othman geschafft hatte, würden ihm der Magier und Tante Rubinia zu Hilfe eilen, wenn die Zwerge ihn verfolgten. Othman mischte sich zwar so gut wie nie in die Angelegenheiten der anderen Völker ein oder ergriff Partei, aber um ihn zu retten, würde er es tun, da war Milo sich sicher. Ansonsten wäre immer noch Tante Rubinia da, und sie würde den Magier mit Sicherheit umstimmen können. Wenn nicht, bekäme Othman wohl für den Rest seines Lebens verbranntes Dinkelbrot zum Frühstück, und das waren selbst die stärksten Prinzipien nicht wert.

In Gedanken war immer alles so einfach. Es gab keine Abweichungen vom Plan, unvorhergesehene Ereignisse oder Komplikationen, die alles hinfällig werden ließen, was man sich zuvor überlegt hatte. Zugegebenermaßen war Milo auch nicht gerade ein strategisches Genie, nicht wie die großen Feldherren aus den vielen Geschichten von Meister Gindawell.

Und auch diesmal ging Milos im Ansatz gefasster Plan, sich irgendwie zum Krähenturm zu flüchten in Rauch auf, als die Karawane plötzlich stoppte. Zuerst glaubte er an einen erneuten Radbruch weiter vorn, doch als Dorimbur und einige weitere Zwerge auf Ponys den Tross entlangritten und zu ihnen kamen, wusste er, dass er einen neuen Plan brauchte.

»Ihr da, holt die Gefangenen aus den Wagen«, befahl Dorimbur einigen Zwergenkriegern, die neben den Käfigwagen herliefen, um sie zu bewachen. Keiner der Bärtigen fragte nach dem Warum. Vielleicht besaß Dorimbur so viel Autorität, dass niemand seine Befehle in Frage stellte, doch in diesem Fall schien es so, als wenn alle wussten, was er vorhatte.

Dorimburs Männer schlossen die Käfige auf und ließen Milo und die anderen heraus. Das Verhältnis zwischen Wachen und Gefangenen war ungefähr gleich, jedoch war die eine Seite schwer gewaffnet und in guter Verfassung und die andere nicht. Eine Gefangenenrevolte war somit so gut wie aussichtslos.

»Gebt ihnen Schaufeln und Hacken!«, brüllte Dorimbur. »Der Boden ist hier noch torfig, es sollte ihnen leichtfallen, ein Loch zu graben, das groß genug ist, um unsere gefallenen Kameraden darin zu begraben. Wenn einer versucht zu flüchten – tötet ihn!«

Zwerge hatten kurze Beine und waren schlechte Läufer. Aber was nutzte das schon? Zwei Stumme nahmen auch nicht an einem Minnesängerwettbewerb teil, um zu sehen, wer der bessere war. Die Menschen hätten es vielleicht schaffen können, aber die meisten von ihnen waren so geschwächt, dass ihnen das Gehen schon Schwierigkeiten bereitete, mit Ausnahme von Dorn.

Der Söldner saß als letzter im Käfigwagen und machte keine Anstalten, aufzustehen. Einer der Zwerge stieß ihm durch die eisernen Stäbe hindurch den Stiel einer Kriegsaxt in den Rücken.

»Beweg dich schon, du Abschaum«, grollte die Wache.

»Der nicht«, rief Dorimbur. »Er soll im Wagen bleiben. Um ihn kümmere ich mich später – persönlich.«

Der Bärtige stieß trotzdem noch einmal mit dem Stiel seiner Waffe zu, dann eilte er um den Wagen herum und sperrte die Tür zu. Dorn schien nichts von dem, was um ihn herum passierte, wahrzunehmen.

Die Zwerge führten Milo und die anderen Gefangenen zum nächsten Wagen. Er wurde von vier Ponys gezogen und war doppelt so breit wie ein normaler Karren und fast viermal so lang. Milo kannte diese Art Wagen. Sie wurden beim Stollenbau benutzt, um den Abraum abzutransportieren.

Die Wachen zogen die schwere Plane vom Wagen und gaben den Blick auf einige Dutzend Zwergenleichen preis. Ihre Leiber waren schrecklich verdreht, verstümmelt und teilweise verbrannt. Man hatte sie so auf den Wagen geworfen, wie sie auf dem Schlachtfeld gefallen waren. Einige der Zwergenleichen krallten sich sogar noch an die Waffen in ihren Händen oder umklammerten mit ihren bleichen Fingern die, die ihre Feinde in ihrem Körper hatten stecken lassen.

»Was ist?«, schnauzte der Truppführer Milo an, weil er offenbar den verwunderten Blick des Halblings bemerkt hatte. »Denkst du darüber nach, dir eine Waffe zu schnappen und für deine Freiheit zu kämpfen? Na los, mach doch! Wenn du den Mut hast. Das gilt für euch alle. Ein Loch auszuheben, das auch noch genügend Platz bietet für ein paar aufsässige Gefangene, sollte kein Problem sein.«

Das Leder um den Griff der Axt des Zwergs knarrte, als sich seine Finger darum schlossen.

Milo schüttelte ängstlich den Kopf. »Nein, ich frage mich nur, warum ihr all die Ausrüstung und Waffen der Verstorbenen mit ihnen vergrabt?«

Der Truppführer grinste zufrieden. »Wenn du jemanden verschwinden lassen willst, wäre es dumm, seine Sachen nach Hause zu schaffen. Es geht alles zusammen unter die Erde, dorthin zurück, wo auch alles herkommt.«

Oben auf den Leichenstapel hatte man einfach die Schaufeln und Hacken geworfen, als seien die gefallenen Kameraden nichts weiter als Abraum, den man aus dem Stollen schaffen musste.

»Los, ihr habt gehört, was General Dorimbur gesagt hat. Schnappt euch Schaufeln und Hacken und fangt an, dort zwischen den Bäumen eine Grube auszuheben«, wies einer der Zwergenwächter an.

»Kaum hat man ein paar Hundert der eigenen Männer auf dem Gewissen, schon ist man General. So schnell geht das«, knurrte der ältere Zwerg, der mit Milo zusammen im Käfigwagen gesessen hatte, seinen Söhnen zu.

»Kommt, an die Arbeit!«, grölte der Zwergenwächter. »Wir wollen fertig sein, bevor die Sonne untergeht.«

Milo und die anderen wurden ein Stück abseits zwischen die Bäume geführt, wo sie zu graben begannen. Wie Dorimbur es gesagt hatte, war die Erde locker und einfach abzutragen. Nach einer Stunde hatten sie bereits ein Loch von zwanzig mal dreißig Fuß und drei Fuß Tiefe ausgehoben. Milo schätzte, wenn sie noch einmal dasselbe schafften, wäre es groß genug, um alle Zwergenleichen hineinzulegen. Noch einmal drei Fuß mehr, und es würde auch für die Gefangenen reichen.

Als es dämmerte, war die Grube gute zehn Fuß tief. Vier der Menschen waren zwischenzeitlich vor Erschöpfung zusammengebrochen. Dorimbur hatte sie von seinen Männern an den Rand der Grube legen lassen und sich nicht weiter um sie gekümmert. Milo hatte Glück gehabt. Dank seiner Größe hatte er nicht lange schaufeln müssen, sondern war mit einigen anderen dabei, die Erde aus dem Loch in großen Eimern entgegenzunehmen und oben auf einen Haufen zu schütten.

Dorimbur war mittlerweile bestimmt das zehnte Mal den Treck von vorn bis hinten entlanggeritten, und hatte seine Männer inspiziert und ihnen Befehle erteilt. Er redete gerade, auf seinem Pony sitzend, mit einem der Wagenlenker etwas weiter vorn, als plötzlich einer der Wachmänner ins Horn stieß. Das tief dröhnende Signal hallte durch den Wald. Alles erstarrte und blickte sich um. Dorimbur riss sein Reittier herum, gab ihm die Fersen und galoppierte auf den Zwerg mit dem Horn zu.

»Was ist hier los?«, brüllte er ihn an. »Warum gibst du Signal?«

Der Bärtige zeigte in die Richtung, aus der sie gekommen waren.

»Da, jemand verfolgt uns«, sagte er aufgeregt. »Ich vermute, es sind um die fünfzig. Sie bewegen sich sehr langsam.«

Dorimbur zog ein Fernrohr aus seinem Gürtel und sah in die Richtung, in die der Wächter wies. Er sah einen Augenblick hindurch, wandte es nach links und rechts über den Horizont. Dann steckte er das Fernrohr zurück an seinen Platz.

»Es sind mehr als fünfzig«, sagte er. »Mindestens zweihundert.

»Sollen wir weiterziehen?«

»Nein, sie sind zu Fuß und kommen im Moor nur langsam voran. Es dauert bestimmt zwei Stunden, bis sie hier sind. Sieh zu, dass ihr hier so schnell wie möglich fertig werdet, und dann kommt nach. Ich führe die anderen schon weiter in den Wald.«

Dorimbur holte mit dem Panzerhandschuh aus und schlug dem Wächter ins Gesicht, der daraufhin zu Boden ging. »Und beim nächsten Mal denkst du vorher nach, bevor du das Signalhorn bläst. Jetzt wissen unsere Verfolger, wo wir sind.«

»Es tut mir leid«, keuchte der Zwerg am Boden und wischte sich die blutige Lippe ab. »Verzeiht mir, General.«

»Seht einfach zu, dass ihr fertig werdet«, schnaufte Dorimbur, »und kümmert euch auch um den Söldner.«

Mit diesen Worten riss er die Zügel herum und galoppierte zum Anfang der Karawane. Die Gefangenen, ihre Wächter und die drei Wagen blieben zurück.

»Ihr habt gehört, was der General gesagt hat!«, brüllte der Bärtige. »Schafft die Leichen vom Wagen und legt sie in die Grube. Und beeilt euch, ich habe keine Lust, noch hier zu sein, wenn unsere Verfolger den Wald erreichen.«

Als Milo mit den anderen zum Wagen zurücktrottete, warf er einen Blick den langen geraden Pfad entlang zurück ins Moor. Nur winzig klein waren ihre Verfolger gegen den Hintergrund des brennenden Elfenwaldes zu erkennen, doch sie kamen in breiter Front näher. Es hatte nichts mit Formation oder militärischem

Aufmarsch zu tun, sie liefen einfach nur nebeneinander her wie Leute, die ihre Heimat verlassen mussten. Ob es Elfen waren oder Menschen, konnte man auf diese Entfernung nicht erkennen.

Es war nicht leicht, die toten Zwerge vom Karren zu hieven. Den meisten fehlte die Kraft, und Milo und Nelf obendrein noch die Größe.

Die anderen Wagen der Zwerge waren bereits zwischen den Bäumen verschwunden, und aus der Ferne hörte man nur noch das dumpfe Grollen der Karren, die sich ihren Weg durch den Wald bahnten.

»Stellt euch doch nicht so dämlich an!«, brüllte eine der Wachen und stieß Milo unsanft zur Seite. »Die werden euch schon nicht beißen, wenn ihr etwas unsanft mit ihnen umgeht.«

Er sprang auf den Wagen und zog die Leichname nach vorn an die Kante, wo sie die anderen entgegennahmen. Unter anderen Umständen hätte keine der Wachen mit angepackt, doch die näherkommenden Verfolger ließen sie zunehmend unruhiger werden.

Milo und Nelf hatten sich zusammengetan. Es war leichter, die Körper zu tragen, wenn die Träger annähernd gleich groß waren.

»Für euch habe ich einen besonders lieben Freund von mir«, grunzte der Bärtige von der Lagefläche herunter, als er Milo und Nelf vor dem Wagen stehen sah. »Rugor hier war ein feiner Kerl. Ich habe so manchen Abend mit ihm zusammen in unserer Lieblingsschenke verbracht. Er konnte essen und trinken für drei. Gondogar der Bierschenk wird traurig sein, zu hören, dass er von uns gegangen ist. Immerhin hat er ein ganz schönes Sümmchen bei ihm gelassen.«

Der tote Zwerg, den der Bärtige nach vorn an die Kante rollte, war ein Prachtexemplar. Er wog mindestens zweihundert Pfund, und anscheinend hatten ihn einer oder mehrere der sechs Pfeile, die vorn in seinem Wanst steckten, getötet.

»Wenn er nicht so viel gesoffen und gefressen hätte, hätten ihn vielleicht nur zwei der Pfeile getroffen«, bemerkte der Bärtige.

»Aber so war er ja kaum zu verfehlen. Wenn ihr ihn fallen lasst, werdet ihr die hier zu spüren bekommen«, drohte er und tätschelte sanft die Lederpeitsche an seiner Seite.

Milo und Nelf machten sich gerade bereit, den toten Zwergenkörper in Empfang zu nehmen, da erhob sich hinter dem Wächter eine Gestalt. Es war ein Zwerg, und er war tot. Die lange tiefe Wunde quer über seinem Gesicht zeugte vom Hieb eines Elfensäbels. Der Schnitt verlief vom Auge, quer über die Nase bis hinunter zur Wange. Das Blut hatte seinen Bart rot gefärbt, und in seiner Schulter steckte ein Pfeil.

Rugor rutschte von der Kante und fiel vor Milo und Nelf auf den Waldboden, ohne dass sie überhaupt nur versuchten, den toten Körper aufzufangen. Sie starrten ungläubig auf den Zwergenleichnam, der sich hinter dem Wächter erhoben hatte.

»Ihr dreckiges Pack, ihr habt ihn fallen gelassen!«, brüllte der Bärtige, ohne zu ahnen, was hinter ihm geschah. »Ich hatte euch gewarnt.«

Er griff nach seiner Peitsche, doch bevor er Schwung holen konnte, um Milo und Nelf eine Lektion zu verpassen, packte ihn der untote Zwerg von hinten und rammte ihm einen Dolch in die Brust. Im Todeskampf stürzte er vom Wagen und riss den Untoten mit sich. Der Zwerg brüllte ein letztes Mal auf, dann grub sich die Klinge erneut tief in seinen Körper, und er verstummte.

Sofort waren die anderen Wachen alarmiert. Mit gezückten Waffen sprangen sie herbei, um zu sehen, was ihrem Kameraden passiert war. Milo und Nelf wichen entsetzt zurück und gaben den Zwergenwachen den Weg frei. Für einen Moment waren die Bärtigen genauso überrascht und von der Situation überfordert wie die beiden Halblinge. Verwirrt und verängstigt starrten sie auf einen toten Zwerg, der auf der Brust eines anderen toten Zwerges hockte und mit einem kurzen breiten Dolch wie von Sinnen auf ihn einstach.

Als sich die Wachen gefasst hatten, war es bereits zu spät. Vom Wagen erhoben sich weitere tote Zwerge, ihre schartigen Klingen in den blutigen Händen, bereit, sich auf ihre lebenden Kameraden zu stürzen. Sie stürzten sich vom Wagen aus auf die Wächter und hieben mit ihren Waffen auf sie ein, sofern sie noch welche besaßen, oder bissen sie einfach.

Ein lebender Zwerg war zwar nicht schwächer als ein toter und vielleicht sogar etwas behänder, aber dafür fühlten die Toten keinen Schmerz und empfanden keine Angst und auch kein Mitleid. Außerdem war das Verhältnis schlecht, und es wurde von Sekunde zu Sekunde schlechter.

Die übrigen Gefangenen rannten in Panik davon und verschwanden im Dickicht des Waldes.

Milo sah, wie sich aus der Grube weitere Untote erhoben, zwischen ihnen sogar ein Mensch. Noch immer lagen tote Zwergenkörper auf dem Karren. Doch unter denen regte sich nichts. Was an ihnen anderes war als bei denen, die sich erhoben hatten, oder ob sie auch noch zu Untoten werden würden, wusste Milo nicht. Aber eines wusste er, er würde nicht mehr lange genug bleiben, um es herauszufinden. Er packte Nelf an der zerrissenen Jacke und zog ihn mit sich.

»Komm schnell, auf den Käfigwagen!«, rief er ihm zu.

Im Nu saßen sie auf dem Kutschbock, und Milo gab den Ponys die Peitsche, während Nelf den Wagen querfeldein durch den Wald lenkte. Nicht ein einziger Bolzen wurde auf sie abgegeben, um ihre Flucht zu vereiteln. Stattdessen hörten sie die Schreie der Zwerge, die um ihr Leben kämpften.

Nelf lenkte den Wagen immer tiefer in den Wald hinein. Hinter ihnen blieb eine breite Spur aus niedergewalzten Farnen und zerdrückten Büschen zurück.

»Es wird leicht sein, uns zu verfolgen«, erkannte Milo.

»Fragt sich nur, wer uns verfolgen wird«, erwiderte Nelf.

»Hauptsache, ihr habt den Schlüssel für diesen verdammten Käfig nicht vergessen«, brummte jemand von hinten.

Dorn saß auf der niedrigen Bank und klammerte sich an die Gitterstäbe.

40. DER WISSENDE

Der Wissende sprach in die Dunkelheit hinein. Es wäre ein Leichtes für ihn gewesen, den Raum, in dem er stand, trotz seiner Größe zu erhellen, doch er wusste, dass es seinem Gegenüber schwerfiel, ihn zu akzeptieren. So entschied er, dass es besser war, dieses Gespräch nicht von Angesicht zu Angesicht zu führen. Er hatte sich zu lange darauf vorbereitet, um sich jetzt noch einen Fehler leisten zu können.

»Nun ist es bald so weit. Du solltest deine Bedenken mir gegenüber ablegen. Immerhin war nicht ich es, der dich hierhergebracht hat. Du bist selbst dafür verantwortlich. Alles, was ich tue, ist, dir einen Ausweg zu bieten. Nimm ihn an, und du wirst ein Dasein führen, das deinem alten Leben ebenbürtig ist. Das verspreche ich dir.«

Der Wissende wartete auf eine Reaktion, aber sie blieb aus.

»Wenn es daran liegt, dass ich bin, was ich bin, kann ich dich beruhigen. Hilf mir, mein Ziel zu erreichen, und ich werde sein, was immer du möchtest. Es gibt kein Zurück mehr, weder für dich noch für mich. Darf ich dich daran erinnern, dass du es warst, der alles verändern wollte und kläglich gescheitert ist. Ich habe es nur übernommen, alles zu Ende zu bringen. Daraus kannst du mir keinen Vorwurf machen.«

Der Wissende spürte, wie sein Gesprächspartner versuchte, in seinen Kopf einzudringen. Zu Anfang war ihm das fast immer gelungen, doch jetzt, wo er seine eigenen Pläne verfolgte, durfte er das nicht mehr zulassen. Er würde niemals vom Wissenden zum Lehrenden werden, wenn er es seinem Gegenüber gestatten würde, in seinem Kopf herumzuspuken.

»Du solltest aufhören damit«, sagte der Wissenden. »Du bist nicht mehr das, was du einmal warst. Du bist das, was ich aus dir gemacht habe. Auch ich werde bald nicht mehr sein, was ich einmal war. Genau genommen, haben wir die Rollen getauscht. Finde dich besser damit ab. Gemeinsam können wir alle deine Träume in die Tat umsetzen. Und wer weiß, vielleicht wird dir eines Tages die Macht zuteil, dich für das, was man dir angetan hat, zu rächen. Wir beide sind in eine Situation hineingeboren worden, die wir so nicht gewollt haben. Doch im Gegensatz zu allen anderen haben wir die Macht, uns dagegen zu wehren.«

Irgendwo in der Dunkelheit knirschten Felsbrocken gegeneinander, und loses Geröll und Sand rieselten von der Decke. Eine tiefe Stimme, klar und rein, erfüllte den Raum: »Ich habe einen Bruder verloren und einen neuen gefunden.«

41. MILO

»Wir müssen irgendwie über diesen Bach kommen«, sagte Milo. »Der Krähenturm liegt nördlich von hier, fast im Zentrum des Waldes. Dort bekommen wir Hilfe. Dann weiter nach Eichenblattstadt, um meine Familie zu warnen.«

»Vor was willst du sie warnen?«, fragte Nelf. »Vor den Untoten, den Zwergen oder vor beidem?«

»Ist doch egal«, erwiderte Milo gereizt. »Sie müssen wissen, was hier vor sich geht.«

Dorn trat mit dem Fuß gegen das Gitter des Käfigs, in dem er immer noch festsaß. »Und was geht hier vor, mein kleiner Freund? Die Zwerge führen gegen die Elfen Krieg. Ein Wald brennt, und die Menschen töten sich gegenseitig. Und was passiert, wenn du es ihnen erzählt hast? Ziehen die Halblinge ebenfalls in den Krieg, um den Elfen oder wem auch immer beizustehen? Es ändert nichts, wenn sie davon wissen. Wenn sie Glück haben, zieht das Unglück an ihnen vorüber. Du kannst niemanden retten, das hast du doch gesehen. Du warst doch dabei, als …«

Dorn redete nicht weiter, sondern trat voller Wut erneut gegen das Gitter. »Kümmert euch lieber darum, mich hier herauszubekommen. Ich würde ungern in diesem Käfig festsitzen, wenn wir diesen Dingern wieder über den Weg laufen.«

»Es sind Untote«, erklärte Nelf. »In der Zwergenmine haben wir die ersten von ihnen gesehen.«

»Es ist mir scheißegal, wo ihr euch kennengelernt habt. Ich will hier raus!«, schrie Dorn.

»Ich weiß gar nicht, was du hast«, erwiderte Nelf. »Du sitzt da hinten in aller Seelenruhe, kannst den schönen Ausblick genießen und musst dich nicht mit diesen störrischen Ponys abmühen. Aber anstatt dich damit zufriedenzugeben, die Beine auszustrecken und ein Pfeifchen zu rauchen, hockst du da und nörgelst die ganze Zeit.«

Einen Moment starrten Dorn und Milo irritiert auf Nelf.

»Ich rauche aber keine Pfeife!«, schrie Dorn wie von Sinnen. »Ich will nur raus hier.«

Nelf wollte abermals etwas erwidern, bemerkte aber, wie Milo ihn kopfschüttelnd und flehend ansah.

»Was ist? Man wird ja wohl noch seine Meinung sagen dürfen. Ich wäre froh gewesen, wenn mein Aufenthalt bei den Zwergen ähnlich gemütl-«

»Lass uns etwas suchen, womit wir das Schloss aufbrechen können«, unterbrach Milo ihn. »Wahrscheinlich haben wir Dorn schneller aus dem Käfig befreit, als wir den Wagen über den Bach bringen.«

Nelf verzog beleidigt das Gesicht.

Dennoch folgte er Milo, der bereits die Böschung des Baches hinunterkletterte, um nach Steinen und größeren Ästen zu suchen, die ihm behilflich sein konnten, das Schloss des Käfigwagens zu öffnen. Schwer bepackt mit Steinen und dicken Ästen, kehrten sie zurück zum Wagen.

»So, damit sollten wir es schaffen«, sagte Milo, von sich und seinen Mitbringseln überzeugt.

Er wählte einen der Steine zu seinen Füßen aus, wog ihn abschätzend in der Hand und stieg auf den Tritt auf der Rückseite des Käfigwagens. Er rückte das schwere schmiedeeiserne Schloss zurecht, nahm Maß und schlug mit aller Kraft mit dem Stein darauf ein. Ohne Erfolg! Milo musste genau hinsehen, um überhaupt die Stelle zu finden, wo der Brocken das Metall getroffen hatte. Milo wagte einen zweiten und dritten Versuch. Dann holte er sich einen anderen Stein und noch einen. Danach einen schweren Knüppel. Vergeblich. Dutzende Schläge später wies das Schloss noch immer so gut wie keinen Kratzer auf.

»Du hast mehr Kraft als ich«, sagte er zu Dorn. »Willst du es mal versuchen?«

»Ist dir aufgefallen, dass ich auf der verkehrten Seite sitze, um dir zu helfen.«

»Streck die Hände durch das Gitter, dann versuchen wir es zusammen«, schlug Milo vor.

Gemeinsam hämmerten sie auf dem Schloss herum, doch außer dass Milo sich die Finger klemmte, kam nicht viel dabei herum.

»Das bringt doch alles nichts«, stöhnte Dorn. »So einer Zwergenschmiedearbeit kommt man nicht einfach mit einem Stein bei. Und diese Gitterstäbe – ich weiß nicht, wen die Zwerge sonst so gefangen nehmen, aber er scheint kräftiger zu sein als alle, die ich kenne.«

Milo kühlte seinen Finger im feuchten Moos des Waldbodens, und Dorn ließ den Stein aus den Händen gleiten und hockte sich wieder auf die Bank im Käfigwagen.

»Ich würde nicht sagen, dass es nichts gebracht hat«, sagte Nelf mit bebender Stimme. »Euer Herumgehämmer war jedenfalls laut genug, um den dort anzulocken.« Der Halbling zeigte in südliche Richtung.

Zwischen den Bäumen wankte jemand auf sie zu. Oberflächlich betrachtet, war es ein feist aussehender Händler, gehüllt in eine dunkelblaue Tunika, braune Kniebundhosen und Sandalen. Er stakste im Unterholz herum wie jemand, der zu tief ins Glas geschaut hatte. Erst auf den zweiten Blick erkannte Milo, dass ein Großteil seiner strähnigen Haare ausgerissen war und ein Dolch bis zum Heft in seinem Wanst steckte.

»Ich glaube, er ist tot«, sagte er unsicher.

»Nicht tot genug für meinen Geschmack«, gestand Nelf. »Wir sollten machen, dass wir hier wegkommen.«

»Gute Idee«, stieß Milo hervor, während er bereits auf den Kutschbock sprang. »Wir folgen dem Bachlauf erst einmal weiter in westlicher Richtung, vielleicht finden wir irgendwo einen Übergang.«

Die anderen beiden hatten keine Einwände, und so trieb Milo die beiden Ponys mit einem Klaps mit der Gerte an. Die braunweiß gefleckten Tiere witterten die Gefahr noch nicht und kamen nur langsam in Gang. mit tief gebeugten Hälsen zupften sie immer noch an den vertrockneten Grasbüscheln, während sie langsam lostrotteten.

»Macht schon!«, rief Milo ihnen zu und schwang die Gerte etwas kräftiger. »Untote reiten nicht, somit haben sie nur *eine* Verwendung für zwei fette Klepper wie euch.«

Die Tiere waren durch das jahrelange Antreiben und Herumscheuchen in den Zwergenminen abgestumpft, was Schläge mit der Gerte betraf. Erst als Milo all seine Angst und Wut in den Hieb legte, trabten sie zügig an.

Dorn hockte hinten im Käfig und beobachtete derweilen ihren Verfolger.

»Den haben wir schnell abgeschüttelt«, rief er nach vorn. »Er ist zu fett und zu langsam, um hinterherzukommen«,

»Und zu tot«, fügte Nelf hinzu.

Milo versuchte trotzdem, die beiden Ponys weiter anzuspornen. Wenn sie erst einmal in einem Gebüsch oder Erdloch festhingen, wäre ihr Vorsprung schnell wieder verloren.

Die Route am Bach entlang erwies sich als außerordentlich problemlos. Oben auf der Böschung wuchsen fast ausschließlich Farne, und der Untergrund war eben und fest. Sie kamen gut voran, und Milo hoffte, dass sie irgendwann auf einen der Wege quer durch den Wald treffen würden, der sie über den Bach brachte. Wenn sie das erst einmal geschafft hatten, müssten sie den Krähenturm innerhalb eines Tages erreichen können. Doch zuerst galt es einmal, genügend Abstand zwischen sich und diese untoten Kreaturen zu bringen. In einigen Stunden würde es dunkel werden, und sie würden nur noch langsam vorankommen, wenn überhaupt. Toten war es wahrscheinlich egal, ob es Tag oder Nacht war, und Pausen mussten sie bestimmt auch nicht einlegen.

»Den sind wir los«, schnaubte Dorn nach einer guten halben Stunde. »Ich glaube nicht, dass er unseren Spuren folgen wird.«

Milo war sich da nicht so sicher. Und selbst wenn, es gab genügend von diesen Kreaturen, die überall durch den Wald streunen konnten. Es war besser, in Bewegung zu bleiben und sich nördlich zu halten.

Auch Nelf schien angespannt. Er klammerte sich an die Gitterstäbe des Käfigs und starrte verloren auf die vorbeiziehenden Farne.

»Was ist mit dir?«, fragte Milo.

»Ich muss immer an meinen Bruder denken«, sagte er. »Wir hatten es fast geschafft, doch dann …«

Milo wusste nicht, wie es war, einen Bruder zu verlieren, und er würde alles dafür tun, dass es nicht dazu kam. Nelf konnte etwas Aufheiterung vertragen, entschied er.

»Meine Tante Rubinia ist Wirtschafterin im Krähenturm«, erklärte er. »Sie macht die besten Blaubeermuffins, die du je gegessen hast. Sie rührt in den Teig immer etwas Vanillezucker hinein, ein altes Familienrezept der Blaubeers.«

Nelf lächelte zaghaft. »Tislo mochte Blaubeermuffins. Es ist über ein Jahr her, dass wir so etwas Gutes gegessen haben. Die Zwerge kennen anscheinend nur Pilze mit Käse überbacken, Schmelzkäse mit Pilzen oder Pilze im Käseteig. Was würde ich nicht alles für einen Blaubeermuffin tun.«

Es war nur ein kleiner Trost, aber zumindest hatte Nelf jetzt etwas, auf das er sich freuen konnte, dachte Milo und ließ die Gerte niedersausen. »Lauft, ihr Ponys!«

Die beiden Tiere gaben ihr Bestes. Der massive Käfigwagen rumpelte das Bachufer entlang und walzte alles nieder, was sich ihm in den Weg stellte. Die hölzernen Räder schleuderten Matsch und Blätter hoch. Mit einem Mal begann eines der Ponys zu bocken und warf den Kopf zur Seite. Milo zog die Zügel straff, aber die Tiere reagierten nicht mehr. Ihr kaum noch vorhandenes Temperament ging mit ihnen durch. Ihre donnernden Hufte rissen ganze Soden mit Gras und Moos aus der Erde und schleuderten sie den Halblingen ins Gesicht.

Eines der Tiere brach seitlich aus, rammte das andere und

drängte es die Böschung hinunter. Der Wagen geriet ins Schlingern und drohte, den Hang hinabzustürzen. Milo riss die Zügel herum. Das zweite Pony reagierte blitzschnell, angespornt von seiner eigenen Panik, den Abhang hinunterzustürzen, und schob das andere Tier förmlich die Böschung wieder hinauf. Noch immer im vollen Galopp kam der Wagen auf seine Spur zurück. Milo riss die Zügel fest an sich. Die Ponys fielen zurück in leichten Trab. Gerade als Milo glaubte, die Tiere wieder unter Kontrolle zu haben, warfen sie abermals die Köpfe zurück. Erneut scheuten sie und brachen seitlich in Richtung des Flusslaufes aus. Milo sah nicht mehr als einen Schatten, der ihren Weg kreuzte, dann rissen die Tiere auch schon den Käfigwagen mit sich die Uferböschung hinab. Das Gefährt geriet in Schräglage und begann zu kippen. Nelf sprang vom Wagen, und Milo klammerte sich an den Kutschbock. Dorn schrie auf, als die Ponys übereinanderstürzten und der Wagen sich überschlug.

Milo stürzte kopfüber in den kleinen Bachlauf. Schlamm und Wasser umspülten Milo. Etwas Hartes schlug gegen seinen Kopf. Für einen kurzen Moment war Milo wie benommen, aber das kalte Wasser, das ihm in Mund und Nase drang, klärte seine Sinne sofort wieder. Milo riss den Kopf instinktiv hoch. Für den Bruchteil einer Sekunde sah er die Kutschbank auf sich zurasen, sie drohte, ihn zu zerquetschen und unter sich zu begraben. Milo tauchte zurück ins Wasser. War das sein Ende – mit gebrochenen Knochen und ertrunken in einem Bach? Das Wasser umspülte ihn und strich ihm durch die Haare. Der befürchtete Schmerz blieb aus. Milo musste Luft holen und hob den Kopf. Es war dunkel um ihn herum, nur vor ihm glitzerten ein paar Sonnenstrahlen unter der Wasseroberfläche. Er lag zwischen Kutschbock und Käfig.

Diesmal war die robuste Zwergenarbeit sein Glück. Der starre Käfig hielt den Wagen zusammen und verhinderte, dass Milo unter schweren Holztrümmern begraben oder zerquetscht wurde. Die nasse Kleidung hing schwer an ihm, und er spürte, wie seine Muskeln sich sträubten, ihm zu gehorchen. Er mobilisierte seine letzten Kräfte und kletterte unter dem Wagen hervor. Der Huf eines Ponys verfehlte seinen Kopf nur um Haaresbreite. Das Tier lag vor ihm, halb im Wasser, halb auf der Böschung und trat in Panik um sich. Wie durch ein Wunder hatte es den Sturz überlebt. Milo duckte sich wieder in den Schutz des Wagens. Erst als das Tier die Kräfte verließen, wagte er sich wieder aus seinem Versteck. Vorsichtig und ohne ruckhafte Bewegungen erhob er sich aus dem Bach, um das Tier nicht noch mehr zu ängstigen. Behutsam klopfte er dem Pony die Flanke, während er es aus dem Halfter befreite. Mit einem leichten Klaps auf das Hinterteil kam das Tier wieder auf die Beine und stand zitternd neben ihm.

Das andere Pony hatte nicht so viel Glück gehabt. Es hatte sich bei dem Sturz die Böschung hinunter den Hals gebrochen und lag nun mitten in dem engen Bachbett und staute das Wasser vor sich.

»Helft mir raus hier!«, hörte Milo Dorn brüllen. »Mein Arm ist eingeklemmt.«

Milo watete durch den knietiefen Bach um den Käfig herum. Dorn lag bis zum Hals im Wasser und reckte angestrengt den Kopf. Sein Arm war unter dem schweren Gitter eingeklemmt und lag nun mit dem ganzen Gewicht auf ihm.

»Sucht nach langen Ästen«, bat Dorn. »Ihr müsst versuchen, die Seite des Wagens irgendwie zu entlasten, damit ich mich befreien kann. Wo ist Nelf?«

»Ich bin hier«, antwortete eine klägliche Stimme von der Rückseite des Gefährtes.

Nelf stolperte durch das Bachbett und suchte Halt an den Gitterstäben des Käfigs. »Wir sollten schleunigst von hier verschwinden«, stammelte er, den Blick starr auf die Uferböschung vor ihm gerichtet.

Milo schwante nichts Gutes. Er kämpfte sich durch das kalte Wasser auf die andere Seite des Wagens.

»Ob er uns sehen kann?«, fragte Nelf verunsichert.

Die Worte drangen an Milos Ohr, jedoch nicht in seinen Kopf. All seine Sinne waren auf das Wesen gerichtet, dass oben auf der

Uferböschung stand und den Kopf wie eine Blüte im Wind hin und her bewegte.

Jetzt erklärte sich auch der Schatten, vor dem die Ponys in Panik ausgeschert waren. Ein Untoter. Milo glaubte, erkennen zu können, dass es einmal ein Mensch gewesen war. Größe und Statur ließen kaum einen anderen Schluss zu, auch wenn der Körperbau nur noch anhand der Rüstung zu bestimmen war. Der Mann musste schon seit Ewigkeiten tot sein. Er schien seinen Tod im Moor gefunden zu haben. Die Haut war zu Leder geworden und lag über den Knochen wie ein dünnes Tuch. Die fauligen Zahnreihen standen im Kiefer hervor, und in den Augenhöhlen prangten zwei schwarze Löcher. Er trug die lederne Rüstung eines Soldaten oder Söldners, in der Hand hielt er ein abgebrochenes Langschwert.

Milo war es egal, ob das Wesen sie sehen, riechen oder hören konnte, fest stand aber, dass es sie irgendwie wahrnahm. Aus seinen dunklen Augenhöhlen starrte es herüber zu ihnen und zielte mit der geborstenen Klinge in ihre Richtung.

»Schnell, hilf mir, Nelf«, bat Milo, »wir müssen Dorn befreien. Ohne seine Hilfe sind wir verloren.«

Milo zog seinen Gefährten mit sich. Sie fanden einen armdicken Ast, den der Sturm abgerissen hatte, und schoben ihn unter den umgestürzten Wagen, um einen Hebel anzusetzen. Dorn schob seine Füße durch das Gitter nach draußen, packte zwei der Eisenstäbe und drückte sich vom Boden ab, damit die Halblinge nicht auch sein Gewicht noch heben mussten und auch er seinen Beitrag leisten konnte. Es sah aus, als wenn er versuchte, sich eine Hose anzuziehen, die mit den Beinen auf der Erde festgenagelt war. Mit vereinten Kräften versuchten sie, den Käfig hochzudrücken.

»Wir müssen etwas unter den Ast legen, sonst sackt er zu weit im weichen Sand des Bachbettes ein«, sagte Milo und fing an, nach einem geeigneten Stein Ausschau zu halten. Gerade, als er einen gefunden hatte und versuchte, ihn mit den Händen aus dem Matsch zu graben, hörte er Nelf schreien.

»Hau ab, du verrottendes Scheusal! Kriech in die Schlammgrube zurück, aus der du gekommen bist, und lass uns in Ruhe.«

Milo sah, wie Nelf nach Steinen im Bach fischte und mit den faustgroßen Brocken nach dem Untoten warf. Wenig beeindruckt von den Attacken, schlurfte der untote Krieger weiter auf Nelf zu, das gebrochene Schwert vor sich her schwingend. Die Hiebe waren ungelenk und Nelf noch lange nicht in Reichweite, doch Kraft und Schnelligkeit schienen das Wesen auch im Tod nicht verlassen zu haben.

Milo ließ den Stein zurück in den Matsch plumpsen und griff sich den erstbesten Knüppel, den er finden konnte. Er machte einen Bogen durch den Bach und krabbelte die Böschung hoch, damit er das Wesen von hinten attackieren konnte. Wenn sie von beiden Seiten auf den Untoten eindröschen, gelänge es ihnen vielleicht, ihn zu Fall zu bringen. Was danach zu tun war, wusste Milo noch nicht. Wie bekämpfte man etwas, das schon tot war? Er hoffte auf etwas Unterstützung von Dorn, wenn es diesem gelänge, freizukommen.

Milo schaffte es ungehindert, sich hinter dem Untoten zu postieren. Nelf schmiss währenddessen mit allem, was er in die Finger bekam, und Dorn versuchte immer noch, seinen Arm unter dem Gitter herauszuziehen.

Von dem Wesen ging ein eigenartig saurer Geruch aus. Überall in den Ritzen und Falten der Rüstung hatten sich Schlamm und verwitterndes Laub angesammelt. Die lederne Haut war fast schwarz.

Milo zögerte nicht lange. Wenn man als Halbling gegen groß gewachsene Gegner kämpfte, musste man sich auf die unteren Körperregionen konzentrieren. Erst wenn der Feind auf gleicher Höhe war, konnte man hoffen, den Kampf für sich zu entscheiden. Milo schlug mit aller Kraft in die Kniekehlen des Untoten. Obwohl er das ungeschützte Bein seines Gegners traf, hatte er das Gefühl, auf eine leere Rüstung einzuschlagen. Mit Schrecken stellte Milo fest, dass die Reflexe von Toten und Lebenden sich grundsätzlich unterschieden. Anstatt einzuknicken und auf die Knie zu fallen, schwang das Wesen den Arm im weiten Bogen nach hinten und ließ die gebrochene Klinge des Schwertes kurz über Milos Kopf hinwegsausen. Im Nachhinein war Milo froh, dass der Unhold nicht in die Knie gegangen war.

Nelf warf einen Stein und traf seinen Gegner am Kopf. Milo nutzte die Chance und hieb ein weiteres Mal auf den Untoten ein. Diesmal versuchte er, ihm die Waffe aus der Hand zu schlagen. Der Knüppel traf genau das Handgelenk, aber die mumifizierten Finger wollten den Schwertgriff einfach nicht freigeben. Stattdessen schnellte der Arm des Untoten zurück, und der Knauf der Waffe traf Milo hart an der Schulter. Er verlor das Gleichgewicht, kam ins Stolpern und stürzte kopfüber die restliche Böschung hinab in den Bach. Sofort schnellte er wieder auf die Beine – gerade rechtzeitig, um den nächsten Hieb seines Angreifers abzuwehren. Er parierte mit dem Knüppel, aber die Wucht der Klinge ließ das Holz bersten. Die schartige Spitze der Waffe fuhr über Milos Oberschenkel, zerfetzte die Hose und schnitt durch Haut und Fleisch.

Dorn brüllte auf, als helfe ihm das, noch einmal all seine Kraft zu mobilisieren, um sich zu befreien. Nelf stürmte heran und schleuderte einen weiteren Stein auf den Untoten. Das Geschoss traf ihn im Rücken, aber der Unhold schien es noch nicht einmal zu merken. Hoch aufragend, stand er vor Milo, der im Bach kniete und darauf hoffte, ein schnelles Ende zu finden. Trotz des kalten Wassers brannte die Wunde wie Feuer. Milos Arme waren taub, die Knie zitterten, und sein Blut färbte das Wasser rot. Er hatte keine Kraft mehr, sich noch weiteren Attacken zu erwehren. Er ließ mit sich geschehen, was immer Cephei für ihn bereithielt.

Der untote Krieger packte Milos Haare und zog ihn daran hoch. Mit der anderen Hand holte er weit aus. In dem Moment, als er zuschlagen wollte, bohrte sich ein gewaltiger Speer zwei Hand breit über Milos Kopf durch die Brust des Untoten. Das Wurfgeschoss war so dick wie Milos Handgelenk und fast dreimal so lang wie sein Arm. Die Wucht und das Gewicht des Speers rissen den Untoten von den Füßen und schleuderten ihn gegen die Böschung. Der hölzerne Schaft bohrte sich tief ins Erdreich. Der Unhold hing wie festgenagelt zwischen Wurzeln und verdorrten Gräsern. Die Waffe hatte er fallengelassen und umklammerte nun den Speer in der Hoffnung, ihn herausziehen zu können.

»Seht ihr, was habe ich euch gesagt?«, grollte eine tiefe Stimme von der anderen Seite der Böschung herab. »Mit jedem Jahr, dass sie tot sind, werden sie leichter und morscher. Ein Schlag mit der Keule, und sie fliegen durch die Luft, wie aufgebrachte Rebhühner.«

Milo fuhr herum. Noch nie hatte sich eine Stimme für ihn lieblicher und betörender angehört, immerhin gehörte sie seinem Retter. Umso überraschter war er, als er in die bösartig funkelnden Augen eines Trolls und dreier Orks schaute.

»Die beiden Winzlinge nehmen wir mit«, erklärte der Troll seinem Gefolge. »Den Krieger im Käfig töten wir sofort. Er sieht aus, als wenn er sonst nur Ärger macht.«

Wie auf Kommando sprangen die Orks von der Böschung. Jeder von ihnen hielt eine Knochensichel in den Händen. Eine typische Orkwaffe, die aussah wie eine Mischung aus Axt und Krummsäbel.

»Versucht gar nicht erst, wegzulaufen, ihr kleinen Dürrzwerge«, schnaube einer von ihnen. »Das macht mich nur wütend, und dann muss ich euch wehtun.«

Milo stand nicht der Sinn nach Flucht. Seine Wunde am Bein schmerzte höllisch, und er war erschöpft und mutlos. Nelf schien es ähnlich zu gehen, und auch Dorn hatte aufgehört, an dem Gitter zu reißen, und sah nun zusammengekauert, den Arm immer noch eingeklemmt, im Zwergenkäfig.

Milo sah, wie einer der Orks das friedlich an der Böschung grasende Pony mit einem einzigen Hieb niederstreckte. Der zweite hielt auf den hilflos zappelnden Untoten zu, und der letzte stampfte mit einem widerlichen, breiten Grinsen, das seine fauligen Zahnstümpfe entblößte, durch den Bach direkt auf Nelf zu.

»Wir drei sind von Xumita Latorinsis auf eine Mission geschickt worden«, bog Milo die Wahrheit in letzter Verzweiflung. »Wir sollen ein Lamm der Mutter finden, um das Blut des Zweitgeborenen aus der Erde zu schneiden.«

»Was sollen wir mit einem Lamm, wenn wir zwei Ponys haben können?«, grunzte der Ork. »Was Xumita mit euch abgemacht hat, ist uns ganz egal. Wir erhalten unsere Befehle direkt von Schrak. Und der hat uns angewiesen, Köder für die Ahnen zu suchen. Und ihr beide scheint dafür genau richtig zu sein.«

Der Ork packte Nelf unsanft am Arm und zog ihn mit sich.

»Wartet!«, rief der Troll, der oben auf der Böschung hockte und sich das Spektakel in aller Seelenruhe ansah.

»Habt ihr dieses Lamm denn gefunden?«, fragte er Milo.

Es gab Momente, da sollte man es mit der Wahrheit nicht so genau nehmen, wusste Milo. Die Wahrheit konnte schmerzlich sein, und in diesem Fall sogar töten.

»Ja, einer von uns dreien ist das Lamm, nach dem Xumita sucht«, sagte er. »Wer es ist, werde ich nur dem Schamanen selbst verraten.«

»Du bist verschlagen, genau wie alle deines Volkes«, brummte der Troll. »Wenn du mich belügst, werde ich dafür sorgen, dass man dich bei lebendigem Leibe häutet und dann im Wald für die Ahnen aussetzt. Sie werden in Heerscharen kommen und über dich herfallen, wenn sie dein Blut wittern.«

»Ich sage aber die Wahrheit«, erwiderte Milo, obwohl ihm die Knie schlotterten. Hauptsache, sie gewannen erst einmal Zeit. Er sandte ein Stoßgebet zu Cephei.

Der Troll machte einen Satz, der ihn von der Böschung direkt den Käfig trug. Der Umgestürzte Wagen erbebte unter dem Gewicht des mächtigen Grünbluters. Er griff mit seinen Krallen zwischen die Stäbe, und als wenn sie nichts weiter wären als Weidenruten, bog er sie auseinander.

»Sperrt sie mit dem Menschen in den Käfig«, befahl der Troll den Orks. »Wir nehmen sie alle mit.«

Der Ork schubste Milo und Nelf zum Wagen, wo der Troll sie hochhob und sie zu Dorn in den Gefängniswagen schleuderte. Genauso leicht, wie er die Stäbe aufgebogen hatte, bog er sie auch wieder zurück. Dann sprang er vom Käfig herunter und kippte den Wagen so, dass er wieder auf den Rädern stand, die dank der robusten Zwergenarbeit alle den Sturz überlebt hatten.

»War es schwer, das Pony zu töten, Usuk?«, fragte der Troll einen der Orks. Dieser hörte nur halb hin, weil er gerade dabei zusah, wie sein Kumpan dem Untoten den Schädel vom Hals trennte.

»Ein Schlag, dann war das Vieh hin«, grunzte er.

»Du bist ein großer Krieger, Usuk«, sagte der Troll. »Jetzt bin ich gespannt, ob du als Zugtier genauso gut bist.«

42. RUBINIA

»Ich kann nicht mehr«, stöhnte Rubinia und ließ sich zwischen zwei aufragende Felsen sinken. »Wer weiß, wo uns dieser Spalt noch hinführt. Wahrscheinlich endet er einfach irgendwo tief unten in der Erde.«

Rubinia betrachtete den schwach leuchtenden Stein in ihrer Hand. »Er hat nicht mehr viel Kraft. Es wäre schön gewesen, wenn ich Meister Othman noch hätte erzählen können, wie gut er funktioniert. Er war so stolz, als er ihn mit überreichte, und ich habe das Geschenk abgetan, als wenn es nichts sei.«

»Du wirst es ihm noch sagen können«, rief Oda, die seit Beginn ihrer unterirdischen Odyssee immer einige Schritt vorauslief. »Es ist nicht mehr weit, ich kann es spüren, Rubinia.«

»Das sagst du schon seit Stunden«, stöhnte Rubinia. »Es ist lieb von dir, mich aufheitern zu wollen und zu versuchen, mir neuen Mut zu machen, aber seien wir doch mal ehrlich: Du weißt genauso wenig wie ich, wo wir sind.«

»Nein!«, schrie Oda sie an. »Du irrst dich. Ich weiß genau, dass dort vorn irgendwo der Ausgang ist. Er hat er mir gesagt.«

Rubinia zuckte vor Schreck zusammen. So aufgebracht hatte sie die junge Halblingsfrau noch nie erlebt. Sie schien sonst zwar auch wagemutig und ungestüm zu sein, doch seitdem sie in diesem Spalt eingesperrt waren, wurde sie von Stunden zu Stunde merkwürdiger.

»Wer hat dir das gesagt? Von wem sprichst du?«

»Mein Bruder!«, erwiderte Oda irritiert. »Nelf. Er hat mir erklärt, auf was man zu achten hat, wenn man unter der Erde ist. Wir waren immerhin lange in den Minen der Zwerge eingesperrt. Da lernt man so Einiges über seine Umgebung. Jetzt reiß dich zusammen und komm schon.«

Rubinia wusste, dass Oda sie anlog, aber irgendetwas ließ die junge Halblingsfrau selbst daran glauben, was sie erzählte. Rubinia fürchtete, es hatte keinen Sinn, weiterzubohren, und entschied sich, Oda zu folgen. Es würde sich zeigen, wer Recht hatte, und vielleicht auch, was Oda verbarg.

Rubinia raffte sich auf. Ihre Füße schmerzten, und überall bis zu den Knien hatte sie Schürfwunden und Prellungen von der Kletterei zwischen den spitzen Felsen.

»Wir laufen so lange, bis der Stein von Meister Othman erlischt«, schlug Rubinia vor.

»Du wirst sehen«, sagte Oda, »bevor er ausgeht, werden wir die Sonne zu Gesicht bekommen.«

»Auf dass Cephei dich hört«, sagte Rubinia.

»Oder eines ihrer Kinder«, fügte Oda hinzu.

»Seit wann hat die Göttin Kinder?«, lachte Rubinia. »Ich hoffe, dass sie sich keinen Eichenblattstädter zum Mann genommen hat, sonst wird sie sich ihre Schöpfung bestimmt noch einmal überdenken wollen.«

»Dafür ist es bereits zu spät«, sagte Oda traurig.

Rubinia ging auf diese Anspielung nicht ein. Es war alles schon schlimm genug. Sich noch mit der Einzigen anzulegen, die ihr geblieben war, machte wenig Sinn. Trotzdem, Oda wurde ihr immer unheimlicher. Blieb nur zu hoffen, dass sie doch wider Erwarten bald einen Ausgang fanden.

Die junge Priesterin wirkte wie besessen. Kaum hatte Rubinia zugestimmt, ihr weiterhin zu folgen, hetzte sie ohne ein Wort los. Sie war rastlos und wurde immer schneller – wie ein Insekt, das vom Licht angezogen wurde. Rubinia hätte alles dafür gegeben, dass dieses Licht wirklich existierte.

Nach gut einer Stunde war Oda so weit voraus, dass Rubinia sie nicht mehr sehen konnte. Sie hörte nur noch das Poltern der losen Gesteinsbrocken, welche die Halblingsfrau auf ihrem Weg beiseiteräumte. Plötzlich erlosch das leuchtende Artefakt in Rubinias Hand, und Dunkelheit umschloss sie.

»Er ist ausgegangen!«, rief sie mit erstickter Stimme.

Sie bekam keine Antwort.

Rubinia rief ein weiteres Mal, und dann noch einmal, aber Oda antwortete nicht. Sie war verschwunden, genau wie der letzte Funken Licht in dem magischen Stein. Rubinia spürte, wie ihr die Tränen in die Augen schossen. Ihre Beine waren taub und kraftlos, und nun versagten sie ihr völlig den Dienst. Sie fiel auf die Knie, und das spitze Geröll, auf das sie aufschlug, zerriss die Hose und hinterließ weitere Schnitte und Schürfwunden. Rubinia vergrub ihr Gesicht tief in die Hände. Sie weinte und schluchzte und ärgerte sich zugleich über Oda, die sie in der Not alleingelassen hatte. Es dauerte einige Minuten, bevor sie sich wieder im Griff hatte, um sich ihrem Schicksal zu stellen. Sie wischte sich die Tränen aus den Augen und rieb sich die zerschundenen Knie. Gerade als ihr erneut die Hoffnungslosigkeit der Lage bewusst wurde und ein weiterer Weinkrampf drohte, bemerkte sie einen winzigen leuchtenden Fleck. Zuerst dachte sie, er käme vom Reiben ihrer Augen, doch dann fiel ihr auf, dass er sich nicht mitbewegte, wenn sie den Kopf drehte. Der helle Punkt war zu weiß, um von einer Fackel oder einem anderen Feuer zu stammen. So ein Licht konnte nur von der Sonne kommen.

Rubinia stemmte sich zwischen den Felsen hoch und stolperte vorwärts. Bei jedem Schritt stieß sie gegen scharfkantige Felsen. Spitze Steine schnitten ihr in die Füße, aber all das spürte sie kaum, weil sie genau wie Oda jetzt von etwas angezogen wurde – einem langsam größer werdenden Lichtschein. Und er wuchs schneller, als sie zu hoffen gewagt hatte.

Rubinia schämte sich für ihre Schwäche. Beinahe hätte sie keine dreihundert Fuß vor ihrer Rettung aufgegeben. Sie wäre verhungert oder verdurstet, obwohl die Freiheit zum Greifen nahe war. Ihr ganzes Leben lang hatte sie gekämpft, und beinahe wäre sie an ihrer eigenen Hoffnungslosigkeit gescheitert. Vor ihr klaffte ein Spalt ins Freie, so groß wie das Portal zum Tempel der Cephei in Eichenblattstadt. Rubinia zuckte vor Schreck zusammen, als sie

Oda direkt vor sich im Schatten hocken sah. Die junge Priesterin lauerte zwischen den Felsen wie eine Nachtkatze, die darauf wartete, dass die Dämmerung hereinbrach und sie auf die Jagd gehen konnte.

»Oda, was machst du hier? Wir sind frei. Wir haben es geschafft.«

Rubinia wäre der jungen Halblingsfrau am liebsten um den Hals gefallen, doch etwas an Odas Verhalten hielt sie zurück.

»Kannst du jemanden sehen?«, fragte Oda geistesabwesend. »Er muss hier sein.«

»Von wem redest du?«, fragte Rubinia. »Wer soll hier sein? Niemand weiß, dass wir hier sind. Wir wissen ja nicht einmal selber, wo wir sind.«

Rubinia wagte einen Blick hinaus. Vor ihr lag eine Schlucht, ähnlich der Seufzerschlucht, aus der sie kamen. »Das muss die Krähenschlucht sein. Oda, weißt du, was das heißt? Wir sind in der Nähe des Krähenturms! Wir sind gerettet! Wenn wir eine Möglichkeit zum Aufstieg finden, müssen wir nur eine Viertelmeile nach Süden und haben es geschafft. Meister Othman wird uns helfen, und auch den anderen in der Seufzerschlucht. Wir könnten sie mit seiner Unterstützung durch den Tunnel hierherbringen. Auch wenn er nicht alle im Krähenturm unterbringen kann, die Krähenschlucht bietet ebenfalls guten Schutz, und in der Nähe von Othman fühle ich mich um einiges besser. Außerdem sind im Turm genügend Vorräte, auf die wir zurückgreifen könnten. Das würde die Laune der anderen bestimmt etwas heben.«

Oda schien kaum etwas von dem zu begreifen, was Rubinia versuchte, ihr zu erklären. Sie starrte weiter in die Schlucht hinein.

Rubinia hielt es nicht länger aus. Sie musste raus aus diesem Spalt. Sie wollte frische Luft atmen, Regen auf der Haut und Sonne im Gesicht spüren. Sie trat ins Freie und legte den Kopf in den Nacken. Es war kalt, leichter Nieselregen benetzte ihr Gesicht, und ihre Augen brannten vom grellen Tageslicht. Kein Gefühl konnte schöner sein. Einen Moment stand sie da, mit ausgebreiteten Armen, und genoss es.

»Komm endlich her, Oda. Du musst keine Angst haben. Niemand ist hier.«

Oda krabbelte aus ihrem Versteck hervor. Mit großen Augen beobachtete sie die steilen Hänge der Schlucht. Sie drehte sich mehrfach um die eigene Achse und suchte nach etwas.

»Er ist nicht hier!«, schrie sie plötzlich. »Wo bist du? Du hast mir versprochen, du würdest mich mit offenen Armen aufnehmen.«

Sie brach zusammen und begann zu weinen. Erschrocken half Rubinia ihr auf, stützte sie und brachte sie zu einem niedrigen Felsen, auf dem sich Oda ausruhen und beruhigen konnte. Sicher lag Odas Verhalten an der Anspannung der letzten Tage. Sie musste hungrig und durstig sein und völlig erschöpft. Und nun diese überraschende Rettung. Vielleicht hatte sie Wahnvorstellungen oder einen Nervenzusammenbruch, immerhin war sie selbst nicht weit von einem entfernt gewesen.

Mit sanfter Stimme redete sie auf Oda ein, aber das Halblingsmädchen wollte sich nicht beruhigen lassen, weder durch Zuspruch noch durch sanfte Berührungen. Sie weinte, verkrampfte sich und nahm von Rubinia überhaupt keine Notiz. Rubinia war hin und her gerissen. Zum einen war sie überglücklich, dem tödlichen Schlund unter der Erde entkommen zu sein, zum anderen verstand sie nicht, was in ihrer Freundin vor sich ging. Sie entschied, sich nach einem möglichen Aufstieg umzusehen. Oda hatte sich weinend zusammengerollt – hier würde Rubinia vorerst nichts ausrichten können.

Die Felswände waren steil und kaum von Vegetation begrünt. Die Felsvorsprünge, die Rubinia fand, lagen zu hoch und waren zu weit voneinander entfernt, um sie nutzen zu können. Sie drehte sich so lange im Kreis und inspizierte die kargen Felswände, bis ihr schwindelig wurde. Sie bemerkte erst, dass Oda aufgehört hatte zu weinen, als diese neben sie trat. Anstatt niedergeschlagen, wirkte die junge Priesterin jetzt wieder vollkommen apathisch. Sie starrte erst mit offenem Mund zum Fuß der Felshänge, dann ließ sie ihren Blick ziellos umherwandern.

»Wir müssen weiter östlich«, sagte Rubinia. »Ohne Seile schaffen wir den Aufstieg hier niemals. Mit etwas Glück sieht es am anderen Ende der Schlucht besser aus. Ich konnte vom Krähenturm aus erkennen, dass im Osten einige Bäume vom Wind umgestoßen wurden und halb in die Schlucht hingen.«

Oda nahm den Vorschlag mit einem zustimmenden Brummen hin, suchte aber weiter den Boden vor sich ab.

»Oda, wonach suchst du denn?«, erkundigte sich Rubinia. »Ein Seil wird hier sicherlich nicht herumliegen.«

Sie wollte gerade losmarschieren in der Hoffnung, dass ihr die junge Priesterin folgte, da bemerkte sie das schwache Funkeln zwischen zwei größeren Steinen.

»Das gibt es ja gar nicht! Wie kommt der denn hierher?« Rubinia bückte sich und zog zwischen den Steinen einen blassblau funkelnden Kristall hervor. »Der sieht genauso aus wie die, die ich für Meister Othman im Wald verteile. Vielleicht wurde er von jemandem gefunden und hier wieder verloren. Oder eine Elster hat ihn sich stibitzt und über der Schlucht aus dem Schnabel fallen lassen.«

»Ich habe ihn«, flüsterte Oda.

»Du hast was?«, fragte Rubinia verwirrt.

Es bedurfte keiner Antwort von Oda, denn diese lag genau vor Rubinia. In der tristen grauen Felswand war plötzlich ein Durchgang. Er sah aus wie ein natürlicher Spalt im Gestein, den man nachträglich erweitert hatte, und dessen Seiten mit Lehm verfugt worden waren, um zu verhindern, dass Steine und Sand herausbrachen. Rubinia war sich sicher, dass der Durchgang noch vor wenigen Augenblicken nicht dort gewesen war. Entweder war er durch eine Illusion geschützt gewesen, oder er war gerade auf magische Weise entstanden.

»Geh dort nicht hinein!«, rief Rubinia. »Du weißt nicht, ob das nicht eine Falle ist, oder ob der Gang sich nicht gleich wieder schließt. Lass uns lieber warten, was passiert.«

Oda hörte nicht, sondern betrat den finsteren Tunnel. Gerade als sie in die Dunkelheit eintauchte, flammte direkt vor ihr eine Fackel auf, die an der Wand im Lehm steckte. Einige Schritte weiter entzündete sich die nächste wie von Geisterhand.

Das alles trug die Handschrift von Meister Othman. Der Kristall, die Spielerei mit den Fackeln und die Illusion waren eindeutig das Werk eines Magiers. Rubinia schämte sich, dass sie in Gedanken die Forschungen des Meisters immer als Gauklertricks abgetan hatte, und das, obwohl ihr eines dieser magischen Utensilien gerade erst das Leben gerettet hatte. Zumindest musste Othman von diesem Tunnel wissen und hatte ihn nicht zuschütten lassen. Das allein reichte Rubinia, um ihre Befürchtungen zu zerstreuen und Oda zu folgen. Zögerlich betrat sie den Tunnel. Sofort erkannte sie die Abdrücke von kleinen Händen in dem Lehm an der Wand. Sie stammten eindeutig von Tunnelgnomen. Hatten sie dies alles hier geschaffen?

Mit jedem Schritt, den Oda tat, gab das unterirdische Gewölbe etwas mehr von sich preis. Rubinia bemühte sich, zu der jungen Halblingspriesterin aufzuschließen, doch es gelang ihr erst, als Oda vor einer Tür stehen blieb. Es sah aus, als ob Oda mit ihr flüsterte oder mit jemandem, der dahinter stand. Die Tür war aus Holz, mit schwarzen Scharnieren und einem schmucklosen Griff. Sie lag etwas erhöht in der Wand, während der Gang weiter geradeaus führte.

»Ist dahinter etwas zu hören?«, fragte Rubinia.

Oda schüttelte den Kopf. »Nein, nichts, aber ich glaube, dass hinter der Tür eine Treppe hinaufführt zum Krähenturm.«

»Woher willst du das wissen?«

»Ich war lange Zeit bei den Zwergen, hast du das vergessen? Die meisten Erinnerungen sind nicht sonderlich schön, aber man lernt bei den Bärtigen zumindest etwas über das Leben unter der Erde: Was ein Luftzug zu bedeuten hat, wie unterschiedlich das

Geräusch klingt, wenn man gegen eine Tür klopft, hinter der nur eine kleine Kammer ist im Gegensatz zu einer großen Halle. Hinter dieser Tür ist eine Treppe, da bin ich mir sicher.«

»Worauf warten wir dann? Öffne sie.«

Oda griff nach der dunklen Klinke, drückte sie herunter und zog die Tür auf. »Du solltest besser vorgehen. Meister Othman erkennt mich vielleicht nicht und verwandelt mich in einen Frosch.«

»Das würde er bestimmt nicht tun«, lachte Rubinia. »Er ekelt sich vor Fröschen. In ein Eichhörnchen vielleicht. Aber du hast Recht. Es ist besser, wenn ich vorgehe.«

Gleich hinter der Tür führten einige Stufen nach oben, wo sie sich in der Dunkelheit verloren. Als Rubinia die Schwelle überschritt, entzündeten sich Kerzen, die alle zehn Fuß, jeweils abwechselnd links und rechts, die Wand säumten. Es mussten mehr als hundert sein. Die drei Fuß breite Treppe führte schier endlos hinauf. Jede Stufe war in mühevoller Arbeit mit Steinen und Lehm aufgesetzt worden.

»Es könnte sein, dass sie direkt zum Krähenturm führt«, sagte Rubinia und drehte sich zu Oda um. In diesem Moment schlug die Tür zu. Knirschend schob sich etwas unter die Schwelle. Ein Keil?

»Was soll das, Oda?«, rief Rubinia. »Mach wieder auf.« Sie hämmerte mit den Fäusten gegen das Holz. »Lass mich raus, du machst mir Angst.« Rubinia stemmte sich mit aller Kraft gegen die Tür. Sie war blockiert. »Mach wieder auf!«

Oda antwortete nicht, und es war auch sonst nichts zu hören. Was ging nur in dieser Halblingsfrau vor?

Rubinia schnaubte, halb ärgerlich, halb erschöpft. Sie blickte die endlosen Stufen hinauf. Wenn die Treppe tatsächlich in den Krähenturm führte, würden sich bald alle Geheimnisse aufklären. Mit Füßen so schwer wie Blei begann sie den Aufstieg.

Die Treppe war ein Meisterwerk der Folterkunst für jede Haushälterin. Wenn Meister Othman von ihr wusste, hatte er ihr nur zum Schutz nichts davon gesagt. Rubinia sah sich schon, mit einem kleinen Besen und einer Schaufel bewaffnet, die Stufen fegen. Früh morgens würde sie anfangen, um spät abends müde und erschöpft mit zwei schweren Eimern Schmutz wieder hinaufzusteigen.

Mit einigen kleinen Verschnaufpausen hatte es mehr als drei Stunden gedauert, bevor Rubinia das Ende der Treppe vor sich sah. Sie war eine Meisterin darin, die Zeit einzuschätzen. Aber anstatt sich vor einer Tür wiederzufinden, starrte sie auf eine glatte, vergilbte weiße Fläche. Vorsichtig drückte sie dagegen. Die Fläche gab nach wie ein mit Leder bespannter Rahmen. Sie zog ihre Hand zurück, suchte nach einem Mechanismus und fand zwei kleine Haken an der Seite. Den einen konnte sie mühelos öffnen, der andere lag zu weit oben. Sie drückte gegen die untere Ecke und konnte den Rahmen ein Stück aufbiegen. Als sie etwas mehr Kraft aufwandte, riss der obere Haken aus dem Holz, und der Rahmen schwang auf.

Sie blickte in die Eingangshalle des Krähenturms. Alles wirkte ruhig und so, wie sie es verlassen hatte. Vorsichtig schlich sie aus dem Treppengang und betrachtete die andere Seite der geheimen Tür. Es war das Gemälde mit dem Turm von Asbin, der Magierschule von Lonnas, hinter dem sich der Gang befand.

»Meister Othman, seid Ihr hier?«, rief Rubinia.

Im Stockwerk über ihr fiel etwas zu Boden und zersplitterte. Es hörte sich an wie eine der vielen Vasen, die sie überall im Haus auf Anrichten oder Wandnischen verteilt hatte und die Meister Othman gern für die Überreste seiner misslungenen Experimente missbrauchte. Die Tür zur Bibliothek im ersten Stock wurde aufgerissen, und das Geräusch von eilig schlurfenden Schritten hallte die Treppe herunter.

»Rubinia, was machst du hier? Wie bist du hierhergekommen?«, rief Meister Othman. »Der Wald ist voller Grünbluter, die den Turm belagern. Hast du die Eichenblattstädter nicht in die Schlucht geführt, wie ich dich gebeten habe? Du hattest Glück, dass sie dich nicht erwischt haben.«

Es musste nach dem Stand der Sonne schon später Nachmittag sein, wie Rubinia durch die vergitterten Fenster im ersten Stock erkennen konnte, und der Magier lief immer noch im Morgenrock durchs Haus. Seine Haare waren wild und zerzaust, sein Gesicht vor Aufregung ganz rot.

»Ich bin durch den geheimen Gang gekommen, der von der Krähenschlucht hier heraufführt. Wusstet ihr davon?«

Der Magier besah sich das Bild, das von der Wand abgeklappt war, als er die letzten Stufen der Treppe heruntereilte. Ungläubig starrte er auf die brennenden Kerzen, die den Geheimgang beleuchteten.

»Aschgrau, komm sofort her!«, brüllte Othman.

43. MILO

Der Gefängniswagen rollte quälend langsam durchs Unterholz, zwischen mannshohen Farnen hindurch und über dorniges Gestrüpp hinweg. Der Troll war unnachgiebig. Er ließ die Orks den Wagen ziehen und half ihnen nur, wenn sie es in dem unwegsamen Gelände partout nicht schafften.

»An diese Art zu reisen könnte ich mich gewöhnen«, sagte Milo halblaut zu Dorn und Nelf. »Das könnte ein lukratives Geschäft für die Grünbluter sein. Ich kenne eine Menge Leute, die es vorziehen würden, in einem Wagen durch die Gegend gezogen zu werden, als auf dem Rücken eines Ponys zu reisen oder sich die Füße wund zu laufen.«

Dorn verzog das Gesicht.

»Ich meine ja nur«, erklärte Milo. »Immerhin besser, als fahrende Händler zu überfallen in der Hoffnung, etwas Brauchbares zu finden.«

Dorn beugte sich nach vorn und wies Milo mit einer Handbewegung an, dies ebenfalls zu tun.

»Glaube mir, wenn ich dir sage, dass die Ohren der Orks wesentlich besser funktionieren als ihr Verstand«, flüsterte Dorn. »Du solltest bei deinen Äußerungen besser daran denken, dass diese Fahrt irgendwann ein Ende hat. Wenn es so weit ist, wird sich die Tür bestimmt öffnen, und dann werden drei übellaunige Orks sich daran erinnern, wem sie diese ganze Plackerei und den Spott zu verdanken haben. Nun rate mal, an wem sie ihren Frust abbauen werden – an dem riesigen Troll, der ihnen mehrfach überlegen ist, oder an einem drei Fuß großen Halbling?«

»Ihr Gehör sollte auch schärfer sein als ihr Verstand«, flüsterte Milo zurück. »Ansonsten wären sie taub. Jedenfalls haben die Völker von Hadar nie irgendwelche großen Priester oder Zauberer hervorgebracht, das muss einen Grund haben. Auf jeden Fall erkenne ich die Gegend hier wieder. Wenn mich nicht alles täuscht, halten wir genau auf den Krähenturm zu. Was nur bestätigt, dass sie nicht ganz bei Trost sein können. Meister Othman, ein mächtiger Magier, lebt dort. Ich kenne ihn gut. Er ist ein Freund der Halblinge. Wenn ich mich recht entsinne, hat er auch nichts für Grünbluter übrig. Wenn die Orks Glück haben, verwandelt er sie nur in Kröten. Wenn nicht, sollten wir uns besser schon mal von ihnen verabschieden.«

Milo zwinkerte Dorn zu.

»Du erhoffst dir aber viel von deinem einsiedlerischen und wahrscheinlich greisenhaften Magier«, grunzte Dorn. »Wahrscheinlich sitzt er zitternd hinter einem Fenster, während du ihm fröhlich von unten zuwinkst und ihn um Hilfe bittest.«

»Du scheinst da etwas zu verwechseln«, erwiderte Milo. »Söldner werden irgendwann altersschwach. Magier werden mit den Jahren nur mächtiger.«

»Das stimmt«, ließ Nelf sich nun hören. »Ich habe von einem Magier gehört, der ist mehr als hundert Jahre alt, aber seine Zauber helfen ihm über die Gebrechen hinweg. Er soll immer noch stark und schnell sein wie ein junger Mann. Seine Sehkraft ist die eines Adlers, und er kann hören wie ein Feldhase.«

Dorn spuckte zwischen den Gitterstäben hindurch. »Na toll, dann wird er sich eben gesund fühlen, bis er plötzlich tot umkippt. Mit Zauberei kann man nicht jedes Unheil abwenden. Senetha …« Er beendete den Satz nicht und starrte traurig auf die vorüberziehenden Farne. Ein bedrückendes Schweigen machte sich breit.

Nelf krallte sich an einen verdreckten Leinenbeutel, aus dem er eine kleine geschnitzte Meerschaumpfeife hervorzog und diese traurig betrachtete.

Milo dachte an seinen Bruder. Bonne hatte sich in der Vergangenheit immer auf ihn verlassen können. Egal, was sie angestellt hatten, Milo war immer ein Ausweg eingefallen. Bis jetzt jedenfalls. Alle Mutproben, jeder Unsinn und jede noch so verrückte Wette hatten sie gemeinsam gemeistert. Doch bei der vielleicht wichtigsten Herausforderung ihres Lebens hatte Milo seinen Bruder im Stich gelassen. Er hoffte, dass Bonne sich diesmal selbst zu helfen wusste und einen Ausweg gefunden hatte. Ein wenig Hoffnung und Zuversicht brachte der Fluch von Xumita. Wenn der Zauber des Grünbluters immer noch seine Wirkung tat, konnte das nur bedeuten, dass sein Bruder noch am Leben war.

Milos sentimentale Gedanken wurden jäh unterbrochen, als der Trollkrieger von einer leicht erhöhten Böschung auf das Dach des Käfigwagens sprang. Der Wagen drohte zu kippen, als der mächtige Grünbluter sich in die Gitterstäbe krallte. Milo fuhr erschrocken hoch. Er sah in das düster grinsende Gesicht des Trolls.

»Jetzt sind wir bald da«, grunzte er. »Freut ihr euch?«

»Nicht mehr als die Orks«, gestand Milo und zeigte auf das Gespann von Grünblutern, die gezwungen waren, nun auch noch das Gewicht ihres Anführers zusätzlich zu dem des Wagens durch das unwegsame Gelände zu ziehen.

Der Troll warf einen Blick auf seine schnaubenden Untergebenen. »Man muss sie immer beschäftigt halten, sonst kommen sie auf dumme Gedanken und fangen an, ihren Frust an anderen auszulassen.«

Milo war fast gerührt von so viel Fürsorge gegenüber ihm und seinen Mitgefangenen, wären da nicht das geifernde Maul mit den braunen Zahnstümpfen und die bösartig gelb funkelnden Augen über ihm gewesen.

»Wenn wir das Lager erreichen, werde ich euch General Schrak übergeben«, verriet der Troll. »Er wird entscheiden, was mit euch passiert. Entweder gibt er etwas auf das Wort der Rotbluter, oder wir haben viel Zeit und Kraft verschwendet, um etwas Proviant ins Lager zu bringen.«

Das erste Mal in seinem Leben klang das Wort Rotbluter für Milo wie ein Kompliment. Er hoffte, dass dieser Schrak ihm seine Geschichte abkaufen würde oder ihm zumindest nicht daran gelegen war, Xumita Latorinsis zu verärgern. Alles war besser, als über einem Feuer geröstete und anschließend in kleine Portionen aufgeteilt zu werden.

Einhergehend mit diesem Gedanken stieg Milo der Geruch von versengtem Haar und verbranntem Fleisch in die Nase. Er wusste diesen Gestank dank der Erzählungen von Meister Gindawell schnell einzuordnen. Der Priester hatte ihm über die Essgewohnheiten der Grünbluter aufgeklärt. Orks, Goblins und Trolle pflegten ihre Beute über einem Feuer zu rösten, ohne sie von Fell, Hufen, Kopf und Innereien zu befreien, wenn sie sie nicht gleich roh verschlangen. Unvorstellbar für einen Halbling. Eine Mahlzeit wollte zelebriert werden. Es musste sich um ein großes Stück Wild handeln, das auf so unappetitliche Weise zubereitet wurde, da der Gestank von verbranntem Fell alles überdeckte, dachte Milo, ein Damwild vielleicht oder irgendein Reittier. Auf jeden Fall war es etwas, das mehr Haar besaß als ein Mensch oder Halbling, und sogar mehr als ein Zw... Milo verwarf den Gedanken schnell wieder. Es war abscheulich und bestialisch, genau wie der stärker werdende Gestank.

Nelf war ähnlich angewidert und hielt sich die Nase zu. Nur Dorn schien es nichts auszumachen. Der Söldner saß da, die Arme vor der Brust verschränkt, den Kopf weit in den Nacken gebeugt und die Augen zu zwei schmalen Schlitzen verengt. Milo hätte wetten können, dass dem Kämpfer das Wasser im Mund zusammenlief.

»Was meinst du, Dorn, ist das Pferd?«

»Keine Ahnung«, grunzte der Söldner, »aber ich hoffe, dass sie uns ein Stück als Henkersmahlzeit überlassen.«

»Es ist überhaupt nicht gesagt, dass sie uns umbringen«, mischte sich Nelf ein.

»Das wäre aber schlecht«, sagte Dorn, »denn in dem Fall würden wir sicherlich nichts zu essen bekommen. Das Einzige, was einem die Grünbluter nämlich nicht verwehren, ist ein gefüllter Wanst, bevor sie einen über ihren Feuern grillen. Für sie ist es so etwas wie eine Investition in die Zukunft, ihr versteht?«

Milo wollte das alles gar nicht wissen. Noch vor wenigen Wochen hatte er ein ruhiges und bequemes Leben in Eichenblattstadt geführt, ohne Verantwortung, und nun musste er sich darüber Gedanken machen, ob jeder Bissen, den er zu sich nahm, nur dazu diente, ihn zu mästen. Außerdem lag das Leben seines Bruders in seinen Händen, und das neue Wissen um die Götter warf mehr Fragen auf, als es Antworten lieferte.

Die Orks asteten den Wagen einen Hang hinauf, und der Troll ließ sich dazu herab, von hinten zu schieben. Noch bevor sie über die Kuppe hinweg waren, sah Milo die Rauchsäulen, die sich kräuselnd zwischen den Bäumen in die Höhe schraubten. Rund ein halbes Dutzend Feuer brannte zwischen den Stämmen der majestätischen Buchen und Eichen. Die vordere Achse des Gefängniswagens schob sich ächzend über die Böschung. Die Unterseite des Bodens scheuerte über losen Sand und Wurzelwerk wie ein Schiff, das nahe der Küste auf Grund lief. Mit einem Ruck kam der Wagen wieder frei und neigte sich abwärts. Die Orks zogen kräftig und freuten sich über das leichte Vorankommen. Dann wurde es noch leichter, als der Wagen von allein rollte. Einen Augenblick später hatten Milo, Nelf und Dorn die Grünbluter eingeholt, und noch einen Augenblick später waren sie an ihnen vorübergezogen. Der Gefängniswagen raste führerlos mit seinen Insassen den Hang hinunter geradewegs in das Lager der Grünbluter.

Um jedes Feuer hatte sich gut ein Dutzend Orks, Trolle oder Goblins versammelt und röstete, was immer ihre Jagd ihnen beschert hatte. Milo stellte zu seiner Erleichterung fest, dass jede Mahlzeit zumindest vier Beine besaß. Auch die lagernden Grünbluter hatten sie inzwischen entdeckt. Unter dem Johlen und Brüllen der Orks holperte der Wagen weiter den Hang hinab auf das größte der Feuer zu, dessen Schein die Silhouette eines mächtigen Trollrückens umrahmte. Milo klammerte sich an die vorderen Gitterstäbe und beobachtete hilflos die Talfahrt. Immer mehr Augen ruhten auf dem schneller werdenden Wagen, der drohte, alles und jeden zu überrollen, der ihm in die Quere kam. Goblins sprangen von ihren Lagern hoch, Orks zeigten verwundert auf das fremdartige Gefährt, und zwei Trolle grunzten verächtlich, während sie uninteressiert abwinkten.

»Platz da!«, schrie Milo. »Macht Platz, wir kommen.«

Die Warnung des Halblings fand weitreichenden Anklang, nur der breite Trollrücken, auf den sie zuhielten, rührte sich keinen Zoll. Milo dachte einen kurzen Moment darüber nach, wer bei diesem Zusammenprall mehr Schaden nehmen würde, und entschied, dass es besser wäre, sich mit den anderen beiden in den hinteren Teil des Käfigs zu zwängen. Unaufhaltsam raste der Wagen auf den Troll zu. Milo erkannte Xumita und Uschma, die Trollfrau, die dicht bei dem riesigen Grünbluter standen und abzuwägen schienen, ob sie weiterhin den Worten des Trolls lauschen oder die Flucht ergreifen sollten. Sie entschlossen sich, zu bleiben. Den Troll zu warnen und dadurch zu unterbrechen schien keine Option zu sein.

Milo stemmte sich mit den Füßen gegen eine der Bänke an den Seiten, um nicht beim Zusammenprall mit dem Koloss nach vorn geschleudert zu werden. Mit den Händen klammerte er sich an die Gitterstäbe, die in seinen Rücken drückten. Dorn und Nelf hatten mit ähnlichen Schwierigkeiten zu kämpfen. Milo fragte sich, ob die Grünbluter wohl ein Einsehen mit ihnen haben würden, wenn sie einen ihrer Kampfkolosse überrollten, und ob sie anerkennen würden, wie schuldlos sie daran waren. Als der Rücken des Trolls den Wald vor ihnen vollkommen verdeckte, fuhr der Grünbluter plötzlich herum. Ein massiges Bein, das aussah wie ein behaarter Holzstamm, schnellte vor. Die wurzelähnlichen Klauen krallten sich in das vordere Gitter des Käfigs, und mit Schulter und Knie stemmte sich der Troll dem heranstürmenden Hindernis entgegen. Der Wagen prallte wie gegen eine Felswand. Nelf wurde in den vorderen Teil des Wagens geschleudert und schlug unsanft gegen die Eisenstangen. Dorn ächzte, als wenn ein Zwergenhammer ihm die letzte Luft aus den Lungen presste, und Milo hatte das Gefühl, seine Handgelenke würden abreißen, aber er ließ nicht locker.

»Na, wen haben wir denn da?«, knurrte der Troll völlig unbeeindruckt. »Das ist ja im wahrsten Sinne des Wortes eine eiserne Ration.«

Zwei der Orks lachten überschwänglich los, obwohl Milo sicher war, dass sie die Anspielung nicht verstanden hatten. Vielmehr freuten sie sich wahrscheinlich darüber, dass der Troll nicht zur Seite gesprungen war, da sie das nächste Hindernis auf der Talfahrt gewesen wären.

Keiner im Wagen fühlte sich dazu auserkoren, dem Troll Rede und Antwort zu stehen. Nelf versuchte in Panik, möglichst viel Abstand zwischen sich und die Bestie zu bekommen, und Dorn musste erst wieder zu Atem kommen. Milo wollte gerade mit einer gestammelten Erklärung aufwarten – irgendeine Antwort war sicherlich besser als gar keine –, als ihn die Stimme seines Bruders alles andere vergessen ließ.

»Milo! Cephei sei Dank, dir ist nichts passiert. Du bist wieder zurück. Ich wusste es.«

Milo zog sich an den Gitterstäben hoch, obwohl ihm alle Knochen wehtaten. »Bonne, du bist noch hier?«, rief er halb glücklich, halb enttäuscht aus. »Geht es dir gut?«

Sein Bruder wurde von Xumita, dem Goblinschamanen, an der Leine geführt wie ein junger Hund, und genauso benahm sich Bonne auch. Obwohl er eine Verletzung am Bein zu haben schien, zog und zerrte er an dem Band um seinen Hals. Er versuchte, seinen Peiniger vorwärtszuziehen, und schnürte sich dabei langsam die Luft ab. Der Schamane schien ein Einsehen zu haben und ließ das Seil aus den Händen gleiten. Bonne humpelte los wie ein junger Fasanenbull, der sich bei seiner ersten Jagd zwar verletzt, aber vor Vorfreude auf seine erste Beute jeden Schmerz vergessen hatte. Mit ausgestreckten Armen hielt er auf Milo zu. Der presste sich gegen die Gitter, streckte die Arme hindurch und nahm seinen Bruder in Empfang. Einen Moment hielten sie sich in den Armen und drückten einander, so fest sie konnten.

»Du hättest nicht wiederkommen sollen«, flüsterte Bonne.

»Du hättest abhauen sollen«, antwortete Milo und grinste seinen Bruder glücklich an, trotz der ausweglos scheinenden Situation, in der sie sich beide befanden. »Haben sie dir etwas angetan?«

Bonne fasste sich auf den verbundenen Schenkel.

»Sie oder sonst wer«, sagte er. »Plötzlich hatte ich diesen Schnitt quer über dem Bein. Dabei ist noch nicht einmal meine Hose zerrissen. Kannst du das glauben?«

Milo schob sein verwundetes Bein vor. »Xumitas Fluch«, flüsterte er.

»Ach, wie niedlich«, knurrte der Troll dazwischen und trieb die beiden auseinander. »Zwei Dürrzwerge, die sich lieb haben. Wie ich sehe, kennt ihr euch bereits. Gewöhnt euch nicht zu sehr daran, wieder vereint zu sein. Sonst fällt der Abschied so schwer, wenn ich einen von euch den Orks zum Fraß vorwerfe. Sie lieben das Fleisch der Dürrzwerge.«

Mittlerweile hatte sich Xumita auch wieder gefasst. Ohne seinen Kopfschmuck und in einen braunen Umhang gehüllt, sah er aus wie eine Schildkröte.

»Das ist der Dürrzwerg, von dem ich Euch erzählt habe, General Schrak«, warf er eilig ein. »Ihn haben wir auf die Suche nach dem Lamm der Mutter geschickt, mit dem wir das Gift aus der Erde saugen und all den Unrat von der Welt fegen werden.«

Schrak knurrte den Goblinschamanen gereizt an. »Was soll dieses Gewäsch von vergifteter Erde? Zuerst muss ich mir dieses sinnlose Geschwätz von Stimmen der Götter anhören, jetzt ist es wieder etwas anderes. Lämmer! Mütter! Wenn Ihr nichts Handfestes habt, was uns im Kampf gegen die Ahnen unterstützt, haltet besser den Mund.«

»Ihr verleugnet Hadar!«, krächzte Xumita.

»Ich verleugne gar nichts. Alles, was ich sage, ist, dass eine Stimme im Kopf nicht das Zeichen eines Gottes sein muss. Nach zwei Fässern Zwergenbier höre ich ebenfalls Stimmen, doch ich tue einen Teufel und höre darauf, was sie mir sagen. Wir haben keine Zeit mehr, um auf Zeichen zu warten. Die Ahnen werden, wenn meine Späher richtig liegen, morgen bei Sonnenaufgang das Herz des Waldes erreichen. Dort, wo wir gerade stehen. Es gibt niemand sonst, der sie aufhalten würde. Aber anstatt dass wir die Waffen wetzen, muss ich mir alte Prophezeiungen anhören.«

Xumita Latorinsis erhob drohend seinen Stab. »Hadar wird wissen, wer zu ihm gehalten und wer ihn verraten hat.«

Schrak beugte sich fauchend über den Schamanen, er wirkte wie ein Unwetter über einem Weizenfeld. Geifer tropfte aus seinem Maul auf den winzigen Grünbluter herunter. Gerade als alle dachten, dass es um Xumita geschehen war, ertönte ein Signalhorn.

Schraks Augen verengten sich bösartig, dann stützte er sich auf einen Arm und sah hoch. Sein Blick wanderte durchs Lager und blieb auf einer kleinen Gruppe Orks hängen, die gerade einen Hügelkamm im Osten überwanden und auf ihn zuhielten. Schrak griff nach dem Saum von Xumitas Umhang und hielt ihn fest in seiner Klaue. »Ich bin noch nicht fertig mit Euch, aber das hier geht vor«, schnaubte der General.

Milo tippte seinen Bruder an und machte ihn auf die drei Orks aufmerksam, auf die auch General Schrak zu warten schien.

»Späher«, kommentierte Bonne unbeeindruckt.

Die drei Grünbluter kamen schnell näher. Milo fiel auf, dass sie so gut wie keine Rüstungen oder Waffen trugen und auch sonst kein Gepäck bei sich hatten. Nur einer von ihnen hatte einen ledernen Sack in Händen, den er vor sich hielt wie einen erbeuteten Schatz.

Orks waren gute, ausdauernde Läufer, und trotzdem waren diese hier am Ende ihrer Kräfte. Schrak wartete ab, bis sie zu Atem gekommen waren. Dann nahm er den Beutel entgegen und ließ sich berichten.

»Es war, wie Ihr gesagt habt, General«, zischte einer der Orks. »Die Zwerge schienen es eilig zu haben, sich wieder in ihrem Berg zu verbuddeln. Sie hatten keine Kundschafter vorausgeschickt.

Wir haben sie vollkommen überrascht und ihre Linien aufgebrochen. Ein Drittel von ihnen fiel beim ersten Ansturm. Sie haben sich weiter nach Osten zurückgezogen, um sich neu zu formieren, genau wie Ihr es vorhergesagt habt. Auf ihrem Rückzug haben wir dann ein weiteres Drittel von ihnen dahingemetzelt. Der Rest rannte direkt in die Arme der Ahnen. Es müssen Hunderte gewesen sein, die aus Zargenfels und dem Umland kamen.«

»Wie viele Zwerge habt ihr ihnen überlassen?«, verlangte Schrak zu wissen.

»Hundert, vielleicht hundertfünfzig«, antwortete der Ork. »Aber wir haben ihren Anführer getötet. Sein Kopf haben wir Euch mitgebracht, und alle anderen, die wir getötet haben, haben wir ebenfalls enthauptet. Genau wie Ihr es befohlen habt.«

Schrak zog den Beutel auf und warf einen Blick hinein. Dann stülpte er ihn um und ließ seinen Inhalt herausplumpsen.

Es war ein abgetrennter Zwergenkopf. Trotz des verkrusteten Bluts und des zur Fratze verzogenen Gesichts war er gut wiederzuerkennen. Es war Dorimbur.

Xumita versuchte, sich nach vorn zu drängen, doch der Umhang in den Händen des Trolls hielt ihn zurück. »Ihr hättet sie alle töten müssen. Damit habt ihr dem Heer der Ahnen hundertfünfzig weitere Krieger beschert. Hundertfünfzig gut gerüstete Zwergenkrieger«, krächzte der Schamane.

Schrak schleuderte Xumita mit einer Handbewegung zur Seite. Der Goblin stürzte zu Boden, und zwei aus seiner Sippe halfen ihm wieder auf.

»Ich habe den Befehl gegeben, die Zwerge anzugreifen«, grollte Schrak. »Sie hätten den Weg durch den Wald zurück in die Berge niemals geschafft. Im Norden kriechen die Ahnen aus der Erde, dort, wo im Zeitalter der Verblendung die Heere der Menschen aufeinandergetroffen sind. Tausende von Gefallenen, die nur darauf gewartet haben, dass der Sand und das Moos von ihren Knochen abfällt und sie zurück in die Schlacht ziehen können. Die Orks haben gut daran getan, so viele der Zwerge zu töten, bevor die Ahnen es konnten. Ansonsten hätten wir uns einer ganzen Armee von Bärtigen mit kaltem Fleisch und trüben Augen gegenübergesehen.«

Langsam begriff Milo, wovon die Grünbluter sprachen. Die wandelnden Toten, die sie Ahnen nannten, sie entsprangen nicht dem Gemetzel der Zwerge an den Elfen. Es war kein Fluch der Baumbewohner, um ihre Gefallenen zu sühnen. Das Land selbst brachte die Toten dazu, sich zu erheben.

»Wenn es stimmt, was Ihr sagt, General Schrak, dann werden sie uns einfach alle überrennen«, sagte Xumita. »Gegen so eine Übermacht können wir nicht bestehen.«

»Aber Euer Lamm kann es? Dann zeigt mir, wo es ist, und ich werde es auf Händen tragen!«, brüllte Schrak. »Ich jedenfalls sehe kein Lamm. Ich sehe nur zwei verängstigte Dürrzwerge und einen gebrochenen Söldner.«

Xumita schaute geschlagen zu Boden. Er wusste, dass Schrak Recht hatte.

Milo hingegen sah das erste Mal wieder einen Funken Hoffnung. War das die Chance, die er nutzen musste? Er erinnerte sich daran, was Meister Gindawell über solche Situationen einmal gesagt hatte. *Wenn niemand eine Antwort hat, ist die Stunde des Lügners gekommen.* Zwar hatte sich die Weisheit auf eine der Ratssitzungen in Eichenblattstadt bezogen, aber Milo hoffte, dass sie überall Gültigkeit besaß. Vielleicht gelang es ihm, wenigstens seinen Bruder und sich zu retten.

»Ich habe das Lamm der Mutter gefunden!«, rief Milo mit erstickter Stimme.

Alle Blicke ruhten auf ihm. Es waren jedoch keine freudigen oder erleichterten Gesichter. Es war viele Dutzend Mal das Gesicht seines Vaters, der ihn bei einer Lüge ertappte. Nicht einmal Xumita Latorinsis' Miene zeigte den Funken einer Hoffnung. Milo hatte schon zu oft gelogen, um sich von so etwas verunsichern zu lassen. Klang eine Lüge unglaubwürdig, musste man noch eins oben draufsetzen.

»Das Lamm der Mutter, das ihr sucht, befindet sich im Krähenturm. Sein Name ist Othman.«

Zu den erstaunten Gesichtern gesellte sich nun auch noch eine unangenehme Stille. Milo rechtete damit, jeden Moment von einer Meute aufgebrachter Grünbluter niedergemacht zu werden. Doch stattdessen trat Schrak vor, beugte sich zu ihm hinunter und funkelte ihn mit seinen gelben Augen an.

»Dann bring ihn zu uns«, schnaubte er. »Dir bleibt bis zum Tagesanbruch Zeit. Wenn du es bis dahin nicht geschafft hast, werde ich deinen Bruder den Ahnen zum Fraß vorwerfen.«

»Es wäre aber besser, wenn mein Bruder mich begleiten würde«, sagte Milo. »Wenn ich ohne ihn beim Krähenturm auftauche, wird Meister Othman vielleicht misstrauisch.«

Schrak wandte sich ab und trottete zurück zu seinem Platz an der Feuerstelle. »Ihr Dürrzwerge seid ein listiges Volk. Aber wir Grünbluter sind nicht so dumm, das nicht zu erkennen. Du kannst den anderen mitnehmen. Dieser Othman wird den Unterschied nicht merken, ihr seht ohnehin alle gleich aus.«

Was danach kam, floss an Milo vorbei wie ein träger, zähflüssiger Traum, nur die flehenden Augen seines Bruders blieben ihm in Erinnerung. Er kam erst wieder zu sich, als er gemeinsam mit Nelf auf die Lichtung um den Krähenturm trat. Der Ort hatte alles das verloren, was ihn in Milos Erinnerungen ausmachte. Er war nicht mehr der ruhende Pol des Waldes. Das Gefühl von Sicherheit und Frieden war verschwunden. Selbst der Turm, der sonst an die typisch kindliche Vorstellung der Behausung eines Zauberers mit buntem Spitzhut und einem langen weißen Bart in einem Märchen erinnerte, besaß nun nur noch das Flair eines knochigen Fingers, der aus der Erde ragte. Schon von Weitem sah Milo die verkohlten Leichname vor dem Eingang zum Krähenturm liegen. Noch mehr lagen etwas weiter entfernt.

»Dieser Othman scheint nicht gerade zimperlich zu sein«, flüsterte Nelf. »Glaubst du, er wird uns helfen?«

»Ich weiß nicht, ob er mächtig genug ist«, antwortete Milo. »Er ist ein komischer Kauz, aber ganz umgänglich. Meine Tante arbeitet seit vielen Jahren für ihn als Haushälterin.«

»Auf jeden Fall weiß er, wie man sich die Orks vom Leib hält.«

Da konnte Milo nur zustimmen. Er hätte niemals gedacht, dass Meister Othman in der Lage wäre, so etwas zu tun. Aus den Geschichten seiner Tante hatte er immer herausgehört, dass der alte Zauberer zwar etwas von Magie verstand, doch diese nur zu obskuren Dingen taugte, wie Gegenstände zum Leuchten zu bringen, Metallstangen so weich zu machen, dass man einen Knoten hineinmachen konnte, und die Tinte auf Schreibfedern nicht eintrocknen zu lassen. »Unnütze Kinkerlitzchen« hatte sie es immer genannt. Dass Othman auch Orks zum Leuchten bringen konnte, daran hätte Milo nicht im Traum gedacht.

Beeindruckt von den Resultaten der neuerlichen Forschungen des Zauberers und mit etwas schlotternden Knien, hielten Milo und Nelf auf die Tür des Krähenturmes zu. Nichts regte sich hinter den Fenstern, die wie Treppenstufen um den Turm herum angelegt waren. Es roch nach verbranntem Fleisch, und von einem der toten Orks stiegen noch immer winzige Rauchfäden auf. Der Besuch der Grünbluter konnte nicht lange zurückliegen. Milo hoffte, dass Othman mittlerweile mehr der Sinn nach Besuch stand. Er trat an die Tür.

»Ich würde nicht klopfen«, verriet Nelf.

»Warum nicht?«

Nelf zeigte auf die verkohlten Leichen. »Ich glaube, sie haben dasselbe versucht und eine Abfuhr bekommen.«

Milo überlegte einen Augenblick, kam dann aber zu dem Schluss, dass es sinnlos war, vor dem Turm zu stehen und zu rufen. Er war sich sicher, dass Meister Othman oder Rubinia sie gesehen hatten, als sie über die Lichtung liefen. Vielleicht hatten die beiden sich irgendwo oben im Turm verschanzt und konnten nicht so schnell heraus oder hatten Angst davor, entdeckt zu werden. Milo wollte keine Zeit verschwenden. Jede Minute war kostbar, falls Othman keinen Plan bereithielt.

»Vielleicht passiert das nur bei Grünblutern«, erwiderte Milo zuversichtlich.

»Du hast aber plötzlich viel Vertrauen in die Magie von deinem Meister Othman.«

Milo griff gerade nach dem Türklopfer, da schwang die Tür auf und ein dünner grauer Arm packte ihn. »Bist du verrückt geworden?«, keifte ihn ein Tunnelgnom an und zog Milo zu sich ins Foyer.

Nelf verlor keine Zeit und schlüpfte hinterher. Die beiden Halblinge sahen sich umrundet von einer Handvoll Gnome. Alle hatten sich bewaffnet – mit Kerzenständern, Besenstielen oder Pfannen aus der Küche.

»Was ist hier los?«, fragte Milo verwirrt. »Wo sind Meister Othman und Tante Rubinia?«

Einer der Gnome trat vor. Es war Aschgrau, der Gehilfe und Vertraute des Zauberers. Er war der Einzige, der keine Waffe trug, wenn man sie denn so nennen wollte. Dafür krönte sein Haupt ein breiter silberner Ring mit einem eingelassenen gelben Topas. Der Stein leuchtete schwach.

»Die Fragen stelle ich«, krächzte er. Dann fielen die Gnome über sie her. Milo traf etwas Hartes am Kopf, dann wurde ihm schwarz vor Augen.

44. ODA

Komm zu mir, Oda!

Die Stimme in ihrem Kopf beherrschte mittlerweile jeden ihrer Gedanken. Es musste Stunden her sein, oder vielleicht sogar schon einen ganzen Tag, dass sie sich von Rubinia getrennt hatte. Sie war erneut dem Gang und der Stimme gefolgt, doch schon nach kurzer Zeit endete ihr Alleingang vor einer weiteren Tür, an der sich wie durch Zauberhand zwei Fackeln von selbst entzündeten, als sie näher kam. Die Tür war aus rohem, unbehandeltem Eichenholz, eingefasst in eine schwere Zarge aus ebensolchen Bohlen. Sie besaß weder ein Schloss noch einen Knauf, an dem man hätte ziehen oder drücken können.

Oda hatte alles versucht, um die Tür zu öffnen. Sie hatte sich dagegengeworfen, darauf eingetreten, mit den Händen gehämmert und sie verflucht. Sie hatte gejammert, gebettelt und geweint. Nichts hatte geholfen. Nach jedem gescheiterten Versuch hatte die Stimme erneut nach ihr gerufen. Jedes Wort hatte sich in ihren Kopf gebrannt wie ein glühendes Eisen, und ihr Verlangen danach, den Ursprung der Stimme zu finden, hatte sie fast um den Verstand gebracht. Wie von Sinnen hatte sie mit den Fäusten auf die schwere Eichentür eingehämmert, bis ihre Knöchel blutig waren. Irgendwann war sie schluchzend zusammengebrochen.

Zusammengekauert hockte sie nun schon mehrere Stunden vor der Tür, zu erschöpft, um noch einen klaren Gedanken zu fassen.

»Das ist keine Tür«, sagte plötzlich jemand hinter ihr mit fistelnder Stimme.

Erschrocken fuhr Oda herum, schnappte sich ein Stück getrockneten Lehm vom Boden, das irgendwo aus der Decke gebrochen war, und hielt es bereit zum Werfen.

Vor ihr stand ein Tunnelgnom. Der kleine Wicht war abgemagert und hatte sich einen alten ausgefransten Feudel als Lendenschurz gebastelt. Sonst hatte er nichts weiter bei sich. Verwundert starrte der kleine Kerl abwechselnd auf das Stück Lehm in Odas Hand und an die Decke.

»Ohne Leiter bekommst du das da nie hinein«, sagte er. »Ich würde es einfach wegwerfen. Wem fällt schon ein Stück fehlender Putz an der Decke auf?«

»Woher kommst du?«, fragte Oda, immer noch nach Fassung ringend.

Der Tunnelgnom deutete mit dem Finger über seine Schulter.

»Bist du einer der Gehilfen von diesem Othman?«

Der Tunnelgnom schüttelte verlegen den Kopf. »Früher mal«, gestand er. »Dann habe ich ein Expiment kaputt gemacht, und Aschgrau hat mich aus dem Fenster geworfen. Seitdem lebe ich hier.«

»Wie heißt du?«

»Die andere kleine Frau hat mich Schmutzigbraun genannt«, verkündete er.

»Rubinia? Du kennst sie? Hat sie dich geschickt?«

Schmutzigbraun starrte irritiert zu Boden und zählte etwas an seinen Fingern ab.

»Ja, ja, nein«, sagte er nach einem Moment und schien mit den Antworten sichtlich zufrieden.

Oda starrte ihn mit großen Augen an.

»Ich muss durch diese Tür«, sagte sie.

»Das ist keine Tür«, wiederholte Schmutzigbraun. »Sie sieht wie eine aus, aber man kann sie nicht öffnen. Eine Tür, die nicht aufgeht, ist keine Tür. Vielleicht ist sie eine für den langen Grauhaar, aber für dich und mich nicht.«

»Eine Tür ist einen Tür«, beharrte Oda, wandte sich wieder ihrem eigentlichen Problem zu und hämmerte am Boden hockend erneut gegen die dicken Eichenbohlen. »Man kann sie öffnen, und man kann sie schließen – wenn man weiß, wie. Sag mir wenigstens, was auf der anderen Seite ist.«

Als Oda keine Antwort bekam, wurde sie wütend. Sie sprang auf, um irgendetwas Brauchbares aus dem kleinen Kerl herauszupressen, notfalls mit Gewalt. Er war fort! Genauso lautlos, wie er gekommen war, war er auch wieder verschwunden. »Wo steckst du, du dreckiger kleiner Maulwurf?«, schrie sie.

Langsam begann sie, an sich und ihren Sinnen zu zweifeln. Wurde sie verrückt? War der Tunnelgnom vielleicht nur eine Einbildung gewesen? Verzweifelt und am Ende ihrer Kräfte, sackte sie zusammen und hockte, den Rücken gegen die Tür gelehnt, am Boden.

Komm zu mir, Oda!

»Ich schaffe es nicht«, flüsterte sie erschöpft.

»Und wenn wir es vielleicht zusammen probieren?«, fragte Schmutzigbraun mit gedämpft klingender Stimme.

Oda zuckte vor Schreck zusammen. Noch immer war der Gnom nirgends zu sehnen.

»Wo bist du?«, keuchte die Halblingsfrau.

»Hier«, antwortete der Gnom fröhlich.

»Wo? Ich kann dich nicht sehen.«

»Ich kann dich auch nicht sehen, aber ich höre dich gut.«

Oda starrte zur Tür. Die Stimme des Gnoms kam von der anderen Seite.

»Wie bist du dort hingekommen?«, wollte sie wissen.

»Erst gekrochen, dann gelaufen«, war die Antwort.

»Zeig mir endlich, um Cepheis Willen, wo du durchgeklettert bist.«

Einen Moment herrschte Stille. Oda befürchtete schon, dass der Gnom abermals verschwunden war und sie wieder mit dem Gefühl zurückließ, nur mit einer Illusion gesprochen zu haben.

»Gnom, bist du noch da?«, fragte sie zaghaft.

»Ja.«

»Was machst du?«

»Ich zeige auf die Stelle, an der ich durch die Wand gekrochen bin«, sagte er unsicher. »Das wolltest du doch.«

Oda wollte nicht lachen, ihr war auch nicht danach, trotzdem konnte sie es nicht unterdrücken. »Komm bitte wieder her zu mir«, sagte sie, als sie sich gefangen hatte.

Nach wenigen Augenblicken sah sie, wie sich vor ihr im Gang ein Stück der Lehmschicht gleich über dem Boden öffnete. Aus dem schmalen Kriechtunnel dahinter krabbelte Schmutzigbraun hervor und klopfte sich den Lendenschurz ab.

»Da bin ich«, krächzte er. »Und jetzt?«

»Und jetzt krabbeln wir wieder zurück«, erklärte Oda dem Gnom.

Schmutzigbraun zog die nicht vorhandene Augenbraue hoch. »Ist das so etwas wie ein Spiel?«

»Genau.«

Schmutzigbraun verschwand zuerst in dem Loch in der Wand. Oda folgte ihm. Für einen Tunnelgnom mochte es leicht sein, durch so ein enges Loch zu krabbeln, doch Oda war – obwohl ein Halbling – größer und musste deswegen höllisch aufpassen, um nicht stecken zu bleiben. Zudem waren Boden und Wände nicht glatt. Scharfkantige Felsen ragten überall hervor und drohten, sie zu verletzen. Schmutzigbraun war im Nu auf der anderen Seite angekommen. Ein Lichtschein verriet Oda, dass sie so gut wie die Hälfte geschafft hatte. Der Tunnel mochte knapp zwanzig Fuß lang sein, doch dafür maß er an einigen Stellen nur einen Fuß im Durchmesser. Auf der Hälfte passierte dann plötzlich, was Oda die ganze Zeit zu vermeiden versucht hatte. »Ich stecke fest!«

»Womit?«

»Mit der Hüfte natürlich«, antwortete sie, um Beherrschung ringend.

»Zieh die Hose aus«, forderte Schmutzigbraun.

»Das werde ich bestimmt nicht tun«, erwiderte Oda empört.

»Dann zieh den Po ein.«

»Ich kann ihn nicht einziehen.«

»Ist er kaputt?«

Oda hatte bislang immer gedacht, die Zwerge seien das merkwürdigste Volk, wenn man einmal von den Grünblutern absah. Mit ihren deftigen Sprüchen, den Trinkgelagen, dem Leben unter der Erde und den vielen abnormen Bräuchen unterschieden sie sich von allen anderen Völkern. Die Tunnelgnome setzten aber mit ihrer Begriffsstutzigkeit noch eins oben drauf.

»Es geht eben nicht«, sagte sie, um weitere Missverständnisse zu vermeiden.

»Tief Luft holen, Zunge gegen den Gaumen drücken, Finger spreizen und die Fersen durchdrücken«, gab Schmutzigbraun Anweisungen.

Welche Optionen hatte Oda? Zurückkriechen kam für sie nicht in Frage. Und sie hatte schließlich nichts zu verlieren, indem sie es versuchte. Also tat sie genau das, was der Tunnelgnom ihr geraten hatte, und … kam frei. Als sie aus dem Loch krabbelte, erwartete der Tunnelgnom sie mit einem breiten Grinsen.

»Was ist das für ein verdammter Kriechgang?«, fragte Oda.

»Ein Reparaturtunnel«, sagte Schmutzigbraun. »Wenn ein Teil der Höhlen einstürzt, kann man durch diese Tunnel in die anderen Bereiche kommen und von dort aus arbeiten.«

»Und wo sind wir jetzt?«

Der Gnom sah sich um. »In einer Höhle«, sagte er mit fester Überzeugung.

Komm zu mir, Oda!

Sie blickte sich um. Sie stand tatsächlich in einer Höhle. Fackeln brannten an den Wänden, gleich denen, die die Tür zuvor im Gang schon erhellt hatten. Diese hier mussten sich durch die Anwesenheit des Gnoms entzündet haben. Waren die Wände des Ganges sauber verputzt gewesen, sah dieser Bereich natürlichen Ursprungs aus. Erdreich ging über in schroffe Felsen. Die Höhle war verwinkelt und in etwa so groß wie der Tempel in Eichenblattstadt.

»Weißt du, wohin diese Höhle führt?«, fragte sie den Tunnelgnom.

»In die große Höhle«, sagte er und zeigte in südliche Richtung.

»Was ist in der großen Höhle?«

»Nichts Gutes«, erwiderte Schmutzigbraun und wagte einen verstohlenen Blick in den düsteren Teil der Höhle. »Ich kann es fühlen.«

»Ich muss dort hin«, sagte Oda.

»Ich nicht«, erklärte der Gnom. »Ich bleibe hier, falls du wieder feststeckst.«

Oda nickte Schmutzigbraun zu, ebenso ein Dank wie ein Abschied.

Die Höhle lief spitz zu und endete in einem Durchbruch. Alle zwanzig Fuß entzündete sich eine Fackel zwischen den Felsen wie von Zauberhand. Oda betrachtete skeptisch das Gestein um sich herum. Es sah aus, als sei es zerfressen worden. Harter Granit war an den Ecken porös geworden wie Bimsstein und dann zerfallen. Der Boden war mit den ascheähnlichen Rückständen bedeckt.

Komm zu mir, Oda!

»Ich bin gleich da«, flüsterte sie.

Kaum hatte sie es ausgesprochen, flammten neue Lichter auf und erhellten eine Höhle vor ihr, die so groß war, dass man ein Schloss hätte hineinstellen können. Hunderte von schwebenden Lichtern hingen wie übergroße Glühwürmchen in der Luft, einige kurz über dem Boden, andere hundert Fuß und höher. Der Boden war im Gegensatz zu den Wänden glatt und eben. Auch hier bedeckte diese Schicht aus zersetztem Gestein alles. Oda sah sich verwirrt um. Die Höhle war leer. Nur ein einzelner Stuhl und ein kleiner Tisch standen fast mittig in dem Gewölbe.

»Wo bist du?«, schrie Oda, und ihre Worte hallten von den Wänden wider.

Niemand antwortete.

Oda schlich langsam zu dem Stuhl hinüber. Behutsam setzte sie Fuß vor Fuß, darauf bedacht, so wenig Staub wie möglich aufzuwirbeln, als handele es sich um giftige Sporen. Ängstlich sah sie sich nach allen Seiten um. Die riesige Höhle und die vielen Lichter ließen jedes Gefühl für Entfernung vergehen. Es dauerte ewig, bis

Oda den Stuhl und den Tisch erreichte. Sie waren von einer dünnen Staubschicht bedeckt, aber auf dem Tisch war der Abdruck von einer Flasche und einem Glas zu erkennen. Oda konnte sich keinen Reim darauf machen. Plötzlich war ihr schwindelig, also setzte sie sich.

Ich mag das Licht nicht. Es schmerzt in den Augen.

»Wo bist du? Zeig dich mir«, sagte sie mit ruhiger Stimme.

Ich bin direkt vor dir, sieh hin, antwortete die Stimme in ihrem Kopf.

Odas Blick fraß sich Zoll um Zoll über die Tischplatte. Plötzlich verspürte sie Angst. Hatte sie eine riesige Dummheit begangen? Was, wenn dies alles nur eine Falle war, ein Spuk, ein böser Zauber?

Ihr Blick kroch über den Boden. Ihre Augen tasteten sich zwischen Licht und Schatten vorwärts. Dann entdeckte sie die wurzelähnlichen blutroten Stränge zwischen den Felsen. Sie verliefen durch das scharfkantige Gestein, verschwanden gelegentlich in der Erde und wuchsen an anderer Stelle wieder daraus hervor. Oda entdeckte ein Dutzend dieser Stränge, und alle führten sie hinauf zwischen die schroffen Felsen. In diesem Teil der Höhle gab es keine magischen Lichter, die alles erhellten. Odas Augen brauchten einen Moment, um sich an die Dunkelheit hinter all den leuchtenden Punkten zu gewöhnen. Dann sah sie es: schemenhafte Umrisse einer riesigen Kreatur, die wie gekreuzigt an der Wand hing. Oda wollte schreien, doch aus ihrem Mund kam nur ein leises Flüstern: »Was bist du?«

Ich bin das, wonach du so lange gesucht hast.

Oda versuchte, mehr zu erkennen, auch wenn sie wahnsinnige Angst verspürte, dass ihr nicht gefallen würde, was sie zu sehen bekäme. Und ihre Angst bestätigte sich. Dort, wo die blutroten Stränge zusammenliefen, hatte sich eine unwirklich aussehende Gestalt geformt. Die Stränge wirkten jetzt gar nicht mehr wie Wurzeln, eher wie Nabelschnüre, die zu allen Gliedmaßen reichten. Das Wesen hing in mehr als zehn Fuß Höhe an der Wand. Es war über zwanzig Fuß groß. Muskeln und Fleisch lagen frei. Eine Hand war vollständig ausgebildet, die andere zu einer grotesken dreifingrigen Klaue verformt. Brust und Bauch schienen wie mit blutigen Lappen umwickelt, der Hals kaum vorhanden. Das Gesicht war eine einzige breiige, blutverschmierte Masse mit einem verzerrten zahnlosen Mund und zwei pechschwarzen Augen, die tief in den Höhlen lagen und Oda anstarrten. Aber am schlimmsten für sie war, dass diese Kreatur immer noch irgendwie menschlich wirkte und unendliche Qualen zu erleiden schien.

Komm ruhig näher und sieh mich genauer an.

Oda klammerte sich mit den Händen an die Lehnen des Stuhls und wandte den Blick ab.

»Ich will nicht mehr von dir sehen, und ich will auch nicht, dass du weiter in meinem Kopf sprichst«, sagte sie so gefasst, wie sie konnte.

Oda hörte, wie das Wesen mit aller Kraft vergeblich versuchte, von der Wand loszukommen.

»Du hast Recht, und ich verstehe dich«, sagte die Gestalt an der Wand mit einer gequält tiefen Stimme, die alles durchdrang, »aber es fällt mir leichter, andere das tun zu lassen, was ich will, wenn ich durch ihre Gedanken spreche. Doch das haben wir wohl jetzt nicht mehr nötig.«

»Ich bin aus freien Stücken hier«, zischte Oda. »Und wenn ich will, kann ich auch wieder gehen, und du kannst mich nicht daran hindern.«

»Natürlich kannst du jederzeit gehen, wenn du willst, aber du wirst es erst wollen, wenn ich es dir erlaube. Ich werde es dir jedoch erst erlauben, wenn du etwas für mich getan hast.«

Oda spürte, dass das Wesen die Wahrheit sprach. Von ihm gingen eine gewaltige Macht und gleichzeitig eine unendliche Hilflosigkeit aus.

»Was bist du, und was willst du von mir?«

Einen Moment herrschte Stille, und Oda befürchtete, jeden Moment wieder die Stimme in ihrem Kopf zu hören. Doch es geschah nicht, stattdessen sprach die Kreatur auf herkömmliche Weise: »Ich bin der einzige Gott, der für dich existieren wird, wenn du nicht tust, was ich dir sage. Die Mutter wird dann für dich gestorben sein. Doch glaube mir, wenn ich dir sage, dass ich nicht viel verlange. Es wird für dich ein Leichtes sein, mir meinen Wunsch zu erfüllen und deinen damit wahr werden zu lassen – nämlich die Macht der Mutter zu erfahren. Alles, was du dafür tun musst, ist, mir meine Schuld zu vergeben.«

»Das kann ich nicht, ich bin keine Priesterin«, antwortete Oda. »Mir wurde das Amt von den Ordensbrüdern und Ordensschwestern nicht übertragen. Mein Glaube war nicht stark genug.«

»Du überschätzt die Macht der Priester und unterschätzt den Einfluss der Götter. Die Mutter, die du Cephei nennst, hat dich erwählt, ihre Priesterin zu sein. Was macht es da schon aus, von ein paar Sterblichen nicht den Ornat ihrer Zunft umgelegt bekommen zu haben. Du bist eine Priesterin der Mutter und die einzige Möglichkeit für mich, dieser Knechtschaft hier zu entkommen und meinen Fehler wiedergutzumachen. Nur dein Segen kann meine Fesseln lösen.«

»Cephei ist die Göttin der Halblinge«, sagte Oda. »Nach unserem Glauben existieren die anderen Götter nicht. Sie sind nichts weiter als Götzen, die die anderen Völker anbeten. Du siehst also, in meinem Glauben ist kein Platz für einen selbst ernannten Gott, der glaubt, dass ihn mein Segen freispricht. Du bist nichts weiter als ein Monstrum.«

»Ich bin Cepheis Sohn, der Zweitgeborene, auf dieser Welt besser bekannt als Hadar, Herr aller Grünbluter und einstmals Stifter der Verblendung. Ich bin schuld an allem. Ich habe das Gleichgewicht zerstört und den Glauben der Völker mit meiner Verblendung gespalten. Mein Blut ist das Gift dieser Welt. Es vergiftete den Blick für das Ganze und lässt aus einem einzelnen Gedanken Fanatismus und Besessenheit erwachsen. Nur die Seele eines Sterblichen, der seinen Segen aus allen Teilen der Macht meiner Familie schöpft, kann geborgen werden. Ohne dass die Seelen der

Verstorbenen neu gepflanzt werden, wird niemand Erlösung finden. Ohne die Seelen und den Glauben an die Gottfamilie ist das Band, das Götter und Sterbliche verbindet, durchtrennt. Ich habe meine Strafe erfahren. Ich wurde hier gefangen gesetzt von jemandem, dessen Verblendung ich selbst gesät habe. Gib mir meine Macht zurück, gib mir deinen Segen, und ich werde diese Welt erneut erblühen lassen.«

»Niemals, du widerwärtiger Dämon! Du bist kein Gott. Du versuchst nur, mich mit deinen Worten von Läuterung und Besserung zu blenden!«, schrie Oda. »Mein Herz soll verfaulen, bevor ich einem Wesen wie dir den Segen erteile. Deine Völker haben nichts weiter als Niedertracht auf dieser Welt gesät.«

Die Stimme des Wesens erklang in Odas Kopf, lauter und durchdringender als zuvor.

Gib mir deinen Segen, Oda.

45. DER LEHRENDE

»Wage es ja nicht, Aschgrau«, hörte Milo Rubinias Stimme. »Ich werde dir eigenhändig die Haut abschälen und dich den Grünblutern zum Fraß vorwerfen.«

»Hadars Völker mögen das Fleisch der Tunnelgnome nicht«, antwortete Aschgrau trotzig. »Sie sagen es schmeckt ranzig und ist zäh.«

Milos Schädel dröhnte, und er war noch etwas benommen, doch er erinnerte sich genau daran, wem er das alles zu verdanken hatte.

»Dann werden wir dich vorher ordentlich durchklopfen müssen«, warf Milo ein und öffnete die Augen vorsichtig.

»Cephei sei Dank, es geht dir gut«, rief Rubinia und nahm ihren Neffen in den Arm, wie sie es früher immer getan hatte, als er noch jünger war.

»Nicht so doll, Tantchen«, stöhnte Milo. »Ich fühle mich, als wäre ich in die Seufzerschlucht gestürzt.«

»Und das hast du alles diesem widerlichen kleinen Verräter mit seinen rattenähnlichen Knopfaugen zu verdanken. Jahrelang habe ich ihn verköstigt«, schimpfte Rubinia. »Ich hätte ihm am ersten Tag schon einen Goldregentee verpassen sollen.«

»Ich mag keinen Tee«, zischte Aschgrau, als wenn er die Drohung überhaupt nicht verstanden hätte. »Ich trinke lieber Ziegenmilch.«

Milo löste sich aus der führsorglichen Umarmung seiner Tante und setzte sich aufrecht hin. Sie waren gefangen in einem Käfig – schon wieder. Langsam fühlte sich Milo wie einer dieser kleinen bunten Papageien in ihren Volieren, die sich die Händler in den großen Städten in die Fenster hängten, um so ein wenig extravagant zu wirken. Der Raum, in dem sie gefangen gehalten wurden, war augenscheinlich einer von Meister Othmans Studierzimmern. Überall standen Regale voll mit Büchern, Schriftrollen und losen Papierstapeln. Er erspähte die doppelflügelige Tür an der außen liegenden Wand des Raumes. Er kannte diese Tür. Sie führte hinaus auf einen kleinen Balkon ganz oben am Krähenturm. Milo hatte sich immer gewünscht, einmal dort oben zu stehen und über den Düsterkrallenwald zu schauen. Doch bisher war ihm der Zutritt zu den privaten Räumen des Magiers verwehrt gewesen. Jetzt, wo der Balkon in greifbare Nähe gerückt war, war im plötzlich nicht mehr danach. Das lag vielleicht aber auch an dem Tunnelgnom in seinem schmutzigen Kapuzenumhang, der vor dem Käfig stand und mit einer gespannten Armbrust abwechselnd auf ihn und die beiden anderen, Rubinia und Nelf, zielte.

Seine Tante machte sich daran, noch einmal die Blessuren, die Milo davongetragen hatte, zu untersuchen und entschied, dass er nicht ernsthaft verletzt war. Nelf hatte ein blaues Auge und eine leicht lädierte Nase. Aber ansonsten schien auch er einigermaßen glimpflich davongekommen zu sein.

»Du hättest ruhig noch weiter schlafen können«, sagte er zu Milo. »Deine Träume waren bestimmt angenehmer, als in diese zerknitterte Fratze gucken zu müssen.«

Das Wort »zerknittert« brachte Milo auf eine wichtige Frage: »Was ist mit Meister Othman?«

»Was soll schon mit ihm sein?«, fuhr Rubinia dazwischen. »Wahrscheinlich hat dieses widerliche Geschmeiß ihn genauso überwältigt wie uns, oder sie haben ihm noch Schlimmeres angetan. Er ist schließlich ein alter Mann.«

In diesem Moment öffnete sich die Tür zum Studienzimmer, und Othman kam herein. Er trug einen rubinroten Mantel und darunter eine schwarzen Schärpe, die quer über die Brust verlief. Sein graues Haar war ordentlich gekämmt und der Bart fein säuberlich gestutzt. Das letzte Mal, das Milo den Magier so gepflegt und ohne Brandlöcher oder Schmutzflecke auf seiner Robe gesehen hatte, musste Jahre zurückliegen. Es war anlässlich eines der vielen Feste in Eichenblattstadt gewesen. Wortlos und ohne einen Blick auf die Halblinge oder seinen Assistenten zu werfen, ging er hinüber zur Balkontür und öffnete sie.

Die glutrote Scheibe der Sonne schob sich gemächlich über den Horizont aus dunkelgrünen Baumwipfeln. Othman trat hinaus auf den kleinen Balkon und atmete tief ein und aus. Den drei Halblingen verschlug es die Sprache, was Aschgrau sofort nutzte.

»Was soll ich mit denen hier machen, Meister?«, krächzte er mit vergnügter Vorfreude.

»Was kümmert es mich, was du mit diesen armseligen Kreaturen machst«, antwortete Othman, weiterhin den Sonnenaufgang betrachtend. »Du hast sie hier hinaufgeschleppt. Sieh zu, wie du sie wieder loswirst. Du solltest langsam lernen, Verantwortung zu übernehmen. Ich werde mich bald höheren Aufgaben widmen müssen.«

Milo spürte, wie sich Rubinias Hand um seine schloss und verkrampfte. Große Tränen rollten über ihre Wangen, und sie rang nach Luft.

Der Knall der Wurfarme der Armbrust und das Surren der Sehne ließen Milo herumwirbeln. Nelf schrie auf. Ein Bolzen hatte seine Hand durchschlagen und sich in eines der Bücherregale hinter ihnen gebohrt. Nelf klemmte seine Hand unter eine Achsel und versuchte so, die Blutung zu stillen.

Aschgrau war unterdessen damit beschäftigt, den nächsten Bolzen in die Führung der Armbrust zu legen.

»Warum macht Ihr das, Meister Othman?«, schrie Milo den Zauberer an.

»Warum mache ich was?«, wiederholte Othman, immer noch den Sonnenaufgang beobachtend. »Euch dabei zusehen, wie ihr sterbt? Das tue ich nicht. Ich sehe lieber zu, wie ein ganzes Land stirbt.«

»Nein, ich meine, wie konntet Ihr zulassen, dass das Blut des Zweitgeborenen alles vergiftet? Der Hass unter den Völkern wird alles vernichten. Ceeth mùe fammamè, Ihr kanntet die wahre Bedeutung natürlich, habt aber nichts gesagt. Wir haben es trotzdem gefunden.«

Jetzt hatte Milo doch das Interesse des Magiers geweckt. Othman trat vom Balkon zurück in den Raum und blickte Milo durchdringend an.

»Hör mit den Spielereien auf, Aschgrau«, schnauzte er seinen Assistenten an. »Du triffst mit dem Ding ohnehin nichts.«

Der Tunnelgnom verzog enttäuscht das Gesicht, legte die Armbrust aber beiseite.

»Wie ich sehe, hast du einen Teil des Geheimnisses gelüftet. Tapferer, schlauer Halbling. Ich hätte dich und deinen Bruder nicht unterschätzen dürfen. Aber all euer Wissen wird euch nicht mehr helfen. Du fragst, warum ich all das hier zuließ? Du Narr! Ich habe es nicht zugelassen. Ich habe es selbst so eingefädelt. Alles, was passiert, passiert, weil ich es so gewollt habe.«

Milo erhob sich und stellte sich trotzig vorne ans Gitter.

»Wir haben das Geheimnis um die Götter gelüftet. Die Wahrheit ist in den Weißrindenbäumen zu finden. Jeder der will, kann es dort nachlesen. Was Ihr auch plant, sie werden es herausfinden und vereiteln.«

»Von wem redest du?«, fragte Meister Othman lachend. »Alles, was *ihr* herausgefunden habt, ist das, was ohnehin jedermann gewusst hätte, wenn die Völker im Stande gewesen wären, ihre eigene Geschichte zu bewahren. Da es den meisten aber wichtiger zu sein scheint, ihre Zukunft zu planen, als aus der Vergangenheit zu lernen, war es nur eine Frage der Zeit, wann sich dieses Verhalten rächen würde. Wer immer ›sie‹ sind, die alle meine Pläne zunichtemachen sollen, es wird sie bald nicht mehr geben.«

»Und die Rolle des Rächers wollt Ihr jetzt übernehmen?«

»Rache ist etwas für jemanden, der keine eigenen Ziele verfolgt. Ich plane keine Rache. Ich werde etwas Großes schaffen. Etwas, das länger überdauern wird als das, was die Götter geschaffen haben. Du hast vielleicht herausgefunden, welches Schicksal die Götter auf dieser Welt ereilt hat. Das war nicht schwierig zu entdecken. Der Verrat des Zweitgeborenen ist allgegenwärtig. Das Gleichgewicht ist aus den Fugen geraten, und nach und nach haben die Götter ihren Einfluss auf dieser Welt verloren. Irgendwann waren sie ganz verstummt. Dies hinderte die Priester der Menschen, Zwerge, Elfen, Halblinge und selbst die der Grünbluter aber nicht daran, weiterhin an Ritualen festzuhalten. Zu groß war die Angst davor, dass sie ihren Einfluss verlieren würden. Das erste Mal seit Anbeginn aller Zeiten waren sich die Kleriker der verschiedenen Völker einig. Sie wollten ihre Macht nicht einbüßen, koste es, was es wolle. Aber wie sollten sie den mächtigen Einfluss und die Wunder der Götter kompensieren? Hier kamen die Magier ins Spiel. Vor mehr als tausend Jahren, im Zeitalter der Verblendung, war unsere Zunft vom Aussterben bedroht. Damals lebten wir Magier in ständiger Furcht, unser Wissen an niemanden weitergeben zu können. Also ließen wir uns auf einen ungleichen Handel ein. Die Priester finanzierten unsere Forschungen, gaben uns die Abgeschiedenheit, die wir benötigten, und versorgten uns mit dem Wissen über die Götter. Dafür nutzten sie unsere Magie, um es so aussehen zu lassen, als seien die Götter noch unter uns. Wir sorgten für kleine Wunder, erfanden Möglichkeiten der Heilung und ließen die Priester an unseren Vorahnungen teilhaben. Was für ein jämmerliches Leben! Niemand wusste, dass eigentlich wir es waren, die den Glauben an die Macht der Götter aufrechterhielten. Wir verkümmerten in den Augen der Völker zu reinen Gauklern und Scharlatanen.

Mich baten sie, die verbotenen Schriften zu schützen und dafür zu sorgen, dass niemand sie je in die Hände bekäme. In den Texten stieß ich auf die Geschichte der Götter und den Verrat des Zweitgeborenen. Es war ein Leichtes für mich, herauszufinden, wo in unserer Welt dieser Verrat begangen worden war. Ich kam hierher in den Düsterkrallenwald, fand das Blut des Zweitgeborenen und verstand es, es zu nutzen. Ich züchtete einen Gott, wie ich zuvor schon Dutzende von Golems zum Leben erweckt hatte. Und ich machte mir seine Macht zu Nutze. Der Verblender. Ich streue seine Gabe im ganzen Land aus, und jedes Volk saugt sie auf wie ein Schwamm das Wasser. Aber das Beste daran ist, dass die Verblendung nicht nur alles Leben beeinflusst. Ihr Einfluss geht weit darüber hinaus.

Wenn ein Gedanke in den Köpfen zu einem unstillbaren Drang wird, kennt seine Macht keine Grenzen. Ab einer gewissen Konzentration erlangt dieser Drang die Fähigkeit, selbst die Toten zu beleben. Das Blut des Zweitgeborenen ist wie ein Licht in der Dunkelheit, das die Motten anlockt. Und in diesem Moment kommen sie zu Tausenden. Jeder Sterbliche, den sie töten, wird wieder auferstehen. Ich verfüge über eine Armee, die mit jedem Opfer größer wird. Bald wird mir dieses Land gehören, dann die umliegenden Königreiche und schließlich die ganze Welt. Dann ist es so weit: Alle werden mich als ihren Gott anbeten.«

Nelf zwängte sich neben Milo ans Gitter. Das Blut aus seiner Wunde sickerte mittlerweile unter der Achsel heraus und verfärbte die Ärmel seines Hemdes rot. Er spuckte dem Magier vor die Füße.

»Niemand aus dem Volk der Halblinge würde jemals zu einem Langbein beten. Nicht einmal die Grünbluter würden sich von einem altersschwachen, größenwahnsinnigen Zauberer hinters Licht führen lassen. Lass mich aus diesem Käfig, und ich werde dir zeigen, wie göttlich du wirklich bist, Opa.«

Othman kniff die Augen zusammen und betrachtete den Halbling misstrauisch. Dann trat er beiseite, um das Licht des anbrechenden Tages auf den Käfig fallen zu lassen. »Das ist nicht Bonne Blaubeers«, sagte er zu Aschgrau, der ahnungslos mit den Schultern zuckte.

»Die sehen doch alle gleich aus«, rechtfertigte sich der Tunnelgnom.

»Sagte eine Eichel zur anderen«, kommentierte Othman die Aussage seines Assistenten.

Milo sah dem Gnom an, dass er versuchte, die Worte seines Meisters zu verstehen oder notfalls zu entkräften. Aber ihm schien der Schneid zu fehlen, seinem Meister zu trotzen.

Plötzlich wurde Nelf in die Höhe gehoben. Er schwebte eine Handbreit über dem Boden des Käfigs. Othmans Gesicht verriet, dass es ihn nicht viel Kraft und Konzentration kostete, diesen Zauber zu wirken.

»Du willst aus dem Käfig heraus? Dann komm doch«, sagte Othman. »Ich habe gehört, Halblinge sind wie Mäuse. Sie passen durch die engsten Ritzen und stecken ihre Nase in Sachen, die sie nichts angehen.«

Othman machte eine Handbewegung und zog Nelf dichter zu sich heran. Der Halbling stieß gegen die Gitter. Der Zauber drückte ihn so fest gegen die Eisenstangen, dass ihm beinahe die Knochen brachen.

»Du musst schon etwas mithelfen«, sagte Othman vollkommen gelassen.

Nelf wurde noch fester gegen das Eisen gedrückt. Sein Gesicht war zu einer Fratze verzogen. Er wollte etwas sagen, aber heraus kam nur ein Grunzen.

»Aufhören!«, brüllte Rubinia und sprang auf. Aber Othman reagierte nicht. Er verdrehte die erhobene Hand, und Nelf rollte an den Eisenstäben entlang.

Rubinia und Milo versuchten, ihn festzuhalten, aber sie hatten der Kraft des Zaubers nichts entgegenzusetzen. Nelfs linkes Bein rutschte durch die Gitterstäbe. Seine Gürtelschnalle verhakt sich und schnürte dem Halbling den Bauch ab. Milo und Rubinia versuchten, ihn zurückzuziehen. Nelf schrie vor Schmerzen. Dann riss der lederne Gürtel, und der Halbling schoss durch die Gitter. Milo hörte, wie Nelfs Arm brach, als er ihn nicht rechtzeitig an den Körper anlegte. Eines seiner Ohren wurde blutig gescheuert. Er und Rubinia schrien gleichermaßen. Nur Milo stand da und beobachtet Meister Othman. Wie konnte er sich sein ganzes Leben so in dem Magier getäuscht haben? Er hatte als Baby auf Othmans Schoß gesessen und ihn später bewundert für die vielen Zaubertricks, die er im Dorf bei Festen vorgeführt hatte.

Othman ließ den schreienden Nelf wie einen Ballon an einem

unsichtbaren Band vor sich schweben. Er ließ ihn hinüber zum Balkon gleiten, über die Brüstung hinaus. Dann schloss Othman die Hand zu einer Faust – und Nelf stürzte in die Tiefe. Die Schreie des Halblings verklangen.

46. DORN

Der Morgen graute bereits, und mit der Dunkelheit der Nacht waren auch die Grünbluter verschwunden. Schrak hatte, nachdem Milo nicht wiedergekommen war, entschieden, dass es sicherer war, den Ahnen schon so weit wie möglich vor der Lichtung entgegenzutreten. Er hatte sich nicht anmerken lassen, dass er den Magier im Turm fürchtete, aber Dorn hatte die Zweifel im Gesicht des Trolls gesehen. Immer wieder hatte Schrak verstohlen zum Krähenturm hinübergeblickt.

Trolle fürchteten Magier seit jeher. An Kraft und Schnelligkeit waren diese Hünen den besten Kriegern jedes anderen Volkes weit überlegen, aber gegen Magie waren sie anfällig. Schrak wäre nicht so alt geworden, wenn er sich das nicht zu Herzen genommen hätte. Die Grünbluter hatten ihre Taktik im Kampf so ausgerichtet, dass es schwer war, Magie gegen sie anzuwenden. Die Völker Hadars bildeten keine geordneten Truppen, denen Gleichschritt und schwierige Kampfmanöver im Blut lagen. Sie rotteten sich lieber zu kleinen Trupps zusammen und griffen schnell und erbarmungslos an, sobald sich die Chance dafür ergab. Somit blieb für Magieanwender wenig Zeit, einen Zauber zu wirken. Vorrangig nahmen sich die Grünbluter unterlegene oder verstreute Feinde, die sie ohne große Gegenwehr dahinmetzeln konnten, als Ziel. Viele von Dorns Kameraden behaupteten, die Grünbluter seien feige, aber das stimmte nicht. Die Grünbluter waren effizient, auch wenn wahrscheinlich kaum einer von ihnen wusste, was das Wort überhaupt bedeutete. Das Verhältnis von getöteten Gegnern zu gefallenen Orks und Goblins gab ihnen Recht. Geschichten über zu Fall gebrachte und getötete Trolle hörte man immer wieder, aber die, die sie erzählten, waren Männer, die auch von Meeresdrachen und Rubinen so groß wie Kinderköpfe sprachen. Dorn kannte auf jeden Fall niemanden, der gegen einen Troll gekämpft hatte und davon erzählen konnte. Zum Glück gab es kaum mehr Trolle als große Magier.

Je heller es wurde, desto lauter wurde der Kampfeslärm. Das konnte nur bedeuten, dass die Untoten die Grünbluter langsam auf die Lichtung zurücktrieben. Wenn es stimmte, was Schraks Späher berichtet hatten, standen tausend Grünbluter etwa zehntausend Ahnen gegenüber. Wenn man dann noch berücksichtigte, dass ein untotes Wesen nicht zu Boden ging, nur weil man ihm einen Fuß Stahl durch den Körper rammte, und es auch keine Angst bekam, nur weil seine Gefolgsleute zur Linken und Rechten abgeschlachtet wurden, konnte man sich ausrechnen, wie ungleich der Kampf war. Und diese nahenden zehntausend sollten nur die erste Welle sein.

Dorn saß in der Mitte des Gefängniswagens. Schrak hatte die beiden Halblinge in den Turm geschickt und ihn zum Verrotten hinter Gittern sitzen lassen. Hungrig, durstig und unbewaffnet, konnte er nur dasitzen und auf sein Ende warten. Mit etwas Glück würde er von einem der Ahnen mit einem Speer aufgespießt werden, anstatt lebendig von ihnen in Stücke gerissen zu werden. Aber alles war besser, als das, was Schrak dem Bruder von Milo angetan hatte. Durch die Gitterstäbe hindurch konnte er den kleinen Kerl gut sehen. Er stand im Nordosten der Lichtung an einen Pfahl gefesselt, den der Troll höchstpersönlich mit bloßer Hand in die Erde gerammt hatte. Der Halbling war klug genug gewesen, nicht die ganze Nacht herumzubrüllen und um Hilfe zu rufen. Wenn etwas die lebenden Toten richtig in Blutlust verfallen ließ, dann waren es hilflose kleine Kerlchen, die laut brüllten. So etwas wirkte auf sie in etwa wie ein Hühnchen in einem Heerlager, das laut rief: *Iss mich.*

Dorn überlegte, welche Möglichkeiten er noch hatte, als ein Knacken im halbhohen Buschwerk hinter dem Wagen ihm klarmachte, dass die Zeit für solche Grübeleien vorbei war. Er stemmte sich hoch auf ein Knie, drehte sich in die Richtung, aus der das Geräusch kam, und spähte in den morgendlichen Wald. Er brauchte nicht lange, um den Ursprung ausfindig zu machen. Irgendetwas hatte sich in einem Geflecht aus Brombeerranken verfangen und versuchte noch immer, wieder herauszukommen. Dorn konnte mit Bestimmtheit sagen, dass es sich um kein Tier handelte. Um was genau es sich handelte, konnte er aber nicht erkennen.

»Komm schon her, du Scheusal«, knurrte Dorn.

Wie zur Antwort kämpfte sich eine dunkel gekleidete Gestalt aus dem Gebüsch hervor. Es war ein Mensch, mittelgroß, schmächtig und dunkel gekleidet, wobei ein Teil des Stoffumhanges als Fetzen in den Dornen zurückblieb. Dem Mann fehlte ein Fuß, und bei jedem Schritt mit dem Stumpf drohte er zu stürzen, doch er fand immer wieder zum Gleichgewicht zurück, indem er wild mit den Armen ruderte. Gleich hinter ihm stakste eine junge Frau, so vermutete Dorn wenigstens aufgrund ihres zerrissenen Hauskleids. Das einst lockige Haar hing ihr dreckverklebt ins Gesicht. Beide waren tot, und das schon mehrere Jahre, wie Dorn vermutete.

»Keine Waffen«, brummte er enttäuscht.

Er hatte gehofft, einen Untoten anzulocken, der eine Waffe aus Stahl trug, eine Waffe, die kräftig genug wäre, das Schloss an der Tür des Wagens aufzubrechen. Diese beiden halb verwesten Exemplare wären nicht einmal in der Lage, eine Holzkiste aufzubrechen, ohne sich die Arme dabei abzureißen. Dorn rückte noch etwas weiter in die Mitte des Wagens. Ohne Waffen konnten sie ihn nicht erreichen, doch genauso wenig hatte er eine Chance, seinem Gefängnis zu entkommen.

Die beiden Untoten waren, angelockt vom Geruch eines Lebenden, schnell heran. Mit ihren Händen umklammerten sie das Gitter und rüttelten an den Stäben, dann streckten sie ihre Arme so weit hindurch, wie sie konnten. Dorn saß nur wenige Zoll von den nach ihm grapschenden Händen entfernt und gab sich alle Mühe, sie zu ignorieren. Von Augenblick zu Augenblick wurden die beiden Untoten wütender. Sie stöhnten und krächzten, schlugen mit den Armen und traten mit den Füßen. Sie waren nicht nur einfach Untote. Sie waren unkontrollierbare Bestien, verseucht durch das Blut des Zweitgeborenen, die nach nichts anderem schmachteten, als alles Leben zu zerstören.

Nach kurzer Zeit lösten sich weitere Untote aus dem Dickicht des Waldes. Das Gezeter hatte sie sicherlich angelockt. Ein halbes Dutzend hielt auf den Wagen zu. Stöhnend und schnaubend bahnten sie sich ihren Weg zum Gefängniswagen. Zwei von ihnen waren recht flink auf den Beinen und noch mit Brustharnischen und Halbhelmen gerüstete, jedoch ebenfalls unbewaffnet.

»Kommt ruhig her, ihr verrottenden Kadaver!«, brüllte Dorn sie an. »Bringen wir es endlich hinter uns. Mich hält auf dieser Welt nichts mehr.«

Mit seinen lautstarken Drohungen lockte Dorn weitere Untote herbei. Er sah, wie sie sich vom Rand der Lichtung lösten und zielstrebig auf ihn zuhielten. Was machte es schon für einen Unterschied, ob es einer, zehn oder hundert waren? Er saß in der Falle.

Plötzlich sah er im Norden der Lichtung zwei Orks, die zwischen den Bäumen hervorsprangen und auf eine untote Kreatur einschlugen, die sie aus dem Wald getrieben hatte. Mit wenigen gezielten Hieben brachten sie das Wesen zu Fall. Ungeachtet der Treffer reckte ihr Opfer die Arme nach den beiden Grünblutern und strampelte mit den Beinen. Einer der Orks kümmerte sich darum, dass ihr Gegner nicht wieder auf die Füße kam, der andere trennte mit zwei kräftigen Hieben den Kopf des Untoten ab. Dann stürmten die Grünbluter wieder zurück in den Wald, um sich ihr nächstes Opfer zu suchen.

Dorn senkte den Blick und starrte gedankenverloren auf die verwitterten Bretter, auf denen er hockte. Mehr und mehr tote Arme streckten sich durch die Gitterstäbe und versuchten, ihn zu greifen. Das wütende Knurren und Stöhnen nahm zu. Es klang wie der Wind kurz vor einem Gewitter. Der Gefängniswagen schaukelte hin und her wie zuvor auf der Fahrt quer durch den Wald, doch er bewegte sich keinen Zoll vorwärts.

Eine innere Ruhe breitete sich in Dorn aus. Er kannte diese friedlichen Momente. Nicht von sich selbst, sondern von Kameraden, mit denen er Seite an Seite gekämpft hatte. Es war dieser Moment, in dem sich das Bewusstsein vom Körper verabschiedete. Der Geist begriff, dass das Ende gekommen war, nur der Körper kämpfte noch dagegen an. Doch es war ein aussichtsloser Kampf. Das Bewusstsein übernahm die Kontrolle des Körpers und schaltete nach und nach alles ab, bis nur noch das Herz schlug. Und dann erstarb auch das.

Dorn bereitete sich darauf vor, dass die Untoten den Wagen umwarfen. Er würde auf die Seite rollen, faulige Arme würde nach ihm greifen und ihn in Stücke reißen. Dann würde auch sein Herz aufhören zu schlagen. Oft hatte er sich vorgestellt, wie sein Ende aussehen würde. Auf tausend verschiedene Arten hatte er seinen Tod in Gedanken durchgespielt und immer gedacht, keine Möglichkeit davon wäre ihm jetzt noch unbekannt. Doch der Tod schien immer für eine Überraschung gut zu sein.

Etwas prallte mit Wucht gegen den Wagen. Die Räder auf der Seite hingen plötzlich in der Luft. Dorn kniff die Augen zusammen, rutschte über die dicken Holzbohlen und prallte mit der Schulter gegen die Gitter. Jeden Moment würden ihn die gierigen Arme packen und zerfleischen. Er betete zu Regor, dass er sein Ende mit Würde ertragen mochte, ohne vor Scherzen zu schreien wie ein altes Weib. Doch nichts griff nach ihm. Dann kippte der Wagen zurück und krachte auf die massiven Holzräder. Die hintere Achse brach, und das Gefährt schaukelte knarrend zwei-, dreimal hin und her. Klagendes Stöhnen, das Zerreißen von Stoff und ein ekelhaftes Schmatzen waren zu hören. Dann verstummte der Lärm, und nur weit entfernte Kampflaute drangen noch an Dorns Ohr. Kein Arm packte ihn.

Dorn öffnete langsam die Augen. Vor ihm lag ein abgerissener Arm, der schon bis auf die Knochen verrottet war. Ein dunkler Stofffetzen klemmte zwischen Elle und Speiche. Er war kaum zu unterscheiden von den lederartigen Hautresten, die sonst von den

Knochen hingen. Die zaghaften Strahlen der Morgensonne, die über die Lichtung krochen, wurden von einem dunklen Schatten überlagert. Dorn hob den Kopf. Von den Untoten, die den Wagen umringt hatten, war nicht mehr übrig als ein Haufen Gliedmaßen, der verstreut im niedergetrampelten Gras lag. Dorn hätte nicht sagen können, was zu wem gehörte. Und zwischen all den Gebeinen stand Schrak. Der Trollgeneral bebte vor Wut. Seine Augen glühten, als wenn die Sonne in seinem Rücken durch sie hindurchscheinen würde. Klebriger Geifer tropfte ihm aus dem Mund, und die langen sehnigen Muskeln zuckten unter der borkenartigen Haut.

Schrak griff nach den Gitterstäben des Gefängniswagens und riss sie auseinander, als wären sie nichts weiter als dünne Weidenruten. Dann trat er einen Schritt zurück und stöhnte erschöpft.

Dorn musste nicht darüber nachdenken, was er nun zu tun hatte. Es war ihm egal, ob er gegen den Troll oder die Untoten kämpfte, aber kämpfen wollte er. Jedes Ende war besser, als hilflos in einem Käfig zu hocken und sich nicht wehren zu können, während man bei lebendigem Leibe gefressen wurde. Trotzdem wollte er wissen, was ihn erwartete.

»Warum bist du zurückgekehrt?«, fragte er Schrak, kletterte aber schon zwischen den verbogenen Stäben hindurch ins Freie.

Dorn sah in den Augen des Trolls, dass dieser mit sich kämpfte, ruhig zu bleiben. Sein Unterkiefer bebte, und noch mehr Geifer tropfte heraus. Schrak griff hinter sich und zog eine schartige Orkklinge hervor, deren unteres Ende zu einem Sägezahnmuster geschliffen war. Er warf die Waffe Dorn zu Füßen.

»Krieger wie du und ich sollten im Kampf sterben«, schnaubte Schrak. »Der Tod ist nichts Unbekanntes für uns, aber wir sollten ihm tapfer und aufrecht ins Auge sehen dürfen und nicht hilflos in Stücke geschlagen oder zerrissen werden, ohne ein Dutzend unserer Feinde mit ins Reich der Toten zu nehmen. Ich hoffe, du weißt die Geste zu schätzen und erinnerst dich an meine Worte.«

Dorn hob die Klinge aus dem feuchten Gras. Als er wieder aufsah, hatte sich das Aussehen des Trollgenerals verändert. Die rissige dunkle Haut war grau geworden und hatte auch den geringen Glanz, den sie vorher besessen hatte, noch eingebüßt. Er war in der Bewegung erstarrt, und die funkelnden Augen bildeten nur noch zwei dunkle Flecken in einer verzerrten Maske. Der triefende Geifer hing wie ein matter Eiszapfen aus dem weit aufgerissenen Maul. Schrak war zu Stein geworden. Das Tageslicht hatte seinen Fluch über ihn geworfen.

Jetzt verstand Dorn, was Schrak ihm hatte sagen wollen. Das Schicksal, dass ihm bevorgestanden hätte, drohte nun auch dem mächtigen Grünbluter. Wenn es stimmte, was man sich über die Trolle erzählte, würde Schrak bis zum Einbruch der Dunkelheit versteinert bleiben. Erst dann würden die Lebensgeister in ihn zurückkehren, wenn nicht jemand die Gunst der Stunde nutzte und ihn vorher zerschmetterte. Er schien darauf zu hoffen, dass Dorn ihm dieses Schicksal ersparte, wie auch er ihn gerettet hatte.

Söldner waren alles andere als Ehrenmänner, und den Tod eines Trolls verzeichnen zu können, hätte ihm sicherlich einiges an Ansehen unter seinesgleichen gebracht. Dorn wog die Klinge in seiner Hand. Ein gezielter Schlag, und er hätte das erreicht, wovon viele seiner Kameraden träumten, auch wenn es nicht eine einzige Münze einbrachte. Er hob die Klinge, holte zum Schlag aus – und ließ sie wieder zu Boden sinken. Er war vielleicht kein Ehrenmann, aber wenn es etwas gab, was ihn und Schrak verband, war es die Angst davor, einen Tod zu erleiden, der eines Kämpfer unwürdig war.

Es war die Stimme eines Halblings, die ihn endgültig davon überzeugte, den Troll zu verschonen.

»Wage es ja nicht, hierherzukommen, du laufender Suppenknochen!«, schrie Bonne. »Ich werde dich an Nuberts Köter verfüttern. Der vergräbt dich, nachdem er alles Fleisch von deinen Knochen genagt hat, in Einzelteilen zwischen dem Weißkohl. Dann ist es vorbei mit diesem Herumgestolpere und Gestöhne.«

Die Kette, die Bonne an den Pfahl band, war straff gezogen. Der Halbling versuchte, so viel Abstand zwischen sich und den heranschleichenden Untoten zu bringen wie möglich. Der Unhold sah aus wie ein Bauer aus dem Norden. Er hinkte leicht, und seine Arme hingen schlaff herab. Die Kleidung, ein dunkelgrüner oder brauner Überwurf, war von Löchern zerfressen. Die bis auf Kniehöhe verrotteten Hosenbeine gaben den Blick auf zwei skelettierte Unterschenkel frei. Nur die lederne Kappe, die den Kopf des Wesens bedeckte, sah noch tadellos aus.

Dorn blickte zu dem versteinerten Troll auf und tippte ihm mit der Orkklinge gegen die Stirn. »Sobald ein Zwerg mit einem Hammer auftaucht, tot oder nicht, werde ich ihn dir vom Leib halten. Doch es gibt noch andere, die ebenso hilflos sind wie du, und denen ich mich verbundener fühle. Lauf also nicht weg.«

Dorn rannte los, um Bonne zu Hilfe zu eilen. Zwei weitere Untote, angelockt von dem Gezeter des Halblings, hielten auf den kleinen Kerl zu.

Bonne tänzelte um den Pfahl herum wie ein wildes Pony, das sich nicht zähmen lassen wollte. Er hatte ein Messer gezückt, so eines, das Halblinge ständig bei sich hatten, um Pilze zu sammeln oder einen Apfel zu zerteilen. Als Waffe gegen die Ahnen war es sicherlich komplett ungeeignet.

Der untote Bauer sah Dorn noch nicht einmal heranstürmen. Im Vorbeilaufen schwang er sein Schwert und trennte den Kopf der Kreatur mit einem einzigen Schlag ab. Die Kappe saß auch noch auf dem Haupt, als der Kopf durchs hohe Gras rollte. Dorn sah noch drei weitere Ahnen, die auf die Lichtung traten. Zwei von ihnen trugen Langschwerter und Kettenrüstungen. Sie bewegten sich auffällig flink.

Es stimmte also, was man sich über die wandelnden Toten erzählte. Sie konnten nur mit auf die andere Seite hinüberretten, was ihnen in Fleisch und Blut übergegangen war. Ein einfältiger Bauer würde auch als Toter nichts anderes sein, und ein Kämpfer war ein Kämpfer – vor und nach seinem Tod. Das alles galt natürlich nur, solange der Körper mitspielte. Bei den beiden Gerüsteten schien das aber der Fall zu sein.

Dorn erreichte Bonne, der ihn freudestrahlend ansah.

»Guter Schlag«, sagte er. »Ich hätte ihn zwar auch fertig gemacht, aber das wäre hässlich geworden.«

»Schwatz nicht rum«, keifte Dorn ihn an. »Wickel die Kette zweimal um den Pfahl und zieh sie stramm. Ich werde versuchen, sie durchzuhacken.«

Bonne folgte den Anweisungen. Dorn holte zum Schlag aus und drosch auf die Eisenglieder ein. Funken sprühten, aber die Kette hielt stand.

»Verdammte Zwergenarbeit«, stöhnte Dorn, nachdem er sich die Kerben an den Kettengliedern angesehen hatte. Er holte erneut zum Schlag aus, hielt dann aber mitten in der Bewegung inne.

Von Süden trat eine schlanke Gestalt auf die Lichtung. Das lange dunkle Haar hing ihr verdreckt ins Gesicht. Ihr blauer Mantel war an mehreren Stellen zerrissen und blutgetränkt, wie Dorn wusste. Die Frau stützte sich auf einen langen Stab. Ihr Gang war schlurfend und unbeholfen. Die Bewegungen einer Toten.

»Senetha«, flüsterte Dorn.

47. MILO

»Das dürft Ihr nicht tun, Meister Othman«, flehte Rubinia bereits zum zehnten Mal. »Ganz Graumark würde zerstört. Denkt doch einmal über die vielen Unschuldigen nach – Kinder, Greise, junge Frauen. Wollt Ihr das wirklich alles in Kauf nehmen, nur weil Euer Stand nicht die Anerkennung erfahren hat, die er verdient hätte? Ihr seid kein schlechter Mensch, das weiß ich genau, und wenn Ihr darüber nachdenkt, werdet Ihr erkennen, wie töricht und zugleich grausam Euer Plan ist.«

Im Gegensatz zu allen anderen Einwänden, die Rubinia bereits angebracht hatte und die von Meister Othman ignoriert worden waren, bewegte das zuletzt Gesagte den Magier nun doch zu einer Antwort. Mit einer von Zorn zerfurchten Miene sprang er auf den Käfig zu und trat mit dem Fuß dagegen. Das einst so gütige Gesicht und die immerwährend freundlich blickenden Augen waren verschwunden.

»Du kleines undankbares Miststück! Vor mehr als zehn Jahren habe ich dir ein neues Zuhause angeboten, weil deine Sippe dich verstoßen hatte. All die Jahre habe ich mich um dich gekümmert, dein ewiges Genörgel ertragen und deinen widerlichen Fraß in mich hineingestopft. Und zum Dank bezichtigst du mich jetzt, ein herzloses Ekelpaket zu sein, das nur seinen eigenen Vorteil im Sinn hat? Du traust dich sogar, mir vorzuwerfen, dass ich das alles nicht gut genug durchdacht habe. Wer bist du, dass du dir solche Worte erlaubst?«

Rubinia wollte etwas antworten, doch sie hatte mit den Tränen zu kämpfen. Milo ergriff ihre Hand und drückte sie fest.

»Lass es«, flüsterte er ihr zu. »Es hat keinen Sinn.« Dann wandte er sich Othman zu. »Wenn ihr so ein guter Mensch seid, warum habt Ihr dann Nelf ermordet?«

»Das wäre alles nicht passiert, wenn ihr eure Nasen nicht ständig in Dinge gesteckt hättet, die euch nichts angehen. Warum musstest ihr auch nach diesem Buch suchen? Ich dachte, es würde reichen, wenn ich dich und deinen Bruder in die Arme der alten Trollfrau laufen lasse, doch irgendwie seid ihr entkommen. Als ich deine Fährte dann bis zum alten Ningoth verfolgt hatte, wusste ich, dass es Ärger geben würde. Aber auch da bist du mir entkommen, dank dieser Wahrheitssucher. Es gab so viele Möglichkeiten, dich loszuwerden: der Aufstand in Zargenfels, der Golem im Haus der verbotenen Schriften, der übrigens mein großzügiges Geschenk an die Priester des Regors war. Diese vergeistigten Trottel sind nicht einmal auf die Idee gekommen, dass ich mich dort einschleichen und mit Wissen bereichern könnte. Alles, was es über die Götter zu wissen gibt, ist dort unten zu finden. Dieses Wissen brachte mich erst auf die Idee zu diesem Plan. Wie auch immer, du hättest es niemals so weit schaffen dürfen. Aber nun hast du es dir auch verdient, das Ende mit anzusehen.«

Milo konnte nicht einschätzen, ob Othman wirklich fähig war, all das zu tun, wovon er gesprochen hatte. Er war eindeutig größenwahnsinnig. Allerdings tobten Aufstände im ganzen Land, Untote sprossen wie Pilze aus dem Boden, und im Zentrum von all dem lag der Krähenturm.

»Tante Rubinia hat mit alldem nichts zu tun«, warf Milo ein. »Lasst sie gehen. Sie trifft keine Schuld an der Belagerung Eures Turms.«

Meister Othman zog verwundert die Augenbrauen hoch und schüttelte nach einem Augenblick enttäuscht den Kopf.

»Hast du mir nicht zugehört? Mir ist egal, ob jemand an irgendetwas schuld ist oder nicht. Darauf kommt es nicht mehr an. Die Belagerung durch diese unkoordinierten Grünbluter interessiert mich nicht. Warum sollte ich Rubinia freilassen? Wohin sollte sie gehen, hinaus in den Wald? Was denkst du, wie weit sie kommen würde? Wenn ich sie laufen ließe, würde sie sterben, entweder durch das Schwert eines Grünbluters oder durch die Ahnen. Das vage Schicksal eines jeden wurde durch mich zur Bestimmung. Meine Güte, sie konnte noch nicht einmal nach Eichenblattstadt fahren, ohne von diesen dämlichen Zwergen gejagt zu werden. Hätte Aschgrau sich nicht um die drei Bärtigen gekümmert und sie zu meinen Kreaturen gemacht, wäre sie schon lange tot. Ich habe die drei entseelten Zwerge nur hinter ihr hergeschickt, damit sie nicht noch mehr Unsinn anstellen konnte. Doch jetzt ist es zu spät. Sie bleibt hier, bis ich es satt habe, eurem Gejammer weiter zuzuhören. Wenn es dann so weit ist, werdet ihr beide eurem vorlauten Gefährten über den Balkon folgen.«

Um deutlich zu machen, dass das Gespräch beendet war, drehte sich Othman um und wandte sich Aschgrau zu, der seit einiger Zeit an einer Apparatur herumfummelte, die aussah wie ein Schnapsbrennkessel der Zwerge. Nur war diese Gerätschaft hier aus dunklem Holz mit bronzenen Passringen und Ausläufen, die die einzelnen Röhren mit den drei Kesseln verbanden. Die ganze Apparatur glänzte dunkel, als wenn das Holz mit Ruß und Wachs behandelt wurde. Aschgraus Finger schlossen sich um jeden einzelnen Dichtungsring und überprüften den richtigen Sitz.

»Es scheint alles in Ordnung zu sein, Meister«, verkündete der Tunnelgnom, als er bemerkte, dass Othman ihn ungeduldig beobachtete.

»Dann überprüfe es noch einmal, bis der Schein der Gewissheit gewichen ist, du Nichtsnutz«, fuhr der Magier seinen Gehilfen an.

Aschgrau machte sich sogleich grummelnd ans Werk. Othman trat währenddessen hinaus auf den Balkon und besah sich den Stand der Sonne.

Milo und Rubinia hatten sich in die hintere Ecke des Käfigs zurückgezogen und hockten mit angezogenen Beinen auf dem Boden.

»Hast du dieses Ding schon mal gesehen?«, fragte Milo seine Tante. »Oder kannst du dir vorstellen, was er damit vorhat?«

Rubinia schüttelte verängstigt den Kopf. »Ich habe mich nie sonderlich für seine Experimente interessiert. Ich dachte, er ist nur ein alter Mann, der sich mit ein paar magischen Spielereien die Zeit vertreibt.«

»Wenn es nur so wäre«, flüsterte Milo.

Ihm fiel auf, dass seine Tante das erste Mal, seit sie im Krähenturm ihren Dienst angetreten hatte, nicht von Meister Othman als Person, sondern nur von »ihm« sprach.

Aschgrau sprang auf, wischte sich seine schwarz gefärbten Hände an seinem schäbigen Kapuzenumhang ab und eilte zum Balkon. »Es ist alles dicht, Meister. Ich bin mir jetzt sicher.«

Othman blieb einen Augenblick stehen, ohne auf Aschgraus offensichtliche Einladung zu reagieren. Dann drehte er sich plötzlich ruckartig um. »Lass uns keine Zeit verlieren. Ein ganzes Land wartet darauf, sich mir zu Füßen zu legen.«

Aschgrau eilte zwei Schritte voraus zu der Apparatur, bis er sein Fehlverhalten einsah und unterwürfig mit gesenktem Haupt den Rückzug antrat und hinter dem weiten Umhang seines Meisters verschwand. Othman stolzierte voraus, und er genoss sichtlich jeden einzelnen Schritt. Dann blieb er stehen, und Aschgrau flitzte gebückt an ihm vorbei und positionierte sich neben dem Apparat. Othman wandte sich ein weiteres Mal an Milo und seine Tante: »Ihr zwei werdet jetzt Zeuge davon werden, welche Macht in einem Magier steckt, wenn er arkane Magie und Glauben miteinander verknüpft.«

»Das Zeitalter der Verblendung war voll von Nekromanten, die dachten, die Welt beherrschen und sich jeden zum Untertan machen zu können. Keinem von ihnen war eine glückliche Zukunft bestimmt«, fauchte Rubinia den Magier an.

»Nekromanten waren Magier, denen die Angst vor dem Tod den Verstand geraubt hat. Ich vereine die Künste von Magiern und Priestern in einer Person. Ich fürchte den Tod nicht. Er kann mir nichts mehr anhaben, denn ein Gott ist mein Sklave.« Othman fuhr hastig herum und wies Aschgrau an, die Apparatur in Gang zu setzen. Der Gnom drehte an einem der bronzenen Hähne und eilte zurück zu seinem Meister.

»Jetzt kannst du meinen Stab auf den Balkon bringen«, sagte der Magier. »Aber pass auf, dass er diesmal gerade steht.«

Aschgrau hastete zu einem schmalen, sechs Fuß hohen Schrank, der sich fast hinter einem der Bücherregale versteckte. Er öffnete die Tür und holte Othmans Magierstab hervor. Der Tunnelgnom trug die Insignie der Magier vor sich her, als sei sie eine heilige Reliquie. Er brachte den Stab auf den Balkon, steckte das Ende dort in eine metallene Einfassung im Boden und richtete ihn senkrecht aus. Das Ende des Magierstabes sah aus wie eine geöffnete Hand, die versuchte, etwas zu stützen. Als Aschgrau sich vergewissert hatte, alles richtig gemacht zu haben, hetzte er zu Othman zurück.

»Alles ist vorbereitet«, verkündete er.

Meister Othman starrte wie gebannt auf den Messinghahn, der aus dem unteren Ende eines der kleinen Fässchen ragte. Als sich eine Weile nichts tat, dachte Milo schon, Othmans Experiment sei gescheitert, doch dann erkannte er den winzigen Tropfen schwarze Flüssigkeit am Auslauf des Hahns, der langsam, aber stetig anwuchs. Als er fast die Größe einer Kirsche besaß, löste er sich und fiel herab. Othmans Arm schnellte vor. Die Finger seiner Hand formten einen spitzen Schnabel, als wenn der Magier versuchte, eine Motte im Flug zu greifen. Milo nahm alles wie in Zeitlupe wahr. Er sah die Hand, und er sah den Tropfen, der schwebend zwischen Kessel und Boden in der Luft hing – fünf Fuß entfernt von dem Magier. Othman zog den Arm wieder an, und der Tropfen folgte der Hand in gleichbleibendem Abstand.

Aschgrau hatte die neugierigen Blicke von Milo bemerkt und schlich ein paar Schritte an den Käfig heran. »Telekinesezauber«, flüsterte er geheimnisvoll.

Milo verzog angewidert das Gesicht. »Wirklich beeindruckend«, heuchelte er.

Meister Othman bewegte sich langsam rückwärts, wobei er den dunklen Tropfen hinter sich herzog. Seine Finger griffen immer wieder nach einem imaginären Etwas, als ob er die telekinetische Kraft kontinuierlich korrigieren musste. Othman ließ den Tropfen quer durch den Raum schweben, Richtung Balkontür. Hatte er ihn zuvor gezogen, schob er ihn nun. Plötzlich hielt er inne. Die Hände des Magiers begannen einen eigenartigen Tanz. Es sah aus, als würde er sie mit Luft waschen anstatt mit Wasser. Immer größer wurden seine Gesten, die bald wirkten, als würde der Magier über einen unsichtbaren Ball streichen.

Milo schaute konzentriert zu. Er hatte Othman schon früher zaubern gesehen, an besonderen Festtagen in Eichenblattstadt, wo er die Zuschauer mit seinen faszinierenden Illusions- und Lichtzaubern begeisterte. Dort hatten die Zauber immer so spielerisch gewirkt. Othman hatte stets breit gelächelt und war zu solchen Anlässen förmlich über die Festwiese getänzelt. Von Leichtigkeit war jetzt nichts zu merken. Das Gesicht des Magiers war angespannt. Tiefe Furchen zogen sich von der Nase hinunter zum Kinn, was sein Gesicht wie das einer geschnitzten Marionette aussehen ließ. An dem Teil der Unterarme, der aus den Ärmeln seines Gewandes herausschaute, sah man die Sehnen und Adern hervortreten. Die Anspannung ließ Othmans ganzen Körper zittern.

Erst als Aschgrau aufgeregt auf der Stelle zu hüpfen begann, wurde Milos Aufmerksamkeit wieder auf den schwebenden Tropfen gelenkt. Die kleine wabernde Flüssigkeitskugel schwoll stetig an. Im Nu war sie so groß wie eine Tomate aus Bürgermeister Butterblums Gemüsegarten, und einen kurzen Moment später hatte sie die Ausmaße eines Apfels, wie sie vor Milos Zimmer in Eichenblattstadt am Baum hingen. Die Farbe des Tropfens änderte sich mit fortschreitender Größe. Das ursprüngliche Schwarz wurde langsam zu einem dunklen Rot.

Othman wirkte immer noch seinen Zauber. Mittlerweile hielt er die Arme ausgestreckt nach vorn, die Handflächen zueinandergedreht.

Der Tropfen hatte inzwischen die Größe des Gewinnerkürbisses aus dem letzten Jahr erreicht. Othman ließ ihn langsam auf den Balkon schweben. Das Sonnenlicht schien durch die Flüssigkeit hindurch. Die Färbung erinnerte Milo an glühendes Metall.

Orange, rot und schwarz zogen sich als Schlieren über die Oberfläche und bewegten sich wie die bunte Maserung auf einer Seifenblase. Es sah aus wie das Abbild einer sterbenden und erkaltenden Sonne.

Othman lenkte die Blase über das handähnliche Ende des Magierstabes und setzte sie vorsichtig darauf ab. Als sie zur Ruhe kam, wich die Anspannung aus Othman, und er ließ die Arme sinken. Dann schritt er zusammen mit Aschgrau hinaus auf den Balkon.

»Sieh es dir an«, sagte der Magier zu dem Tunnelgnom. »Sieh dir an, was ein einziger Tropfen Blut eines Gottes in den richtigen Händen bewirken kann. Die Toten wandeln! Man wird mir zu Füßen liegen, die Lebenden wie auch die Toten.«

Milo sah, wie Aschgrau sich an der Balustrade des Balkons hochzog, bis er ganz oben war, und anschließend auf dem Handlauf entlangbalancierte. Aufgeregt wie ein Eichhörnchen hüpfte er von einer Seite zur anderen und deutete wahllos nach unten auf die Lichtung. Othman stand ganz ruhig dabei und schien zu genießen, was dort unten vor sich ging.

Milo hielt es nicht mehr aus. Er sprang auf und stellte sich vorn an das Gitter des Käfigs. War er so weit gekommen, um jetzt mit anzusehen zu müssen, wie ein verblendeter Magier drohte, alles auszulöschen, was ihm etwas bedeutete? Er umklammerte die Stäbe, rüttelte an ihnen, versuchte, sie auseinanderzubiegen oder sie herauszureißen. Aber sie bewegten sich nicht um Haarbreite. Milo griff durch die Stäbe und packte das Schloss an der Außenseite. Es war groß und schwer, als wenn es dafür gemacht worden wäre, das Tor ins Unterreich zu verschließen.

»Es wird eher durchrosten, als dass du es aufbrechen kannst«, sagte Rubinia resigniert.

»Aber Halblinge sind äußerst fingerfertig. Die größten Diebe waren Halblinge. Wenn ich nur so etwas wie einen rostigen Nagel hätte.«

»Aus Eichenblattstadt hat es noch niemand zu solch einem zweifelhaften Ruhm gebracht«, sagte Rubinia. »Die meisten sind froh, wenn sie nach einem Besuch in der Kneipe ihre eigene Haustür noch mit dem Schlüssel aufbekommen.«

»Aber wir können doch nicht einfach nur hier herumsitzen und zusehen«, schnaubte Milo, stieß seine Hände wütend in die Taschen des Umhangs und trat mit Wucht gegen das Gitter.

»Aghr«, keuchte er, versuchte aber, seinen Schmerz herunterzuschlucken, um Aschgrau und Othman nicht auf sich aufmerksam zu machen.

Er biss sich auf die Zähne und hüpfte auf einem Bein, bis er mit dem Rücken gegen das Gitter stieß. Er lehnte sich dagegen, setzte seinen Fuß auf das andere Knie, um sich die Blessuren anzusehen, doch als er die Hand aus der Tasche nahm, hielt er plötzlich inne. Dann streckte er Rubinia seine Faust entgegen und sagte: »Wenn ich ihn schon nicht aufhalten kann, verpasse ich ihm wenigstens einen Denkzettel.« Er öffnete seine Hand und präsentierte seiner Tante die Eichel, die er unter dem Weißrindenbaum gefunden hatte. Immer noch verwundert vom Gewicht der kleinen Frucht, ließ er sie in der Hand auf- und abhüpfen.

»Was hast du vor?«, fragte Rubinia verunsichert.

»Ich kann vielleicht keine Schlösser knacken«, erwiderte Milo, »aber es gibt in Eichenblattstadt niemand Besseren an der Schleuder als mich.«

Milo tastete die Nähte seiner Oberbekleidung ab. Schließlich fand er, wonach er gesucht hatte. Er zog seinen Mantel aus und legte ihn vor sich auf den Boden. Dann packte er die Versteifung am Kragen und riss sie mit einem Ruck heraus. Ein schneller Blick nach hinten versicherte ihm, dass Othman und Aschgrau nichts gehört hatten. Mit zufriedener Miene ließ er das Stück länglichen Stoff vor den Augen seiner Tante baumeln.

»Wollen wir doch mal sehen, ob ich Othmans Traum nicht zum Platzen bringen kann«, flüsterte er.

Er stand auf, nahm die Enden des Stoffes zwischen Zeigefinger und Daumen und brachte sich in Position. Dann legte er die Weißrindeneichel in die Schlaufe und begann sie herumzuschleudern.

Gerade als er dachte, den richtigen Schwung erreicht zu haben, drehte sich Aschgrau mit einem hämischen Grinsen zu ihm um. Milo glitten vor Schreck die Enden der Schleuder aus den Fingern, und Eichel und Stoff sausten durch die Gitterstäbe davon.

Noch im Flug wusste er, dass er seine Chance vertan hatte. Wie ein winziger Komet mit einem grünbraunen Schweif flog das Geschoss quer durch den Raum und verfehlte Othmans rotbraune Sonne um gut drei Fuß. Es fegte kurz über Aschgrau hinweg.

Ob instinktiv oder aus Übermut, konnte Milo in dem Gesicht des Tunnelgnoms nicht ablesen, aber Aschgraus Hand schoss nach oben und packte die flatternden Enden der Schleuder. Das Gewicht der Eichel und die Wucht, mit der Milo sie geschleudert hatte, brachten den Gnom auf dem schmalen Sims aus dem Gleichgewicht. Mit rudernden Armen und auf einem Bein stehend, versuchte er, wieder in die Ausgangslage zu kommen – vergebens. Aschgrau stürzte ohne einen Laut vom Balkon in die Tiefe.

Othman schien alles aus dem Augenwinkel beobachtet zu haben. Langsam wandte er den Kopf und schaute einen Moment zu dem Fleck, wo eben noch sein Handlanger gestanden hatte. Dann drehte er sich wütend zu Milo und Rubinia um.

»Ich hatte dich gewarnt, Milo Blaubeers!«, brüllte er. »Deine kindischen Versuche, mein Vorhaben zu durchkreuzen, werden dich teuer zu stehen kommen. Ich werde dir zeigen, was es heißt, sich mit mir anzulegen. Diesmal wird niemand seine schützenden Hände über dich halten.«

Othman streckte seine Arme aus, wobei die Finger seiner Hände wie die Krallen eines Raubvogels auf den Halbling zeigten. Noch bevor Milo zurückspringen konnte, wurden die Stangen des Käfigs auseinandergebogen, als ob ein Troll seine Faust hineingeschlagen hätte. Milo wurde von einer Kraft gepackt, die ihm die Brust zusammenschnürte und ihn in die Luft hob. Dann schwebte er aus dem Käfig heraus. Hinter sich hörte er, wie die Stangen sich abermals quietschend wieder verbogen. Er warf den Kopf zurück und sah zu Rubinia. Seine Tante stand am Gitter des Käfigs und reckte die Arme nach ihm. Die Stangen sahen aus, als hätte ein Zwerg mit einem Hammer darauf eingedroschen, doch sie waren so weit zurückgebogen, dass seine Tante nicht hindurchpasste.

»Milo!«, rief sie flehend hinter ihm her.

Es half nichts. Milo schwebte unaufhaltsam auf den Magier zu. Othman lenkte ihn mit seinem Zauber zu sich auf den Balkon hinaus. Er hielt ihn auf zwei Armlängen Abstand. Vor Zorn bebend, funkelte ihn der Magier an.

»Sieh dir an, was ich geschaffen habe. Und du dummer Junge denkst, du könntest mich mit deinen Albernheiten aufhalten.«

Milo wurde einen weiteren Schritt in die Höhe gehoben. Jetzt waren seine Füße fast auf Augenhöhe des Magiers. Die Kraft, mit der Othman ihn hielt, drohte, seine Rippen brechen zu lassen. Milo rang nach Luft und schaute entsetzt auf das Schauspiel, das sich weit unter ihm auf der Lichtung um den Krähenturm herum abspielte.

Hunderte von langsam schlurfenden Gestalten tummelten sich dort. Selbst von hoch oben erkannte Milo, dass es keine normalen Bürger Graumarks waren, die auf den Turm zuhielten. Vielen fehlten irgendwelche Gliedmaßen, zumeist Arme, aber er sah auch vereinzelt welche, die auf einem oder sogar zwei Fußstümpfen über die Lichtung humpelten. Andere unterschieden sich hingegen nur durch ihren langsamen hölzernen Gang von Lebenden. Männer in Kettenhemden mit Breitschwertern und Schild, zwei Zwerge, bewaffnet mit Spitzhacken, und ein junger Edelmann, gekleidet in blaue Pluderhose und weißes Hemd, das einen großen dunkelroten Fleck auf der Brust aufwies. Das war also die Armee der Ahnen, von der Xumita gesprochen hatte, und die das Land zum Untergang bringen sollte. Eine Armee, die mit jedem Feind, den sie tötete, wuchs. Schon bald würde sie nicht mehr zum größten Teil aus verwesenden Überresten bestehen, sondern mit jedem gefallenen Krieger einen vollwertigen Kämpfer dazubekommen.

Milo erschauderte vor dem Anblick. Panik lähmte ihn. Er konnte nur noch daran denken, dass er auf keinen Fall so enden wollte – als willenloser Untoter, kontrolliert von einem größenwahnsinnigen Magier. Eine vage Ahnung davon, wie sein Tod aussehen würde, ließ seinen Blick zum Fundament des Krähenturmes wandern, zu der Stelle, an der er Aschgrau und Nelf vermutete. Er brauchte nicht lange nach ihnen zu suchen. Die beiden kleinen Körper lagen unten auf dem gepflasterten Vorhof, wo für den Winter das Brennholz aufgestapelt wurde. Aschgrau hatte es augenscheinlich die Knochen beim Aufprall zerschmettert. Arme und Beine zeigten alle in eine Richtung, und der kleine Rücken war in Hufeisenform verbogen. Gleich daneben lag Nelf. Er sah aus, als wenn er schliefe. Sein Gesicht zeigte nach oben, Arme und Beine lagen dich am Körper an. Nur um seinen Kopf hatte sich eine dunkle Lache gebildet.

In Gedanken sah Milo sich neben ihnen liegen. Die Augen offen, nach oben auf den Balkon gerichtet – wo sein zukünftiger Meister stand. Im Tode würde er ihm nichts mehr entgegenzusetzen haben.

»Sieh sie dir an«, zischte Othman, der bemerkt zu haben schien, was in Milo vorging. »Du magst sie bedauern, aber im Grunde genommen sind sie erlöst. Erlöst von einem Leben voll Neid, Missgunst und Kummer. Sie wurden aus ihrem erbärmlichen Leben gerissen und sind nun nichts als leere Hüllen. Das Blut des Zweitgeborenen hat ihre toten Körper vergiftet. Sie waren geschwängert mit Verblendung, wie auch die Lebenden. Doch im Gegensatz zu ihnen wussten die Toten nichts damit anzufangen, weil ihre Köpfe leer waren von jedem Gedanken. Sie konnten sich nicht um eine alte Eiche streiten, die im Frühjahr keine Blätter bekam. Sie quälte kein alter Zwist, wie er zwischen Zwergen und Elfen bestand. Und sie fühlten sich nicht unterjocht von irgendeiner Obrigkeit. Aber wenn man es schafft, ihnen einen Gedanken einzuhauchen, sind sie wie besessen davon, und diese Besessenheit lässt sie aus ihren Gräbern steigen. Ich bin ihr Herr und Meister und die Stimme in ihrem Kopf. Jeden Gedanken, den ich ihnen einpflanze, werden sie verfolgen, bis sie ihr Ziel erreicht haben. Sieh sie dir an, Milo

Blaubeers, du wirst bald einer von ihnen sein. Niemand, kein Lebender und kein Toter, wird sich meinem Willen mehr entziehen können.«

Milo spürte, wie sich der Druck auf seine Brust erhöhte, als würde eine riesige Hand ihn umklammert halten und langsam zudrücken. Milo schwebte weiter auf die Brüstung zu. Sein Körper drehte sich langsam in die Waagerechte. Sein Kopf ragte bereits über den Balkon hinaus. Hunderte von toten Augen starrten zu ihm hinauf. Er wusste, dass sie nicht ihn ansahen, sondern den Ball aus göttlichem Blut und seinen Erschaffer. Aber das machte es auch nicht besser. Sobald er fiele, würden sie ihre Augen auf ihn richten.

Milo wartete darauf, die Stimme Cepheis zu hören oder wenigstens die seines Vaters, der ihm sagte, dass er selbst an allem schuld war. Doch Milo hörte keine Stimmen, nur seinen eigenen Herzschlag.

Es war vielleicht so etwas wie ein Schutzmechanismus, der Milo dazu zwang, auf eine kleine Gruppe von Untoten zu starren, die im Gegensatz zu allen anderen dem Krähenturm den Rücken zugewandt hatte. Aber es war mit Sicherheit die vorlaute Art der Halblinge und Milos Drang danach, unbedingt das letzte Wort haben zu müssen, die ihn dazu brachten, trotz seiner Panik zu sprechen: »Sie folgen Euch nicht, und auch ich werde es nicht tun.« Er versuchte, den Arm zu heben, schaffte es jedoch nicht.

Othmans Zauberhand drückte stärker zu. Milo spürte, wie sich die Rippen ins Fleisch bohrten. All seine Organe waren wie in einem Käfig eingesperrt, der enger und enger wurde. Er presste jeden Atemzug mit Gewalt in seine Lungen. Sein Herz wehrte sich gegen den Druck und pochte wie wild in seiner Brust. So musste es sich anfühlen, von einem Riesen zerquetscht zu werden, ging es Milo durch den Kopf. Gerade als er dachte, Othman würde noch ein letztes Mal zudrücken und ihn dann in die Tiefe schleudern, verlor der Zauber an Kraft.

Milo pumpte die Lungen voll Luft und zog die Schultern zurück, um sie zu lockern. Er bereitete sich darauf vor, dass die Tortur jeden Moment wieder einsetzte. Vielleicht wollte Othman ihn quälen, indem er ihm Hoffnung vorgaukelte, und ihm dann erneut mit voller Wucht seine Macht zu demonstrieren, aber der Druck des Zaubers ließ weiter nach. Milo lag wie auf einer riesigen unsichtbaren Hand drei Fuß über der Brüstung des Balkons.

»Wie könnt ihr es wagen?«, hörte er Othman fluchen. »Ich habe euch aus euren Gräbern befreit und hierhergerufen. Ohne mich wärt ihr nur ein Haufen alter, verblichener Knochen. Kommt gefälligst zurück.«

Milo sah, wie sich immer mehr der Ahnen vom Krähenturm abwandten und langsam in Richtung Norden schlurften. Hinter der Lichtung war deutlich das westliche Ende der Krähenschlucht zu erkennen. Überall zwischen den Bäumen wandelten die lebenden Toten und hielten auf den Abgrund zu wie eine zähflüssige Masse auf einen Abfluss.

Der südliche Rand der Schlucht war zum Großteil von Baumwipfeln verdeckt, aber alles, was dahinter lag, konnte Milo gut einsehen. Ihm stockte der Atem, als eine kleine Gruppe Untoter zwischen den Bäumen im Norden hervorkam und einfach in die Schlucht stürzte. Sie liefen wie blind einer nach dem anderen über den Rand des steilen Abhangs und stürzten lautlos in die Tiefe. Auch Othman hatte sie gesehen, doch im Gegensatz zu Milo war er außer sich vor Wut.

»Du machst mir das nicht kaputt!«, schrie er. »Du bist kein Gott. All deine Macht hast du nur, weil ich sie dir gegeben habe. Ich werde dir zeigen, wo dein Platz ist. Zeig dich und lass uns sehen, wer hier der Meister ist und wer der Schüler.«

Milo war bewusst, dass Othman nicht mit ihm sprach, doch mit wem sprach er dann? Mit dem Zweitgeborenen? Der Blick des Magiers ruhte auf der Schlucht im Norden. Er schien auf eine Antwort zu warten, und Milo fragte sich, wie es wohl sein mochte, wenn ein Gott das Wort ergriff. Immer mehr Untote hielten auf die Schlucht zu und wurden von ihr verschluckt.

Dann kam die Antwort, auf die Othman so gebannt gewartet hatte. Und sie sah anders aus, als Milo es erwartet hätte. Tote Körper wurden wie Wasserfontänen aus einem Geysir aus der Schlucht hoch geschleudert. Als sie wieder herabregneten, stürzten die meisten zurück in die Tiefe, doch einige blieben auch reglos am Rand der Schlucht liegen.

»Nein!«, brüllte Othman und riss die Arme drohend über den Kopf, bereit, seine Zauber zu wirken. »Du wirst dich mir nicht widersetzen.«

In diesem Moment verebbte die Kraft, die Milo über der Brüstung des Krähenturms schweben ließ, ganz, und er fiel. Seine Oberschenkel schlugen hart gegen die Brüstung. Sein Oberkörper kippte vornüber, und er schlug mit dem Kopf gegen die Außenseite der Balustrade. Für einen kurzen Moment hing er kopfüber vom Balkon, dann rutschten seine Beine über den Handlauf. Halb benommen und mehr instinktiv, umklammerte er mit einer Hand eine der dünnen Steinsäulen, welche die Umrandung des Balkons bildeten, und verhinderte so, dass er in die Tiefe stürzte.

Milo hörte seine Tante aus dem Arbeitszimmer aufschreien, und im selben Moment schossen auch schon die ersten grellgrünen Lichtblitze aus den Fingern von Othman. Die dünnen Strahlen verwoben sich einige Schritt vor dem Zauberer miteinander. Der so entstandene dicke Strang an gebündelter Energie schoss über die Baumkronen hinweg in Richtung Krähenschlucht.

Milo warf den Kopf zur Seite, um zu sehen, gegen wen oder was Othman seine Magie richtete. Vor Schreck hätte er beinahe den Halt verloren. Aus der Tiefe der Schlucht kletterte ein riesiges Wesen. Es war mehr als dreißig Fuß hoch, und außer dass es Arme, Beine, Kopf und einen Körper besaß, hatte es nichts mit irgendeiner Kreatur gemeinsam, die Milo kannte. Es sah aus wie ein gehäuteter Koloss. Fleisch, Muskeln und Sehnen lagen offen. Der Kopf war breitflächig und haarlos, die Gliedmaßen etwas zu lang. Viel mehr konnte Milo auf die Entfernung nicht erkennen.

Der grüne Blitzstrahl des Magiers traf die Kreatur auf der Brust, schien ihr aber keinen Schaden oder irgendwelche Schmerzen zuzufügen. Doch durch das grelle Licht bemerkte Milo die vielen Schatten, die um die Kreatur herumschwirrten wie Mücken um das Licht einer Laterne.

Der grüne Strahl brach ab. Milo sah, wie die Schatten sich auf die Kreatur stürzten, an ihr herumrissen und dann geradewegs in den Himmel aufstiegen, wo sie das Licht der Sonne verschlang. Dann sah er auch, woher die Schatten kamen. Sie entstiegen den toten Körpern der Ahnen, die überall herumlagen. Die nachströmenden Untoten brachen leblos zusammen, wenn sie die riesige Kreatur erreichten.

»Du wirst ihre Seelen nicht befreien und mit ihnen dorthin verschwinden, von wo du gekommen bist!«, brüllte Othman. »Sie werden dir niemals verzeihen, was du getan hast. Du schuldest mir dein Blut. Ich habe für dich gesorgt und dir eine Zukunft geboten. Du wirst tun, was ich von dir verlange.«

Milo verlor langsam den Halt. Er versuchte, ein Bein über die Balustrade und zwischen die Säulen zu bekommen. Sein Fuß berührte die Kante, rutsche jedoch wieder ab. Er holte erneut Schwung. Diesmal schaffte er es, seinen Fuß zwischen die Säulen zu klemmen. Jetzt hing er quer an der Außenseite der Brüstung. Er schob seinen Arm bis zur Beuge zwischen die Säulen, klammerte sich daran und versuchte, seine Kräfte zu sammeln. Othman hätte Milo mit einem einzigen Fußtritt in die Tiefe befördern können, doch der Magier nahm keine Notiz von ihm. Er streckte die Arme nach vorn und ballte die Fäuste. Im nächsten Moment schossen erneut grüne Blitze aus seinen Händen. Die Strahlen waren so dick wie Oberarme und trafen die Kreatur am Rande der Schlucht auf Höhe des Brustkorbs. Sofort ließen die Schatten wieder ab von ihr und schwirrten ziellos umher.

Milo wartete auf den richtigen Moment. Vielleicht konnte er unbemerkt über die Balustrade und wieder in das Studierzimmer gelangen, um seine Tante aus dem Käfig zu befreien. Er schaute hinunter auf die Lichtung um den Turm. Die Reihen an Untoten hatten sich gelichtet. Die meisten der Ahnen waren aufgebrochen, um sich der Kreatur an der Krähenschlucht zu stellen. Andere krochen durch das niedrige Gras mit demselben Ziel, aber langsamer, weil ihnen ein oder beide Beine fehlten.

Milo stockte der Atem. An der Ostseite des Turmes sah er unter sich Bonne an einen Pfahl gekettet. Er schien auf Dorn einzureden, der ganz in seiner Nähe stand. Ein Kreis aus Kadavern hatte sich um den Söldner gebildet. Nur ein toter Körper lag direkt neben ihm. Er war lang und schlank und in eine dunkelblaue Robe gehüllt. Der Kopf fehlte, doch Milo erkannte das strahlende Blau des Tuchs wieder. Es war Senetha, die dort vor Dorn lag. In der Hand hielt sie den Zauberstab ihres Vaters. Der Söldner bückte sich, nahm den Stab in die Hand und stand wieder auf. Ganz langsam, wie in Zeitlupe, drehte er sich zum Turm, sah hinauf zum Balkon, an den Milo sich klammerte, und auf dem Othman stand und seine Blitze gen Norden sandte. Dorn richtete den Stab auf sie.

In Milos Kopf spukten die Worte von Senetha herum. *Du musst es nicht tun, Dorn.* Obwohl Milo das Gesicht des Söldners nur als kleinen hellen Fleck sah, wusste er, dass Dorn diesen Gesichtsausdruck aufgelegt hatte, von dem Senetha behauptet hatte, er würde den Tod vorhersagen.

Milo blieb keine Zeit, auf den passenden Moment für ein Klettermanöver zu warten. Er musste jetzt von diesem Balkon herunter. Er zog sich an den Steinsäulen hoch, umklammerte das Geländer und schwang einen Fuß auf die Brüstung.

Othmans Kopf fuhr herum. Aus seinen Fäusten schossen die grünen Blitze gen Norden und hüllten die Kreatur am Rand der Schlucht ein. So viele Schatten schwebten um das Wesen herum, dass es aussah wie ein Nebel. Othmans Gesicht war zu einer unmenschlichen Fratze verzerrt, aus seinen Augen sprach der Hass. Der Zauber schien den Großteil seiner Aufmerksamkeit zu fordern, doch es bestand kein Zweifel daran, dass er den Halbling töten würde, wenn er könnte.

Milo sah am Turm entlang hinunter und erblickte Dorn. Auf der Spitze von Senethas Magierstab hatte sich eine leuchtend rote Kugel gebildet, die langsam pulsierend anwuchs. Als sie die Größe eines mickrigen Kürbisses erreicht hatte, löste sie sich vom Stab und schoss auf den Balkon zu. Milo schwang sich vollends über die Brüstung und hechtete mit einem Satz zurück ins Studierzimmer. Er schlug der Länge nach auf den Boden. Eine Welle des Schmerzes schoss durch Schulter und Ellenbogen. Er starrte hinaus auf den Balkon. Othman funkelte ihn, über die Schulter blickend, immer noch bösartig an, doch der grüne Schein, der ihn einhüllte, wurde von einem heranrasenden rot-grellen Licht verzehrt. Einen Herzschlag später verwandelten sich der Balkon und alles um ihn herum in einen Glutofen.

Unerträgliche Hitze schlug Milo entgegen. Flammen loderten um den Durchbruch zum Balkon, sodass dieser wie ein brennender Bilderrahmen aussah, in dessen Mitte Othman stand. Feuer hüllte ihn ein und verzehrte ihn. Seine Kleidung zerfiel zu Asche, die Haare und der Bart schmolzen dahin. Die Haut auf seinem Gesicht blätterte ab und verkohlte in Sekundenschnelle. Der Magier sackte auf die Knie. Er verwandelte sich in einen glühenden Torso, der Milo immer noch hasserfüllt anstarrte. Dann brach der Balkon von der Außenfassade des Turms und riss den Magier mit sich in die Tiefe. Milo starrte entsetzt durch den brennenden Durchbruch auf den Gebirgszug im Norden, den Graurücken. Eine Säule von Schatten schraubte sich in den Himmel und verschwand.

Die Tür zum Arbeitszimmer wurde aufgestoßen. Milo fuhr herum. Ein zerlumpter Tunnelgnom betrat den Raum. Zuerst sah er Milo an, dann blickte er zu Rubinia hinüber, lächelte und lief auf sie zu. Milo sprang auf, hechtete zum Schreibtisch, schnappte sich einen schweren Steintiegel und wollte dem kleinen Wesen den Weg abschneiden.

»Nicht!«, rief Rubinia. »Das ist Schmutzigbraun. Er ist mein Freund und Retter. Wir können ihm vertrauen.«

Der Tunnelgnom stürzte auf den Käfig zu und klemmte den kleinen Kopf zwischen die Gitterstäbe. »Der Turm brennt. Wir sollten von hier verschwinden.«

»Danke für den gut gemeinten Rat«, zischte Milo ihn an und zog ihn vom Gitter zurück. Dann begann er, mit dem Tiegel auf das Schloss einzuhämmern. Bereits beim dritten Schlag zerbrach er, ohne dass er dem Schloss etwas hatte anhaben können.

»Zwergenarbeit«, kommentierte Schmutzigbraun.

»Verschone mich mit deinen Kommentaren«, blaffte Milo ihn erneut an. »Such mir lieber etwas, womit ich darauf einschlagen kann.«

Der Tunnelgnom verlor keine Zeit und begann, das Zimmer zu durchstöbern. Die Flammen fraßen sich allmählich an den Wänden und der Decke entlang. Stickiger Qualm machte das Atmen schwer.

»Ist er tot?«, fragte Rubinia.

Milo nickte erschöpft. »Jetzt müssen wir dich hier herausholen.«

Der Gnom war im Nu zurück. In der Hand hielt er einen schweren Steinmörser.

»Besser als nichts«, sagte Milo und riss ihn dem Gnom aus der Hand. Dann schlug er erneut auf das Schloss ein. Diesmal brauchte es fünf Schläge, bis das Werkzeug zerbrach.

Schmutzigbraun wollte gerade etwas sagen, da kam Milo ihm zuvor: »Zwergenarbeit, ich weiß, aber wenn du nichts anderes beizutragen hast, halt lieber den Mund.«

Der Tunnelgnom machte eine nachdenkliche Miene. Er zögerte, doch dann entschloss er sich, doch etwas zu sagen: »Mit dem Schlüssel geht es vielleicht einfacher.«

Milo sah ihn entgeistert an.

»Er liegt dort unter dem dicken braunen Buch im Regal«, verriet Schmutzigbraun. »Der Meister hat ihn dort immer versteckt.«

Milo stürmte auf das Regal zu, hob das Buch an und fand den Schlüssel. »Warum hast du das nicht gleich gesagt, du Hohlkopf.«

»Du wolltest etwas zum Einschlagen«, antwortet der Gnom verwirrt. »Dafür ist der Schlüssel nicht groß genug.«

Milo schüttelte kapitulierend den Kopf. Der Schlüssel passte, und Rubinia war im Handumdrehen befreit. Nach einer kurzen, aber glücklichen Umarmung rannten sie aus dem Arbeitszimmer und die Treppen hinunter ins Foyer des Krähenturmes.

Als sie das untere Stockwerk erreichten, kam ihnen Oda entgegen. Die junge Halblingsfrau sah verweint, erschöpft und geistig abwesend aus. Sie nahm kaum Notiz von den dreien. Rubinia packte ihre Hand und zog sie wortlos mit sich. Gemeinsam rannten sie zum Ausgang, schoben den Riegel der Tür zurück und flüchteten ins Freie.

Die Lichtung vor ihnen war verlassen. Nur im Süden zwischen den Bäumen sah Milo Uschma, die Trollfrau, und Xumita, den Goblinschamanen. Sie starrten hinauf zum Dach des Turmes. Das obere Stockwerk stand lichterloh in Flammen, und brennende Trümmer stürzen von dort herab. Als die beiden Grünbluter Milo und die anderen entdecken, trat Xumita Latorinsis aus dem Dickicht heraus auf die Lichtung. Er hob seinen knorrigen Wurzelstab und verbeugte sich tief. Dann trat er zurück und verschwand mit der Trollfrau.

»Schnell, wir müssen zu Bonne!«, rief Milo den anderen zu. »Er ist auf der Ostseite des Turmes an einen Pfahl gekettet. Wir müssen ihn befreien, bevor der Turm zusammenstürzt.«

Sie liefen um den Krähenturm herum. Bonne stand einsam und allein an dem in die Erde gerammten Pflock. Die Kette war durchtrennt, nur noch ein kurzes Ende hing an seinem Knöchel.

»Bonne!«, rief Milo, »Cephei sei Dank, du bist unverletzt.« Dann fiel er seinem Bruder stürmisch in die Arme.

»Was sollte mir schon passieren?«, lachte Bonne. »Während du die Welt bereist hast, habe ich nur irgendwo angekettet herumgesessen und darauf gewartet, dass du wiederkommst, um mich zu befreien. Ich wusste, ich kann mich auf dich verlassen.«

»Das kannst du«, versicherte Milo mit Tränen in den Augen.

Damit es niemand sehen konnte, wandte er sich ab und sah gen Norden. »Was ist mit der Kreatur geschehen?«, fragte er.

Bonne folgte seinem Blick. »Was für eine Kreatur?«

»Der Zweitgeborenen ist dorthin zurück, von wo er gekommen ist«, sagte Oda. »Seine Mutter hat ihm verziehen.«

Milo spürte, wie Bonne ihn am Ärmel zog. Er wischte sich mit einer hastigen Bewegung die Tränen aus dem Gesicht und sah zu seinem Bruder.

Bonne deutete nach Osten. Dorn ging auf den Rand des Waldes zu. In seinen Armen hielt er den Leichnam von Senetha. »Wo will er hin?«

»Er geht nach Hause«, antwortete Milo, »und das sollten wir jetzt auch tun.«

48. VIER SCHICKSALE

Am Tag der Wintersonnenwende
irgendwo in Graumark

Es schneite. Dorn stand auf dem Kamm einer breiten Hügelkette. Sein Blick war stur geradeaus auf die Stadtmauer von Zargenfels gerichtet, während der General die Reihen von Söldnern abschritt.

»Ihr wart das Beste, was König Angus für sein Gold bekommen konnte!«, brüllte er. »Der König möchte seinen Neffen zurück an der Spitze von Graumark sehen. Aber ich bezweifle, dass es so ein Haufen von Tunichtguten schaffen wird, den Wunsch des Königs zu erfüllen. Wenn ihr also euren Sold und die Prämie haben wollt, strengt euch besser an.«

Der General schritt an Dorn vorbei und blieb bei seinem Nebenmann stehen. Dann zischte er kurz abfällig und ging weiter.

»Hat er was gegen Frauen?«

Dorn drehte sich zur Seite und blickte in das Gesicht einer anmutigen Kriegerin aus dem Süden des Landes. Ihre Haut war genauso braun wie ihre Augen. Dunkles, lockiges Haar quoll unter dem Lederhelm auf ihrem Kopf hervor.

»Wahrscheinlich mag er nur nicht, wenn sie kämpfen«, erwiderte Dorn.

»Warum nicht?«, fragte sie ruppig. »Weil er Angst hat, von einer besiegt zu werden?«

Dorn sah wieder zur Stadt. »Du sollst nicht gegen ihn kämpfen, sondern gegen die Aufständischen«, erwiderte er.

»Danke für die Unterweisung«, sagte die Kriegerin spöttisch. »Du bist ja ein richtig helles Köpfchen. Wenn ich nicht mehr weiß, was ich tun soll, werde ich dich bestimmt noch mal fragen.«

Dorn wandte sich ihr wieder zu und stellte verblüfft fest, dass sie ihn an jemanden erinnerte.

»Du hältst dich besser von mir fern«, brummte er. »Ich habe in der Stadt Einiges zu erledigen. Es gibt dort welche, mit denen ich noch eine Rechnung offen habe, und welche, die mir noch Gold schulden.«

»Klingt doch vielversprechend«, sagte die Kriegerin. »Wie wäre es, wenn ich dir helfe. Du siehst aus, als könntest du ein bisschen Rückendeckung gebrauchen.«

»Was anderes als meinen Rücken würdest du auch nicht sehen«, sagte Dorn und grinste dabei breit.

»Halbe-halbe?«, offerierte die Amazone.

»Zweidrittel-eindrittel.«

Oda saß auf den schneebedeckten Stufen des Tempels in Eichenblattstadt. Sie hatte viel darüber nachgedacht, was in der Krähenschlucht passiert war, und fragte sich, ob sie von sich aus hätte erkennen können, was richtig und was falsch war. Die Antwort darauf würde sie wahrscheinlich niemals finden. Letztendlich hatte sie sich Hadars Willen unterwerfen müssen. Und das Ergebnis sprach für sich. Sie hoffte, dass die Götter, insbesondere Hadar, ein Einsehen hatten und ihren Brüdern im Gegenzug ihre Sünden ebenfalls erlassen würden.

Oda hatte sich in ein grünes Ornat von Meister Gindawell eingewickelt und beobachtete einen zerlumpt aussehenden Tunnelgnom, der durch die Kälte auf sie zustapfte. Als er bei ihr angekommen war, überreichte er ihr drei schwere in Leder gehüllte Bücher.

»Denkst du gerade nach?«, fragte der Gnom.

»Fast jeder denkt immer über irgendetwas nach, Schmutzigbraun«, gestand Oda.

»Oh!«, erwiderte der Gnom verblüfft. »Und über was denkst du nach?«

»Ich denke an meine Brüder«, verriet Oda.

Schmutzigbraun nickte.

»Ist das die neuste Ausbeute aus Zargenfels?«, fragte sie.

»Mehr konnte ich diesmal nicht tragen. Für das nächste Mal habe ich schon einen Haufen Karten und Papiere zurechtgelegt. Vieles ist ein bisschen angekokelt, aber noch brauchbar.«

Oda stand auf, stapfte ein paar Schritte durch den Schnee und drehte sich zum Tempeleingang um, sodass sie das Schild darüber betrachten konnte. Darauf war ein kreisrundes Symbol zu sehen, dass eine Sonne, ein Schwert, ein Kreuz, einen Blitz und eine Sichel miteinander verband. Darüber stand in großen geschnitzten Buchstaben: *Tempel der Gottfamilie*.

»Es ist gut geworden, oder?«, fragte sie Schmutzigbraun, der sich zu ihr gesellt hatte.

»Ein großer Apfel wäre auch schön gewesen«, gestand der Gnom. »Aber so geht es auch. In zwei Tagen ist die erste Messe. Was willst du den anderen Dürrzwergen erzählen, wenn sie kommen?«

Oda betrachtete die drei dicken Bücher in ihrer Hand. Dann schlug sie von dem obersten den Einband auf.

»Ich werde ihnen eine Geschichte von den Weißrindenbäumen vorlesen«, sagte sie zufrieden und lächelte.

Rubinia stand am Herd und rührte gedankenverloren in einem Topf Kohlsuppe.

»Ich habe dir noch gar nicht dafür gedankt, dass du mich in dein Haus aufgenommen hast, Gunder«, sagte sie zu ihrem Bruder, der am Fenster stand und den Kindern zusah, wie sie im Schnee herumtobten.

»Du gehörst zur Familie«, sagte er. »Hier ist dein Platz, solange du möchtest. Eine Frau im Haus ist auch ganz gut für die Kinder.«

Rubinia legte den Löffel beiseite und gesellte sich zu Gunder. Gemeinsam schauten sie dem fröhlichen Treiben auf dem verschneiten Marktplatz zu. Rubinia betrachtete abschätzend den Stumpf der alten Eiche neben dem Brunnen. Der Baum hatte, solange sie denken konnte, als Wahrzeichen für das Dorf gestanden. Dann betrachtete sie das zierliche Bäumchen auf der anderen Seite des Brunnens.

»Warum habt ihr euch dazu entschlossen, einen Apfelbaum zu pflanzen?«, fragte sie neugierig.

»Die Eiche war zwar majestätisch«, sagte Gunder, »aber sie trug eben nur Eicheln. Wenn der neue Baum erst einmal groß ist, wird er tolle saftige Äpfel tragen. Die werden wir im Herbst pflücken und daraus Bratäpfel mit Zimt und Vanillesoße machen und zu einem Dorffest einladen. Das wird großartig.«

Rubinia lachte. »Die Blaubeers sind doch alle gleich.«

Dann wurde ihr Gesicht wieder ernst. »Wie hast du es eigentlich geschafft, die anderen Mitglieder des Rates davon zu überzeugen, dass ich wieder ein Teil der Dorfgemeinschaft werde?«

»Das hast du ganz allein geschafft, Rubinia.«

»Jetzt sag nicht, sie waren beeindruckt von meinen Führungsqualitäten«, schnaubte sie.

»Mitnichten, liebe Schwester«, lachte Gunder. »Una Butterblums und Isla Grünblatt musste ich versprechen, dass du ihnen das Rezept von deinen Blaubeermuffins verrätst, und Kwimm Bollwerks und Bilbi Findlings stimmten nur zu, weil ich ihnen die Hälfte von deinem Kompott überlassen habe.«

Rubinia schmunzelte. Es gab Schlimmeres, als wegen seiner Kochkünste respektiert zu werden. Dennoch, es wäre schön gewesen, wenn die Eichenblattstädter mehr zu schätzen gewusst hätten, was sie während der Krise für sie getan hatte.

Sie musste an Oda denken, die nun ebenfalls hier eine Heimat gefunden hatte. Sie war das Lamm der Mutter, das hatte sich Rubinia nach den Berichten von Milo und der Priesterin zusammengereimt. Oda hatte – wenn auch unfreiwillig – Hadar befreit und damit Othmans Untergang eingeläutet. Während sie selbst in einem Käfig festsaß. Trotzdem war sie nicht unglücklich über ihre Rolle in dem Ganzen. Und Cephei sei Dank war das Abenteuer jetzt erst einmal wieder vorbei. Mehr Aufregung, als es in Eichenblattstadt gab, brauchte sie so schnell nicht wieder …

Milo und Bonne folgten einer gut sichtbaren Kaninchenfährte durch den Schnee in Richtung Norden. Bewaffnet mit einem Kurzbogen und einer Schleuder stapften sie durch den Schnee. Plötzlich endete die Spur unerwartet. Die beiden sahen einander an.

»Othman hat es sich geholt«, sagte Bonne.

»Othman ist tot«, antwortete Milo.

»Er kann nicht sterben«, erwiderte Bonne. »Weil die Götter Angst haben, ihm zu sagen, dass er tot ist.«

Milo sah seinen Bruder an. Dann fing er an zu lachen.

»Hör auf, so einen Unsinn im Dorf zu erzählen, sonst machst du den Kindern Angst. Es werden sich mit der Zeit schon genug Schauermärchen um den Krähenturm ranken, da braucht es nicht noch welche von dir.«

»Ich kann jedenfalls einiges erzählen«, sagte Bonne. »Immerhin musste ich die ganze Zeit bei den Grünblutern aushalten, während du mit diesem riesigen Söldner durchs Land gezogen bist und die Elfen besucht hast.«

Milo stupste Bonne mit dem Bogen in die Seite. »Was hättest du eigentlich gemacht, wenn ich nicht zurückgekehrt wäre?«

»Dann hätte ich mich Xumita und seinen hässlichen Kumpanen angeschlossen«, erklärte Bonne voller Überzeugung.

»Wirklich? Warum?«

»Hast du mal gesehen, was die alles für einen Mist essen, wenn sie in ihren dunklen Höhlen hocken. Kein Wunder, dass ihre Haut grün ist. Igitt, sage ich nur. Irgendjemand muss diesen Grünblutern beibringen, was gutes Essen bedeutet. Und da gibt es wohl keinen Besseren als mich.«

»Von mir aus kannst du gern den Völkerverständigen spielen«, sagte Milo, »dann muss ich den Mädchen im Dorf nicht immer erklären, warum mein kleiner Bruder mir wie ein Hund den ganzen Tag hinterherläuft.«

Bonne zog eine Grimasse. »Die Mädchen im Dorf sprechen überhaupt nur mit dir, weil sie mich kennenlernen wollen.«

»Träum weiter, kleiner Bruder.« Milo lachte. »Ich habe meine

Verabredung zum diesjährigen Tanz beim Heißweinfest schon so gut wie sicher.«

»Ich auch«, sagte Bonne neckisch. »Ich habe mir überlegt, dass ich Oda fragen werden.«

»Das tust du nicht«, fauchte Milo. »Ich wollte sie fragen.«

Das Krachen von Eis und das Platschen von Wasser beendeten den Disput. Die Geräusche kamen von der Rückseite einer kleinen Anhöhe. Vorsichtig und leise erklommen die beiden den steilen Hang. Dann legten sie sich hinter der Kuppe in den Schnee, um einen Blick über sie hinweg zu werfen.

Milo traute seinen Augen kaum. Hinter der Anhöhe lag ein kleiner zugefrorener Tümpel. Ein Untoter war bis zur Hüfte im Eis eingebrochen und steckte nun fest. Es war schwer zu sagen, ob es ein Mann oder eine Frau war. Von dem Leichnam war nicht mehr übrig als ein Skelett, das von der gegerbten Haut zusammengehalten wurde. Ein zerlöchertes Hemd mit gestepptem Kragen und Lederflicken auf den Ellenbogen war der einzige Hinweis darauf, dass es einmal ein Mensch gewesen sein musste. Die Kreatur schlackerte hilflos mit den Armen herum.

Bonne rutsche auf dem Hosenboden wieder ein Stück den Abhang hinunter. Als er gefunden hatte, wonach er suchte, schob er den Schnee mit den Füßen zur Seite und barg zwei handliche Knüppel. Einen davon reichte er seinem Bruder.

»Du auf der einen Seite des Teiches, ich auf der anderen«, sagte er. »Wer ihn zuerst an sich herangelockt hat, darf Oda zum Tanz einladen.«

Milo dachte darüber nach. Dann lächelte er.

»Abgemacht!«, sagte er und hielt seinem Bruder die Hand hin.

Bonne zögerte. »Was macht dich so sicher, dass du gewinnst?«

»Hast du schon mal in den Spiegel gesehen«, lachte Milo. »Du wirst ihn mit deinem Gesicht schon in meine Richtung treiben.«

ENDE